Peter Prange

Die Gottessucherin

Peter Prange

Die Gottessucherin

Roman

Droemer

Besuchen Sie uns im Internet:
www.droemer.de

Mehr über den Autor erfahren Sie unter:
www.peter-prange.de

Die Folie des Schutzumschlags sowie die Einschweißfolie sind
PE-Folien und biologisch abbaubar.
Dieses Buch wurde auf chlor- und säurefreiem Papier gedruckt.

Ein Unternehmen der Droemerschen Verlagsanstalt
Th. Knaur Nachf. GmbH & Co. KG, München
Ein Projekt der AVA International GmbH
Autoren- und Verlagsagentur
www.ava-international.de

Lektorat: Ingrid Grimm
Umschlaggestaltung: ZERO Werbeagentur, München
Umschlag Vorderseite: AKG images / Hippolyte Flandrin,
»Jeune fille, dite La Florentine«, 1840
Umschlag Rückseite: AKG images / Vittore Carpaccio, Ausschnitt aus dem
Gemälde »Begegnung der Verlobten und Einschiffung der Pilger«, 1495
Satz: Adobe InDesign im Verlag
Druck und Bindung: CPI – Ebner & Spiegel, Ulm
Printed in Germany
ISBN 978-3-426-19751-6

2 4 5 3

Für meine Schwester Cornelia,
die schon in der Jugend fand,
wonach andere ihr Leben lang suchen.

»Das wirklich Irrationale und tatsächlich Unerklärbare
ist nicht das Böse,
im Gegenteil: Es ist das Gute.«

Imre Kertész

Es gibt viele Namen für den Einen Gott, den Schöpfer des Himmels und der Erde. Christen glauben an die Dreieinigkeit und haben viele Bezeichnungen für ihren Herrn. Für Muslime gibt es den einen einzigen Gott, Allah. Juden aber ist es verboten, den Namen ihres Gottes auszusprechen. Sie benutzen Umschreibungen wie Adonai (der Herr) im Gebet oder Haschem (der Name) in anderen Zusammenhängen.

Inhalt

Prolog

Drei Tauben

Lissabon,
1496–1522

1

Das Verhängnis begann mit einem Freudentag.
Man schrieb den 28. Juli des Jahres 1496. Dom Manuel, König von Portugal, auch »der Glückliche« genannt, trat aus dem Zelt, das seine Männer im Schatten riesiger Korkeichen errichtet hatten. Voll ungeduldiger Erwartung schaute er über das ausgetrocknete Flussbett des Guadiana, der sein Königreich von den spanischen Landen trennte, in die Ferne. Flirrend vor Hitze erstreckte sich die Estremadura bis zum Horizont, von keiner Menschenseele belebt, öd und leer wie am ersten Tag der Schöpfung.
»Pünktlichkeit ist die Höflichkeit der Könige«, krächzte Paco, der Hofnarr, »doch leider ist sie nicht der Weiber Art!«
Dom Manuel versetzte dem Zwerg einen Tritt. Seit dem frühen Morgen wartete er schon mit seinem Tross am Ufer des Grenzflusses auf die Ankunft seiner Braut, der spanischen Infantin. Angeblich war Isabella hässlich wie die Nacht und außerdem frömmer als ein ganzes Nonnenkloster. Trotzdem fieberte er ihr entgegen wie ein verliebter Barbier. Denn von ihrem Jawort hing seine Zukunft ab, die Verwirklichung seines großen Traums, die drei Königreiche der Iberischen Halbinsel zu vereinen – unter seiner portugiesischen Herrschaft.
Sollte sie es sich anders überlegt haben?
»Da kommen sie!«
Am Horizont erhob sich eine Staubwolke, die von Minute zu Minute größer wurde.
Dom Manuel wischte sich den Schweiß von der Stirn. Das musste Isabella sein! Plötzlich fühlte er sich wie ein Bräutigam vor seiner Hochzeitsnacht.
»Musik!«
Trommeln wurden gerührt, Fanfaren zerschnitten die Luft. Hatte

sich seine Beharrlichkeit also doch gelohnt! Monatelang hatte Isabella sich gegen die Ehe gesträubt, so dass der spanische König schon seine zweite Tochter in den Handel geben wollte. Doch mit dreizehn Jahren war Maria zu jung, um rasch genug einen Thronfolger zu gebären – ein unkalkulierbares Risiko. Dom Manuel hatte selbst nur deshalb den Thron erlangt, weil es seinem königlichen Bruder nicht gelungen war, vor seinem Tod einen Erben zu zeugen. Isabella hingegen hatte in erster Ehe bereits ihre Fruchtbarkeit bewiesen. Ihr Jawort war für die Zukunft seines Reiches so wichtig wie der Seeweg nach Indien.

»Was habe ich doch für närrische Augen!«, krächzte Paco. »Wo Majestäten die Kutsche einer Prinzessin sehen, erblicke ich nur eine Horde von Reitern!«

Noch bevor Dom Manuel dem Zwerg einen zweiten Tritt verpassen konnte, lichtete sich die Staubwolke. Tatsächlich – weit und breit war keine Kutsche zu sehen, nur sechs Spanier zu Pferde …

Aus der Kavalkade, die gerade das Flussbett durchquerte, löste sich ein einzelner Reiter. Vor dem König parierte er seinen Schimmel, salutierte und zog eine Depesche aus dem Ärmel.

»Eine Botschaft für Eure Majestät!«

»Gib schon her!«

Ungeduldig erbrach Dom Manuel das Siegel. Der Brief war von seiner Braut. Kaum hatte er die ersten Zeilen gelesen, war sein Hochgefühl dahin.

»Ich hoffe, es sind gute Nachrichten«, sagte Padre Adolfo, sein Beichtvater, der ihm aus dem Zelt gefolgt war.

Dom Manuel ließ den Brief sinken. »Die Infantin stellt eine Bedingung.«

Padre Adolfo strich sich über die Tonsur und schielte nach dem Schreiben. »Und die lautet?«

»Ich soll es ihrem Vater gleichtun und die Juden aus Portugal jagen. Sie will mein Land nicht eher betreten, als bis es von allen Krummnasen gesäubert ist. Sollte ich ihr diesen Wunsch nicht erfüllen, will sie lieber sterben als mich zum Mann nehmen.«

Der Dominikaner bleckte seine gelben Zähne. »Nun, das scheint mir ein überaus frommer und lobenswerter Wunsch zu sein, zumal …«
»Fromm und lobenswert?«, fiel Dom Manuel ihm ins Wort. »Ohne Juden wird das Land wie ein Netz ohne Fische sein. Was nützen mir die Schätze der neuen Welt, wenn mir die Händler fehlen, um sie in klingende Münze zu verwandeln?«
»Sind irdische Reichtümer höher zu schätzen als die Verbindung mit dem allerkatholischsten Königshaus? Bedenkt, Majestät, ein vereinigtes iberisches Großreich, zum höchsten Ruhme Gottes …«
Dom Manuel knirschte mit den Zähnen. Es war eine Wahl zwischen Pest und Cholera. Isabella war der festen Überzeugung, dass ihr erster Mann, ein portugiesischer Prinz, allein deshalb gestorben wäre, weil seine Regierung ebenjene Juden ins Land ließ, die ihr Vater aus Spanien vertrieben hatte. Damit nicht genug, betrachteten auch Dom Manuels Untertanen die »Krummnasen« als Feinde des christlichen Glaubens und hassten sie bis aufs Blut. Ein Scheitern seiner Ehe um ihretwillen wäre eine unvergessliche Schande.
Doch andererseits … Waren die Juden nicht die fleißigsten und geschicktesten Kaufleute und Handwerker im Land? Und verstieß es nicht gegen jede Staatsklugheit, so viele nützliche, fleißige und gewinnbringende Menschen zum Teufel zu jagen? Ihr Verlust wäre eine unheilbare Wunde für sein Reich. Dann würden die Juden, die ja schon das Rauschen eines Blattes erschreckte, wie ihr Lehrer Moses verkündet hatte, sich mit ihren Reichtümern und Fertigkeiten unter den Schutz der maurischen Fürsten begeben, um den verhassten Muslimen zu dienen, den mächtigsten Feinden der Christenheit.
Die Stimme des Narren riss Dom Manuel aus seinen Gedanken.
»Es gibt eine Lösung, Herr. Man muss nur das eine tun, indem man das andere nicht lässt.«

Verärgert fuhr der König herum. »Jetzt ist keine Zeit für Späße! Schweig still oder …«
Bevor der Stiefel ihn traf, kletterte Paco flink wie ein Affe den Stamm einer Eiche hinauf. Die Füße zuoberst, ließ er sich von einem Ast herabbaumeln, das Gesicht dem König zugewandt.
»Es gibt eine Möglichkeit, Herr, das Land von den Juden zu säubern, ohne dass Ihr die Juden verliert.«
»Wie soll das gehen, Narr?«
»Ja mehr noch«, fuhr Paco fort. »Ihr könnt sie ausrotten, mit Stumpf und Stiel, ohne dass sie Euch den Dienst versagen.«
»Willst du dich lustig machen, verfluchter Zwerg?«
Dom Manuel hob den Arm, doch Paco schaute ihn aus so ernsten Augen an, dass er in der Bewegung verharrte. Das Greisengesicht in tausend Falten gelegt, schüttelte der Zwerg den Kopf.
»Niemals würde ich wagen, Herr, Euch zum Narren zu halten. Ich möchte Euch nur helfen, den Wunsch Eurer allerkatholischsten Braut zu erfüllen, ohne dass Ihr Euch eine Blöße gebt.«
Mit seiner knochigen Hand winkte er den König zu sich heran. »Wenn Seine Majestät mir Ihr gnädiges Ohr leihen möchte …«

2

Einer Feuersäule gleich, stand die Sonne am Himmel und sandte ihre Strahlen auf die Praça do Rossio herab. Von vier hohen Mauerwänden umgeben, herrschte auf dem menschenvollen, abgesperrten Platz eine Hitze wie in Nebukadnezars Feuerofen.
»Was werden sie mit uns tun?«
Philippa konnte kaum sprechen, so trocken war ihr Mund, und vor Schwäche wurde ihr immer wieder schwarz vor Augen.
»Ich weiß es nicht, mein Kind«, erwiderte ihre Mutter.
Philippa zupfte am Mantel ihres Vaters. »Werden sie uns zu den Eidechsen bringen?« Ihr Vater war der Rabbiner, er wusste alles.

Aber ihr Vater hob nur die Arme. »Wir sind in der Hand des Haschem. Er wird über uns wachen. Gelobt sei sein Name!«
Es war am Tage des Pessachfestes. Alle im Reich verbliebenen Juden, zwanzigtausend an der Zahl, waren wie Schlachtvieh im Geviert der Praça do Rossio zusammengepfercht, dem größten Platz der Stadt, wo sonst Reitturniere und Zirkusspiele stattfanden. Philippa und ihre Eltern hatten in der Synagoge gebetet, als die Schergen des Königs in das Gotteshaus eingedrungen waren, gerade in dem Augenblick, als der Chasan, der Kantor, vor den Thoraschrein trat, um das Kaddisch als Schlussgebet zu sprechen. Sie waren direkt von der Synagoge zur Praça geschleppt worden, zusammen mit den übrigen Mitgliedern der Gemeinde. Drei Tage war das her. Drei Tage unter freiem Himmel, bei sengender Hitze in denselben Kleidern, drei Tage ohne einen Bissen Brot und fast ohne einen Schluck Wasser. Niemand hatte mehr die Kraft zu stehen. Die Alten und Kranken hockten an den Mauern im Schatten, die anderen lagen im Staub, schutzlos der Sonne ausgesetzt. Es stank nach Schweiß und Kot und Urin.
»Ich habe solchen Durst«, flüsterte Philippa. »Ich kann gar nicht mehr schlucken.«
Ihre Mutter strich ihr über den Kopf. »Denk an eine Zitrone und stell dir vor, wie du in sie hineinbeißt.«
Während in der Nähe die Kirchenglocken von Santa Justa anschlugen, schloss Philippa die Augen. Tatsächlich, bei der Vorstellung sammelten sich ein paar Tropfen Speichel in ihrem Mund. Aber als sie ihn hinunterschluckte, spürte sie nur umso schlimmer die Leere in ihrem Magen.
»Ich habe Hunger.«
»Klage nicht, meine Tochter«, sagte ihr Vater. »Gott ist gerecht. Er wird für uns sorgen.«
»Warum haben wir dann nichts zu essen und zu trinken?«
»Denk an den Propheten Daniel. Mit Fasten hat er sich auf die Offenbarung vorbereitet.«
»Ich habe solche Angst, dass sie uns zu den Eidechsen bringen.«

Angeblich lagen in Belém schon die Schiffe für sie bereit. Niemand konnte wirklich sagen, wohin sie auslaufen sollten, doch die meisten Juden hatten dieselbe Befürchtung wie Philippa. Es war erst wenige Jahre her, da hatte der spanische König Hunderte ihrer Glaubensbrüder nach São Tomé gebracht, einer einsamen Insel mitten im Ozean, wo es nur Eidechsen gab – und giftige Schlangen.

»Hab keine Angst«, sagte die Mutter. »Vielleicht sind die Schiffe ja unsere Rettung. Hat Gott nicht Noah eine Arche bauen lassen, um ihn vor der Vernichtung zu bewahren?«

Philippa unterdrückte ihre Tränen. Ja, vielleicht würde man sie mit den Schiffen nur außer Landes bringen, nach Frankreich oder Deutschland oder Afrika in die Berberei, um die Bedingung der spanischen Infantin zu erfüllen.

»Da!«, rief Isaak, der Chasan, aus der Synagoge. »Da! Seht nur!«

Kaum einen Steinwurf von Philippa entfernt, hatte sich, flankiert von Soldaten, ein Dominikaner in weißem Habit und schwarzer Cappa aufgebaut. Er hielt einen Schlauch Wasser und einen Laib Brot in die Höhe. Als er seine Stimme erhob, schallten seine Worte über den ganzen Platz.

»Kommt her zu mir alle, spricht Christus, der Herr, ihr alle, die ihr mühselig und beladen seid. Ich will euch erquicken!«

Die Juden starrten ihn mit leeren Augen an. Der Mönch behauptete, im Auftrag des Königs gekommen zu sein. In Dom Manuels Namen forderte er sie auf, sich zum Christentum zu bekennen, versprach ihnen das himmlische Paradies und irdische Ehren, wenn sie freiwillig die Taufe annehmen würden.

Noch während der Dominikaner redete, krochen die ersten Juden zögernd auf ihn zu, auf allen vieren im Staub, wie scheue, hungrige Tiere, die, angelockt vom Duft einer Speise, sich zugleich vor dessen Quelle zu fürchten schienen.

Obwohl Philippa erst zwölf Jahre alt war, verstand sie, was dort vor sich ging. Vor einem halben Jahr hatte der König von den Kanzeln der Kirchen Befehl erlassen, dass alle jüdischen Untertanen binnen sechs Monaten die Taufe empfangen oder Portugal verlassen müssten – bei Androhung der Todesstrafe. Scharen von Juden hatten daraufhin den katholischen Glauben angenommen, andere waren in fremde Länder geflohen. Zwanzigtausend Menschen aber, die Männer und Frauen auf der Praça, waren geblieben, um sowohl ihrer Heimat als auch ihrem Glauben treu zu bleiben. Jetzt war die Frist verstrichen, die Grenze geschlossen, und Hunger und Durst sollte sie zwingen, ihrem Gott abzuschwören.

»Jedem von euch, der sich heute taufen lässt«, rief der Dominikaner, »gewährt Dom Manuel die Rückkehr in seine alten Rechte. Jeder darf sein Handwerk ausüben, jeder Handel treiben wie zuvor. Wer aber Christus sein Herz verschließt und sich weigert, seinem Ruf zu folgen, der ist fortan ein Sklave des Königs, sein persönliches Eigentum, mit dem Dom Manuel verfahren wird, wie es Seiner königlichen Majestät beliebt.«

Der Mönch verstummte, um seine Rede wirken zu lassen.

»Sie wollen unsere Seelen«, murmelte Philippas Vater. »Oder sie schicken uns auf die Galeeren.«

Philippa hörte zwar die Worte, doch berührten die Laute nur ihr Ohr. Von Hunger und Durst gequält, flößte ihr diese Speisung Begierde und Abscheu zugleich ein. Immer mehr Juden scharten sich um den Mönch. Winselnd verlangten sie die Taufe, reckten die Arme in die Höhe nach den Brotlaiben und Wasserschläuchen, von denen die Soldaten all jenen zu essen und zu trinken gaben, die sich zu Jesus Christus als ihrem Erlöser bekannten.

Philippa drehte sich zu ihrem Vater um. Hunger und Durst waren stärker als ihr Abscheu.

»Bitte«, flüsterte sie, »sie geben uns Wasser und Brot.«

»Willst du deine Seele um ein Stück Brot und einen Schluck Wasser verkaufen? Sieh nur, wie sie kriechen im Staub – Würmer vor einer Krähe, der sie sich selbst zum Fraß anbieten.«

Ihr Vater hatte Tränen in den Augen, und seine Lippen zitterten, so sehr schmerzte es ihn, ihr die Bitte zu verwehren. Um ihren

Blick nicht länger ertragen zu müssen, verhüllte er sein Gesicht mit dem Mantel.
Die Mutter erkannte Philippas Not. »Ist die Berührung mit ein paar Tropfen Weihwasser wirklich dieses Elend wert?«, fragte sie ihren Mann. »Bitte, habt Erbarmen mit Eurer Tochter!«
»Schweig still, Weib«, erwiderte der Vater in seiner Verhüllung, »oder hast du vergessen, dass wir aus dem Hause David stammen?«
Voller Neid sah Philippa zu, wie die anderen sich am Wasser und Brot der Soldaten labten. Sogar Isaak, der Chasan, war unter ihnen – auch er hatte die Taufe begehrt. Mit verdrehten Augen trank er aus einem Wasserschlauch, während seine Frau Judith gierig ihre Zähne in ein Stück Brot hieb.
Philippa war verzweifelt. Was sollte sie tun? Sollte sie ihrem Vater den Gehorsam verweigern? Oder sollte sie hier verdursten und verhungern?
Da ertönte in ihrem Rücken eine hohe Stimme.
»Schma Jisrael!«
Ein Jude hatte sich aus dem Staub erhoben, ein dunkelhäutiger Morgenländer, den Philippa noch nie gesehen hatte. Der kleinwüchsige Mensch war vom Fasten mager wie ein Skelett. Doch seine Stimme klang so hell und rein wie die eines Sängers.
»Schma Jisrael!«, rief er noch einmal. »Höre, Volk Israel! Im Traum sind mir drei Tauben erschienen. Eine weiße, eine grüne und eine schwarze. Wollt ihr wissen, was sie bedeuten?«
Wie ein Gesang verhallten die Worte in der flirrenden Luft. Die Menschen auf dem Platz hoben murmelnd die Köpfe.
»Ich will es euch sagen«, fuhr der Orientale fort, »die weiße Taube – das sind die treu gebliebenen Juden. Die grüne Taube – das sind die Juden, die im Herzen schwanken. Die schwarze Taube aber – das sind die Juden, die sich vom Glauben ihrer Väter abgewandt haben.«
Er machte eine Pause. Philippa lief ein Schauer über den Rücken.
»Hoch am Himmel zogen die drei Tauben ihre Bahn. Doch gleich

traten mächtige Schützen auf, mit Pfeil und Bogen, und streckten sie alle drei zu Boden.«
Ein Klagelaut aus Hunderten von Seelen antwortete dem Orientalen. Der hob seine Arme.
»Aber ich habe noch mehr gesehen. Zwei Berge habe ich gesehen und eine Königin in einem Gewand so weiß wie Schnee. Der eine Berg war Edom, das Reich der Christen, der andere Berg war Israel, das Reich der Juden. Die Königin aber war Esther. Sie hielt eine Schriftrolle in der Hand, in welcher das Schicksal der beiden Reiche aufgezeichnet war.«
Ein Jude nach dem anderen erhob sich aus dem Staub. Auch Philippa stand auf, um den Morgenländer besser zu hören.
»Schma Jisrael! Siebzig Wochen Strafe sind über das Volk Israel verhängt, zur Verbüßung seiner Schuld, so wurde mir offenbart. Dann wird dem Frevel ein Ende gemacht, und die Sünde ist abgetan, und der Messias wird kommen, um die Edomiter zu vernichten. Eine Wasserflut wird sich über ihr Reich ergießen, und der Berg Edom wird in einem gewaltigen Beben der Erde zerbersten. Das Volk Israel aber wird sich erheben, und die weiße Taube wird sich wieder zum Himmel aufschwingen, und die grüne Taube wird die weiße Farbe annehmen.«
Wie einem Erlöser lauschte Philippa dem Mann, zusammen mit den anderen Juden. Die Worte perlten von seinen Lippen auf sie herab wie Regentropfen in der Dürre, wie Manna in der Wüste. So musste es gewesen sein, als Moses vom Berg Sinai gekommen war, um zu seinem Volk Israel zu sprechen.
»Und noch mehr hat mir Esther im Traum geweissagt. Eine Königin wie sie, eine zweite Esther, wird aus eurer Mitte geboren, um euch aus Unterdrückung und Not zu führen, zurück in eure Heimat, zurück zum Ursprung unseres Volkes.«
Ein Gurren erfüllte die Luft, und der Orientale zeigte in die Höhe. Alle Augenpaare folgten seinem Finger.
»Sehet die Tauben am Himmel! Sie werden euch den Weg weisen, den Weg ins Gelobte Land. Dorthin werdet ihr fahren auf

den Schiffen eurer Peiniger, in das Land, in dem die Nachkommen Moses' noch heute leben wie zu unserer Urväter Zeiten, in Erfüllung der heiligen Gebote. Unter sie sollt ihr euch mischen, unter Gottes wahre Kinder, an den Ufern des Flusses Sabbaton, dessen Fluten nur an den Werktagen strömen, am siebten Tage aber stillstehen, während die Mosessöhne ihre Gebete verrichten, um den Sabbat zu heiligen. Dort wird sich euch, am Ende eurer Reise, der Garten Eden auftun, und ihr werdet den Duft von Dattelpalmen und Orangenbäumen und Pinienhainen atmen. Dann wird ewige Gerechtigkeit herrschen, und das Reich des Messias wird sich ausbreiten bis ans Ende der Welt, und alle Völker der Erde werden seine Regierung annehmen und den Gott Israels als den einzigen wahren und Frieden spendenden Gott anerkennen.«
Als der Morgenländer verstummte, war es, als hielte Gott selbst den Atem an. Kein Laut, kein Hauch regte sich auf dem Platz. Philippa blickte zu ihrem Vater. Die Hände zum Himmel erhoben, murmelte er ein Gebet, die vor Glück nassen Augen auf den Orientalen gerichtet.
»Ist das der Messias?«, fragte Philippa.
Noch bevor ihr Vater antworten konnte, gellte ein Ruf über den Platz.
»Misericordia!«
Philippa fuhr herum. Der Dominikaner hatte den Ruf ausgestoßen, und gleich darauf fielen Dutzende von Stimmen in den Schlachtruf ein, von allen Seiten des Platzes.
»Misericordia! Misericordia!«
Im selben Moment brach die Hölle los. Bewaffnete Soldaten, zu Fuß und zu Pferde, preschten zwischen die Menschen. Wahllos griffen sie einzelne aus der Menge heraus, schlugen und hieben auf sie ein, Greise und Kinder, Männer und Frauen ohne Unterschied, trieben sie mit Piken und Schwertern vor sich her, in die Richtung von Santa Justa. An Stricken und Kleidern, an Haaren und Bärten zogen und zerrten sie ihre Opfer die Stufen der Kir-

che hinauf, um mit ihnen im Dunkel des Gotteshauses zu verschwinden.
Philippa war starr vor Entsetzen. »Was haben sie vor?«, flüsterte sie. »Wollen sie uns – töten?«
Ihr Vater schüttelte den Kopf. »Nein«, sagte er, »schlimmer! Sie wollen uns *taufen!*« Mit der Faust schlug er sich gegen Brust und Stirn, bevor er die Augen zum Himmel hob, um zu Gott zu beten. »Wer vermag Deinem Zorn zu entkommen, Gott, wenn Dein Volk so viel Schuld auf sich geladen hat? Möge sich an uns erfüllen, was in der Schrift geschrieben steht: ›Denn der Herr wird dich zerstreuen unter alle Völker von einem Ende der Erde bis ans andere, und du wirst dort anderen Göttern dienen, die du nicht kennst noch deine Väter.‹«
Philippa flüchtete sich in die Arme ihrer Mutter, und gleichzeitig erhob sich ein Heulen und Zähneknirschen über dem Platz, wie kein Ohr es je vernommen hatte. Menschen, die sich mit all ihren Kräften aneinanderklammerten, um nicht getrennt zu werden, wurden mit Peitschenhieben auseinandergejagt. Kinder wurden ihren Müttern entrissen, Frauen ihren Männern. Bald war die Praça do Rossio ein wogendes Meer der Verzweiflung. Wie Wahnsinnige irrten Väter umher, auf der Suche nach ihren Angehörigen, Greisinnen setzten sich wie Löwinnen zur Wehr, um ihre Enkel vor dem Zugriff der Soldaten zu retten.
Unbeirrt fuhr Philippas Vater in seinem Gebet fort, um Gottes Strafgericht zu preisen. »›Dort wird der Herr dir ein bebendes Herz geben und erlöschende Augen und eine verzagende Seele, und dein Leben wird immerdar in Gefahr schweben. Tag und Nacht wirst du dich fürchten und deines Lebens nicht sicher sein. Morgens wirst du sagen: Ach, dass es Abend wäre!, und abends wirst du sagen: Ach, dass es Morgen wäre.‹«
Verzweifelt blickte Philippa sich um. Wo war der Messias? Der fremde Erlöser, der eben noch die Befreiung verheißen hatte?
Als sie den Morgenländer entdeckte, drängte ein Schrei in ihre Kehle und stieg mit solcher Macht in ihr auf, als wollte er ihr die

Brust zerreißen, und blieb ihr doch im Halse stecken. Eine Axt, blinkender Stahl in der Sonne, fuhr auf das Haupt des Orientalen nieder und spaltete seinen Schädel in zwei Teile.

»›Also spricht der Herr: Man wird sie hinstreuen vor die Sonne, den Mond und das ganze Himmelsheer … Sie sollen weder aufgesammelt noch begraben werden. Dünger auf dem Acker sollen sie sein. Und besser als das Leben wäre der Tod auch für die anderen, die übrig geblieben sind …‹«

Obwohl Philippa vor Angst kaum einen Gedanken fassen konnte, begriff sie den Zweck des blutigen Schauspiels so deutlich, als wäre er mit Flammen in den Himmel geschrieben: Kein Jude sollte diesen Tag überleben – entweder er wurde als Christ durch die Taufe wiedergeboren, oder aber er ging in den Tod.

»›Wie durch einen Ostwind will ich sie zerstreuen vor ihren Feinden. Ich aber zeige ihnen den Rücken und nicht das Gesicht am Tag ihres Verderbens …‹«

Plötzlich verstummte Philippas Vater in seinem Gebet. Wie eine der zehn Plagen schwärmten überall Mönche und Priester aus. Von allen Ecken und Enden des Platzes kreisten sie ihre Opfer ein. Bewaffnet mit Eimern und Kübeln, gossen sie Wasser über die Köpfe der Juden, die kreischend auseinanderstoben. Wenn nur ein Tropfen ihren Leib berührte, wäre es um ihre Seele geschehen.

»Ich taufe euch im Namen des allmächtigen Gottes – des Vaters und des Sohnes und des Heiligen Geistes! Amen!«

Panik überfiel Philippa, und mit ihrer ganzen Kraft riss sie sich aus den Armen ihrer Mutter.

Da aber verdunkelte sich der Himmel vor ihren Augen. Als wäre eine finstere Wolke vor die Sonnenscheibe getreten, hatte ihr Vater sich über sie gebeugt, die Ärmel seines Mantels zu beiden Seiten erhoben, zwei schützende Flügel. Wie ein Todesengel breitete er den Mantel um sie aus, hüllte sie ein, um sie vor der Befleckung durch die Taufe zu bewahren. Zärtlich lächelte er ihr zu, doch aus seinen Augen rannen Tränen.

»Nein!«, schrie Philippas Mutter. »Ich flehe Euch an! Im Namen des Herrn!«
Aber ihr Mann stieß sie zur Seite. »Still, Weib! Ich muss es tun! Um ihrer Seele willen!«
Philippa sah in die weinenden Augen ihres Vaters, während sie seine Hände an ihrer Kehle spürte. Wie ein eisernes Joch schlossen sie sich um ihren Hals.
»Verzeih mir, meine Tochter«, sagte er und drückte zu.
Philippa schwanden die Sinne. Während sie in Ohnmacht fiel, unfähig, sich zu rühren, suchten ihre Gedanken in der Finsternis das Licht, losgelöst von ihrem Körper. Und irgendwann, nach einem Wimpernschlag, der eine Ewigkeit währte, kam die Erkenntnis über sie, hell und klar. Es war der Tag des Pessachfestes, an dem die Juden Opfertiere schlachteten, um den Auszug aus Ägypten zu feiern, die Befreiung aus der Sklaverei. Darum musste ihr Vater sie töten, als sein Opferlamm, um Gottes Willen zu erfüllen …
Auf einmal strömte das Leben in ihren Körper zurück, und mit Händen und Füßen wehrte sie sich gegen die tödliche Umarmung.
»Nein, nein! Ich will nicht sterben!«
Als sie die Augen aufschlug, sah sie im Rücken ihres Vaters einen Soldaten. Groß wie ein Riese wuchs er in den Himmel empor.
»Vater!«, schrie sie. »Hinter Euch!«
Zu spät. Eine Klinge blitzte auf, ein Schwirren war in der Luft, dann fuhr das Schwert zwischen die Mantelflügel, das eiserne Joch löste sich von Philippas Hals, und ihr Vater sank leblos zu Boden.
Gleich darauf ergoss sich ein Schwall Wasser über Philippa und ihre Mutter.
»Ich taufe euch im Namen des allmächtigen Gottes – des Vaters und des Sohnes und des Heiligen Geistes! Amen!«
Noch lange Stunden wurden die Juden gegen ihren Willen getauft, ein Unheil so groß und schrecklich wie einst die Zerstö-

rung des Tempels von Jerusalem. In der Verzweiflung, auf ewig getrennt zu werden, taten es viele Eltern Philippas Vater gleich, erdrosselten ihre Kinder und legten dann Hand an sich selbst. Lieber wollten sie den Tod erleiden, als mit ihren Peinigern dermaleinst dasselbe Himmelreich zu teilen. Manche Juden stürzten sich, den Namen des Herrn auf den Lippen, in die Schwerter ihrer Schlächter, andere rannten mit den Köpfen gegen steinerne Mauern an, um sich den Schädel zu zertrümmern, manche entleibten sich noch in den Kirchen, bevor man sie vor das Taufbecken zerren und in das gefürchtete Wasser tauchen konnte. Ihre Leichen wurden von den Christen im Angesicht der überlebenden Juden verbrannt, als sichtbares Zeichen für die Allmacht und Größe des barmherzigen Gottes, vor allem aber zur Warnung all jener, die bereit waren, ihren Glaubensbrüdern in den Tod zu folgen. Denn kein Jude, dessen Leichnam verbrannt wird, wird der Auferstehung der Toten beim Kommen des Messias teilhaftig sein.

Nicht eher sollte das Gemetzel enden, als bis die Sonne im Meer versank und schwarze Nacht sich über die Praça do Rossio senkte. Dann endlich tauchten die Soldaten ihre Schwerter in die Eimer und Kübel mit geweihtem Wasser, um die Klingen vom Blut der Opfer zu reinigen, und steckten sie zurück in die Scheiden.

Und wahrlich, am Abend dieses Tages gab es keinen Juden mehr in der Stadt Lissabon. Den Getauften aber, die das Massaker überlebten, wurden christliche Namen gegeben, damit der dreifaltige Gott sie in die Schar seiner Gläubigen aufnehmen konnte und sie fortan in der Gnade Jesu Christi lebten, als fromme Katholiken.

3

»Von diesem Tag an, dem Pessachfest des Jahres 1497, sollte unser Leben nie wieder so sein wie zuvor. Kein Jude im Land durfte sich mehr zu seinem Glauben bekennen.«

Das erklärte Philippa, das Mädchen von einst und nun selbst Mutter der zwölfjährigen Gracia – fünfundzwanzig Jahre nach der gewaltsamen Taufe der zwanzigtausend auf der Praça do Rossio.

»Nie darfst du vergessen, was damals geschah.« Sie nahm das Gesicht ihrer Tochter zwischen die Hände und blickte sie an. »Hörst du, mein Kind? Niemals!«

Eine lange Weile blieb Gracia stumm, aufgewühlt vom Bericht ihrer Mutter. Endlich hatte sie das Geheimnis erfahren, das Geheimnis ihres Volkes.

Draußen schlug die Glocke von Santa Justa zur achten Abendstunde. Längst war die Sonne hinter dem Dach der Kirche untergegangen. Wie ein graues Tuch senkte sich die Dämmerung über die Stadt.

»Warum hast du mir nie davon erzählt?«, fragte Gracia schließlich.

»Dein Vater wollte es nicht. Er glaubt, es würde dir schaden. Aber ich meine, du hast das Recht, die Wahrheit zu wissen. Und heute ist der richtige Tag, um alles zu erfahren.«

Obwohl Gracias Wangen noch nass waren von den Tränen, die sie beim Bericht ihrer Mutter vergossen hatte, füllte ihre Seele sich mit Stolz. Morgen war der erste Sabbat nach Vollendung ihres zwölften Lebensjahres. Damit galt sie als erwachsene Frau, in der Gemeinde und vor Gott.

»Zeit fürs Abendbrot.« Ihre Mutter erhob sich von der Erkerbank, auf der sie gesessen hatten, und ging in den angrenzenden Küchenraum, um das Feuer zu schüren. »Gleich kommt dein Vater aus dem Kontor. Du kannst schon mal den Tisch decken.«

Doch Gracia rührte sich nicht. So viele Fragen bedrängten ihre Seele, Dinge, die sie nicht verstand. Warum hatten die Juden sich nicht zur Wehr gesetzt? Sie waren zwanzigtausend gewesen, viel mehr als ihre Peiniger, die Edomiter … Wer war der Morgenländer gewesen, der zu den Juden gesprochen hatte? Hatte er den Sabbaton mit eigenen Augen gesehen, jenen Fluss, dessen Fluten nur an den Werktagen strömten, am Sabbat jedoch stille standen? Gracia sah das Bild von dem paradiesischen Garten so deutlich vor sich, dass sie den Duft der Orangen und Pinien und Datteln zu riechen glaubte … Aber gab es diesen Garten Eden wirklich? Und wer sollte die neue Esther sein?

Ihre Mutter zündete die Kerzen auf einem Leuchter an. Der flackernde Schein brach sich in den glänzenden Kacheln an den Wänden. Sie öffnete den Geschirrschrank, um einen Stapel Essbretter daraus hervorzuholen.

»Willst du mir nicht helfen?«

»Sofort«, antwortete Gracia. »Aber vorher musst du mir noch etwas sagen.« Sie zögerte einen Moment, dann sagte sie: »Was für eine Taube bin ich?«

»Ist das das Einzige, wonach du fragst?«

»Ich will wissen, was ich bin. Eine Jüdin oder Christin? Ich bin doch getauft, genau wie du. Kann ich trotzdem eine weiße Taube sein?«

Ihre Mutter stellte die Essbretter auf den Tisch und gab ihr einen Kuss. »Gott straft keinen Menschen für einen Glauben, der ihm aufgezwungen wurde. Sie haben uns zwar mit ihrem Wasser getauft, aber nur unsere Körper wurden Christen. Unsere Seelen sind jüdisch geblieben.«

Gracia schüttelte den Kopf. »Weshalb musste Großvater dann sterben? Wie konnte Gott das zulassen? Großvater war doch bereit, alles zu tun, um dem Willen des Haschem zu folgen. Wie Abraham, als Gott von ihm verlangte, seinen Sohn zu opfern.«

Mit einem Seufzer hob ihre Mutter die Arme. »Ich weiß es nicht«, sagte sie. »Vielleicht war es ein Zeichen, dass Gott uns nicht verlassen hatte. Wen Gott straft, den liebt er.«

Die Antwort konnte Gracia begreifen – alle Juden dachten so.

Aber wenn ihre Mutter so den Tod ihres Großvaters erklärte, wurde dadurch eine andere Frage nur umso dringlicher.

»Und warum habt ihr zwei dann überlebt, Großmutter und du?«, fragte sie leise.

Ihre Mutter versuchte nicht, ihre Ratlosigkeit zu verbergen. »Auch das kann ich dir nicht sagen. Ich weiß nur, es war Gottes Fügung. Allein seiner Gnade verdanken wir unser Leben.«

»Aber wozu?«, wollte Gracia wissen. »Wenn so viele Juden sterben mussten, um Gott zu gefallen – wäre es da nicht besser gewesen, mit ihnen zu sterben? Ich glaube, wenn Königin Esther bei euch gewesen wäre, sie wäre wie Großvater in den Tod gegangen.«

Eine lange Weile dachte ihre Mutter nach, bevor sie eine Antwort gab. Doch als sie endlich zu sprechen anfing, sog Gracia jedes Wort, jede Silbe mit ihrem Herzen auf, um es für immer darin zu bewahren. Als würde sie ahnen, dass sich durch diese Antwort ihr ganzes künftiges Leben entscheiden sollte – ihr eigenes Leben und das Leben Tausender und Abertausender jüdischer Männer und Frauen und Kinder.

»Bist du dir wirklich so sicher?«, erwiderte ihre Mutter. »Du und ich – wir stammen von König David ab, wir sind mit Königin Esther verwandt. Vielleicht hat Gott uns darum auserwählt, am Leben zu bleiben. Irgendjemand musste doch überleben, damit die Prophezeiung sich erfüllt, irgendwann, die Prophezeiung vom Gelobten Land …«

Erstes Buch

Die Nidda

Lissabon,
1528–1536

1

Ein azurblauer Himmel spannte sich über den Burgberg von Lissabon, auf dessen Rücken sich majestätisch das Castelo de São Jorge erhob, seit Jahrhunderten Sitz der portugiesischen Könige. Schneeweiße Häuser säumten im Schatten der Burg die schwindelerregend steilen Treppenstraßen, die von den Quartieren der Oberstadt hinunter zur Alfama führten, dem ältesten Viertel der Baixa mit seinem unüberschaubaren Gewirr verwinkelter Gassen und Gässchen, das sich wie ein zuckendes und atmendes Menschennest an das rechte Ufer des Tejo schmiegte.
Folgte man von der Unterstadt aus dem Lauf des mächtigen Flusses, der an manchen Stellen bis zu sechstausend Fuß Breite einnahm, so gelangte man nach reichlich fünf Meilen in den Vorort Belém, wo sich der Hauptankerplatz der Großsegler befand, der Viermastbarken und Sechsmastschoner. Dieser Hafen am äußersten Ende des Abendlandes, auf achtunddreißig Grad nördlicher Breite und acht Grad westlicher Länge gelegen, war das Tor zur Neuen Welt. Von hier aus waren die kühnsten und bedeutendsten Seefahrer der jüngsten Vergangenheit aufgebrochen, Vasco da Gama und Cristoforo Colombo, um den Seeweg nach Indien und den Kontinent Amerika zu entdecken.
Auf keinem Fleck der Erde herrschte größere Betriebsamkeit als hier, unter dem Turm von Belém. Vom Aufgang der Sonne bis zum Einbruch der Nacht mischte sich an den Hafenkais das eintönige Kreischen der Möwen mit dem babylonischen Geschrei der Kaufleute und Makler. Auf Portugiesisch und Spanisch, auf Deutsch und Italienisch, auf Holländisch und Französisch riefen sie einander Angebote und Preise zu, während die Schauerleute den Austausch der Waren besorgten. Schätze aus aller Herren Länder schleppten sie von den vertäuten Segelschiffen an Land: Kisten mit Gold und Silber und Edelsteinen, Ballen von kost-

barer Seide und Baumwollstoffen, Fässer mit Indigo-Farben und chinesischem Porzellan, Säcke voller exotisch duftender Gewürze und Kräuter. Und auf all das emsige Treiben schien die Sonne mit einem so strahlenden Glanz, als wollte der Himmel selbst diesen Ort und seine Geschäftigkeit segnen.

Ja, der Segen des einen und allmächtigen Gottes lag tatsächlich über dem Land. Nach der Zwangsbekehrung der Juden auf der Praça do Rossio, mit der König Dom Manuel die Bedingung seiner Braut Isabella zur Einwilligung in die Ehe erfüllte, um durch die Vermählung mit der spanischen Infantin seinen Traum von einem vereinten iberischen Großreich zu verwirklichen, hatte er ein Dekret der Milde erlassen. Darin erteilte er allen gewaltsam getauften Juden in seinem Reich einen Gnadenerlass und bestimmte eine Frist von zweimal zehn Jahren, innerhalb deren sie weder der »Juderei« angezeigt noch vor das Glaubensgericht der Inquisition gezerrt werden durften, um ausreichend Zeit zu haben, sich ihrer alten Glaubensgewohnheiten zu entledigen und in ihren neuen Glauben hineinzufinden. Nach außen hatten diese Neuchristen jüdischer Herkunft, auch »Conversos« oder »Marranen« genannt, alle Pflichten des katholischen Bekenntnisses zu erfüllen, im Kreise ihrer Familien aber lebten sie weiter nach dem Gesetz ihrer Väter. Sogar eine Synagoge konnten sie, gleichsam im Schatten der zweihundert Kirchen der Stadt, ungestraft betreiben, wo sie im Gebet zusammenkamen, um mit Zerknirschung ihren Gott für die Sünde des Götzendiensts, den sie zur öffentlichen Bekundung ihrer Bekehrung an allen katholischen Fest- und Feiertagen in den christlichen Gotteshäusern leisten mussten, um Verzeihung zu bitten. Nur außer Landes durften sie nicht reisen ohne ausdrückliche Bewilligung des Königs.

Auf diese Weise sicherte sich Dom Manuel die Gunst seiner spanischen Gemahlin und band zugleich jene Teile der Bevölkerung an sich, denen sein Königreich einen bis dahin ungekannten Wohlstand verdankte: Ja, er hatte das Land von den Juden gesäubert, sie ausgerottet mit Stumpf und Stiel, ohne dass sie ihm den Dienst versagten. Abgesehen von einigen blutigen Auswüchsen, in denen sich der in tiefem Neid verwurzelte Hass der altchristlichen Bevölkerung auf die rührigen und betriebsamen Scheinchristen entlud – etwa nach einem Erdbeben oder einer Hungersnot, für die man die fluchbeladenen Juden wie für alle Naturkatastrophen verantwortlich machte –, erwies sich dieses Verhältnis für beide Seiten als so vorteilhaft, dass es auch Dom Manuels Nachfolger, König João III., bei seiner Thronbesteigung im Jahre 1521 übernahm, um es auf unbestimmte Zeit hin fortzusetzen, obwohl der Traum vom vereinten iberischen Großreich längst geplatzt war.

Nur einige wenige Juden der Stadt wollten sich nicht mit der heuchlerischen Doppelexistenz abfinden, die die neuen Zeiten ihnen abverlangten. Sie sehnten sich nach einem Leben, in dem sie sich frei und ohne Lüge zu ihrem wahren und wirklichen Glauben bekennen konnten. Zu ihnen gehörte auch Gracia Nasi, Beatrice de Luna mit christlichem Namen, die mit ihren nunmehr achtzehn Jahren von ihrem Vater und der jüdischen Gemeinde dazu ausersehen war, mit dem Kaufmann Francisco Mendes, einem der reichsten und angesehensten Männer Lissabons, den Bund der Ehe einzugehen.

2

»Nein!«, rief Gracia. »Ich will diesen Mann nicht heiraten! Er ist mir zuwider! Ich verachte ihn! Das wisst Ihr ganz genau! Außerdem ist er doppelt so alt wie ich!«

»Die Gemeinde und ich haben es so beschlossen«, erwiderte ihr Vater. »Es ist Gottes Wille! Also wird es geschehen!«

»Gottes Wille? Ihr habt meine Seele an einen Verräter verschachert!«

»Auf dem Sterbebett musste ich deiner Mutter versprechen, einen guten Ehemann für dich zu finden, und wenn morgen die Sonne untergeht, habe ich mein Versprechen erfüllt. Francisco Mendes wird immer für dich sorgen. Die Ketubba, die wir aufgesetzt haben, ist der vorteilhafteste Ehevertrag, der je für eine Braut ausgehandelt wurde.«

»Vater hat recht«, sagte Brianda, Gracias jüngere Schwester. »Sieh nur die vielen Geschenke. Alle Mädchen in der Stadt beneiden dich.«

Es war der letzte Tag der »Mastwoche«, der Woche, die der Hochzeit vorausging. Seit sieben Tagen wurde Gracia von den Gemeindefrauen mit Kuchen und Naschwerk gefüttert, und am Nachmittag hatten die Vornehmsten der Gemeinde unter Führung von Rabbi Soncino und mit Hilfe von einem halben Dutzend Dienern die Geschenke des Bräutigams gebracht. Auf sämtlichen Tischen und Stühlen stapelten sich nun all die Gürtel und Schleier und Kränze, die Francisco Mendes geschickt hatte.

Gracia wandte den Blick von ihren Reichtümern ab. Sie ekelten sie an.

»Wenn meine Mutter noch am Leben wäre – niemals hätte sie ihren Segen zu dieser Hochzeit gegeben! Mein Großvater stammte von König David ab! Er ist für seinen Glauben in den Tod gegangen!«

»Was willst du damit sagen?«, erwiderte ihr Vater. »Sollen deshalb alle Juden freiwillig sterben? Aus dir redet nicht König David, sondern der Hochmut der Jugend!«

»Nur weil ich Gott dienen will? Und wenn Ihr es zehnmal Hochmut nennt – lieber würde ich sterben, als meinen Glauben zu verraten wie Francisco Mendes. Dieser Heuchler schimpft sich Jude und ist doch ein Freund des Königs. Er geht bei Hof ein und aus, nur um mit den Edomitern unbehelligt seine widerwärtigen Geschäfte zu machen. Dabei nennen sie uns Marranen – Schweine!«

Mit Genugtuung beobachtete Gracia, wie ihr Vater bei dem Wort

zusammenzuckte. Doch es dauerte nur einen Wimpernschlag lang, und er hatte sich wieder gefasst.
»Francisco Mendes ist kein Heuchler, sondern klug. Er passt sich den Verhältnissen an, wie jeder vernünftige Mann. Wir müssen den Schein wahren. Das ist unsere einzige Möglichkeit, zu überleben.«
»Den Schein wahren – wie ich das hasse! Unser halbes Leben verbringen wir damit. Wir besuchen ihre Messen, wir gehen zur Beichte, wir fasten an Karfreitag und bitten Gott am Jom Kippur um die Entbindung von den Gelübden. Aber wenn wir den Sabbat heiligen und nicht arbeiten wollen, müssen wir so tun, als wären wir krank! Ihr habt sogar einen Priester gerufen, als Eure Frau im Sterben lag, nur damit kein Christ behaupten konnte, Mutter wäre als Jüdin gestorben!«
Gracia hatte gehofft, dass ihr Vater erneut zusammenzucken würde, doch er hielt ihrem Blick stand.
»Hast du einen Grund, dich zu beklagen?«, fragte er. »Ausgerechnet du? Nur weil wir so leben, wie wir leben, und es stets vermieden haben, Verdacht auf uns zu lenken, konntest du ohne Sorgen aufwachsen. Ja, die Christen warten nur auf eine Gelegenheit, uns Juden etwas anzutun, aber kein Mensch hat dir je ein Haar gekrümmt. Im Gegenteil. Du hast gelebt wie eine Prinzessin. Du hattest immer genug zu essen und besitzt einen Schrank voller Kleider. Die besten Lehrer von Lissabon haben dich unterrichtet. Du kannst lesen und schreiben und sprichst außer Portugiesisch noch Hebräisch und Französisch.«
»Ihr habt Latein und Italienisch vergessen!«
»Und wem hast du das alles zu verdanken? Deinem Großvater aus dem Hause David, der sich freiwillig hat abschlachten lassen, für nichts und wieder nichts? Oder Männern wie Francisco Mendes, die klug und umsichtig gehandelt haben?«
Gracia war so wütend, dass sie kein Wort hervorbrachte. Ach, was hätte sie darum gegeben, wenn ihre Mutter und ihr Großvater noch da gewesen wären. Die beiden hätten sie verstanden

und unterstützt … Aber so? Sie wusste, sie war nur ein Mädchen, dessen Meinung nichts galt, und was immer sie vorbringen würde, es würde nichts nützen. Wenn ihr Vater und die Gemeinde beschlossen hatten, dass sie Francisco Mendes heiraten sollte, dann würde ihr nichts anderes übrigbleiben, als zu gehorchen. Trotzdem: Musste sie sich willenlos in ihr Schicksal fügen? Nur um in der Lüge ein bequemes Leben zu führen? Wenn ihr Vater das glaubte, dann hatte er sich verrechnet! Eine Waffe besaß auch sie, und sie war bereit, diese Waffe zu nutzen.

»Gott sei gelobt, endlich nimmst du Vernunft an«, sagte ihr Vater, der ihr Schweigen als Einverständnis deutete. Und bevor sie etwas einwenden konnte, drehte er sich zu Brianda um: »Bring deine Schwester zur Mikwa, gleich wird es Nacht. Es ist höchste Zeit für das Tauchbad.«

3

Zur selben Stunde betrat am anderen Ende Europas, viele tausend Meilen von Lissabon entfernt, der Dominikanerpater Cornelius Scheppering im schwarz-weißen Habit seiner Ordensgemeinschaft die Zelle seines Glaubensgenerals. Obwohl er schon an die vierzig Jahre alt war, strahlte sein blasses, längliches Gesicht mit den quellklaren Augen und den rosafarbenen Wangen sowie dem blonden, engelsgleich gelockten Haar, das rings um seine Tonsur spross, die Unschuld eines Kindes aus. Drei Wochen war er über Land gefahren, auf holprigen Straßen voller Schlaglöcher und Morast, um mit der Thurn-und-Taxis-Post von Antwerpen nach Rom zu eilen, in die Hauptstadt der Christenheit. Am Mittag war er in der Ordensburg der Dominikaner angekommen, und noch immer spürte er vom Rütteln und Schütteln der endlos langen Fahrt jeden einzelnen Knochen im Leib. Doch nachdem er sich durch nahrhafte Speisen gestärkt, vor allem aber seine Seele durch den Besuch der heiligen Messe sowie das Chorgebet mit seinen Glaubensbrüdern erquickt hatte, wollte er nicht säumen, noch an diesem Abend das Gespräch zu führen, um dessentwillen er die Beschwerlichkeit der Reise auf sich genommen hatte. Die Dringlichkeit seiner Mission duldete keinen Aufschub. Kein Geringerer als Kaiser Karl V. hatte ihn nach Rom geschickt.

»Gelobt sei Jesus Christus.«

»In Ewigkeit. Amen.«

Die Zelle des Glaubensoberen war ein karger, weiß getünchter Raum von wenigen Schritten im Quadrat, und obwohl Gian Pietro Carafa, wie der Ordensmeister mit weltlichem Namen hieß, einem alten römischen Adelsgeschlecht entspross, unterschied sich seine Zelle in nichts von denen der einfachen Brüder. Die einzige Zierde war ein hölzernes Kreuz mit dem leidenden Christus, das als stete Mahnung zu Einkehr und Buße über dem Schreibpult hing.

»Was führt Euch den langen Weg hierher?«, fragte Carafa, nachdem er mit Cornelius den Bruderkuss getauscht hatte.

»Kaiser Karl ist von großer Sorge erfüllt. Seine Heiligkeit der Papst zögert immer noch, dem Begehren seines Glaubensvolkes nachzugeben und die Inquisition in Portugal einzusetzen. Er bittet darum die dominikanische Bruderschaft, als den für das Glaubensgericht zuständigen Orden, ihren Einfluss geltend zu machen, um möglichst rasch …«

»Der Kaiser ist ein Heuchler«, fiel Carafa ihm ins Wort. »In den spanischen Niederlanden, wo er die meiste Zeit residiert, verwehrt er der Inquisition den Zutritt, um zugleich für Portugal ihre Einsetzung zu verlangen.«

»Meine Brüder in Antwerpen sind sich dieses Zwiespalts bewusst«, stimmte Cornelius zu, »und wir leiden darunter wie Ihr. Tatsächlich weiß man nie, wo Karls Glaube aufhört und seine Geldgier beginnt. Doch möchte ich zu bedenken geben, dass die mangelnde seelische Lauterkeit des Kaisers nichts an der Richtigkeit seines Ansinnens ändert.«

»Gewiss, auch Narrenmund tut bisweilen Weisheit kund. Allein, der Wankelmut des Kaisers spiegelt sich wider im Wankelmut seiner Vasallen. Der portugiesische König zeigt sich der Vorstellung eines Glaubensgerichts wenig empfänglich, obwohl in seinem Reich größte Glaubensnot herrscht, vor allem in Lissabon.«
»Ihr meint das Treiben der Marranen?«
»Allerdings. Dabei sollte Dom João eigentlich wissen, dass auch ein König sich nicht gegen Gottes Willen stellen darf. Schon sein Vater wurde für die allzu große Nachsicht gegenüber den Juden mit dem Scheitern seiner Träume vom iberischen Großreich bestraft. Der Sohn ist kein bisschen besser. Ohne eine Hand zu rühren, sieht Dom João zu, wie das freche Judenvolk den heiligen katholischen Glauben beleidigt, vor seiner königlichen Nase! Obwohl sie die Gnade der Taufe empfangen haben, praktizieren sie nach wie vor ihre widerlichen Rituale, um den Gott der Christenheit zu verhöhnen.«
Schon bei der Begrüßung hatte Cornelius Scheppering den Ordensmeister als einen Mann nach seinem Geschmack empfunden. Carafa stand der Glaubenseifer ins hagere Gesicht geschrieben, und je länger er redete, umso mehr verstärkte sich dieser erfreuliche Eindruck zur Gewissheit: Kein Zweifel, hier sprach ein glaubensfester Gottesknecht!
»Jeder Christenmensch, der reinen Herzens ist, wird Eure Worte freudig unterschreiben«, sagte Cornelius. »Umso weniger ist freilich zu verstehen, dass Seine Heiligkeit sich nicht dazu durchringen kann, das Nötige zu tun. Auch wenn der Kaiser vermutlich nur auf das Geld erpicht ist, das sich mit der Inquisition verdienen lässt, hat er immerhin ein redliches Motiv auf seiner Seite – seinen Krieg gegen die Türken, der gewaltige Summen verschlingt.«
Carafa strich sich mit einem Seufzer über das Kinn. »Wir hatten solche Hoffnung, als Alessandro Farnese den Stuhl Petri bestieg. Er hat geschworen, die Inquisition in Portugal einzusetzen. Doch nun, da er als Paul III. auf dem Thron sitzt, erweist er sich als

ebenso großer Zauderer wie sein Vorgänger. Statt uns freie Hand zu lassen, macht er allerlei Einwände, faselt von Barmherzigkeit und Nächstenliebe. ›Weil du aber lau bist‹, spricht der Herr, ›werde ich dich ausspeien aus meinem Munde.‹ Wahrscheinlich meidet dieser Papst die Inquisition nur, weil er selbst vor das Glaubensgericht gehört.«

Heiliger Zorn erfüllte Carafas Miene, und tiefe Falten furchten seine Stirn. Doch plötzlich, als überfielen ihn Zweifel daran, ob er seinem Gegenüber trauen dürfte, verstummte er und trat an sein Pult, um in Papieren zu blättern, die dort lagen.

»Wie ich sehe«, sagte er über die Schulter, »wart Ihr mehrere Jahre in Amerika, um den Heiden dort das Christentum zu bringen. Ein Amt, das allen Glaubensmut erfordert – sehr lobenswert! Wie habt Ihr zu Eurer Berufung gefunden?«

»Lange Jahre bin ich in der Finsternis gewandelt, bevor die Muttergottes mich auf den rechten Weg führte«, erwiderte Cornelius. »Als junger Mann arbeitete ich im Kontor einer Antwerpener Handelsfirma. Die Firma gehörte einem Marranen, doch die Bezahlung war gut, und ich musste meine Mutter ernähren. Damit beruhigte ich zumindest mein Gewissen. Als aber meine Mutter starb, erschien mir an ihrem Totenbett die Jungfrau Maria. Sie trug mir auf, nicht länger für einen Juden zu arbeiten, sonst wäre ich zu ewigem Höllenfeuer verdammt. Noch am Tag der Beerdigung habe ich um Aufnahme in den Orden gebeten. Seitdem versuche ich, im Gehorsam des Herrn zu leben.«

Demütig senkte er das Haupt, während Carafa weiter in den Papieren blätterte.

»Der Leiter der Expedition berichtet von geschlechtlichen Ausschweifungen auf der Missionsstation?«

»Wir waren im Reich des Bösen, Ehrwürdiger Vater. Doch mit Hilfe der Jungfrau habe ich allen Anfechtungen widerstanden.«

»Seid Ihr dem Bösen begegnet?«

»Gott hat es mir leichter gemacht, als ich Sünder es verdiene. Manche meiner Glaubensbrüder, würdigere Diener des Herrn als

ich, wurden von den Wilden umgebracht. Sie starben mit dem Namen Jesu auf den Lippen. Ich habe sie um ihr Los beneidet.«
Carafa legte die Unterlagen zusammen und wandte sich um. »Wäret Ihr bereit, für unseren Glauben an den gekreuzigten Heiland zu sterben?«
Cornelius Scheppering hob den Blick und sah seinem Ordensmeister fest ins Gesicht.
»Der Tod ist das Tor zum Leben. Wenn der Herr mir ein Zeichen gibt, welches Kreuz ich auf mich laden soll – gewiss! Ich werde nicht zögern, es anzunehmen.«
Carafa nickte. »Dann will ich offen mit Euch reden. Die Verfolgung des Unglaubens ist mein heiliges Ziel. Wollt Ihr mir dabei helfen?«
»Ich würde Gott auf Knien dafür danken.«
»Die Inquisition muss in Portugal Einzug halten, um dem Treiben der verfluchten Marranen ein Ende zu setzen. Das Heil der Christenheit steht auf dem Spiel.«
»Ich bin glücklich, diese Botschaft zu hören. Darf ich fragen, was Ihr zur Erreichung Eures Zieles zu tun gedenkt?«
»›Im Anfang war das Wort‹«, erwiderte Carafa. »Darum will ich vorerst auf die Macht des Logos bauen und lasse Beweise gegen die Juden sammeln. Beweise, denen sich weder der König noch der Papst verschließen kann. Ich werde die Wankelmütigen zwingen, der Inquisition stattzugeben. Ich habe bereits einen Glaubensagenten nach Lissabon geschickt, zur Hochzeit eines reichen Marranen, des größten Kaufmanns der Stadt. Ich bin sicher, er wird uns die nötigen Beweise bringen.«
»Des größten Kaufmanns der Stadt?«, wiederholte Cornelius. »Sprecht Ihr vielleicht von Francisco Mendes?«
»Wie – Ihr kennt den Mann?«
»Allerdings. Die Firma Mendes war das Handelshaus, in dem ich in Antwerpen tätig war, bevor die Jungfrau mir den Weg gewiesen hat. Die Filiale dort wird von Franciscos Bruder Diogo geleitet.«

»Wahrlich eine himmlische Fügung.« Carafas dunkle Augen glühten, als er seine schwere Hand auf Cornelius Schepperings Schulter legte. »Ich glaube, gemeinsam werden wir in Zukunft noch einiges bewirken. Im Namen des Herrn!«

4

Am Himmel über Lissabon waren schon die ersten Sterne aufgezogen, und abendliche Geschäftigkeit herrschte auf der Straße, als Gracia Nasi zusammen mit ihrer Schwester Brianda das Haus verließ, um sich schweren Herzens auf den Weg zur Mikwa zu machen, zum Badehaus, wo sie das rituelle Tauchbad nehmen sollte. Dienstmägde erledigten ihre letzten Besorgungen, Händler ihre letzten Auslieferungen – jeder hatte es eilig, nur Gracia nicht. Auch wenn sie sich dem Beschluss ihres Vaters und der Gemeinde beugen musste, Francisco Mendes zu heiraten, wollte sie doch wenigstens vor Gott und ihrem Gewissen ein Zeichen setzen, und das Tauchbad in der Mikwa war das größte Hindernis, das dieser ihrer Absicht im Wege stand.

»Worauf wartest du?«, fragte Brianda.

»Ich denke nach«, sagte Gracia.

»Unsinn, es ist beschlossene Sache«, wiederholte Brianda die Worte ihres Vaters und stopfte sich ein Stück vom Kuchen der Gemeindefrauen in den Mund, das sie mitgenommen hatte auf den kurzen Weg von Santa Justa zum alten Judenviertel. »Es hat keinen Zweck, sich gegen das Schicksal aufzulehnen. – Hm, ist der lecker. Möchtest du auch mal probieren?«

Sie bot ihrer Schwester von dem Kuchen an, doch Gracia schüttelte den Kopf. Am liebsten wäre sie davongelaufen – aber wohin? Das Tauchbad konnte sie nicht umgehen. Jede jüdische Braut musste sich am Vorabend der Hochzeit bei Mondaufgang diesem Ritual unterziehen, um sich von ihrer letzten Monatsblutung reinzuwaschen. Nur wenn sie das Bad genommen, den Segen erhalten hatte und noch zwei weitere Male untergetaucht war, war sie koscher, und der Bräutigam durfte ihr in der Hochzeitsnacht beiwohnen.

Es gab nur eine Möglichkeit: Sie musste es irgendwie schaffen, das Tauchbad allein zu nehmen. Ob sie ihre Schwester einweihen sollte?

»Ich will keine schwarze Taube sein«, sagte sie. »Und auch keine grüne.«

»Was redest du da?«, fragte Brianda. Ohne die Antwort abzuwarten, stopfte sie sich den Rest von ihrem Kuchen in den Mund und sagte: »Hör auf zu grübeln, wir müssen uns beeilen. Die anderen warten schon.«

Als sie das Badehaus erreichten, waren dort tatsächlich über ein Dutzend Frauen versammelt. Das rituelle Tauchbad war ein Fest, das Tanten und Cousinen und Freundinnen zusammen mit der Braut feierten. Da für die Reinigung lebendes Wasser vorgeschrieben war, befand sich das Becken in einem unterirdischen Tiefbau, auf der Höhe des Grundwasserspiegels. Eine enge steinerne Treppe führte in die Grotte hinab. Gracia betrat das Gewölbe, das die Frauen auch »Haus der Geheimnisse« nannten, zum ersten Mal. Schwarz und bedrohlich schimmerte das Wasser im flackernden Schein einer Fackel. Erst jetzt wurde ihr die ganze Ungeheuerlichkeit ihres Vorhabens bewusst, und ihr Mut, der sie eben noch im Streit mit ihrem Vater beseelt hatte, war verflogen.

»Hier kannst du die Kleider ablegen«, sagte Sarah, die Gemeindeälteste, und zeigte auf eine steinerne Bank, auf der ein Stapel weißer Tücher lag.

»Ich habe Angst«, flüsterte Gracia, und das war nicht gelogen.

»Das haben alle«, lachte Sarah. »Aber glaub mir, dafür wird die Belohnung, die dich morgen erwartet, umso schöner.«

Die anderen Frauen kicherten und stießen sich an. Während die ersten sich bereits auszogen, spürte Gracia einen Kloß im Hals.

Sie konnte unmöglich vor all diesen wachsamen Augen in das Tauchbad steigen, ohne dass ihr Geheimnis offenbar wurde. Doch was konnte sie tun, um sie zu verscheuchen? Sie musste verrückt gewesen sein, als sie Rabbi Soncino belogen hatte. Plötzlich fühlte sie sich, als wäre sie nicht achtzehn Jahre alt, sondern erst acht. Mit zitternden Händen öffnete sie die Knöpfe ihrer Bluse.
Ein paar Frauen waren schon nackt in das Becken gestiegen. Ohne sich voreinander zu genieren, lachten und planschten sie im Wasser. Gracia wusste, wenn ihr jetzt nichts einfiele, würden all diese Frauen gleich ihren Leib abtasten, sie mit ihren Augen und Fingern an ihren geheimsten Stellen berühren. In ihrer Verzweiflung beschloss sie, es mit der Wahrheit zu probieren – der halben Wahrheit zumindest.
»Willst du dich nicht ausziehen?«, fragte Sarah.
Gracia trug noch ein Hemd, das ihr bis zu den Knien reichte.
»Ich … ich schäme mich«, sagte sie. »Sie … sie können mich doch alle sehen.«
»Ja und?«, erwiderte Sarah mit einem Lächeln. »Du brauchst dich nicht zu schämen, wir sind doch unter uns. Niemand wird dir etwas weggucken.« Dann wurde ihr Gesicht ernst. »Wann hattest du zum letzten Mal deine Blutungen?«
Gracia fühlte, wie sie rot wurde. Doch sie überwand sich und gab dieselbe Auskunft, die sie auch Rabbi Soncino gegeben hatte. Sie hatte die Sache angefangen, um Gott ihren Glauben zu beweisen. Jetzt müsste sie sie auch zu Ende führen.
»Vor … vor einer Woche«, stammelte sie.
»Und hast du seitdem deinen Körper geprüft?«
Sie wusste, was Sarah meinte. Als unrein galt eine Frau für die gesamte Dauer ihrer Regel sowie für weitere sieben Tage. Erst wenn sie nach Ablauf dieser Frist keine Spur von Blut mehr an sich fand, war sie für das Tauchbad bereit. Entsprechend legte der Rabbiner den Tag der Eheschließung fest.
Gracia schluckte. Dann nickte sie mit dem Kopf.
»Und hast du auch alles sorgfältig gewaschen?«

»Ja, jeden Tag. Mit einem weißen Lappen.«
Wieder nickte Gracia, in stummer Erwartung des Unabänderlichen. Wo war ihr Mut geblieben? Wo ihre heilige Zuversicht, vor Gott und ihrem Gewissen im Recht zu sein? Gleich würde Sarah ein Tuch nehmen und damit ihre geheimste Stelle erkunden.
»Bück dich jetzt bitte.«
Sarah hielt das Tuch schon in der Hand. Gracia nahm ihren ganzen Mut zusammen und sagte:
»Ich … ich möchte das Bad allein nehmen. Ich … ich schäme mich so sehr.«
Sarah schaute sie an, als habe sie nicht richtig verstanden. Die anderen Frauen verstummten. Auch Brianda blieb stehen und drehte sich um.
»Das ist unmöglich«, erwiderte Sarah. »Wir müssen bezeugen, dass alles seine Richtigkeit hat.«
»Aber ich habe doch gesagt, dass ich mich geprüft habe.«
»Das reicht nicht. Du könntest ja lügen. Außerdem muss jemand dabei sein, um zu bezeugen, dass du den ganzen Körper unter Wasser tauchst.«
Brianda sah die Bedrängnis ihrer Schwester und kehrte aus dem Becken zurück.
»Ich bleibe bei ihr und prüfe, ob sie untertaucht. Vor mir schämt sie sich nicht.«
»Bitte«, sagte Gracia. »Lasst mich mit Brianda allein. Wir wollen auch alles tun, was das Gesetz verlangt.«
Sarah dachte nach. Gracia schien es eine Ewigkeit.
»Also gut«, sagte die Gemeindeälteste schließlich. »Wenn es dir wirklich so peinlich ist …« Dann klatschte sie in die Hände. »Raus aus dem Wasser! Zieht euch wieder an!«
Vor Enttäuschung murrend wie die Gäste eines Festes, die ohne Grund nach Hause geschickt werden, bevor die Feier überhaupt begonnen hat, verließen die anderen Frauen das Becken und nahmen ihre Kleider. Nachdem die letzte aus dem Gewölbe gegangen war, wandte Sarah sich noch einmal an Brianda.

»Aber versprecht mir, dass ihr die Vorschriften einhaltet! Kein einziges Haar darf aus dem Wasser ragen!«

5

Gracia fiel ein Stein vom Herzen, als die Schritte der Frauen endlich verklangen und sie mit ihrer Schwester allein in der Grotte war.
»Was ist denn in dich gefahren?«, fragte Brianda. »Du schämst dich doch sonst nicht, wenn dich jemand nackt sieht.«
»Bitte frag jetzt nicht«, sagte Gracia. »Bringen wir es hinter uns.«
Sie streifte ihr Hemd über den Kopf und stieg in das schwarze Wasserloch. Sie fühlte sich, als würde sie in ein Grab hinabsteigen. Das Wasser war so kalt, dass sie eine Gänsehaut bekam. Was würde Brianda sagen, wenn sie ihr Geheimnis entdeckte? Ihre Schwester war zwar keine so große Gefahr wie Sarah und die Gemeindefrauen – jedes Stück Kuchen war ihr wichtiger als sämtliche Gebote der Thora zusammen –, doch was Gracia vorhatte, das hatte noch keine jüdische Braut gewagt, solange es eine Synagoge in Lissabon gab. Nur Gottes Wille konnte ihr helfen, damit ihr Geheimnis vor Brianda verborgen bliebe – Gottes Wille oder die Dunkelheit. Außer der Fackel gab es kein Licht in dem Felsgewölbe.
Zum Glück machte Brianda keine Anstalten, mit dem Tuch ihre Scheide zu prüfen.
»Kommst du endlich?«, fragte Gracia, bevor ihre Schwester es sich anders überlegte.
Nackt folgte Brianda ihr in das Becken, um bis zur Hüfte unterzutauchen. Ihr Anblick ließ Gracia für einen Moment die Angst vergessen. Brianda war so schön wie Susanna im Bade – man konnte kaum glauben, dass sie Schwestern waren. Gracias Name bedeutete »Liebreiz«, doch selbst wenn sie ihre teuren und präch-

tigen Kleider trug, von denen sie tatsächlich mehrere Dutzend besaß, empfand sie sich als so reizlos wie die katholischen Betschwestern, die sonntags in der Kathedrale in der ersten Bankreihe knieten. Brianda hingegen war mit ihren braunen Locken, den grünblauen Augen, dem vollen roten Mund und der hellen Haut eine wahre Augenweide, und obwohl sie zwei Jahre jünger war, überragte sie Gracia mit ihrer schlanken, wohlgerundeten Gestalt fast um Hauptеslänge. Warum hatte Francisco Mendes nicht um ihre Hand angehalten?

»Was schaust du mich so an?«, fragte Brianda. »Ich dachte, du hast es eilig.«

Wie die Vorschrift es verlangte, ging Gracia in die Hocke, bis das Wasser ihren Körper umschloss. Dann presste sie die Lippen aufeinander und tauchte den Kopf unter, während Brianda dafür sorgte, dass kein einziges Haar aus dem Wasser hervorschaute.

»Gelobt seiest du, Ewiger, unser Gott«, sprach Brianda beim Auftauchen den Segensspruch, »König der Welt, der du uns geheiligt hast durch deine Gebote und uns befohlen, das Tauchbad zu nehmen.«

Als Gracia zum dritten Mal untertauchte, kehrte ihre Angst zurück. Das Bad in der Mikwa sollte sie von jeder Unreinheit befreien. Aber wie konnte das Wasser sie reinigen, wenn der schlimmste Makel noch an ihr haftete?

»Wenn du mich fragst«, sagte Brianda, »bist du jetzt koscher.«

Gracia konnte es kaum glauben – ihre Schwester hatte nichts gemerkt. Hatte die Dunkelheit sie vor der Entdeckung bewahrt? Oder tatsächlich Gottes Wille? Mit einem Gefühl der Erleichterung, das umso größer war, weil sie es so nicht erwartet hatte, stieg sie aus dem Wasser und nahm ein Tuch von dem Stapel, um sich abzutrocknen.

»Was ist das denn?«, fragte Brianda plötzlich.

Gracia zuckte zusammen. »Was meinst du?«

»Da, der Fleck auf deinem Tuch! Ist das etwa – Blut?«

»Pssst«, zischte Gracia. »Nicht so laut!«

»Was hat das zu bedeuten?«, fragte Brianda leise. »Hast du etwa noch deine …« Sie verstummte, während ihre Augen größer und größer wurden. »Nein, das kann ich nicht glauben!«
Gracia sah am Gesicht ihrer Schwester, dass die endlich begriff. Das Geheimnis war entdeckt.
»Doch«, sagte sie, und obwohl ihre Knie ganz weich waren, wuchs angesichts von Briandas Entsetzen wieder ihr Mut. »Die zweimal sieben Tage sind noch nicht vorbei.«
»Dann bist du also eine – Nidda, eine unreine Frau?«
Gracia nickte, beinahe stolz.
»Bist du wahnsinnig?«, rief Brianda und hielt sich vor Schreck die Hand vor den Mund. »Das ist die schlimmste Sünde, die eine Frau begehen kann! Wenn dein Bräutigam dich morgen berührt, droht dir die Geißelstrafe!«
»Wenn Francisco Mendes erfährt, in welchem Zustand ich bin, wird er es nicht wagen, mich zu berühren. Er würde sich genauso versündigen wie ich mich.«
»Aber wenn ihm das egal ist? Du sagst doch selbst, er hat keinen Glauben.«
»Trotzdem – kein Jude, der je eine Synagoge betreten hat, würde das tun. Eher würde er Schweinefleisch essen.«
Brianda war für einen Moment sprachlos.
»Wie kann das überhaupt sein?«, fragte sie schließlich. »Du musst doch Rabbi Soncino gesagt haben, wann du zum letzten Mal geblutet …« Wieder verstummte sie mitten im Satz. »Hast du den Rabbiner etwa angelogen?«
Gracia wich ihrem forschenden Blick aus.
»Wenn sie mich zwingen, diesen gottlosen Menschen zu heiraten, was bleibt mir dann anderes übrig? Gott wird mir verzeihen.«
»Soll das heißen, du willst dich mit deinem Blut deinem Mann verweigern – in der Hochzeitsnacht?«
»Ja«, sagte Gracia. »Gott ist bei mir, ich tue es ja nur, um einen Verräter zu strafen.« Sie schlug die Augen auf und blickte ihre Schwester an. »Außerdem – würdest du nicht genauso handeln,

wenn man dich zwingen würde, einen Mann zu heiraten, den du nicht liebst?«
Bei der Frage lief Brianda rot an. Gracia sah es mit Befriedigung.
»Na siehst du?«, sagte sie. Dann schüttelte sie den Kopf, so heftig, dass sich jeder weitere Widerspruch verbot. »Nein, und wenn es zehnmal eine Sünde ist, den Rabbiner zu belügen – es ist die einzige Möglichkeit, meinen Widerwillen gegen diese Ehe zu bekunden. Und Gott zu beweisen, dass ich ihm treu bin.«

6

Die Hochzeit fand an einem Dienstag statt.
Francisco Mendes, gekleidet in einem Anzug aus Samt und Brokat, den der beste Schneider der Hauptstadt in sieben langen Wochen für ihn gefertigt hatte, hoffte beim Himmel, dass dies ein gutes Zeichen wäre. Denn vom Dienstag, dem dritten Tag der Schöpfung, steht in der Thora gleich zweimal geschrieben: »Gott sah, dass es gut war.«
Galt das auch für den Tag, an dem er Gracia Nasi zur Frau nahm?
Francisco hatte alles erreicht, was ein Mann im Leben erreichen konnte. Er besaß ein Dutzend Großsegelschiffe, und der halbe Hafen von Belém mit seinen gewaltigen Speichern und Kontoren gehörte ihm. Seine Firma trieb Handel mit allen wichtigen Handelshäusern der bekannten Welt und unterhielt Niederlassungen in zahlreichen Städten Europas, von Antwerpen bis Konstantinopel. Er wurde respektiert von Kaufleuten und Reedern, vom Magistrat der Stadt Lissabon und vom König von Portugal, ja sogar Kaiser Karl V., der mächtigste Herrscher des Abendlandes, lieh sich von seiner niederländischen Filiale Geld. Aber all diese Erfolge und Ehren zählten nichts an diesem Tag. Heute zählte nur eine Frage: Würde es ihm gelingen, Gracia Nasi zu erobern?

Hundert Augenpaare fühlte er auf sich gerichtet, als er den Patio seines prächtigen Hauses betrat. Abgeschirmt von den Blicken der christlichen Nachbarn, war hier die jüdische Gemeinde versammelt und wartete auf den Beginn der Hochzeitszeremonie. Gracia thronte bereits auf dem golden lackierten Brautstuhl, flankiert von ihrem Vater und ihrer Schwester. Ihr Anblick schoss Francisco wie Feuer ins Blut. Das war die Frau, die er mehr begehrte als alle Schätze der Welt! Doch in sein Glücksgefühl mischte sich gleich bittere Galle. Gracias Miene war abweisend wie eine kalte weiße Wand – sie zeigte nicht die Spur eines Lächelns, um ihn willkommen zu heißen.
Rabbi Soncino, der die Trauung leitete, nickte ihm zu. Obwohl Francisco es sich selbst nicht eingestehen wollte, klopfte ihm sein Herz bis zum Hals, als er auf Gracia zuschritt. Den ganzen langen Vormittag hatte das Brautpaar schon miteinander verbracht, um alle möglichen christlichen Zeremonien über sich ergehen zu lassen, aber sie hatten noch kein einziges Wort miteinander gewechselt.
»Du, unsere Schwester«, sprach Rabbi Soncino den Segen über der Braut, »werde Mutter von tausendmal zehntausend.«
Mit beiden Händen ergriff Francisco Gracias Schleier, um ihr Gesicht zu bedecken. Mit der Bedeckung der Braut verpflichtete sich der Bräutigam, sie von nun an zu schützen. Gracia ließ das Ritual ohne jede Regung über sich ergehen, doch als Francisco versuchte, ihr in die Augen zu sehen, bevor ihr Gesicht unter dem Schleier verschwand, wandte sie den Blick voller Verachtung ab. Francisco zog scharf die Luft ein, als er unter die Chuppa trat, den weißen Traubaldachin, der in der Mitte des Patios von vier jungen Männern gehalten wurde, und nur mit Mühe gelang es ihm, seinen Zorn zu unterdrücken. Doch als er sah, wie Gracia ihm folgte, zerstob sein Zorn wie ein Häufchen Staub im Wind. Gracias Schwester Brianda, die ihre tote Mutter vertrat, führte die Braut unter die Chuppa. Dort musste sie siebenmal den Bräutigam umkreisen – einmal für jeden Tag der Schöpfung. Dabei

strahlte sie eine solche Unnahbarkeit aus, dass er sich noch stärker von ihr angezogen fühlte als je zuvor. Er konnte es kaum erwarten, dass es Abend würde und er endlich mit ihr allein sein könnte.

»Pru urwu!«, rief Rabbi Soncino und streute Weizen über die Brautleute. »Seid fruchtbar und vermehrt euch!«

Francisco knurrte der Magen. Seit dem Morgengrauen hatte er gefastet, wie das Gesetz es verlangte. Auch am Hochzeitstag, dem Tag der Lebensfreude, soll das Fasten die Brautleute daran gemahnen, dass das Leben zu heiligen ist. Die Trauung fand nach dem Mittagsgebet statt, doch zuvor hatten sie über zwei Stunden in der Kathedrale zubringen müssen, um den katholischen Schein zu wahren. Francisco hatte Blut und Wasser geschwitzt. Er kannte Gracias Stolz und hatte während der ganzen Zeremonie Angst davor gehabt, sie würde mit irgendeiner Geste, mit irgendeiner Bemerkung ihren wahren Glauben bekunden. Ein falsch geschlagenes Kreuzzeichen reichte schon aus, um sie zu verraten, und Francisco konnte nicht ausschließen, dass sich in der übervollen Kirche Spitzel unter die Gäste gemischt hatten. Obwohl der König ihn öffentlich als seinen Freund bezeichnete, sogar mehrere Höflinge zur Trauung in die Kathedrale geschickt hatte, um ihm seine Verbundenheit zu bekunden, ging in der jüdischen Gemeinde das Gerücht, die Dominikaner ließen Beweise gegen die Conversos sammeln, um sie der Juderei zu überführen und den Papst und den König für die Einsetzung der Inquisition in Portugal zu gewinnen. Vorsichtshalber hatte Francisco einen Neffen Gracias beauftragt, die Augen nach möglichen Spionen offen zu halten.

Der Rabbiner schenkte Wein in einen gläsernen Kelch und reichte ihn dem Brautpaar.

»Gesegnet seiest du, Herr, unser Gott, König der Welt, der du die Frucht des Weinstocks erschaffen hast.«

Gracia schlug ihren Schleier zurück, um zu trinken. Obwohl sie weiter jedem seiner Blicke auswich, musste Francisco sie ständig ansehen. Nein, eine Schönheit wie ihre Schwester Brianda war sie nicht, und doch kannte er kein Gesicht, das größeren Reiz auf ihn ausübte als ihres. Die dunklen, fast schwarzen Augen schienen ständig Feuer zu sprühen, während die aufgeworfenen Lippen unter der zierlichen Nase förmlich danach schrien, geküsst zu werden. Am meisten aber liebte er ihre Haltung. Ihr Familienname Nasi bedeutete »Fürst«, und wie eine Fürstin war Gracia eine geborene Herrscherin. Obwohl sie kaum größer war als ein Kind, meinte man, zu ihr aufschauen zu müssen. Francisco wusste, es war unmöglich, diese Frau gegen ihren Willen zu erobern, auch wenn er vom heutigen Tag an alles Recht der Welt hätte, ihr beizuwohnen, ja, ab sofort sogar dazu verpflichtet war. Er konnte sie nur erobern, wenn sie sich ihm freiwillig hingab. Was aber konnte er tun, damit dieses Wunder geschah?

»Hare, at mekudeschet li betabaat so, kedat Mosche wejisrael«, sagte der Rabbiner. »Mit diesem Ring bist du mir angeheiligt nach den Gesetzen von Moses und Israel.«

Mit keiner Regung erwiderte Gracia den Druck seiner Hand, als Francisco ihr den goldenen Ring an den Zeigefinger steckte und ihr sodann eine Abschrift der Ketubba gab. Während der Ehevertrag verlesen wurde, zog sie ein Gesicht, als hielte man ihr ein Stück verfaulten Fisch unter die Nase. Dabei war jeder Paragraph zu ihren Gunsten ausgelegt worden; jede Forderung ihres Vaters, der mit der Vermählung seine eigene kleine Handelsfirma unter das Dach des Hauses Mendes führen wollte, hatte Francisco erfüllt, um ihr seine Zuneigung zu beweisen.

»An nichts also soll es der Braut fehlen«, beendete Rabbi Soncino die Verlesung der Ketubba, »weder an Nahrung noch an Kleidung, noch am fleischlichen Umgang mit ihr.«

Zum ersten Mal glaubte Francisco ein Lächeln auf Gracias Lippen zu erkennen. Aber ach, aus diesem Lächeln sprach weder Zärtlichkeit noch Liebe, nur bitterer Spott. Vielleicht zweifelte sie an seiner Manneskraft, weil er doppelt so alt war wie sie? Francisco hätte sich glücklich gepriesen, wenn dies der Grund

gewesen wäre – er hatte keine Not, sie vom Gegenteil zu überzeugen. Doch er ahnte, dass der Grund ein anderer war.
»Siehe, meine Freundin, du bist schön! Siehe, schön bist du!!«
Mit den Worten König Salomos begann Rabbi Soncino die Predigt, um Braut und Bräutigam über den Sinn ihrer Vereinigung zu belehren. Die Rede erfüllte Francisco mit Neid. Was für ein glücklicher Mann musste König Salomo gewesen sein! Welche Kraft und Größe lag in den Worten, mit denen er seine Liebe feierte! Die Vereinigung von Mann und Frau erschien darin wie eine paradiesische Verheißung. Doch je länger der Rabbiner darüber sprach, desto unüberwindbarer erschien Francisco die Kluft, die ihn von der Verheißung Salomos trennte.
»Wer keine Frau genommen hat, der ist, als wäre er nur eine Hälfte. Wenn sich aber Mann und Frau verbinden, dann werden sie ein Leib und eine Seele. Da wird der Mensch eins, vollkommen und ohne Makel, gleich Gott. Und Gott ruht in ihrer Verbindung, weil Mann und Frau in ihr sind wie ER.«
Würde er, Francisco, solches Glück jemals genießen?
Als der Rabbiner seine Predigt beendet hatte, drehte Francisco sich zu seiner Braut um.
Siehe, meine Freundin, du bist schön! Siehe, schön bist du!...
Noch immer hallten Salomos Worte in ihm nach. In Gracias Augen aber standen Tränen, und ihre Lippen zitterten, so schwer fiel es ihr, die Beherrschung zu wahren. Francisco litt unter ihrem Schmerz, als würde ein stumpfes Messer in seinen Eingeweiden wühlen. Erfüllte sie die Vorstellung, sich heute mit ihm vereinen zu sollen, mit solchem Entsetzen, dass ihre Augen davon überliefen? Er wusste ja, weshalb sie ihn verachtete, aber er konnte es nicht wagen, sie aus ihrem Irrtum zu befreien. Er kannte Gracia, seit sie ein Kind war, und gerade die Eigenschaften, die er am meisten an ihr liebte: Stolz, Temperament, leidenschaftlicher Glaube, verboten ihm, ihr die Wahrheit zu sagen. Es stand zu viel auf dem Spiel – nicht nur seine eigene Existenz und die seiner Firma, auch das Leben anderer.

»Freuen, ja freuen mögen sich die Liebenden, wie du erfreut hast deine Geschöpfe im Garten Eden vor Anbeginn der Zeit. Gelobt seiest du, Ewiger, der du erfreust den Bräutigam mit der Braut.«
Nachdem Rabbi Soncino die Trauung mit den Sieben Segenssprüchen beschlossen hatte, reichte er dem Brautpaar ein letztes Mal den Kelch mit dem Wein.
»Gesegnet seiest du, Herr, unser Gott, König der Welt, der Wonne und Freude erschuf, Jubel und Gesang, Freude und Frohlocken.«
Voller Erwartung blickte die Gemeinde auf Francisco. Sobald er den Kelch geleert hatte, musste er ihn gegen den fünffach gezackten Davidstern werfen, der in ein Mauerstück des Patios eingelassen war. Traf er den Stern und das Glas zerbrach, bedeutete das viele Jahre Glück und Segen für seine Ehe. Wenn aber nicht, dann …
Francisco trank einen Schluck und sprach die vorgeschriebenen Worte: »Wenn ich dich vergesse, Jerusalem, dann soll mir die rechte Hand verdorren.«
»Masel tov!«, rief die Gemeinde. »Glück und Segen!«
Unter dem Applaus der Gäste hob Francisco den Kelch und warf ihn gegen die Mauer. Doch der Kelch verfehlte den Stern, das Glas zerbrach nicht und landete auf dem Boden.
Ein enttäuschtes Raunen ging durch die Reihen der Hochzeitsgesellschaft, während der Kelch unversehrt vor Gracias Füße rollte.

7

»Kommt ein marranischer Rabbi in eine christliche Schlachterei …«
Ein bunt kostümierter Spaßmacher, der seit Beginn des Hochzeitsmahls für die Unterhaltung der Gäste sorgte, hatte sich mit seinem Schellenbaum in der Mitte des Saals aufgepflanzt, um einen Witz zu erzählen.

»Fragt der Schlachter den Rabbi: Was wünscht Ihr? – Sagt der Rabbi: Ein großes Stück von dem Fisch dort! – Fragt der Schlachter: Von welchem Fisch? Ich habe keinen Fisch. – Zeigt der Rabbi auf die Auslage: Von dem da! – Ah, sagt der Schlachter, Ihr meint den Schinken? – Erwidert zornig der Rabbi: Habe ich dich nach dem Namen des Fisches gefragt?«

Gracia musste laut lachen. Doch das Lachen blieb ihr im Hals stecken, als sie sah, wie Francisco neben ihr einfiel. Wie konnte er es wagen? Er war doch genauso ein Heuchler wie der falsche Rabbi im Witz des Spaßmachers.

Das Hochzeitsmahl an der Seite des Bräutigams war eine einzige Qual. Zwar kamen ständig Gäste an ihren Tisch, so dass Gracia nie mit Francisco allein war, aber jede Minute erschien ihr wie eine Ewigkeit. Und wann immer ein Segenswunsch über sie gesprochen wurde, verkehrte dieser sich in ihrem Kopf in eine bedrückende Frage: Wie soll ich diese Ehe nur überleben?

»Fühlst du dich nicht wohl?«, fragte Francisco, als hätte er ihre Gedanken erraten.

»Warum wollt Ihr das wissen?«, fragte sie zurück. »Habt Ihr Angst, ein schlechtes Geschäft gemacht zu haben?«

»Ich möchte nur, dass du glücklich bist. Vor allem an diesem Tag.«

Dachte er vielleicht schon an die Hochzeitsnacht? Gegen ihren Willen erwiderte sie seinen Blick. Wenn sie nur dieses Lächeln aus seinem Gesicht wischen könnte … Sein Äußeres war ein Fleisch gewordenes Ärgernis, eine einzige zum Himmel schreiende Lüge. Mit seiner großen, kräftigen Gestalt, den schwarzen Locken und den hellblauen Augen war er genau die Art von Mann, in den sich ihre Schwester Brianda verliebte. Und der samtene Anzug stand ihm so gut, dass selbst der König ihn darum beneidete. Hätte sie nicht gewusst, was für ein Mensch er in Wirklichkeit war, sie müsste sich selbst zu diesem Mann gratulieren … Doch sie kannte ihn und wusste es besser – die glattrasierten Schläfen, mit denen er sein Judentum leugnete, verrieten ihn. Na warte … In dieser Nacht bekommst du einen Denkzettel, den du so schnell nicht vergisst.

»Danke«, sagte sie. »Ich fühle mich ausgezeichnet. Zum Glück bin ich nicht abergläubisch.« Sie hob den Kelch, den Francisco vergeblich gegen die Mauer geworfen hatte, und prostete ihm zu: »Masel tov!«

Auch er hob sein Glas, doch bevor er mit ihr anstoßen konnte, schlug der Spaßmacher dreimal mit seinem Schellenbaum auf.

»Hochverehrte Hochzeitsgesellschaft! Die Geschenke!«

Stühle wurden gerückt, und alle Blicke richteten sich auf den Spaßmacher. Während er die Gaben einzeln in die Höhe hielt, rief er die Namen ihrer Spender aus. Obwohl er dabei ständig Witze machte, schaute Gracia kein einziges Mal hin.

»Ein Geschenk für die Braut! Aus Antwerpen!« Er zeigte ein samtenes Kissen, auf dem ein Schmuckstück prangte. »Keine Sorge, es ist weder Fisch noch Schinken!«, fügte er hinzu, als die Braut sich zu ihm herumdrehte.

Ein Fremder mit einem so dichten Bart, dass man sein Gesicht kaum erkennen konnte, nahm das Kissen und brachte es an den Tisch des Brautpaars. Francisco erhob sich, um den Wangenkuss mit ihm zu tauschen, wie es unter Glaubensbrüdern üblich war.

»Enrique Nuñes«, stellte er Gracia den Mann vor. »Ein Agent unserer Firma.«

Mit einer Verbeugung präsentierte Nuñes das Kissen. »Ein Geschenk Eures Schwagers. Er hat mich beauftragt, es Euch zu überreichen.«

»Von Dom Diogo?«, fragte sie. »Das ist aber eine Überraschung!« Sie war noch ein kleines Mädchen, als sie ihren Schwager zum letzten Mal gesehen hatte: ein junger Mann, der immer Witze machte und alle zum Lachen brachte. Damals hatte sie davon geträumt, dass er sie eines Tages auf seinem schwarzen Pferd entführen würde, um sie zu heiraten. Eine ganze Nacht lang hatte sie geweint, als er nach Antwerpen gezogen war, um dort eine Niederlassung der Firma Mendes zu gründen.

»Willst du den Schmuck nicht umhängen?«, fragte Brianda.
Gracia nahm ihn in die Hand, ein kieselsteingroßes Medaillon aus Elfenbein an einer schweren goldenen Kette. In das Elfenbein war das Bildnis einer Frau geschnitzt.
»Ein Marien-Medaillon?«, fragte Francisco und runzelte die Brauen. »Sehr seltsam.«
Brianda lachte. »Offenbar ist Euer Bruder in Antwerpen ein richtiger Katholik geworden.«
»Unsinn!«, fiel Gracia ihr ins Wort. »Das ist kein Marien-Medaillon – das ist die Königin Esther! Seht ihr nicht die Krone?«
Am Gesicht ihres Vaters erkannte sie, dass sie richtig geraten hatte.
»Wie unklug, solche Geschenke zu schicken«, sagte er und schüttelte seinen grauen Kopf. »Wenn das falsche Augen zu sehen bekommen – nicht auszudenken!«
»Unklug?«, protestierte Gracia. »Zum Glück gib es noch Juden, die wissen, was sie ihrem Glauben schuldig sind.« Sie führte das Medaillon an die Lippen und küsste es. »Das ist das schönste Geschenk, das ich heute bekommen habe.«
»Hast du dir Franciscos Geschenke überhaupt schon angesehen?«, fragte ihr Vater.
Ihr Bräutigam schaute zu Boden, das Lächeln war wie fortgewischt aus seinem Gesicht. Gracia hatte fast ein schlechtes Gewissen, doch zum Glück blieb ihr die Antwort erspart. Ihr Neffe José wollte Francisco sprechen.
»Ich muss Euch etwas sagen«, stammelte er aufgeregt, »etwas sehr Wichtiges. Aber nicht hier«, fügte er mit einem Blick auf die Feiernden hinzu.
Während Francisco mit José verschwand, widmete Gracia sich wieder dem fremden Gast.
»Erzählt mir von Diogo Mendes. Wie geht es ihm? Was macht er?«
»Diogo Mendes ist der Pfefferkönig von Antwerpen«, erwiderte Nuñes, »wenn er in seinem weißen Pelzmantel am Hafen er-

scheint, tritt jeder beiseite. Gleichzeitig ist er ein Held in der jüdischen Gemeinde. In der Sankt-Pauls-Kirche gab es mal ein Kruzifix, das jeden Abend blutrot erglühte. Die ganze Stadt pilgerte dorthin, um das Wunder zu bestaunen. Bis Dom Diogo es als Spuk entlarvte – eine Öllampe, von den Dominikanern angezündet. Die Christen hätten ihn am liebsten aufgehängt, aber keiner hat sich getraut.«

Während Gracia dem Bericht lauschte, sah sie, wie José in einer Ecke auf Francisco einsprach. Ihr Neffe schien keine guten Nachrichten zu haben, denn je länger er redete, umso ernster wurde das Gesicht des Mannes, den sie gerade geheiratet hatte. Doch während Gracia zu ihnen herüberschaute, war sie mit ihren Gedanken in Antwerpen. Nein, Diogo hatte sich nicht verändert. Unter den Blicken des Kaisers hatte er die Edomiter herausgefordert – und niemand hatte ihn angerührt! Eine Frage brannte ihr auf den Lippen, etwas, das sie unbedingt wissen wollte, auch wenn es sie eigentlich gar nichts anging.

Bevor sie sich entschließen konnte, schlug der Spaßmacher erneut mit dem Schellenbaum auf.

»Alles, was krumme Nasen und gerade Beine hat, bitte zum Tanz!«

»Endlich«, rief Brianda und klatschte in die Hände. »Der Mitzwa-Tanz!«

Die Tür flog auf, und die Musiker marschierten herein: sechs Fiedler, zwei Pfeifer und ein Trommler. Sie entfachten einen solchen Lärm, dass alle Gespräche verstummten. Gracia wusste, wenn sie jetzt nicht ihre Frage stellte, würde sie keine Antwort mehr bekommen. Der Mitzwa war zwar nur ein einziger Tanz, aber sobald das Brautpaar ihn eröffnet hatte, machten alle Gäste mit, und manchmal dauerte er bis zum frühen Morgen. Brianda hatte schon einen Tänzer gefunden, Tristan da Costa, einen jungen Handelsagenten der Firma, der schwarze Locken an den Schläfen trug und aussah wie Francisco vor zehn Jahren.

Plötzlich kam Gracia die Frage ganz von allein über die Lippen.

»Hat Dom Diogo eigentlich immer noch nicht geheiratet?« Beim Sprechen drehte sie sich um. Doch der fremde Gast war verschwunden – sie sah nur noch, wie er Hals über Kopf zur Tür hinauseilte.

8

»Ich hatte ihn beinahe erwischt«, sagte Tristan da Costa, »aber als ich ihn am Kragen packte, zückte er plötzlich ein Messer.«

»Enrique Nuñes – ein Spitzel?« Francisco schüttelte den Kopf. »Ich kann es einfach nicht glauben! Ich kenne ihn seit einer Ewigkeit. Er ist ein Jude wie wir.«

»Er wäre nicht der erste Verräter«, erwiderte Rabbi Soncino. »Ich weiß von einem Dutzend Fälle, in denen sich getaufte Juden in das Vertrauen ihrer einstigen Glaubensgenossen geschlichen haben, um sie auszuspionieren. Oft sind diese Marranen die fanatischsten Marranenhasser, schlimmer noch als die Dominikaner.«

»Aber mein Bruder hat Nuñes hierhergeschickt. Um meiner Braut ein Geschenk zu bringen. Wir haben den Bruderkuss getauscht!«

Tristan hob seinen linken Arm, der in einem Verband steckte. »Ist das nicht Beweis genug?«, fragte er. »Der Kerl hat sofort zugestochen. Aus welchem Grund hätte er das sonst tun sollen?«

Francisco schwieg. Durch das Treppenhaus tönte leise die Musik der Hochzeitsgesellschaft in das Kontor herauf, in dem die drei Männer saßen. José hatte Verdacht geschöpft, weil der fremde Gast bei Tisch mehrmals das Kreuzzeichen geschlagen und sich außerdem in der Küche auffallend ausführlich nach der Zubereitung der Speisen erkundigt hatte – ob auch alles koscher sei.

»Tristan hat recht«, sagte Rabbi Soncino. »Diogos Geschenk war Tarnung, nichts hätte ihn besser vor unserem Verdacht schützen können. Er sammelt Beweise dafür – in wessen Auftrag auch immer –, dass wir insgeheim den Glauben unserer Väter praktizieren.«

»Ich zahle dem König jährlich ein Vermögen, damit er uns in Ruhe lässt«, erwiderte Francisco.

»Was sind diese Summen im Vergleich zu den Reichtümern, die Dom João unserem Volk erst abpressen kann, wenn der Kaiser in Rom seinen Willen durchsetzt? Solange der Papst die Inquisition nicht ins Land lässt, muss Dom João sich mit Euren Bestechungsgeldern begnügen. Können aber die Dominikaner beweisen, dass die getauften Juden heimlich Juderei betreiben oder sonstige Verbrechen begehen, wird auch der Papst die Inquisition nicht länger aufhalten. Dann hat Dom João freie Hand, alle Marranen vor das Glaubensgericht zu zerren, sie hinzurichten und ihre Besitztümer in Beschlag zu nehmen.«

Rabbi Soncino war fast zehn Jahre jünger als Francisco. In seinem Bart schimmerten erst wenig silberne Haare. Aber er hatte einen so scharfsinnigen Talmud-Kommentar verfasst, dass er trotz seiner Jugend als höchste Autorität in der Gemeinde galt.

»Was meint Ihr mit sonstigen Verbrechen?«, fragte Francisco.

Der Rabbiner hob die Brauen. »Muss ich das wirklich erklären?«

Francisco spürte, wie ihm das Blut in den Adern gefror. »Enrique Nuñes kennt alle Bücher der Firma Mendes. Drei Tage war er im Kontor, um sie zu studieren, angeblich im Auftrag meines Bruders. Ich selbst habe ihm erlaubt, Abschriften zu machen.« Er dachte kurz nach und teilte seinen Entschluss dann mit klarer Stimme mit. »Wir müssen ihn finden, sofort, bevor er mit den Beweisen das Land verlässt.«

»Welchen Weg wird er wählen?«, fragte Rabbi Soncino.

»Es gibt zwei Möglichkeiten. Entweder den Hafen oder die spanische Grenze. Der Hafen ist schnell überprüft. Heute Nacht laufen nur drei Schiffe aus, die Esmeralda, die Gloria und die Felicidade.« Er wandte sich an Tristan da Costa. »Bist du trotz deiner Verwundung bereit, die Verfolgung aufzunehmen?«

Tristan biss die Zähne zusammen und nickte.
»Gut. Dann nimm ein paar Männer mit. Aber nur solche, die reiten und mit einer Waffe umgehen können.«
Tristan holte tief Luft. »Und was sollen wir mit dem Mistkerl machen, wenn wir ihn fassen?«
Francisco nickte Soncino zu. »Sagt Ihr es ihm.«
Der Rabbiner richtete seinen grauen Blick auf den Handelsagenten, und ohne mit der Wimper zu zucken, sprach er: »Geh und handle so, wie es im Talmud geschrieben steht: Wenn dich jemand töten will, komm ihm mit der Tötung zuvor.«

9

Von all diesen Dingen wusste Gracia nichts, als sie in dem großen leeren Ehebett lag und mit pochendem Herzen darauf wartete, dass Francisco in die Schlafkammer käme. Es war das erste Mal, dass sie nicht in ihrem Elternhaus übernachtete, und noch nie hatte sie sich so verloren und verlassen gefühlt wie in diesem neuen, fremden Heim.
In ihrer Einsamkeit ging ihr immer wieder eine Geschichte aus der Thora durch den Kopf, die Geschichte von Rahels Hochzeit. Rahels Vater hatte dem Bräutigam anstelle der Braut deren Schwester in der Hochzeitsnacht zugeführt. Warum hatte ihr Vater das nicht auch getan?
Irgendwo schlug eine Kirchturmuhr. Sonst drang kein Laut mehr zu dieser späten Stunde von der Rua Nova dos Mercadores herauf, der größten und vornehmsten Straße im Herzen der Stadt, an der Grenze zum alten Judenviertel, wo es bei Tage vor lauter Geschäftigkeit summte wie in einem Bienenstock. Trotz der lauen Nachtluft fröstelte Gracia. Wäre wenigstens Brianda bei ihr! Sie sehnte sich nach einem vertrauten Menschen, nach einem Körper, an den sie sich schmiegen, nach einem Arm, der sie

schützen und bergen könnte. Rabbi Soncinos Worte bei der Trauungszeremonie fielen ihr wieder ein: »Wenn sich aber Mann und Frau verbinden, dann werden sie ein Leib und eine Seele. Da wird der Mensch eins, vollkommen und ohne Makel, gleich Gott …« Die Worte hatten sie so sehr ergriffen, dass sie hatte weinen müssen.
Ob Diogo Mendes wohl eine Braut hat? Sie hatte keine Antwort bekommen.
Plötzlich füllte Gracias Seele sich mit Empörung. Was bildete Francisco Mendes sich ein, sie so lange warten zu lassen! Stand nicht geschrieben: »Und Moses verließ den Berg und ging dem Herrn entgegen«? Wenn sie sich vorstellte, sie würde diesen Mann tatsächlich lieben, wie würde sie sich jetzt grämen … Er hatte mit dem Rabbiner und Tristan da Costa die Hochzeitsgesellschaft verlassen, gleich nachdem der fremde Gast so plötzlich verschwunden war. Nicht mal den Mitzwa hatte er mit ihr getanzt, obwohl das seine Pflicht gewesen wäre – alle Gäste hatten sie bedauert. Sie war wütend und spürte gleichzeitig das leichte Ziehen in ihrem Schoß, während sich die Spitzen ihrer Brüste verhärteten.
Sollte sie Francisco gleich sagen, dass er sie nicht berühren dürfte? Oder sollte sie warten, bis er sich ausgezogen hätte?
Bisher hatte sie es vermieden, sich genaue Gedanken über diese Nacht zu machen – sie hatte ja nur eine sehr vage Ahnung davon, was sie erwartete. Würde Francisco zuerst mit ihr reden, oder würde er gleich versuchen, sie zu umarmen? Die verheirateten Frauen glucksten immer vor Aufregung, wenn sie über ihre Ehe tuschelten, und bekamen rote Wangen, aber mit diesen Weibern hatte sie nichts gemein. Als Kind hatte sie einige Male nackten Jungen beim Baden im Fluss zugeschaut, zusammen mit Brianda, aber sie konnte sich nicht vorstellen, dass der Zipfel Fleisch zwischen ihren Beinen ihr größere Lust verschaffen würde als sie sich selbst, wenn sie sich in manchen Nächten heimlich berührte. Wäre ihre Mutter noch am Leben, hätte sie mit ihr

darüber sprechen können, was Männer von ihren Frauen wollten. Doch ihre Mutter war an Fleckfieber gestorben, als sie dreizehn Jahre alt gewesen war – nur wenige Monate nachdem sie ihr von der Zwangstaufe der Juden auf der Praça do Rossio berichtet hatte.

Sollte sie vielleicht das Licht löschen, bevor Francisco in die Kammer käme? Nein, sie hatte keinen Grund, sich zu verstecken. Sie wollte dem Mann, der sie in die Ehe gezwungen hatte, in die Augen sehen, wenn sie ihn zurückwies. Sie freute sich schon jetzt auf sein Gesicht, auf sein Entsetzen, wenn sie das eine, entscheidende Wort aussprach: Ich bin eine *Nidda* … Sie berührte sich zwischen den Schenkeln, um zu prüfen, ob sie noch blutete. Ihre Schamlippen waren ein wenig feucht, aber sie war nicht sicher, was für eine Flüssigkeit das war. Ein Schauer, den sie noch nie verspürt hatte, rann ihren Rücken herunter.

Und dann hatte sie eine Idee. Sie wollte Francisco Mendes nackt empfangen! Je mehr er sie begehrte, umso schmerzlicher würde ihn die Zurückweisung treffen. Sie verließ das Bett und zog ihr Hemd über den Kopf.

Als sie aufschaute, erblickte sie im Spiegel an der Wand ihre Gestalt, weiß und schimmernd im Kerzenlicht. Befremdet von ihrem eigenen Anblick hielt sie inne. Ihr war, als würde sie ihren Körper zum allerersten Mal sehen. Sie trat näher an den Spiegel heran, um sich zu betrachten. Es war der feste, straffe Körper eines Mädchens. Bis heute war er ihr so selbstverständlich gewesen, dass sie ihn kaum beachtet hatte. Wenn überhaupt, dann hatte sie ihn eher als lästig empfunden, als zu klein und zu eng für die vielen Empfindungen, die sich in ihm drängten. Doch immer hatte er nur ihr gehört, ihr ganz allein. Und jetzt wollte ein Mann ihn besitzen, ohne sie um Erlaubnis zu fragen. Mit beiden Händen strich sie über das glatte, unberührte Fleisch, wie um seine Unversehrtheit zu bewahren. Warum hatte sie sich nicht einfach geweigert, in die Mikwa zu gehen? Ohne das Reinigungsbad hätte Rabbi Soncino sie niemals unter die Chuppa gelassen.

Aber den Mut hatte sie nicht gehabt, es wäre offener Ungehorsam gewesen, gegen den Willen ihres Vaters und den der Gemeinde.
Plötzlich hörte sie eine Stimme, ganz nah an ihrem Ohr.
»Siehe, meine Freundin, du bist schön! Siehe, schön bist du!«
Gracia zuckte zusammen. Hinter ihr im Spiegel stand Francisco. Er trug nur eine lose Baumwollhose, die von einer Schnur um die Hüften zusammengehalten wurde. Sein Oberkörper war nackt. Entsetzt griff sie nach ihrem Hemd, um ihre Blöße zu bedecken.
»Deine Augen sind wie Taubenaugen«, flüsterte er, »deine Lippen wie Scharlach, deine Schläfen wie Scheiben von Granatapfel … Du bist wunderbar schön, meine Freundin, und kein Makel ist an dir.«
Gracia war wie erstarrt. Alles hatte sie erwartet – dass er sie bedrängen würde, vielleicht sogar Gewalt anwenden, um Besitz von ihr zu ergreifen. Doch niemals hätte sie gedacht, dass er sie mit diesen Worten umschmeicheln würde. Unfähig, sich vom Fleck zu rühren, stand sie da, hielt das Hemd nur notdürftig vor den Leib. Und als währen ihre Lippen verschnürt, ließ sie geschehen, dass die Worte weiter in ihre Ohren hineinträufelten.
»Komm, meine Braut, steig herab von der Höhe des Amana, von der Höhe des Senir und Hermon, von den Wohnungen der Löwen, von den Bergen der Leoparden.«
Gracia kannte die Worte, jede einzelne Silbe, sie hatte sie selbst schon gesprochen, viele Male. Sie berührten ihr Herz und erfassten ihren Leib. Es waren die Worte König Salomos, die Worte des Hohelieds, die schönsten Worte der Heiligen Schrift.
»Meine Schwester, liebe Braut, du bist ein verschlossener Garten, eine verschlossene Quelle, ein versiegelter Born. Du bist gewachsen wie ein Lustgarten von edlen Früchten, von Zypernblumen und Narden, ein Gartenbrunnen bist du.«
Sie wollte etwas sagen, ihm verbieten weiterzusprechen, doch seine Worte hüllten sie in eine seltsame, selig-süße Ohnmacht.

Im Spiegel trafen sich ihre Blicke. Seine Augen waren in die ihren versunken wie in der Betrachtung eines Kunstwerks. Oder wie in einem Gebet.

»Du hast mir das Herz genommen, meine Schwester, liebe Braut, du hast mir das Herz genommen mit einem einzigen Blick deiner Augen ... Honig und Milch sind unter deiner Zunge, und der Duft deiner Kleider ist wie der Duft des Libanon ...«

Gracia spürte seinen Atem in ihrem Nacken und schauderte. Wie konnte er es wagen, diese Worte auszusprechen? Die Worte der Heiligen Schrift? Er war doch ein Heuchler, ein Verräter, ein Abtrünniger ihres Glaubens – der unversehrte Kelch war der Beweis! Sie hoffte, dass er endlich verstummte, flehte zu Gott, dass sein Atem versiegte, dass ihm die Zunge im Munde verdorrte. Aber Francisco sprach weiter, immer weiter, mit leiser, flüsternder Stimme.

»Wie eine Lilie unter den Dornen, so ist meine Freundin unter den Mädchen ... Komm, meine Schöne, komm her! Siehe, der Winter ist vergangen, der Regen ist vorbei und dahin. Die Blumen sind aufgegangen im Lande, und die Reben duften mit ihren Blüten ...«

Obwohl Gracia sich dagegen wehrte, zogen seine Worte sie wie in einem Strudel hinab, immer tiefer in jene selig-süße Ohnmacht, in der ihr Denken sich aufzulösen schien. Ein letztes Mal bäumte ihr Wille sich auf. Warum erlaubte sie ihm diese Rede? Warum hörte sie seinen Einflüsterungen zu? Sie war eine Nidda; sie musste ihm die Wahrheit sagen, ihm ihre Unreinheit gestehen, ihn zurückweisen, als Strafe für seinen Raub – jetzt gleich! Doch ihre Lippen blieben stumm.

»Komm, meine Freundin, komm, meine Schöne, komm her! Meine Taube in den Felsklüften, im Versteck der Felswand, zeige mir deine Gestalt, lass mich hören deine Stimme. Denn deine Stimme ist süß, und lieblich ist deine Gestalt ...«

Plötzlich war Francisco nackt. Groß und mächtig ragte sein Glied zu ihr empor, pulsierend vor Erregung. Noch nie hatte Gracia einen Mann so gesehen. Sie starrte ihn an, und ihr Entsetzen wurde zu brennender Lust.

»Tu mir auf, liebe Freundin, meine Schwester, meine Taube, meine Reine! Denn mein Haupt ist voll Tau und meine Locken von Nachttropfen …«

Endlich öffneten sich Gracias Lippen, und ihre Zunge löste sich.

»Wie … wie hast du mich genannt?«, fragte sie.

Francisco streckte die Hand nach ihr aus.

»Meine Taube … Meine Reine …«

Als er die Worte wiederholte, wallte ihm ihr Innerstes entgegen, mit solcher Macht, dass ihr schwindlig wurde. Auf einmal war ihr Körper, war sie selbst ein einziges Sehnen, und alles in ihr verlangte danach, erlöst zu werden. Und statt ihrem Mann die Wahrheit zu sagen, statt ihm ihre Unreinheit zu gestehen, ihn zurückzuweisen und zu strafen, ließ Gracia ihr Hemd zu Boden fallen, und mit rauher, fremder Stimme hörte sie sich die Worte der anderen sagen, die Worte von Salomos Frau, die Worte der Heiligen Schrift:

»Ich habe mein Kleid ausgezogen, wie soll ich es wieder anziehen?«

10

Obwohl erst dreizehn Jahre alt, war José Nasi ein erstklassiger Reiter, und den Degen führte er so sicher wie ein Soldat der königlichen Leibgarde. Trotzdem platzte er fast vor Stolz, als er mit den übrigen Männern, die Tristan da Costa für die Verfolgung des Spions bestimmt hatte, in der Dunkelheit der Nacht sein Pferd bestieg.

Es war das erste Mal, dass José an einer solchen Unternehmung teilnahm, und er war fest entschlossen, seine Sache gut zu machen. Sein Vater war Professor für Philosophie und Medizin an der Universität Lissabon gewesen, und wenn José an ihn dachte, sah er ihn stets mit einem Buch vor sich. Aber die Bücher hatten weder ihn noch seine Frau schützen können, beide waren an der Pest gestorben, die vor drei Jahren in der Hauptstadt grassiert hatte. Seitdem lebte José im Haus seines Großonkels, Gracias Vater, zusammen mit seinen Tanten, die nur wenige Jahre älter waren als er selbst. Tagsüber half er im Kontor der kleinen Handelsfirma Nasi und abends im Speicher, um sich einen Platz in der Familie zu erobern, die ihn in ihrer Mitte aufgenommen hatte, statt ihn seinem Schicksal zu überlassen.

»Was glaubt ihr, welchen Weg der Mistkerl genommen hat?«, fragte Tristan. »Zum Hafen oder zur Grenze?«

Die Meinung der Männer war gespalten, aber keiner kam auf die Idee, José zu fragen. Warum zum Teufel taten sie das nicht? Zwar spross noch kein Bart an seinem Kinn, aber vor ein paar Monaten hatte er die Bar-Mitzwa gefeiert, war also ein vollwertiges Mitglied der Gemeinde, das in der Synagoge den Gebetsriemen anlegen und aus der Thora vorlesen durfte: ein richtiger Mann. Außerdem war er allem Anschein nach der Einzige, der zumindest eine Ahnung hatte, wo der Verräter stecken könnte. Also nahm er seinen ganzen Mut zusammen und trieb seinen Wallach an die Flanke von Tristans Schimmelstute.

»Weder noch«, unterbrach er den Streit der Männer.

»Was soll das heißen – weder noch?«, fragte Tristan. »Überhaupt, was mischst du dich ein?«

»Enrique Nuñes ist weder zum Hafen noch zur Grenze geritten. Er befindet sich in der Stadt.«

»Woher willst du das wissen?«

»Egal, ob er nach Belém oder in Richtung Badajoz fliehen will – in beiden Fällen müsste er das Stadttor passieren. Und das wird er nicht tun.«

»Warum nicht? Nur weil die Tore geschlossen sind?« Tristan zuckte die Schultern. »Er braucht den Wächtern bloß ein paar Münzen zu geben, und sie lassen ihn durch, genauso wie uns.«

»Vielleicht. Aber er muss damit rechnen, dass wir ihn verfolgen und die Wächter ihn an uns verraten. Also wird er das Stadttor meiden.«

Tristan drehte sich im Sattel um. »Wenn du so schlau bist – welchen Weg würdest du denn an seiner Stelle nehmen?«

José erwiderte ruhig seinen Blick. »Am alten Fischmarkt gibt es eine kleine Anlegestelle. Wenn ihn da ein Ruderboot aufnimmt, kann er in beiden Richtungen über den Fluss fliehen, ohne das Stadttor zu passieren.«

Tristan dachte kurz nach. Dann hob er die Hand.

»Also gut, zum Tejo!«

Wenige Minuten später erreichten sie den alten Fischmarkt. Leer und verlassen lag der Platz vor ihnen in der Dunkelheit, aber Enrique Nuñes war nirgendwo zu sehen. Nur ein Dominikaner und zwei Nachtwächter mit einer Laterne kreuzten ihren Weg. Bei ihrer Ankunft eilte der Mönch in die Nähe der Nachtwächter, offenbar ängstigte ihn der Anblick so vieler Fremder, von denen einige mit ihren Schläfenlocken als Juden erkennbar waren. José bereute, dass er den Mund überhaupt aufgemacht hatte. Auch an der Anlegestelle war keine Menschenseele.

»Klugscheißer!«, sagte Tristan verächtlich. Dann riss er sein Pferd herum. »Nach Belém!«

José wollte seinem Wallach gerade die Sporen geben, da fiel sein Blick noch einmal auf den Dominikaner. Im Schein der Laterne erkannte er unter der Kapuze ein bärtiges Gesicht. Er trieb sein Pferd dicht an Tristans Stute heran.

»Das ist er«, sagte er leise.

»Wer?«

»Der Mönch! Er ist der Mann, den wir suchen. Enrique Nuñes!«

Tristan schaute ihm fest in die Augen. »Bist du sicher?«

»Ganz sicher!«

Tristan zögerte. José wusste, sie konnten es nicht wagen, als Juden Hand an einen Dominikaner zu legen – in Gegenwart der Nachtwächter war der Spion geschützt.

»Flussaufwärts!«, befahl Tristan seinen Männern.
Gemeinsam galoppierten sie los. Doch kaum hatten sie den Platz verlassen, da parierte Tristan sein Pferd schon wieder durch und gab José ein Zeichen, dasselbe zu tun. Während die anderen weiter in Richtung Belém ritten, glitten die beiden lautlos aus dem Sattel und banden ihre Tiere am Balken einer Tränke fest. Dann huschten sie in den Schatten einer Kirche und beobachteten von dort aus den Fischmarkt und das Ufer.
Silbrig schimmerten die Fluten des Tejo im Mondlicht.
»Da!«
Aufgeregt zeigte José auf das Wasser. Während die Nachtwächter in einer Gasse verschwanden, legte ein Boot am Flussufer an. Gleich darauf änderte der Mönch seine Richtung.
»Du von rechts, ich von links«, flüsterte Tristan. »Aber leise!«
Um zu der Anlegestelle zu gelangen, musste der Dominikaner die Vorderseite der Kirche passieren. Auf Tristans Zeichen trennten sie sich, um von beiden Seiten das Gebäude zu umkreisen. Als José die Gegenseite erreichte, stieg ihm ein höllischer Gestank in die Nase. Ganz in der Nähe musste eine Jauchegrube sein.
»Hierher! Ich hab ihn!« José hörte ein kurzes Rascheln, dann sah er, wie Tristan den falschen Dominikaner in der Dunkelheit hinter eine Mauer zog. An der Kehle des Verräters blinkte ein Messer.
»Los, komm her«, zischte Tristan. »Durchsuch ihn.«
José klopfte das Herz bis zum Hals. »Nach Waffen?«
Brechreiz würgte in seiner Kehle. Die Jauche stank jetzt so stark, dass es kaum auszuhalten war. Sie mussten direkt über der Kloake sein.
»Nein, sein Messer hab ich schon! Such nach Papieren! Unter dem Wams!«
Als José die Kutte berührte, begann Nuñes um sich zu schlagen. Tristan presste ihm die Hand auf den Mund. Aber für eine Sekunde gelang es dem falschen Mönch, sich aus dem Griff zu befreien.

»Hilfe … Hilfe!«
»Halt's Maul – oder …«
Zu spät! In der Dunkelheit näherten sich eilig Schritte. Das mussten die Nachtwächter sein.
»Sie kommen zurück!«, flüsterte José. »Was sollen wir tun?«
Statt einer Antwort blitzte die Klinge von Tristans Messer auf. Ein unterdrückter Seufzer, ein Zappeln von Armen und Beinen – dann ein Aufschlag in der Jauchegrube.
»Ruhe in Frieden, du Schwein!«, zischte Tristan da Costa.
José würgte den Brechreiz hinunter. Enrique Nuñes war für immer begraben.

11

Noch graute kaum der Tag, da wachte Gracia nach ihrer Hochzeitsnacht auf, aus ruhelosem Schlaf und peinigenden Träumen. Was hatte sie getan?
Neben ihr schlief ihr Mann, mit einem seligen Lächeln auf den Lippen, und ein wohliger Schauer durchrieselte ihren Leib. Doch als sie auf das Laken ihres Bettes sah, traf sie die ganze Wucht der Erkenntnis. Sie hatte eine Blutsünde begangen, die schwerste Sünde, die eine Jüdin begehen konnte. Damit hatte sie Gott herausgefordert, Gott, den Herrn und König.
Bevor Francisco erwachte, verließ Gracia die Kammer, um sich zu waschen. Wieder und wieder kreisten dieselben Gedanken durch ihren Kopf. Sie hatte die heiligsten Gebote ihres Glaubens verletzt. Sie hatte den Rabbiner belogen und in der Mikwa das Tauchbad genommen, bevor die zweimal sieben vorgeschriebenen Tage verstrichen waren. Sie war unter die Chuppa getreten, ohne dazu berechtigt zu sein. Vor allem aber hatte sie ihrem Mann beigewohnt, obwohl sie eine Nidda war. Für dieses Vergehen hatte in früheren Zeiten die Strafe der Ausrottung gedroht,

und noch immer konnte ein Glaubensgericht die Geißel über sie verhängen. Warum tat sich der Boden nicht auf, um sie zu verschlingen? Doch der Boden unter ihren nackten Füßen war aus festem, kaltem Stein und sicher verfugt.
Sie ging in das große gekachelte Bad, das Francisco eigens zu ihrer Bequemlichkeit hatte errichten lassen, und zog ihr Hemd aus. Auch auf dem Hemd war ein dunkelroter Fleck. Mit beiden Händen zerriss sie das Leinen und warf es fort, um es nie wieder zu tragen. Dann wusch und scheuerte sie sich, mit Bimsstein bearbeitete sie ihren Körper, vom Hals bis zu den Zehen, bis ihre Haut wund und weh davon war. Allein, es war vergebens. Denn schlimmer als jedes äußeres Zeichen war das Bewusstsein von ihrer Schuld. Als weiße Taube hatte sie sich erhoben, um vor Gott und ihrem Gewissen Treue zum Glauben ihrer Väter zu beweisen. Doch dann war sie sich selbst zum Opfer gefallen, ihrem Hochmut und ihrer fleischlichen Neugier … Nun war ihre Seele befleckt, besudelt von ihrem eigenen Blut.
Draußen hörte sie Schritte. War das ein Dienstbote? Oder Francisco? Sie eilte zur Tür und überprüfte den Riegel. Den Türgriff in der Hand, lauschte sie auf die Geräusche im Haus. Sie musste mit Francisco reden, ihm ihre Schuld offenbaren. Nur wenn sie ihm das Unrecht, das sie ihm angetan hatte, gestand, konnte Gott ihr verzeihen. Es stand ja geschrieben, was ihre Glaubenspflicht war: »Die Sünden des Menschen gegen Gott sühnt der Versöhnungstag, Sünden gegen den Mitmenschen nur dann, wenn er diesen zuvor versöhnt hat.«
Draußen verhallten die Schritte, doch Gracia rührte sich nicht. Nein, sie brachte es nicht über sich, die Tür zu öffnen. Obwohl sie nichts mehr wollte, als ihre Schuld zu gestehen, hatte sie vor nichts größere Angst als vor der Begegnung mit ihrem Mann. Wie sollte sie Francisco in die Augen sehen, mit dieser Schuld auf dem Gewissen? Sie kannte sich und ihren Jähzorn. Je mehr sie sich bedrängt fühlte, desto heftiger schlug sie um sich; je mehr sie litt, desto wütender griff sie an; und je mehr sie spürte, dass

sie im Unrecht war, desto ungerechter wurde sie selbst. Nein und noch mal nein, sie durfte Francisco nicht begegnen, nicht jetzt, nicht in dieser Verfassung – zu groß war die Gefahr, dass sie alles zerstörte.
Wie ein Tier in der Falle, starrte sie gegen die Tür. Wohin könnte sie sich verkriechen? Wo Zuflucht finden, vor sich selbst und ihrer Schuld?

12

Morgendliches Geklapper drang aus der Küche und der Duft von frisch gebackenem Brot, als Francisco die Schlafkammer verließ. Er hatte Hunger wie ein Löwe – das erste Frühstück mit seiner Frau! Hoffentlich wartete Gracia auf ihn. Er hatte im Erkerzimmer den Tisch decken lassen, mit kostbarem chinesischem Porzellan, das erst vor wenigen Tagen mit der Esmeralda gekommen war, und unter allen Tellern und Tassen hatte er kleine, glitzernde Überraschungen für sie versteckt, Ohrringe und Ringe, Reifen und Armbänder, als Zeichen seiner Liebe. Er wollte dabei sein, wenn sie die Schmuckstücke entdeckte, wollte die Freude in ihren Augen sehen.
Wie ein junger Mann eilte er die Treppe hinunter. Gott sei Dank, der Tisch im Erkerzimmer war unberührt. War sie vielleicht noch im Bad? Auf dem Absatz machte er kehrt. Aber auch im Bad war sie nicht, nur ein paar gebrauchte Tücher lagen auf der gekachelten Bank. Francisco hielt sie ans Gesicht und schloss die Augen. Ja, Gracia war hier gewesen, in den Tüchern hing noch ihr Duft, der Duft des Libanon. Wie im Traum kehrten die Bilder der Nacht zurück: ihr schimmernder Leib, die Worte, die sie getauscht hatten, die Blicke, die Küsse, die Liebkosungen …
Hatte sich das Wunder wirklich ereignet? Oder hatte er alles nur geträumt?

Als er die Augen aufschlug, sah er in einer Ecke ihr zerknülltes Hemd, voller Blut. Vor Freude machte sein Herz einen Sprung. Ja, sie war seine Frau, er hatte sie wirklich und wahrhaftig erobert!
Im selben Moment wusste er, wo Gracia war. Ohne auf die Dienstboten zu achten, die ihn auf dem Treppenabsatz begrüßten, lief er hinab in das Kellergewölbe, wo er ein Bethaus eingerichtet hatte. Seit es Spitzel in der Stadt gab, war es zu gefährlich geworden, die richtige Synagoge für das tägliche Gebet aufzusuchen.
»Da bist du ja …«, flüsterte er.
Nein, er hatte sich nicht geirrt. Vor dem Thoraschrank, im Schein des Ewigen Lichts, kniete Gracia auf dem Boden, das Haar lose mit einem Schal bedeckt. Bei ihrem Anblick begriff er, warum Rabbi Soncino das Gebet als Gottesdienst des Herzens bezeichnete. Ohne ihn wahrzunehmen, ganz in sich versunken, murmelte sie kaum hörbare Worte. Still wartete er, bis sie ihr Gebet beendete. Niemand durfte die Zwiesprache mit Gott unterbrechen, außer bei größter Gefahr.
»Gib dem sündigen Triebe keine Gewalt über uns, und halte uns fern von bösen Menschen und bösen Genossen, und lass uns fest anhangen dem Triebe zum Guten und zu guten Taten …«
Es waren die Formeln des Morgengebets. Leise sprach er sie mit.
»Francisco?« Erschrocken fuhr Gracia herum. »Bist du schon lange da? Ich … ich hatte dich gar nicht gehört.«
»Ich wollte dich nicht stören.« Ihre Augen glänzten, als sie sich erhob. Hatte sie geweint? Dafür konnte es nur einen Grund geben! »Bist du auch so glücklich wie ich?«, fragte er.
»Glücklich?« Statt sein Lächeln zu erwidern, errötete sie. »Nach dem, was wir getan haben?«
»Was haben wir denn getan?«, fragte er und zwinkerte ihr zu. »Doch nur, was alle Brautleute tun. Oder hast du Rabbi Soncinos Predigt vergessen?«
Gracia schlug die Augen nieder. »Ich … ich muss dir etwas gestehen …«

»Egal, was es ist, es wird mich nur noch glücklicher machen.«
»Ach, wenn es nur so wäre. Ich … ich habe … Wir beide haben …«
»Was hast du? Was haben wir?«
Gracia hob den Kopf. Doch bevor sie antworten konnte, wurden Schritte laut. Tristan da Costa kam in das Bethaus gerannt. Francisco zog scharf die Luft ein. Das Gesicht seines Agenten versprach nichts Gutes, so wenig wie seine Eile.
»Ist er euch entkommen?«, fragte Francisco.
Tristan begriff sofort, was er meinte, und schüttelte den Kopf.
»Nein, das nicht, wir haben den Mistkerl erwischt.«
»Gott sei Dank! Aber – was stürmst du dann hier herein? Das ist ein Bethaus.«
»Ich muss mit Euch sprechen. Dringend!«
»Dann sag, was du zu sagen hast! Aber rasch! Ich habe heute wenig Zeit.«
»Können wir kurz allein reden?«
»Wozu? Wir sind allein. Ich habe keine Geheimnisse vor meiner Frau.«
Tristan schaute ihn unschlüssig an. »Aragon, der königliche Kommissar für Converso-Angelegenheiten …«
»Ja, ja, ich kenne ihn. Was will er?«
»Er kam am Morgen ins Kontor, mit einem Befehl. Dom João erwartet Euch am Hof. Sofort!«
»Am Hof?« Francisco entspannte sich. »Dann kann es nichts Dringendes sein.«
»Ich fürchte doch. Aragon sprach von einem wichtigen Geschäft.«
»Dafür soll ich alles stehen und liegen lassen? Am ersten Tag meiner Ehe?« Francisco schüttelte den Kopf. »Nein, kein Geschäft der Welt bringt mich heute aus dem Haus.«
»Ich würde Euch trotzdem empfehlen, der Aufforderung zu folgen.« Tristan trat näher heran, und so leise, dass Gracia nichts hören konnte, flüsterte er Francisco ins Ohr. »Es waren Wächter

in der Gegend, als wir Nuñes erwischten. Ich fürchte, sie haben uns gesehen. Außerdem hatten wir keine Zeit, uns um seine Leiche zu kümmern. Wir konnten weder seine Kleider durchsuchen noch ihn verscharren. Es könnte also sein, dass der König deshalb ...«
»Auch das noch!« Francisco schloss kurz die Augen. Dann sagte er laut: »Gib Aragon Bescheid, dass ich komme. Ich mache mich gleich auf den Weg.«
Während Tristan verschwand, drehte Francisco sich zu Gracia um.
»Ich muss zum Hof«, erklärte er. »Dom João will mich sehen.«
»Ausgerechnet heute?«
Er nickte. »Jetzt gleich.«
»Geh bitte nicht, Francisco. Bleib bei mir.«
»Nichts würde ich lieber tun, aber ich kann nicht.«
»Bitte. Es ist mein innigster Wunsch.«
»Soll ich mich dem König widersetzen? Das wäre nicht klug. Es geht um ein wichtiges Geschäft!«
»Um ein Geschäft? Ich dachte, kein Geschäft der Welt bringt dich heute aus dem Haus.«
Als er mit der Antwort zögerte, presste Gracia die Lippen zusammen, und ihre Miene verhärtete sich. Eine scharfe, senkrechte Falte trat zwischen ihre Augen.
»Ich sehe schon«, sagte sie. »Du willst nicht. Das Geschäft ist dir wichtiger.«
»Das ist nicht wahr.«
»Doch! Wenn du wirklich wolltest, würdest du bleiben!«
»So einfach ist das nicht. Wenn der König befiehlt, muss ich gehorchen.«
»Der König hat dir nichts zu befehlen! Oder bist du sein Sklave?«
»Psst, nicht so laut«, sagte er.
»Du hast recht.« Sie senkte ihre Stimme. »Ich ... ich muss dir etwas sagen.«
»Später. Es geht jetzt nicht.«

»Aber es ist wichtig!«
»Ich verstehe dich ja. Ich hatte mir unseren ersten Tag auch anders vorgestellt.«
»Gar nichts verstehst du!«, rief sie. »Es geht nicht um heute. Es … es geht um unsere Seelen!«
»Unsere Seelen?« Francisco lachte laut auf. »Unsinn! Ich hab dir doch gesagt, du musst dir keine Sorgen machen. Ich bin sicher, der Herr hatte seine Freude an uns. Warum hätte er sonst Männer und Frauen erschaffen? Außerdem bin ich in ein paar Stunden wieder da.«
»Warum glaubst du mir nicht? Es ist wirklich wichtig! Wichtiger als alles andere!«
»Woher willst du das wissen?«, erwiderte er. »Schau, wenn ich zurück bin, haben wir den ganzen Tag Zeit. Ich werde keinen Schritt ins Kontor tun. Das verspreche ich dir.«
»Du sollst mich nicht vertrösten! Ich will jetzt mit dir sprechen!«
»Ich will dich nicht vertrösten. Ich möchte nur, dass du endlich Vernunft annimmst!«
»Vernunft? Die kenne ich zur Genüge!«
»Bitte, lass uns nicht streiten, Gracia. Nicht nach so einer wundervollen Nacht.« Er streckte die Hand nach ihr aus. »Komm, gib mir einen Kuss.«
»Rühr mich nicht an!« Sie wich vor ihm zurück, als hätte er Gift an den Fingern. »Ich kann dich jetzt nicht küssen!«
»Was ist denn mit dir los? Du bist ja ganz verstört!«
»Wundert dich das? Ich sage dir, es geht um unsere Seelen, und du sagst, ich soll mich gedulden. Nur damit du zu deinem Freund rennen kannst, dem König! Um ein Geschäft mit ihm zu machen!«
Francisco holte tief Luft. Er hatte sich alles so schön vorgestellt. Er wollte mit seiner Frau frühstücken, sie mit Gold und Silber beschenken, um dann den Rest des Tages nur mit ihr allein zu verbringen. Stattdessen hatten sie ihren ersten Ehestreit. Das Hochgefühl, mit dem er aufgewacht war, war restlos dahin.

»Jetzt beruhige dich«, sagte er. »Wenn ich zum König gehe, tue ich das nicht nur für mich, sondern auch für dich. Und für die ganze jüdische Gemeinde.«
»Wie denn? Willst du mit Dom João um unsere Seelen schachern?«
»Sprich nicht über Dinge, von denen du nichts verstehst.«
»Dann erklär sie mir.«
»Das … das kann ich nicht.«
»Warum nicht? Weil ich eine Frau bin? Das ist kein Grund! Oder vertraust du mir nicht?«
Die Frage ließ ihn verstummen. Hatte er nicht eben selbst behauptet, er habe keine Geheimnisse vor ihr? Und doch verschwieg er ihr die Wahrheit, zog sie nicht ins Vertrauen. Aus Angst, dass sie sein Geheimnis verraten könnte.
»Das habe ich nicht gesagt«, erwiderte er schließlich. »Aber du bist jähzornig. Und unberechenbar! Wie ein verwöhntes Kind!«
»Das bin ich nicht!«, rief sie und stampfte mit dem Fuß auf.
»Siehst du?«
Gracia biss sich auf die Lippe. »Ich hatte so gehofft«, sagte sie mit bebender Stimme, »dass ich mich geirrt hätte. Dass du nicht der bist, für den ich dich immer gehalten habe. Und letzte Nacht, da habe ich wirklich geglaubt …«
»Was hast du letzte Nacht geglaubt?«
Für einen Moment sah sie ihn an, wie sie ihn angeschaut hatte, als sie in seinen Armen lag. Aber nur für einen Moment. Dann schüttelte sie den Kopf.
»Nein«, sagte sie. »Ich hatte mich nicht geirrt. Du bist, wie du bist. Und die Wahrheit ist, dass dir deine Geschäfte wichtiger sind als Gottes Wille.«
»Gottes Wille?«, erwiderte er bitter. »Meinst du nicht vielmehr deinen eigenen?«
Sie schnaubte nur einmal durch die Nase und warf den Kopf in den Nacken. »Ich weiß, was ich weiß. Sogar hier, im Bethaus, hast du nur deine Geschäfte im Sinn.«

»Wie kannst du das behaupten?«, fragte Francisco. »Woher willst du wissen, wer ich bin?«
Voller Verachtung blickte sie ihn an. »Heuchler!«
Es war, als hätte sie ihn angespuckt, und er musste sich beherrschen, um sie nicht an den Schultern zu packen und durchzuschütteln, um sie zur Besinnung zu bringen.
»Was gibt dir das Recht, so zu reden?«, fragte er. »Meinst du, weil du aus dem Hause David stammst, kannst du …«
Er war so erregt, dass er mitten im Satz verstummte. Wie eine unsichtbare Wand stand das Schweigen zwischen ihnen. Francisco wusste, die nächsten Worte würden alles entscheiden. Verzweifelt suchte er nach einem Wort der Versöhnung, nach einem Wort, mit dem er diese Wand durchdringen könnte. Doch Gracia kam ihm zuvor.
»Ich möchte dir eine Frage stellen, Francisco Mendes. Beantworte sie so ehrlich wie möglich.«
»Glaubst du etwa, dass ich lüge?«
»Was ist dir wichtiger«, fuhr sie fort, als hätte er nichts gesagt, »dieses Geschäft mit dem König oder deine Seele?«
»Ist das deine Frage? Ach, Gracia … Darauf gibt es keine einfache Antwort.«
»Weich mir nicht aus! Entscheide dich!«
Franciscos Blick blieb an der Tafel mit den Zehn Geboten hängen: Du sollst nicht falsch gegen deinen Nächsten aussagen. Die Buchstaben traten ihm so deutlich entgegen, als wären sie eigens für ihn geschrieben. War es kein Unrecht, zu schweigen? Musste er ihr nicht die Wahrheit sagen, über sich und sein Tun? Damit kein Geheimnis mehr zwischen ihnen lag?
»Na los! Worauf wartest du?«
Als er Gracias Gesicht sah, zuckte er zusammen. Obwohl sie ganz leise gesprochen hatte, sprühten ihre Augen Funken vor Wut – wie Funken an einem Pulverfass.
Resigniert schüttelte er den Kopf. Nein, es war kein Unrecht zu schweigen, im Gegenteil. Er durfte sie nicht ins Vertrauen zie-

hen, das Leben zu vieler Menschen stand auf dem Spiel. »Ich kann dir keine Antwort geben«, sagte er.
»Dann geh und verschwinde!«, rief sie. »Lauf zu deinem Freund, dem König, und mach deine Geschäfte mit ihm!«

13

Bittere Reue erfüllte Gracia Mendes nach ihrem Streit am ersten Morgen ihrer Ehe. Statt sich Francisco zu offenbaren, hatte sie sich mit ihm entzweit. Fast ersehnte sie jetzt die Strafe, die das Gesetz für eine Frau wie sie vorsah. Mit ihrem Frevel hatte sie jedweden Anspruch auf die Versorgung durch ihren Mann verwirkt. All die Vorteile und Vergünstigungen, die in der Ketubba standen, wären nach dem Gesetz null und nichtig, sobald die Gemeinde von ihrer Schuld erführe.
Doch nichts dergleichen geschah. Als hätte es kein Verbrechen gegeben, ging das Leben weiter. Auf den ersten Streit folgte die erste Versöhnung. War Gracia im Haus ihrer Eltern wie eine Prinzessin aufgewachsen, lebte sie nun im Haus ihres Mannes wie eine Königin. Es fehlte ihr weder an Nahrung noch an Kleidung – gleich mehrere Zofen und Bedienstete hatte Francisco für sie angestellt, wie um sie zu beschämen –, und auch an „fleischlichem Umgang" mangelte es nicht. Jedes Mal, wenn die Tage ihrer Unreinheit vorüber waren und sie die Mikwa genommen hatte, wohnte ihr Mann ihr bei. Aber die zarten Fäden, die Salomos Worte in der Hochzeitsnacht zwischen ihnen gesponnen hatten, waren bei dem Streit wie Spinnweben zerrissen.
Bedrückendes Schweigen herrschte in der Rua Nova dos Mercadores. Gracia und Francisco teilten zwar Tisch und Bett miteinander, aber ihre Herzen blieben einander verschlossen. Bei den Mahlzeiten wechselten sie nur wenige Worte, und in stummer Selbstvergessenheit genossen sie die Lust, die ihre Leiber des

Nachts einander spendeten. Immer wieder nahm Gracia Anlauf, dieses Schweigen zu durchbrechen, immer wieder nahm sie sich vor, mit Francisco zu sprechen, ihm ihre Verfehlung zu beichten. Doch sie schaffte es nicht, über ihren Schatten zu springen – zu groß war das Unrecht, in dem sie sich gefangen fühlte. Sollte sie sich vor einem Mann erniedrigen, der sie in die Ehe gezwungen hatte? Einem Heuchler und Verräter, der dem Götzendienst in der Kathedrale wie der schlimmste Edomiter frönte? Der die Geschäfte mit dem König über das Wohl ihrer Seele stellte? Nein, das konnte Gottes Wille nicht sein.

So blieb das Bewusstsein ihrer Schuld in Gracias Seele, und nur die Gnade und Barmherzigkeit des Haschem könnte sie davon befreien. Seine Verzeihung wog schwerer als die Verzeihung ihres Mannes, schwerer als alles Verzeihen der Menschen. Noch nie hatte sie deshalb mit solcher Inbrunst Jom Kippur entgegengefiebert wie in diesem Jahr, dem Sühne- und Versöhnungstag, dem heiligsten Tag der Juden, an dem das göttliche Urteil besiegelt wird und Gott jedes Unrecht tilgt und seinen Frevlern Gnade erweist, sofern sie bereit sind, sich in Reue zu erneuern.

Unendlich langsam vergingen die Wochen und Monate, bis endlich das Neujahrsfest kam und mit ihm die Zeit der Umkehr. Zehn Bußtage waren es, vom Neujahrstag bis Jom Kippur. In dieser Spanne entschied der König und Herr, ob die Verdienste oder die Fehler eines Menschen überwogen. Denn am Neujahrstag öffnete er drei Bücher: In das erste trug er die Gerechten ein, die sofort das Siegel des Lebens erhielten, während er in das zweite die Bösen einschrieb, mit dem Siegel des Todes. Das dritte Buch aber war für die Schwankenden bestimmt, die sowohl Verdienste erworben als auch Sünden begangen hatten, und die endgültige Entscheidung über sie wurde bis Jom Kippur aufgehoben.

Wie würde das Urteil über Gracia Mendes lauten?

14

Der Gottesdienst des Versöhnungstages begann mit dem Fürsprachegebet, am Vorabend von Jom Kippur. Eingestimmt durch strenges Fasten, war Gracia seit Sonnenuntergang in der alten Synagoge, wie die ganze Gemeinde. Trotz der Gefahr, dass Verräter oder Spione Beweise gegen sie sammelten, wollten alle Juden diesen Tag in ihrer Synagoge feiern. Zusammen mit den anderen Frauen betete Gracia im hinteren Teil des Raumes, der durch eine Mauer vom Bereich der Männer abgetrennt war. Nur durch ein Loch in der Wand konnte sie darum auf den Thoraschrank blicken. Doch als der feierliche Klagegesang anhob, war es, als stiege mit den uralten Klängen ihre eigene Zerknirschung zum Himmel empor.

»Du hast den Menschen erwählt, um ihm ein gutes Ende zu bereiten und ihm zwei Triebe zu geben: den guten und den bösen Trieb, damit er zwischen Gutem und Bösem wählen könne: Ich aber, mein Herr, habe nicht auf deine Stimme gehört und bin dem Rat des Bösen und der Stimme meines Herzens gefolgt und habe das Gute verschmäht. Nicht nur, dass ich meine Glieder nicht geweiht habe, habe ich sie gar verunreinigt …«

Wusste Gott, warum sie in sein Haus gekommen war?

Der Thoraschrank wurde geöffnet, und während zwei Gemeindemitglieder die Schriftrollen aufstellten, trat der Chasan vor den Schrank, um die Entbindung von den Gelübden zu verkünden. Gracia hätte sich am liebsten die Ohren verstopft, um die Worte nicht zu hören – solange sie denken konnte, hatte sie dieses Gebet aus tiefster Seele verachtet, als eine Lüge vor dem Herrn. Es entband alle Juden in der Glaubensfremde von ihrer Pflicht, sich zum Judentum zu bekennen, und gab ihnen die Erlaubnis, gemeinsam mit Christen zu beten. War es da ein Wunder, wenn jüdische Scheinchristen nur zum Schein noch Juden waren?

»Das ganze Jahr über können wir nicht die Gebote befolgen und müssen uns wie Christen verhalten, gegen unseren Willen. Doch wisset: Wir waren und sind Juden, durch und durch!«

Während die andern die Worte sprachen, die ihr nicht über die Lippen wollten, begriff sie mit stummem Entsetzen, wie tief sie selbst in die Lüge verstrickt war. War das Marranentum, ihr christliches Lippenbekenntnis, nicht auch die Quelle ihrer eigenen Sünde? Hatte ihr Doppelleben nicht auch sie zur Lüge gezwungen? Als ihr Versuch, im falschen Leben das Richtige zu tun?

Den ganzen Heimweg über verfolgte sie der quälende Gedanke, und ihre Hand zitterte noch, als sie zu Hause das Seelenlicht entzündete, eine lang brennende Kerze, deren Schein die Nacht über ihre Schlafkammer erhellte, um daran zu erinnern, dass dies die letzten dunklen Stunden vor Erlangung der Versöhnung waren. »Die Sünden des Menschen gegen Gott sühnt der Versöhnungstag, die Sünden gegen den Mitmenschen nur dann, wenn er diesen zuvor versöhnt hat.«

Während Gracia wachte, schlief Francisco tief und fest, ohne sich an den flackernden Schatten zu stören, die wie Dämonen auf seinem Gesicht tanzten. Wer war dieser Mann? Sie hatte geglaubt, Francisco zu kennen, doch je länger sie zusammenlebten, umso fremder wurde er ihr. Manchmal, des Nachts, wenn sie in seinen Armen lag, wähnte sie sich für Augenblicke selig-süßer Ohnmacht eins mit ihm, meinte gar mit ihm gen Himmel zu fahren, als wolle ihr Leib sie glauben machen, dass er wirklich und wahrhaftig jener Mann sei, der die Worte des Hoheliedes zu sprechen würdig war. Aber bei Tage und wachem Verstand kamen ihr Zweifel, und Francisco erschien ihr wie ein Mann mit zwei Gesichtern, der die heiligen Verse missbraucht hatte, um ihre Sinne zu betören und ihre Urteilskraft zu schwächen. Unsicher tastete sie nach seiner Hand. War der Moment gekommen, um endlich ihr Schweigen zu durchbrechen? Doch als sie die Lust ihres Leibes spürte, die Lust, seinen Körper zu berühren, zog sie ihre Hand zurück. Auf einem Schemel lag schon ihr weißes Gewand für den nächsten Tag bereit.

»Wären eure Sünden auch rot wie Scharlach, sie sollen weiß werden wie Schnee. Wären sie rot wie Purpur, sie sollen weiß werden wie Wolle.«

Als der Morgen endlich kam, tauchte Gracia nicht wie sonst beide Hände ins Wasser, sondern benetzte sich nur die Finger, um sich den Schlaf aus den Augen zu wischen. Denn an diesem Tag durfte kein Jude sich waschen oder salben, so wenig wie Mann und Frau miteinander verkehren durften. Alles Irdische galt es am Sühnetag abzuwerfen, nichts Körperliches sollte das Geistige verunreinigen, damit der Mensch den dienenden Engeln gleich werde.

»Aus der Tiefe, rufe ich, Herr, zu dir …«

Vom Aufgang der Sonne bis zu ihrem Untergang dauerte der Gottesdienst. Fünf Schritte waren zur Umkehr vonnöten: Erkenntnis und Reue, Aufgeben, Beichte und Verpflichtung. Erst dann würde Gott sein Urteil verkünden: wer zu den Gerechten gehörte, wer zu den Bösen, wer zu den Schwankenden. Würde er Gracia wieder in das Buch des Lebens einschreiben?

»Öffne uns das Tor zur Zeit, da die Tore sich schließen, denn der Tag hat sich geneigt.«

Die traurigen Klänge des Schlussgebets erfüllten Gracia mit Angst und Hoffnung zugleich. Hatte sie gegen Gott gesündigt? Von so schmerzlicher Süße war die Melodie, die der Kantor anstimmte, dass Tränen ihr in die Augen traten, als sie in den Gesang einfiel.

»Du reichst die Hand den Frevlern, und deine Rechte ist ausgestreckt, um Rückkehrende aufzunehmen …«

Früher, im Tempel von Jerusalem, war zu Jom Kippur der Hohepriester allein in das Allerheiligste getreten, um dort für das ganze Volk die Vergebung der Sünden zu erlangen, indem er die Bundeslade mit dem Blut zweier Opfertiere besprengte und das Los über zwei Böcke warf. Einer der Böcke wurde geopfert, der andere in die Wüste gejagt, beladen mit den Sünden der Juden, um ihre Schuld an den bösen Geist zurückzusenden, der in der

Wildnis hauste. Während die Gemeinde die Stimme erhob, um mit ihrem Bittgesang die himmlischen Tore der Barmherzigkeit zu öffnen, sah Gracia durch den Schleier ihrer Tränen Francisco in den Reihen der Männer. Trug er nicht Mitschuld an ihrer Sünde? Hatte nicht er sie mit den Worten der Heiligen Schrift zur Sünde verleitet, mit Worten, die er voll heißem Verlangen auf den Lippen führte, die in seinem Herzen aber längst erkaltet waren?

»Wir haben uns verschuldet, treulos waren wir …«

Ganz leise, kaum mehr als ein Flüstern, sprach Gracia das Sündenbekenntnis, flehte damit zu Gott, dass er ihr vergeben möge und sie von der Sünde befreie, die sie mit ihrem Mann begangen habe.

»Höre, Israel, der Herr ist unser Gott, der Herr ist einzig! Gepriesen sei Gottes ruhmreiche Herrschaft immer und ewig!«

Und während die Gemeinde siebenmal die Anrufung Gottes wiederholte, damit der Ruf alle sieben Himmel erreichte, gelobte Gracia, ihrer Sünden zu entsagen und ihre Fehler abzulegen, um ihre Umkehr zu vollenden, bevor das Schofar geblasen wurde, das Widderhorn, dessen Signal alle Verstreuten Israels zusammenrief, zur Versöhnung und Beendigung dieses Tages.

»Schreib uns ein ins Buch des Lebens.«

15

Nur ein paar Wochen nach Jom Kippur blieb ihre Monatsregel aus.

Gracia schwankte zwischen Freude und Bestürzung. Was hatte das zu bedeuten? Schickte Gott ihr ein Zeichen seiner Vergebung? Oder wollte er sie strafen, indem er sie von einem Verräter schwanger werden ließ?

Francisco war wie von einer Last befreit. In der Hoffnung auf einen Stammhalter der Firma Mendes erweiterte er das Haus in der Rua Nova dos Mercadores um ein weiteres Stockwerk, und die besten Baumeister und Handwerker der Stadt waren nicht gut genug, um seinen Ansprüchen zu genügen. Aus dem ganzen Land rief er Steinmetze und Drechsler, Tischler und Maler herbei, um die Heimstatt für seinen Sohn zu bereiten.

Das Richtfest war kaum vorüber, da kam Gracia nieder. Es war eine schwere Geburt, die Kunst der Hebamme reichte nicht aus, ein Arzt musste hinzugezogen werden, und erst nach endlosen Stunden, in denen die Hölle der Niederkunft sie in immer heftigeren Wehen heimgesucht hatte, erlöste der Schrei ihres Kindes sie von ihren Qualen.

»Was ist es?«, fragte Gracia. »Ein Junge oder ein Mädchen?«

»Ein Mädchen«, sagte die Hebamme und legte ihr den nackten kleinen, blutverschmierten Leib an die Brust.

»Ein Mädchen?«, flüsterte sie. »Das ist gut.«

Während Gracia ins Kissen sank, spürte sie, wie ihr Kind nach ihr suchte, und als das Mündchen gleich darauf zu saugen begann, ohne dass sie helfen musste, empfand sie ein Glück, wie sie es noch nie empfunden hatte. Alle Zweifel waren verstummt. Gott der Herr hatte ihr vergeben und sie wieder ins Buch des Lebens eingeschrieben.

Die Hebamme nickte. »Habt Ihr schon einen Namen für sie?«

Gracia schaute auf ihre Tochter, und als sie das rosige Gesichtchen sah, das sich an ihre Brust schmiegte, um mit geschlossenen Augen von ihrer Milch zu trinken, durchflutete sie ein Gefühl solcher Dankbarkeit, als habe Gott ihr selbst ein zweites Mal das Leben geschenkt, und ohne Zögern entschied sie:

»Reyna soll sie heißen – Reyna, die Königin!«

16

Das bärtige Kinn des Königs troff von Schweinefett.
»Euer Handelsagent aus Antwerpen – wie hieß er noch gleich?«, fragte Dom João schmatzend. »Enrique Nuñes, nicht wahr? Ist er noch im Dienst Eurer Firma?«
Als Francisco so plötzlich den Namen hörte, zuckte er zusammen. »Pardon, Majestät kennen meinen Agenten?«
»Wenn ich recht unterrichtet bin, war er zu Eurer Hochzeit in der Stadt. Ich hätte gern seine Bekanntschaft gemacht. Doch leider war mir das Vergnügen nicht gegönnt.«
»Er war nur eine Woche hier«, erwiderte Francisco. »Dringende Geschäfte in London. Jetzt ist er wieder in Antwerpen. Er bereist von dort aus alle unsere Niederlassungen in Europa.«
»Ach ja? Sehr schön. Er soll ja ein tüchtiger Mann sein. Vielleicht kann er seine Tüchtigkeit bald schon in einer Mission unter Beweis stellen, die uns sehr am Herzen liegt.«
Der Audienzsaal der neuen Residenz am Terreiro do Paço war mit Gold und Edelsteinen angefüllt wie eine Schatzkammer, und die Fenster boten einen herrlichen Blick auf den Tejo, der breit und träge in der Mittagssonne glänzte. Doch Francisco konnte weder die Pracht der Einrichtung noch die Aussicht auf den Fluss genießen. War das der Grund, weshalb er in den Palast zitiert worden war? Weil der König Verdacht geschöpft hatte? Nach so langer Zeit? Damals, am Morgen nach der Hochzeit, als Francisco seine Braut verlassen hatte, um Hals über Kopf zum Hof zu eilen, aus Angst, die Hinrichtung des Spions wäre der Grund, warum man ihn gerufen hatte, war keine Rede von Enrique Nuñes gewesen. Dom João hatte nur einen Kredit gebraucht, für die Mitgift seiner Tochter, und die Dringlichkeit der Audienz hatte sich als reine Boshaftigkeit erwiesen.
Aufs äußerste angespannt, betrachtete Francisco sein Gegenüber. Doch als er das Gesicht des Königs sah, lehnte er sich zurück. Dom Joãos Miene war die schiere Ahnungslosigkeit.

»Um was für eine Mission handelt es sich denn?«
Mit einer Serviette, so groß wie ein Handtuch, wischte Dom João sich das Fett von den Lippen. »Wir brauchen zweihunderttausend Golddukaten.«
»Zweihunderttausend? Das ist kein Pappenstiel.«
»Eine Hand wäscht die andere! Die Firma Mendes wächst und gedeiht! Erst kürzlich habt Ihr Euer Wohnhaus ausgebaut, und die Speicher in Belém platzen aus allen Fugen. Wem habt Ihr das zu verdanken? Meiner Regierung! Ohne den Seeweg nach Indien und die Entdeckung Amerikas hättet ihr Kaufleute doch nichts, womit ihr handeln könntet.« Der König hob sein Glas und prostete Francisco zu. »Auf unsere Freundschaft!«
Das also war der Grund der Audienz – der König brauchte Geld, wie immer. Francisco war froh, in vertrautes Gewässer zurückzukehren. Doch während Dom João sein Glas in einem Zug leerte, nippte er nur an seinem Wein. Bei einer solchen Summe musste er nüchtern bleiben.
»Darf ich fragen, wofür Ihr das Geld braucht, Majestät?«
»Für den Kaiser. Mein Schwager Karl will einen neuen Feldzug gegen die Osmanen führen. Die mohammedanischen Teufel marschieren Richtung Wien. Aber was habt Ihr, schmeckt Euch der Braten nicht?«
Der König, im Volk »der Fromme« genannt, hatte Francisco am Sabbat zur Audienz geladen, und damit nicht genug, hatte er ein Spanferkel auftischen lassen, um seinen Gast auf die Probe zu stellen. Doch mehr noch als das Schweinefleisch auf seinem Zinnteller machte Dom Joãos Forderung Francisco zu schaffen. Der osmanische Sultan war der einzige Herrscher in Europa, der den Juden die Ausübung ihres Glaubens erlaubte, und seine Hauptstadt Konstantinopel war der einzige Zufluchtsort für diese Verfolgten. Wenn Francisco den Krieg gegen Süleyman finanzierte, versündigte er sich an seinem Volk.
»Doch, doch, der Braten ist köstlich«, erwiderte er und würgte das Fleisch hinunter, obwohl es ihm vor Ekel fast im Hals stecken

blieb. »Allerdings, auch die Mittel der Firma Mendes sind begrenzt, und zweihunderttausend Dukaten …«
»Ihr braucht Euch nicht zu verstellen«, lachte Dom João. »Ich sehe schon, dass es Euch nicht schmeckt.« Er winkte einen Diener herbei und ließ ein Fischgericht auftragen. »Übrigens, wie geht es Eurer Frau?«, fragte er im Plauderton. »Immer noch kein Stammhalter in Sicht?«
Francisco schüttelte den Kopf.
»Schade. Doch dafür entwickelt sich Eure Tochter ja prächtig. Ich habe mit Freuden festgestellt, dass sie schon zur Messe geht. Brav, sehr brav. Wie alt ist sie inzwischen?«
»Vier Jahre.«
»Schön, schön. Das Kind macht Euch und Eurer Frau sicher viel Freude, nicht wahr?«
Die Bemerkung versetzte Francisco einen Stich. Wie glücklich war er gewesen, als Reyna geboren wurde! Er hatte gehofft, das Kind würde ihn mit Gracia verbinden, aber das Gegenteil war der Fall. Reyna hatte sie noch mehr voneinander entfremdet, den Graben zwischen ihm und seiner Frau nur noch vertieft. Und einen Sohn würde es nie geben. Nach der schweren Geburt hatte der Arzt erklärt, dass Gracia keine Kinder mehr bekommen könnte.
Als würde Dom João ahnen, was ihn bewegte, wurde das Gesicht des Königs wieder ernst. Doch der Grund war ein anderer. Abermals wechselte er das Thema.
»Die Vorfälle von Badajoz machen uns große Sorge. Spanische Marranen, denen wir aus christlicher Nächstenliebe Asyl gewährt haben, sind bei Nacht und Nebel über die Grenze in ihre Heimatstadt zurückgekehrt, um dort ihre Frauen aus den Kerkern der Inquisition zu rauben, in denen sie selbst gefangen waren.«
Mit Ekel spürte Francisco, wie das Schweinefleisch ihm aufstieß. Er wusste über den Vorfall Bescheid, besser als Dom João. Die Frauen waren inzwischen in Lissabon, versteckt in einem Speicher der Firma Mendes.

»Das Judenpack hat die ganze Stadt in Angst und Schrecken versetzt«, fuhr der König fort. »Der Inquisitor von Badajoz hat mir geschrieben und drängt mich, den Marranen auch in meinem Land das Handwerk zu legen. Ihr wisst, was das heißt?«
Mit zusammengekniffenen Augen fixierte er seinen Gast. Francisco lief es kalt den Rücken hinunter. Er hatte keinen Zweifel, weshalb der König den Vorfall erwähnte.
»Muss ich Eure Frage als Drohung verstehen, Majestät?«
»Um Himmels willen – nein!«, erwiderte Dom João. »Aber was soll ich machen? Jedermann drängt mich, den Papst zu ersuchen, die Einsetzung des Glaubensgerichts voranzutreiben, allen voran mein Schwager, Kaiser Karl. Er wirft mir bereits vor, dass meine persönliche Freundschaft zu Euch mich daran hindere, meine heiligsten Pflichten zu erfüllen.«
»Und Ihr meint, zweihunderttausend Dukaten könnten den Kaiser milder stimmen?«
»Ich denke, wir verstehen uns«, sagte Dom João, sichtlich zufrieden. »Kann ich also meinem Schwager schreiben, dass Ihr ihm das Geld für seinen Feldzug gegen die Osmanen anweisen werdet?« Als er sah, dass Francisco immer noch zögerte, fügte er mit einem Augenzwinkern hinzu: »Es soll Euer Schaden nicht sein. Als Zeichen unserer Dankbarkeit sind wir bereit, für die Dauer des Darlehens bei allen Importen der Firma Mendes aus Indien auf den Einfuhrzoll zu verzichten. Außerdem garantiere ich Euch die bevorzugte Abfertigung Eurer Schiffe in allen Häfen des portugiesischen Reiches.«
Hatte Francisco eine Wahl? Wenn er den Vorschlag ablehnte, öffnete er eigenhändig das Tor für die Inquisition. Wenn er den Vorschlag hingegen annahm, dann … Während der König bereits sein Glas erhob, um den Handel perfekt zu machen, überschlug Francisco im Kopf die Zahlen. Durch den Wegfall der Zölle sparte die Firma Mendes jedes Jahr ein Zehntel der Summe, die sie dem Kaiser zur Verfügung stellte. Nüchtern betrachtet, war der Vorschlag nicht nur ein ganz normales Geschäft, son-

dern bot langfristig sogar die Aussicht auf einen hübschen Gewinn. Auch er hob sein Glas. »Es wird mir eine Ehre sein, dem Kaiser mit dem gewünschten Darlehen zu dienen.«
»Zinsfrei auf fünf Jahre?«
»Zinsfrei!«
Die beiden Männer stießen an, um ihren Pakt zu beschließen.
»Eure Tochter wird es Euch einmal danken«, sagte Dom João und trank aus. Dann wischte er sich ein letztes Mal über den Mund, zog sein frömmstes Gesicht und faltete die Hände. »Seid Ihr so freundlich, das Gebet zu sprechen?«
Francisco stellte sein Glas auf den Tisch, und obwohl das Schweinefleisch ihm immer noch aufstieß, schlug er das Kreuzzeichen, wie der katholische Glaube es vorschrieb.
»Im Namen des Vaters und des Sohnes und des Heiligen Geistes …«

17

»Wer kommt in meine Arme?«
»Iiiiiich!«
So schnell wie ein Blitz kam Reyna angerannt. Gracia fing sie auf und warf sie hoch in die Luft. Das Kind war ihr ganzes Glück, ein quietschendes Bündel Lebensfreude. Während sie mit ihrer Tochter so schnell im Kreis wirbelte, dass ihr fast schwindlig wurde, glaubte sie, in das Gesicht eines Engels zu sehen. Die rötlichen Haare und Sommersprossen hatte Reyna von ihr geerbt, die Lockenpracht von ihrem Vater, auch die hellblauen Augen, die wie zwei Sterne aus ihrem lachenden Gesichtchen strahlten. Ja, Reyna war ein Geschenk des Himmels – der Beweis, dass Gott ihr verziehen, der Herr und König sie wieder in das Buch des Lebens eingeschrieben hatte.
»Ich … ich kann nicht mehr«, keuchte sie, ganz außer Atem. »Mir dreht sich schon alles.«

»Nein, nicht aufhören, Mutter, bitte!«
»Also gut, mein Schatz, ein allerletztes Mal!«
Noch einmal warf sie ihre Tochter in die Luft, so hoch, dass Reyna vor Glück laut kreischte, fing sie auf und stellte sie auf den Boden.
»So, und jetzt müssen wir noch ein bisschen weiterlernen.«
»Wie man betet? Aber Mama, das weiß ich doch!«
Aufgeregt faltete Reyna ihre kleinen Hände, um das Kreuzzeichen zu schlagen.
»Nein«, sagte Gracia scharf, »so beten die Christen, wir beten anders.«
»Und wie beten wir?«
»Das kommt darauf an. Jetzt ist Abend, also sprechen wir das Abendgebet. Dafür muss man aber warten, bis man mindestens drei Sterne am Himmel sehen kann.« Sie trat ans Fenster und zog den Vorhang beiseite. »Willst du mal schauen, ob es schon so weit ist?«
Reyna kletterte auf einen Schemel und blickte mit großen Augen in den blassgrauen Himmel. »Ich kann sogar schon vier erkennen«, rief sie voller Stolz. »Nein, fünf!«
»Bravo, mein Schatz, dann dürfen wir jetzt anfangen.« Gracia bedeckte ihren Kopf mit einem Schal, hob die Arme und sagte die Segenssprüche und das Schma Jisrael: »Höre, Israel, der Herr ist unser, Gott der Herr!«
»Im Namen des Vaters und des Sohnes und des Heiligen Geistes!«, sprudelte es aus Reyna heraus.
»Nein, das ist falsch! Das sagen die Christen! Warum begreifst du das nicht?« Gracia holte tief Luft, um sich zu beherrschen. »Wir sagen: Gepriesen sei Gottes ruhmreiche Herrschaft immer und ewig! Aber das dürfen wir nur ganz leise flüstern.«
»Gar nicht wahr!«, erwiderte Reyna trotzig. »Es heißt: Im Namen des Vaters und des Sohnes und des Heiligen Geistes. Vater hat mir das beigebracht, und Vater hat recht.«
Wie immer, wenn Reyna trotzig war, kräuselte sich ihre kleine

Stupsnase. Gracia seufzte. Das Kind war nicht nur ihr ganzes Glück, es war auch ein ständiger Zankapfel zwischen ihr und ihrem Mann. Schon einen Tag nach der Geburt war es wegen Reyna zum Streit gekommen. Francisco hatte darauf bestanden, sie katholisch taufen zu lassen, obwohl Gracia sich mit aller Macht dagegen gewehrt hatte. Gott hatte ihr diese Tochter geschenkt, trotz ihrer Sünde, also war es ihre doppelte Pflicht, für Reynas Seelenheil zu sorgen ... Doch das hatte sie ihrem Mann nicht sagen können, keinem Menschen konnte sie das sagen, und Francisco hatte seinen Willen durchgesetzt. Der Verzicht auf die Taufe, so hatte er entschieden, käme einem offenen Bekenntnis zum Judentum gleich – eine Provokation, die er sich nicht leisten könne.

»Schau mal«, sagte Gracia und beugte sich zu Reyna herab. »Wir sind doch Juden. Also müssen wir so beten, wie alle Juden beten.«

»Warum sind wir denn Juden?«

»Weil wir von König David abstammen.«

»Wer ist König David?«

»König David war der König des Volkes Israel, vor langer, langer Zeit. Aus seinem Geschlecht wird der Messias kommen. Er ist der Vater vieler Juden.«

»Auch vom lieben Jesuskind?«

Reynas verstörtes Gesicht trieb Gracia Tränen in die Augen. Was hätte sie darum gegeben, ihrer Tochter diesen Zwiespalt zu ersparen. Aber durfte sie das? Aus Angst, dass Reyna sich verplappern könnte, hatte Francisco verboten, sie im jüdischen Glauben zu unterrichten, er brachte ihr stattdessen die Formeln und Rituale des christlichen Götzendienstes bei, obwohl Reyna sich mit jedem Kreuzzeichen, mit jedem Vaterunser ein Stückchen mehr dem Haschem entfremdete, dem König und Herrn. Also musste Gracia jeden Augenblick nutzen, wenn ihr Mann fort war, um mit ihr die Bräuche und Gebete ihrer Vorfahren zu üben. So wie heute, da Francisco sich am Hof aufhielt und den Sabbat schändete, um mit seinem Freund, dem König, Geschäfte zu machen.

Plötzlich hörte sie Geräusche im Haus.

»Vater! Vater ist da!«
Reyna strahlte über das ganze Gesicht. So schnell sie konnte, kletterte sie von ihrem Schemel und lief zur Tür hinaus.
»Warte! Ich komme mit!«
Doch die Tochter war nicht mehr zu halten, so sehr drängte es sie zu ihrem Vater. Gracia war noch auf dem Treppenabsatz, als das Kind schon die Stufen zum zweiten Stockwerk hinaufstürmte, wo Francisco sein Privatkontor unterhielt. Gracia raffte ihre Röcke, um ihr zu folgen.
»Wer sind diese Leute?«, flüsterte Reyna, als Gracia sie einholte, und starrte ängstlich durch den Türspalt in das Kontor. Ein halbes Dutzend Frauen, verdreckt und in zerlumpten Kleidern, war darin versammelt, zusammen mit Francisco und Tristan da Costa. Wie scheue, furchtsame Tiere wirkten die Frauen, sie wagten es kaum, die Köpfe zu heben, während sie leise Worte mit den Männern wechselten.
»Ich weiß es nicht«, sagte Gracia. »Ich habe sie noch nie gesehen.«
Ohne die Tür zu öffnen, trat sie näher heran. Doch als sie die ersten Worte hörte und begriff, was sie sah, wünschte sie sich, sie wäre ihrer Tochter nie gefolgt.
Denn was sich hier vor ihren Augen abspielte, war das widerwärtigste, abstoßendste und erbärmlichste Schauspiel, das sie je gesehen hatte.

18

»Ihr kommt in mein Haus?«, fragte Rabbi Soncino verwundert.
»So spät am Abend? Was hat das zu bedeuten?«
»Ich will den Scheidebrief!«, erwiderte Gracia.
»*Was* wollt Ihr?«
»Den Scheidebrief. Francisco Mendes ist ein Ungeheuer. Ich kann mit ihm nicht länger unter einem Dach leben.«

Die Studierstube des Rabbiners war eine einzige Bücherhöhle. An allen vier Wänden stapelten sich die Folianten bis unter die Decke: lateinische, griechische, spanische – sogar hebräische, obwohl den Juden Bücher in ihrer eigenen Sprache, abgesehen von medizinischen Werken, verboten waren. Gracia war gleich nach der furchtbaren Entdeckung hierhergeflohen, denn der Rabbiner war die einzige Autorität, an die sie sich in ihrer Not wenden konnte. Ihre Tochter Reyna hatte sie in der Obhut ihrer Schwester Brianda zurückgelassen.
Soncino schüttelte den Kopf. »Nur der Mann kann der Frau den Scheidebrief ausstellen. So steht es in der Thora, und auch die Halacha bestätigt, dass …«
»Glaubt Ihr, Gottes Gerechtigkeit unterscheidet zwischen Männern und Frauen? Wenn der Mann sich von der Frau trennen kann, weil er etwas Schändliches an ihr entdeckt, dann muss das auch umgekehrt für die Frau gelten.«
»Kommt erst mal herein und setzt Euch.«
Der Rabbiner schloss die Tür nicht ganz, sondern lehnte sie nur an, so dass ein Spalt offen blieb. Gracia wusste, warum. Ein Mann und eine fremde Frau durften nicht ohne Zeugen allein in einem geschlossenen Raum sein, sonst galt ihr Zusammensein als Ehebruch. »Ich wiederhole«, sagte Soncino, während er einen Stuhl für sie freiräumte, »die Scheidung der Ehe kann nur vom Mann ausgehen.«
»Ich kenne die Mischna, ich habe sämtliche Bücher gelesen. Ein Rabbinatsgericht kann den Mann verurteilen und ihn zwingen, der Frau den Scheidebrief zu geben.«
»Das Rabbinatsgericht hat gerade erst getagt. Und eine gesonderte Einberufung ist nur in außergewöhnlichen Fällen möglich.«
»Ihr müsst es trotzdem tun! Bitte! Dies ist ein außergewöhnlicher Fall!«
Rabbi Soncino nahm mit einem Seufzer Platz. »Beantwortet mir zuerst einige Fragen. Ich muss sehen, ob Euer Begehren in irgendeiner Weise begründet ist.« Er strich sich über den Bart und

schaute sie mit seinen grauen Augen an. »Hat Euer Mann Euch den Beischlaf verweigert?«

»Nein, das nicht. Aber er hat …«

»Antwortet nur mit Ja oder Nein! Hat er seine Pflicht versäumt, Euch mit Nahrung und Kleidung zu versorgen?«

Gracia schüttelte den Kopf.

»Hat er Euch betrogen oder misshandelt?«

Wieder musste Gracia verneinen.

»Leidet er an einer abstoßenden Krankheit?«

»Nein, natürlich nicht! Nichts von alledem hat er sich zuschulden kommen lassen. Die Wahrheit ist viel schlimmer! Er … er … hat …«

Sie konnte nicht weitersprechen, ihre Worte erstickten in Tränen. Rabbi Soncino reichte ihr ein Tuch.

»Trocknet Eure Augen, damit die Tränen Euch nicht den Blick für die Wahrheit trüben. Und erst dann sprecht: Was ist geschehen? Was hat Euer Mann so Schändliches getan?«

Gracia nahm das Tuch und wischte sich das Gesicht.

»Habt Ihr von dem Vorfall in Badajoz gehört?«

Rabbi Soncino zuckte zusammen, doch nur für einen Augenblick.

»Ja, gewiss. Wir haben in der Gemeinde darüber beraten.«

»Die Frauen sind zu meinem Mann gekommen, um ihn um Hilfe zu bitten. Ich … ich habe ihr Gespräch belauscht.« Erneut versagte ihr die Stimme.

Erst als der Rabbiner ihr mehrmals aufmunternd zunickte, begann Gracia zu sprechen, zögernd und stockend, immer wieder unterbrochen von ihren eigenen Schluchzern, die sie bei der Erinnerung der abscheulichen Szene überkamen: Auf Knien hatten die Frauen ihren Mann angefleht, mit tränennassen Gesichtern hatten sie nach seinen Händen gegriffen, um sie zu küssen, er aber hatte sie nur aufgefordert, ihre Taschen auszuleeren und seinem Agenten Tristan da Costa alles auszuhändigen, was sie noch am Leibe trugen: Geld und Gold, Perlen und Ringe, Kämme und Gürtel.

»Die Spanier haben die Männer dieser Frauen umgebracht, alles haben sie verloren, und Francisco Mendes raubt ihnen das wenige, das ihnen außer dem Leben geblieben ist, als Bedingung, dass er ihnen bei der Flucht hilft. Ist das überhaupt ein Mensch? Er bereichert sich am Unglück der Verfolgten Israels, am Unglück seiner Glaubensschwestern!«
Als Gracia zu Ende gesprochen hatte, trat eine lange Stille ein, in der nur ihre verebbenden Schluchzer zu hören waren. Noch immer barg sie das Gesicht in den Händen.
»Und darum wollt Ihr Euch von Eurem Mann trennen?«, fragte Rabbi Soncino schließlich.
»Ja, das will ich«, erwiderte Gracia. »Fünf lange Jahre habe ich die Ehe ertragen, und immer wieder habe ich versucht, etwas Gutes an dem Ungeheuer zu entdecken, aus Angst, ihn zu verkennen. Aber jetzt … jetzt geht es nicht mehr. Ich habe hinter seine Maske geschaut und sein wahres Gesicht gesehen …«
Obwohl es nach dem Gesetz verboten war, dass ein Mann eine fremde Frau berührte, weil sie im Zustand der Unreinheit sein konnte, hob der Rabbiner Gracias Kinn, so dass sie ihn anblicken musste. Nur widerwillig ließ sie es zu.
»Habt Ihr mit Eurem Mann gesprochen?«, fragte Soncino.
»Nein, wozu? Er würde ja doch nur lügen und alles leugnen.«
»Woher wollt Ihr das wissen? Die Wahrheit ist eine Gauklerin. Oft kleidet sie sich in fremde Gewänder, und blind, wie wir sind, nehmen wir das Gewand für die Wahrheit selbst.«
»Ich bin nicht blind, Rabbi, noch bin ich taub. Ich habe mit eigenen Augen gesehen, was er getan, und mit eigenen Ohren gehört, was dieser Mensch zu den Frauen gesagt hat: Gebt mir alles, was ihr besitzt, den letzten Pfennig will ich von euch haben …«
Mit verzerrtem Gesicht, als würden die Worte ihn schmerzen, erhob sich der Rabbiner von seinem Stuhl, und schweigend ging er eine Weile in der Stube auf und ab.
Dann blieb er stehen und sagte: »Ich muss Euch um ein wenig Geduld bitten. Aus eigener Macht bin ich nicht befugt, Euch eine

Erklärung zu geben. Aber wenn Ihr morgen früh wiederkommt, kann ich Euch vielleicht helfen.«
Er öffnete die Tür, um sie zu verabschieden. Gracia schöpfte Hoffnung.
»Werdet Ihr das Rabbinatsgericht einberufen?«
»Kommt gleich nach dem Morgengebet«, wiederholte er. »Dann werden wir sehen.«

19

Die Nacht verbrachte Gracia im Haus ihres Vaters, in ihrem alten Zimmer, zusammen mit ihrer Tochter. Ruhig und gleichmäßig ging Reynas Atem an ihrer Seite. Nur sie selbst fand keinen Schlaf. Viele Stunden hatte sie mit ihrem Vater gestritten, weil er sie drängte, zu ihrem Mann zurückzukehren, und bis spät in die Nacht hatte es Botengänge gegeben, zwischen dem Haus ihres Vaters in Santa Justa und dem Haus ihres Mannes in der Rua Nova dos Mercadores. Auch Brianda hatte Partei für Francisco ergriffen, und Reyna hatte immer wieder nach ihrem Vater gefragt, verstört und außerstande zu begreifen, was ihre Eltern umtrieb. Doch Gracia hatte sich nicht beirren lassen. Lieber würde sie im Freien schlafen, als die Nacht unter einem Dach mit diesem Ungeheuer zu verbringen, in dessen Brust kein menschliches Herz zu schlagen schien.
Was hatte Gott mit ihr vor? Warum hatte er ihr diesen Mann geschickt? Leise klirrte das Geschirr im Haus, wie eine feine, zerbrechliche Melodie klang es herauf, und die Wände zitterten. Ein kleines, kaum spürbares Beben erschütterte die Erde, wie es immer wieder in der Stadt Lissabon geschah. Nur einige wenige Menschen trieb es hinaus auf die Straße, die Furchtsamsten der Furchtsamen, doch auch ihre Stimmen beruhigten sich schon bald, um nach und nach ganz zu verstummen. Nicht einen Mo-

ment kam es Gracia in den Sinn, ihr Bett deshalb zu verlassen. Nein, nicht mit Angst erfüllte sie das harmlose Beben, vielmehr mit freudiger Zuversicht. War es vielleicht ein Zeichen, das Gott ihr sandte? Ein Zeichen dafür, dass die Ketten, die sie an Francisco Mendes banden, in wenigen Stunden von ihr abfallen würden?

Wie befreit wachte Gracia am nächsten Morgen auf, mit einem Gefühl, als würde sie ein neues Buch aufschlagen. Die Seele, die ihr während des Schlafes genommen war, kehrte erfrischt und erneuert in sie zurück. Alle Möglichkeiten standen ihr offen, selbst die Vögel draußen vor dem Fenster schienen ein neues Lied zu singen.

Gleich nach dem Morgengebet verließ sie das Haus, ohne ihre Tochter zu wecken oder sich von ihrem Vater zu verabschieden. Um sich für das Rabbinatsgericht zu wappnen, wiederholte sie jene drei Sprüche der Schrift, die das Gerüst ihres Glaubens ausmachten: »Ich habe den Herrn beständig vor Augen … Mach dich bereit, deinem Gott gegenüberzutreten … Such ihn zu erkennen auf all deinen Wegen …«

Ja, sie hatte den Herrn vor Augen und war bereit, ihm gegenüberzutreten, offenen Sinnes, um ihn zu erkennen, in welcher Erscheinung er sich ihr auch zeigen würde. Doch als sie Rabbi Soncinos Wohnung betrat, erschrak sie so sehr, dass sie unwillkürlich einen Schritt zurückwich. Der Rabbiner war nicht allein. Aber nicht die Mitglieder des Rabbinatsgerichts, wie sie erwartet und gehofft hatte, waren bei ihm, vor ihr stand vielmehr das Ungeheuer selbst: Francisco Mendes, ihr Ehemann, der Vater ihrer Tochter.

»Ihr braucht nicht zu erschrecken«, sagte Soncino. »Euer Mann ist gekommen, um Euch von Euren Zweifeln zu befreien.« Er wandte sich an Francisco. »Wollt Ihr selbst sprechen?«

Francisco schüttelte den Kopf. »Ich wäre Euch dankbar, wenn Ihr an meiner Stelle …«

Er brachte den Satz nicht zu Ende. Mit Genugtuung stellte Gracia fest, dass er so blass war, als hätte er die Nacht nicht geschla-

fen, nur seine Augen waren gerötet. Wusste er vielleicht schon, dass dies die letzten Augenblicke ihrer Ehe waren? Weil das Rabbinatsgericht bereits einen Beschluss gefasst hatte?
Soncino nickte, und ohne Umschweife begann er seine Rede. Aber nach nur wenigen Worten zerstob Gracias Hoffnung. Kein Zweifel, der Rabbiner hatte sich mit ihrem Mann verschworen – seine Rede war eine einzige Gaukelei, ein empörendes Blendwerk und Verwirrspiel, in dem sich hell und dunkel, Tag und Nacht, Licht und Schatten in ihr Gegenteil verkehrten. War es möglich, dass ein Rabbiner, ein Gelehrter und Prediger der Wahrheit, sich in den Dienst eines solchen Lügengespinstes stellte?
Was Soncino erklärte, war so unerhört, so ungeheuerlich, so dreist und frech, dass es Gracia die Sprache verschlug. Ohne mit der Wimper zu zucken, behauptete er, alles, was Francisco Mendes tue, diene ausschließlich und allein dem Zweck, seinen Glaubensbrüdern zu helfen. Wenn er bei Hofe Schweinefleisch esse und mit dem König Geschäfte mache, dann nur, um die Gefahr der Inquisition von den Conversos abzuwenden, und während er dafür all sein Hab und Gut verwende, nutze er zugleich das europaweite Netz seiner Handelsagenten und Niederlassungen, um jüdische Flüchtlinge mit den Schiffen der Firma Mendes außer Landes zu bringen.
»So wie die Frauen von Badajoz?«, fragte Gracia höhnisch.
Der Rabbiner nickte.
»Ich glaube Euch kein Wort«, sagte sie. »Wenn Francisco Mendes diesen Frauen hilft, dann nur um seines eigenen Vorteils willen.«
»Ihr meint, weil die Frauen ihm ihr Geld gegeben haben?«
»Ihr Geld und fast alles, was sie am Leibe trugen. Sogar Haarspangen hat er von ihnen verlangt.«
»Das geschah nur im Interesse der Frauen.«
»Dass ich nicht lache!«
»Alles, was Francisco ihnen nahm, bekommen sie doppelt und dreifach zurück.«

»Wie bei der wundersamen Brotvermehrung? Ihr redet wie ein katholischer Pfaffe!«

»Ich rede wie ein jüdischer Kaufmann. Mit dem Geld, das die Flüchtlinge Eurem Mann gegeben haben, spekuliert die Firma Mendes auf Getreide. Bei der Dürre, die seit Monaten herrscht, wird sich der Preis in nur wenigen Wochen verdoppeln.«

»Das sieht diesem Menschen ähnlich! Sogar an der Hungersnot will er verdienen!«

»Ja – aber zugunsten der Frauen und Männer, die seine Hilfe brauchen.«

Gracia runzelte die Stirn. »Und wie soll das geschehen? Die Leute verlassen doch das Land!«

»Auf ihre Einzahlung ziehen die Flüchtlinge Wechsel. Den Gewinn bekommen sie bei ihrer Ankunft in Antwerpen von Eurem Schwager Diogo Mendes ausbezahlt, samt Zins und Zinseszins. Geld, mit dem sie in Flandern ein neues Leben anfangen können.« Der Rabbiner verstummte, die grauen Augen unverwandt auf Gracia gerichtet.

Wie ein böser, unsichtbarer Stachel regte sich Zweifel in ihrer Seele. Sollte es am Ende möglich sein, dass Soncino sie doch nicht betrog? Das Geflecht von Hilfe und Geschäft, das er beschrieb, schien zu kompliziert, um frei erfunden zu sein. Trotzdem dachte Gracia nicht daran, klein beizugeben. Unter Aufbietung ihrer ganzen Willenskraft hielt sie Soncinos Blick stand. Ihr Stolz, ihr Gerechtigkeitssinn, alles in ihr sträubte sich gegen seine Worte. Nein, es konnte nicht sein, dass sie sich so gründlich in ihrem Mann geirrt hatte! Das war unmöglich – ganz und gar ausgeschlossen!

»Ich hasse Lügen«, sagte sie, doch war sie selbst überrascht, wie zaghaft ihre Stimme klang. »Er hat mich so oft angelogen. Weshalb soll ich Euch jetzt glauben?«

»Aus einem einzigen Grund«, erwiderte der Rabbi. »Könnt Ihr Euch vorstellen, dass ein so reicher Mann wie Francisco Mendes für Geld sein Leben aufs Spiel setzt?«

»Warum sein Leben?«, fragte Gracia zurück. »Was riskiert er schon bei dem Geschäft?«
»Jeder Jude, der versucht, ohne Erlaubnis des Königs das Land zu verlassen, wird mit dem Tod bestraft.«
»Das weiß ich, die Dominikaner predigen es ja von den Kanzeln. Aber was hat das mit Francisco Mendes zu tun? Er bleibt ja im Land.«
»Die Todesstrafe droht nicht nur den Flüchtlingen, sie trifft genauso jeden, der einem Juden zur Flucht verhilft. Zum Beispiel Schiffskapitäne oder ...« – der Rabbiner machte eine Pause, bevor er weitersprach – »... Schiffseigner. Habt Ihr das auch gewusst?«
Gracia biss sich auf die Lippen. Nein, das hatte sie nicht gewusst. Sie suchte Franciscos Augen. Sie hoffte, ein Lächeln würde ihn verraten, ein winziges falsches Lächeln, um ihr zu bestätigen, dass er der Lügner war, als den sie ihn so oft durchschaut hatte. Aber Francisco wich ihrem Blick aus, als wäre ihre Verwirrung ihm peinlich.
›Ich habe den Herrn beständig vor Augen ... Mach dich bereit, deinem Gott gegenüberzutreten ... Such ihn zu erkennen auf all deinen Wegen ...‹
Rabbi Soncino schien ihre Gedanken zu erraten. Er fragte: »Sieht so ein Lügner aus?«
Gracia spürte, wie die Scham ihr das Blut ins Gesicht trieb. Nein, sie hatte sich geirrt, sie konnte sich der Einsicht nicht länger verschließen. Was ihr unmöglich erschienen war, ganz und gar ausgeschlossen, erwies sich als Wahrheit, und ihre falsche Gewissheit fiel in sich zusammen, um einer bestürzenden Erkenntnis Platz zu machen. Der Mann, den sie als Verräter ihres Glaubens verachtet hatte, riskierte für diesen Glauben alles, was er besaß: sein Vermögen und sein Leben!
»Warum hast du mir das nie gesagt?«, fragte sie leise.
Ohne eine Antwort blickte Francisco zu Boden. Lautlos erhob sich Rabbi Soncino und verließ den Raum. Nun war Gracia mit ihrem Mann allein.

»Warum hast du mir das nie gesagt?«, fragte sie noch einmal.
Francisco hob den Kopf und sah sie an. »Ich hatte Angst, du könntest uns verraten«, sagte er schließlich. »Es stand zu viel auf dem Spiel. Darum habe ich geschwiegen.«
Plötzlich schämte sich Gracia, wie sie sich noch nie geschämt hatte. Was zählte im Vergleich zu seinem Mut ihr Hochmut, was im Vergleich zu seiner Tat ihre kindlich eitle Schwärmerei? Sie wollte die Hand nach ihm ausstrecken, aber sie schaffte es nicht. Sie schaffte es kaum, seinem Blick standzuhalten.
»Blind und taub war ich«, sagte sie. »Du hast alles Recht, mich zu verstoßen.«
»Willst du immer noch den Scheidebrief?«, fragte er und lächelte sie an. Aber nichts Falsches lag in diesem Lächeln, nur ein wenig Spott. Vor allem aber grenzenlose Zärtlichkeit.
»Kannst du … kannst du mir – verzeihen?«
»Nein«, sagte er und schüttelte den Kopf. »Es gibt nichts zu verzeihen.« Er nahm ihre Hand und hauchte einen Kuss auf ihre Fingerspitzen. »Du bist meine Frau, ich hätte dir die Wahrheit sagen müssen. Aber ich habe dir nicht vertraut. Durch meine Schuld hast du mich verachtet. Du … du konntest nicht anders von mir denken.«
Warm und fest und stark umschloss seine Hand die ihre. Warum hatte sie früher nie diese Kraft gespürt? Wieder lächelte er, und wieder war nichts Falsches an seinem Lächeln.
»Seit wann machst du das alles schon?«, fragte sie.
»Seit ich ein Mann bin. Ich war als Kind auf der Praça do Rossio, genauso wie deine Mutter. Damals habe ich mir geschworen, dass ich alles tun werde, damit so etwas nie wieder mit Juden geschieht.«
»Aber hast du keine Angst, dass sie dich …«
»Pssst«, machte er. »Ich bin kein Held. Alles, was ich tue, tue ich für mein eigenes Wohl, zur Rettung meiner Seele. Du weißt doch, Juden dürfen nur in der Glaubensfremde leben, wenn sie dort anderen Juden helfen.«

Es war, als löse sich ein Panzer von Gracias Seele. Eine Woge der Erleichterung erfasste sie, alles in ihr drängte sich Francisco entgegen. Nein, ihr Leib hatte sie nicht belogen. Was sie des Nachts in seinen Armen dunkel gespürt hatte, wurde jetzt, im hellen Licht des Tages und ihres Verstandes, zur Gewissheit.
Ganz von allein, ohne Zutun ihres Willens, kamen die Worte über ihre Lippen, die Worte der Heiligen Schrift.
»Siehe, mein Freund, du bist schön. Siehe, schön bist du …«
»Meine Taube …«, erwiderte er, flüsternd wie sie. »Meine Freundin, meine Reine …«
In einer Gefühlsaufwallung, die jeden Zweifel erstickte, schmiegte Gracia sich an ihren Mann. Sie hatte nur noch einen einzigen Wunsch: ihm nahe zu sein – so nahe, wie es irgend ging.
»Komm, mein Schöner, komm her! Siehe, der Winter ist vergangen …«
»… der Regen ist vorbei und dahin …«
»… die Blumen sind aufgegangen im Lande …«
»… und die Reben duften mit ihren Blüten …«
Während die Worte über ihre Lippen strömten, nahm Gracia das Gesicht ihres Mannes zwischen die Hände und suchte mit ihrem Mund den seinen.

20

Die Glocken von zweihundert Kirchen und Klöstern läuteten in der Morgenfrühe, um die Christen der Stadt Lissabon zur heiligen Messe zu rufen, zum Fest von Allerheiligen. Seit Menschengedenken hatte an dem Totentag keine solche Hitze mehr geherrscht wie in diesem Dürrejahr. Wie mit Graphit gezeichnet, scharf und überdeutlich, erhoben sich im durchscheinenden Licht der Herbstsonne die Glockentürme über den Dächern der Häuser und Paläste, und obwohl nur die Reichen sich eine Erfrischung leisten konnten, fanden die Wasserträger und Limonadenverkäufer auf der Praça do Rossio kaum Zeit, auf den Stufen des ausgetrockneten Neptunbrunnens zu verschnaufen.

Die Nacht war noch nicht ganz vergangen, da hatten die Küster in den Gotteshäusern damit begonnen, die Öllampen und Weihrauchbecken anzuzünden, und während immer mehr Menschen auf die Straßen strömten, zogen die Bettelmönche in ihren verdreckten, stinkenden Kutten von einer Kirche zur anderen und boten reuigen Sündern Bilder und Statuetten verstorbener Heiliger zum Kusse dar, um sie in ihrer heutigen Fürbitte zu bestärken. Alle gläubigen Christen der Stadt waren darin vereint, Gott den Herrn anzuflehen, ihnen endlich Regen zu schicken. Seit Monaten war kein Tropfen Wasser mehr vom Himmel gefallen, die meisten Kornspeicher waren so leer wie die Brotregale der Bäcker, und in den Wohnvierteln der Armen breitete sich der Hunger aus.

Das Hochamt hatte gerade begonnen, die Hauptmesse des Tages mit Chorgesang und Orgelspiel, in den Gotteshäusern fächelten sich die Frauen Luft zu, und die Männer knöpften sich die Hemdkragen auf, um sich in Erwartung einer allzu langen Predigt die drückende Hitze erträglicher zu machen – da erhob sich draußen auf den Plätzen ein anschwellender Wind. Tauben flatterten von den Zinnen auf, und ein Stöhnen und Ächzen erfüllte die Luft, als würde ein Riese sich von seinem Lager in die Höhe stemmen. Im selben Moment begann die Erde zu beben, Häuser wurden in ihren Grundfesten erschüttert, Türme taumelten wie trunken hin und her, Fensterscheiben platzten, Tore sprangen aus den Angeln. Es war, als wäre der Jüngste Tag gekommen. Gerüste und Buden fielen in sich zusammen, Mauern, Dächer – ganze Häuser und Paläste stürzten ein wie Kartenhäuser.

Kreischend flohen die Menschen ins Freie, um sich vor den herabregnenden Steinen und Balken zu retten, doch es gab kein Entkommen. Mit solcher Macht erbebte die Erde, dass die gepflasterten Straßen barsten und der Boden sich in gezackten Gräben

spaltete. Angeschirrte Pferde rissen sich von den Deichseln und galoppierten wiehernd durch die Gassen, während das Stöhnen und Ächzen anschwoll, immer lauter und lauter, als wollte die Erde ihr Innerstes erbrechen. Flammen züngelten zwischen den Trümmern auf, genährt von dem Wind, der sich aufs Neue erhob, wuchsen sie im Nu zu lodernden Feuersbrünsten heran. Wie geschmolzenes Blei brodelten die Fluten des Tejo, türmten sich zu haushohen Wellen auf und schleuderten die Boote und Schiffe gegen die Mauern am Kai, wo sie wie Spielzeug zerbrachen. Gleich einem riesigen Muskel zogen sich die Fluten zusammen, das Wasser trat vom Ufer zurück, um das Flussbett freizulegen – ein grauer, glänzender Schlamm, voll blubbernder, gurgelnder Strudel. Und während bläuliche Flammen daraus in die Höhe schossen, Fontänen unterirdischer Feuerquellen, erreichten die Feuersbrünste am Hang des Burgbergs die Pulverkammer der Garde, die mit einem Donnerknallen explodierte, als würde eine ganze Armee gleichzeitig ihre Geschütze abfeuern.
Dann, für einen gespenstischen Augenblick, war alles still. Die Menschen schauten sich an, die Gesichter voll banger Hoffnung auf ein Ende der Heimsuchung, schlugen das Kreuzzeichen und murmelten Gebete, während das eben noch ohrenbetäubende Getöse als harmloses Grummeln in dem wolkenlosen, emailblauen Himmel verebbte, wie nach einem gewöhnlichen Gewitter.

21

»Ist es vorbei?«, fragte Gracia.
Mit allen Sinnen horchte Francisco in die gespenstische Stille hinein. Die Mauern des Hauses hatten gebebt und gewankt, aber wie durch ein Wunder hatten sie standgehalten. Nur ein leises Klirren aus der Küche war noch zu hören, sonst kein einziger Laut. Sogar Reyna, die während des Bebens wie am Spieß ge-

schrien hatte, war verstummt. Mit aufgerissenen Augen hockte sie auf Gracias Schoß, die Arme um den Hals ihrer Mutter geschlungen, und starrte in die Gesichter der Dienstboten, die sich in der Eingangshalle wie eine Herde verängstigter Schafe drängten.

Sie hatten sich gerade an den Mittagstisch gesetzt, zusammen mit Brianda, die am Morgen zu Besuch gekommen war, als das Beben hereingebrochen war. Sofort waren alle die Treppe zum Tor hinuntergeeilt, aber es ließ sich nicht öffnen. Die Balken mussten sich verzogen haben, und da der Hinterausgang durch Warenballen versperrt war, saßen sie jetzt wie in einer Mausefalle fest. Der Steinboden der Halle war übersät mit umgestürzten Möbeln, zertrümmertem Geschirr und Hunderten von Büchern, die samt den Regalen zu Boden gefallen waren. Über der Treppe hatte sich ein gezackter Riss wie ein erstarrter Blitz in die Wand gebrannt, und der Treppenabsatz im ersten Stock hatte sich bedenklich geneigt.

»Ich weiß nicht, ob es vorbei ist«, sagte Francisco. »Auf jeden Fall müssen wir raus. Wenn noch ein Stoß kommt …« Erst jetzt sah er die blutige Schramme auf Gracias Stirn. »Herrje, bist du verletzt?«

»Nein, es ist nichts. Aber wie kommen wir hier heraus?«

Francisco nahm einen Stuhl und zerschlug mit den Beinen eine Fensterscheibe.

»Los, Paco, hilf mir!«, rief er dem Hausburschen zu. »Wir müssen uns beeilen!«

»Ich schau in den Zimmern nach«, sagte Brianda, »ob noch irgendwo jemand steckt.«

»Ja, tut das! Keiner darf im Haus bleiben. Aber macht schnell!«

Während Brianda die Treppe hinauflief, riss Francisco mit bloßen Händen die Bleikreuze aus dem Fensterrahmen, damit der Durchschlupf groß genug wäre. Eine Scherbe schnitt ihm bis auf den Knochen ins Fleisch, doch er spürte nicht den geringsten Schmerz.

Mit keuchendem Atem kehrte Brianda zurück. »In den Zimmern ist keiner mehr!«
»Gut! Dann alle raus! Meine Frau und meine Tochter zuerst!«
Im selben Moment fing Reyna an zu schreien: »Nein, Vater! Nein! Bitte nicht!«
»Psst, mein Schatz«, machte Gracia. »Ist ja gut, gleich ist alles vorbei.«
»Nein! Nicht raus! Ich will nicht! Draußen müssen alle sterben!«
»Gib sie mir«, sagte Francisco und nahm ihr das Kind ab. »Meinst du, du schaffst es?«
Gracia kletterte auf einen Schemel, das Fenster war zu hoch für sie.
»Nein, Mutter!«, schrie Reyna. »Geh nicht raus! Bleib hier!«
Gracia war schon halb im Fenster verschwunden, da drehte sie sich plötzlich um. Als hätte sie eine Erscheinung, schaute sie auf ihre schreiende Tochter.
»Was ist?«, fragte Francisco. »Worauf wartest du?«
»Mutter! Mutter!«, rief Reyna und streckte die Arme nach ihr aus. »Ich will zu dir!«
»Vorwärts!«, rief Francisco. »Es kann jeden Moment wieder losgehen!«
Doch Gracia hörte nicht auf ihn. Während alle darauf warteten, endlich ins Freie zu gelangen, stieg sie von dem Schemel und griff nach ihrer Tochter.
»Wir bleiben hier«, erklärte sie. »Wir gehen in unsere Synagoge.«
»In den Keller?«, fragte Brianda. »Bist du verrückt?«
»Deine Schwester hat recht«, sagte Francisco. »Jedes Kind weiß, dass man bei einem Erdbeben …«
»Trotzdem«, sagte Gracia. »Ich weiß nicht, warum, aber ich bin ganz sicher, dass wir nirgendwo besser aufgehoben sind. Die Synagoge ist das Haus Gottes. Er wird uns beschützen.«
Francisco wollte widersprechen, aber als er ihr Gesicht sah, blieb

er stumm. Es war noch nicht lange her, da hatte er Gracia für ein jähzorniges, verwöhntes Kind gehalten. Doch jetzt, in der höchsten Gefahr, strahlte sie eine solche Ruhe und Bestimmtheit aus, dass er sich ihr nicht widersetzen konnte. Sie schien so stark wie Königin Esther, die Frau, deren Abbild sie an ihrem Hals trug.

»Bist du dir wirklich sicher?«

Gracia nickte. »Ja, Francisco, ganz sicher«, sagte sie. »Vertrau mir.«

»Also gut«, entschied er und rief den anderen zu: »Habt ihr gehört, was meine Frau gesagt hat?«

Alle drängten zur Kellertreppe, um Gracia zu folgen, die mit Reyna auf dem Arm voranging. In dem Gewölbe empfing sie kühles, dunkles Schweigen. Francisco fröstelte. War Gott wirklich in dieser finsteren Höhle, um sie zu beschützen? Ein paar Stühle waren umgekippt, aber über der Lade flackerte noch das Ewige Licht. Ein gutes Zeichen.

»Kommt weiter nach vorne«, rief Gracia. »Zur Thora!«

Alle scharten sich um sie, jeder wollte in ihrer Nähe sein. Doch kaum hatten sie sich vor dem geschnitzten Schrein versammelt, da setzte das zweite Beben ein, noch heftiger und furchtbarer als das erste. Die Frauen und Männer schrien in Todesangst. Das ganze Gewölbe bebte, Putz platzte von den Wänden, überall bildeten sich Risse in den Mauern. Als hätten sie keinen eigenen Willen, wurde einer gegen den anderen geworfen, kreischend hielten sie sich aneinander fest, taumelten und stürzten zu Boden. Francisco wurde an eine Wand geschleudert, und als er sich wieder aufrichtete, überkam ihn Panik. Warum waren sie nicht ins Freie geflohen? Das Gewölbe war ein Kerker! Jeden Moment konnte die Decke einstürzen!

Nur Gracia schien keine Angst zu haben. Mit ihrer Tochter kniete sie vor dem Allerheiligsten, unberührt von dem Inferno, wie im Zentrum eines Wirbelsturms. Mit leiser Stimme begann sie das Schma Jisrael zu beten.

»Höre, Israel, der Herr ist unser Gott, der Herr ist einzig. Gepriesen sei Gottes ruhmreiche Herrschaft immer und ewig! Darum sollst du den Ewigen, deinen Gott, lieben mit ganzem Herzen, mit ganzer Seele und mit ganzer Kraft.«

Das Ewige Licht tanzte, der Thoraschrank wankte, und irgendwo draußen in der Ferne läuteten Kirchenglocken Sturm, wie bei einer Feuersbrunst. Doch während das ohrenbetäubende Beben und Bersten unvermindert weiterging, verstummten allmählich die angstvollen Schreie, und einer nach dem anderen fiel in Gracias Gebet ein.

»Diese Worte, auf die ich dich heute verpflichte, sollen auf deinem Herzen geschrieben stehen!«

Mit einem Knall sprang die Tür aus den Angeln, und die steinerne Kanzel stürzte in sich zusammen. Aber Gracia setzte das Schma fort, unbeirrt, und mit ihr Francisco, wie die ganze kleine Gemeinde, als könnten sie mit ihrem Gebet den Naturgewalten Einhalt gebieten.

Und dann geschah das Wunder. Während sie ihre Stimmen gegen den Schrecken erhoben, nahm eine seltsame, unbegreifliche Glückseligkeit von Francisco Besitz, und alle Angst fiel von ihm ab. Noch nie hatte er mit solcher Macht die Liebe gespürt wie in diesem Augenblick, im Angesicht des Todes, die Liebe zu Gracia, seiner Frau. Ja, er war glücklich, selbst wenn sie heute sterben müssten.

»Ich bin der Ewige, euer Gott: Ich habe euch aus Ägypten herausgeführt, um für euch Gott zu sein. Ich, der Ewige, bin euer Gott.«

Noch einmal bebten die Wände überall, und zugleich erfüllte ein Poltern und Krachen das Gebäude mit solcher Wut, als würde das Rasen der Hölle das Erdreich durchdringen.

Und plötzlich war alles ruhig und still. Nur feiner weißer Staub rieselte lautlos von der Decke. Irgendjemand hustete. Doch niemand wagte zu sprechen, niemand rührte sich, als könnte ein einziges Wort, eine einzige Bewegung die Höllenkräfte aufs Neue entfesseln.

Gracia fand als Erste die Sprache wieder.

»Ich glaube, es ist vorbei«, sagte sie in die Stille.
»Ja«, sagte Francisco. »Es ist vorbei. Es ist tatsächlich vorbei.« Er griff nach ihrer Hand und schaute sie an. »Du … du hast uns gerettet.«
Plötzlich begann seine Hand zu zittern, so stark, dass er sie kaum unter Kontrolle halten konnte, und sein Herz raste und schlug in seiner Brust wie eine Herde galoppierender Pferde.
»Nein, nicht ich«, sagte sie und drückte seine Hand. »Gott hat uns gerettet. Er hat uns beschützt in seinem Haus. Wie der Prophet gesagt hat: ›Der Berg Edom wird in einem gewaltigen Beben der Erde zerbersten. Das Volk Israel aber wird sich erheben…‹«
Francisco spürte, wie ihre Ruhe auch ihn ergriff, und sein Herz hörte auf zu rasen, während die Erinnerung zurückkam, wie aus einem anderen Leben. Ein kleiner, dunkelhäutiger Orientale, der unter Tausenden hungernder und durstender Juden auf der Praça do Rossio aufgestanden war, wie ein Erlöser, um ihnen die Tauben am Himmel zu zeigen, den Weg ins Gelobte Land.
»Glaubst du, die Prophezeiung damals – galt wirklich *uns?*«
Bevor Gracia etwas sagen konnte, begann Reyna auf ihrem Arm zu zappeln. Ganz aufgeregt schaute sie sich mit ihren großen blauen Augen in dem Gewölbe um.
»Wo ist Tante Brianda?«

22

Nur wenige Minuten hatte das Beben gedauert, aber es brauchte wohl eine Stunde, bis die schwarzen Wolken aus Staub, Asche und Rauch sich verzogen. Dann sandte die Sonne ihre Strahlen wieder zur Erde herab, der Tejo kehrte in sein Bett zurück, und die Tauben, die hoch am Himmel in den Lüften kreisten, ließen sich gurrend am Ufer des Flusses nieder, um nach ihren Brut- und Futterplätzen zu suchen. Doch die Stadt Lissabon, am Morgen dieses Tages noch herrliches Sinnbild menschlicher Größe und Schöpferkraft, bot nun ein Schreckensbild der Verwüstung, wie die Welt seit der Zerstörung Sodoms kaum eines mehr gesehen hatte. Ganze Wohnviertel waren zu Steinwüsten zerfallen, Mauern und Dächer, dazu geschaffen, Schutz und Zuflucht zu gewähren, hatten ihre Besitzer unter sich begraben. Überall zwischen den Ruinen irrten Frauen und Männer umher, blutend und in zerfetzten Kleidern, die Hände klagend zum Himmel erhoben. Die ersten Priester, durch wahre Gottesfurcht ermutigt, wagten sich aus ihren Sakristeien, um die Opfer in den Geröllmassen mit dem Trost des Gottessohnes zu versorgen. Und während sie all jene, in deren Leibern sich noch letztes Leben regte, von ihren Sünden freisprachen und zum Abschied aus dem Diesseits mit Weihwasser besprengten, schlug hier und da über den Trümmern ein Glöckchen an, mit zerbrechlich zitterndem Klang, das einsame Seelen auf ihrer Reise ins Jenseits begleitete.

Der Himmel war noch mit einem grauen Schleier verhangen, als Gracia auf die Straße trat, um nach ihrer Schwester zu suchen. Brianda hatte nicht auf Gott, sondern auf ihre Vernunft vertraut und war aus dem Haus geflohen. Wo konnte sie jetzt sein? Es gab nur eine Möglichkeit. Gracia wandte sich nach links, in die Richtung von Santa Justa, der Gemeinde, zu der das Haus ihres Vaters gehörte.

Die meisten Gebäude in der Rua Nova dos Mercadores waren unversehrt geblieben, nur wenige Fassaden hatten hier Schaden genommen. Aber schon an der ersten Straßenkreuzung herrschte eine ungeheure Verwüstung, so dass Gracia für einen Augenblick die Orientierung verlor. Ein baumlanger schwarzhäutiger Mensch stand auf einer Geröllhalde, die einmal eines der stolzesten Bürgerhäuser des Viertels gewesen war, und reckte mit irrem Lachen einen blutenden Armstumpf in die Höhe, während ein Hund mit seiner abgerissenen Hand das Weite suchte. Gracia wurde fast übel bei dem Anblick, und von Angstbildern gepeinigt, in denen sie ihre Schwester und ihren Vater unter Schuttmassen begraben sah, stolperte sie weiter, vorbei an einem leichenblassen Greis, der vor den Trümmern seines Hauses mit einem Mantel seine tote Frau bedeckte.

»Gott, König und Herr«, flüsterte sie wie ein Kind, »bitte mach, dass sie noch leben.«

Auf der Praça do Rossio fasste sie wieder Mut. Hier hatte das Beben kaum Spuren hinterlassen, sogar der steinerne Neptun auf dem Brunnen hatte überlebt und hielt seinen Dreizack weiter in die Luft. Als sie aber ihr Elternhaus sah, stockte ihr das Blut in den Adern. Die Fenster waren geborsten, der Balkon im ersten Stock hing wie eine eiserne Fahne von der Fassade herab, und das Dach war eingestürzt. Die Haustür klappte in den Angeln auf und zu, als könnte ein unsichtbarer Gast sich nicht entschließen, ob er eintreten sollte oder nicht.

Gracia überlegte keine Sekunde.

»Ist hier jemand?«, rief sie in der Halle.

Niemand antwortete. Nur eine Katze strich mit krummem Rücken an ihr vorbei. Gracia erkannte die Umgebung kaum wieder. Kein Möbelstück stand mehr an seinem Platz. Die Wände waren schräg und schief, wie in einem Alptraum, und die Treppe schraubte sich in einer bizarren Windung in die Höhe, ins Nirgendwo. Lautlos huschte die Katze die Stufen hinauf, doch als sie auf der obersten angekommen war, ächzte das Gebälk, und während das Tier sich mit einem mächtigen Satz auf die Galerie im ersten Stock rettete, brach die Treppe in sich zusammen.

Gracia schrie auf.

Mit klopfendem Herzen durchsuchte sie das Erdgeschoss, die Küche, die Speisekammer, das Empfangszimmer, und fand keine Spur von ihrem Vater oder ihrer Schwester. Nur im Wohnzimmer war fast alles noch so, wie sie es kannte. So oft hatte sie hier mit Brianda und ihrem Vater gesessen, und meistens hatten sie gestritten. Wie lange war das her? Eine Woche – oder eine Ewigkeit? Auf dem Tisch lag noch ein Buch, in dem jemand gelesen hatte.

Über die unversehrte Treppe des Dienstbotenaufgangs konnte Gracia in die oberen Stockwerke gelangen. Auch hier war keine Menschenseele. Sie schloss kurz die Augen. Hatte ihr Vater vielleicht denselben Gedanken gehabt wie sie?

Sie durchquerte die Halle, um nachzuschauen. Doch die Tür zum Keller ließ sich nicht öffnen, sie hatte sich verkantet. Mit beiden Händen rüttelte Gracia an dem Riegel, warf sich gegen die Füllung. Aber dann, als sie endlich Erfolg hatte, wünschte sie sich, sie hätte es nie versucht. Die steinerne Treppe war eingestürzt, vor ihren Füßen klaffte ein schwarzes Loch, auf dessen Grund sich ein Steinhaufen türmte – hoch genug, um Menschen darunter zu begraben.

Gracia hielt sich am Türpfosten fest. Jetzt hatte sie nur noch eine Hoffnung.

So schnell sie konnte, kehrte sie auf die Straße zurück. Sie musste zur Synagoge! Entweder würde sie dort Brianda und ihren Vater finden, oder …

Ohne nach links und rechts zu blicken, eilte sie durch die zerstörten Gassen, und bald war sie im alten Judenviertel. Auch hier hatte das Beben gewütet. Viele Häuser lagen in Schutt und Asche, und von denen, die stehen geblieben waren, sahen manche aus, als würden sie im Nachhinein noch einstürzen. Zwischen den Ruinen irrten überall Menschen umher, manche in ihren Unterkleidern, in Nachtgewändern, so wie das Beben sie ins Freie getrieben hatte. Halb wahnsinnig riefen sie die Namen ihrer Angehörigen.

Auf einmal glaubte Gracia etwas zu hören, ganz leise, wie aus weiter Ferne, einen vertrauten, unzählige Male gehörten Sprechgesang. Konnte das wirklich sein? Sie blieb stehen, um zu lauschen.

Nein, sie hatte sich nicht geirrt.

Im selben Augenblick rannte sie los, und kaum hatte sie die nächste Straßenecke erreicht, da sah sie, woher die Stimmen kamen. Groß und mächtig und unzerstört erhob sich vor ihr die Synagoge aus einer Wüste von Schutt und Geröll.

»Gelobt seiest du, Ewiger, unser Gott, König der Welt, der du mir an diesem Ort ein Wunder erwiesen.«

Das Gotteshaus quoll über von Menschen. Dicht an dicht standen sie, die Hände zum Gebet erhoben, Männer und Frauen nebeneinander, statt wie sonst durch eine Wand getrennt, um gemeinsam dem König und Herrn für ihre Rettung zu danken. Gracia drängte sich durch die Reihen, und sie hatte noch nicht die Kanzel erreicht, da sah sie hinter einer Säule ihre Schwester, zusammen mit ihrem Vater und ihrem Neffen José.

»Gott sei Lob und Dank! Ihr lebt!«

Es war wie eine Erlösung. Wieder und wieder nahm sie ihre Schwester in den Arm, ihren Vater, ihren Neffen, drückte sie an sich und konnte nicht aufhören, sie zu küssen, während ihr die Tränen in Strömen über die Wangen liefen.

»Wie habt ihr es geschafft? Wo habt ihr überlebt? Hier? In der Synagoge?«

»Wo denkst du hin?«, erwiderte ihr Vater. »Gleich als es anfing, bin ich ins Freie gelaufen. Du kannst dir gar nicht vorstellen, wie glücklich ich war, als plötzlich Brianda vor mir stand.«

»Aber dann sind sie gleich hergekommen, um Gott zu danken, wie die anderen auch«, sagte Rabbi Soncino, der mit der Gemeinde das Gebet beendet hatte.

»Wie bin ich froh, euch zu sehen«, sagte Gracia. »Ich hatte so entsetzliche Angst, als Brianda plötzlich verschwunden war.« Sie drehte sich zu ihrer Schwester um. »Komm her, ich muss dich noch mal in den Arm nehmen.« Erst jetzt bemerkte sie Tristan da Costa an Briandas Seite. »Ah – Ihr seid auch hier? Wie schön!« Sie nickte ihm zu, um ihn zu begrüßen. Da sah sie, dass der Mann seinen Arm um ihre Schwester geschlungen hatte.

»Na, willst du uns nicht gratulieren?«, fragte Brianda mit einem Lächeln.

»Gratulieren? Wozu?«

»Seit wann bist du so schwer von Begriff? Senhor da Costa und ich – wir haben uns während des Bebens verlobt.«

23

»Siebzig Wochen Strafe sind über das Volk Israel verhängt, zur Verbüßung seiner Schuld. Dann wird dem Frevel ein Ende gemacht, und die Sünde ist abgetan, und der Messias wird kommen, um die Edomiter zu vernichten. Eine Wasserflut wird sich über ihr Reich ergießen, und der Berg Edom wird in einem gewaltigen Beben der Erde zerbersten. Das Volk Israel aber wird sich erheben, und die weiße Taube wird sich wieder zum Himmel aufschwingen, und die grüne Taube wird die weiße Farbe annehmen.«

Viele Mitglieder der jüdischen Gemeinde hatten wie Francisco Mendes vor mehr als dreißig Jahren noch mit eigenen Ohren die Worte des Propheten auf der Praça do Rossio gehört. Nun, nach der großen, schrecklichen Heimsuchung, versuchte jeder von ihnen die Botschaft der Worte von damals zu begreifen. War das Beben wirklich ein Zeichen Gottes gewesen? Die Gemeindeältesten deuteten das Geschehen anders als die Vorbeter und diese wiederum anders als die Rabbiner und Gelehrten. Doch jede der Deutungen war erfüllt von der übermächtigen Hoffnung darauf, dass die Erlösung der Juden aus Knechtschaft und Not, die der Orientale verheißen hatte, sich nun an den Marranen von Lissabon erfüllen würde.

Für Gracia Mendes brach eine glückliche Zeit an, und sie glaubte schon, ihr Schicksal hätte sich für immer zum Guten gewendet. Ja, Gott hatte das Reich der Edomiter verwüstet, der Erdboden war geborsten, wie der Morgenländer geweissagt hatte, sogar eine Flutwelle hatte sich bei dem Beben über den Terreiro ergossen, um die neue Residenz des Königs zu vernichten.

Ihr Haus jedoch war verschont geblieben, und statt ihr Glück zu zerstören, hatte die Heimsuchung ihr Glück noch vermehrt. Es war, als hätte die Katastrophe ihre Sünde getilgt, um sie ein zweites Mal mit Francisco zu vermählen. Nie hätte Gracia geglaubt, einem Menschen so nah sein zu können, wie sie es ihrem Mann in den folgenden Wochen und Monaten war. Bei Tage fuhren sie zusammen nach Belém, ins Kontor der Firma, wo Francisco sie in seine Geheimnisse einweihte, ihr die komplizierten Operationen erklärte, durch die er die Handelsgeschäfte in den Dienst der Fluchthilfe stellte. Bei Nacht aber feierten sie ihre Liebe, wie es einst König Salomo und seine Geliebte getan hatten. Sie liebten sich, als könnten sie niemals satt aneinander werden, und alles, was sie taten und teilten, mehrte den Genuss des einen am anderen – selbst die Gebote der Reinheit, die sie nach jeder Blutung für zwei quälend lange Wochen zum Verzicht zwangen, schienen nur dazu geschaffen, ihre Lust zu steigern. Und Reyna, vier Jahre lang ein Zankapfel zwischen ihnen, war nun wie das Schiffchen eines Webstuhls, das die Fäden ihrer Ehe zu einem immer dichteren und innigeren Gewebe miteinander verflocht.

Doch nicht alle Juden von Lissabon waren so glücklich wie Gracia und Francisco Mendes. Denn selbst wenn Haschem seinem Volk ein großes und sichtbares Zeichen gesandt hätte, dürften die Juden ihr Schicksal nicht allein der göttlichen Fürsorge überlassen. Die Gefahr der Inquisition schwebte nach wie vor über ihren Häuptern und wurde durch die Wut der Christen, die den Juden Schuld an all ihrem Unglück gaben, noch vermehrt. Warum lebten so viele Marranen weiter in ihren prächtigen Kaufmannshäusern, während Tausende von Christen ihr Hab und Gut verloren hatten?

Das sei die Strafe, so predigten die Dominikaner von den Kanzeln der Kirchen, die der dreifaltige Gott über die Portugiesen verhängt habe, weil sie das fluchbeladene Volk Israel in ihrer Mitte duldeten. Und nach jeder dieser Predigten kam es zu Ausschreitungen in den Straßen, nicht selten mit tödlichen Folgen.

Die Zahl der Juden, die außer Landes flohen, nahm darum nach dem Beben noch zu. Zum Glück waren die Kassen der Firma Mendes gut gefüllt. Die Preise für Getreide, die wegen der Dürre ohnehin seit Monaten gestiegen waren, kletterten in so schwindelerregende Höhen, dass eine Schiffsladung Weizen fast

so wertvoll wurde wie eine Schiffsladung Pfeffer. Mit seinem Geld verhalf Francisco Mendes Hunderten von Marranen zur Flucht. Doch er brauchte noch mehr, um die Forderungen des Königs zu erfüllen, der mit der Duldung der Juden und dem Wiederaufbau Lissabons die jüdische Gemeinde erpresste.
Aus allen Teilen des Landes rief Dom João Baumeister und Handwerker zu sich, um die Hauptstadt seines Reiches im alten Glanz wiederauferstehen zu lassen. Ganze Heerscharen von Arbeitern waren allein damit beschäftigt, die Geröllmassen aufzuräumen. In jeder Straße, in jeder Gasse wuchsen Baugerüste in den Himmel, und die Luft war von morgens bis abends erfüllt vom Kreischen der Sägen und vom Schlagen der Hämmer.
Wochen und Monate gingen ins Land, bis die schlimmsten Spuren der Verwüstung beseitigt waren. Noch gewaltiger aber als der Verlust von Häusern und Palästen war, wie sich nach und nach herausstellte, der Verlust an Menschenleben. Immer noch wurden neue Opfer aus den Ruinen geborgen, und erst zu Karfreitag im neuen Jahr ließ der Magistrat der Stadt die Zahl der Toten von den Kanzeln verkünden. Tausend und fünf mal hundert Menschen waren bei dem Erdbeben umgekommen. Doch während im Inferno des Allerheiligen-Festes so viele Gotteskinder ihr Leben hatten lassen müssen, um in den ewigen Frieden des himmlischen Vaters einzugehen, hatte der Allmächtige, am selben Tag und zur selben Stunde, einen Toten ins Leben zurückgeholt. Aus dem geborstenen Erdreich war dieser Tote aufgestiegen, aus dem Untergrund der Hölle, emporgespült aus einer Kloake, um Zeugnis abzulegen vom Wunder der göttlichen Vorsehung.

24

»Kein himmlisches Zeichen«, erklärte Cornelius Scheppering, »vermag ein schwankendes Volk stärker im Glauben zu festigen als ein tüchtiges Erdbeben.«

»Das sagt Ihr im Angesicht solcher Verwüstung? Die halbe Stadt liegt in Trümmern! Sogar eine Residenz des Königs wurde zerstört!«

»Was sind ein paar zerstörte Menschenwerke im Vergleich zum Seelenheil glücklicher Gotteskinder, die zum Glauben zurückgefunden haben? Seht selbst!«

Scharen halbnackter Geißler, die sich mit Ruten und Peitschen blutige Striemen auf Schultern und Rücken beibrachten, folgten der Fronleichnamsprozession, die an eingerüsteten Häusern und Ruinen entlang zur Praça do Rossio zog. Während Cornelius Scheppering mit stummem Segen der Opfer gedachte, die hier den Tod gefunden hatten, betrachtete er zugleich voller Wohlgefallen die blutige Selbstbestrafung der Büßer.

Gleich nach seiner Ankunft aus Antwerpen war er zum Castelo de São Jorge geeilt, um bei Hofe vorstellig zu werden. Sein römischer Ordensmeister Gian Pietro Carafa hatte ihn hergeschickt, um Aufhellung in eine Angelegenheit zu bringen, die für ihre heilige Sache von unerhörter Bedeutung war. Dabei war höchste Eile geboten. Carafa hatte seiner Depesche die Nachricht hinzugefügt, dass angeblich Diogo Mendes, der Pfefferkönig aus Antwerpen, nach Rom reisen wolle, um den Papst mit jüdischem Geld davon abzuhalten, die Inquisition auch in Portugal einzusetzen.

Nun saß Cornelius Scheppering in der Kutsche des Königs, zusammen mit Dom João und einem Großsprecher namens Aragon, einem eitlen Pfau spanischen Geblüts, der als Converso-Kommissar der portugiesischen Krone amtierte und während der Fahrt in seinem albernen goldenen Stierkämpferanzug mit aufgeblähter Brust und durchgedrücktem Rücken immer wieder selbstverliebt seinen Spitzbart glattstrich. An der Spitze der Prozession, gleich nach dem Bischof und den Priestern mit der Monstranz, schwebte auf den Schultern leibesstarker Diakone eine aufgebahrte Leiche über den Köpfen der Menge. Frauen und Männer, Kinder und Greise, vor allem aber zahllose Sieche und Kranke streckten die Hände nach dem unsichtbaren Toten aus, um einen Zipfel des Leichentuchs zu berühren, als würden sie sich davon Heilung erhoffen. Angeblich hatte die Leiche schon Dutzende von Wundern bewirkt.

»Wer mag dieser Mensch wohl gewesen sein?«, fragte der König sinnierend.

»Der Tote?«, fragte Cornelius Scheppering zurück. »Wenn mich nicht alles täuscht, hieß seine sterbliche Hülle Enrique Nuñes.«

»Ich habe nie von einem Mann solchen Namens gehört.«

»Wirklich nicht?«

Er blickte den König prüfend an. Doch der schüttelte den Kopf.

»Wie auch immer«, fuhr Cornelius fort. »Nuñes war vor einigen Jahren im Auftrag meines Ordens in Lissabon, um Beweise gegen die Conversos zu sammeln. Ein frommer Jünger des Herrn, obwohl ursprünglich selbst ein Jude. Ein Täufling, der das Gnadengeschenk der Taufe mit reuigem Herzen angenommen hat. Sein Wiederauftauchen ist eine wahre Fügung des Himmels und verpflichtet uns, für möglichst rasche Aufhellung der Umstände seines Todes zu sorgen.«

Mit einem heftigen Ruck kam die Kutsche zum Stehen. Vor ihnen herrschte heiliger Aufruhr. Ein Krüppel, dem es gelungen war, das Leichentuch zu küssen, warf gerade seine Krücken fort.

»Das Erdbeben hat den Toten ausgespuckt«, erklärte Aragon. »Eine mumifizierte Leiche. Sie wurde beim alten Fischmarkt gefunden.«

»Das klingt ja tatsächlich wie ein Wunder«, erwiderte Dom João. »Erstaunlich, erstaunlich.«

»Der Mann wurde umgebracht, wir haben Spuren von einem Messer an seinen Knochen gefunden. Manche glauben allerdings, er wäre aus dem Totenreich zurückgekommen.«

»Ein zweiter Lazarus gar?«

»Wenn Ihr mich fragt«, sagte Cornelius Scheppering, »gibt es daran keinen Zweifel!«

»Unsinn«, widersprach der Converso-Kommissar. »An der Sache ist nichts Wunderbares. Die Mumifizierung rührt von den giftigen Ausdünstungen der Kloake her, in der man die Leiche fand. Die Einwirkung irgendwelcher Gase.«

»Das ist ja widerlich!« Der König verzog das Gesicht. »Ist schon bekannt, was dahintersteckt?«

»Der Tote trug Papiere bei sich. Sie waren in Wachstuch eingeschlagen. Aber darauf standen nur unendlich viele Zahlen, die keinerlei Sinn ergeben.«

»Ich habe die Papiere gesehen«, sagte Cornelius Scheppering. »Die Zahlen ergeben sehr wohl einen Sinn. Die Juden verschlüsseln auf diese Weise ihre Botschaften – Gematria heißt diese Kunst. Man muss sie nur zu deuten wissen, genauso wie die Botschaft der Toten.«

Er wies mit dem Kinn auf den Krüppel, der sich unter den staunenden Rufen der Gläubigen springend und hüpfend über die Straße bewegte wie ein Faun.

»Erstaunlich, wirklich erstaunlich«, wiederholte der König. »Meint Ihr, es gibt einen Zusammenhang zwischen dem Tod Eures Lazarus und seinen Papieren?«

»Ich gehe fest davon aus. Wahrscheinlich enthalten die Zahlenreihen verschlüsselte Beweise, die Nuñes nach Rom schaffen wollte. Irgendjemand muss davon erfahren haben, und die Juden haben ihn ermordet, bevor er über die Grenze fliehen konnte. Die Juden – oder sonst jemand, der Interesse an seinem Tod hatte.«

»Wer sonst sollte das sein?«

Ohne mit der Wimper zu zucken, hielt Cornelius Scheppering dem Blick des Königs stand.

»Jeder, der Interesse daran hat, die Einsetzung der Inquisition zu verhindern.«

»Was wollt Ihr damit sagen?«, fragte Aragon empört.

»Ich muss alle Möglichkeiten ins Auge fassen. Euch ist es ja bisher nicht gelungen, den Fall aufzuklären. Vielleicht mit Absicht? Oder auf höhere Weisung?«

»Kein Streit, meine Herren«, intervenierte der König. »Wir sind im selben Kampf geeint.« Er legte Cornelius eine Hand auf den Arm. »Was schlagt Ihr vor?«

»Lasst alle Marranenführer der Stadt verhaften. Sofort!«

»Seid Ihr von Sinnen?« Dom João zog seine Hand zurück, als hätte er sich verbrannt. »Einen Teufel werde ich tun! Das sind allesamt Kaufleute und Schiffseigner. Sie finanzieren den Wiederaufbau meiner Hauptstadt. Ohne sie ist das Land wie ein Netz ohne Fische.«

»Es wäre nur für kurze Zeit. Ich denke, mit Hilfe der Papiere von Nuñes werden wir die Wahrheit rasch erfahren. Gott steht uns bei.«

»Es soll schon Fälle gegeben haben, in denen Gottes Beistand versagte.«

»Habt Ihr einen Grund, die Täter zu schonen?«, fragte Cornelius scharf. »Weil Handel und Schiffsverkehr Schaden nehmen könnten? Hütet Euch! Gott hat schon Euren Vater gestraft, weil er mit den Marranen schacherte, statt das Glaubensgericht ins Land zu lassen.«

»Habt Ihr vergessen, mit wem Ihr redet, Mann?«, fuhr Aragon dazwischen. »Für Eure Worte gehört Ihr eingesperrt!«

»Nur zu, sperrt mich ein, aber es wird nichts nützen.« Cornelius schüttelte den Kopf. »Nein, das Beben war kein Zufall. Gott hat die Hure Lissabon bestraft, weil sie den Juden Zuflucht bot. Die Geißler haben das begriffen. Ihr auch?« Er schaute den König an, und mit gesenkter Stimme fuhr er fort: »Habt Ihr Euch nie gefragt, Dom João, warum Eure Residenz am Terreiro dem Beben zum Opfer fiel, während hier …«

Statt weiterzusprechen, wies er stumm auf die Häuser der Straße, die sie gerade passierten. In der Rua Nova dos Mercadores lebten die reichsten Juden der Stadt, die Inhaber der großen Han-

delsfirmen und Eigentümer der Kauffahrtschiffe. Fast alle Häuser dieser Straße waren unversehrt.
»Welche Zeichen muss der Allmächtige Euch noch schicken, Majestät, wenn Euch nicht mal ein Erdbeben genügt?«
Noch während Cornelius sprach, erhob sich ganz in der Nähe ein Höllengeschrei. Ein Geißler war unter seinen eigenen Schlägen zusammengebrochen. Blutüberströmt lag er nun im Graben, am ganzen Leibe zuckend, als wäre der Unaussprechliche in ihn gefahren. Mit angsterfülltem Gesicht verfolgte der König das Schauspiel.
»Sehe ich die Furcht Gottes in Eure Seele einziehen?«, fragte Cornelius Scheppering.
Der König wandte das Gesicht von dem Verzückten ab. Seine Stimme war nur noch ein Flüstern, als er Cornelius Antwort gab.
»Wenn Ihr den Beweis erbringt, dass hinter dem Tod dieses Nuñes eine marranische Verschwörung steckt, dann soll die Gerechtigkeit ihren Lauf nehmen.«
»Heißt das, Ihr werdet die Inquisition ins Land lassen?«
»Vorausgesetzt, Ihr bringt die Beweise.«
»Dann lasst die Conversos verhaften!«
Dom João, auch »der Fromme« genannt, nickte.

25

»Mutter! Mutter!«, rief Reyna voller Angst. »Was machen die Männer mit Vater?«
Sie hatten das Frühstück noch nicht beendet, als die Soldaten der königlichen Garde ins Haus gedrungen waren, um Francisco Mendes abzuholen.
Während zwei Offiziere ihn zum Wagen draußen vor dem Tor zerrten, hinderten bewaffnete Gardisten Gracia daran, ihrem Mann die Treppe hinunter zu folgen. Zusammen mit ihrer Toch-

ter, die sich hinter ihren Röcken verbarg, sah sie ohnmächtig zu, wie Francisco in die Kutsche gestoßen wurde.
Krachend fiel das Tor ins Schloss, dann wurde auf der Straße Hufgetrappel laut. Gracia spürte, wie ihr die Tränen in die Augen schossen.
»Hab keine Angst«, sagte sie und schluckte. »Vater ist bestimmt bald wieder da.«
»Aber wo bringen die Männer ihn hin?« Reyna blickte zu ihr auf.
»Ich weiß es nicht. Ich glaube, der König will mit ihm sprechen.«
»Ist der König Vaters Freund?«
»Ich hoffe es, mein Schatz. Ja, das hoffe ich!«
Als wäre die Sonne aufgegangen, wich Reynas Angst einem freudigen Strahlen. »Wenn der König sein Freund ist, bringt Vater mir dann ein Geschenk von ihm mit?«
»Vielleicht, mein Engel.« Gracia beugte sich zu ihr hinab und gab ihr einen Kuss. »Aber nur, wenn du artig bist. Hilfst du mir, den Tisch abzuräumen?«
Damit Reyna ihre Tränen nicht sah, kehrte sie ins Speisezimmer zurück. Während sie mit fahrigen Bewegungen das Geschirr zusammenstellte, überschlugen sich in ihrem Kopf die Gedanken. Warum war Francisco verhaftet worden? Was hatte man mit ihm vor? Gracia wollte so bald wie möglich in der Hofkanzlei vorsprechen. Francisco hielt für Notfälle stets eine prall gefüllte Geldbörse im Haus versteckt, vielleicht reichte der Betrag, um ihn freizubekommen. Außerdem würde sie eine Depesche nach Italien aufgeben. Diogo müsste schon in Rom sein, er könnte sich beim Papst für seinen Bruder einsetzen.
»Soll ich die Becher in die Küche bringen?«, fragte Reyna.
»Nein, stell sie auf das Tablett. Wir tragen dann alles zusammen rüber.«
Als sie gerade einen Tonkrug in die Hand nahm, gellte plötzlich ein Schrei von der Straße herauf.
»Zur Hölle mit den Juden!«

Vor Schreck ließ Gracia den Krug fallen. »Was ist da los?« Ohne sich um die Scherben zu kümmern, lief sie zum Fenster. Vor dem Haus war eine aufgebrachte Menge versammelt, Hungergestalten in abgerissenen Kleidern, mager bis auf die Knochen, die Fäuste drohend in die Höhe gereckt, die Gesichter voller Hass. Gracia fasste nach dem Medaillon auf ihrer Brust. Was waren das für Menschen?

»Tod den Juden!«

»Ja, hängt sie auf!«

»Auf den Scheiterhaufen mit ihnen!«

Ein Stein flog durch die Luft, klirrend durchbrach er die Fensterscheibe, keine Handbreit neben Gracias Kopf.

»Weg hier!«

Während sie Reyna mit sich fortzog, prasselte ein Steinhagel gegen das Haus. So schnell sie konnte, schloss Gracia die Zimmertür und schob den Riegel vor. Immer lauter wurden draußen die Schreie.

»Aufmachen! Aufmachen!«

Jemand hämmerte gegen die Tür. Gracia schlang die Arme um ihre Tochter und floh mit ihr in den hintersten Winkel des Raums. Hatten sie schon das Haus erstürmt? Panisch vor Angst, starrte sie auf den tanzenden Riegel, der jeden Moment aus der Führung springen konnte.

»Aufmachen! Dona Gracia! Um Himmels willen, macht auf!«

»Rabbi Soncino!« Jetzt erst erkannte sie die Stimme. Erleichtert eilte sie zur Tür und öffnete. »Der Herr hat Euch geschickt! Aber sagt, wo kommt Ihr her?«

»Durch den Hintereingang. Euer Neffe hat mich gerufen. Die Leute sind vom Hafen in die Stadt marschiert. José und Tristan da Costa haben versucht, sie aufzuhalten, aber vergebens. Sie verlangen die Öffnung der Kornspeicher.«

»Dann soll man die Speicher öffnen!«

»Das geht nicht! Die Tore der Kammern sind mit Schlössern verriegelt, für die nur Dom Francisco die Schlüssel hat.«

»Ich weiß, wo die Schlüssel sind.«
»Gott sei Dank! Beeilt Euch! Tristan wartet unten. Er kann den Leuten die Schlüssel geben.«
Rasch brachte Gracia ihre Tochter in die Küche, wo die Dienerschaft in Furcht und Schrecken versammelt war, und lief mit Rabbi Soncino hinauf in den zweiten Stock, in Franciscos Kontor.
»Was ist nur in diese Menschen gefahren?«, fragte sie, während sie den Schreibtisch durchsuchte. »Warum belagern sie das Haus? Was haben wir ihnen getan?«
»Sie glauben, die Firma Mendes ist schuld, dass sie verhungern. Weil Ihr angeblich das Korn zurückhaltet, um den Preis in die Höhe zu treiben. Zwei Speicher brennen schon!«
»Was ist mit der Garde? Jemand muss uns doch beschützen!«
»Beschützen? Ich habe gesehen, wie Soldaten dabei halfen, das Feuer zu legen.«
»Gütiger Himmel! – Hier, das müssen sie sein!«
Endlich hatte Gracia die Schlüssel gefunden. Soncino nahm sie und rannte zur Tür hinaus.
Während die Schritte des Rabbiners noch verhallten, wurden draußen neue Rufe laut.
»Judenpack – Lügenpack! Judenpack – Lügenpack!«
Eine Trommel wurde geschlagen, um die Rufe zu begleiten.
»Judenpack – Lügenpack! Judenpack – Lügenpack!«
Das Geschrei im Rhythmus der Trommel wurde immer lauter, und Gracia war es, als schlage eine Flutwelle über ihr zusammen. Nein, das war kein Zufall, dass die Menschen sich vor ihrem Haus zusammengerottet hatten, dass sie Steine auf sie warfen und die Speicher ihrer Firma brannten. Der Aufruhr galt *ihr,* Gracia Mendes, und die Menschen waren gekommen, um *sie* zu bestrafen …
»Judenpack – Lügenpack! Judenpack – Lügenpack!«
Auf einmal brachen die Rufe ab, die Trommel verstummte, und ein Freudengeheul ertönte.
Kurz darauf kehrte Rabbi Soncino zurück. »Dem Herrn sei Dank,

sie ziehen zum Hafen«, sagte er. »Aber was ist mit Euch? Ihr seid ja ganz blass!«
Gracia brachte keine Antwort über die Lippen. Ihr war schwindlig, und die Brust war ihr so eng, dass sie kaum atmen konnte. Sie musste sich setzen.
»Ich ... ich habe geglaubt«, stammelte sie, »Gott hätte mir vergeben. Er hat mir doch Reyna geschenkt, und unser Haus blieb unversehrt ...«
»Was redet Ihr da?«, fragte Rabbi Soncino. »Ich verstehe kein Wort.«
»Aber ... ich habe mich getäuscht ... Das waren keine Zeichen ... Gott hat mir nicht vergeben ...«
»Dona Gracia! Was sollte Gott Euch denn vergeben?«
Mit leeren Augen starrte sie auf die Scherben am Boden. »Alles ... alles ist meine Schuld«, stammelte sie. »Franciscos Verhaftung ... Der Aufruhr ... Wenn sie ihn foltern ...« Sie schlug die Hände vors Gesicht.
»Darf ich?« Ohne ihre Antwort abzuwarten, setzte sich Rabbi Soncino zu ihr. »Erleichtert Euer Herz. Was bedrückt Euch? Wovor habt Ihr solche Angst?«
Zögernd ließ Gracia die Hände sinken und sah den Rabbiner an. Wie ein Klumpen Lehm füllte die Wahrheit ihre Brust, würgte in ihrer Kehle und drückte ihr den Atem ab. Soncino nickte ihr zu, und obwohl es verboten war, nahm er ihre Hand. Es war, als würde die Berührung einen Knoten in ihr lösen. Plötzlich hielt sie es nicht länger aus, sie konnte nicht länger leben mit diesem Klumpen, und während die Tränen aus ihren Augen rannen, gestand sie ihre Schuld, ihren Betrug an dem Rabbiner und den Gemeindefrauen, die falsche Auskunft über ihre Monatsregel und das erschlichene Bad in der Mikwa, ihren Hochmut, zu glauben, sie würde Gott mit ihren Lügen gefallen, als seine wahre Dienerin. Und dann, nach einer Pause, in der die Scham sie hatte verstummen lassen, nahm sie ihre ganze Kraft zusammen, um ihre schlimmste Sünde zu gestehen, den Betrug an ihrem Mann und

den Geboten Gottes – jenen fürchterlichen, unaussprechlichen Betrug.

Noch während sie sprach, ließ Rabbi Soncino ihre Hand los und rückte von ihrer Seite weg, als habe er Angst, sich an ihr zu verunreinigen. Dann erhob er sich und ging schweigend im Raum auf und ab. Erst nach endlos langen Minuten, in denen nur das Knarren der Bodendielen unter seinen schweren Schritten zu hören war, blieb er stehen und sagte: »Du weißt, welche Schuld du auf dich geladen hast?«

Gracia nickte, die Augen tränennass.

»Mit dem Beginn der Monatsregel ist für die ganze Dauer der Blutung und für weitere sieben sich anschließende Tage der Reinigung jeder eheliche Verkehr verboten. In dieser Zeit ist keinerlei körperliche Annäherung oder auch nur Berührung erlaubt.«

»Ich weiß«, flüsterte sie.

»Und auch nach Beendigung dieser Zeit dauert die Unreinheit fort, bis die Nidda durch das Tauchbad in der Mikwa die Reinheit und damit die Erlaubnis zum ehelichen Umgang erlangt.«

Der Rabbiner stöhnte laut auf, so sehr litt er darunter, sich ihr Verbrechen vorzustellen, und sein junges Gesicht wirkte alt und grau wie das eines Greises.

Gracia wagte kaum, ihn anzusehen. »Was … was kann ich tun, um Vergebung zu erlangen?«, fragte sie leise.

»Das weiß der Herr allein. Zur Zeit des Tempels wurden Frauen wie du mit dem Tode bestraft, und noch heute könnte ich die Geißel über dich verhängen. Aber würdest du dadurch wieder rein?« Rabbi Soncino hob die Arme zum Himmel. »Du hast dich nicht nur an deiner Seele versündigt, Gracia Mendes, sondern am ganzen Volk Israel. Wenn es für deine Schuld Wiedergutmachung gibt, dann nur durch ein großes persönliches Opfer – ein Opfer, das dir schwerer fällt als die Tötung des eigenen Lebens, ein Opfer, wie einst Abraham eines zu leisten bereit war.«

26

»Ich bin gekommen, um Euch ein Geschäft vorzuschlagen, Senhor Mendes.«

»Wäre dafür mein Kontor nicht der geeignetere Ort gewesen, Senhor Aragon?«

»Wollt Ihr damit andeuten, dass Euch die Unterkunft nicht gefällt? Wie schade! Ich hatte gehofft, der Ort würde Euch an das Judenbad erinnern.«

Seit einer Woche befand sich Francisco bereits in Haft, in einem Verlies des Castelo de São Jorge. Er war nicht der einzige marranische Kaufmann, den die Garde festgenommen hatte – im Kerker der Königsburg war die halbe jüdische Gemeinde von Lissabon inhaftiert. Die ersten Tage hatten die Gefangenen zusammen in mehreren Gemeinschaftszellen verbracht. Jeder Häftling besaß ein eigenes Bett, und gegen Bezahlung durften sie Speisen und Getränke aus einem Wirtshaus kommen lassen. Doch am letzten Abend hatte man Francisco in eine Einzelzelle gesteckt, in eine Grotte ohne Fenster, von deren Wänden das Wasser heruntertropfte und die nur von einer Fackel erhellt wurde. Ein einziges Mal hatte er seitdem zu essen bekommen, eine faulige, stinkende Fischsuppe. Seit dem Morgen litt er an Schüttelfrost, und sein Herz schien immer wieder auszusetzen. Aber er war zu stolz, um nach einem Arzt zu fragen. Er kannte den Spanier. Eine Bitte um Hilfe würde der Converso-Kommissar als Zeichen von Schwäche auslegen. Also sagte Francisco nur: »Ich verlange meine sofortige Freilassung.«

»Ihr habt es selbst in der Hand«, erwiderte Aragon mit einem Lächeln und strich seinen Spitzbart. »Nennt uns den Namen des Mörders, der Enrique Nuñes umgebracht hat, und Ihr seid ein freier Mann.«

»Ich habe keine Ahnung, wovon Ihr redet.«

Das Lächeln auf dem Gesicht des Kommissars verschwand. »Für wie dumm haltet Ihr mich? Ihr selbst habt den Auftrag gegeben,

Enrique Nuñes zu ermorden. Vermutlich noch am Tag Eurer Hochzeit mit Gracia Nasi.«

»Was für einen Grund sollte ich gehabt haben, so etwas zu tun? Enrique Nuñes war ein Agent meiner Firma. Sein Verschwinden war auch für mich ein Rätsel.«

»Es ist immer dasselbe – sobald ein Jude den Mund aufmacht, kommt eine Lüge heraus.« Aragon schüttelte den Kopf wie ein enttäuschter Lehrer bei der Antwort eines schlechten Schülers. Dann machte er einen Schritt auf Francisco zu und blickte ihn mit zusammengekniffenen Augen an. »Enrique Nuñes war ein Spion der Inquisition, der Beweise gegen die Conversos sammeln sollte! Aus diesem Grund habt Ihr ihn beiseiteschaffen lassen. Weil er Euch in Rom hätte gefährlich werden können – Euch und Euren scheinheiligen Glaubensbrüdern.«

»Das ist eine haltlose Unterstellung.«

»Beleidigt nicht meine Intelligenz! Jedes Kind weiß, was damals passiert ist. Und im Prinzip ist ja auch nichts dagegen einzuwenden – wir alle müssen schauen, wo wir bleiben. Der König hat sogar gelacht, als er von der Geschichte hörte.«

Francisco fasste sich ans Herz, das sich schmerzhaft zusammenzog. Dann hatte Dom João also doch Bescheid gewusst und ihn zum Narren gehalten, als er ihm das Darlehen für den Kaiser abgepresst hatte.

In der Hoffnung, dass Aragon ihm die Schwäche nicht anmerkte, sagte er: »Bringt mich zum König. Ich bin sicher, dass …«

Der Kommissar zuckte nur die Schulter. »Ich glaube kaum, dass Dom João bereit ist, Euch zu empfangen. Die Lage hat sich verändert. Inzwischen ist ein Schnüffler hier aufgetaucht, der alles durcheinanderbringt – ein Dominikaner, der früher für Euren Bruder in Antwerpen gearbeitet hat. Cornelius Scheppering ist sein Name.«

»Ich habe keine Ahnung, wer das ist.«

»Das glaube ich Euch sogar, bei einem so großen Handelshaus wie der Firma Mendes ist es unmöglich, jeden kleinen Kontorschreiber zu kennen. – Wie auch immer: Dom João sieht sich jedenfalls außerstande, Euch zu empfangen.«

»Umso mehr bestehe ich auf meiner Freilassung. Ihr habt keinerlei Beweise.«

»Pffft – Beweise. Ich muss nur einmal mit dem Finger schnippen, und ...«

Aragon brauchte nicht zu Ende zu sprechen, Francisco wusste, was gemeint war. Der Spanier war ebenso ehrgeizig wie eitel, und zur Erreichung seiner Ziele war ihm jedes Mittel recht. Angeblich hatte sogar schon Kaiser Karl ein Auge auf ihn geworfen, damit der Spanier sich um die Converso-Angelegenheiten im ganzen Reich kümmere. Obwohl Aragon sich seinen goldenen Anzug nie schmutzig machte, war er darum in der marranischen Gemeinde genauso gefürchtet wie die Dominikaner. Er zögerte keine Sekunde, die Folter zur Anwendung zu bringen, wenn er damit ein Geständnis erpressen konnte.

Francisco machte sich keine Illusionen. Die Verlegung in eine Einzelzelle war ein deutlicher Hinweis darauf, was der Kommissar vorhatte. Jeder Gefangene, der unter die Folter kam, wurde zuvor aus dem Gemeinschaftsverlies in Einzelhaft überführt.

»Kommen wir allmählich ins Geschäft?« Aragon setzte wieder sein Lächeln auf. »Der König ist Euer Freund, er würde nur ungern auf Eure Dienste verzichten. Außerdem will er die Inquisition so wenig wie Ihr, und wenn es nach ihm gegangen wäre, hätte Enrique Nuñes noch tausend Jahre in seiner Kloake bleiben können. Aber jetzt, da der gottverdammte Kerl wiederauferstanden ist, brauchen wir einen Schuldigen, oder, wie ihr Juden so schön sagt: einen Sündenbock, den wir in die Wüste schicken können beziehungsweise aufs Schafott. Enrique Nuñes ist ein Heiliger, Krüppel werfen ihre Krücken von sich, wenn sie sein Leichentuch berühren. Wir müssen dem Volk seinen Mörder präsentieren. Also, Senhor Mendes, sagt mir, wer ihn getötet hat, und Ihr könnt zurück zu Eurer Frau. Wie ich höre, führt Ihr ja eine sehr glückliche Ehe.«

Francisco spürte, wie neuer Schüttelfrost ihn packte. Er hatte gleich nach seiner Verhaftung einen Wärter bestochen, der dafür sorgen sollte, Tristan da Costa außer Landes zu bringen. Aber noch hatte er keine Nachricht, dass sein Agent außer Gefahr war. Nur mit Mühe gelang es ihm, ruhig zu erscheinen, als er Aragon Antwort gab.

»Aus dem Geschäft wird nichts«, sagte er. »Ich kann Euch keinen Namen nennen. Aber ich erinnere Euch daran, dass mein Bruder und ich dem König ein Darlehen für den Kaiser gewährt haben, zweihunderttausend Dukaten, von denen die zweite Rate nächsten Monat fällig wird. Meine Firma wird die Auszahlung verweigern, wenn Ihr mich noch länger hier ...«

»Wollt Ihr uns etwa drohen?«, schnitt Aragon ihm das Wort ab. »Macht Euch nicht lächerlich! Wenn man Euch für schuldig befindet, Enrique Nuñes ermordet zu haben, fällt Euer ganzes Vermögen an die Krone. Nehmt endlich Vernunft an! Ich brauche einen Namen.« Er legte seine Hand auf Franciscos zitternden Arm. »Ihr habt die Wahl, Senhor Mendes. Entweder einen Namen, und alles wird wieder so sein wie früher – oder aber Ihr lernt mich kennen ...«

27

Die Folter war ein altbewährtes Instrument der Wahrheitsfindung. Papst Innozenz IV. hatte sie bereits im Jahre 1252 in seiner Dekretale Ad Extirpanda zur Bekämpfung der Ketzerei freigegeben, in der wohlbegründeten Annahme, dass Gott einem jeden Delinquenten, der im Geiste der Wahrhaftigkeit spreche, die nötige Kraft zum Widerstand verleihe und er allein denjenigen brechen werde, der sich von der Wahrheit abgewandt habe. Und man konnte die geistliche Gerichtsbarkeit nicht genug dafür loben, dass sie peinlich darauf bedacht war, die Folter nur unter strengster Beobachtung sorgfältig ausgearbeiteter Vorschriften zu hand-

haben, damit die Abtrünnigen ihre Irrtümer freimütig gestehen konnten, ohne größere bleibende Schäden davonzutragen.
Obwohl die Anwendung der Folter also den Segen der heiligen katholischen Kirche und ihrer höchsten Autoritäten genoss, war Cornelius Scheppering dennoch kein Freund dieses Instruments der Wahrheitsfindung und nur im äußersten Notfall bereit, durch Zufügung von körperlichem Leid eine Aussage zu erpressen. Diese seine Abneigung wurzelte in dreifachem Grund. Erstens bevorzugte er die geistige Auseinandersetzung aus prinzipieller philosophischer Selbstachtung – schließlich war der Geist der Gottesfunke, der den Menschen mit dem Schöpfer verband und ihn vom Tier unterschied; zweitens war er selber von so überaus zartem Gemüt, dass allein der Anblick physischer Qualen ihm unerträgliche Schmerzen bereitete; und drittens bedeutete die Folter in seinen Augen eine unzulässige Adelung eines Delinquenten, insofern dieser sich in seinem Leid eins mit dem leidenden Christus am Kreuze wähnen durfte.
In dem Fall aber, zu dessen Aufklärung Cornelius Scheppering nach Lissabon gereist war, kam noch ein weiteres Moment hinzu. Was machte es für einen Sinn, Francisco Mendes gewaltsam ein Geständnis abzuringen, wenn Tat und Täter längst bekannt waren? Er wusste ja ziemlich genau, wer Enrique Nuñes auf dem Gewissen hatte. Wie Ermittlungen unter Angestellten der Firma ergeben hatten, war der Auftrag zu seiner Ermordung von Francisco Mendes persönlich erfolgt, und diesen Auftrag hatten irgendwelche Helfershelfer ausgeführt. Der einzige Zweck, den ein Geständnis in diesem Fall überhaupt haben könnte, war Profit und immer noch mehr Profit, den der Hof aus den Geschäften mit der jüdischen Kaufmannschaft zu schlagen gedachte. Francisco Mendes sollte einen Täter nennen, den der König und sein Converso-Kommissar dem Volke vorführen könnten, um weiter unverdrossen mit den Juden zu schachern. Cornelius Scheppering aber war nicht bereit, sich zu diesem Zweck in den Dienst der königlichen Geldgier und der Feinde Gottes zu stellen.

Nein, Cornelius Scheppering verfolgte ein höheres Ziel, und dafür brauchte er den Beweis eines schwerwiegenderen Verbrechens, als es die Beseitigung eines marranischen Spitzels war. Nur wenn es ihm gelänge, hieb- und stichfest darzulegen, dass dessen Tod Teil einer Verschwörung war, dass die Juden von Lissabon systematisch und im großen Stile Fluchthilfe betrieben, indem sie durch Ausnutzung ihres europaweiten Netzes von Handelsagenten und Firmenniederlassungen die mit heiligem Weihwasser getauften Scheinchristen gesetzeswidrig außer Landes brachten, damit diese zum Hohne Gottes im Reich der Muselmanen ihr lästerliches Unwesen trieben – nur dann konnte Gian Pietro Carafa den zaudernden Papst in Rom, der den jüdischen Einflüsterungen ein gefährlich offenes Ohr lieh, ein für alle Mal dazu zwingen, der Einsetzung des Glaubensgerichts im Königreich Portugal stattzugeben. Allein, die Zeit drängte. Cornelius Scheppering musste zu einem Ergebnis im Sinne Gottes und der Inquisition gelangen, bevor sein Rivale Aragon den Fall im Sinne des Königs und des Mammons entschied.
Mit einem Seufzer kehrte Cornelius an sein Schreibpult zurück. Noch immer stiegen die fäkalischen Ausdünstungen der Unterwelt von den Papieren auf, die man bei Enrique Nuñes gefunden hatte – ein Gestank nach Kloake und Gottesverrat. Aber Cornelius lag es fern, die Nase zu rümpfen. Er wusste, in diesen Papieren mit ihren endlos langen Zahlenreihen war die Wahrheit verborgen. Die Wahrheit, die er brauchte, damit Gottes Gerechtigkeit in Gestalt der Inquisition endlich Einzug halten konnte … Doch die Wahrheit gab sich ihm nicht preis, wie eine keusche Jungfrau verhüllte sie vor ihm ihr Antlitz. Immer wieder hatte er versucht, die verfluchten Kolonnen zu entziffern, so oft, dass er sie schon fast auswendig hersagen konnte – ohne Erfolg. Die Zahlen ergaben einfach keinen Sinn.
Aber Cornelius Scheppering gab nicht auf: Wenn es Gottes Wille wäre, würde er die Lösung finden. Die Texte waren nach den Regeln der gematrischen Kunst verschlüsselt. Diese teuflische Er-

findung der Juden, eine ungesunde Geistesakrobatik, die sie selbst »Zutat der Weisheit« nannten, beruhte auf der Tatsache, dass es in der hebräischen Sprache keine speziellen Zeichen für Zahlen gab, sondern an deren Stelle Buchstaben verwendet wurden. Jedes Wort konnte darum auch als eine Gruppe von Ziffern gelesen werden. Deren Summe wiederum stand dann für ein weiteres Wort und konnte zu anderen Zahlen und Wörtern in Beziehung gesetzt werden. Auf diese Weise suchten die Mosesjünger den heiligen Schriften einen zusätzlichen Sinn abzulesen, der einem braven Christenmenschen verborgen blieb. Die rätselhafte »Zahl des Tieres« etwa, von der die Offenbarung des Johannes in der Bibel spricht, wurde in dieser Auslegung zu einem Hinweis auf den Tod und Verderben bringenden Kaiser Nero.
All diese Geheimnisse waren Cornelius Scheppering vertraut, ebenso die profane Anwendung der gematrischen Kunst durch manche marranischen Kaufleute, die sich des Verfahrens bedienten, um damit vertrauliche Firmennachrichten zu verschlüsseln. Das simple Prinzip war, dass jede Zahl einem bestimmten Buchstaben entsprach. Doch welche Zahl stand für welchen Buchstaben? Um sich vor Verrat und Entdeckung zu schützen, wechselten die meisten Kaufleute, die ihre Akten kodierten, den Schlüssel regelmäßig.
Als Kontorist der Firma Mendes hatte Cornelius Scheppering selbst jedes Jahr einen anderen erlernen müssen. Einige dieser Schlüssel waren ihm noch in Erinnerung, und er hatte sie an den Zahlenreihen ausprobiert. Aber es war wie verhext, er tastete im Dunkeln wie ein Blinder mit seinem Stock.
Plötzlich fiel Cornelius etwas ein: eine kleine, unscheinbare Merkwürdigkeit in der Art und Weise, wie die Firma Mendes zu Zeiten seiner Antwerpener Anstellung ihre Kodierung zu bestimmen pflegte. Als Schlüssel wurde stets ein Datum zugrunde gelegt, das in der Familie eine Bedeutung hatte. Einmal diente Francisco Mendes' Geburtstag zur Kodierung, dann der seines Bruders, ein anderes Mal der Tag eines bedeutenden Geschäfts-

abschlusses. Aber welches Datum es auch immer war, es bezeichnete stets ein wichtiges Ereignis in der Familie.
Cornelius Scheppering trommelte mit den Fingern auf dem Pult. Was war das wichtigste Ereignis der Familie Mendes in dem Jahr gewesen, in dem Enrique Nuñes ermordet worden war?
Cornelius brauchte für die Antwort keine Sekunde – nur ein Ereignis kam in Frage! Erregt ging er zum Regal an der Wand, um in dem Aktenordner zu suchen, der alle Notizen enthielt, die er sich zu dem Fall gemacht hatte. Da – da war es, das Datum der Hochzeit von Francisco Mendes und seiner Braut Gracia Nasi: der zwanzigste Mai des Jahres 1528.
War das der Schlüssel? Die Zahl 20 konnte den zwanzigsten Buchstaben des Alphabets bedeuten. Der zwanzigste Buchstabe war T, also war die Zahl 1 = T, 2 = U, 3 = V und so weiter und so fort. Cornelius probierte es aus. Aber ach, es funktionierte nicht, das Ergebnis las sich wie das Gestammel eines Narren. Unwillig nagte er an seiner Lippe. War dann vielleicht der Mai der Schlüssel, der fünfte Monat im Jahr? Auch dieser Versuch blieb ohne Erfolg. Enttäuscht, aber nicht entmutigt, schrieb Cornelius beide Zahlen auf ein Blatt Papier und starrte sie an. Vielleicht lag die Lösung gar nicht in ihrem absoluten Wert, sondern in ihrem Verhältnis zueinander … Was passierte, wenn man sie addierte? Oder miteinander multiplizierte? Oder durcheinander teilte?
Leise murmelte er die Gleichung vor sich hin: Zwanzig geteilt durch fünf gleich vier …
Es war wie eine Offenbarung. Das Wunder des Geistes, der Gottesfunke, durch den der Schöpfer den Menschen zu seinem Ebenbild erhob, hatte die Erleuchtung bewirkt. Als hätte ein Zauberstab die Zahlenreihen berührt, gaben sie ihr Geheimnis preis, und die Bedeutung der eben noch rätselhaften Zeichen trat mit einem Schlag so klar und fassbar zutage, als wären sie schlichtes Latein. Der Sieg des Lichtes über die Finsternis! Der Triumph der Wahrheit über die Lüge! Buchstabe für Buchstabe entzifferte Cornelius die Verbrechen der Vergangenheit, unwiderlegbare

Beweise: Die Notgesuche jüdischer Flüchtlinge ... die Eintreibung ihrer Gelder ... die Spekulation auf steigende Getreidepreise ... die Auszahlung der Gewinne im Ausland ... Nur die Namen der Betroffenen ließen sich nicht enträtseln. Offenbar waren sie mit einem gesonderten Schlüssel kodiert.
Cornelius faltete die Hände, um Gott mit einem Gebet zu danken. Dann verließ er die Zelle, die seine Glaubensbrüder ihm für die Dauer seines Aufenthaltes in der Stadt zur Verfügung gestellt hatten, und eilte zur Klosterpforte.
»Eine Sänfte, sofort!«
Er musste Francisco Mendes verhören, ohne die Namen waren die Beweise vor dem Papst nichts wert. Er brauchte ein Geständnis, selbst wenn er seinen eigenen Prinzipien untreu werden musste, um das letzte fehlende Körnchen Wahrheit aus dem verstockten Menschen herauszuprügeln!
Während er auf die Sänfte wartete, die ihn zum Castelo de São Jorge bringen sollte, kam ihm eine Zeile in den Sinn, der er während der Entschlüsselung kaum Beachtung geschenkt hatte: ein Passus über ein Medaillon der Braut, mit einem Bildnis von empörender Doppeldeutigkeit. Auf diesem Medaillon, so hatte Enrique Nuñes geschrieben, sei entweder die Jungfrau Maria abgebildet – oder eine jüdische Königin. Obwohl Cornelius auch ihren Namen nicht hatte entziffern können, beschlich ihn das seltsame Gefühl, dass die Identität dieser Frau von entscheidender Bedeutung für seine Sache wäre.
»Na endlich!«
Er wollte gerade in die Sänfte steigen, da spürte er etwas Feuchtes, Warmes auf seiner Tonsur. Unwillkürlich fasste er sich an den Schädel – eine Taube hatte sich auf die kahle Stelle seines Kopfes entleert. Während er sich den Dreck an der Kutte abwischte, unterdrückte er einen Fluch. Doch dann sah er die gurrende Taube, und ein Lächeln erfüllte sein Herz. Hatte Gott ihm ein Zeichen geschickt? Nein, es hatte keinen Sinn, Francisco Mendes in die Zange zu nehmen – Aragon hatte schon zwei Folterknechte an

ihm verschlissen, nur um den Namen eines Mannes in Erfahrung zu bringen, der längst über alle Berge war.
Cornelius Scheppering änderte sein Ziel.
»In die Rua Nova dos Mercadores!«

28

»Was wünscht Ihr?«
Als die Herrin des Hauses No. 18 ihn empfing, wollte Cornelius Scheppering seinen Augen nicht trauen. Aus dem Gesicht der Frau sah ihn die Muttergottes an, die heilige Jungfrau Maria, die gnadenreiche Allerbarmerin, die ihm einst erschienen war, um ihn auf den rechten Weg zu führen. Im selben Moment regte sich die Schlange.
»Gelobt sei Jesus Christus«, sagte er mühsam beherrscht.
»In Ewigkeit. Amen«, antwortete sie.
»Spreche … spreche ich mit Dona Gracia Mendes?«
»Beatrice ist mein christlicher Name. Aber ja – Francisco Mendes ist mein Mann.« Ein hoffnungsfrohes Leuchten ging durch ihr Gesicht. »Habt Ihr Nachricht von ihm?«
Cornelius taumelte einen Schritt zurück. Er konnte und konnte es nicht fassen. Sie war der Jungfrau wie aus dem Gesicht geschnitten: die hohe Stirn, die kleine, zierliche Nase, der volle, liebessüße Mund … Das sollte Gracia Mendes sein? Eine scheingetaufte Jüdin? Die Komplizin eines Mordbuben?
Noch während er an seinen Sinnen zweifelte, traf ihn die Erkenntnis wie ein Blitz in dunkler Nacht. Diese Frau war ihm von Gott bestimmt, sie war seine Mission!
Kaum hatte er das begriffen, war er wieder gefasst.
»Ich bin gekommen, um Eure Seele zu retten.«
»Wie bitte?«
»Gott hat mich zu Euch geschickt.«

»Gott?« Die Hoffnung schwand aus Gracias Gesicht. »Ihr braucht meine Seele nicht zu retten. Ich erfülle alle Christenpflichten. Ich besuche jeden Sonntag die Messe, und ich gehe zur Beichte. Fragt Padre Alfonso, den Pfarrer meiner Gemeinde.«

»Ihr sollt den Glauben nicht mit den Lippen bekennen«, erwiderte Cornelius Scheppering, »sondern mit Eurem Herzen.«

»Was veranlasst Euch, so mit mir zu sprechen?«

»Die Dunkelheit in Eurer Seele.« Er zeigte auf ihre Brust. »Was ist das für ein Medaillon?«

Gracia wurde rot. »Das ... ist die Jungfrau Maria.«

»Lügt mich nicht an! Das ist das Bildnis einer Jüdin.«

»Wie kommt Ihr darauf?«

»Ich habe Beweise.« Er klopfte auf den Aktendeckel, den er unter dem Arm trug. »Beweise, die Euch belasten. Euch und Euren Mann.«

»Was ist mit meinem Mann? So sprecht endlich – bitte! Ich war in der Hofkanzlei, Senhor Aragon, der Converso-Kommissar, hat mich empfangen. Ich habe ihm fünfhundert Dukaten gegeben. Er hat versprochen, mir Nachricht zu geben, aber bis jetzt ...«

»Ich habe mit diesen Dingen nichts zu tun«, unterbrach sie Cornelius Scheppering. »Francisco Mendes ist ein Gefangener des Königs.«

»Weshalb seid Ihr dann hier?«

»Ich sagte schon: um Euch zu helfen. Kennt Ihr Enrique Nuñes?«

Sie wich seinem Blick aus. Er wusste ihr Schweigen zu deuten und nickte.

»Ja, Ihr kennt ihn. Er war auf Eurer Hochzeit. Durch ihn habe ich erfahren, was es mit Eurem Medaillon auf sich hat. Es stellt eine jüdische Irrgläubige dar. So wie Ihr zum Schein einen christlichen Namen tragt, verehrt Ihr Eure Götzen in fremder Gestalt.«

Er sah, wie Gracia blass wurde. Kein Zweifel, er hatte ins Blaue gezielt, aber ins Schwarze getroffen.

»Pfui Teufel!«, rief er. »Ihr habt den Namen der Muttergottes missbraucht! Zur Tarnung einer jüdischen Hure!«

»Wie könnt Ihr es wagen, Königin Esther eine Hure zu nennen?«
Bei der Nennung des Namens machte sein Herz vor Freude einen Sprung.
»Das Bildnis stellt also die Jüdin Esther dar?«
Erregt schlug er seinen Aktendeckel auf, fuhr mit dem Finger die Zahlen entlang, die er nicht hatte entschlüsseln können, verglich sie mit dem Namen, der Gracia Mendes entschlüpft war. Ja, es passte alles zusammen, sechs Zahlen und sechs Buchstaben – das letzte Körnchen Wahrheit war gefunden. Er wandte die Augen zum Himmel, um seinem Herrgott zu danken. Die Sünderin hatte die Lösung verraten, bevor er sie überhaupt gefragt hatte. War sie bereits auf dem Weg der Reue?
»Gelobet seiest du, Herr und ewiger …«
Als er seinen Blick wieder auf Gracia richtete, verstummte er mitten im Satz. Als wäre kein Stoff da, als trüge sie ihre Kleider wie ihren Namen nur zum Schein, sah er sie plötzlich nackt – jede Rundung, jede Wölbung ihres Leibes erkannte er. Laut stöhnte er auf. War das ein Gaukelspiel des Teufels? Oder ein göttliches Gnadenwunder? Er hatte sie schon einmal so gesehen, nach seinem Eintritt in den Orden. Genauso war sie ihm damals erschienen, in der Dunkelheit der Nacht, um ihn zu belohnen, für seine Abkehr vom Judendienst … Nein, das war kein Gaukelspiel! Das war eine Erscheinung! Gott hatte ihn zu dieser Frau geschickt – ihre Rettung war seine Mission.
Er hob einen Arm und wandte den Blick zur Seite, um seine Augen nicht an ihrer Blöße zu versengen.
»Im Namen Eures Seelenheils – seid Ihr eine katholische Christin?«
Sie nickte.
»Glaubt Ihr an Gott, den allmächtigen Vater, Schöpfer des Himmels und der Erde?«
»Ja, das tue ich.«
»Und an Jesus Christus, seinen eingeborenen Sohn, unseren Herrn, der empfangen ist vom Heiligen Geiste?«

»Bitte«, sagte Gracia leise, »lasst meinen Mann frei!«
»Antwortet mir! Glaubt Ihr an Jesus Christus, Gottes eingeborenen Sohn?«
»Habt Erbarmen!« Sie machte einen Schritt auf ihn zu. »Bitte! Ich flehe Euch an! Helft meinem Mann!«
»Helft Eurer Seele!«, erwiderte er. »Beweist Euren Glauben! Macht kehrt!«
Er schaute ihr ins Gesicht, doch seine Augen suchten ihren Leib. Weiß schimmerte die Haut ihrer Brüste und ihrer Schenkel unter dem Kleid. Sie war so zart, so rein, wie die Seele eines Kindes, bereit, den Herrn zu empfangen … Cornelius Scheppering schauderte. Nicht nur einmal – unzählige Male war sie ihm in dieser Gestalt schon erschienen … All die endlosen, angsterfüllten Nächte im Urwald, am Ufer des Amazonas … Das Zischeln der Schlangen im Unterholz, das Flügelschlagen dunkler, riesiger Himmelsvögel, die Buschtrommeln der Wilden … Und dann die Todesschreie seiner Glaubensgenossen, die mit dem Namen des Herrn auf den Lippen starben … Sie war die Einzige gewesen, die ihm beigestanden hatte …
»Ich weiß alles über Euch«, sagte er. »Ihr könnt der Wahrheit nicht entrinnen!« Er war entschlossen, ihr die Beweise zu zeigen, und obwohl der Schmerz, den er ihr zufügen musste, ihm selbst das Herz zerriss, wollte er sie zwingen, in den Spiegel ihrer Taten zu blicken, wie Gott die Sünder am Tag des Jüngsten Gerichts, wenn er das große Buch aufschlagen würde, in denen alle Taten der Menschen verzeichnet sind, um die Gerechten von den Verdammten zu scheiden.
»Da!«, rief Cornelius Scheppering und tippte mit dem Finger auf eine Seite. »Die Flüchtlingsgeschäfte Eures Mannes … Da! Eure Hochzeit nach jüdischem Brauch … Und da! Eure eigenen Worte, mit denen Ihr Euer Medaillon als Bildnis der Königin Esther gedeutet habt …«
Er klappte den Aktendeckel wieder zu.
»Macht kehrt, Gracia Mendes!«, rief er ihr zu, wie einst die Jung-

frau ihm selbst zugerufen hatte. »Ich beschwöre Euch! Oder die Wahrheit wird Euch vernichten! Euer Mann hat den Befehl gegeben, Enrique Nuñes umzubringen!«
Sie zitterte am ganzen Leib, Panik flackerte in ihren Augen.
»Welchen Preis verlangt Ihr?«, fragte sie.
»Ihr meint – für diese Beweise?«
Sie nickte. »Ich habe die Schlüssel meines Mannes. Ich bin bereit, Euch alles zu geben, was wir haben.«
Der Anblick ihrer Ohnmacht steigerte sein Verlangen ins Unermessliche. Er war nur noch einen Schritt von der Erreichung seines Ziels entfernt. Er würde sie retten.
»Alles?«, fragte er mit rauher Stimme. »Wirklich – alles?«
Als sie abermals nickte, erfasste ihn eine Ekstase, wie er sie sonst nur nach langem Fasten und Beten erlebte. Sie hatte seine Rute geküsst und sich anschließend mit ihm vereint, in jenen schwarzen, fürchterlichen Urwaldnächten, um ihn zu trösten. Und jetzt stand sie vor ihm, in Fleisch und Blut … Er musste sie haben! Zur Rettung ihres Seelenheils! Wenn sie seine Rute küsste und sich mit ihm vereinte, wäre ihre Seele der Hölle entrissen.
Eine Kinderstimme rief irgendwo im Haus.
»Mutter! Wo bist du? Du hast versprochen, mit mir zu spielen!«
Cornelius Scheppering achtete nicht darauf. Ohne den Blick von der Frau zu lassen, die ihn als ihren Erlöser erwartete, ging er zur Tür und schob den Riegel vor.
Er war bereit, sein Rettungswerk zu beginnen.

29

Gracia schaute zur Tür. Kaum gedämpft durch die Füllung, hörte sie die Stimme ihrer Tochter, dann Schritte. Eine Zofe sprach mit Reyna. Gracias Herz klopfte bis zum Hals. Sollte sie um Hilfe rufen?

»Ihr braucht Euch nicht zu fürchten«, sagte Cornelius Scheppering.
Draußen verloren sich die Stimmen und Schritte wieder im Haus. Gracia drehte sich um.
»Weshalb habt Ihr die Tür verriegelt?«, fragte sie.
»Weil ich Euch helfen will«, erwiderte der Mönch.
»Dann lasst meinen Mann frei.«
»Das kann ich nicht – niemand kann das, nicht einmal der König. Das könnt nur Ihr selbst.« Cornelius Scheppering nickte ihr zu.
Gracia starb fast vor Angst. All die Anschuldigungen, die der Dominikaner erhoben hatte, entsprachen ja der Wahrheit. Tristan da Costa hatte Enrique Nuñes im Auftrag ihres Mannes ermordet und war nach Franciscos Verhaftung bei Nacht und Nebel außer Landes geflohen, um selbst der Verfolgung zu entkommen. Brianda hatte es ihr unter Tränen erzählt.
Im Kamin prasselte das Feuer, und die brennenden Äste knackten. Wie bei einem Scheiterhaufen.
»Welche Summe soll die Firma Mendes Eurem Orden zahlen?«, fragte Gracia.
»Ich will kein Geld. Ich bin gekommen, um Eure Seele zu retten.«
»Sagt mir eine Summe! So viel Ihr wollt! Mein Mann ist reich.«
»Wollt Ihr mit mir um Eure Seele schachern? Pfui Teufel! Kniet nieder!«
Cornelius Scheppering sprach mit solcher Schärfe, dass Gracia unwillkürlich gehorchte. Mit dem Kreuz in der Hand trat er auf sie zu. Sie fühlte sich so schwach, dass sie sich kaum auf den Knien halten konnte. Wollte er, dass sie sein Kreuz küsste? Bei der Vorstellung mischte sich Wut in ihre Angst. Doch sie beherrschte sich. Alles, was sie jetzt tat, tat sie für Francisco, ihren Mann.
»Ihr wisst, wie man beichtet?«, fragte Cornelius Scheppering.
Gracia nickte.
»Dann falte die Hände, meine Tochter, und befreie dein Herz von der Sünde.«

Obwohl sie nicht wusste, was der Dominikaner bezweckte, schlug sie das Kreuzzeichen.
»Im Namen des Vaters und des Sohnes und des Heiligen Geistes.«
»Gott, der unser Herz erleuchtet, schenke dir wahre Erkenntnis deiner Sünden und seiner Barmherzigkeit«, erwiderte Cornelius Scheppering im selben Tonfall wie Padre Alfonso, der ihr sonst die Beichte abnahm. »Du kannst mit deinem Sündenbekenntnis beginnen.«
Gracia zögerte. Padre Alfonso wusste, dass sie im Herzen eine Jüdin war und nur zum Schein das Ritual erfüllte, und ihr Seelenheil war ihm so gleichgültig wie das Schwarze unter seinen Fingernägeln. Doch Gracia spürte, diese Beichte war anders. Cornelius Scheppering war kein einfältiger Gemeindepfarrer, der für ein paar Dukaten seinen Gott verraten würde. Mit einem Lippenbekenntnis würde er sich nicht begnügen. Also überwand sie sich und sagte: »Ich … ich habe nicht immer die Wahrheit gesprochen.«
»Eine Sünde wider das achte Gebot? Bete zur Buße ein Vaterunser. Welche Sünden hast du außerdem begangen?«
»Ich habe meinem Vater widersprochen, als er …«
»Das vierte Gebot. Ein Ave-Maria. Weiter!«
»Ich habe die Frauen beneidet, deren Männer nicht wie meiner im Gefängnis …«
»Das zehnte Gebot! Ich verzeihe dir. Weiter, weiter! Was noch?«
Gracia ahnte, worauf der Dominikaner lauerte. Aber sie brachte die Worte nicht über die Lippen. Niemals würde sie ihrem Glauben abschwören. Um dem gefürchteten Bekenntnis zu entkommen, fiel ihr nur ein Ausweg ein.
In der Hoffnung, dass Cornelius Scheppering so falsch und verdorben wie ihr Beichtvater war, sagte sie leise: »Ich … ich habe unkeusche Gedanken gehabt.«
Kaum hatte sie den Satz ausgesprochen, bereute sie ihn. Wann immer sie Padre Alfonso die Sünde des Fleisches bekannte, stell-

te er viele Fragen, und während er sich ans Gitter des Beichtstuhls beugte, um ihren Antworten zu lauschen, raschelte seine Soutane. Alles wollte er wissen. Welche Gedanken sie meine? Ob sie sich dabei berühre? An welchen Stellen ihres Körpers? Jetzt würde Cornelius Scheppering sie in gleicher Weise bedrängen. Und sie musste diesem Fremden gestehen, was sie in manchen Nächten tat, wenn sie Francisco so schmerzlich vermisste, dass sie es nicht mehr aushielt.
Doch der Dominikaner stellte ihr keine einzige Frage.
»Ich ... ich liebe meinen Mann«, stammelte sie. »Mehr habe ich nicht zu bekennen.«
Statt einer Antwort ließ der Mönch nur ein leises Grunzen vernehmen. Gracia wagte nicht, zu ihm aufzuschauen. Wie eine Drohung schwebte das böse Schweigen über ihr.
»Ich erkenne mit Freuden«, sagte er, »dass du die Wahrheit sprichst und deine Unkeuschheit nicht vor mir verbirgst. Zur Strafe für deine Gedanken bete einen Rosenkranz.«
Gracia atmete auf.
»Aber«, fuhr er fort, »ich sehe noch eine Sünde in deinem Herzen. Eine viel größere Sünde als die des Fleisches.«
»Welche Sünde meint Ihr?«
»Weißt du das wirklich nicht? Sie betrifft das erste Gebot!«
Nein, es gab keinen Zweifel, was der Dominikaner bezweckte, und nichts brachte ihn ab von seinem Ziel. Verzweifelt versuchte Gracia, einen klaren Gedanken zu fassen. Wenn sie das Bekenntnis ablegte, das er ihr abpressen wollte, musste sie Gott verraten, den König und Herrn. Widersetzte sie sich aber seinem Willen, gefährdete sie das Leben ihres Mannes. Was immer sie tat, sie würde noch mehr Schuld auf sich laden.
»Nun?«, sagte Cornelius Scheppering. »Worauf wartest du?«
Gracia schloss die Augen.
›Das ganze Jahr über können wir nicht die Gebote befolgen und müssen uns wie Christen verhalten, gegen unseren Willen. Doch wisset: Wir waren und sind Juden, durch und durch!‹

Wie sehr hatte sie das Jom-Kippur-Gebet sonst verachtet, doch jetzt war die Aufhebung der Pflicht, sich zum Gott des Volkes Israel zu bekennen, ihre einzige Zuflucht. Ohne die Augen zu öffnen, flüsterte sie: »Ja, ich habe gegen das erste Gebot gesündigt. Ich habe einen fremden Gott angebetet.«

»Welchen fremden Gott?«

Gracias Lippen blieben stumm.

»Vorwärts! Bekenne! Damit ich dir vergeben kann! Nenne seinen Namen!«

Wusste der Mönch, dass sie diesen Namen niemals aussprechen durfte? Gracia bat Haschem in ihrem Innern um Vergebung, als sie den Mund öffnete.

»Den … Jahwe, den Gott des Volkes Israel.«

Cornelius Scheppering stieß einen Seufzer aus, als habe ihr Geständnis ihn von einer überschweren Last befreit.

»Gelobt sei der dreifaltige Gott! Er hat seine Gnade über dich ausgegossen und deine Zunge gelöst. Groß ist seine Macht, doch noch größer ist seine Güte! Obwohl dir die Taufe zuteil wurde, hast du dich von dem Erlöser abgewandt und bist in der Finsternis gewandelt. Er aber hat mich zu dir geschickt, als sein Werkzeug, um dir das Licht zu bringen. Gelobt sei sein Name, von Ewigkeit zu Ewigkeit!«

Der Mönch legte seine Hand auf Gracias Scheitel.

»Sprich mir nach! – Ich bereue, dass ich Böses getan und Gutes unterlassen habe.«

»Ich bereue, dass ich Böses getan und Gutes unterlassen habe.«

»Erbarme dich meiner, o Herr.«

»Erbarme dich meiner, o Herr.«

Cornelius Scheppering erhob seine Stimme zur Absolution.

»Gott, der barmherzige Vater, hat durch den Tod und die Auferstehung seines Sohnes die Welt mit sich versöhnt und den Heiligen Geist gesandt zur Vergebung der Sünden. Durch den Dienst der Kirche schenke er dir Verzeihung und Frieden. So spreche ich dich los von deinen Sünden im Namen des Vaters und des Sohnes und des Heiligen Geistes. Zum Zeichen deiner Buße und Bekehrung trage ich dir auf, den Leib des Herrn zu küssen.«

Gracia öffnete die Augen. Vor ihrem Gesicht, so nah, dass sie die Wärme des Fleisches zu spüren glaubte, zitterte das nackte rote, glänzende Glied des Mönchs.

»Was weichst du zurück?«, rief er. »Willst du dich dem Willen Gottes entziehen?«

Mit aller Kraft drückte er seine Hand auf ihren Kopf. Vor Wut kamen ihr die Tränen. Und doch war sie unfähig, sich zu rühren. Wie gelähmt starrte sie auf das zuckende Stück Fleisch. Der Ekel drehte ihr den Magen um.

»Wenn du das Rettungswerk vollenden willst, musst du ihn küssen …«

Sie roch seine Ausdünstung, den feinen, scharfen, bitteren Geruch von Urin, gemischt mit einem kaum wahrnehmbaren Hauch von Fisch. Brechreiz würgte in ihrer Kehle. War dies das Opfer, von dem Rabbi Soncino gesprochen hatte? Das Opfer, das ihr schwerer fiel als die Tötung ihres eigenen Lebens?

»Tue Buße! Oder deine Beichte ist nichts wert! Niemand außer dir kann deinen Mann befreien!«

Gracia zitterte am ganzen Leib, und ihre Zähne schlugen aufeinander. Nein, Gott hatte ihr den Frevel nicht vergeben. Die Sünde hatte sie eingeholt, als die Erde kreißte und barst und die Leiche des Verräters ausspie.

›Wenn ich dich je vergesse, Jerusalem, dann soll mir die rechte Hand verdorren.‹

Unversehrt war der Hochzeitskelch vor ihre Füße gerollt, und obwohl Francisco den Tempel seines Glaubens nie vergessen hatte, hatten sie ihn festgenommen, um ihn zu foltern und vielleicht sogar zu töten. Jetzt musste sie den Kelch aufheben und ihn bis zur Neige leeren.

Gracia würgte den Brechreiz hinunter, und während sie die Augen schloss, formte sie ihre Lippen zum Kuss.

30

»Vater! Vater ist wieder da!« Reynas Stimme schnappte fast über, als sie die große Treppe heruntergelaufen kam. Wie ein Ball hüpfte sie um Francisco herum, und ehe er sich's versah, sprang sie ihm auf den Arm und drückte ihn so fest an sich, als wollte sie ihn nie wieder loslassen. Er schrie laut auf vor Schmerz, aber sein Aufschrei ertrank in Reynas Glucksen und Lachen.

»Ich hab dich durchs Fenster gesehen!«, rief sie, während sie sein Gesicht mit unzähligen kleinen Küssen übersäte. »Als Allereinzigste!«

»Du bist ja schon wieder gewachsen«, sagte Francisco. Obwohl sein Körper sogar unter ihrem Puppengewicht schmerzte wie unter der Folter, behielt er Reyna auf dem Arm. Es war einfach zu schön. »Und neue Sommersprossen hast du auch, bestimmt tausend Stück.«

»Viel, viel mehr! Mindestens dreihundert!«

»Das ist ja nicht zu fassen! Aber sag mal, wo ist denn deine Mutter? Hast du die versteckt?«

Noch während er sprach, kam Gracia aus der Küche. Nein, auch sie hatte nicht mit ihm gerechnet. Als wäre er ein Gespenst, blieb sie auf der Schwelle stehen und hielt sich am Türpfosten fest.

»Francisco – bist du es wirklich?«

»Ist die Überraschung gelungen?«, fragte er. »Komm, komm ganz schnell her, ich will euch beide bei mir haben.« Zusammen mit Reyna nahm er sie in den Arm. »Ich kann euch gar nicht sagen, wie glücklich ich bin.«

»Und ich erst«, flüsterte Gracia und schmiegte sich an ihn, so behutsam und zart, als spüre sie die Schmerzen, die sein geschundener Leib ihm bereitete.

Er schloss die Augen, um den Moment zu genießen, konnte kaum glauben, dass er wirklich wieder zu Hause war.

»Sag, Vater, wo ist denn dein Finger?«, fragte Reyna und zeigte auf den Stumpf an seiner rechten Hand.

»Der … der ist mir abgefallen«, log er.
»Aber das muss doch furchtbar weh getan haben!«, rief Reyna erschrocken.
»Ach was! Überhaupt nicht. Bestimmt wächst er wieder nach.«
»Glaubst du?«
»Ganz bestimmt.«
Schon war der Schreck aus Reynas Gesichtchen wieder verschwunden. »Guck mal, was ich kann!« Sie zog einen Rosenkranz aus dem Ärmel ihrer Bluse und begann zu beten: »Ehre sei dem Vater und dem Sohn und dem Heiligen Geist …«
»Wer hat dir das denn beigebracht? Deine Mutter?«
»Nein, ich mir selbst. Ich bin ganz allein in die Kirche gegangen, um das liebe Jesuskind zu besuchen. Und da war Padre Alfonso, und der hat mir gezeigt, wie es geht. Willst du wissen, was man bei der nächsten Perle betet?« Noch bevor Francisco antworten konnte, schnurrte sie los: »Vater unser, der du bist im Himmel, geheiligt werde dein Name …«
Ihre Begeisterung für den Rosenkranz schmerzte Francisco fast noch mehr als sein Körper, aber er ließ sich nichts anmerken. »Was bist du für ein kluges Mädchen!«, sagte er nur und stellte sie auf den Boden. »Jetzt möchte ich kurz mit deiner Mutter sprechen. Darf ich?«
»Nein, bitte nicht! Wir sind ja noch nicht mal beim ersten Gesetz.«
»Trotzdem, ich muss sie etwas fragen. Etwas sehr, sehr Wichtiges. Etwas, was Kinder nicht hören dürfen.«
»Na gut«, sagte Reyna. »Aber danach musst du den ganzen Rosenkranz mit mir beten. Versprochen?«
»Versprochen!«
Während sie in der Küche verschwand, ging Francisco mit Gracia hinauf zu seinem Kontor.
»Wie siehst du nur aus?«, sagte sie, als sie allein waren. »Was haben sie mit dir gemacht?«
»Das ist jetzt nicht wichtig«, erwiderte er und schloss die Tür.

»Sag mir nur eins: Hast du Nachricht von Tristan da Costa? Ist er in Sicherheit?«
»Ja. Brianda hat einen Brief von ihm bekommen, aus Lyon. Es geht ihm gut.«
»Dem Himmel sei Dank! Dann habe ich ihn also nicht getötet. Gelobt sei Gott der Herr!«
»Du? Ihn getötet? Wie kommst du darauf?«
»Ich …« Francisco musste schlucken, bevor er weitersprechen konnte. »Ich … ich hab ihnen seinen Namen verraten. Das war der Preis für meine Freilassung: Sein Name und die zweihunderttausend Dukaten, die ich dem König geliehen habe. Sie hatten mir den Finger abgehackt und gedroht, mir jeden Tag noch einen abzuhacken. Da … da habe ich es nicht mehr ausgehalten …« Er schlug die Hände vors Gesicht.
»*Deshalb* haben sie dich freigelassen?«, fragte Gracia, blass im Gesicht. »Ich dachte …«
»Was dachtest du? Haben sie dir etwas anderes gesagt?«
Sie schüttelte den Kopf. »Mein armer Liebling«, sagte sie und streifte mit den Lippen seine Wange. »Du … du hast Schlimmes durchgemacht.«
Die Berührung seiner Frau durchströmte ihn mit neuer Kraft.
»Ich habe zum Himmel gebetet, dass Tristan schon geflohen war, ich hatte ihm ja eine Nachricht geschickt, und der Herr hat mein Gebet erhört. Ich … ich weiß nicht, was ich getan hätte, wenn sie ihn erwischt hätten. Ich hätte mir das nie vergeben.« Er streckte den Arm nach ihr aus. »Aber zieh nicht mehr so ein Gesicht«, sagte er. »Jetzt wird alles wieder gut. Tristan ist in Sicherheit, und ich bin frei.«
Er fasste sie bei den Schultern, und als er sie anschaute, verstummten die Schmerzen in seinem Leib. Sein Herz krampfte sich zusammen, und ihm wurde schwindlig.
»Was hast du? Ist dir nicht gut?«
Er antwortete nicht. Das Glück, endlich wieder in dieses Gesicht zu sehen, war fast mehr, als er verkraften konnte. Vor wenigen

Stunden war er noch in der Hölle gewesen. War es wirklich möglich, dass es ein so kurzer Weg von dort bis zum Himmel war? Worte, die er schon verloren geglaubt hatte, kamen über seine Lippen, ganz von allein.

»Siehe, meine Freundin, du bist schön ... Siehe, schön bist du ...«

Tränen schimmerten in Gracias dunklen Augen, auch sie musste schlucken.

»Ich bin so froh, dass du wieder da bist. Ich ... ich ...«, stammelte sie und schlang ihre Arme um ihn. »Ich weiß gar nicht ...«

»Pssst ...«, machte er. »Du brauchst nichts zu sagen.«

Er barg sein Gesicht in ihrer Halsbeuge. Tief sog er die Luft ein. Wie hatte er den Duft ihrer Haut vermisst, den Duft seiner Frau, in dem die Erinnerung an die schönsten Momente seines Lebens schlummerte. Eine Woge der Zärtlichkeit wallte in ihm auf.

»Meine Taube ... Meine Reine ...«

Er streifte mit seinen Lippen ihren Hals, ihre Wange, suchte mit seiner Zunge ihren Mund. Ja, er war wirklich hier, der Himmel hatte sich ihm wieder aufgetan.

Doch Gracia reagierte nicht, erwiderte mit keiner Regung seine Zärtlichkeit, und sein Kuss verebbte auf ihrem Gesicht wie eine Woge am Meeresstrand.

»Was hast du?«, fragte er und ließ sie los. »Ich habe mich so sehr nach dir gesehnt.«

»Ich ... ich kann jetzt nicht«, erwiderte sie.

»Warum? Hast du noch deine Regel? Als sie mich freiließen, habe ich sofort nachgerechnet. Eigentlich müsstest du längst ...«

»Aber ich bin es nicht«, unterbrach sie ihn. »Ich bin unrein, eine Nidda. Das heißt, ich bin nicht ganz sicher.« Noch während sie sprach, lief sie rot an. Sie schüttelte den Kopf und sagte: »Nein, du hast recht, das ist es nicht.«

»Was ist es dann?«

Sie holte einmal tief Luft. »Wir müssen fort, Francisco.«

»Fort? Was meinst du damit?«

»Fort aus Lissabon, fort aus diesem Land.«

»Bist du verrückt geworden?« Er lachte bitter auf. »Haben sie es wirklich geschafft, dir solche Angst einzujagen?«
»Sieh dich doch an! Was sie mit dir gemacht haben! Man kann dich kaum noch erkennen!«
Obwohl er jeden einzelnen Knochen im Leib spürte, nahm er ihre Hand und lächelte sie an. »Ich wusste gar nicht, dass du so ein Angsthase bist. So kenne ich dich ja gar nicht.«
»Bitte lach mich nicht aus«, sagte sie. »Es ist mir ernst. Ernster, als mir je etwas war.«
Francisco erwiderte ihren Blick. Ihr Gesicht ließ keinen Zweifel, dass sie wirklich meinte, was sie sagte. Er führte ihre Hand an seine Lippen, um ihre Finger zu küssen.
»Hab keine Angst. Es gibt keinen Grund, zu fliehen. Sie haben keine Beweise.«
»Woher willst du das wissen? Du hast ja keine Ahnung!«
»Wenn sie irgendetwas wüssten, hätten sie mich nicht freigelassen. Sie wollten nur einen Namen. Und Geld. Sie haben beides bekommen. Jetzt sind sie zufrieden.«
Gracia entzog ihm ihre Hand und trat einen Schritt zurück.
»Ich … ich muss dir etwas sagen. Es … war jemand hier. In der Zeit, als du nicht da warst.«
»Wer war hier?«, fragte er, erschrocken über ihren Ton.
»Ein Dominikaner. Er hat mir Beweise gezeigt, Beweise gegen die Firma Mendes, vor allem aber gegen dich. Sie haben bei der Leiche von Enrique Nuñes Papiere gefunden. Er hat alles aufgeschrieben. Wie du die Flüchtlinge aus dem Land schaffen lässt. Wie du ihr Geld vermehrst. Wo du sie hinbringst. Einfach alles!«
Francisco spürte, wie Angst ihm die Brust zuschnürte.
»Wo sind diese Papiere jetzt?«, fragte er.
»Der Dominikaner hat sie verbrannt. Vor meinen Augen. Hier, in unserem Haus.«
»Verbrannt? Warum? Was hat er dafür verlangt?«
»Ich musste vor ihm niederknien. Er … er hat mir die Beichte abgenommen. Und dann … und dann hat er mich gezwungen …«

Tränen schossen ihr in die Augen, und ihre Stimme versagte.
»Wozu hat er dich gezwungen? Spann mich nicht auf die Folter! Bitte!«
Eine lange Weile schauten sie sich an. Es war, als würde er in einen Abgrund blicken. Nein, er war nicht im Himmel angekommen. Die Hölle ging weiter, hier auf Erden.
»Ich ... ich ...«, sagte Gracia schließlich, doch erst im dritten Anlauf gelang es ihr, den Satz zu vollenden. »Ich musste meinem Glauben abschwören, im Namen des dreifaltigen Gottes.«
Francisco fiel ein Stein vom Herzen – so groß war seine Erleichterung. Er musste tief durchatmen, um wieder Ordnung in seine Gefühle zu bringen.
»Das – war alles?«, fragte er unsicher. »Sonst nichts?«
Sie zögerte, wollte etwas sagen. Doch dann senkte sie den Blick.
»Nein. Das war alles«, flüsterte sie. Und bevor er etwas erwidern konnte, hob sie den Kopf und sagte: »Bitte, Francisco! Wir müssen Lissabon verlassen. Wir können hier nicht mehr glücklich sein, niemals!«
»Wie stellst du dir das vor? Ich habe hier fast mein ganzes Leben verbracht. Lissabon ist meine Heimat, seit sie mich aus Spanien vertrieben haben.«
»Was ist das für eine Heimat, wo sie einem solche Dinge antun? Dich haben sie gefoltert, und mich haben sie gezwungen, unseren Gott zu verleugnen!«
»Du hast damit keine Sünde begangen. Die Entbindung von den Gelübden ...«
»Was muss denn noch alles geschehen, damit du endlich begreifst?«, rief sie. »Wenn wir bleiben, verletzen wir das Gesetz! Juden dürfen nur in der Glaubensfremde leben, wenn sie dadurch anderen Juden helfen können. Das hast du mir selbst gesagt, erinnerst du dich nicht?«
»Ja, sicher, das habe ich ...«
»Das aber können wir jetzt nicht mehr! Sie wissen alles über uns!«

»Gracia, bitte! Nimm Vernunft an! Ich bin zu alt, um noch mal von vorn anzufangen. Außerdem – eine Hoffnung haben wir noch. Diogo ist in Rom, um mit dem Papst zu verhandeln. Vielleicht kann er die Inquisition verhindern!«

Sie machte einen Schritt auf ihn zu. »Vielleicht hast du recht, vielleicht ist es egal, was aus uns wird. Unser Schicksal ist ja längst entschieden. Aber denk an unsere Tochter.« Sie nahm sein Gesicht zwischen ihre Hände und schaute ihn an. »Soll Reyna wirklich dasselbe Leben führen wie wir? Ein Leben in ständiger Lüge und Angst?«

31

»Der Herr sei mit dir.«

»Und mit deinem Geiste.«

Die beiden Dominikaner tauschten den Bruderkuss.

»Ich bin sehr erfreut, Euch wieder in Rom zu sehen, Bruder Cornelius. Schon seit Wochen blicke ich Eurem Besuch mit großer Erwartung entgegen.«

»Ich habe das erste Schiff genommen, das von Lissabon nach Italien fuhr.«

»Umso mehr bedauere ich, dass ich Euch nicht gleich empfangen konnte. Ihr habt vielleicht davon gehört – das Attentat auf Diogo Mendes, den Unterhändler der Marranen am Heiligen Stuhl.«

»Man hat versucht, Diogo Mendes umzubringen?«

»Allerdings«, bestätigte der Ordensmeister. »Er war auf dem Weg zum Papstpalast, die Taschen voller Geld. Immerhin, der Vorfall hat uns mehr genutzt als geschadet.«

»Weiß man, wer ihm nach dem Leben trachtete?«

»Gott wird es wissen«, erwiderte Carafa mit feinem Lächeln. »Aber halten wir uns nicht länger mit diesem Juden auf. Wie war Eure Reise? Ihr wirkt erschöpft. Seid Ihr in stürmische See geraten?«

Cornelius Scheppering senkte sein Haupt. Die Scham hatte so vollständig von ihm Besitz ergriffen, dass er sich erst nach Wochen hatte überwinden können, die Reise anzutreten. Und dann, nach seiner Ankunft, als er sich endlich offenbaren wollte, hatten seine Ordensbrüder ihn zwei Tage lang vertröstet. Zwei unendlich lange Tage der Qualen und Selbstzweifel, in denen Cornelius Scheppering versuchte, die Dämonen aus seiner Seele zu verjagen, um dort das Antlitz der Muttergottes wiederzufinden. Er hatte im Petersdom am Grab des Apostels gebetet und in der Lateranbasilika vor dem Papstaltar, in Santa Maria Maggiore an der Krippe Jesu, in Santa Croce in Gerusalemme unter dem Kreuz Christi und in San Paolo fiori le Mura am Grab des heiligen Paulus. Auf Knien und mit reuigem Herzen hatte er die Santa Scala bestiegen, die Heilige Treppe, die einst Jesus hinaufgestiegen war, um vor Pontius Pilatus hinzutreten. Er hatte sogar die Trepanation vornehmen lassen, die Aufbohrung der Fontanelle, ein Mittel, das nur die mutigsten Glaubensknechte in Anwendung brachten, damit durch die Öffnung der Schädeldecke die Dämonen entweichen könnten, wenn die fauligen Dämpfe der Sünde die Seele bedrohten. Aber vergeblich. Die Dämonen waren geblieben, und die Jungfrau Maria war ihm kein einziges Mal mehr erschienen.

»Die See war stürmisch, gewiss«, seufzte er, »aber es gab härtere Prüfungen, die der Herr mir auferlegte.«

»Ihr habt recht – genug der Plauderei!« Carafa hob die Brauen. »Was könnt Ihr mir berichten? Habt Ihr den fraglichen Fall aufgeklärt?«

»Einerseits ja, Tat und Täter sind bekannt. Andererseits – die Prüfungen, die ich erwähnte ...«

»Einerseits, andererseits? Deine Rede sei ja, ja, nein, nein! Ich hatte gehofft, Ihr bringt Beweise! Enttäuscht mich nicht! Die Zeichen stehen günstig wie noch nie!«

»Ehrwürdiger Vater!« Cornelius Scheppering sank auf die Knie und küsste die knochige Hand seines Ordensmeisters. »Ich habe gesündigt und möchte bekennen.«

»Ihr verlangt die Beichte?« Misstrauisch zog Carafa seine Hand zurück. »Nun gut. Wenn Glaubensnot Euer Herz bedrückt, darf ich mich nicht verweigern. Redet! Ich höre!«
Mit heiserer, brüchiger Stimme begann Cornelius Scheppering zu sprechen, in aufrichtiger Zerknirschung, doch beseelt von der Zuversicht, dass keine Sünde zu groß ist für Gottes Barmherzigkeit und Gnade. Und wirklich, schon nach wenigen Sätzen verspürte er jene Seelenentlastung, die ihm weder die einsamen Gebete in den Pilgerkirchen noch die Aufbohrung der Fontanelle hatten verschaffen können. Wie Blut bei einem Aderlass quollen die Worte aus seinem Herzen hervor: Seine Reise nach Lissabon. Sein Gespräch mit dem König und dem Converso-Kommissar. Die Entschlüsselung der Papiere, die man bei der Leiche des Marranen Enrique Nuñes entdeckt hatte. Erst am Ende seines Berichts geriet seine Rede ins Stocken, als sträubte sich seine Zunge, von jenem Reich des Bösen zu sprechen, das er in seiner eigenen Seele gefunden hatte. Doch mit der ganzen Kraft seines Glaubens überwand er sich, um auch davon Zeugnis abzulegen, von den letzten und finstersten Abgründen in seinem Herzen.
Als er ausgesprochen hatte, war Carafas Gesicht so weiß wie die gekalkte Wand seiner Zelle, und sein Mund ein scharfer, dünner Strich. »Ihr habt also alle Beweise vernichtet? Ihr selbst – mit eigener Hand?«
»Ich war besessen von meiner Mission, Gracia Mendes zu bekehren.«
»Ihr wart besessen von Eurer Geilheit! Ihr habt diese Frau begattet!« Carafa schlug sich gegen die Stirn. »Ich kann es nicht fassen. Ein Dominikaner! Ein Mann Gottes! Habt Ihr wirklich nichts zurückbehalten?«
»Ich habe alle Papiere in den Kamin geworfen. Was sollte ich tun? Es war ein Befehl. Ich sah in das Gesicht der Jungfrau!«
»Als Ihr einem nackten Judenweib gegenübergestanden habt? Ihr versündigt Euch!«
»Aber sie glich der Jungfrau aufs Haar«, rief Cornelius verzwei-

felt. »Genau so, wie sie mir am Totenbett meiner Mutter erschienen war.«

»Schweigt still!«, herrschte Carafa ihn an. »Um Eurer Seele willen! Herrgott – ich hatte solche Hoffnung in Euch gesetzt.« Er raufte sich den Brustbesatz seines Habits. »Welcher Teufel hat Euch nur geritten? Nur ein Teufel kann solche Verwirrung …« Mitten im Satz wandte er sich ab.

Während er wortlos auf und ab ging, wagte Cornelius Scheppering kaum, ihn anzusehen. Carafas Gesicht schien noch hagerer als sonst, wie mit einem Messer geschnitzt, wölbten sich dicke Falten auf seiner Stirn. Fast war es, als könnte man sein Gehirn bei der Arbeit knirschen hören, so angestrengt dachte er nach.

»Es gibt nur eine Erklärung«, sagte er schließlich.

»Ihr meint – ein Zustand geistiger Verwirrung, der mich erfasste?«

»Unsinn! Der Verstand ist der Gottesfunke, den Gott in uns gesenkt hat. Wer an ihm zweifelt, zweifelt an Gott selbst.«

»Welche Erklärung gibt es dann? Ich … ich war von Sinnen!«

»Hat die Jüdin Euch so verhext, dass Ihr die Wahrheit nicht seht? In diesem Weib ist Euch der Teufel erschienen!«

Cornelius Scheppering schlug das Kreuzzeichen. »Heilige Muttergottes!«

»Ja, es ist der Teufel selbst gewesen, der Euch die Sinne verwirrt hat. Er und kein anderer hat Euch das Gesicht der Jungfrau vorgegaukelt.«

»Soll das heißen – ich … ich habe mein Fleisch mit dem Teufel vermengt?«

»Allerdings! Diese Frau ist ein Succubus, ein Dämon der Unterwelt. Der Beweis ist leicht erbracht. Ihr, ein Mann in der Furcht Gottes, habt die Marranin Gracia Mendes aufgesucht, um sie zu bekehren. Doch sie hat Euch ihrerseits zur Sünde verführt und sich mit Euch vereint. Ein klassischer Fall. Unser deutscher Bruder Heinrich Institoris hat ihn in seinem Hexenhammer beschrieben.«

Cornelius Scheppering war es, als öffnete sich der Erdboden, um ihn in die Hölle hinabzureißen. »Gibt es … gibt es noch Hoffnung für meine Seele?«, flüsterte er.
»Halten wir fest!« Carafa hob seine knöcherne Hand, um an den Fingern seine Argumente abzuzählen. »Ad primum: In Gestalt dieses Weibes ist Euch der Teufel erschienen. Ad secundum: In der Vereinigung mit ihr habt Ihr dem Teufel beigewohnt. Ad tertium: Als Verkörperung des Bösen bringt Gracia Mendes das Böse in die Welt. Conclusio: Ja, Gracia Mendes ist Eure Mission. In ihrer Gestalt sollt Ihr das Böse überwinden.«
Cornelius Scheppering hörte die Worte seines Glaubensoberen, und er spürte eine unsichtbare Hand, die sich ihm entgegenstreckte. Diese Hand musste er ergreifen, oder aber er würde in den Abgrund stürzen und für immer verloren sein.
»Ich werde«, flüsterte er, »das Böse in Gestalt dieser Frau verfolgen, wenn es sein muss, bis ans Ende der Welt. Und ich werde nicht eher ruhen, als bis ich sie zur Strecke gebracht habe. Sollte ich versagen, werde ich mich selbst richten, um der Gnade des Herrn zu entfliehen und in die ewige Verdammnis einzugehen. Denn ich will nicht vor sein Antlitz treten, ohne mein Werk getan zu haben.«
»Seid Ihr bereit, dies zu geloben?«
»Ich gelobe es!«
Carafa nickte. »Jetzt erkenne ich in Euch wieder den Gottesmann, den ich vor Jahren liebgewann. Zur Buße trage ich Euch drei Monate strengstes Fasten auf. Außerdem ist es Euch für diese Zeit verboten, zum Tisch des Herrn zu gehen.« Er hob die Hand zum Segen. »Ego te absolvo. In nomine patris et filii et spiritu sancti. Amen.«
»Amen.«
Cornelius Scheppering warf sich vor seinem Ordensmeister zu Boden und küsste den Saum seiner Kutte. Doch der stieß ihn mit dem Fuß zurück.
»Kriecht nicht länger in dem Staub, in den die Schlange Euch

hinabgezogen hat. Erhebt Euch! Ich brauche Euch so nötig wie meine eigene Hand.«

»Ich will Euer getreues Werkzeug sein«, erwiderte Cornelius Scheppering. »Was kann ich tun, um Euren Willen zu erfüllen?«

Während er aufstand und sich den Staub von den Kleidern klopfte, trat Carafa an sein Stehpult und blätterte in den Akten.

»Wir müssen die Papiere, die Ihr verbrannt habt, dem Feuer wieder entreißen, so wie wir Eure Seele den Klauen des Bösen entrissen haben. Nur dann können wir vor den Papst treten und ihn zwingen zu handeln. Seid Ihr imstande, die Beweise wiederherzustellen?«

Cornelius begriff nicht sogleich, was Carafa meinte. Doch dann sprang der Gottesfunke von seinem Ordensmeister auf ihn über, und er wusste, was er zu tun hatte. Warme Dankbarkeit erfüllte seine Seele.

»Ich denke, ich bin dazu imstande, Ehrwürdiger Vater.«

»Dann wollen wir uns sputen. Die Zeit drängt!«

32

Ein Gerücht breitete sich unter den Neuchristen Portugals aus, wie der zischende, sprühende Funke einer Zündschnur bahnte es sich seinen Weg durch das Königreich, von Stadt zu Stadt, von Dorf zu Dorf: Der Papst in Rom, so hieß es, bereite die Einsetzung des Glaubensgerichts in Portugal vor, der Inquisition nach spanischem Vorbild!

»Was schreibt Dom Diogo?«, fragte Gracia ungeduldig. »Hat er mit dem Papst gesprochen?«

Ihr Neffe José hatte den Brief vor wenigen Minuten gebracht. Die Post war mit einem Schiff aus Antwerpen eingetroffen.

»Eine Katastrophe«, erwiderte Francisco. »Sie haben versucht, Diogo umzubringen.«

»Oje! Ist er verwundet? … Ist er …«
Francisco schüttelte den Kopf. »Nein, Gott hat ihn beschützt. Zum Glück trug er einen Panzer unter seinem Wams. Der Dolch drang nicht in sein Herz. Er blieb unverletzt und ist schon wieder nach Flandern zurückgekehrt.«
»Gott sei es gedankt!« Sie war so erleichtert, dass sie sich für eine Sekunde an ihrem Mann festhalten musste.
»Aber«, fuhr Francisco fort, »es ist ihm nicht gelungen, in den Vatikan vorzudringen. Der Papst war über den Vorfall so aufgebracht, dass er alle Verhandlungen abgebrochen hat. Man hat Diogo lediglich erlaubt, das Geld zu hinterlegen.«
»Wer hat den Anschlag verübt?«
»Er selbst hatte den Kaiser im Verdacht und nach seiner Rückkehr dessen Beichtvater zur Rede gestellt. Aber der hat ihn ausgelacht und behauptet, wenn Karl den Auftrag gegeben hätte, wäre Diogo nicht mehr am Leben.«
»Dann ist es also endgültig entschieden?«, fragte Gracia. »Wir können nichts mehr tun?«
Francisco ließ den Brief sinken. Die Reise seines Bruders nach Rom war ein letzter Versuch gewesen, dem Druck des Kaisers auf den Papst entgegenzuwirken. Jetzt gab es nur noch eine Hoffnung: die Freundschaft des Königs.
Wie würde Dom João entscheiden? Für oder gegen die Inquisition?
Noch am selben Tag eilte Francisco zum Castelo de São Jorge, um den Converso-Kommissar um eine Audienz zu ersuchen. Aber niemand wollte ihn empfangen. Stundenlang ließ man ihn warten, zusammen mit Scharen gewöhnlicher Bittsteller, die sich auf den Fluren der Hofkanzlei drängten, und als man ihn endlich aufrief, wurde er nur in ein Vorzimmer gebeten. Ein niederer Hofbeamter fertigte ihn mit einem schriftlichen Bescheid ab.
»Ein Erlass des Königs. Sorgt dafür, dass alle Marranen davon Kenntnis nehmen.«
Noch in der Kutsche las Francisco das Schreiben. Als er damit fer-

tig war, spürte er einen stechenden Schmerz in der Brust: Die Verfügungen des Königs übertrafen seine schlimmsten Befürchtungen. Als habe Dom João nur auf eine Gelegenheit gewartet, sich endgültig ins Lager der Judenhasser zu schlagen, hatte er das Gesetz verschärft, das den Juden verbot, das Land zu verlassen, und gleichzeitig Befehl gegeben, alle Wachen an den Grenzen und in den Häfen zu verdoppeln. Selbst zu den Azoren oder in andere Kolonien des portugiesischen Reiches auszuwandern war nun nicht mehr möglich. Zudem untersagte das neue Gesetz den Marranen, ihr Eigentum an Grund und Boden zu veräußern. Jedem Neuchristen, der dieser Anordnung zuwiderhandelte, wie auch jedem Altchristen, der einem Marranen bei der Auswanderung half, drohten Konfiskation seines Vermögens und Körperstrafen. Nicht einmal Wechsel auf Eigentum im Ausland durften gezogen werden, um einen Abfluss jüdischen Geldes zu verhindern.

»Du hattest recht«, sagte Francisco, als er zu Gracia zurückkehrte. »Wir können hier nicht länger leben. Machen wir uns an die Arbeit.«

Jetzt kam es nur noch darauf an, Portugal zu verlassen, bevor die Inquisition ihr Werk beginnen würde.

In kürzester Zeit verwandelte sich das Land in ein Gefängnis, in dem die Angst vor dem Glaubensgericht wie ein Gespenst umging. Mit furchtgeweiteten Augen flüsterten die Juden einander zu, es sei die Absicht des Königs, sie alle am Tag des nächsten Pessachfestes öffentlich zu verbrennen. Und während an der Grenze zu Spanien bereits die ersten Scheiterhaufen brannten, Vorboten des kommenden Verhängnisses, berieten Francisco und Gracia mit Rabbi Soncino das Ziel ihrer Flucht. Sie wollten nach Konstantinopel, der Hauptstadt des Osmanischen Reichs, wo Sultan Süleyman der Prächtige regierte, der Kriegsgegner des Kaisers. Das war der einzige Ort in der Alten Welt, an dem sie als Juden leben könnten.

Dabei mussten die Vorbereitungen in großer Heimlichkeit geschehen, verborgen vor den christlichen Nachbarn und Ange-

stellten der Firma, verborgen aber auch vor Reyna, ihrer Tochter, aus Angst, dass sie sich verplappern könnte. Seit die Nachricht von der Einsetzung der Inquisition sich verbreitet hatte, wimmelte es in der Stadt nur so von Spionen. Nachbarn verrieten Nachbarn, Freunde bespitzelten Freunde. Denn wer einen Flüchtling anzeigte, durfte bei der Verhaftung auf Teile von dessen Eigentum hoffen. Schon gab es unter den Christen geheime Treffen, bei denen der Besitz der Marranen vor ihrer Ergreifung schon verteilt wurde, und viele Juden wurden verhaftet, ehe sie das Schiff betraten, das sie außer Landes bringen sollte.
Wie aber sollte man eine so große Firma wie das Handelshaus Mendes unbemerkt ins Ausland verlegen? Francisco beschloss, aus der Not eine Tugend zu machen, und beantragte in der Hofkanzlei die Erlaubnis für eine Geschäftsreise nach London. Für eine Summe von tausend Dukaten wurde ihm die Reise bewilligt. Und schon während er heimlich seinen Besitz liquidierte, indem er ganze Lagerhäuser voller Getreide und Stoffballen, Gewürzsäcke und Ölfässer gegen Diamanten verkaufte, damit Gracia und er einen möglichst großen Teil ihres Vermögens am eigenen Leib mit auf die Reise nehmen könnten, suchte er über Tristan da Costa, seinen alten Vertrauten und Handelsagenten in Lyon, Kontakt zum britischen Lordkanzler Thomas Cromwell. Den wollte er um den Schutz der Englischen Krone bitten, sobald er mit seiner Familie auf offener See wäre.
Francisco weihte Gracia nicht nur in jeden seiner Schritte ein, sondern vertraute ihr auch die Abwicklung mancher Geschäfte an, um selbst so wenig wie möglich in Erscheinung zu treten. Sie bewunderte, wie geschickt er auf dem ganzen Kontinent seine Fäden spann. Vor allem aber bewunderte sie seine Gelassenheit. Während sie fast verrückt war vor Angst und Ungeduld, verlor er nie seine Sicherheit. Nicht einmal sein kränkelndes Herz, das in der Vergangenheit manches Mal Anlass zur Sorge gegeben hatte, schien ihn zu beeinträchtigen, so dass Gracia mit einiger Zuversicht begann, des Nachts, wenn Reyna und die Dienstboten

schliefen, die ersten Truhen für die Reise zu füllen. Zum nächsten Pessachfest würden sie vielleicht schon in Konstantinopel sein!
Nur eine Frage ließ ihr keine Ruhe, eine Frage, die ihr Glück nicht weniger gefährdete als das drohende Glaubensgericht. Konnte die Flucht gelingen, ohne dass sie Francisco ihre Schuld gestand? Das Unrecht an ihm tilgte, das sie ihm zugefügt hatte? Damit Gott ihr endlich verzieh?
Noch hatte Haschem ihr kein Zeichen geschickt, dass er ihr Opfer angenommen hätte, um sie aus ihrer Schuld zu entlassen: aus der einen großen Schuld ihres Lebens, die schon so viel Unheil auf sie gezogen hatte.

33

Cornelius Scheppering knurrte der Magen. Aber schlimmer als der Hunger seines Leibes war der Hunger seiner Seele. Seit er Gian Pietro Carafa seine Sünden gebeichtet hatte, hielt er das Fasten ein und blieb demütig gesenkten Hauptes in der Kirchenbank zurück, wenn seine Glaubensbrüder an den Tisch des Herrn traten, um den Leib Christi zu empfangen. Drei qualvoll lange Monate hatte sein Innerstes nach der Seelenspeise geschrien wie ein verdurstender Hirsch nach der Quelle. Doch heute neigte sich die Zeit der Leiden ihrem Ende zu. Heute empfing Papst Paul III. Cornelius Scheppering zusammen mit seinem Ordensmeister zur Audienz. Sie wollten Beweise vortragen, die dem verfluchten Judenvolk in Portugal ein für alle Mal die Inquisition bescheren würde. Mit weichen Knien, doch hochgemutem Herzen betrat er an Carafas Seite den Papstpalast. Ein Sieg in der heiligen Sache wäre ein Ablass für seine Sünden, der einer Pilgerfahrt nach Jerusalem gleichkäme.
»Heiliger Vater«, sagte er und beugte sein Knie, um den Fischerring zu küssen.

»Was habt Ihr uns mitgebracht?«
Cornelius Scheppering reichte dem Papst einen aufgeschlagenen Aktendeckel.
»Diese Papiere hat man bei Enrique Nuñes gefunden, dem toten Gottesmann, den das Erdreich beim Lissaboner Beben …«
»Wir sind im Bilde. Die wundertätige Mumie aus der Kloake.« Der Papst nahm den Deckel und warf einen mürrischen Blick darauf. »Ein paar Seiten voller Zahlen? Wir hatten uns Besseres erwartet. Diogo Mendes hat fünfzigtausend Dukaten hinterlegt, für den Hochaltar im Petersdom, um uns von der Frömmigkeit der Marranen zu überzeugen.«
»Die Zahlen sind verschlüsselte Botschaften«, erwiderte Carafa. »Gematria – eine jüdische Geheimwissenschaft. Sie enthalten alle Beweise, die Ihr gefordert habt. Wenn Ihr erlaubt, dass Bruder Cornelius sie erläutert?«
»Wenn es unbedingt sein muss.«
Der Papst hob die weiß behandschuhte Hand, und Cornelius Scheppering trat vor. Die Wiederherstellung der Beweise war ein heikles Unterfangen gewesen, das nicht nur seine ganze gematrische Kunst erfordert hatte, sondern auch die Überwindung schlimmster Skrupel. War es erlaubt, den Heiligen Vater zu betrügen, auch wenn es im Namen des Herrn geschah?
Carafa war seinen Bedenken mit dem Argument begegnet, die Restauration der Papiere sei keine eigentliche Fälschung, sondern nur die Reproduktion der Wahrheit, die der Teufel ihnen entrissen habe. Gott sei Dank hatte Cornelius Scheppering auf seinen Ordensmeister und nicht auf seine Zweifel gehört und auf altem Pergament die Zahlenreihen wiederhergestellt. Der Heilige Vater war von der Beweisführung sichtlich beeindruckt, auch wenn seine Miene noch größeren Widerwillen bekundete als zuvor.
»In der Tat«, knurrte er, »das Judenvolk widersetzt sich dem Willen der Obrigkeit und damit dem Willen Gottes.«
Er fuhr mit der Zunge an seinen Schneidezähnen entlang, wie

um sie von Speiseresten zu säubern. Cornelius Scheppering frohlockte. War Gott mit ihm? Doch als der Papst erneut die Stimme erhob, war seine Enttäuschung groß.

»Sehr ärgerlich, diese jüdische Widerborstigkeit, in der Tat. Aber – was haben *wir* damit zu schaffen?«

Carafa ergriff das Wort. »Es droht ein Exodus der Juden, wie es seit dem Auszug aus Ägypten keinen mehr gegeben hat. Wir müssen die Inquisition in Portugal einsetzen, bevor sich das ganze Volk der göttlichen Gerechtigkeit entzieht.«

»Der portugiesische König hat die Ausreise verboten«, sagte der Papst. »Die Unterbindung der Flucht ist Sache der Krone. Außerdem – das Glaubensgericht betrifft ausschließlich und allein die Glieder der heiligen katholischen Kirche. Und können diese portugiesischen Marranen denn überhaupt als wirkliche Christen gelten?«

»Daran herrscht kein Zweifel! Schließlich haben sie die Wohltat der Taufe empfangen.«

»Man hat sie an den Haaren zum Taufbecken gezerrt, mit himmelschreiender Gewalt. Von freier Willensbekundung kann keine Rede sein.«

»O doch!«, rief Carafa. »Es stand ihnen frei, sich mit dem Mute der Makkabäer töten zu lassen, wenn ihnen die Taufe so sehr zuwider war – ergo haben sie sich aus freien Stücken zum Christentum bekannt!«

»Und die Barmherzigkeit?«, erwiderte der Papst. »Die christliche Nächstenliebe? Die Fabel vom mitleidenden Jesus hat der Kirche unschätzbare Dienste erwiesen. Um sie aufzuwiegen, bedarf es gewichtiger Argumente. Ihr hättet besser daran getan, Euch ein Beispiel an Diogo Mendes zu nehmen.«

Wieder bleckte er die Zähne. Cornelius Scheppering war angewidert – zu durchsichtig waren die Ausflüchte Seiner Heiligkeit. Der Papst sträubte sich gegen die Inquisition, weil er von beiden Parteien Bestechungsgelder kassieren wollte. Um im Petersdom einen Hochaltar errichten zu lassen. Oder um die geschminkten

Huren, die seinen Palast in großer Zahl bevölkerten, mit Gold und Schmuck zu behängen.
Obwohl Carafa ihm befohlen hatte, nur zu sprechen, wenn er dazu aufgefordert wurde, nahm Cornelius Scheppering seinen ganzen Glaubensmut zusammen, um noch einmal auf die Beweise zurückzukommen.
»Die Juden fliehen nach Konstantinopel, in die Arme des Antichristen! Sie stärken den Widersacher der heiligen katholischen Kirche! Es heißt, Francisco Mendes löst bereits seine Firma auf, um sein Vermögen in den Dienst der Mohammedaner zu stellen!«
»Gerüchte, nichts als Gerüchte!« Der Papst nahm ihm die Papiere aus der Hand. »Hatte man die nicht bei der Leiche gefunden? In der Kloake?«
»Die Wege des Herrn sind unerforschlich.«
»Untersteh dich, den Namen des Herrn zu missbrauchen!«, donnerte der Papst. »Wir sind das Schurkenstück leid. Erst verübt man vor unseren Augen einen Mordanschlag auf einen Mann, der in seiner Frömmigkeit fünfzigtausend Dukaten für unseren Altar opfern will, und jetzt verlangt ihr, dass wir wegen dieses mirakulösen Abrakadabras, dieses labyrinthischen Zahlenwirrwarrs« – er schlug mit dem Handrücken auf das Pergamentbündel –, »ganze Völkerschaften verfolgen. Nein, das gefällt uns nicht – überhaupt nicht!«
Er hob die Seiten vor sein Gesicht, um daran zu schnuppern.
»Die Beweise sind gefälscht«, erklärte er dann.
»Um Himmels willen!«, rief Cornelius Scheppering. »Seht doch, Heiliger Vater, das Pergament, wie alt es ist.«
»Und wenn es hundert Jahre alt wäre! Nie waren diese Blätter den fäkalischen Dünsten einer Kloake ausgesetzt! So wenig wie die Seele der Jungfrau dem Gestank der Sünde!« Wieder schnupperte er an dem Bündel. »Non olet«, konstatierte er mit listigem Blick, »es stinkt nicht!«

34

Das Geschrei der Kaufleute und Matrosen tönte so laut vom Kai herauf, dass Gracia trotz der Hitze das Fenster des Hafenkontors schloss. Mit einem neidvollen Blick auf die Möwen, die hoch in den Lüften über den Masten der Großsegler kreisten, frei und fern aller Sorgen, drehte sie sich zu Dom Felipe herum, dem Kapitän der Esmeralda, der mit seinem Dreispitz in der Hand auf ihre Antwort wartete.

»Ja, Ihr habt richtig verstanden«, sagte sie. »Ihr sollt die ganze Schiffsladung verkaufen! Noch heute! Egal zu welchem Preis!«

»Tausend Sack Pfeffer? Für eine Handvoll Diamanten?«

»Wir haben keine andere Wahl. Das wissen die Händler. Wir müssen froh sein, wenn sie uns nicht anzeigen.«

Francisco hatte sie nach Belém geschickt. Im Hafen gab es inzwischen mehr Spitzel als Ratten, die nur darauf lauerten, einen marranischen Kaufmann wegen Fluchtvorbereitungen bei den Behörden zu melden, doch einer Frau traute niemand zu, Geschäfte solcher Größenordnung abzuwickeln. Außerdem sollte Gracia mögliche Post aus England abfangen, ein Schiff aus Bristol wurde für heute erwartet, vielleicht war endlich ein Brief von Thomas Cromwell dabei. Sie hatte ihren Neffen José beauftragt, Ausschau zu halten.

»Die paar Diamanten bedeuten einen Schleuderpreis«, erklärte der Kapitän. »Ich bin für die Ladung um die halbe Welt gesegelt. Mein zweiter Offizier ist bei Kap Hoorn über Bord gegangen, und drei Männer sind an Skorbut krepiert.«

»Bitte tut, was ich Euch sage. Es ist der Wunsch meines Mannes.«

»Ihr macht einen schweren Fehler. Die Ladung ist dreißigtausend Dukaten wert. Vielleicht versuchen wir wenigstens …«

Gracia gelang es nicht, sich auf das Gespräch zu konzentrieren. In spätestens vier Wochen wollten sie nach England aufbrechen, die erste Etappe ihrer Flucht nach Konstantinopel, und sie hatte sich ihrem Mann immer noch nicht offenbart. Mit seiner Einwilligung in die Flucht hatte Francisco den größten Beweis seiner Liebe erbracht, und wie vergalt sie es ihm? ›Die Sünden des Menschen gegen Gott sühnt der Versöhnungstag, die Sünden gegen den Mitmenschen nur dann, wenn er diesen zuvor versöhnt hat …‹

Tief in ihrer Seele fürchtete sie, dass all das Elend, das sie heimgesucht hatte, eine Folge ihrer ungesühnten Verfehlung war. Doch ebenso groß wie ihre Angst vor weiterer Strafe war ihre Angst vor der Beichte. Wenn sie Francisco ihre Sünde gestehen würde, müsste sie ihm dann nicht auch bekennen, um welchen Preis der Dominikaner die Beweise vernichtet hatte? Wieder und wieder hatte sie sich gebadet und gewaschen, ihren Leib mit Wurzelbürsten traktiert, bis sich die Haut ihr vom Fleisch löste, um das Gefühl der Besudelung loszuwerden, das ihr wie ein unsichtbarer Makel anhaftete. Aber vergebens. Seit sie Cornelius Scheppering zu Willen gewesen war, fühlte sie sich so schmutzig und klebrig, als habe man ihren Körper in Zuckerwasser getaucht.

Die Stimme des Kapitäns riss sie aus ihren Gedanken.

»Was haltet Ihr von meinem Vorschlag?«

»Welchem Vorschlag?«

»Vor dem Abschluss wenigstens mit einem Deutschen oder Franzosen zu verhandeln. Die Ausländer zahlen bessere Preise als die portugiesischen Händler.«

»Gut, versucht es. Aber nur, wenn Ihr das Geschäft noch heute abschließen könnt. Ich habe meinem Mann versprochen … José«, unterbrach sie sich, »ist das Schiff aus Bristol da?«

Ihr Neffe stand in der Tür, mit hochrotem Kopf und ganz außer Atem.

»Nein«, erwiderte er und schnappte nach Luft. »Aber … aber es gibt Nachrichten! Aus Rom! Der Papst … der Papst hat …« Vor Atemnot konnte er kaum sprechen.

»Jetzt sag schon – was hat der Papst?«

»Er … er hat die Einsetzung der Inquisition verweigert!«
Jetzt war es Gracia, der es die Sprache verschlug. »Was sagst du da?«
José strahlte über das ganze Gesicht. »Ja, die Dominikaner können zur Hölle fahren!«
»Woher weißt du das? Wer hat das behauptet?«
»Ein Kurier des Papstes, der eben mit der Speranza aus Rom eingetroffen ist, um dem König die Botschaft zu überbringen.«
»Dann ist es also kein Gerücht? Bist du sicher?«
»Ganz sicher! Ich habe den Kurier belauscht, wie er mit einem Dominikaner sprach. Der Papst hat eine Begnadigung erlassen, für alle heimlichen Juden. Sie können von der Inquisition nicht belangt werden, weil sie keine Christen sind. Nicht mal der König darf etwas anderes befehlen, oder er wird exkommuniziert. Der Dominikaner hatte Tränen in den Augen.«
»Was für eine wunderbare Nachricht!«
Es war, als lächle der Haschem selbst ihr zu. War ihr Opfer doch nicht vergebens gewesen? Im Überschwang ihres Glücks drückte sie José an sich und gab ihm einen Kuss. Dann ließ sie ihn stehen, zusammen mit Dom Felipe, und eilte hinaus.
»Wohin wollt Ihr?«, rief José.
Aber sie hörte ihn nicht mehr. Mit gerafften Röcken lief sie die Treppe hinunter, hinaus auf die Straße, wo vor dem Tor ihre Kutsche wartete. Sie konnte gar nicht schnell genug nach Hause kommen, um Francisco die Nachricht zu bringen.
Als ihr Wagen die Stadt erreichte, quollen die Straßen über von Menschen, und es wurden mit jeder Minute mehr. Vor allem aus dem alten Judenviertel strömten ganze Heerscharen. Offenbar hatte die Nachricht den Weg von Belém hierher schneller geschafft als ihre Kutsche. Wohin Gracia sah, überall waren strahlende Gesichter. Fremde fielen sich in die Arme, manche führten sogar Freudentänze auf. Sie hoffte, dass Francisco noch nichts erfahren hatte. Sie wollte es ihm selbst sagen, das Glück in seinen Augen sehen.

Die Rua Nova dos Mercadores war so verstopft, dass kein Weiterkommen möglich war. Gracia sprang aus dem Wagen, um die restliche Strecke zu Fuß zu laufen.
Als sie das Haus betrat, empfing sie eine merkwürdige Stille. Wie ausgestorben lag die dunkle Eingangshalle da. Waren alle draußen auf der Straße? Doch kaum hatte sie die Tür geschlossen, hörte sie trappelnde Schritte.
»Mutter! Mutter!«
Reyna kam aus der Küche gelaufen.
»Mutter! Mutter! Ich habe solche Angst!«
Brianda war ihr gefolgt und hielt sie zurück.
»Was ist denn, mein Schatz? Weshalb hast du Angst?«, fragte Gracia. Und zu ihrer Schwester: »Warum lässt du Reyna nicht zu mir?«
Brianda wollte etwas sagen, da hörte Gracia die Stimme ihres Vaters im Rücken.
»Gut, dass du endlich da bist.«
Sie drehte sich um. Ihr Vater kam die Treppe herunter. Sein Gesicht war so ernst, dass sie zu Tode erschrak. Sie hatte nur noch einen Gedanken.
»Wo ist Francisco?«
»In der Schlafkammer.«
»Was? Um diese Zeit?«
Während ihre Schwester Reyna in die Küche brachte, nahm ihr Vater sie bei der Hand.
»Ein Arzt ist bei ihm. Es geht ihm nicht gut.« Er drückte ihre Hand. »Du … du musst jetzt stark sein, mein Kind, ganz stark.«
»Nein …« Gracia hatte das Gefühl, dass sich der Boden unter ihr auftat. »Was … was ist passiert?«, flüsterte sie.
»Geh zu deinem Mann«, sagte ihr Vater. »Schnell! Er braucht dich jetzt bei sich.«

35

Obwohl draußen die Sonne hell vom Himmel schien, war es in der Schlafkammer so dunkel, dass Gracia zuerst nur die helle Wand sah und das verhangene Bett, das sich wie ein riesiger, unheimlicher Tabernakel davon abhob. Ein süßlicher und gleichzeitig bitterer Geruch lag in der Luft, wie die Ausdünstungen eines Tieres, das sich irgendwo verkrochen hat. Auf dem Bettrand, mit dem Rücken zur Tür, saß Dr. Rodrigo, der Arzt, den Gracia seit Reynas Geburt kannte.

Plötzlich hatte sie nur noch Angst.

»Warum ist es so dunkel?«, fragte sie, vollkommen unsinnig und ohne zu wissen, warum. »Man kann ja gar nichts sehen.«

Der Arzt drehte sich um, mit einem Finger an den Lippen. »Psst«, machte er und stand auf. »Er schläft.«

Als Gracia das Bett sah, stutzte sie. In den Laken lag ein Fremder, ein Greis. Sein Gesicht war so weiß wie das Leinen, und seine Locken klebten schweißnass an der Stirn.

Warum lag dieser Greis im Bett ihres Mannes?

Erst beim zweiten Hinsehen erkannte sie ihn. »Francisco …«

Sie setzte sich zu ihm, griff nach seiner Hand. Sein Kopf rollte unruhig auf dem Kissen hin und her, vor Schmerz stöhnte er laut auf. Seine Hand in ihrer war kalt und feucht. Gracia schloss für eine Sekunde die Augen. War er überhaupt noch hier in diesem Raum? Oder war er schon im Paradies?

»Was … was ist passiert?«, fragte sie. »Heute Morgen war er doch noch …«

»Er hatte heftige Schmerzen«, erwiderte Dr. Rodrigo. »Man hat nach mir gerufen, kurz nachdem Ihr fort wart. Aber als ich kam, war er schon ohnmächtig, ich fand ihn in seinem eigenen Erbrochenen am Boden. Sein Unterleib war aufgetrieben, und die Bauchdecke fühlte sich an, als müsste er platzen. Eine Geschwulst, so groß wie ein Kindskopf. Wahrscheinlich Kotmassen, die sich in seinen Gedärmen angestaut haben.«

»Weshalb steht Ihr dann hier herum? Tut etwas! Um Himmels willen!«
Der Arzt schüttelte den Kopf. »Ich habe alles getan, was ich konnte. Ich habe ihn zur Ader gelassen und Blutegel angesetzt. Mehr Möglichkeiten haben wir nicht. Euer Vater hat schon nach dem Priester geschickt.«
»Nach dem Priester?«
Sie wollte etwas erwidern – da sah sie ein Zucken in Franciscos Gesicht. Er öffnete die Augen. Der Arzt verließ leise die Kammer. Im Dämmerlicht nahm sie ein kleines, schwaches Lächeln wahr.
»Gracia? ... Du?« Nur stockend brachte Francisco die Worte hervor. »Dem Himmel sei Dank ... Ich hatte ... solche Angst, du kommst nicht mehr, bevor ich ...«
»Pssst«, machte Gracia. »Du darfst dich nicht anstrengen ... Du weißt doch, dein Herz ...«
»Mein Herz, ja ... mein Herz«, wiederholte er. Erschöpft schloss er die Augen, um Kraft zu sammeln. Dann schaute er sie wieder an. »Es ... es geht zu Ende ... mit mir.«
»Was sagst du da? Das darfst du nicht! Du machst mir Angst!«
»Nein, Gracia. Gott ... er hat es so beschlossen ... Wir haben keine Zeit mehr ... für Lügen. Ich ... ich weiß, dass ich sterben muss.«
»Bitte, Francisco, ich flehe dich an! Es gibt gute Nachrichten! Nachrichten aus Rom! Der Papst hat entschieden – gegen die Inquisition! Wir können ...«
Sie spürte den Druck seiner Hand und schwieg.
»Ich habe ... nur wenige Minuten, Gracia. Ich ... spüre es ...«
Sie berührte seine Stirn. Sie war glühend heiß. Tränen schossen ihr in die Augen.
»Nein, Francisco, bitte. Wir ... wir wollen doch fort, du und Reyna und ich, nach Konstantinopel. Du ... du darfst uns nicht verlassen. Wir brauchen dich ...«
»Wie ... gern würde ich mit euch kommen, mit dir und Reyna ... Unser kleiner Engel ... Aber ... ich kann nicht ... Ich ... ich habe nicht mehr die Kraft.«

Erneut überfielen ihn die Schmerzen. Als sie sein verzerrtes Gesicht sah, schickte sie ein Gebet zum Himmel: dass dies hier nicht die Wahrheit war, dass sie sich irre, irgendeinem Betrug aufsaß. Es dauerte eine Ewigkeit, bis sein Gesicht sich wieder etwas entspannte.

»Hör gut zu«, flüsterte er. »Ich muss dir wichtige Dinge sagen … Dinge, die du tun musst …«

Er sprach so leise, dass sie sich über sein Gesicht beugte, um ihn besser zu verstehen. Sein Atem war kaum noch zu spüren. Sie wusste, was das bedeutete. Nein, der Himmel hatte ihr Gebet nicht erhört. Wie ein böses Gift sickerte die Wahrheit in ihr Bewusstsein, mit jedem dieser lautlosen, unmerklichen Atemzüge. Francisco würde sterben. Er würde sie für immer verlassen.

»Was soll ich tun?«, fragte sie mit erstickter Stimme. »Soll ich Reyna holen?«

»Nein … ich habe schon Abschied von ihr genommen. Als die Schmerzen anfingen. Sie … sie soll mich so in Erinnerung behalten wie heute Morgen … Nicht so … wie jetzt …«

Eine neue Schmerzenswelle ließ ihn verstummen. Sie küsste seine Hand, damit er nicht die Tränen in ihren Augen sähe. Ein leiser Druck seiner Finger. Sie verstand und führte seine Hand an ihre Lippen. Voller Dankbarkeit lächelte er sie an.

»Versprich mir, alles zu tun, was ich dir jetzt sage«, flüsterte er. »Versprichst du mir das?«

»Ja, mein Geliebter. Alles. Alles, was du willst.«

»Ich möchte, dass du nach Antwerpen ziehst, zusammen mit Reyna und Brianda.«

»Ach, Francisco … Mach dir keine Sorgen um uns.«

»Ihr müsst zu meinem Bruder gehen. Diogo hat ein großes Haus … Er … er soll dich heiraten und für euch sorgen.«

Sie ließ seine Hand los und starrte ihn an. »Nein! Das … das kann ich nicht!«

»Doch, Gracia. Das Gesetz will es so. Und … ich will es auch. Du hast ihn immer geliebt … schon als Kind …«

»Ich liebe *dich*, Francisco, nur dich! *Du* bist mein Mann!«
Wieder lächelte er, ganz schwach, und kaum merklich schüttelte er den Kopf.
»Ich … ich habe dein Gesicht gesehen, als ich dir den Brief vorlas … Aus Rom … Das Attentat … Du hattest solche Angst.«
Gracia wollte ihm widersprechen, ihm sagen, wie unrecht er hatte. Aber er lächelte immer noch, dieses qualvolle, schmerzliche Lächeln, die Augen sehnsüchtig auf sie gerichtet.
»Ich … ich habe noch einen Wunsch, Gracia.«
»Was, Francisco?«
»Ich will nicht hier begraben sein … nicht in dieser Erde. Bring mich nach Tiberias, ins Heilige Land … irgendwann … Diogo wird dir helfen. Ich … ich möchte zu meinen Vätern.«
Gracia nickte. Noch im Tod wollte Francisco das Gesetz der Thora erfüllen.
›Und Mose nahm die Gebeine Josephs mit, denn dieser hatte die Söhne Israels beschworen: Wenn Gott sich euer annimmt …‹
Die Beisetzung im Heiligen Land würde von ihm alle Erdenschuld aufheben: die Taufe, zu der man ihn gezwungen hatte, das Leben in der Glaubensfremde, die Jahre und Jahrzehnte des Götzendiensts in katholischen Kirchen …
»Ja«, sagte Gracia, und Tränen quollen aus ihren Augen, »das verspreche ich dir. Du sollst den Frieden deiner Seele finden, im Heiligen Land.«
»Danke«, flüsterte er. »Ich wusste, dass du mich verstehst …« Immer flacher wurde sein Atem, kaum hatte er noch die Kraft zu sprechen. »Jetzt … jetzt habe ich nur noch einen Wunsch. Den größten … und wichtigsten … von allen.«
»Sag ihn mir, mein Geliebter. Was soll ich tun?«
»Dein Vater … er hat nach dem Priester geschickt. Padre Alfonso wird gleich da sein, mit der Letzten Ölung … Aber ich … ich will nicht … Ich … bin Jude …«
Gracia hauchte ihm einen Kuss auf die Stirn. »Soll ich Rabbi Soncino rufen?«

»Nein, dafür ist es zu spät … Wir müssen es anders machen. Wir … wir müssen schneller sein als sie.«
»Ich verstehe nicht, was du meinst.«
Er versuchte sich aufzurichten, aber er schaffte es nicht. »Siehst du das Kissen?« Er deutete mit dem Kinn auf einen Stuhl am Fenster. »Bring es her zu mir … bitte.«
»Das Kissen?« Eine dunkle Ahnung beschlich sie, als sie aufstand. »Was willst du damit? Soll ich es dir unter den Nacken schieben?«
Aus tiefen Höhlen sahen seine Augen zu ihr auf, ein einsam verlorenes Flehen.
»Du weißt, worum ich dich bitte …«
»Nein«, sagte Gracia. »Das kann ich nicht! Das … das kannst du nicht von mir verlangen!«
»Doch … du musst es tun, für mich … es ist meine letzte Bitte … Tu es, bevor der Priester kommt …« Wieder stöhnte er auf, wie ein Tier. »Weihwasser … Sie haben mich schon als Kind damit getauft … auf der Praça do Rossio … Ich … ich will nicht auch noch … damit sterben …«
Mit dem Kissen in der Hand stand Gracia da, über sein Bett gebeugt, unfähig, sich zu regen. Ja, sie wusste, worum er sie bat … Er war nicht der erste Jude, der einen Angehörigen um diesen Dienst bat, aus Angst vor den Sterbesakramenten der Christen, aus Angst vor einem fremden, bösen Himmel …
Alle Kraft schwand aus ihrem Körper, sie fühlte sich so hilflos und allein, als gäbe es sonst niemanden mehr auf der Welt, nur noch Francisco und sie. Kein Geräusch drang an ihr Ohr, nur hin und wieder sein Stöhnen. Nein. Sie konnte ihn nicht töten. Er war ihr Mann, der Mensch, den sie liebte, mehr als ihr eigenes Leben … Gracia überfiel ein Frösteln, als sie seine Augen sah. So hatte er sie schon einmal angeschaut, vor vielen Jahren, in ihrer Hochzeitsnacht.
»Siehe … meine Freundin«, flüsterte er, »du bist schön … Siehe … schön bist du …«

Sein Blick tastete ihr Gesicht ab, liebkoste ihre Wangen, küsste ihren Mund.
Gracia krallte ihre Hände in das Kissen. Wie sollte sie diese Augen länger ertragen? Alle seine Gefühle sprachen aus ihnen – seine Liebe, seine Verzweiflung, seine Todesfurcht. Und seine stumme und doch so eindringliche Bitte.
»Hab keine Angst«, flüsterte er. »Denk an deinen … Großvater … Er hätte es getan … Du … du bist genauso stark wie er … Du stammst von … König David ab …«
Noch einmal schloss er die Augen, um Kraft zu schöpfen. Als er sie wieder ansah, lächelte er, ein so schwaches, so zartes, so zerbrechliches Lächeln, dass Gracia wusste, es war das letzte Lächeln, das er ihr schenkte.
»Meine Taube … meine Reine …«
Es war kaum noch mehr als ein Hauch. Ein Schauer lief ihr über den Rücken. Alles konnte sie ertragen, nur nicht diese Worte. Wie viele Jahre hatte sie Francisco verkannt … Und wie sehr liebte sie ihn, hatte sie ihn geliebt, würde sie ihn immer lieben …
Behutsam beugte sie sich zu ihm hinab, um ihn zu küssen, seine Stirn, seine Augen, seinen Mund. Tränen strömten über ihre Wangen und benetzten sein Gesicht.
»Siehe, der Winter ist vergangen …«
»… der Regen ist vorbei und dahin …«
Ein letztes Mal berührten sich ihre Lippen, während seine Worte in ihre Seele strömten und ihre Liebe in sein Herz.
»Leb wohl, Gracia … Ich … ich liebe dich …«
»Ich liebe dich auch, Francisco … Leb wohl, mein Geliebter, leb wohl …«
Durch den Tränenschleier konnte sie sein Gesicht kaum noch erkennen, wie hinter einem Vorhang verschwammen und verschwanden die vertrauten Züge, immer mehr, während ein süßlich bitterer Geruch in ihre Nase stieg. Ihr Mann, Francisco, war fort. Sie sah nur noch einen Körper, ohne Namen und Gesicht, ein stöhnendes Wesen, das vor ihren Augen hilflos verendete,

einen sinnlos gequälten Leib, der beseelt war von dem einen, einzigen Wunsch zu sterben …

Ohne zu denken, nahm sie das Kissen und drückte es auf sein Gesicht, mit der ganzen Zärtlichkeit, mit der ganzen Verzweiflung ihrer Liebe.

36

Drei Tage nach seinem Tod wurde Francisco Mendes beigesetzt, auf dem Friedhof des Hieronymusklosters von Belém, das König Manuel zum Dank für die geglückte Indienfahrt Vasco da Gamas gestiftet hatte. Der Hügel war schwarz von Trauergästen, die ganze jüdische Gemeinde der Hauptstadt war auf dem Klosterfriedhof zusammengekommen, um den Verstorbenen auf seinem letzten Weg zu begleiten. Dennoch wurde Francisco Mendes nicht nach dem Glauben seiner Väter bestattet. Man musste den katholischen Schein wahren. Der erste Priester des Königreichs, Kardinal Pessoa, Erzbischof der Diözese Lissabon, leitete die Trauerzeremonie. Gracias Vater hatte dafür gesorgt.

»Asche zu Asche, Staub zu Staub …«

Hand in Hand mit ihrer Tochter Reyna trat Gracia an das Grab. Mit dunkel-hohlem Klang fiel die Erde auf den goldverzierten Sarg. Müde schloss sie die brennenden Augen. Seit seinem Tod hatte sie keine einzige Träne mehr vergossen. Immer wieder sah sie Franciscos Gesicht, seinen verzweifelten, flehenden Blick, der nur von einer Hoffnung beseelt war. Wäre er vielleicht noch am Leben, wenn sie ihm seinen Wunsch verweigert hätte? Dankbar fühlte sie Reynas Hand in der ihren, den Druck der kleinen Finger.

»Was auch immer geschieht«, flüsterte sie, »ich werde dich zu deinen Vätern bringen.«

Jeder Jude, so verlangt es das Gesetz, muss am Tag seines Todes der Erde übergeben werden. Doch nicht einmal dieses Gebot hatte Gracia erfüllen können – die jüdische Eile hätte sie verraten. Sie hatte ihm nur ein Säckchen palästinensischer Erde in den Sarg legen können. Die anderen Gebote hatte sie erfüllt, so gut es ging, ohne sich der Juderei verdächtig zu machen. Sie hatte im Haus die Spiegel verhängt und Wasser ausgeschüttet, um alle bösen Geister und Dämonen zu vertreiben, die Franciscos entschwindender Seele begegnen könnten. Den Leichnam hatte die Chewra Kaddischa, die Beerdigungsgemeinschaft, gewaschen und in frisches Leinen gehüllt, und Gracia hatte ihm eine Perle in den Mund gesteckt, für seine Reise in die andere Welt. Als sie sein Gesicht mit einem Laken bedeckte, musste sie an ihre Hochzeit denken. Wie stolz war er gewesen, als er mit dem Schleier ihr Gesicht bedeckte, um von ihr Besitz zu nehmen, und wie sehr hatte sie ihn verletzt, als sie das Ritual ohne jede Regung über sich hatte ergehen lassen … Während der gesamten Totenwache verfolgte sie die Erinnerung daran, bis sie mit Reyna Abschied nahm von Francisco. Dann hatten die Gemeindeältesten den Sarg geschlossen und er zum allerletzten Mal sein Haus in der Rua Nova dos Mercadores verlassen.

»Herr, erinnere dich seiner guten und gerechten Taten, als er noch unter den Lebenden weilte.«

Ein Chor begann zu singen, und während der katholische Totengesang von Franciscos Grab zum Himmel aufstieg, formten Gracias Lippen unhörbar leise die Worte des Kaddishs – ein letztes heimliches Trauergeleit für ihren Mann. Doch der Schmerz in ihrer Seele war so groß, die Einsamkeit, in der Francisco sie zurückließ so unwiderruflich, dass die Worte des Gebets, die sie schon Tausende und Abertausende Male gesagt hatte, ihr kaum über die Lippen wollten.

Nein, nicht nur ihr Mann, auch Gott hatte sie verlassen. Obwohl sie sich selbst aufgeopfert hatte, um ihre Schuld zu sühnen, hatte Gott ihr Francisco genommen.

Mit einem Ton, so zart und zerbrechlich wie Glas, verhallte der Chor in der Abendluft.

»Ist Vater jetzt im Himmel?«
Reynas Frage zerriss Gracia das Herz. Laut schluchzte sie auf, und endlich lösten sich ihre Tränen.
Während Brianda die Tochter vom Grab fortführte, schlug die Totenglocke an, und bald kamen die ersten Trauergäste, um ihr Beileid zu bekunden. Gracia nahm die zahllosen Gesichter kaum wahr. Endlos schien der Zug all der Frauen und Männer, die immer wieder dieselben Worte sagten, die immer wieder ihre Hand drückten oder sie umarmten. Viele waren ihr vertraut, einige kannte sie nur von ferne, andere waren ihr vollkommen fremd. Sogar Vertreter des Königs waren gekommen – durch das Erbe, das Francisco ihr hinterließ, war sie die reichste Witwe Lissabons, und über ein Dutzend Männer verbanden bereits am Grab die Worte des Beileids mit der Ankündigung eines baldigen Besuchs.
Ganz am Ende der Prozession trat Rabbi Soncino auf sie zu, um nach jüdischem Brauch zum Zeichen der Trauer den Saum ihres Gewandes einzureißen.
»Warum musste er sterben?«, fragte Gracia.
»Der Herr lässt Gerechtigkeit walten, und alle gehen den gleichen Weg«, erwiderte der Rabbiner. »In unseren Herzen lebt Francisco Mendes fort. Er hat mehr als jeder andere für unsere Gemeinde getan. Ihm haben wir zu verdanken, dass wir hier bleiben können, ohne Inquisition.«
»Aber Gott hat ihn trotzdem getötet. Warum hat er nicht mein Leben genommen?«
»Wollt Ihr über den Herrn und König richten? Sein Zorn ist Zeichen seiner Gegenwart, der Beweis, dass er Euer Schicksal lenkt.«
Gracia wollte etwas erwidern, aber es fehlte ihr die Kraft. Ohne ein Wort ergriff sie das Ende ihres Saums, um den Riss in ihrem Gewand mit eigenen Händen zu vergrößern. Dann wandte sie sich ab und verließ das Grab in Richtung Ausgang, wo ein Wasserbecken für die Trauergäste bereitstand.

War es Weihwasser? Oder hatten Juden das Becken aufgestellt, zur Waschung der Hände beim Verlassen des Friedhofs, wie es das Gesetz vorsah?
Gracia tauchte ihre Hand in das Wasser. Die Antwort war ihr auf einmal so gleichgültig wie ihr ganzes künftiges Leben.

37

Sieg! Sieg! Sieg!
Ein Jubelschrei hallte durch Europa. In der afrikanischen Berberei war Kaiser Karl gegen die mohammedanischen Teufel zu Felde gezogen, und nach einem langen, schweren Kampf, der die ganze Christenheit in Atem hielt, hatte er die Türken niedergeworfen und die Stadt Tunis erobert. Endlich hatte das Kreuz wieder einen Sieg über den Halbmond errungen! Im Triumph zog der Kaiser nach Rom, um seinen Lohn einzufordern. Für die gewonnene Schlacht musste der Heilige Vater ihm einen Wunsch erfüllen, und als er aufgefordert wurde, sein Verlangen kundzutun, zögerte Karl keine Sekunde: Nichts begehre er in seiner christlichen Seele mehr als die Bewilligung der Inquisition für Portugal.
Damit war der Widerstand der Kurie gebrochen. Am 23. Mai 1535 erließ Papst Paul III. eine Bulle, mit der er die Einrichtung des Glaubensgerichts endgültig befahl und alle früheren Privilegien und pontifikalen Erlasse aufhob. Noch am selben Tag ernannte er den Bischof von Ceuta zum Großinquisitor von Portugal. Dieser ließ in seiner ersten Amtshandlung eine Liste sämtlicher Vergehen gegen den christlichen Glauben aushängen. Die Feier des Sabbats und der jüdischen Feste wurde darin ebenso als Ketzerei gebrandmarkt wie die Beschneidung von Knaben oder die Ausübung sonstiger Glaubensbräuche. Während unter den Conversos Panik ausbrach, erging zugleich von den Kanzeln der

Kirchen ein Angebot an alle geheimen Juden des Landes: Wer innerhalb einer Frist von dreißig Tagen vor dem Inquisitor ein reuiges und vollständiges Bekenntnis seiner Vergehen ablege, dem werde Generalabsolution gewährt, verbunden mit dem Versprechen, als Christ für immer in Frieden unter der gütigen Herrschaft Dom Joãos leben zu dürfen. Wer hingegen in dieser Frist das Land verlassen wollte, musste sein ganzes Vermögen der Krone übereignen.

Es war José, das jüngste männliche Mitglied der Familie Mendes, der die entscheidende Frage stellte. »Was sollen wir tun? Fliehen oder bleiben?«

Gracia wusste keine Antwort – zu sehr war sie von den neuen Bestimmungen überrascht worden. Um sich zu beraten, hatte sie ihre Angehörigen zu sich gerufen.

»Ich denke, wir sollten das Angebot annehmen«, erklärte ihr Vater. »Es hat keinen Sinn, sich gegen das Schicksal aufzulehnen. Wir brauchen endlich eine Heimat. Eine Heimat und Frieden. Wir können nicht immer wieder davonlaufen.«

»Aber dürfen wir uns darum von Gott abwenden?« Rabbi Soncino schüttelte den Kopf. »Der Abfall vom Glauben ist die größte Sünde, die ein Jude begehen kann.«

»Die Entbindung von den Gelübden befreit uns von unseren Glaubenspflichten. Es wird sich gar nicht viel ändern. In unseren Herzen werden wir Juden bleiben, genauso wie wir zu Jom Kippur beten: Das ganze Jahr über können wir nicht die Gebote befolgen und müssen uns wie Christen verhalten, gegen unseren Willen. Doch wisset: Wir waren und sind Juden, durch und durch!«

Rabbi Soncino wiegte den Kopf. »Können wir das wirklich – nur im Herzen Juden bleiben? Oder ist unser Bittgebet nicht vielmehr eine Lüge, mit der wir uns selbst und Gott betrügen?« Als niemand antwortete, fügte er mit einem Seufzer hinzu. »Sowenig das Gesetz von Menschen erlassen ist, sowenig kann es von Menschen aufgehoben werden. Nur Gott selbst kann darüber bestimmen.«

Gracia ahnte, was seine Worte bedeuteten. »Ihr wollt uns also verlassen?«, fragte sie.
»Ja«, bestätigte er. »Ich habe Verwandte in Venedig, mein Vater ist dort geboren. Von da ist es nicht weit bis Konstantinopel.«
»Vor allem brennen in Venedig keine Scheiterhaufen«, ergänzte José. Auf seiner Oberlippe spross inzwischen ein Bart, und er sprach mit der Stimme eines Mannes. »Wir können den Christen nicht trauen. Sie haben schon so oft ihr Wort gebrochen. Zweihunderttausend Golddukaten haben sie uns abgepresst, für den Krieg gegen die Türken. Und jetzt, da der Kaiser mit unserem Geld Tunis erobert hat, bekommen wir zur Belohnung die Inquisition.«
»Dann bist du also auch dafür, das Land zu verlassen?«, fragte Gracia.
Trotz seiner Jugend war José inzwischen ihr wichtigster Mitstreiter im Kampf um den Erhalt der Firma Mendes. Seit Franciscos Tod vor zwei Jahren führte er fast alle Verhandlungen mit der Hofkanzlei, um die Versuche des Königs abzuwehren, sich Gracias Erbes zu bemächtigen.
»Ja, wir müssen auswandern«, erklärte er. »Wenn wir bleiben, werden sie uns alles nehmen, was wir besitzen. Wir können froh sein, wenn sie uns am Leben lassen. Es sei denn, Ihr tut, was der König will, und heiratet einen portugiesischen Christen.«
»Du weißt, wie ich darüber denke«, antwortete sie. »Und du, Brianda?«, wandte sie sich an ihre Schwester. »Was meinst du?«
»Mir ist es gleich, wo ich lebe«, sagte Brianda mit traurigem Lächeln. »Hauptsache, ich bin da, wo Tristan ist. Damit wir endlich heiraten können. Das ist mein einziger Wunsch.«
»So sehr liebst du ihn?« Gracia nickte ihr zu. Sie hätte dieselbe Antwort gegeben, wenn Francisco noch am Leben gewesen wäre. »Was würdest du sagen, wenn Tristan aus Lyon zurückkäme?«
»Du meinst – hierher? Nach Lissabon?«
»Ja«, sagte Gracia. »Würdet ihr dann bei mir bleiben?«
Brianda strahlte. »Ich könnte mir nichts Schöneres vorstellen«,

rief sie und gab ihr einen Kuss. »Dann wären wir alle zusammen, die ganze Familie. Du und Vater und Tristan.«

»Und Reyna?«, fragte José. »In der Kanzlei gibt es Gerüchte, dass Dom João sie schon bald an den Hof rufen will, als Kammerfrau der Königin.«

»Ein Kind als Kammerfrau?«, fragte Rabbi Soncino. »Reyna ist gerade erst sieben geworden!«

»Na und? Selbst wenn sie noch nicht laufen könnte – als Kammerfrau ist sie ein Faustpfand des Königs, und lebt sie erst am Hof, kommen wir hier nie mehr fort.«

»Jedes Ding hat zwei Seiten«, sagte Gracias Vater. »Wenn wir uns entscheiden, hierzubleiben, wäre eine solche Verbindung zum Königshaus sogar ein Vorteil. Dom João wäre unserer Familie persönlich verpflichtet. Unter seinem Schutz würde niemand wagen, sich an uns und unserem Besitz zu vergreifen.«

»Und was ist mit dem Testament?«, fragte José. »Dom Francisco hat verfügt, dass wir nach Antwerpen auswandern sollen. Bislang konnten wir das nicht, aber jetzt ist die Gelegenheit da! Wir haben einen Teil des Vermögens schon in Diamanten umgewandelt, die können wir mitnehmen, und in Antwerpen wartet Dom Diogo auf uns. Ist es nicht unsere Pflicht, Dom Franciscos Willen zu erfüllen?«

Gracias Vater zögerte, nachdenklich rieb er sich das Kinn.

»Das kann nur ein Mensch beantworten«, sagte er schließlich.

Alle drehten sich zu Gracia herum und schauten sie an. Mit welcher Leidenschaft hatte sie früher, vor ihrer Hochzeit, dafür gekämpft, selbst über ihr Leben zu entscheiden. Doch jetzt, als Witwe von sechsundzwanzig Jahren, empfand sie diese Freiheit als eine übergroße, erdrückende Last.

»Du bist das Oberhaupt der Familie«, sagte ihr Vater. »Was wirst du tun?«

38

Pfingsten lag in diesem Jahr so spät wie selten, und es herrschte fast schon sommerliche Hitze, als sich die Christen und Scheinchristen von Lissabon einmütig in der Kathedrale Sé Patriarcal versammelten, um die Herabkunft des Heiligen Geistes auf die Apostel mit einem Hochamt zu feiern.

Zusammen mit ihrer Tochter betrat Gracia das Gotteshaus. Als könnte es gar nicht anders sein, tauchte Reyna ihre Hand in das Weihwasserbecken und bekreuzigte sich.

»Im Namen des Vaters und des Sohnes und des Heiligen Geistes.«

Einmal mehr erschrak Gracia darüber, wie selbstverständlich ihrer Tochter das fremde Ritual längst geworden war. Doch während sie in den dichtgefüllten Reihen nach einem freien Platz suchte, regten sich in ihr zugleich die Zweifel, die sie in letzter Zeit so oft beschlichen hatten. Kam es auf die paar Tropfen Wasser wirklich an? Lohnte es sich, seine Heimat oder gar sein Leben zu opfern, nur um die Berührung damit zu vermeiden?

Von allen Seiten nickte man Gracia zu, Conversos, die wie sie zur Wahrung des Scheins die Messe besuchten, christliche Kaufleute und ihre Frauen, die sich mit ihren Fächern kühlende Luft zuführten, Beamte der Hofkanzlei in ihren goldbetressten Uniformen, vor allem aber vornehme portugiesische Adelsmänner, die sich auf Geheiß des Königs um ihre Gunst bemühten.

Die Orgel brauste auf, und der Bischof von Ceuta, der neue Großinquisitor, zog an der Spitze festlich gekleideter Priester und Messdiener vor den Hauptaltar, um das Hochamt zu zelebrieren.

Gracia hatte keinen Sinn für den prunkvollen Gottesdienst. Sie empfand nur eine entsetzliche Müdigkeit. Seit Franciscos Tod war ihr Leben ein einziger Kampf. Das Testament, das sie zusammen mit ihrem Schwager Diogo zur Erbin der Firma Mendes bestimmte, hatte die Begierde des Königs geweckt. Die Zeit der

Schiwa, die sieben ersten Trauertage, war noch nicht vergangen, da hatte Dom João bereits eine Aufstellung all ihrer Besitztümer verlangt und zugleich ihr Vermögen unter Beschlag genommen, bis seine Forderung erfüllt wäre. Fortan wies er jede Liste, die sie bei Hofe einreichte, als unvollständig zurück. Und erhob sie Protest, so wurde ihr beschieden, sie brauche nur einen seiner Höflinge zu erhören, um ein für alle Mal ihrer Sorgen enthoben zu sein. Als hätte es Francisco nie gegeben, als hätte sie ihren Mann nie geliebt.

Was hatte sie getan, dass der Himmel nicht aufhörte, sie zu strafen?

Die Hände wie eine Christin gefaltet, haderte Gracia mit ihrem Gott. Ja, sie hatte gesündigt. Ja, sie hatte Rabbi Soncino belogen und das Tauchbad in der Mikwa genommen, bevor die vorgeschriebene Zeit verstrichen war. Ja, sie war unter die Chuppa getreten, ohne dazu berechtigt zu sein. Und JA, JA, JA, sie hatte ihrem Mann beigewohnt, obwohl sie eine Nidda war. Aber war das wirklich ein solches Verbrechen? Ein Verbrechen, das durch nichts wiedergutgemacht werden könnte?

»Wer bist du, Gott«, flüsterte sie, »dass du deinen Kindern solche Gesetze auferlegst?«

Ihre ganze Verzweiflung entlud sich in ihrer Klage, doch der König und Herr blieb stumm. Statt Gracia Antwort zu geben, hüllte er sich in Schweigen, als weide er sich an ihrer Pein, in kalter Fühllosigkeit, wie ein böses Kind, das einen Regenwurm quält und zerschneidet, nur weil es die Macht dazu hat. Verdiente die Missachtung von ein paar Tropfen Blut solche Rache? Sie hatte doch versucht, ihre Schuld wiedergutzumachen. Sie hatte das größte Opfer gebracht, zu dem eine Frau überhaupt fähig war, ein Opfer, das mehr wert war als ihr Leben. Sie hatte sich einem Fremden hingegeben, sein Fleisch geküsst und sich mit ihm vereint, um das Leben ihres eigenen Mannes zu retten. Aber Gott hatte ihr Opfer nicht angenommen, er hatte Franciscos Tod gefordert, ihn qualvoll sterben lassen, mit ihrer eigenen Hände

Hilfe, wie um sie zu verhöhnen. Und jetzt sollte sie, um diesem Gott die Treue zu halten, ihre Heimat und alles, was ihr noch lieb und wert war, aufgeben und in eine ungewisse Fremde ziehen?
Ein Priester trat vor die Gemeinde, um die Botschaft des Evangeliums zu verkünden.
»Und als der Pfingsttag gekommen war, waren die Jünger alle an einem Ort versammelt. Und es geschah plötzlich ein Brausen vom Himmel wie von einem gewaltigen Wind und erfüllte das ganze Haus, in dem sie saßen. Und es erschienen ihnen Zungen, zerteilt, wie von Feuer; und er setzte sich auf einen jeden von ihnen, und sie wurden alle erfüllt von dem Heiligen Geist und fingen an, zu predigen in anderen Sprachen, wie der Geist ihnen gab auszusprechen.«
Noch während der Priester die Bibel küsste, ertönte das Gloria. Wie ein Chor von tausend Engeln schwoll der Lobgesang an, und die Orgel durchtoste die Kathedrale wie das Brausen von einem gewaltigen Wind, dass die Mauern davon erbebten.
»Ehre sei Gott in der Höhe!«
Ein Schauer lief Gracia über den Rücken. Während der Gott des Volkes Israel sich von ihr abgewandt hatte, um sich in seine stumme, unerreichbare Ferne zurückzuziehen, spürte sie plötzlich die Gegenwart des Christengottes mit all ihren Sinnen, hier in diesem Gotteshaus.
»Wir loben dich! Wir preisen dich! Wir beten dich an!«
Es war, als gingen ihr plötzlich Augen und Ohren auf. Alles, was sie sah, alles, was sie hörte, war Schönheit gewordenes Gotteslob. Warum hatte sie nie zuvor die Majestät dieses Bauwerks empfunden? Wie eine Symphonie aus Stein erhoben sich die Säulen und Mauern, um die Herrlichkeit des Allmächtigen zu feiern. Warum hatte sie nie zuvor die Kraft dieses Chorals gespürt? Wie eine Meereswoge erfasste sie das Brausen, als wollte es sie zum Himmel emportragen. Warum hatte sie nie die Pracht der Altäre gesehen? Wie ein Rausch ergoss sich die Flut von Bildern über sie, und während ihre Augen schier darin ertranken, wurde eine

Frage übermächtig, die ihr Herz mit Angst und Hoffnung zugleich erfüllte: War dieser Gott der Dreifaltigkeit, in dessen Namen und zu dessen Ehre Menschen solche Schönheit und Größe erschaffen hatten, nicht der wahre und bessere Gott? Besser als ihr Gott, der Gott der Juden, Haschem, der sie so hart geprüft und trotzdem so hart bestraft hatte?

Während Orgel und Chor verstummten, stieg der Bischof die Stufen zur Kanzel empor, um die Pfingstpredigt zu halten.

»Und die Apostel zogen aus, um die Botschaft den Juden zu verkünden. Diese aber fragten: Was sollen wir tun? Da sprach Petrus zu ihnen: Tut Buße, und jeder von euch lasse sich taufen auf den Namen Jesu Christi zur Vergebung eurer Sünden, so werdet ihr empfangen die Gabe des Heiligen Geistes. Denn euch und euren Kindern gilt diese Verheißung, und allen, die fern sind, so viele der Herr, unser Gott, herbeirufen wird.«

Bei diesen Worten fiel der Blick des Bischofs auf Gracia, und es war, als riefe Gott selbst ihr seine Botschaft zu. Waren die Jünger, die Jesus einst zum Christentum bekehrt hatte, nicht genauso Juden gewesen wie sie? Diese Juden hatten die Botschaft angenommen und sich zu Jesus Christus bekannt. Warum folgte sie ihnen nicht nach? Auf einmal hatte Gracia das Gefühl, dass Gott vielleicht nur darum so lange geschwiegen hätte, um sich ihr in diesem Augenblick zu offenbaren – als der wahre und dreifaltige Gott.

»Und siehe: Alle, die sein Wort annahmen, ließen sich taufen, und es waren über dreitausend Menschen, an einem einzigen Tag. Darum hört, ihr Juden von Lissabon: Folgt dem Beispiel eurer Väter! Befreit euch aus der Knechtschaft der Lüge und des Scheins! Entflieht der Heimlichkeit eures Götzendienstes! Macht Schluss mit den falschen Lippenbekenntnissen! Bekennt euch zu dem wahren und dreifaltigen Gott! Im Namen des Vaters und des Sohnes und des Heiligen Geistes!«

»Amen!«, erwiderte die Gemeinde im Chor.

Während die Gläubigen das Kreuzzeichen schlugen, verharrte

Gracias Hand unschlüssig in der Schwebe. Sprach der Prediger nicht aus, was sie in ihrem Herzen längst selbst dachte? Stets hatte sie die Entbindung von den Gelübden verachtet, den falschen Schein und die Lippenbekenntnisse, um schließlich wie alle anderen bei dieser Lüge Zuflucht zu nehmen. Reyna nickte ihr zu, als wollte sie die Mutter auffordern, sich gleichfalls zu bekennen. Der Blick aus ihren Kinderaugen traf Gracia in ihrer Seele. War ihre Tochter Gottes Werkzeug, mit dem er seinen Willen verkünden wollte?

»Gott ist die Liebe! Wie der Vater den verlorenen Sohn, nimmt er jeden auf in sein Haus, der reuigen Herzens zu ihm findet. Darum hört auf den Ruf, wie eure Vorfahren es getan haben! Christus ist euer Erlöser! Folgt ihm nach in das Haus des dreifaltigen Gottes! Im Namen des Vaters und des Sohnes und des Heiligen Geistes!«

Gracia zögerte noch immer. Warum schickte Gott ihr kein Zeichen? Suchend schweifte ihr Blick über die Bilder an den Wänden und Fenstern, die den Glauben der Christen bezeugten, von der Erschaffung der Welt bis zur österlichen Auferstehung. Doch keines der Bilder hatte eine Bedeutung für sie – fremde, unverständliche Zeichen, die ihr Herz nicht berührten.

Da fiel ihr Blick auf einen Seitenaltar. Auf der dunklen Tafel war eine Taube abgebildet. Mit einem Ölzweig im Schnabel, weiß und rein schwebte sie über der grauen Wasserwüste der Sintflut, der endlosen Ödnis des Sündenmeeres. Bei dem Anblick wurde alle Erinnerung in Gracia Gegenwart. War das nicht die Taube, die sie immer hatte sein wollen? Und während alles Denken schwieg, formten ihre Lippen ganz von allein das bekennende Wort: »Amen!«

Reyna sah, wie ihre Mutter das Kreuzzeichen schlug, und ihr kleines Gesicht strahlte vor Freude. Sie schlang ihr die Arme um den Hals, und während Gracia sie an sich drückte, drehte sich Dom Mario, ein Minister des Königs, zu ihnen und lächelte ihnen zu. Seit Monaten warb er um Gracias Hand, doch erst jetzt bemerkte sie die Freundlichkeit in seinen Augen, die Grübchen auf seinen Wangen. Wäre es wirklich so schlimm, diesen Mann zu heiraten? Als seine Frau dürfte sie in der Heimat bleiben, um für immer in Frieden zu leben, zusammen mit ihrer Familie, wie Brianda es erträumt hatte, frei von Angst um ihre und Reynas Zukunft. Mit einem Nicken erwiderte Gracia seinen Gruß.

»Doch auch dies sagt der Herr«, rief der Bischof von der Kanzel. »›Wer nicht für mich ist, ist wider mich!‹ Nur wer dem Götzen abschwört und sich zum wahren Gott bekennt und seinem eingeborenen Sohn, der soll errettet werden. Im Namen des Vaters und des Sohnes und des Heiligen Geistes!«

»Amen!«, erwiderte die Gemeinde im Chor, und wieder bekreuzigte Gracia sich.

»Diejenigen aber, die sich die Ohren mit Wachs verstopfen, um seine Botschaft zu fliehen, die weiter den Götzen anbeten und ihre Söhne beschneiden und den Sabbat heiligen, die sollen zerstreut werden in alle Winde. Im Namen des Vaters und des Sohnes und des Heiligen Geistes!«

»Amen!«

»So wie es geschrieben steht: ›Man wird sie hinstreuen vor die Sonne, den Mond und das ganze Himmelsheer.‹ Im Namen des Vaters und des Sohnes und des Heiligen Geistes!«

Gracia berührte schon ihre Stirn – da erkannte sie die Worte. Ihr Großvater hatte sie gesprochen, auf der Plaça do Rossio, im Angesicht seines Todes. Ohne das Kreuzzeichen zu schlagen, ließ sie ihre Hand wieder sinken.

»›Sie sollen weder aufgesammelt noch begraben werden. Dünger auf dem Acker sollen sie sein.‹ Im Namen des Vaters und des Sohnes und des Heiligen Geistes!«

»Amen!«

Während Gracia die Zunge im Mund erstarrte, fielen alle Gläubigen in die Antwort ein, die Kaufleute und die Hofbeamten genauso wie Dom Mario.

»›Wie durch einen Ostwind will ich sie zerstreuen vor ihren

Feinden. Ich aber zeige ihnen den Rücken und nicht das Gesicht am Tag ihres Verderbens.‹ Im Namen des Vaters und des Sohnes und des Heiligen Geistes!«

»Amen!«

Sogar die Marranen bekreuzigten sich, zur Wahrung des katholischen Scheins, während der Bischof mit immer lauterer Stimme zu ihrer Vernichtung aufrief.

»›Dort wird der Herr ihnen ein bebendes Herz geben und erlöschende Augen und eine verzagende Seele, und ihr Leben wird immerdar in Gefahr schweben. Tag und Nacht werden sie sich fürchten und ihres Lebens nicht sicher sein. Morgens werden sie sagen: Ach, dass es Abend wäre!, und abends werden sie sagen: Ach, dass es Morgen wäre.‹ Im Namen des Vaters und des Sohnes und des Heiligen Geistes!«

Reyna – sie durfte die Worte nicht hören! Gracia fuhr herum, um ihr die Ohren zuzuhalten. Doch als sie ihre Tochter sah, gefror ihr das Blut in den Adern, und ein Entsetzen überkam sie, wie sie es noch nie in ihrem Leben empfunden hatte. Voller Inbrunst blickte Reyna zu dem Prediger auf, und während sie mit ihrer kleinen Hand das Kreuzzeichen schlug, fiel sie jubelnd in den Chor der ganzen Gemeinde ein, in den Aufruf zur Vernichtung der Juden:

»Amen! Amen! Amen!«

39

Noch während der Predigt hatte Gracia Reyna gepackt und mit ihr die Kathedrale verlassen, um diesem Pfingstfest und seinen Dämonen zu entkommen. Nichts konnte sie daran hindern, auch nicht die bösen Blicke, die sie links und rechts zum Ausgang verfolgten. Sie hatte die Versuchung gespürt. Wie eine grüne Taube war sie schwankend geworden in ihrem Glauben, bereit, den

Gott Israels zu verraten und sich mit den Mördern ihres Volkes zu verbünden, um eines falschen Friedens willen. Doch der Anblick ihrer Tochter, die zu der Hasstirade des Inquisitors das Kreuzzeichen schlug, hatte sie wieder zur Besinnung gebracht.

Fliehen oder bleiben?

Mit Gottes und Reynas Hilfe hatte Gracia die Antwort gefunden. Sie konnte nicht länger in ihrer Heimat bleiben, in einem Land, wo der Schein die Wirklichkeit ersetzte, die Lüge die Wahrheit, und wo man die heiligsten Gebote und Gesetze des Glaubens missachten musste, um die nackte Haut zu retten. Nein, es gab kein richtiges Leben im falschen – ihr eigenes Schicksal war der Beweis. Mit einer Lüge hatte ihr Verhängnis begonnen, in ihrer Hochzeitsnacht. Und mit jeder weiteren Lüge, die daraus folgte, hatte sie sich tiefer in Schuld und Sünde verstrickt, bis zu Franciscos Tod. Es gab nur eine Möglichkeit, sich aus diesem Teufelskreis zu befreien: Sie musste Portugal für immer verlassen.

Zehn Tage später bestieg sie in Belém die Karavelle, die sie mit Reyna, Brianda und José über Bristol nach Antwerpen bringen sollte. Ihr Neffe hatte die Zeit genutzt, um zu verkaufen, was noch zu verkaufen war. Die Diamanten hatten sie in die Kleider eingenäht, den Rest des Vermögens ließen sie in Lissabon zurück. Wenn die Winde günstig stünden, würden sie in zwei Wochen ihr Ziel erreichen.

Mit lautem Knallen fielen die Segel von den Masten, und die Matrosen lösten schon die Taue am Kai, als Gracia am Heck des Schiffes von ihrem Vater Abschied nahm.

»Wollt Ihr nicht doch mit uns kommen?«, fragte sie und nahm seine Hand.

Mit müdem Lächeln schüttelte er den Kopf. »Sie haben mich schon aus Spanien vertrieben. Ich bin zu alt, um ein zweites Mal die Heimat aufzugeben.« Mit tränennassen Wangen drückte er sie an sich, ein allerletztes Mal, und küsste sie auf die Stirn. »Lebt wohl. Gott möge euch beschützen!«

Bevor sie etwas erwidern konnte, ließ er sie stehen und ging von

Bord. Mit einem Kloß im Hals schaute Gracia ihm nach. Während das Fallreep eingeholt wurde, kletterte ihr Vater in die Kutsche am Kai, ohne sich umzudrehen oder zu winken – ein alter, einsamer Mann, der ein Leben lang alles getan hatte, um seine Familie vor Unrecht und Verfolgung zu schützen, und nun selbst hilflos einem ungewissen Schicksal überlassen blieb.

Der Kutscher nahm die Zügel, und die Pferde trabten an. Ein böiger Wind frischte auf, und Gracia sah noch, wie ihr Vater mit dem Stock seinen Hut festhielt. Dann verschwand der Wagen in einer Gasse.

»Leinen los!«

Der Wind knatterte in den Segeln, und die Karavelle legte ab, während im Hafen, unter dem Turm von Belém, das Leben weiterging wie an jedem gewöhnlichen Tag. Obwohl es ihr das Herz brach, wandte Gracia sich ab. Es hatte keinen Sinn, zurückzuschauen.

»Kommt«, sagte sie, »gehen wir zum Bug.«

Ganz dicht drängten sie sich an der Reling zusammen, Gracia und Reyna und Brianda und José, und während das Rufen und Schreien vom Ufer sich in der Unendlichkeit des Ozeans allmählich verlor, hielten sie sich fröstelnd an den Händen und schauten über die graue, wogende Wüstenei hinaus, einer fernen, ungewissen Zukunft entgegen.

Zweites Buch

Prüfungen

Antwerpen,
1538–1545

1

Wie eine Trutzburg menschlichen Fleißes inmitten garstiger Natur erhob sich Antwerpen aus den ewig wabernden Nebeln der Schelde. Kalt und feucht war es an dem Ufer des Flusses, der die Hafenstadt mit dem Nordmeer verband, und sommers wie winters vergingen kaum zwei Tage, ohne dass feiner Nieselregen die Luft nässte und alles wie mit einem grauen Schleier überzog. Doch wenn der Wind von der Küste über die endlos weite Ebene des flandrischen Umlands blies und die dunkel sich dräuenden Wolkengebirge für einige Stunden auseinandertrieb, dann ragten die hohen Bürgerhäuser mit ihren reichverzierten Stufengiebeln in einen weiß-blauen Himmel empor. Die Butzenscheiben der Fensterfronten funkelten und blitzten um die Wette und zeugten von dem gediegenen Wohlstand, der sich hinter den Backsteinfassaden verbarg. Die schmalen, eng stehenden Gebäude mit ihren überkragenden Geschossen wirkten wie Gardesoldaten, die in den Gassen aufmarschiert waren, um Schulter an Schulter die Werke des Bürgerfleißes im Innern der Stadt zu beschützen, den Marktplatz mit dem wappengeschmückten Rathaus, die Zunft- und Gildehäuser, die Fleischhalle und das Brauhaus, vor allem aber die erst kürzlich vollendete Liebfrauenkathedrale, deren vierhundert Fuß hoher Turm der Stolz der ganzen Stadt war, ein selbstbewusster, steinerner Gruß der Bürgerschaft und ihrer Regentin Maria an ihren kaiserlichen Bruder Karl V. Der residierte im nur dreißig Landmeilen südlich gelegenen Brüssel, wenn er nicht gerade in irgendeiner Provinz oder an irgendeiner Grenze seines riesigen Reiches Krieg führen musste.

Das eigentliche Herz von Antwerpen aber, der ruhelos pulsierende Muskel, der unablässig das Leben der zweimal hunderttausend hier lebenden Menschen antrieb, war die Börse. Im Jahre 1531 für die unvorstellbare Summe von einhundertfünfzigtausend Golddukaten errichtet, hieß sie als erste internationale Handelsbörse die Kaufleute aller Länder willkommen. In dem gewaltigen, von prachtvollen Arkaden gesäumten Geviert wurde mit allem gehandelt, was Menschen irgendwo in der großen weiten Welt erzeugten oder begehrten. Gewandet in Pelze und kostbares Tuch, hohe Hüte auf den Köpfen und juwelenbesetzte Zierdegen an den Hüften, feilschten die Händler und Makler an schwarzen, schweren Eichentischen um die Preise von Edelsteinen und Elfenbein, von Baumwolle und Seide, von Sandelholz und Galbanum. Höher im Kurs als alle anderen Waren aber standen die Gewürze: Pfeffer und Zimt, Kardamom und Muskat, Ingwer und Safran. Gewürze waren keine bloßen Waren, sondern Zauber- und Allheilmittel, die übernatürliche Kräfte besaßen. Sie konservierten frische Speisen und machten verdorbene Speisen wieder genießbar. Sie verwandelten faules Fleisch oder Gemüse in köstliche Gaumenfreuden, gewöhnliches Bier oder Most in paradiesischen Nektar. Sie heilten Krankheiten und Gebrechen, machten Alte wieder jung und gaben welken Greisen die Manneskraft zurück. Gewürze wurden deshalb in goldenen Schalen gereicht, und ihr Gewicht wurde nicht selten in Gold aufgewogen.

Dass aber in Antwerpen der Handel blühte wie an keinem anderen Ort der Welt und der Stadt einen nie geahnten Reichtum bescherte, verdankte die Bürgerschaft vor allem einem Teil ihrer Bevölkerung: den Marranen portugiesischer Herkunft. Kaum war der Seeweg nach Indien entdeckt, hatten sich die jüdischen Schiffseigner und Kaufleute in Lissabon für die flämische Hafenstadt als Stapelplatz entschieden, um von den Niederlanden aus die Schätze der Neuen Welt auch in den Norden des Kaiserreichs zu vertreiben.

Mit offenen Armen hatte der Magistrat von Antwerpen die Neuankömmlinge aufgenommen. In dieser Stadt, wo in einigen Köpfen bereits die Reformation der deutschen Protestanten heimlichen Einzug gehalten hatte, wehte ein anderer Geist als im erzkatholischen Portugal. Den Ton gaben hier nicht Pfaffen, sondern nüchtern rechnende Kaufleute an, wirtschaftliche Vernunft und Weltoffenheit herrschten über Wunderglauben und Eiferertum, und jedermann wusste zu schätzen, welchen Beitrag die neuen Mitbürger zum Wohl des Gemeinwesens leisteten. Obwohl die Juden ihre Geschäfte mit solchem Erfolg führten, dass kaum einer je Bankrott anmelden musste, zeichneten sie sich durch außergewöhnliche Redlichkeit aus. Sie waren ehrlich und zuverlässig, betrogen niemanden, verstießen nicht gegen Gesetze, zeigten sich der Regierung treu ergeben und schlossen sich sogar der Bürgerwehr an, um bei Feuersbrünsten oder Überflutungen die Stadt vor Schaden zu schützen.

Die Wohn- und Handelshäuser der Marranen – in der Bevölkerung »die spanischen Türme« genannt – erhoben sich in gleicher Größe und mit gleichem Stolz neben den Häusern ihrer flämischen Nachbarn, und wenn die Mittagszeit nahte, mischte sich in den Geruch von gedünstetem Kohl und fetten Würsten, der sich aus den Küchen der Einheimischen in den Gassen verbreitete, der feine, fremde Duft von gebratenem Knoblauch und Olivenöl, der aus den Wohnungen der Juden ins Freie strömte, ohne dass dies jemanden störte. Wie alle anderen Bewohner der Stadt genossen sie das Bürgerrecht, sich um ihre eigenen Angelegenheiten zu kümmern, um ihre Geschäfte oder um ihre Familienstreitigkeiten, und wenn sie des Sonntags den Besuch der heiligen Messe versäumten, krähte kein Hahn danach.

Mit einem Wort: Die Gefahr von Verfolgung und Vertreibung, denen die Marranen in ihrer iberischen Heimat ausgesetzt waren, schien in dieser ebenso freiheitsliebenden wie wohlhabenden Stadt so unwirklich und unwahrscheinlich wie die Bedrohung ihrer Kauffahrtsschiffe durch den »Langen Wapper«, jenen Fabelriesen, von dem es in der Sage hieß, er hause in den Nebelschwaden der Schelde, um allen Schiffern die Hand abzuhacken, die ihren Zoll schuldig blieben, der tatsächlich aber nur Müttern und Ammen als Kinderschreck diente.

2

Diogo Mendes schaute durch das Fenster seines Kontors hinunter auf den Hafen. Von den elf Schiffen, die am Kai lagen, gehörten sieben der Firma Mendes, darunter, an der Hauptpier, die Gloria, ein gewaltiger Sechsmastschoner, neben dem die übrigen Segler wie Nussschalen wirkten. Dutzende von Schauerleuten waren schon seit einer Woche damit beschäftigt, den riesigen Bauch des Schiffes mit Getreidesäcken zu füllen. Es sollte heute mit der Flut mit Kurs auf Lissabon auslaufen.

Normalerweise hätte der Anblick Diogo mit Stolz erfüllt. Doch nicht an diesem trüben Morgen. Abrupt wandte er sich vom Fenster ab und blickte seine Schwägerin an, die im Schein der Öllampe einen Brief schrieb.

»Die ganze Stadt wartet auf eine Entscheidung«, sagte er. »Sogar an der Börse wird schon über die Verhältnisse im Hause Mendes spekuliert.«

»Was kümmern uns die Leute?«, fragte Gracia, ohne von ihrem Pult aufzuschauen. »Alles ist gut so, wie es ist. Wir brauchen nichts zu ändern.«

»Gar nichts ist gut«, erwiderte Diogo. »Ich meine, wir sollten Franciscos Willen respektieren. Er hat die eine Hälfte seines Vermögens Euch hinterlassen, die andere mir. Was glaubt Ihr, weshalb er das getan hat?«

»Weil es so gerecht ist. Ihr seid sein Bruder, ich bin seine Frau.«

»Nein, Francisco wollte, dass das Vermögen der Firma zusammenbleibt.«

Er wartete, dass sie ihm eine Antwort gab, aber sie dachte gar nicht daran. Als wäre er überhaupt nicht da, ließ sie ihre Gänsefeder unbeirrt über das Pergament rascheln und unterbrach ihre Arbeit nur, um hin und wieder ihre fast turmhohe Haube aus Brüsseler Spitze zurechtzurücken, durch die ihr Haar rötlich schimmerte.

Diogo stieß einen Seufzer aus. Warum hatte Gott ihm diese Frau

geschickt, statt ihn zum alleinigen Erben seines Bruders zu machen? Vor über zwei Jahren war Gracia in den Niederlanden angekommen, und seitdem lebten sie zusammen unter einem Dach, in Diogos großem, fünf Stockwerke hohem Haus am Marktplatz. Er hatte seine Schwägerin mitsamt ihrem Anhang aufgenommen, wie es sich für eine jüdische Familie gehört. Doch statt sich um den Haushalt zu kümmern, wie jede andere Frau an ihrer Stelle, hatte Gracia darauf bestanden, mit ihm in der Firma zu arbeiten. Zuerst hatte Diogo sie ausgelacht. Er war der Pfefferkönig von Antwerpen; an der Börse verstummten die Gespräche, wenn er in seinem weißen Zobel erschien, und im Judenhaus am Kipdorp galt sein Wort mehr als das des Rabbiners. Wozu brauchte ein Mann wie er eine Frau in seinem Kontor?
Schon bald aber erkannte Diogo, dass sein Bruder Gracia genauso gründlich in die Geschäfte eingearbeitet hatte wie vorzeiten ihn selbst. Erstaunlich war vor allem, mit welchem Einfallsreichtum sie es verstand, die Handelsbeziehungen der Firma zu nutzen, um ihren jüdischen Glaubensgenossen zu helfen, die vor der Inquisition aus Portugal fliehen mussten, wo die Blutgerichte und Scheiterhaufen inzwischen bis in die hintersten Provinzen Angst und Schrecken verbreiteten. Aber sosehr die Tüchtigkeit seiner Schwägerin Diogo auch beeindruckte, sie bereitete ihm zugleich große Sorgen. Was würde geschehen, wenn Gracia ihre Fähigkeiten nutzte, um sich mit ihrem Teil des Vermögens aus dem Staub zu machen? Ihre neue Heimat behagte ihr nicht, daraus machte sie keinen Hehl, sie traute dem wankelmütigen Kaiser so wenig wie dem nasskalten Wetter. Manches Mal hatte Diogo sogar den Eindruck, dass sie die Flüchtlinge beneidete, die nach ihrer Ankunft aus Portugal, statt in Flandern zu bleiben, weiterzogen in Richtung Osten, nach Konstantinopel, um bei den Türken ihr Heil zu suchen. Gracia hatte schon den Weg von Lissabon bis Antwerpen hinter sich gebracht, also würde sie es auch von Antwerpen ins Morgenland schaffen. Und dann wäre die Firma Mendes an der Börse nur noch die Hälfte wert.

Diogo wusste, es gab nur eine Möglichkeit, um diese Gefahr auf Dauer zu bannen: Er musste Gracia heiraten. Sie allerdings weigerte sich strikt, und ihr Eigensinn war ebenso ausgeprägt wie ihr Verstand. Diogo, der nicht das geringste persönliche Interesse an seiner Schwägerin hatte, ahnte freilich den Grund ihrer Weigerung – schließlich kannte er sie, seit sie ein Kind war. Als kleines Mädchen, in Lissabon, hatte sie sich die abenteuerlichsten Geschichten ausgedacht, von schwarzen Pferden und Entführungen in finsterer Nacht. Vermutlich war sie eine von den Frauen, die glaubten, sie müssten einen Mann wirklich lieben, um ihn zu heiraten. Aber zum Teufel – was hatte die Ehe mit Liebe zu tun? Er selbst wollte sie ja auch nicht aus Liebe heiraten, sondern aus Vernunft!

Liebe – kein Wort löste in Diogo heftigeren Widerwillen aus. Er hatte nur einmal in seinem Leben geliebt, Sarah Barroso, die Tochter eines Goldschmieds aus Galizien. Beim Richtfest des Judenhauses waren sie einander begegnet, die ganze Nacht hatten sie miteinander getanzt, und zwei Wochen später waren sie verlobt. Er war so verliebt gewesen in Sarah, dass er für sie auf alle Schätze der Erde verzichtet hätte.

Doch dann, im Dezember 1540, die Ketubba war schon unterschrieben, hatte Kaiser Karl den Magistrat von Antwerpen angewiesen, die Marranen strenger zu überwachen, und als kurze Zeit später Gerüchte aufkamen, auch in Flandern drohe die Inquisition, da hatte Sarah ihn verlassen, um an seiner Stelle einen Christen zu heiraten.

Diogo hatte noch nie so gelitten wie unter dem Verlust ihrer Liebe. Tagelang hatte er weder essen noch trinken können, und er brauchte über ein Jahr, um den Schmerz zu betäuben. Aber wie steht es geschrieben? Man muss den Herrn auch für das Böse preisen! Sarahs Verrat hatte ihm die Augen geöffnet, jetzt wusste er, wie es um das Wesen der Weiber stand. Und als sich dann noch zeigte, dass der Kaiser nicht im Traum daran dachte, das wohlhabendste Land seines Reiches den dominikanischen Glaubenseiferern zu überlassen, war Diogo für immer von der Liebe kuriert. Ohne sein Herz noch einmal zu verschenken, vergnügte er sich seither mit allen Frauen, die bereit waren, ihm zu Willen zu sein, und wenn Gott vergaß, ihm beizeiten ein solches Weib über den Weg zu schicken, so gab es im Hafen den Goldenen Anker, wo noch jeder auf seine Kosten gekommen war.

Gracia streute Sand auf ihren Brief, um die Tinte zu trocknen, und blickte von ihrem Pult auf. Doch statt Diogo endlich eine Antwort zu geben, sagte sie: »Wir haben viel dringendere Sorgen. Der englische König hat den Hafen von London für unsere Schiffe gesperrt. Damit keine Juden aus Portugal mehr über England in die Niederlande fliehen können.«

»Verdammte Schweinerei«, fluchte Diogo. »Die Gloria sollte von Lissabon tausend Ballen Chinaseide nach London bringen, um dort fünfhundert Fass Aquavit aufzunehmen. Wir müssen einen Ersatzhafen finden, bevor wir sie losschicken können.«

»Aber in Lissabon wartet Samuel Usque mit unseren Glaubensbrüdern. Jeder Tag, den sie sich länger versteckt halten, kann für sie den Tod bedeuten.«

»Die Gloria braucht zuerst einen neuen Zielhafen, sonst lässt der Hafenkommandant in Lissabon sie nicht von den Leinen. Auch muss sie wie geplant die Seidenballen aufnehmen. Ohne Fracht können die Flüchtlinge nicht an Bord. Das wäre viel zu gefährlich. Außerdem brauchen wir das Geld.«

Er ging zu dem mächtigen Globus, der in der Mitte des Kontors auf einem Holzgestell ruhte, und während er an der großen, lederbespannten Kugel drehte, auf der alle Niederlassungen der Firma Mendes mit einem Davidstern gekennzeichnet waren, fragte er: »Wohin also mit den tausend Ballen Seide? Habt Ihr eine Idee?«

»Als Ersatz für London? Vielleicht.« Sie machte eine Pause und legte einen Finger an die Spitze ihrer Nase, als würde sie nachdenken. »Wie wäre es«, sagte sie schließlich, »wenn die Gloria von Lissabon nach Madeira auslaufen würde?«

»Nach Madeira? Aber das ist am anderen Ende der Welt!« Diogo zeigte auf den winzigen braunen Fleck, der sich wie ein Krümel in der weiten blauen Wasserwüste des Ozeans verlor. »Da, seht selbst!«

»Ich weiß, es klingt verrückt«, sagte Gracia, »aber genau das wäre unser Vorteil. Wenn die Gloria mit der Chinaseide nach Madeira ausläuft, schöpft in Lissabon niemand Verdacht. Kein Jude wird je auf die Kanaren fliehen. Unsere Leute könnten also beim Beladen ohne jede Gefahr an Bord gebracht werden.«

»Eine gute Idee«, sagte Diogo. »Aber – wo bleibt das Geschäft?«

Auch darauf hatte sie eine Antwort: »Wir nehmen in Madeira Süßwein an Bord, der ist in Paris sehr begehrt. Damit können wir mehr Gewinn machen als mit schottischem Aquavit. Und die Seide könnten wir von Madeira aus nach Italien verschicken.«

»Und wer wickelt das Geschäft für uns ab? Wir haben keine Niederlassung auf den Kanaren.«

»Mein Vater hat früher mit Madeirawein gehandelt, ich habe bereits einen Brief an seinen alten Agenten in Funchal vorbereitet.« Sie rollte das Pergament zusammen und reichte es ihm. »Für den Kapitän der Gloria.«

»Oh, Ihr habt also schon einen fertigen Plan?«

Diogo zögerte. Das Geschäft durfte auf keinen Fall platzen, er hatte hinter Gracias Rücken jemanden daran beteiligt, dessen Hilfe sie unbedingt brauchten ... Andererseits passte es ihm gar nicht, dass seine Schwägerin in einer so wichtigen Frage für die Lösung sorgte, schließlich war er der Chef ... Während er überlegte, fuhr er mit dem Finger auf dem Globus die Route nach, die das Schiff zurücklegen würde. Bei Gott, der Plan war wirklich verrückt! Aber er könnte funktionieren ... Warum war er nicht selbst darauf gekommen?

Er drehte so heftig an dem Globus, dass die Weltkugel einmal um die eigene Achse kreiste, dann wandte er sich zu seiner Schwägerin um. »Habe ich es nicht gleich gesagt?«, fragte er sie mit einem Grinsen.

»Was habt Ihr gesagt?«, fragte sie zurück.
»Dass man den Herrn auch für das Böse preisen muss?«
Sie hob die Augenbraue und sah ihn an. »Dann seid Ihr also einverstanden?«
»Gebt schon her«, sagte er und nahm den Brief. »Ich werde dem Kapitän der Gloria Anweisung geben, dass er von Lissabon aus mit Kurs auf Madeira ausläuft.«
Als ihre Hände sich berührten, schüttelte sie unwillig den Kopf, erwiderte aber stolz seinen Blick. Wollte sie ihn beleidigen? Nein, eine Schönheit wie ihre Schwester war sie nicht, er war nicht im Geringsten an ihr interessiert. Aber klug war sie, verdammt klug sogar, und für die Firma konnte Diogo sich keine bessere Partnerin wünschen. Sie hatte sogar Rabbi Soncino dazu gebracht, ihr aus Venedig eine Responsa zu schicken, ein talmudisches Rechtsgutachten, in dem er sie kraft seines Amtes nicht nur von der Unberührbarkeit als Frau befreite, sondern ihr zugleich erlaubte, sich gemeinsam mit Diogo und anderen Männern in geschlossenen Räumen aufzuhalten, damit sie als Mitinhaberin des Handelshauses unbeeinträchtigt von den Vorschriften des Glaubens ihre Geschäfte führen konnte: zum Wohl der Firma Mendes und zum Wohl des jüdischen Volkes.
»Gibt es noch etwas?«, fragte sie.
»Ja, Ihr habt mir noch keine Antwort gegeben.«
Gracia wich seinem Blick aus. »Ach, Ihr wisst doch, wie ich darüber denke.«
Damit wandte sie sich ab und verließ den Raum. Diogo schaute ihr nach, wie sie mit ihrer hohen Spitzenhaube durch die Tür verschwand. Immerhin hatte sie nicht nein gesagt. Und sollte sie sich eines Tages zu einem Ja durchringen, um das Vermögen der Firma Mendes unter dem Dach der Ehe zu vereinen – wer weiß, vielleicht könnte er ja dann noch nebenher bei der hübschen Brianda landen.

3

»Gibt es das Gelobte Land wirklich, Mutter?«, fragte Reyna.
»Du meinst das Land, wo die Zehn Stämme lebten?«, erwiderte Gracia.
Reyna lag schon zur Nacht bereit in ihrem Bett, unter einer dicken warmen Decke verpackt, aber sie wollte nicht schlafen, bevor sie eine Antwort bekam. Gracia zögerte. Was sollte sie ihrer Tochter sagen? Niemand, den sie kannte, hatte das Land der Zehn Stämme je mit eigenen Augen gesehen, und auch sie selbst wusste davon nur, was ihre Mutter ihr als Kind berichtet hatte.
»Ja, mein Liebling«, sagte sie schließlich, »dieses Land gibt es wirklich. Obwohl schon seit sehr langer Zeit kein Mensch mehr da gewesen ist, ist es die Heimat von allen Juden auf der Welt.«
»Und wo ist dieses Land?«
»Es liegt ganz weit weg von hier, mitten in einer Wüste, am Ufer eines mächtigen Flusses.«
»Ist es da warm?«
»Ja, viel wärmer als hier. Da scheint fast immer die Sonne.«
Während das Feuer im Kamin prasselnd gegen die ewige feuchte Kälte ankämpfte, setzte Gracia sich zu ihrer Tochter aufs Bett, und obwohl Reyna die Geschichte schon viele Male gehört hatte, lauschte sie mit andächtigem Staunen der Prophezeiung, die einst ein Orientale auf der Praça do Rossio verkündet hatte, vor vielen Jahren in Lissabon, bei der Zwangstaufe der zwanzigtausend, unter denen auch ihre Großmutter gewesen war – lauschte der Geschichte von dem wundersamen Fluss Sabbaton, dessen Fluten nur an Werktagen strömten, am siebten Tage aber stillstanden, von den Mosessöhnen, die am Ufer ihre Gebete verrichteten, um den Sabbat zu heiligen, und von dem Garten Eden, der sich am Ende einer langen Reise vor allen Juden auftun würde, die dem Flug der weißen Tauben folgten.
»Du hast vergessen zu sagen, wie es duftet, Mutter!«
»Gut, dass du mich daran erinnerst. Ja, in dem Garten duftet es

so herrlich wie im Paradies. Nach Dattelpalmen und Orangenbäumen und Pinienhainen.«

Reyna atmete ganz tief ein, als könnte sie alles riechen, was Gracia beschrieb – die kleine Nase mit den Sommersprossen kräuselte sich, und ihre hellblauen Augen, die sie von ihrem Vater geerbt hatte, leuchteten wie zwei Sterne. Neun Jahre war sie nun alt, und Gracia war glücklich, dass sie die Geschichte vom Gelobten Land so gerne hörte, die Geschichte ihrer Väter. Es war ja noch nicht lange her, da hatte Reyna beim Beten immer das Kreuzzeichen geschlagen, wie sie es von den Edomitern gelernt hatte, und jedes Mal hatte der Anblick Gracia einen Stich versetzt. Reyna war doch ihr Glaubenspfand – durch ihre Geburt hatte Gott sie wieder in das Buch des Lebens eingeschrieben, nach ihrem Frevel in der Hochzeitsnacht, und in der Stunde ihrer größten Verirrung, in der Kathedrale von Lissabon, hatte ihre Tochter sie vor dem Abfall von Haschem bewahrt. Dafür schuldete sie Gott ihre Seele.

»Glaubst du«, fragte Reyna, »dass wir irgendwann das Gelobte Land sehen? Du und ich?«

»Ja«, sagte Gracia, »das glaube ich, ganz fest sogar. Wir müssen nur aufpassen, dass wir weiße Tauben bleiben und uns von den schwarzen und den grünen Tauben fernhalten.« Sie strich ihrer Tochter über die Wange und gab ihr einen Gutenachtkuss. »Jetzt sagen wir noch einmal das Schma und die Segenssprüche, und dann wird geschlafen.«

»Gelobt seiest du, Gott, der Abend werden lässt«, murmelte Reyna und gähnte. »Gelobt seiest du, Ewiger, Erlöser Israels. Führe uns zur Ruhe. Makellos sei mein Lager vor dir, und erleuchte meine Augen, damit ich nicht in den Tod schlafe.« Sie hatte die letzten Worte noch nicht zu Ende gesprochen, da fielen ihr die Augen auch schon zu, und gleich darauf war sie eingeschlafen.

Leise, um sie nicht zu wecken, nahm Gracia den Leuchter vom Kasten, und während draußen auf dem Marktplatz ein Nachtwächter vorüberzog, ging sie auf Zehenspitzen in ihre Kammer.

Dort las sie noch eine Seite in der Thora, die sie sorgsam in ihrem Wäschekasten versteckt hielt, bevor auch sie sich entkleidete, die Kerzen ausblies und sich ins Bett legte.
Wohlig kuschelte sie sich unter die Decke. Dies war der schönste Teil des Tages, die Zeit der Seelenrechenschaft, da sie in ihren Gedanken Francisco zu sich rief, ihren Mann, um zusammen mit ihm den Tag zu beschließen. Im Haus war alles still, nur von draußen ertönte hin und wieder der einsame Ruf des Nachtwächters, und obwohl schon so viele Jahre vergangen waren, seit Francisco sie verlassen hatte, dauerte es nicht lange, da spürte Gracia ihn wieder bei sich, in der dunklen Geborgenheit ihrer Kammer, sah sein Gesicht und hörte seine Stimme, so deutlich, als wäre er wirklich da. Während an den Wänden die Schatten von der Laterne des Nachtwächters durch das Fenster huschten, erzählte sie ihm von den Ereignissen des vergangenen Tages, von ihrer Arbeit im Kontor, von ihrem Bemühen, zusammen mit Diogo sein Werk fortzusetzen. Was hätte er wohl zu ihrer Idee gesagt, von Lissabon aus Madeira anzulaufen?
»Das hast du gut gemacht ... Ich bin stolz auf dich ...«
Zufrieden schloss Gracia die Augen. Was für ein Gesicht Diogo gezogen hatte! Offenbar hatte es ihn große Überwindung gekostet, ihrem Plan zuzustimmen. Diogo war immer noch so, wie sie ihn aus ihrer Kindheit in Erinnerung hatte. Aber was hatte sie damals nur an ihm gemocht? Zwar hielt er den Sabbat ein und verrichtete alle Gebete, und das Judenhaus am Kipdorp hatte er auf eigene Kosten gebaut und darin sogar eine Wohltätigkeitsbörse eingerichtet, zur Versorgung aller Marranen, die auf ihrer Flucht von einem Ende der Welt zum anderen in Antwerpen Station machten. Trotzdem war er das Gegenteil seines Bruders. Er liebte das Leben, den Luxus und die Künste, vor allem aber liebte er sich selbst. Allein schon sein Wahlspruch: »Man muss den Herrn auch für das Böse preisen ...« Meinte er damit wirklich das Lob Gottes? Oder pries er das Böse nur, weil er das Abenteuer liebte, weil die Gefahr jeden Sieg umso strahlender erscheinen

ließ? Er war so eitel, dass er manchmal sogar im Kontor seinen weißen Zobel, einen äußerst wertvollen Pelz, anbehielt.
»Ihr habt mir noch keine Antwort gegeben …«
Vom Turm der Liebfrauenkathedrale schlug es zur elften Stunde. Gracia spürte, wie die Schwere des Tages von ihr abfiel und sie in den Schlaf entließ. Wie die grauen Nebel der Schelde hüllte die Müdigkeit sie ein, floss durch ihre Adern, in sanften, ruhig flutenden Wogen, breitete sich in ihrem ganzen Leib aus. Sie hatte Diogo gesagt, er wisse doch, wie sie darüber denke. Aber wusste sie es selbst? Während ihre Arme, ihre Beine schwerer und schwerer wurden, sah sie Franciscos Gesicht vor sich. Seine Augen waren in die ihren versunken wie in die Betrachtung eines Kunstwerks.
»Siehe, meine Freundin, du bist schön … Siehe, schön bist du …«
Selig erwiderte sie seinen Kuss, und ihre Gedanken lösten sich in Bilder auf, um allmählich in Schlaf und Traum hinüberzugleiten. Immer schwerer, immer wärmer wurde ihr Leib, und während sie tiefer und tiefer hinabsank, bis auf den Grund ihrer Seele, war ihr zugleich, als würde sie schweben. Zärtlich schmiegte sie ihr Gesicht an das Kissen, spürte das Leinen auf ihrer Haut, Atem, der sie liebkoste, den Atem eines Mannes.
»Du weißt, worum ich dich bitte … Diogo soll dir helfen … Du hast ihn immer geliebt …«
Ein süßlich bitterer Geruch hing in der Luft, wie die Ausdünstungen eines Tieres, das sich irgendwo verkrochen hatte. Sie hielt das Kissen in ihrer Hand. Ohne zu denken, hatte sie es genommen und auf sein Gesicht gedrückt.
War das noch ein Gedanke? Oder war es schon ein Traum?
Drei Tauben schwangen sich hinauf in die Lüfte, eine weiße, eine grüne und eine schwarze. Gracia versuchte, ihre Augen zu öffnen, doch sie konnte es nicht, ihre Lider waren so schwer wie Blei. Und gerade als sie begriff, dass sie selbst die grüne Taube war, spannte ein Schütze seinen Bogen, und die weiße Taube fiel vom Himmel.

Ja, Francisco war tot, und sie lebte mit seinem Bruder unter einem Dach. Und sie durfte ihn niemals lieben.

4

Brianda wusste nicht, ob es Gott wirklich gab. Aber jeden Tag dankte sie ihm dafür, dass sie auf der Welt sein durfte. War das Leben nicht ein wunderbares Geschenk? Ein einziger großer Gabentisch?

Der Marktplatz von Antwerpen war zur Kirchweih mit bunten Flaggen geschmückt, die Sonne schien von einem weiß-blauen Himmel auf die Giebelhäuser herab, und während vor dem Rathaus zwei Trommler lärmten und ein Narr mit Schellenkappe seine Bocksprünge dazu vollführte, schlenderte Brianda zwischen den Buden umher, um sich die Auslagen anzuschauen. Es gab nichts auf der Welt, was es hier nicht gab. Gold- und Silberschmiede hatten ihre Waren ausgestellt, Glasbläser und Buchbinder, Teppichweber und Schuhmacher, Diamantschneider und Holzschnitzer. Obwohl es Brianda an Geld nicht fehlte, feilschte sie um jeden Preis, nur aus Freude am Handeln. Im Gegensatz zu ihrer Schwester, die immer noch einige Mühe hatte, sich in der fremden Sprache zu verständigen, hatte sie in kürzester Zeit Flämisch gelernt. Willem hatte es ihr beigebracht, der dicke Hausbursche, der zum Frühstück immer nur Biersuppe aß und nun in seinen Holzpantinen mit hörbarem Schnaufen einen Ballen Samt hinter ihr hertrug.

Der Stoff war für Reyna bestimmt. Ihre Nichte war schon eine richtige kleine Frau, die nichts lieber tat, als sich herauszuputzen. Die Schneiderin sollte aus dem Samt ein Kleid für sie nähen, eines, wie Brianda es selbst gerne trug, mit einem Ausschnitt und Glöckchen an den Schultern, die beim Gehen leise klingelten. Sie freute sich schon jetzt darauf, Reyna damit zu überraschen.

Als sie nach Hause kam, stand Gracia am Fenster der Nähstube. Sie sah aus, als hätte sie ungeduldig auf sie gewartet. Briandas Herz machte vor Freude einen Sprung. Gab es Post aus Lyon? Doch ihre Schwester hatte eine ganz andere Nachricht für sie.

»Du musst Dom Diogo heiraten«, erklärte sie.

»Wie bitte?« Brianda wusste nicht, ob sie richtig gehört hatte. »Willst du dich über mich lustig machen?«

Ihre Schwester schüttelte den Kopf. »Ich habe lange darüber nachgedacht. Es wäre für uns alle das Beste.«

»Aber ... aber wie stellst du dir das vor?«, fragte Brianda. »Ich liebe Tristan! Ich bin mit ihm verlobt!«

»Ihr wart damals nicht bei Verstand«, sagte Gracia. »Ihr hattet gerade ein Erdbeben überlebt. Da beschließt man leicht irgendwelche Dinge, die man später bereut.«

»Nicht bei Verstand?«, protestierte Brianda. »Noch nie im Leben bin ich mir einer Sache so sicher gewesen.«

»Trotz der Mitgift?«, fragte Gracia. »Du könntest dir jedes Kleid kaufen, das dir gefällt. Außerdem wird Tristan in Lyon gebraucht. Das weißt du so gut wie ich. Der Seidenhandel ...«

»Du kannst dein Geld für dich behalten«, rief Brianda. »Du bestimmst, was in der Firma passiert, zusammen mit Dom Diogo. Ein Wort von dir genügt, und Tristan kommt nach Antwerpen. Es sei denn, du willst nicht, dass er ...«

Brianda konnte nicht weitersprechen, sie musste sich setzen. Noch an diesem Morgen war sie am Groenplaats gewesen und hatte im Kontor der Thurn-und-Taxis-Post einen Brief an ihren Verlobten aufgegeben.

Seit zwei Jahren wartete sie darauf, ihn wiederzusehen, und bis Weihnachten, spätestens aber bis zum Pessachfest, so hatte Gracia versprochen, würde er nach Antwerpen kommen, damit sie endlich heiraten könnten. Jedes Mal, wenn Brianda daran dachte, dankte sie Gott für dieses Glück, das auf sie wartete. Und jetzt? Auf dem Tisch stand ein Brett mit Butterkuchen und glotzte sie mit dummen Fettaugen an.

»Warum willst du Dom Diogo nicht heiraten?«, fragte sie ihre Schwester. »Er will doch *dich* zur Frau, nicht mich.«
Gracia schaute zum Fenster hinaus. »Ich muss mich um Reyna kümmern. Sie ist alles, was ich habe.«
»Das ist kein Grund«, erwiderte Brianda. »Um Reyna kannst du dich ebenso gut kümmern, wenn du verheiratet bist. Vielleicht sogar noch besser.«
»Außerdem kann ich seit ihrer Geburt keine Kinder mehr kriegen.«
»Woher willst du das wissen? Es gibt genug Frauen, die schwere Geburten hatten wie du und trotzdem noch Kinder bekommen haben.«
»Die Ärzte sagen, ich habe kaum noch Blut in den Adern. Die feuchte Kälte hier ist Gift für mich. Nein, ich tauge nicht mehr zur Ehefrau.«
»Und darum soll ich Dom Diogo heiraten, obwohl ich ihn nicht liebe? Wie kannst du das von mir verlangen?« Vor lauter Aufregung nahm Brianda ein Stück von dem Kuchen und biss hinein, als würde sie verhungern. »Ausgerechnet du! Und wie hast du mit Vater gestritten, als du Francisco heiraten solltest, gegen deinen Willen.«
»Damals war ich jung und hatte keine Ahnung vom Leben. Jetzt weiß ich es besser.«
»Hast du vergessen, was du mich im Badehaus gefragt hast? Ob ich nicht genauso handeln würde wie du, wenn man mich zwingen würde, einen Mann zu heiraten, den ich nicht liebe?«
»Es geht nicht immer nur um Liebe«, erwiderte Gracia. »Im Gegenteil. Liebe macht oft alles nur noch schlimmer.«
»Wenn es nicht um Liebe geht – worum geht es dann?« Brianda warf den Kuchen auf das Brett und sprang von ihrem Stuhl auf.
»Worum es geht?«, wiederholte Gracia und drehte sich zu ihr um. »Das will ich dir sagen! Um Vernunft! Um unsere Familie! Um die Firma Mendes! Wenn wir nicht zusammenhalten, verfolgen sie uns hier bald genauso wie in Lissabon.«

»Unsinn! Wir sind hier so sicher wie in Abrahams Schoß.«

»Glaubst du das wirklich? Vergiss nicht, der Kaiser hat dafür gesorgt, dass es in Portugal die Inquisition gibt, und er lebt keine dreißig Meilen von hier.«

»Was habe ich mit dem Kaiser zu tun?«, fragte Brianda.

Gracia trat auf sie zu und zupfte am Ausschnitt ihres Samtkleids, das wie ein Mieder gerafft war, so dass ihre Brüste daraus wie zwei Äpfelchen hervorschauten.

»Du bist eine wunderschöne junge Frau«, sagte sie. »Wenn du Dom Diogo nicht nimmst, wird der Kaiser oder seine Schwester dich irgendwann zwingen, einen Flamen zu heiraten, um an unser Geld zu kommen. Ist es das, was du willst?«

»Die Thora schreibt vor, dass die Witwe den Bruder ihres verstorbenen Mannes heiraten soll. Warum hältst du dich nicht daran?«

»Seit wann kümmerst du dich um die Thora? Dir ist doch ganz egal, ob du Jüdin oder Christin oder Muselmanin bist!«

»Tu nicht so scheinheilig! Du willst ja nur, dass alles nach deiner Pfeife tanzt!«

»Wie kannst du so etwas behaupten? Ich versuche nur, das Richtige zu tun! Für uns alle!«

»Wirklich? Wenn es nach mir gegangen wäre, wären wir in Lissabon geblieben. Von mir aus hätte ich als Christin gelebt – mein Leben ist mir wichtiger als jede Synagoge. Aber du hast uns wie Schafe hierhergetrieben, nur weil du zu Hause nicht in Ruhe das Schma beten konntest, und jetzt kommandierst du uns hier auch noch herum. José hast du nach Löwen geschickt, damit er studiert, obwohl er lieber Soldat werden wollte, Tristan zwingst du, in Lyon zu bleiben, und ich soll einen Mann heiraten, den du selbst nicht heiraten willst. Was bildest du dir ein? Haben wir anderen weniger Rechte als du? Nur weil wir nicht immerzu vom Gelobten Land träumen?«

»Das habe ich nie gesagt ...«

»Und ich habe dir damals aus der Patsche geholfen, als du Rabbi Soncino und die Gemeindefrauen belogen hast.« Brianda machte

eine kurze Pause; eine kleine, böse Frage war ihr in den Sinn gekommen. »Übrigens – was ist eigentlich in eurer Hochzeitsnacht passiert? Du hast es mir nie erzählt.«
»Ich weiß nicht, wovon du redest.«
»Und ob du das weißt! Hast du dich Francisco wirklich verweigert? Oder hast du mit ihm geschlafen, obwohl du eine Nidda warst?«
»Was zum Teufel geht dich das an?«
Gracia war so wütend, dass Brianda einen Moment lang glaubte, sie würde ihr eine Ohrfeige verpassen.
»Ich … ich will dir sagen, warum ich Dom Diogo nicht heiraten kann«, sagte Gracia mit mühsam beherrschter Stimme. »Ich kann mit keinem anderen Mann mehr zusammen sein, nie mehr, und am wenigsten mit Dom Diogo. Es wäre Verrat. Verrat an Francisco. Ich habe ihn zu sehr geliebt. Und ich liebe ihn immer noch.«
Tränen schimmerten in ihren Augen, und aus ihrem Gesicht sprach ein solcher Schmerz, dass Brianda sich plötzlich schämte.
»Dann geht es also doch um Liebe?«, fragte sie leise.
»Ja natürlich! Worum denn sonst?« Gracia wandte sich ab und kehrte zum Fenster zurück.
»Bitte verzeih mir«, sagte Brianda und berührte sie an der Schulter. »Ich wollte dir nicht weh tun. Aber – warum glaubst du, es wäre Verrat? Francisco hat es doch selbst so gewollt. Es steht ja in seinem Testament, dass du Dom Diogo heiraten sollst. Es ist sein eigener Wunsch.«
Sie berührte ihre Schwester noch einmal, doch Gracia reagierte nicht. Sie kehrte ihr weiter den Rücken zu und schaute hinaus auf den Marktplatz. Der Himmel hatte sich bewölkt. Eilig liefen die Menschen hin und her, jeder schien noch etwas besorgen zu wollen, bevor der Regen kam. Der Spaßmacher und die Trommler hatten sich schon verzogen.
»Manchmal frage ich mich«, sagte Gracia, »ob wir jemals wissen können, was wir eigentlich wollen – ich meine, wenn es wirklich darauf ankommt.«

»Was meinst du damit?«

»Ach, das kannst du nicht verstehen ... Du bist ja nicht dabei gewesen, als Francisco verlangte, dass ich ...«

Sie verstummte mitten im Satz, und für eine Weile war nur das Klappern aus der Küche zu hören, wo die Köchin das Mittagessen vorbereitete.

Brianda konnte das Schweigen nicht ertragen. Egal, was Gracia gerade dachte – es ging um ihre Zukunft, um ihr Leben, um ihr Glück. »Ich weiß jedenfalls, was ich will«, sagte sie.

Gracia drehte sich um und sah ihr fest in die Augen. »Das heißt, du willst auf Tristan da Costa warten?«

Brianda nickte. »Er ist der Mann, den ich liebe. Das weiß ich, seit ich zum ersten Mal mit ihm getanzt habe, auf deiner Hochzeit.«

Gracia holte tief Luft. »Nun gut«, sagte sie dann. »Ich hatte gehofft, du würdest Vernunft annehmen. Doch du lässt mir keine Wahl. Ich muss dir die Wahrheit sagen.«

»Welche Wahrheit?«, fragte Brianda, erschrocken über den ernsten Ton.

»Tristan da Costa wird nicht nach Antwerpen kommen. Weder in diesem Jahr noch im nächsten. Aber nicht«, fügte sie hinzu, als Brianda etwas sagen wollte, »weil ich ihn dazu zwinge, sondern weil er es selbst so entschieden hat.« Sie zog einen Brief aus dem Ärmel ihres Kleids. »Er hat mir geschrieben. Er will eine Französin heiraten, die Tochter eines Raupenzüchters in Lyon, und er fragt Dom Diogo und mich, ob wir Einwände haben. Die Hochzeit soll so bald wie möglich stattfinden.«

»Das ist eine Lüge!«, rief Brianda. »Eine ganz gemeine, widerliche Lüge!«

»Nein, das ist es nicht.« Gracia reichte ihr den Brief. »Da – lies selbst.«

Brianda starrte auf den Brief wie auf ein böses Tier. Nein, ihre Schwester hatte nicht gelogen, sie erkannte die Schrift auf dem Umschlag, die Handschrift ihres Geliebten. Auf einmal war es, als ströme alle Kraft aus ihr heraus. Und statt nach dem Brief zu greifen, schlug sie die Hände vors Gesicht und brach in Tränen aus.

Gracia nahm sie in den Arm. »Ich weiß, wie dir zumute ist, aber glaub mir, irgendwann wirst du Gott dafür danken, dass alles so gekommen ist.«

»Wie konnte er mir das antun«, stammelte Brianda, am ganzen Körper zitternd. »Wir hatten uns doch versprochen, für immer ...«

»Pssst«, machte Gracia. »Hab nur Geduld, dann wird alles wieder gut. Du wirst sehen, Dom Diogo ist der beste Mann, den eine Frau sich wünschen kann.«

»Aber ich will nicht Dom Diogo!«, schluchzte sie. »Ich will Tristan!«

»Pssst«, machte Gracia noch einmal. »Ich wollte am Anfang auch nichts von Francisco wissen, aber später, nach der Hochzeit, habe ich begriffen, wie viel er mir bedeutet, mehr als mein eigenes Leben. Warum soll es dir nicht auch so gehen?«

5

Wie einst Noahs Arche nach der Sintflut verlor sich die Gloria in der unendlichen Weite des Ozeans. Noch war kein Land in Sicht, doch nach zwei Tagen Regen, in denen Himmel und Meer in einem einzigen Grau in Grau miteinander zu verschmelzen schienen, war am Morgen die schwere Wolkendecke aufgerissen, und in den Fluten brachen sich nun glitzernd und funkelnd die ersten Sonnenstrahlen. Knatternd blähten sich die Segel im Wind, der stetig aus Südwesten blies. Mit dreihundert Flüchtlingen sowie fünfhundert Fass Madeirawein an Bord fuhr das Schiff, von den Kanaren kommend, auf die Azorenschwelle zu. Von dort aus würde es die Iberische Halbinsel nördlich umsegeln, bevor es, sofern die Winde weiter günstig stünden, in zwei oder drei Wochen den Ärmelkanal passieren und schließlich Kurs auf die Niederlande und die Hafenstadt Antwerpen nehmen würde, das vorläufige Ziel ihrer Reise.

Gracias Plan war aufgegangen. Unbehelligt von den Soldaten des portugiesischen Königs, die einem Segler mit Ziel Madeira keinerlei Beachtung schenkten, waren die Flüchtlinge im Hafen von Lissabon an Bord der Gloria gelangt, in deren Bauch sie sich bis zum Auslaufen zwischen tausend Ballen Chinaseide hatten verstecken können. Nun, da die Kanaren hinter ihnen lagen, bewegten sie sich frei und ohne Furcht an Deck, wo sie am Morgen sogar damit begonnen hatten, aus Zweigen, Stroh und Sackleinen luftige Hütten aufzuschlagen, um das Laubhüttenfest zu feiern, das größte Freudenfest der Juden im Jahr. Sieben Tage wollten sie in diesen Hütten unter freiem Himmel wohnen, um zu feiern und zu beten, im Gedenken an den Auszug aus Ägypten, als der Herr sein Volk durch die Wüste in die Heimat geleitet hatte. Doch beim Bau der Hütten, die sie an die Vergänglichkeit jedweden Tuns erinnern sollten, gerieten sie immer wieder in Streit, allen voran ein Vorbeter aus Setúbal und ein Gemeindeältester aus Porto, deren rechthaberisches Geschrei selbst das Knattern der Segel übertönte.

»Wollt Ihr Euch versündigen? In der Hütte muss mehr Schatten sein als Sonnenlicht!«

»Was kann ich dafür, wenn der Wind die Zweige wegweht?«

»Die Hütte ist aber nicht koscher, wenn zu viel Sonne einfällt!«

Nur ein Mann an Deck hielt sich abseits von den Streitereien: Samuel Usque, ein Student der Rechtswissenschaft aus Coimbra, dem die meisten Menschen an Bord ihre Rettung vor der Inquisition verdankten. Seit seiner eigenen Flucht vor zwei Jahren half er im Dienst der Firma Mendes anderen Juden, aus Portugal zu fliehen, in der Hoffnung, eines Tages seinen Bruder Benjamin wiederzufinden, seinen einzigen Verwandten, der außer ihm der Verfolgung durch die Dominikaner entkommen war und noch irgendwo in der Heimat lebte. Als christlicher Kaufmann getarnt,

kehrte Samuel immer wieder nach Portugal zurück. Im ganzen Königreich suchte er die Gemeinden seiner Glaubensbrüder auf, informierte sie über die Ankunft von Schiffen, mit denen sie außer Landes gelangen konnten, versteckte sie bis zur Abfahrt an geheimen Orten, versorgte sie mit Lebensmitteln und brachte sie an Bord, um sie schließlich bis nach Antwerpen und manchmal sogar bis nach Konstantinopel zu begleiten.
Doch jetzt, da die anderen sich auf das große Fest vorbereiteten, war ihm selbst gar nicht nach Feiern zumute. Einsam stand er am Bug der Gloria, und die aufschäumende Gischt, die der Wind ihm ins Gesicht blies, spürte er so wenig wie die brennende Sonne auf seiner Haut. Eine dicke Frau an Bord, Rebecca Gonzales, hatte etwas über Benjamin gewusst. Angeblich hatten die Dominikaner seinen Bruder nach dem Tod der Eltern in eine christliche Familie gegeben, um seine Seele vor der Verdammnis zu retten. Rebeccas Mann, ein Geldverleiher aus Coimbra, hatte davon gehört. Doch wie die Familie hieß und wo sie lebte, das wusste weder der Geldverleiher noch seine Frau.
»Es steht geschrieben: Sieht man Sterne durch das Dach, so ist die Hütte koscher!«
»Ja – Sterne! Aber nicht den ganzen Himmel! Außerdem steht ebenso geschrieben: Bau eine *schöne* Hütte! Und wie sieht diese Hütte aus?«
Samuel schüttelte den Kopf. Kaum waren sie dem Tod von der Schippe gesprungen, stritten sie gleich um das Gesetz, als gelte es ihr Leben. Waren sie Gläubige oder Verrückte? Samuel wusste es nicht. Sein Vater, ein Rabbiner, war genauso gewesen – bis in den Tod hatte er versucht, nach seinem Glauben zu leben. Weil er sich geweigert hatte, Gott abzuschwören, hatten die Dominikaner ihn eingekerkert, zusammen mit seiner Frau, und beide bis zum Hals eingemauert, um sie zur Annahme der Taufe zu zwingen. Nach drei Tagen ohne etwas zu essen und zu trinken waren sie gestorben, mit dem Schma auf den Lippen. Samuel war diese Prüfung erspart geblieben – er war zur gleichen Zeit in Lissabon,

um ein Examen abzulegen. Doch warum hatte Gott gewollt, dass er überlebte? Damit er seinen Bruder aus den Händen der Edomiter befreite? Benjamin war fast zehn Jahre jünger als er. Als sie sich zum letzten Mal gesehen hatten, waren sie in einem See herumgetobt. Benjamin wäre beinahe ertrunken. Samuel hatte damals seinem Bruder versprochen, ihm das Schwimmen beizubringen. Und wahrlich: Was auch immer Gottes Pläne waren – er würde nicht eher ruhen, bis er sein Versprechen eingelöst hätte.

»Die Hütte muss sieben Spannen lang sein!«

»Aber sie darf nicht höher sein als sieben Spannen!«

»Lügner! Soll ich Euch die Wahrheit einprügeln?«

Samuel fuhr herum. Wutentbrannt standen der Vorbeter aus Setúbal und der Gemeindeälteste aus Porto einander gegenüber, beide mit einer Latte bewaffnet und bereit, aufeinander loszugehen.

»Seid Ihr von Sinnen?«, rief Samuel und warf sich dazwischen. »Oder wollt Ihr den Edomitern die Arbeit abnehmen?«

»Dieser Mann verstößt gegen das Gesetz!«, rief der Vorbeter.

»Und dieser Mann«, rief der Gemeindeälteste, »hat das Gesetz nie studiert!«

Samuel brauchte seine ganze Kraft, um die beiden auseinanderzuhalten.

»Dann hört, was noch geschrieben steht«, sagte er. »Du sollst an deinem Fest fröhlich sein. Fünftes Buch Mose, Kapitel sechzehn, Vers vierzehn.«

»Oh, Samuel Usque ist ein Schriftgelehrter?«, staunte der Vorbeter.

»Ein Rabbiner gar, wie sein Vater?«, fügte der Gemeindeälteste hinzu. »Aber es muss heißen: Dann sollst du *wirklich* fröhlich sein. Fünftes Buch Mose, Kapitel sechzehn, Vers fünfzehn.«

»Nein«, widersprach der Vorbeter. »Vor allem steht geschrieben: Seid sieben Tage vor dem Herrn, eurem Gott, fröhlich. Drittes Buch Mose, Kapitel dreiundzwanzig, Vers vierzig.«

»Ihr könnt es drehen und wenden, wie Ihr wollt«, erklärte Samuel. »In einem seid Ihr Euch jedenfalls einig!«

»Nämlich?«, fragten die Kontrahenten wie aus einem Munde.
»Dass Ihr heute fröhlich sein sollt, statt Euch zu streiten!«
Für einen Moment verstummten die beiden. Unschlüssig wiegten sie die Köpfe und zupften an ihren Bärten.
»Nein, so einfach ist das nicht«, sagte schließlich der Gemeindeälteste. »Es gibt bedeutende Unterschiede im Fröhlichsein.«
»Allerdings«, stimmte der Vorbeter zu. »Lasst uns also die Arbeit unterbrechen und in der Thora nachlesen. Damit wir es genau wissen und in der richtigen Weise fröhlich sind, statt uns zu versündigen.«
Samuel schaute den beiden nach, wie sie gestikulierend unter Deck verschwanden. An Bord dieses Schiffes waren Menschen, die alles verloren hatten, was sie besaßen, ihre Heimat, ihre Wohnungen und ihr Geld; Menschen, die mit eigenen Augen hatten zusehen müssen, wie ihre Angehörigen hingeschlachtet oder verbrannt wurden; Menschen, die Tausende von Meilen flohen, um mit dem nackten Leben davonzukommen, zusammengepfercht wie Vieh auf diesem Schiff, in stinkenden und dreckigen Decksräumen – und diese beiden Männer, der Vorbeter aus Setúbal und der Gemeindeälteste aus Porto, hätten sich um ein Haar geprügelt, weil sie uneins waren in der Auslegung der heiligen Schriften. Was war der Grund für solchen Wahnwitz? Nur die alte jüdische Gelehrsamkeit? Oder aber war ihr Streit der verzweifelte Versuch, zu retten, was vielleicht gar nicht mehr zu retten war? Die Achtung der Juden vor dem Gesetz – und die Achtung vor sich selbst … Samuel stellte sich vor, wie er später seinen Kindern von diesem Streit erzählte, doch er hatte Zweifel, dass sie ihm Glauben schenken würden.
Ohne sich um die anderen Männer zu kümmern, die weiter an ihren Hütten bauten, kehrte er zum Bug des Schiffes zurück, und während er über die wogende See schaute, keimte in ihm ein Entschluss. Sollte es Gott, dem König und Herrn, gefallen, ihn diese Zeit der Heimsuchung überleben zu lassen, so wollte er aufschreiben und berichten, was immer dem Volk Israel gesche-

hen war, im Großen wie im Kleinen, im Guten wie im Bösen, um Zeugnis abzulegen vom Schicksal dieses Volkes, zur Tröstung seiner Leiden.

6

Wie ein regierender Fürst hielt Diogo Mendes Hof in seinem Reich. Von seinem Kontor aus, dem größten der Handelsbörse von Antwerpen, dirigierte er ein Heer von Maklern, die in seinem Auftrag ganze Schiffsladungen kauften und verkauften. Gekleidet in seinen Zobel, der mit goldenen Spangen zusammengehalten wurde, den breitkrempigen Hut verwegen auf dem Kopf, gab er nach links und rechts gleichzeitig Anweisungen. Obwohl es in der Halle so heiß wie in einer Schwitzkammer war, kam er keinen Moment in Versuchung, den Pelz abzulegen. Das Cape stand ihm einfach zu gut – es brachte seine schwarzen Locken, die ihm bis auf die Schultern fielen, erst richtig zur Geltung.

»Habt Ihr Euch schon entschieden?«, rief Senhor Aragon, der neue Generalkommissar des Kaisers für Converso-Angelegenheiten, mit lauter Stimme gegen den Lärm an. »Welche der beiden Damen werdet Ihr heiraten? Die Schöne oder die Reiche?«

Diogo hätte die Frage am liebsten überhört, denn Gracia war ja gerade im Begriff, seine Pläne über den Haufen zu werfen. Während er einen Sack Goldmünzen wegsperrte, verfolgte er mit halbem Auge ein Schauspiel, das sich alle paar Monate im Börsensaal wiederholte. Ein englischer Kapitän, der den Zoll für seine Schiffsladung nicht hatte zahlen können, wurde zum Richtblock in der Mitte der Halle geführt, wo man ihm zur Strafe die rechte Hand abhacken würde.

»Ich würde den Willen meines Bruders gern erfüllen und seine Witwe heiraten«, erklärte Diogo. »Meine Schwägerin ist eine kluge Frau und sehr geschäftstüchtig. In der Buchführung kennt sie sich schon besser aus als ich. Ich wüsste kaum, wie ich ohne sie auskommen sollte.«

»Seit wann ist die Liebe eine Sache der Vernunft?«, fragte Aragon. »Ist sie nicht eher eine Sache des Herzens – oder, um genau zu sein, eine Sache des Fleisches?«, fügte er mit anzüglichem Grinsen hinzu. »Aber wie man hört, neigt Ihr wohl inzwischen dazu, der hübschen Schwester den Vorzug zu geben.«

»Ihr wisst doch, wie ich über die Ehe denke«, erwiderte Diogo, ohne die Augen von dem Richtblock zu lassen, an dem der Kapitän gerade festgebunden wurde. »Hauptsache, sie nutzt dem Geschäft.«

Der Henker nahm sein Beil und holte aus.

»Ein fürchterlicher Brauch«, sagte Aragon. »Man raubt dem Mann nicht nur seinen Arm, sondern auch seine Ehre.«

Diogo warf einen kurzen Blick auf den Spanier. Die Ehre, die der stets im Munde führte, wirkte hier ebenso lächerlich wie sein goldener Stierkämpferanzug, sein Spitzbart oder die schwarze Strumpfhose, die er nach spanischer Mode trug. Trotzdem hütete sich Diogo, den Kommissar zu unterschätzen. Aragon genoss die Gunst des Kaisers. Karl hatte ihn von seinem Schwager Dom João aus Portugal angefordert, um die Converso-Angelegenheiten in den Niederlanden von Grund auf neu zu regeln.

»Was stört Euch an unserem Brauch?«, fragte Diogo. »So geht es eben, wenn man sich nicht an die Regeln hält. Der Mann hat gewusst, worauf er sich einlässt. Außerdem – ich dachte, Ihr wäret ein bisschen Blut gewöhnt?«

Noch während er sprach, fuhr das Beil auf den Arm des Kapitäns nieder. Doch die Hand war noch nicht in den Korb gefallen, da wurde im Saal eine Glocke geschlagen. Im selben Moment verstummte das Geschrei, kein Mensch interessierte sich mehr für den englischen Zollpreller, stattdessen richteten sich aller Augen auf Diogo.

»Meint Ihr – das ist unser Schiff?«, fragte Aragon mit unsicherem Lächeln.

»Habt Ihr Euch etwa Sorgen gemacht?«, erwiderte Diogo.
In Windeseile verbreitete sich die Meldung. Ja, die Gloria war endlich eingelaufen, das größte Schiff der Firma Mendes. Seit Wochen wurde der Segler schon erwartet.
»Mir fällt ein Stein vom Herzen«, sagte Aragon.
»Meine Gratulation«, sagte Diogo. »Jetzt seid Ihr ein reicher Mann.«
Sie drückten einander die Hand. Lächerliche tausend Dukaten hatte das Getreide gekostet, mit dem der Schoner von Antwerpen aus in See gestochen war. Das Getreide hatte sich unterwegs in Chinaseide verwandelt und diese wiederum in Madeirawein. Jetzt, nach der glücklichen Heimkehr des Seglers, war die Ladung ungefähr zwanzigmal so viel wert wie bei der Ausfahrt. Ein hübscher Gewinn. Bester Laune machten die beiden sich auf den Weg zum Hafen.
»Was sind denn das für Hungergestalten?«, fragte Aragon, als sie die Anlegestelle der Gloria erreichten.
Abgemagerte Männer in dreckigen Lumpen, die aussahen, als hätten sie seit Wochen kaum zu essen bekommen, entluden die Fracht. Dabei brachen sie unter der Last der Fässer, die sie an Land schleppten, fast zusammen.
»Hungergestalten?«, fragte Diogo. »Das sind die besten Schauerleute von Antwerpen.«
»Ah, ich verstehe«, erwiderte Aragon. »Nur seltsam, dass sie alle Portugiesisch sprechen.«
Die Männer tauschten einen verständnisinnigen Blick. Aragon hatte die Zufahrt der Gloria im Hafen von Lissabon erwirkt – in Portugal herrschte Hungersnot, und König Dom João brauchte Getreide. Dafür aber, dass Diogo den Gewinn mit Aragon teilte, drückte der nun beide Augen zu, als sich die aus Portugal geflohenen Conversos, als Schauerleute getarnt, von Bord der Gloria stahlen, um in den Niederlanden ein neues Leben anzufangen.
Das war die Art von Geschäften, wie Diogo Mendes sie liebte und wie sie nur in Antwerpen möglich waren!

»He – du da! Stehengeblieben!«

Diogo fuhr herum, als er die Stimme hörte. Sie gehörte dem Hafenkommandanten, einem rotgesichtigen Dickwanst namens Hans Suurbier, der bei allen Marranen als Judenhasser gefürchtet war. Mit einem speckigen Dreispitz auf dem kahlen Schädel hatte er sich vor einem jungen Flüchtling aufgebaut. Diogo erkannte den Mann sofort – der Kommandant hatte ausgerechnet Samuel Usque erwischt.

»Hose runter!«, befahl Suurbier und zog seinen Säbel. »Ich will deinen Schwanz sehen.«

Blass vor Angst, stellte Samuel sein Fass zu Boden. Diogo spürte, wie die Wut in ihm hochkochte. Aber er konnte nicht eingreifen. Er würde nur das Leben der anderen Flüchtlinge gefährden. Ein paar wurden immer erwischt, das war die Regel.

»Na, worauf wartest du?«

Samuel nestelte bereits an seinem Hosenbund – da sprang Aragon in die Bresche. »Einen Moment!«, rief er und legte seine Hand auf den Säbel des Kommandanten. »Die Fracht wurde geprüft. Es gibt keine Beanstandungen.«

»Die Fracht vielleicht«, erwiderte Suurbier. »Aber nicht die Besatzung. Der Kerl ist ein Jude. Die Stinktiere rieche ich zwei Meilen gegen den Wind.«

»Das Schiff kommt aus Madeira. Da gibt es keine Juden.«

»Das glaube ich erst, wenn ich seinen Schwanz gesehen habe. Der Schwanz ist das Einzige an einem Juden, was nicht lügen kann.«

»Verweigert Ihr mir den Gehorsam?«, fuhr Aragon den Kommandanten an. »Lasst den Mann seine Arbeit tun, verdammt noch mal! Oder ich lasse Euch in Ketten legen!«

Suurbier blähte die Backen auf, aber gegen den Kommissar des Kaisers war er machtlos. Wutschnaubend steckte er seinen Säbel in die Scheide. Samuel schulterte sein Fass und verschwand im Hafengewimmel.

»Ich glaube, Ihr habt Euch eine Extraprämie verdient«, sagte Diogo, als Aragon zurückkehrte.

»Wollt Ihr mich beleidigen?«, erwiderte Aragon. »Ich habe nur meine Pflicht als spanischer Ehrenmann getan!«

Diogo unterdrückte ein Grinsen. »Zählt die Ehre eines Portugiesen geringer als die eines Spaniers?«, fragte er. »Eine Zurückweisung würde mich zutiefst verletzen.«

Zehn Minuten später betraten sie den Goldenen Anker, eine Bierschenke in der Brouwerstraat. Das niedrige, dunkle Lokal unterschied sich in nichts von anderen Kaschemmen am Hafen. In dem rauchigen Gewölbe konnte man kaum die Hand vor Augen erkennen, und es roch sauer von Fusel und Bier. Doch hinter der Schankstube gab es versteckte Kammern mit schwellenden Betten, in denen die teuersten Huren von Antwerpen ihre Freier verwöhnten.

Vor dem Tresen thronte ein rothaariges Weib unbestimmten Alters, mit Brüsten, die weiß und schwammig wie zwei Euter aus dem Ausschnitt ihres Kleides quollen: Die Herrin des Hauses, Mevrouw, die Diogo wie einen alten Bekannten begrüßte.

»Wen habt Ihr uns denn heute mitgebracht? Einen Stierkämpfer?«

»Einen stolzen Spanier! Zu dem müssen deine Mädchen ganz besonders freundlich sein«, erwiderte Diogo und führte Aragon am Tresen vorbei zu einem von Kerzen erleuchteten Tisch, wo ein Dutzend halbnackter Schönheiten sie mit gurrendem Lachen und verführerischen Blicken empfing.

»Habt Ihr schon eine Wahl getroffen?«, fragte Mevrouw den spanischen Gast, als der mit Kennerblick das Angebot prüfte. »Wenn Ihr eine Empfehlung erlaubt – die Mulattin da drüben ist frisch von den Antillen. Die kennt keine Sünde, nur den Teufel. Fragt Dom Diogo. Ich glaube, er hatte vor ein paar Tagen das Vergnügen.«

»Vielen Dank«, murmelte Aragon, »aber ich habe mich bereits entschieden.«

Diogo hatte keinen Zweifel, wen der Kommissar meinte: ein blutjunges blondes Mädchen mit weißer Haut und rosigen Wangen,

fast noch ein Kind, von zarter, zerbrechlicher Schönheit. Unter Aragons schamlosen Blicken wurde ihr Gesicht dunkelrot.
Diogo pfiff leise durch die Zähne. »Ein Feinschmecker.«
Aber Aragon war so sehr in den Anblick des Mädchens und seine Phantasie versunken, dass er ihn gar nicht mehr zu hören schien.
Diogo hob die Brauen. Das Mädchen tat ihm jetzt schon leid.

7

Von tausend Teufeln gequält, schaute Cornelius Scheppering hinaus auf die grauen Fluten der Schelde. Der Anblick der träge fließenden Wassermassen war schlimmer als jede Folter, denn sein schmerzhafter Harndrang wurde dadurch ins Unerträgliche gesteigert. Man hatte ihn in den Steen gerufen, die alte Festung am Ufer des Flusses. Kaiser Karl hatte sie kürzlich erneuern lassen, damit seine Schwester Maria eine Unterkunft besaß, wenn sie von der Hauptstadt Brüssel nach Antwerpen kam, um hier ihre Pflichten als Statthalterin der Niederlande zu versehen.
Seit über einer Stunde wartete Cornelius Scheppering nun schon darauf, von der Regentin empfangen zu werden, und seine Harnröhre brannte, als hätte man sie mit Chilipfeffer eingerieben. Er kannte diese Qual, sie war ihm nur allzu vertraut, seit Jahren litt er schon darunter, aber in letzter Zeit hatte sich sein Zustand so sehr verschlimmert, dass er kaum noch eine Messfeier durchstehen konnte, ohne Wasser zu lassen. Dabei verschaffte ihm auch die Entleerung der Blase kaum Linderung. Sein Beichtvater hatte ihm geraten, einen Arzt zu konsultieren, aber er wollte keine Hilfe. War das schmerzhafte Brennen des Organs, welches die Ursache so großer Übel in seinem Leben war, nicht die gerechte Strafe für seine Verfehlung?
Um sich abzulenken, betrachtete er das Bildnis der Regentin, das an einer Wand des Turmzimmers hing. Maria hatte ein blasses

Pferdegesicht, mit langgestreckter Nase und vorstehendem Kinn, und ihre Augen schienen leer und kalt. Waren sie der Ausdruck ihrer Seele? Cornelius Scheppering wusste, dass die Regentin es nicht leicht gehabt hatte im Leben. Als Tochter von Philipp dem Schönen und Johanna der Wahnsinnigen war sie bereits als einjähriges Kind, das nicht einmal sprechen konnte, mit dem noch ungeborenen Thronfolger Ungarns verlobt worden. Zehn Jahre später sollte sie ihn in Wien tatsächlich heiraten. Doch der König war noch keine zwanzig Jahre alt gewesen, als er nach einer Schlacht gegen die Türken ertrunken in einem Bachbett aufgefunden wurde. Maria hatte ihren Mann so sehr geliebt, dass sie nach seinem Tod alle Heiratsanträge abgelehnt hatte. Stattdessen war sie der Bitte ihres Bruders Karl gefolgt, an seiner Stelle die Niederlande zu regieren, damit er unbelastet von Amtsgeschäften die Kriege führen konnte, die der Zusammenhalt seines riesigen Reiches erforderte.

»Wisst Ihr, dass mein Bruder Euch hasst?«, fragte sie, als sie ihren Gast endlich empfing.

Die harsche Begrüßung verschlug Cornelius Scheppering für einen Moment die Sprache.

»Der Kaiser hält Euch für einen verblendeten Eiferer, der unfähig ist, zwischen den Notwendigkeiten des Glaubens und den Notwendigkeiten der Politik zu unterscheiden.«

»Ich habe mein Leben dem Herrn geweiht«, erwiderte Cornelius Scheppering.

»Genau darum habe ich Euch rufen lassen.« Mit einer Handbewegung forderte sie ihn auf, Platz zu nehmen. »Ich brauche Eure Hilfe. Die Marranen werden täglich dreister. Vor unserer Nase schleusen sie Tausende ihrer Angehörigen in unser Land, allen voran Diogo Mendes, der sich wie der heimliche König von Antwerpen aufführt. Wir müssen etwas dagegen unternehmen. Ich habe meinen Mann an die Muselmanen verloren. Ich will jetzt nicht mein Land an die Juden verlieren.«

»Erlaubt Ihr mir ein offenes Wort, Königliche Hoheit?«

»Ich bitte darum.«
Cornelius Scheppering setzte sich. Obwohl Maria eine weiße Haube trug, die wie bei einer Nonne Stirn und Wangen umrahmte, sah ihr Gesicht noch härter und abweisender aus als auf dem Bild im Vorzimmer. Ihr Blick dagegen wirkte weder leer noch kalt, sondern erfreulich fest und entschlossen. Cornelius entschied, es darauf ankommen zu lassen.
»Der Kaiser ist selbst schuld«, erklärte er ohne Umschweife. »Wie soll man den Juden das Handwerk legen, wenn der Converso-Kommissar mit ihnen unter einer Decke steckt?«
»Das habe ich meinem Bruder auch gesagt. Angeblich war dieser Aragon vor zwei Jahren sogar Ehrengast auf der Hochzeit von Diogo Mendes.«
»Qualis dominus, talis servus.«
»Ich verstehe kein Latein.«
»Wie der Herr, so 's Gescherr«, wiederholte Cornelius Scheppering auf Flämisch. »Wenn Aragon ein doppeltes Spiel treibt, so folgt er darin nur dem Beispiel des Kaisers. Zwar hat Euer Bruder die Inquisition in Portugal durchgesetzt, aber in seinem eigenen Haus lässt er das Glaubensgericht nicht zu, aus elender Profitmacherei. Statt alle Macht in den Dienst der Religion zu stellen, versucht er, die Religion für seine Geldgier zu missbrauchen. Und das in einer Zeit, da der verfluchte Martin Luther von Deutschland aus den katholischen Glauben bedroht.«
»Das sind schwere Anschuldigungen.«
»Kennt Ihr Gracia Mendes?«
»Mynheer Diogos Frau?«
»Seine Schwägerin. Eine Wiedergeburt des Teufels. Von ihrem Beichtvater weiß ich, dass sie sich weigert, beim Sündenbekenntnis niederzuknien. Sie ist die treibende Kraft hinter allem.«
»Warum nimmt man sie dann nicht fest? Die Marranen sind getauft. Sie müssen ihre Christenpflichten erfüllen.«
»Leider nur dem Schein nach. Der Papst hat die ganze Familie entbunden, zum Dank für fünfzigtausend Dukaten, die Diogo

Mendes für den Hauptaltar von Sankt Peter gestiftet hat. Und damit nicht genug, hat der Heilige Vater ihm und seinen Angehörigen das schriftliche Privilegium ausgestellt, dass sie zu Hause die Messe hören dürfen.«

»Das heißt, sie können ungestört ihren widerlichen Götzendienst betreiben?«

»Sie haben sogar die Erlaubnis, an Fastentagen Fleisch zu essen – sie brauchen nur die Verschreibung eines Arztes. Immer wieder habe ich in den vergangenen Jahren dagegen protestiert, ich bin Eurem Bruder durch halb Europa nachgereist, doch er weigert sich, mich zu empfangen. Das Papstrecht stehe über dem Kaiserrecht, hat er mir durch seinen Beichtvater in Brügge ausrichten lassen.«

»Was sollen wir Eurer Meinung nach tun?«

»Der Kaiser muss seine Politik ändern. Von Grund auf. Das doppelte Spiel muss ein Ende haben, ein für alle Mal. Nur dann können wir unser Land vor den Juden retten.«

»Mein Bruder wird seine Politik nicht ändern, es sei denn, es wäre für ihn von Vorteil. Seine Kriege kosten ein Vermögen. Ohne das Geld der Juden kann er sein Heer nicht bezahlen.«

»Wenn Euer Bruder nicht freiwillig tut, was Gott von ihm verlangt, dann müssen wir uns in den Dienst der Vorsehung stellen und ihn dazu zwingen.«

»Nichts wäre mir lieber als das. Aber wie stellt Ihr Euch das vor?«

Cornelius sah die Regentin an. Unter seinen Ordensbrüdern ging das Gerücht, niemand anderes als diese Frau habe den Kaiser vor Jahren gedrängt, für seinen Sieg gegen die Türken vom Papst die Einsetzung der Inquisition in Portugal zu verlangen. War sie seine Verbündete, von Gott geschickt? Es gab nur eine Möglichkeit, darauf Antwort zu bekommen.

»Papstrecht steht über Kaiserrecht«, erklärte Cornelius Scheppering. »Diesen Spieß, den Euer Bruder gegen uns gerichtet hat, können wir vielleicht umdrehen.«

»Ihr sprecht in Rätseln.«
»Zwei Schritte führen uns ans Ziel. Wir müssen die jüdische Geldquelle zum Versiegen bringen. Doch sobald Euer Bruder auf dem Trockenen sitzt, müssen wir ihm eine neue erschließen, damit er unserer Sache die Treue hält.«
Die Regentin hob ihre dünnen Brauen. »Wie soll das geschehen?«
»Für den ersten Schritt brauchen wir den Beweis, dass die Juden in Antwerpen gegen päpstliches Recht verstoßen. Das wird meine Aufgabe sein, und ich werde geduldig warten, bis Gott mir Gelegenheit gibt, sie zu erfüllen.«
»Und der zweite Schritt?«
Cornelius Scheppering konnte ein feines Lächeln nicht unterdrücken. »Ihr kennt das Gleichnis vom alten Wein in neuen Schläuchen? Ähnliches kann uns auch gelingen, wenn wir die versiegte Quelle wieder zum Sprudeln bringen können. Aber dafür brauche ich Eure Hilfe. Wie alt wart Ihr bei Eurer Hochzeit?«
»Zehn Jahre. Warum?«
»Die Tochter von Gracia Mendes ist bereits ein halbes Jahr älter.«
Die Regentin erwiderte sein Lächeln. »Ihr meint, sie ist im heiratsfähigen Alter?«
Cornelius Scheppering nickte. »Allerdings. Und Jan van der Meulen sucht eine Braut.«
»Der Markgraf von Brügge? Ein frommer, glaubensfester Mann.«
Cornelius Scheppering erhob sich, um sich zu verabschieden. Und erst in diesem Augenblick, als er sich vor der Regentin verbeugte, wurde er gewahr, dass er während der gesamten Unterredung kein einziges Mal den qualvollen Harndrang verspürt hatte.
War das ein Zeichen?

8

»Sie hat Dom Diogos Augen«, sagte Gracia.
»Findest du?«, fragte Brianda.
»Ganz bestimmt«, nickte Gracia. »Die Augen ihres Vaters. Ein gutes Zeichen.«
Vor drei Tagen war Brianda mit dem Kind niedergekommen. Es war eine leichte Geburt gewesen, die Wehen hatten nur wenige Stunden gedauert. Jetzt lagen Mutter und Tochter im Wochenbett, und beiden ging es gut. Auch der Priester hatte bereits seines Amtes gewaltet, zur Wahrung des katholischen Scheins. Das Mädchen war nach seiner Patin auf den Namen Gracia getauft worden. In der Familie aber hieß sie nur La Chica – »die Kleine«.
»Ich wollte, es wären nicht braune, sondern grüne Augen«, sagte Brianda.
»Wie die Augen von Tristan da Costa?«
Brianda nickte. »Ich liebe ihn noch immer. Bin ich darum eine schlechte Mutter?«
Gracia wich dem Blick ihrer Schwester aus. Einen Tag vor der Geburt hatte sie Post von Tristan bekommen. Seine Frau war plötzlich an einem Fieber gestorben, auf der Reise von Lyon nach Venedig, wo er eine Niederlassung der Firma Mendes gründen sollte. Aber das konnte Gracia ihrer Schwester jetzt unmöglich sagen, nicht in diesem Augenblick.
»Warum habe ich nur auf dich gehört?«, fragte Brianda.
»Du musst Geduld haben«, sagte Gracia. »Die Zeit heilt alle Wunden.«
»Das sagst du nur, um mich zu trösten. Aber es tut noch genauso weh wie am ersten Tag.« Brianda machte eine Pause, und als sie weitersprach, war ihre Stimme ganz leise. »Früher hatte ich immer geglaubt, das Leben wäre ein wunderbares Geschenk, ein einziger großer Gabentisch. Aber jetzt …«
Gracia musste schlucken. Brianda gab sich tapfer Mühe, ihre

Rolle als Ehefrau und Mutter zu spielen. Jeden Gast, der sie besuchte, empfing sie mit einem Lachen, aber ihre Augen blickten oft so verbittert wie auf dem Bild an der Wand über dem Bett, das Diogo von ihr im Brautkleid hatte malen lassen. Zwei Jahre war das her. Nachdem Diogo hatte einsehen müssen, dass Gracia nie wieder heiraten würde, willigte er in ihren Vorschlag ein, Brianda zur Frau zu nehmen, um den Zusammenhalt der Familie und der Firma Mendes zu sichern. Eine ganze Woche hatte die Hochzeit gedauert, das größte Fest, das in Antwerpen je gefeiert worden war, mit Dutzenden von Musikern und Gauklern, Spaßmachern und Feuerschluckern sowie Hunderten von Gästen. Doch Brianda war seitdem nicht mehr dieselbe wie früher. Nicht einmal die Mitgift hatte sie getröstet.

Gracia drückte ihre Hand.

»Jetzt hast du ein Kind«, sagte sie. »Ein schöneres Geschenk kann es für eine Frau gar nicht geben. Du wirst sehen, La Chica wird dir helfen. Genauso wie Reyna damals Francisco und mir geholfen hat ...«

Es klopfte an der Tür.

»Herein!«

»Darf ich?«

In der Tür stand ein Mann schwer bestimmbaren Alters, den Gracia noch nie gesehen hatte. Sein offenes und freundliches Gesicht mit den wachen, intelligenten Augen wirkte wie das eines Jünglings, doch sein steifer, hochgeschlossener Mantel und der kegelförmige schwarze Hut verliehen ihm die Würde eines Magistrats, die durch das handtellergroße Feuermal an seiner rechten Schläfe allerdings etwas Unheimliches hatte.

»Dr. Lusitanus!«, rief Brianda, und ihr Gesicht, das gerade noch voller Bitterkeit gewesen war, leuchtete auf. »Gott sei Dank, dass Ihr da seid!«

Der Arzt stellte seine Tasche ab und warf einen prüfenden Blick auf das Bett.

»Ihr habt für frische Wäsche gesorgt?«

»Lobt nicht mich, sondern meine Schwester«, erwiderte Brianda. »Sie hat die alten Laken rausgeworfen. Und mein Hausmädchen gleich mit dazu. Weil es sich geweigert hat, das Bett frisch zu beziehen.«

»Eine elende Barbarei der Flamen«, sagte der Arzt. »Die Leute hier halten Reinlichkeit für schädlich und lassen ihre Kranken in schmutzigem Leinen liegen.«

Während er sprach, begann La Chica laut zu schreien.

»Na, das ist aber ein kräftiges Stimmchen.«

»Immer will sie trinken«, seufzte Brianda, »doch es kommt keine Milch.«

Der Arzt setzte sich zu ihr aufs Bett. »Darf ich mal sehen?«

Gracia stand auf und wollte gehen, um die Untersuchung nicht zu stören.

»Nein, bleib hier!« Brianda machte ihre Brust frei und sah den Arzt fragend an. »Habt Ihr eine Vermutung, woran es liegen könnte?«

Amatus tastete behutsam ihren milchprallen Busen ab. »Tut das sehr weh?«

Brianda nickte.

»Kein Wunder. Die Spitzen sind zu schwach entwickelt und haben sich außerdem durch die Geburtskrämpfe zurückgezogen. Das erschwert das Saugen, und die Milch kann nicht austreten.«

»Könnt Ihr Abhilfe schaffen?«

»Ich denke schon.« Er nahm zwei Schröpfgläser aus seiner Tasche und hielt sie mit einer Zange über das Kaminfeuer.

»Was macht Ihr da?«, fragte Gracia.

»Eine neue Methode aus Frankreich.« Über die Schulter warf er ihr ein Lächeln zu. »Ihr werdet gleich sehen.«

Gracia hatte den Eindruck, dass er sie deutlich länger anschaute als nötig. Was dachte er sich dabei? Sie war kein junges Mädchen mehr, sondern eine Witwe, die das halbe Leben hinter sich hatte. Mit einer Mischung aus Neugier und Trotz hielt sie seinem Blick stand, bis er sich wieder seiner Arbeit zuwandte. Sie hatte von diesem Arzt schon oft reden hören, obwohl er erst seit wenigen Wochen in Antwerpen lebte. Amatus Lusitanus war Professor in Lissabon gewesen, der jüngste der medizinischen Fakultät, und trotz seiner Jugend hatte er schon mehrere Bücher geschrieben, die in ganz Europa benutzt wurden – sogar Dom João, der portugiesische König, hatte seine Heilkunst angeblich in Anspruch genommen. Doch dann hatte ein Kollege ihn bezichtigt, er habe Kinder von Christen ermorden lassen, um ihr Blut in seine Arzneien zu rühren. Samuel Usque hatte ihn vor der Inquisition retten können und auf ein Schiff der Firma Mendes gebracht, mit dem er nach Antwerpen geflohen war.

Erneut blickte er über die Schulter. Doch sein Lächeln geriet diesmal zur Grimasse.

»Herrje, ist das heiß!«, rief er mit schmerzverzerrtem Gesicht.

»Habt Ihr Euch verbrannt?«, fragte Brianda.

»Kein Wunder«, sagte er und zog die Gläser vom Feuer. »Eure Schwester hat mich abgelenkt.«

»Ich bin mir keiner Schuld bewusst«, behauptete Gracia.

»Wirklich nicht?« Wieder sah er ihr tief in die Augen, und wieder schenkte er ihr ein Lächeln. »Schade«, sagte er, als sie den Kopf schüttelte. Dann nahm er mit seiner Zange die beiden Gläser und trat zu Brianda ans Bett. »Tut Ihr mir trotzdem einen Gefallen, Dona Gracia, und kümmert Euch um das Kind, damit ich unsere Patientin behandeln kann?«

Gracia war froh, etwas tun zu können. Während sie ihre Nichte auf den Arm nahm, setzte Amatus Lusitanus die Schröpfgläser auf Briandas Brust, wo sie sich mit einem schlürfenden Geräusch festsaugten. Fast im selben Augenblick konnte man sehen, wie die Brustwarzen hervortraten und die Milch einschoss.

»Das ist ja die reinste Hexerei!«, rief Brianda.

»Psst, nicht so laut«, lachte Amatus Lusitanus. »Oder wollt Ihr, dass man mich einsperrt? Dabei habe ich doch noch gar kein Honorar verlangt.«

Wenig später trank La Chica schmatzend und zufrieden an der

Brust ihrer Mutter. Amatus Lusitanus packte seine Sachen und verabschiedete sich. Doch bevor er die Kammer verließ, blieb er noch einmal in der Tür stehen und drehte sich um.

»Wenn Ihr mir einen ärztlichen Rat erlaubt, Dona Gracia – Ihr solltet mehr Fleisch essen.«

»Warum? Ich fühle mich ganz wohl.«

»Mag sein. Aber Ihr könntet Euch noch viel wohler fühlen. Wenn mich nicht alles trügt, leidet Ihr an Blutarmut. Und nicht nur daran. Ich habe die Symptome in einem meiner Bücher beschrieben. Man nennt es die Nonnenkrankheit.«

»Nonnenkrankheit?«, erwiderte Gracia irritiert. »Ich habe den Namen nie gehört. Was hat es damit auf sich?«

Statt einer Antwort errötete der Arzt in einer Weise, die ganz und gar nicht zu seiner würdigen Erscheinung passte. Doch bevor Gracia etwas sagen konnte, machte er kehrt und war verschwunden.

»Wenn du mich fragst – der hat sich nicht nur die Hand verbrannt«, sagte Brianda.

»Dich fragt aber keiner«, entgegnete Gracia.

»Und du?«, erwiderte ihre Schwester, als hätte sie nichts gesagt. »Gefällt er dir auch?«

»Unsinn, wie kommst du darauf?«

Noch während sie sprach, spürte Gracia, wie ihr das Blut ins Gesicht schoss. Aber sosehr sie sich darüber ärgerte, sie konnte nichts dagegen tun.

»Ich kann dir gar nicht sagen, wie sehr ich dich beneide«, sagte Brianda, und während sie ihr Kind an die Brust drückte, kehrte die Bitterkeit, die sie für ein paar Minuten überwunden hatte, wieder in ihre Miene zurück.

»Du sollst keinen Unsinn reden!«, wiederholte Gracia und schüttelte den Kopf. »Außerdem muss ich mich endlich um Reyna kümmern. Sie wartet schon auf mich.«

9

Tatsächlich wurde Reyna die Zeit allmählich lang. Die Turmuhr der Liebfrauenkirche hatte schon zweimal zur vollen Stunde geschlagen, und sie saß immer noch im Bilderkabinett ihrer Tante, kaute an einem Gänsekiel und blickte abwechselnd hinaus auf den Marktplatz oder in eines der vielen Gesichter Briandas, die von mehreren Dutzend Ölporträts an den Wänden auf sie herablächelte. Was sollte sie José schreiben? Jeden Satz, den sie anfing, strich sie aus, bevor sie bis zum ersten Komma kam. Es war nicht ihr eigener Wunsch, es war der Wunsch ihrer Mutter, dass sie Briefkontakt mit José hielt. Vor einigen Monaten hatte sie ihre erste Blutung gehabt, und am selben Tag hatte ihre Mutter erklärt, dass sie ihn heiraten werde. Aber – wollte sie das überhaupt? José war ihr Cousin, sie kannte ihn, seit sie denken konnte, er hatte in ihrem Haus gelebt und war ihr so vertraut wie ein Bruder – er konnte mit seinen großen, abstehenden Ohren wackeln, und sein rechter Zeigefinger war verkümmert. Nein, sie konnte sich unmöglich vorstellen, sich je in ihn zu verlieben. Und dabei gab es so viele interessante Männer in Antwerpen – richtige Männer, erwachsene Männer …

Mit einem Seufzer überflog Reyna noch einmal Josés Brief. Es war schon der dritte in nur einer Woche, und wie immer hatte ihre Mutter darauf bestanden, dass sie ihn gleich beantwortete. Aber sosehr sie sich auch das Gehirn zermarterte, es fiel ihr einfach nichts mehr ein. All die Dinge, von denen José voller Begeisterung berichtete, interessierten sie nicht im Geringsten. Es war immer dasselbe langweilige Zeug. Von den anderen Studenten, die Flämisch und Französisch durcheinandersprachen, von seinem Bart, den er sich wachsen ließ, von seinen nächtlichen Trinkgelagen und Streifzügen durch Löwen. Es war, als würden seine Briefe nach Sauerkraut und Bier riechen. Neu war lediglich die Nachricht, dass er durch die heimliche Vermittlung von Onkel Diogo in das kaiserliche Heer eingetreten war. Obwohl er gleichzeitig weiterstudierte, war er sogar schon zum Hauptmann der Kavallerie befördert worden, in demselben Regiment, in dem auch ein gewisser Maximilian diente, ein Neffe der Regentin Maria, der mit José zusammen Fechtunterricht bekam und vielleicht eines Tages selbst auf den Kaiserthron gelangen würde.

»Dass ich Soldat geworden bin, darfst Du aber nicht Deiner Mutter verraten«, schrieb José, »das würde ihr gar nicht gefallen, und vielleicht überlegt sie es sich dann anders und sucht einen neuen Mann für Dich. Was für ein schrecklicher Gedanke! Meine Feder sträubt sich, ihn auch nur aufzuschreiben, so sehr liebe ich Dich. Reyna, mein Täubchen, ich kann Dir gar nicht sagen, wie glücklich ich bin, dass es Dich gibt. Manchmal, wenn die Professoren ihre Paragraphen herunterleiern oder ich mit meinen Soldaten exerziere, sehe ich im Geist Dein Gesicht, und dann stelle ich mir vor, wie ich Deine leuchtend blauen Augen küsse und jede einzelne von Deinen hunderttausend Sommersprossen. Ach, könnte ich Dich jetzt nur in den Armen halten und es wirklich tun …«

Reyna runzelte verärgert die Stirn. Wie konnte José es wagen, ihr solche Dinge zu schreiben? Außerdem: Wurde es nicht langsam Zeit, dass er »Ihr« zu ihr sagte? Schließlich war sie kein Kind mehr, sondern eine Frau im heiratsfähigen Alter! Obwohl sie es gar nicht wollte, stellte sie sich vor, wie es wohl sein würde, wenn er ihre Sommersprossen küsste. Würden ihr dann dieselben Schauer den Rücken hinunterrieseln wie jetzt?
Plötzlich hörte sie eine Stimme.
»Was für ein reizendes Stillleben! Man träumt, man sinniert, man erkundet seine Seele.«
Erschrocken schaute sie von ihrem Brief auf. Vor ihr stand ein fremder, dunkelhaariger Mann in einem goldenen Anzug und strich sich über den Spitzbart. Er war so hübsch, als wäre er in Öl gemalt.

»Nein, bitte nicht bewegen!«, rief er.
»Wer seid Ihr?«
»Oh, ich vergaß, mich vorzustellen.« Er beugte sich über ihre Hand und hauchte einen Kuss auf ihre Finger. »Aragon ist mein Name. Ich hatte gehofft, Dom Diogo hier zu finden. Wir sind verabredet.«
»Dann seid Ihr hier falsch. Soweit ich weiß, ist mein Onkel im Kontor.«
»Dom Diogo ist Euer Onkel? Oh, dann müsst Ihr die Tochter von Francisco Mendes sein. Was für eine glückliche Fügung. Ich habe Euren Vater gekannt.«
»Ihr – meinen Vater? Woher?«
»Aus Lissabon, wir hatten oft miteinander zu tun. Ich schmeichle mir sogar, sein Freund gewesen zu sein.« Aragon machte einen Schritt zurück, um sie mit ausgebreiteten Armen und schräg geneigtem Kopf zu betrachten. »Nein, die Verwandtschaft ist nicht zu leugnen. Die hellen Augen, die prächtigen Locken, der ganze Adel der Erscheinung. Selten habe ich solche Schönheit gesehen. Meine Augen schmerzen, so sehr bin ich geblendet.«
Reyna wusste nicht, wie ihr geschah. So hatte noch kein Mann je zu ihr gesprochen. Der Fremde redete mit ihr nicht wie mit einem Mädchen, sondern wie mit einer erwachsenen Frau, machte Scherze und überschüttete sie mit Komplimenten. Sie war geschmeichelt, verwirrt, entzückt, musste lachen und erröten zugleich.
Es waren noch keine fünf Minuten vergangen, da war sie bis in die Haarspitzen verliebt.
»Hat man Euch schon bei Hofe vorgestellt?«, erkundigte er sich.
»Ihr meint – beim Kaiser?«
»Ja natürlich, wo denn sonst?«
»Nein, natürlich nicht. Ich … ich habe den Kaiser nur einmal gesehen, vom Fenster aus, als er Ostern in Antwerpen war und die Prozession anführte. Er saß auf einem Schimmel und winkte mit seinem Hut dem Volk zu.«
»Dann wird es aber höchste Zeit, dass wir das ändern. Der Kaiser

wird begeistert sein, Euch zu empfangen. Und auch seine Schwester, die Regentin.«

»Glaubt Ihr wirklich?«, fragte Reyna unsicher.

»Wie könnt Ihr nur daran zweifeln? Der ganze Hof wird Euch zu Füßen liegen. Ach, ich sehe es schon vor mir, wie Ihr zu Eurem ersten Ball erscheint. Alle Männer werden sich danach drängen, mit Euch zu tanzen – Grafen, Herzöge, sogar der Kaiser. Was meint Ihr, würde Euch das gefallen?«

»Ich … ich glaube, ich würde vor Aufregung sterben. Ich weiß ja nicht mal, wie man einen Hofknicks macht.«

»Wie kann das sein? Dann müsst Ihr es auf der Stelle lernen!«

Er reichte ihr seine Hand. Aber noch während Reyna sich erhob, ging die Tür auf, und ihre Mutter stand im Raum. Sie schaute Aragon an wie einen bösen Geist.

»Was macht Ihr da?«

Aragon schien verlegen, doch nur für einen Moment. »Dona Gracia«, rief er und strahlte, »was für eine Freude, Eure Bekanntschaft zu machen. Bisher war mir das Vergnügen …«

»Ich weiß nur zu gut, wer Ihr seid, Senhor Aragon«, fiel sie ihm ins Wort, »und die Freude wäre ganz meinerseits, wenn Ihr nur die Hand meiner Tochter loslassen würdet.« Sie packte Reyna am Arm und zog sie fort. »Verabschiede dich von dem Herrn, mein Kind, wir haben keine Zeit.«

10

»Selig sind eure Augen, dass sie sehen, spricht der Herr zu seinen Jüngern, und selig eure Ohren, dass sie hören.«

Obwohl Amatus Lusitanus an die Gottessohnschaft Jesu Christi so wenig glaubte wie an die Jungfräulichkeit seiner Mutter, zitierte er, wenn er an der Universität Löwen Vorlesung hielt, so oft wie möglich das Neue Testament, um seine Lehren in ein

unverfänglich christliches Gewand zu kleiden. Diese List war zu seiner Sicherheit durchaus nötig, denn einige seiner flämischen Kollegen, die ihn mit gottgefälligem Misstrauen im Hörsaal beäugten, lauerten nur darauf, ihn bei einer Irrlehre zu ertappen, an der sie frommen Glaubensanstoß nehmen konnten, um den Juden, der ihnen so schmählich ihre angestammten Kolleggelder stahl, zur Anzeige zu bringen.
Sein Ruf als Arzt und Wissenschaftler war Amatus Lusitanus aus Lissabon vorausgeeilt, und kaum war er in Flandern gelandet, hatte der Rektor der Universität, ein fortschrittlich gesinnter Mann, ihn gebeten, Vorlesungen an der medizinischen Fakultät zu halten. Es war Amatus Freude und Ehre zugleich, nun an derselben Stätte seine Gedanken vorzutragen, an der bereits der berühmte Erasmus von Rotterdam gegen Aberglaube und Dogmenstarre zu Felde gezogen war, um einem neuen, freien Denken Bahn zu brechen, das nicht von falscher Gottesfurcht beherrscht wurde, sondern von Nächstenliebe und gesundem Menschenverstand. Doch nicht nur aus diesem Grund war Amatus Lusitanus gerne bereit, regelmäßig die Beschwerden der Reise auf sich zu nehmen. Jedes Mal, wenn er nach Löwen aufbrach oder nach Antwerpen zurückkehrte, konnte er sich Gracia Mendes dienlich erweisen, indem er einen Brief ihrer Tochter Reyna an deren Cousin entgegennahm oder umgekehrt einen Brief von José Nasi an seine Base überbrachte, und bei jeder dieser Gelegenheiten wurde ihm das Glück zuteil, die Frau wiederzusehen, die für ihn bestimmt war. Davon nämlich war er seit der ersten Begegnung mit Dona Gracia am Wochenbett ihrer Schwester überzeugt, und er verfluchte nur seine erbärmliche männliche Scheu und Schüchternheit, die sich hinter seinem forschen Auftreten verbarg und ihn daran hinderte, sich ihr zu offenbaren. Er hatte Angst, sie könnte ihn auslachen oder ihm gar die Tür weisen – das riesige Feuermal, das seine Schläfe in so abscheulicher Weise verunstaltete, stand seinem Lebensglück im Wege. Bei Tag und Nacht sann er darüber nach, wie er sich ihr erklären könnte, ohne

ihren Unmut zu provozieren. Selbst im Hörsaal ging ihm Dona Gracia nicht aus dem Kopf, so dass er Mühe hatte, sich auf seinen Gegenstand zu konzentrieren, während er allmählich zum Schluss seiner Vorlesung kam.

»Was Jesus Christus einst den Jüngern empfahl«, sagte er und ließ noch einmal den Blick über sein Auditorium schweifen, »das gilt heute genauso für den Arzt am Krankenbett. Statt in blindem Aberglauben seine Verordnungen nach vorgefassten Lehrmeinungen oder gar nach den Konjunktionen und Appositionen des Mondes auszurichten, um die bösen Geister im Leib der Patienten zu beschwören, soll er den eigenen Augen vertrauen, den eigenen Ohren. Nur so können wir den hippokratischen Eid erfüllen, der unser Handeln leiten soll: ärztliche Verordnungen zum Wohl und Nutzen unserer Kranken zu treffen, nach Maßgabe unserer Fähigkeiten und unseres Urteilsvermögens.«

Mit lautem Klopfen bekundeten die Studenten ihren Beifall, und noch beim Verlassen des Hörsaals bedrängten sie Amatus mit ihren Fragen. Doch plötzlich verstummte das Gesumm. Ein fremdländisch aussehender Mann, der in der Eingangshalle der Aula wartete, war der Grund. Gewandet in einen bis zum Boden reichenden Überwurf, unter dessen Saum spitze Schnabelschuhe hervorschauten, und mit einem Turban auf dem Kopf kam er jetzt näher.

»Dr. Amatus Lusitanus aus Lissabon?«, fragte er in vorzüglichem Latein.

»Der bin ich.«

»Allah sei gepriesen«, erwiderte der Fremde. »Ich habe Euch um die halbe Welt verfolgt. Von Konstantinopel bin ich Euretwegen nach Lissabon gefahren, und als ich Euch dort nicht fand, bin ich weitergereist nach Antwerpen.« Er holte aus den Falten seines Gewandes eine versiegelte Schriftrolle hervor. »Eine Botschaft für Euch.«

»Für mich?«, fragte Amatus irritiert. »Aus Konstantinopel?«

»Von meinem Herrn und Gebieter, Sultan Süleyman, dem Herr-

scher der Gläubigen und Schutzherrn der heiligen Städte. Allah segne seinen Namen!«
Amatus erbrach das Siegel und begann zu lesen. Die Botschaft war in arabischer Sprache verfasst, doch da er in seiner Jugend die Schriften der arabischen Ärzte studiert hatte, war er mit der Sprache der Orientalen ebenso vertraut wie mit dem Flämischen, Griechischen, Hebräischen, Lateinischen, Spanischen, Italienischen oder Portugiesischen. Der Inhalt des Schreibens aber überraschte ihn. Der Großwesir des Osmanischen Reiches forderte ihn darin auf, nach Konstantinopel zu kommen. Süleyman der Prächtige wollte Amatus Lusitanus zu seinem Leibarzt ernennen und bot ihm dafür ein jährliches Entgelt, das die Einkünfte sämtlicher Ärzte in ganz Flandern um ein Vielfaches überstieg.
»Seid Ihr wirklich sicher, dass Ihr mich meint?«, fragte Amatus.
»Ohne jeden Zweifel«, erwiderte der Orientale mit einer Verbeugung. »Ihr seid in meiner Heimat ein berühmter Mann. Mit Hilfe Eurer Bücher werden unsere Ärzte ausgebildet.«
Amatus Lusitanus musste schlucken. Noch nie war einem Europäer eine solche Ehre zuteilgeworden, und sein Verstand riet ihm, dem Ruf des Sultans zu folgen und das Abenteuer zu wagen. Die Kunst der arabischen Ärzte stand in höchstem Ansehen, der Perser Avicenna hatte eines der wichtigsten Bücher verfasst, die in der Geschichte der Heilkunde je geschrieben worden waren. Auch war Amatus begierig, mit eigenen Augen jene märchenhafte Welt kennenzulernen, von denen die Kaufleute und Seefahrer so unglaubliche Geschichten erzählten, von verschleierten Frauen hinter vergitterten Fenstern, von Moscheen und Palästen, deren Pracht jedes Vorstellungsvermögen überstieg. Und die Bezahlung, die der Sultan ihm versprach, würde ihm erlauben, am Bosporus das Leben eines Fürsten zu führen.
Das alles sagte ihm sein Verstand. Aber sein Herz?
Der Gesandte des Sultans erkannte seine Ratlosigkeit. »Lasst Euch nur Zeit«, sagte er mit einem Lächeln. »Ihr braucht Euch nicht jetzt zu entscheiden.«

11

Wie ein Flächenbrand wütete die Inquisition in Portugal, geschürt vom Hass der Dominikaner und von der Geldgier des Königs. Ohne Gnade und Erbarmen verfolgte das Glaubensgericht jede Form der Juderei, die zur Anzeige kam. Alles, was den Juden seit Menschengedenken heilig war, galt in Dom Joãos Reich nunmehr als Verbrechen, und wer immer am Sabbat die Arbeit ruhen ließ oder auch nur zum Gebet sein Haupt bedeckte, war seines Lebens nicht mehr sicher. In allen Städten und Provinzen des Landes loderten die Scheiterhaufen in den Himmel und verbreiteten den süßen Duft verbrannter Leichen, zum Ruhme des dreifaltigen Gottes, vor allem aber zum Schrecken der Marranen. Immer größer wurden die Scharen der Flüchtlinge, die aus Angst um ihr Leben die Heimat verließen und in der Fremde Zuflucht suchten. Mit den Schiffen der Firma Mendes wurden sie von Portugal an die Küste der Niederlande gebracht, wo Samuel Usque die aus der Heimat Vertriebenen an Land geleitete. Manche fanden in Antwerpen Unterschlupf, andere zogen weiter auf ihrem Leidensweg in Richtung Osten, nach Venedig oder Konstantinopel, um dem Hass der katholischen Glaubenseiferer zu entkommen, die im Namen des Herrn das ganze Volk Israel auslöschen wollten.

»Ich habe Angst um unseren Vater«, sagte Gracia. »Seit Wochen haben wir keine Nachricht. Samuel Usque kam ohne Brief von ihm zurück.«

Obwohl sie seit der Hochzeit ihrer Schwester zusammen mit Reyna in einem eigenen Haus am Groenplaats lebte, kam Gracia jeden Morgen in das Stadtkontor der Firma in Diogos Haus am Marktplatz, um sich mit ihrem Schwager um die Geschäfte zu kümmern.

»Ihr braucht Euch keine Sorgen zu machen«, erwiderte der und schaute von seinem Stehpult auf, wo er gerade das Hauptbuch prüfte. »Samuel Usque war auf seiner letzten Reise nicht in Lissabon, sondern in Coimbra. Angeblich hat er eine Spur von seinem Bruder gefunden. Außerdem hat sich mein Freund Aragon für die Sicherheit Eures Vaters verbürgt.«

»Euer Freund Aragon ist mir zuwider. Ich traue ihm nicht über den Weg.«

»Warum nicht? Man muss den Herrn auch für das Böse preisen.« Diogo lachte. »Ich jedenfalls habe blindes Vertrauen zu Aragon. Seine Zuverlässigkeit wird nur durch seine Bestechlichkeit übertroffen.«

»Der Kerl mischt sich immer mehr in unsere Angelegenheiten. Er hat Reyna versprochen, sie dem Kaiser vorzustellen. Sie ist seitdem wie besessen von dem Gedanken. Sie redet von nichts anderem mehr. Wie kommt er dazu, ihr solche Dinge in den Kopf zu setzen?«

»Mein Freund tut nur, was man ihm sagt. Ich habe ihn selbst dazu aufgefordert.«

»Seid Ihr von Sinnen?«

»Im Gegenteil. Wenn es ihm gelingt, Reyna an den Hof zu bringen, gebe ich ihm hundert Dukaten Belohnung. Etwas Besseres können wir uns doch gar nicht wünschen.«

»Habt Ihr vergessen, was Euer vermeintlicher Freund getan hat? Er hat Francisco gefoltert, Euren Bruder! Hunderte Juden sind seinetwegen gestorben! Und so einem Menschen vertraut Ihr?«

Diogo zuckte die Achseln. »Ich weiß, es gibt größere Zwerge als ihn. Aber er hat eine wunderbare Eigenschaft – er ist eitel wie ein Pfau.«

»Was ist daran wunderbar?«

»Eitle Menschen sind leicht zu beeinflussen – ich selbst bin der beste Beweis. Außerdem sind wir auf Aragon angewiesen. Ohne seine Hilfe kriegen wir keinen einzigen Flüchtling an Land. Heute kommt wieder ein Schiff aus Lissabon, die Esmeralda.«

»Ich weiß, ich habe die Papiere für den Hafenkommandanten selbst vorbereitet.«

»Ich freue mich jetzt schon auf das Gesicht von dem Fettsack, wenn unsere Leute vor seiner Nase an Land spazieren. Ihr solltet Euch das mal ansehen, ein sehr unterhaltsames Spektakel – besser als ein Schauspiel im Theater.«

Damit versenkte er sich wieder in die Arbeit. Während Diogo mit dem Finger an den Kolumnen des Hauptbuchs entlangfuhr, blickte Gracia ihn von der Seite an. Täglich dankte sie dem Herrn, dass sie mit diesem Mann nicht mehr unter einem Dach leben musste. Die Trennung der Haushalte war nötig gewesen, damit Brianda in ihrer eigenen Familie glücklich werden konnte. Obwohl Diogo so wenig Interesse an Gracia hatte wie sie an ihm, hatte Brianda, seit sie verheiratet war, eine Eifersucht entwickelt, die nicht zu ihrem Wesen passte. Der Platz in einem Haus reichte für sie und ihre Schwester nicht mehr aus. Außerdem hatte Gracia das Gefühl, dass Diogo die Zurückweisung seines Ehebegehrens immer noch als Beleidigung seiner Eitelkeit empfand. Sein Bedürfnis, ihr bei jeder Gelegenheit seine Überlegenheit zu beweisen, war jedenfalls noch stärker geworden als früher.

Jetzt benetzte er die Spitze seines Fingers, um eine Seite umzublättern, mit einer solchen Selbstgefälligkeit, dass Gracia wegsehen musste.

»Worum geht es Euch eigentlich?«, fragte sie. »Um das Leben der Frauen und Männer, die wir versuchen zu retten? Oder um den Triumph, Euren Willen durchzusetzen?«

»Ist das nicht dasselbe?« Mit einem spöttischen Lächeln drehte er sich zu ihr um und griff nach dem Medaillon an ihrem Hals. »Wenn ich mich recht erinnere, war es doch Eure Idee, Tristan da Costa nach Venedig zu schicken. Angeblich, damit er den Flüchtlingen hilft, die von dort aus nach Konstantinopel reisen. Aber war das wirklich der einzige Grund?«

Sein Lächeln wurde noch eine Spur unverschämter. Gracia hätte ihm am liebsten die Augen ausgekratzt. Was bildete er sich ein?

»Seht Ihr?«, sagte er, immer noch mit diesem Lächeln auf den Lippen. »Darauf habt Ihr keine Antwort. Ja, wir sind alle kleine Aragons, eitel und schwach und wollen bewundert werden.«

Als er das Medaillon losließ, streiften seine Finger für einen winzigen Moment ihren Hals. Es war kaum mehr als ein Hauch, doch Gracia bekam eine Gänsehaut – so zuwider war ihr die Berührung. Unwillkürlich machte sie einen Schritt zurück.
»Für Euch ist das vielleicht nur ein Spiel«, sagte sie. »Aber unsere Feinde meinen es bitter ernst. Von hundert Flüchtlingen, die es hierher schaffen, werden zwanzig verhaftet und in den Kerker gesteckt. Vorgestern erst ist eine ganze Familie verschwunden.«
Diogo zuckte die Achseln. »Ich habe sie freigekauft, für zehn Dukaten.«
»Und was ist mit den Männern aus Porto, die sich bei ihrer Ankunft nackt ausziehen mussten? Der Hafenkommandant hat alle Beschnittenen abführen lassen. Kein Mensch weiß, was aus ihnen geworden ist.«
»Doch – *ich* weiß es! Sie sind frei und bereits auf dem Weg nach Venedig. Aragon hat das erledigt, für zwanzig Dukaten.«
»Glaubt Ihr deshalb, Ihr könnt über jedes einzelne Schicksal bestimmen?«
Wieder zuckte er nur mit der Schulter. »Der Kaiser führt Krieg und braucht unser Geld.«
»Ich traue dem Kaiser so wenig wie Eurem Freund Aragon. Wenn es darauf ankommt, machen sie mit uns, was sie wollen.«
»Und – was wollt Ihr damit sagen?«
Gracia zögerte. Sie hatte die Antwort auf seine Frage schon lange parat. Sie war das alles so leid Auch wenn es in Antwerpen keine Inquisition gab, mussten sie sich verstellen, mussten sie lügen und betrügen wie in Lissabon – sogar mit einem Verbrecher wie Aragon mussten sie paktieren. Doch war dies der richtige Moment, um ihren Vorschlag zu machen?
»Wir sollten nach Konstantinopel weiterziehen«, sagte sie, bevor sie zu Ende gedacht hatte. »Hier sind wir nicht sicher. Nicht als Juden. Nicht, solange wir an unserem Glauben festhalten.«
»Unsinn«, erwiderte Diogo. »Nirgendwo könnte es uns bessergehen als hier. Wir tun Gutes und verdienen glänzend daran.«

»Aber nur, solange wir Euren falschen Freund Aragon bestechen. Und in der Kirche vor Jesus niederknien.«

»Ja, und? Was ist dabei? Schließlich beten wir jedes Jahr zu Jom Kippur um die Entbindung von den Gelübden. Fragt nur Eure Schwester! Sie würde ein Kreuz genauso gern tragen wie einen Davidstern. Hauptsache, es ist hübsch und hängt an einer goldenen Kette.«

»Das sagt Ihr nur, um mich zu ärgern. Ihr seid Jude wie ich! Euch wird doch schon beim Geruch von Schweinefleisch übel.«

»Aber im Gegensatz zu Euch stamme ich nicht aus dem Hause David. Also würge ich meinen Brechreiz hinunter. Lieber esse ich Schweinswürste hier in Antwerpen als Hammelhoden am Bosporus. Die sind auch nicht koscher – zumindest nicht nach meinem Geschmack.«

Gracia bereute, dass sie das Thema überhaupt angesprochen hatte. Es ging um eine der wichtigsten Entscheidungen, die Diogo und sie für die Familie und die Firma Mendes treffen mussten, und sie war einfach mit ihrem Vorschlag herausgeplatzt, ohne jede Vorbereitung. Doch jetzt gab es kein Zurück mehr. Jetzt musste sie beweisen, wie ernst es ihr war.

»Ich weiß, warum Ihr bleiben wollt«, sagte sie. »Weil Ihr hier lebt wie ein König. Aber ich warne Euch. Die Hälfte des Vermögens gehört mir, und nichts kann mich hindern, damit nach Konstantinopel aufzubrechen.«

Diogo wurde blass, und der Hochmut verschwand aus seiner Miene, um ernsthafter Sorge zu weichen. Gracia registrierte es mit Genugtuung.

»Wollt Ihr die Firma ruinieren?«, fragte er. »Geld ist Macht. Wenn wir unser Vermögen teilen, stärken wir nur unsere Feinde.« Noch während er sprach, fasste er sich schon wieder, sogar sein überhebliches Lächeln kehrte zurück. »Und was meine Beweggründe betrifft: Mag sein, dass Ihr recht habt und ich bleiben will, weil ich hier lebe wie ein König. Aber was ist mit Euch?«, fragte er. »Warum wollt Ihr fort? Nur um Eures Seelenheils willen? Oder nicht auch, damit die anderen Euch wie einer Königin folgen?«

Verärgert stampfte Gracia mit dem Fuß auf. »Wie könnt Ihr solchen Unsinn reden?«

»Darum«, sagte Diogo und berührte wieder ihr Medaillon. »Als ich es kaufte, wusste ich nicht, was es darstellt. Ein Bildnis der Jungfrau Maria oder der Königin Esther? Es hat mir nur gut gefallen, ich fand, es passt irgendwie zu Euch. Aber ich glaube, jetzt weiß ich, was es ist ...«

»Nämlich?«, fragte Gracia.

»Das wisst Ihr so gut wie ich«, sagte er, immer noch mit seinem verfluchten Lächeln auf den Lippen.

Er sah ihr unverwandt in die Augen, und wieder streifte seine Hand ihre Haut. Und obwohl sie so wütend war, dass ihr das Blut in den Adern klopfte, erwiderte sie seinen Blick. Sie war fest entschlossen, nicht auszuweichen, bis er sich abwandte oder die Augen niederschlug. Doch er hob nur ein wenig seine Braue.

Auf einmal hatte sie das Gefühl, sie wäre nackt.

»Was – was macht ihr da?«

Als hätte man sie bei etwas Verbotenem überrascht, fuhren sie beide herum.

In der Tür stand Brianda, das Gesicht rot vor Aufregung.

»Wir haben nur über Dona Gracias Schmuck geplaudert«, sagte Diogo und ließ das Medaillon los. »Aber was hast du – ist etwas passiert?«

12

Seit dem Tag seiner Hochzeit ließ Diogo seine Frau von den besten Malern Antwerpens porträtieren, und inzwischen waren so viele Bilder von Brianda entstanden, dass sie bereits ein ganzes Kabinett füllten. Ursprünglich wollte Diogo auf diese Weise nur zeigen, dass er die schönste Frau der Stadt besaß. Doch dann hat-

te er entdeckt, dass die Maler nicht nur Briandas Schönheit einfingen, sondern auch ihr Wesen. Ob sie sich freute oder ob sie traurig war, ob sie hoffte oder bangte: Jedes Gefühl war in den Porträts festgehalten, und dank ihrer Kunst konnte Diogo im Gesicht seiner Frau lesen wie in einem Buch.
Das Gesicht, das er in diesem Augenblick sah, versprach allerdings nichts Gutes.
»Samuel Usque wartet unten in der Halle«, sagte Brianda.
»Oh!«, rief Gracia. »Ist die Esmeralda angekommen?«
»Ja. Mit zweihundert Flüchtlingen.«
»Zweihundert? Der Herr sei gelobt! Er hat sie geleitet.«
»Meinst du?«, erwiderte ihre Schwester. »Dann weiß ich nicht, was der Herr sich dabei gedacht hat. Viele haben keine Verwandten hier und wissen nicht, wohin. Samuel fragt, was mit ihnen geschehen soll.«
»Warum hat er sie nicht ins Judenhaus gebracht?«, fragte Diogo. »So hatten wir es ausgemacht.«
»Er sagt, das geht nicht. Am Kipdorp wimmelt es von Soldaten.«
»Verflucht! Ich habe Aragon ausdrücklich klargemacht, dass kein Soldat dort etwas zu suchen hat!«
»Und Ihr habt Euch auf diesen Menschen verlassen?«
Als Diogo das Gesicht seiner Schwägerin sah, verstummte er. Keine Frage, Aragon hatte sich nicht an seine Anweisung gehalten, und Diogo wusste sogar, warum. Er war mit dem Kommissar einig gewesen, dass die Flüchtlinge drei Wochen unbehelligt im Judenhaus bleiben könnten. Dafür sollte Aragon hundert Dukaten bekommen. Doch gestern hatte der Spanier noch mal hundert Dukaten zusätzlich dafür verlangt, dass er die Soldaten am Kipdorp abziehen würde, und um weiteren Erpressungen einen Riegel vorzuschieben, hatte Diogo die Forderung abgelehnt. Das war ein Fehler gewesen. Aber lieber würde er sich die Hand abhacken, als diese Schmach vor Gracia einzugestehen.
Statt ihr zu antworten, wandte er sich an seine Frau. »Wo sind die Leute jetzt?«

»Samuel hat sie in dem alten Kornspeicher am Laureiskaai untergebracht.«
»Bei der Eiseskälte?«, rief Gracia. »Da holen sie sich den Tod! Der Speicher hat weder Fenster noch Türen, und das Dach ist eingefallen. Außerdem ist es nur eine Frage der Zeit, bis sie dort entdeckt werden. Der Hafenkommandant schnüffelt überall herum.« Sie blickte Diogo vorwurfsvoll an. »Wegen Eures Leichtsinns sind die Menschen jetzt in Gefahr!«
Diogo schaffte es nicht, ihrem Blick standzuhalten. Nur ein halber Dukaten pro Flüchtling mehr für Aragon, und der Schlamassel wäre nie passiert. Was konnte er tun? Es gab nur eine Möglichkeit, um seine Schmach wiedergutzumachen.
»Samuel soll warten, bis es dunkel ist«, befahl er seiner Frau, »dann holen wir die Leute, die keine Bleibe haben, hierher.«
»Was meinst du mit – hierher? Meinst du etwa – in unser Haus?«
»Ja natürlich! Auf dem Dachboden ist genug Platz. Wir müssen vorher nur die Baumwollballen fortschaffen.«
Brianda schüttelte den Kopf. »Auf gar keinen Fall! Das ist viel zu gefährlich!«
»Aber wir können die Menschen doch nicht ihrem Schicksal überlassen«, erwiderte Gracia.
»Halt du dich da raus! Ich spreche mit meinem Mann! Das ist allein unsere Angelegenheit.«
»Sie sind auf unsere Hilfe angewiesen. Sie haben kein Zuhause. Manche haben nicht mal Geld.«
»Das haben sie alles vorher gewusst. Warum soll das jetzt unsere Sorge sein? Das sind doch wildfremde Menschen!«
»Nein, das sind sie nicht. Sie sind Juden, genauso wie wir. Nur darum mussten sie fliehen. *Mussten* – hörst du? Zu Hause hätte man sie umgebracht.«
»Und wenn du es zehnmal wiederholst – dadurch wird es nicht wahrer. Es gibt Tausende von Juden, die in Portugal leben, ohne dass man ihnen ein Haar krümmt. Weil sie vernünftig sind und sich anpassen. Wie unser Vater.«

»Und die anderen? Die sich zu ihrem Glauben bekennen? Sie haben doch gar keine andere Wahl, als zu fliehen!«

»Ach was! Die meisten kommen nur, weil sie hoffen, dass es ihnen hier bessergeht und sie nicht hungern müssen wie in Portugal. Kannst du dich an Rebecca Gonzales erinnern, die dicke Frau des Geldverleihers aus Coimbra? Sie hat dir die Hände geküsst und mit dir das Schma gebetet und Gott gepriesen für ihre Rettung. Aber letzte Woche habe ich sie auf dem Markt gesehen, wie sie Schweinefleisch gekauft hat, einen großen, fetten Braten, für ihre ganze Familie. Und für solche Menschen sollen wir riskieren, dass man uns …«

»Du weißt ja nicht, was du sagst. Stell dir vor, unser Vater wäre unter den Flüchtlingen. Würdest du ihn auch seinem Schicksal überlassen?«

»Unser Vater ist in Lissabon geblieben. Ich wollte, das wären wir auch …«

»Schämst du dich nicht? Jeder Jude hat die Pflicht, anderen Juden zu helfen!«

»Du hast leicht reden, es ist ja nicht dein Haus, in dem die Leute sich verstecken sollen. Was ist, wenn man sie entdeckt? Ich habe eine Tochter! Meine einzige Pflicht ist es, dafür zu sorgen, dass ihr nichts passiert!« Brianda fuhr zu ihrem Mann herum. »Diogo – was stehst du da und sagst nichts?«

Die Verzweiflung, die aus ihren Augen sprach, hatte noch kein Maler gemalt. Aber war das ein Wunder? Diogo wusste, Briandas Angst war mehr als begründet – wenn die Dominikaner portugiesische Juden unter ihrem Dach entdeckten, könnte sie das Kopf und Kragen kosten. Doch sollte Gracia deshalb triumphieren?

»Man muss den Herrn auch für das Böse preisen«, erklärte er. »Ich will, dass alle Flüchtlinge, die keine Angehörigen in Antwerpen haben, zu uns kommen. Bis jeder eine feste Bleibe gefunden hat oder weiterzieht.«

»So, dann hältst du also zu deiner Schwägerin statt zu deiner Frau?«

»Ich entscheide so, wie ich es für richtig halte.«
Plötzlich verwandelte sich Briandas Angst in Wut. »Tatsächlich?«, schrie sie. »Von morgens bis abends steckt ihr zwei hier zusammen und heckt irgendwelche Dinge aus, über meinen Kopf hinweg und ohne mich zu fragen. Mit welchem Recht? Gracia ist eine Frau – sie hat nichts im Kontor zu suchen! Und jetzt wollt ihr auch noch dafür sorgen, dass sie uns einsperren!«
»Niemand will das. Wir wollen nur …«
»Ach, tut doch, was ihr wollt!« Brianda rauschte zur Tür. Auf der Schwelle drehte sie sich noch einmal um. Obwohl sie vor Erregung zitterte, sprach sie so klar und deutlich, wie man klarer und deutlicher nicht sprechen konnte. »Übrigens, Gracia, fast hätte ich es vergessen – Amatus Lusitanus war gestern bei mir. Er hat um deine Hand angehalten.«
»Wie bitte?«
»Ja, du hast richtig gehört. Ich soll dich fragen, ob du seine Frau werden möchtest. Vielleicht verrät dir mein Mann ja, was er davon hält. Damit du dich leichter entscheiden kannst.«
Mit lautem Knall fiel die Tür ins Schloss, und Diogo war mit Gracia allein.
Ihr Schweigen füllte das ganze Kontor.
»Und?«, fragte Diogo nach einer Weile.
»Was – und?«
»Was werdet Ihr Amatus Lusitanus sagen?«
Während er auf ihre Antwort wartete, wurde ihm zum ersten Mal bewusst, dass Gracia fast schwarze Augen hatte, und der Mund trocknete ihm aus.
Warum? Weil ein anderer Mann sie zur Frau begehrte?
Gracia schüttelte den Kopf. »Wir haben jetzt andere Sorgen«, erwiderte sie. »Sagt Samuel, man soll die Leute in *mein* Haus bringen. Nein, ich will es so«, fügte sie hinzu, als Diogo protestieren wollte. »Dann haben sie ein Dach über dem Kopf, und Brianda braucht keine Angst zu haben.«

13

»Gepriesen seist Du, Adonai, unser Gott, der König der Welt, der Du den Schlaf auf meine Augen herniedersinken lässt.«

Drei Sterne waren bereits am Himmel aufgezogen, als die Flüchtlinge in der kleinen Synagoge von Gracias Haus mit dem Abendgebet begannen. Es roch muffig in dem Kellergewölbe, nach modrigen Pilzen und verschwitzten, ungelüfteten Kleidern. Seit fast vier Wochen schon hausten hier Dutzende von Menschen zusammen, ohne sich ins Freie zu wagen. Zum Glück war unter ihnen ein Chasan, der die Gottesdienste leiten konnte, und ein Minjan, zehn Männer, die man für einen Gottesdienst ebenso benötigte – dreimal täglich einen Vorbeter und zehn Männer ins Haus zu holen wäre zu gefährlich gewesen.

»Denn Du, o Gott, unser Hüter und unser Retter bist Du, denn ein Gott, der gnädig und barmherzig waltet, bist Du. Und wahre unseren Ausgang und unseren Eintritt zum Leben und zum Frieden von nun an bis in Ewigkeit.«

Wie jeden Tag verband die kleine Gemeinde das Abendgebet mit einem Dank für die Rettung aus der Heimat. War ihre glückliche Flucht nicht Beweis, dass Gott der Herr trotz Verfolgung und Not bei ihnen war? Mit jedem Flüchtlingsschiff aus Lissabon, das sicher den Hafen von Antwerpen erreichte, fühlte Gracia sich in ihrem Glauben bestärkt. Doch noch während sie die Worte leise mitsprach, fiel ihr Blick auf ihre Tochter, und in das Gefühl der Dankbarkeit mischte sich bittere Galle. Ausgerechnet Reyna bewegte kaum die Lippen, um mit den anderen Gott zu danken, und von den Flüchtlingen hielt sie sich so fern, als fürchtete sie, sich Läuse oder Flöhe einzufangen. Von Anfang an hatte sie ihren Widerwillen gegen Gracias Schutzbefohlene zu erkennen gegeben. Am ersten Abend hatte sie sich sogar geweigert, mit ihnen an einem Tisch zu essen, so dass Gracia sie dazu hatte zwingen müssen. Reyna hatte Angst vor den fremden Menschen in den schmutzigen und zerrissenen Kleidern, die so anders waren als sie selbst, die bei den Mahlzeiten gierig wie Tiere nach dem Brot griffen und mit beiden Händen ihre Trinkbecher umklammert hielten, als hätten sie Angst, jemand könnte sie ihnen entreißen, und Gracias Erklärung, dass diese Frauen und Männer keine bedrohlichen Höhlenwesen wären, sondern ihre jüdischen Schwestern und Brüder, hatte Reyna nur noch mehr verstört. War sie vielleicht zu oft mit ihrer Tante zusammen? Erst gestern hatte Gracia sie dabei überrascht, wie sie vor dem Spiegel stand, um sich in einem neuen Kleid zu bewundern, das Brianda ihr geschenkt hatte, ein Kleid mit einem tiefen Ausschnitt und Schellen an den Schultern, die beim Gehen leise klingelten.

»Gepriesen sei Adonai am Tage, gepriesen sei Gott des Nachts; gepriesen sei Gott, wenn wir uns niederlegen, gepriesen, wenn wir aufstehen.«

Das Abendgebet war noch nicht beendet, da störten laute Schritte die Andacht. Gracia drehte sich um. Paulus, ein Diener mit platzrundem rotem Gesicht, der sich nur von Kohl und fetten Würsten ernährte, kam in das Gotteshaus geeilt. Wie alle Flamen in ihrer Dienerschaft hatte sie ihm ein Extrageld gegeben, damit er niemandem verriete, wer im Keller ihres Hauses versteckt war.

»Was willst du?«, fragte sie auf Flämisch, das ihr immer noch schwer über die Lippen kam. »Wir sind beim Gebet.«

»Ihr habt gesagt, ich soll Euch sofort Bescheid sagen, wenn die Bücher da sind.«

»Die Bücher aus Paris?« Vor Aufregung begann ihr Herz zu klopfen.

»Habe ich etwas falsch gemacht?«, fragte Paulus, als er ihre Verwirrung sah.

»Nein, nein, im Gegenteil.«

Ohne das Ende des Gottesdienstes abzuwarten, verließ Gracia die kleine Synagoge und lief die Treppe hinauf. Samuel Usque, der mit der Versorgung der Flüchtlinge beschäftigt war, kam ihr aus der Küche entgegen.

»Wollt Ihr nicht die Suppe austeilen?«

»Kümmere du dich bitte darum. Reyna soll dir helfen. Ich habe keine Zeit.«

Die Bücher lagen schon auf dem Pult in ihrem Schreibzimmer bereit, fünf dicke, in Leder gebundene Folianten, mit lateinischen, portugiesischen und hebräischen Titeln: die Lehrbücher von Dr. Amatus Lusitanus. Mit einem Messer schnitt sie die Bögen auf und begann zu blättern. Warum waren die Inhaltsverzeichnisse immer an anderen Stellen versteckt? Gracia staunte, mit wie vielen Krankheiten und Gebrechen Amatus sich in seinem Leben schon befasst hatte. Allein siebzehn Arten Fieber beschrieb er, und für alle schlug er unterschiedliche Arzneien vor, zusammengesetzt aus Kräutern und Pflanzen, von denen Gracia noch nie gehört hatte.

Es war vielleicht eine Stunde vergangen, als sie endlich das gesuchte Kapitel fand: über die Nonnenkrankheit.

Gerade als sie anfangen wollte zu lesen, platzte Reyna herein.

»Ich bin mit dem Essen fertig. Kann ich noch Tante Brianda besuchen? Sie hat mir versprochen, dass ich La Chica wickeln darf.«

»Ja, wenn du möchtest«, antwortete Gracia zerstreut. »Oder nein! Geh lieber in dein Zimmer und schreib José. Du hast noch nicht auf seinen letzten Brief geantwortet.«

Während Reyna unwillig gehorchte, starrte Gracia auf die engbedruckten Seiten des Buches. Welches Geheimnis würden sie ihr verraten? Ohne den geringsten Grund wurden ihr plötzlich die Hände feucht. Seit sie Amatus Lusitanus zum ersten Mal getroffen hatte, waren viele Monate vergangen, und in dieser Zeit waren sie einander regelmäßig begegnet. Der Arzt war inzwischen Dom Diogos bester Freund, regelmäßig tauchte er im Kontor auf, und wann immer er nach Löwen abreiste, um an der Universität Vorlesungen zu halten, oder wieder nach Antwerpen zurückkehrte, machte er Gracia seine Aufwartung, in ihrem neuen Haus am Groenplaats. Und jedes Mal, wenn ein Diener seinen Besuch meldete, freute sie sich so sehr, dass sie ihre Arbeit liegenließ. Sie fühlte sich wohl in seiner Gegenwart, war gern mit ihm zusammen, bewunderte seinen Geist und seine Bildung – er kannte die griechischen und lateinischen Philosophen ebenso gründlich wie die Thora und die medizinische Literatur –, und sie mochte es gar nicht, dass er sich seit seinem Antrag weder bei ihr noch bei Diogo mehr blicken ließ. Ja, sie vermisste ihn, nicht nur seine freundlichen Aufmerksamkeiten, mit denen er sie bei seinen Besuchen bedachte, manchmal Blumen, manchmal Konfekt, meistens aber Bücher, sondern mehr noch die Gespräche, seine ebenso ernste wie humorvolle Art, in der er seine Ansichten vortrug und ihr immer wieder empfahl, im Zweifelsfall nicht auf überkommene Meinungen zu vertrauen, gleichgültig, ob es sich um Fragen des Glaubens oder der Wissenschaft handelte, sondern stets auf den eigenen Augenschein und das eigene Urteil, und sie war froh, dass er den Ruf des Sultans nach Konstantinopel ausgeschlagen hatte, um in Antwerpen zu bleiben.

Aber heiraten?

Gracia schüttelte den Kopf. Nein, sie hatte in ihrem Leben einen Mann geliebt, den sie nicht aufhören wollte zu lieben. Sie sah Francisco vor sich, in der Stunde seines Todes, die flehende Bitte in seinem Gesicht, endlich Schluss zu machen mit seinem Leben. Doch als sie das Kissen genommen hatte, da hatte sein Körper, aus dem doch schon alles Leben gewichen schien, sich noch einmal aufgebäumt, in verzweifelter Todesangst, so dass sie ihre ganze Kraft hatte aufbieten müssen, um zu tun, was er von ihr verlangte … Niemals würde sie dieses Gefühl vergessen, dieses Gefühl in ihren Armen, als sein Widerstand endlich brach und sein Körper zurücksank auf das Bett …

Mit einem Seufzer beugte sie sich über den Folianten und begann zu lesen. Das Kapitel, das sie suchte, gehörte zu einer Sammlung von Fällen, Curationes genannt, die Amatus Lusitanus im Laufe seiner ärztlichen Praxis selbst studiert und erfolgreich behandelt hatte. Ausführlich beschrieb er die Symptome der Krankheit, die er vorwiegend bei jungen Frauen beobachtet hatte, namentlich bei Nonnen und Witwen: Blutarmut gehörte dazu, Herzrasen,

Ermüdung und Mattigkeit, plötzlicher Wechsel von Hitze und Kälte.
Gracia runzelte die Stirn. Es war, als würde sie die Beschreibung ihrer eigenen kleinen alltäglichen Beschwerden lesen. Wie konnte Amatus davon wissen? Doch als sie zu dem Abschnitt gelangte, in dem er auf die Ursache der Erscheinungen zu sprechen kam, hatte sie plötzlich das Gefühl, als würden sich alle Symptome auf einmal in ihrem Körper regen. Die Ursache der Nonnenkrankheit, so erfuhr sie mit stockendem Atem, gründe vor allem in einem ungesunden und widernatürlichen Mangel junger Frauen an Geschlechtsverkehr …
Gracia blickte auf die feuchten Innenflächen ihrer Hände. Galt das auch für sie?
Plötzlich entstand Unruhe im Haus. Jemand pochte von draußen ans Tor, Rufe wurden laut, und gleich darauf hörte Gracia dröhnende Stiefelschritte.
Sie eilte zur Tür und schaute von der Galerie hinunter in die Halle. Ein Dutzend Soldaten hatte sich vor dem Tor postiert, alle Treppen und Abgänge waren besetzt. Niemand konnte herein oder heraus.
Ein Offizier streckte ihr ein Dokument entgegen und rief ihr auf Flämisch grobe, schmatzende Laute zu, die nach Butterkuchen klangen. Erst beim dritten Mal verstand Gracia den Mann.
»Ich habe Befehl, das Haus zu durchsuchen! Ihr werdet beschuldigt, Juden zu verstecken!«

14

»Was wollt Ihr, dass ich sage?«
»Die Wahrheit!«
»Aber ich weiß nicht, was man mir vorwirft!«
»Die Wahrheit!«

Cornelius Scheppering war leichenblass, seine Knie zitterten, und kalter Schweiß perlte auf seiner Stirn, als er mit einem Kopfnicken dem Folterknecht Anweisung gab, den Strick, der in scharfen, engen Schlaufen um den nackten Leib des Delinquenten geschlungen war, mit Hilfe eines Rades noch eine Drehung enger zu schrauben. Ein böses Knirschen und Knacken zeugte davon, dass der Befehl ausgeführt wurde.

»Erbarmen!«

Samuel Usque, der junge Mann, der auf der Folterbank lag, schrie vor Schmerz wie am Spieß, und sein Gesicht verzerrte sich zur Fratze, während der Strick so tief in sein Fleisch schnitt, dass die Haut aufplatzte und das Blut darunter hervorspritzte. Cornelius Scheppering wandte die Augen ab. Der Anblick menschlichen Leids war seinem zarten Gemüt unerträglich, und wann immer er es vermeiden konnte, einem Sünder vermittels der Folter die Wahrheit abzupressen, verzichtete er auf diese Barbarei. Doch in diesem Fall blieb ihm kein anderes Instrument zur Wahrheitsfindung übrig, auch wenn er die Qualen des Delinquenten am eigenen Leib zu spüren glaubte. Allein, was zählte seine Selbstüberwindung im Vergleich zu jenem Leidensopfer, das Jesus Christus am Kreuz von Golgatha zum Wohl der Menschheit auf sich genommen hatte? Er war ein folgsamer Gottesknecht und musste dem Willen des Herrn gehorchen, wenn sein Plan nicht kläglich scheitern sollte.

»Erbarmen!«, schrie Samuel wieder. »Sagt, was ich gestehen soll!«

Wie glücklich war Cornelius Scheppering noch vor wenigen Tagen gewesen. Gott hatte sein Flehen erhört und ihm einen Zeugen geschickt, einen rotgesichtigen Dienstboten der Antichristin, der ihm einen unerhörten Vorfall angezeigt hatte. Geblendet von ihrer Macht und ihrem Hochmut, hatte Gracia Mendes jüdischen Flüchtlingen Unterschlupf gewährt, in ihrem eigenen Haus – ein unwiderlegbarer Beweis, um der Firma Mendes und ihrer heimlichen Chefin den Garaus zu machen. Doch kaum hatte ein Kommando der Garde in Cornelius Schepperings Auftrag das Verschwörernest ausgehoben und die Teufelin dingfest gemacht, war ihm Aragon in die Quere gekommen und hatte kraft seines Amtes als kaiserlicher Converso-Kommissar die Freilassung des verfluchten Weibes erzwungen – nur eine Stunde nach ihrer Festnahme. Seitdem hielt Cornelius sich an die Flüchtlinge, die in der Haft zurückgeblieben waren, um aus ihnen so viel Wahrheit herauszuquetschen, wie es Gott dem Herrn in seiner Güte gefiel.

»Gestehe, was du getan hast!«

»Was habe ich denn getan?«

»Das wagst du zu fragen?« Cornelius Scheppering zückte ein mit Zahlen vollgekritzeltes Pergament und hielt es dem Angeklagten vors Gesicht. »Was ist das?«

Samuel Usque schwieg, aber die Verzweiflung in seinen Augen war Antwort genug.

Cornelius Scheppering nickte. »Ja, ich habe die Zahlen entschlüsselt.«

Sorgsam faltete er das wertvolle Schriftstück wieder zusammen und ließ es im Ärmel seiner Kutte verschwinden. Es enthielt mit den gematrischen Zeichen ein nahezu vollkommenes Geständnis. Man hatte das Pergament in Samuel Usques Kammer gefunden, und beinahe auf Anhieb hatte Cornelius Scheppering den Schlüssel zur Dekodierung der Zahlenreihen erraten: das Datum jenes vermaledeiten Tages, an dem Gracia Mendes mit ihren Angehörigen in Antwerpen gelandet war. Bei der Lektüre des Berichts hatten in seiner Brust heiliger Zorn und unverhofftes Glück miteinander gewechselt. Mit der Akribie des Juristen hatte Samuel Usque seine vielen Reisen nach Portugal beschrieben: Wie er die jüdischen Ketzer in Lissabon aus den Verliesen der Inquisition befreit hatte; wie er sie gedrängt hatte, sich vom katholischen Glauben abzuwenden und sich wieder zum Judentum zu bekehren; wie er sie in die Niederlande gebracht hatte, von wo aus ganze Heerscharen von Juden zum letzten und eigentlichen

Ziel ihrer Flucht aufgebrochen waren – nach Konstantinopel, in die Hauptstadt des Osmanischen Reiches, wo der Erzfeind der Christenheit regierte und den Mosessöhnen Zuflucht bot. Gab es schlimmere Verstöße gegen päpstliches Recht? Cornelius Scheppering brauchte nur noch den Namen der Person, die Samuel Usque zu seinen Missetaten genötigt hatte, und die Geldquelle des Kaisers würde auf der Stelle versiegen. Jan van der Meulen, dieser fromme, glaubensfeste Markgraf aus Brügge, der in seinem Auftrag um die Hand von Reyna Mendes anhalten sollte, konnte vielleicht schon bald das Aufgebot für die Hochzeit bestellen.

Samuel Usque stöhnte und winselte wie ein Tier. Trotzdem überwand Cornelius Scheppering seinen Abscheu und trat an die Folterbank, um das schwere Werk zu vollenden, das Gott ihm auferlegt hatte.

»Wer gab dir zu deiner Reise den Befehl?«, fragte er. »Wer hat dir befohlen, fromme Katholiken zum Judentum zu bekehren?«

»Niemand!«, erwiderte Samuel mit schmerzerstickter Stimme. »Ich habe alles aus eigenem Willen getan!«

»Nein! Du lügst! Man hat dich zu deinen Verbrechen gezwungen! Sag mir den Namen – und du bist erlöst!«

Samuel Usque schüttelte nur stumm den Kopf.

Cornelius Scheppering tat einen tiefen Seufzer. Der Anblick der gequälten Kreatur zerriss ihm das Herz, und es erfüllte ihn mit Mitleid, wie einst Maria Magdalena beim Anblick des Herrn unter dem Kreuz empfunden haben musste. Was sollte er tun? Im Gegensatz zu seinem Widersacher Aragon, der nicht davor zurückschrak, einem Delinquenten einen Finger oder sonstige Gliedmaßen abzutrennen, wenn es der Wahrheitsfindung diente, hielt Cornelius Scheppering sich streng an die Vorschrift, wonach keinem Angeklagten bleibender Schaden zugefügt werden durfte, wie schwer die Verfehlung auch immer wog, die ihm zur Last gelegt wurde. Doch er brauchte ein Geständnis, ohne ein Geständnis gab es nach der päpstlichen Prozessordnung keine

Wahrheit – und so verstockt wie Samuel Usque war kaum je ein Delinquent gewesen. Er hatte schon der Wasserfolter und dem Flaschenzug widerstanden, ohne sein letztes Geheimnis preiszugeben.

Der Schweiß floss Cornelius Scheppering in Strömen von der Stirn. »Den Namen!«, wiederholte er mit solcher Inbrunst, als ginge es um sein eigenes Leben.

Doch wieder blieb Samuel Usque die Antwort schuldig.

Obwohl es ihn fast übermenschliche Überwindung kostete, gab Cornelius Scheppering dem Henker erneut ein Zeichen. Doch niemand konnte verlangen, dass seine Augen dem schaurigen Schauspiel zusahen, das auf seinen Wink hin nun begann. Während er sich abwandte, um einer Ohnmacht zu entgehen, hob hinter seinem Rücken ein fürchterliches Bersten und Krachen an, durchsetzt von gellenden Schreien. Die unbedingte, unbeugsame, alles zermalmende Gerechtigkeit tat ihr Werk, jene göttliche Allmacht, die, einmal in Gang gesetzt, sich durch nichts und niemanden mehr aufhalten lässt.

Wie eine unsichtbare Urgewalt füllte sie die Folterkammer, übertrug sich auf Cornelius Schepperings ganzen Körper, ein unaufhaltsam wachsender Druck in seinem Leib, in seinen Gliedern, in seinem Kopf, ein tobender, wütender, unbezwingbarer Schmerz, der sich ins Maßlose steigerte und sein Gehirn, seine Brust, seinen Unterleib zu sprengen drohte. Es war, als würde er in Stücke gerissen und zugleich in den Schlund der Hölle rasen, wo ihn ein wirbelnder Strudel in einem feuerroten Kreis erfasste. Dann ein Stoß, eine letzte Erschütterung, als würden ihm das Genick und sämtliche Knochen im Leib gebrochen – und plötzlich war es vorbei.

Wie viel Zeit war vergangen? Cornelius Scheppering wusste es nicht. Vorsichtig drehte er sich um. Der Henker wischte sich den Schweiß von der Stirn und warf einen zufriedenen Blick auf sein Opfer. Samuels Usques Gesicht war das Spottbild eines menschlichen Antlitzes, eine einzige Stätte der Verwüstung, leblos und

entseelt, ein Schlachtfeld, auf dem Gott und der Teufel miteinander gerungen hatten.
Wer hatte den Sieg davongetragen?
»Zum allerletzten Mal!«, flüsterte Cornelius Scheppering, am Ende seiner Kräfte. »Wer hat dich zu deinen Verbrechen gezwungen?«
Und endlich – endlich regte sich etwas in Samuel Usques zerstörtem Gesicht, erst ein Zucken seiner Augen, dann ein Wimpernschlag. Erwachte seine Seele, um zu neuem Leben wiederaufzustehen? Seine Wangen bebten, seine Lippen zitterten, und ja, ja, ja – sie formten einen Namen! Doch sein Gesicht war ganz verquollen, die Zunge versagte den Dienst, und so leise und schwach klang seine Stimme, dass Cornelius Scheppering nichts verstehen konnte.
Er beugte den Kopf über Samuel Usques Gesicht, das Ohr ganz nah an seinem Mund. Und dann hörte er den Namen, obzwar nur gehaucht, doch so deutlich und klar und unmissverständlich wie eine Botschaft des Herrn.
Cornelius Scheppering schloss die Augen, um mit einem Stoßgebet dem Himmel zu danken. Kaum konnte er sich aufrecht halten, so sehr hatte er gelitten, und die Stimme brach ihm im Gebet. Nur mit unvorstellbarer Mühe brachte er seinen Dank über die Lippen.
»Gelobt seiest du, Allmächtiger, von Ewigkeit zu Ewigkeit. Amen.«
Erst als er die Augen wieder öffnete, bemerkte er den großen nassen Fleck auf seiner Kutte, in der Höhe seines Schritts, und seine Harnröhre brannte, als wäre der Teufel in sie gefahren.
Dann war alles schwarz um ihn herum, und Cornelius Scheppering sank in eine Ohnmacht, so sanft und süß wie die Gnade des barmherzigen Gottes.

15

Mitten in der Nacht wurde Gracia aus dem Schlaf gerissen.
»Wach auf! Hörst du nicht? Wach auf!«
Gracia öffnete blinzelnd die Augen. Brianda, nur notdürftig mit einem Umhang bekleidet, das Haar unbedeckt und zerzaust, stand über sie gebeugt, mit einem Leuchter in der Hand.
»Was ... was ist passiert?«, fragte Gracia und rieb sich den Schlaf aus dem Gesicht.
»Sie haben Diogo verhaftet!«
Mit einem Schlag hellwach, fuhr sie von ihrem Bett auf. »Um Gottes willen! Warum?«
»Auf Befehl der Regentin. Samuel Usque hat ihn verraten.«
»Was werfen sie ihm vor?«
»Dass er Samuel gezwungen hat, Christen zum Judentum zu bekehren. Außerdem behaupten sie, Diogo wäre ein Agent des Sultans, der Marranen anstiftet, ihr Geld nach Konstantinopel zu schaffen.«
»Ich muss sofort zu Aragon«, sagte Gracia und griff nach ihren Kleidern. »Er ist der Generalkommissar des Kaisers und Diogos Freund.«
Brianda schüttelte den Kopf. »Ich komme gerade von ihm.«
»Und – was sagt er?«
»Es hat niemand aufgemacht. Obwohl Licht bei ihm brannte.«
»Und du bist einfach wieder gegangen?«
»Was sollte ich denn machen?« Brianda stellte den Leuchter auf den Nachttisch und schlug die Hände vors Gesicht. »Jetzt ist genau das passiert, wovor ich euch immer gewarnt habe.«
»Heulen hilft nicht«, fuhr Gracia sie an. »Gib mir lieber das Wams da.«
Brianda rührte sich nicht vom Fleck. »Das ist einzig und allein eure Schuld«, schluchzte sie. »Was für ein Wahnsinn, diese Leute ins Haus zu holen! Wildfremde Menschen! Jetzt verlieren wir alles, was wir haben! Wir müssen betteln gehen!«

»Und Dom Diogo?«, fragte Gracia, während sie sich ihr Wams überstreifte.
»Sie haben das ganze Haus nach Beweisen durchsucht.«
»Haben sie etwas gefunden?«
»Zwei hebräische Bücher. Eins mit Psalmen und einen Talmud-Kommentar.«
»Dom Diogo liest heilige Bücher?«
»Das ist doch ganz egal! Sie haben sie beschlagnahmt und danach alles, was sie sonst noch finden konnten. Die Firmenkasse, Diogos Privatschatulle, meine Schmuckkassette – alles! Was soll jetzt nur aus uns werden?«
»Mal den Teufel nicht an die Wand! Solange es nur Geld ist, wollen wir Gott danken!«
»Nur Geld? Hast du Antonio della Rogna vergessen? Die ganze Familie haben sie davongejagt, aus ihrem eigenen Haus! Bloß weil man sie erwischt hat, wie sie am Freitag Fleisch gegessen haben.«
»Aber Dom Diogo! Sag endlich, was mit Diogo ist?«
»Ich habe keine Ahnung. Sie haben ihn mitgenommen. Er hatte kaum Zeit, sich anzuziehen.«
»Das ist ja fürchterlich!«
»Glaubst du, dass sie ihn dort behalten? Er hat gesagt, ich soll mir keine Sorgen machen. Dich hätten sie ja auch freigelassen, noch am selben Tag.«
»Das beweist überhaupt nichts! Ich weiß nicht, warum, aber ich habe das Gefühl, diesmal wird es schlimmer.«
»Willst du mir noch mehr Angst machen? Nein, ich bin sicher, sie haben es nur auf unser Geld abgesehen!«
»Herrje,wo sind nur meine Schuhe?«
»Schrei mich nicht so an! Ich hab sie nicht versteckt!« Brianda stutzte. »Aber was hast du? Du zitterst ja am ganzen Körper!«
Tatsächlich – Gracia konnte kaum ihre Hände unter Kontrolle halten, während sie versuchte, den Rock zuzuknöpfen, und ihre Knie waren weich wie Wachs. So hatte sie schon einmal gefühlt,

vor vielen Jahren in Lissabon, als die Garde des Königs Francisco abgeführt hatte.

Briandas Augen wurden größer und größer. »Hast du solche Angst?«, staunte sie. »Um Diogo? Deinen Schwager?«

Bevor Gracia antworten konnte, klopfte es an der Tür. Im nächsten Moment kam Lena herein, die flämische Köchin, mit einem Paar Schuhe in der Hand. »Sucht Ihr die?«

»Gib schon her!«

Gracia schlüpfte in die Schuhe, doch ihre Hände zitterten immer noch so sehr, dass sie die Riemen kaum schnüren konnte.

»Ich habe es gewusst«, schluchzte Brianda. »Ich habe es gewusst, von Anfang an.« Auf einmal sprang sie auf, packte Gracia an den Schultern und schüttelte sie. »Das ist alles deine Schuld! Deine Schuld – hörst du?«

»Bist du verrückt geworden?«

»Bring das in Ordnung, Gracia! Du hast uns das eingebrockt! Also bring das in Ordnung – zum Teufel noch mal!«

16

Der Tag graute kaum, und nur ein paar Betschwestern huschten in schwarzen Gewändern durch die nebelverhangenen Gassen von Antwerpen, zur ersten Frühmesse, da eilte Gracia vom Groenplaats in die Kloosterstraat, wo der kaiserliche Converso-Kommissar in einem mit zierlichen Türmchen und Zinnen bewehrten Backsteinhaus residierte.

Fröstelte sie vor Kälte oder vor Angst?

Als sie den schweren Türklopfer betätigte, sah sie noch den verblassenden Mond am Himmel. Es dauerte eine Ewigkeit, bis ein Diener erschien. Offenbar war er gerade erst aufgestanden, er stopfte noch sein Hemd in die Hosen.

»Ich muss mit Senhor Aragon sprechen.«

Bevor der Diener sie zurückweisen konnte, stieß sie ihn beiseite und betrat den Hausflur.
»Oh, Dona Gracia? Ein Besuch zu dieser frühen Stunde?«
Am Ende des Ganges öffnete sich eine Tür, und Aragon erschien, trotz der nachtschlafenden Zeit im seidenen Mantel, das Haar nach spanischer Mode mit Öl frisiert.
Offensichtlich war er noch gar nicht im Bett gewesen. In dem erleuchteten Zimmer hinter ihm flüchteten zwei nackte Mädchen vor Gracias Blicken.
»Was verschafft mir die Ehre?«, erkundigte er sich und schloss die Tür in seinem Rücken.
»Ich verlange die Freilassung meines Schwagers Diogo Mendes.«
Aragon hob die Brauen. »Dann ist es also schon geschehen?«, fragte er. »Ich hatte so sehr gehofft, dass …«
»Wie einen Verbrecher haben sie ihn fortgeschleppt, mitten in der Nacht. Dabei gibt es nicht den geringsten Grund …«
»Bitte beruhigt Euch. Ihr braucht mich nicht zu überzeugen. Ich bin auf Eurer Seite und habe alles versucht, um dieses Unrecht zu verhindern. Allem Anschein nach ist es mir aber nicht gelungen. Leider.«
»Wie bitte?«, erwiderte Gracia verwundert. »Ihr haltet die Verhaftung für Unrecht?«
»Gewiss. Ihr sagtet ja selbst, es gibt nicht den geringsten Grund, und ich teile Eure Meinung. Aber kommt bitte herein. Wir wollen uns doch nicht hier im Stehen unterhalten.«
Er führte sie in eine Stube, in der es aussah wie in einem portugiesischen Haus. Der Fußboden, die Wände, die Decke waren mit weißen und blauen Kacheln gefliest, in denen sich der Schein der Kerzen brach. Während der Diener den Leuchter auf einen Tisch stellte, bot Aragon ihr Platz an. Nie und nimmer hätte Gracia solches Entgegenkommen von ihm erwartet. Mit einem Anflug von Hoffnung erwiderte sie seinen Blick.
»Bitte helft Dom Diogo«, sagte sie. »Er … er ist Euer Freund.«
»Ja, das ist er«, bestätigte Aragon mit einem Seufzer, »und nichts

würde ich lieber tun, als ihm sein Schicksal zu erleichtern. Aber mir sind im Moment die Hände gebunden.«

»Ihr seid der Generalkommissar des Kaisers. Ein Wort von Euch würde genügen.«

»So einfach liegen die Dinge nicht, zu meinem großen Bedauern. Der Fall betrifft päpstliches Recht, und das steht über dem Recht des Kaisers.«

»Der Papst ist in Rom, und der Kaiser residiert in Brüssel – dreißig Meilen von hier!«

»Und trotzdem gilt in diesem Fall das Recht des Papstes. Nebenbei bemerkt – diesem Umstand verdanken wir ja, dass Ihr und Eure Angehörigen von Euren öffentlichen Pflichten als Christen entbunden seid und zu Hause Eure Gebete verrichten dürft – zu welchem Gott auch immer«, fügte er mit anzüglichem Lächeln hinzu.

»Soll das heißen, Ihr wollt tatenlos abwarten, was mit Eurem Freund geschieht?«

»Natürlich nicht – ich bin ein spanischer Ehrenmann! Und ich habe auch schon einen Plan, wie sich die vertrackte Angelegenheit ins Gute wenden lässt, zu unser beiderseitigem Vorteil. Aber so etwas erfordert Zeit, man muss Gespräche führen – heikle Gespräche, um Verwicklungen auf höchster Ebene zu vermeiden.«

»Was ist Euer Plan?«

»Psst«, machte Aragon und legte einen Finger an die Lippen. »Bitte verlasst Euch auf mich, ich werde alles arrangieren, zu unser beider Vorteil. Aber zur gegebenen Zeit.«

»Geht es um Geld?«, fragte Gracia. »Ich bin sicher, wir werden uns einigen. Oder möchtet Ihr Euch an den Geschäften der Firma Mendes beteiligen? Mein Schwager hat mir berichtet, dass Ihr in der Vergangenheit bereits ...«

»Wollt Ihr mich beleidigen?«, unterbrach Aragon sie. »Es geht nicht um Geld. Und auch nicht um Geschäfte.«

»Worum geht es dann?«

»Um Freundschaft, um die Verbindung der Firma Mendes mit

dem Hof. Und um Diplomatie. Ja, um die geht es vor allem. Damit wir hier unsere Angelegenheiten so regeln können, wie wir es für richtig halten, ohne allzu große Rücksicht auf Rom zu nehmen.« Aragon hob die Hände, als Gracia etwas einwenden wollte. »Habt ein wenig Vertrauen. Ich werde nach Brüssel reisen, um mich für meinen Freund einzusetzen. Und ich bin sicher, Karl wird ein offenes Ohr haben, wenn ich ihm meine Vorschläge in der gehörigen Weise unterbreite.«

»Und habt Ihr Hoffnung, meinen Schwager freizubekommen?«

»Ich glaube es nicht nur – ich verspreche es Euch. Aber ich sehe Eurem Gesicht an, dass Ihr noch einen Wunsch auf dem Herzen habt.«

Gracia erkannte den Spanier kaum wieder – nur Wohlwollen und Fürsorge sprachen aus seiner Miene. Sollte sie sich am Ende in ihm getäuscht haben?

»Ja, ich habe noch einen Wunsch«, sagte sie unsicher.

»Dann zögert bitte nicht, ihn zu äußern.«

»Könntet … könntet Ihr dafür sorgen, dass ich Dom Diogo besuchen darf? Damit ich mich überzeugen kann, dass es ihm gutgeht?«

Mit dem Ausdruck ernster Betrübnis schüttelte Aragon den Kopf. »Es tut mir sehr leid, aber dieser Wunsch übersteigt meine Befugnis. Noch ist der Fall in den Händen der Dominikaner. Ein Mönch, Bruder Cornelius, führt die Untersuchung. Ich denke, Ihr habt schon in Lissabon seine Bekanntschaft gemacht.«

»Cornelius Scheppering? Um Himmels willen!« Gracia spürte, wie ihr bei dem Namen der Schweiß ausbrach. Seit Jahren versuchte sie, diesen Menschen aus ihrem Gedächtnis zu tilgen. Doch immer noch träumte sie in manchen Nächten davon, wie er sie mit dem Kreuz in der Hand zwang, vor ihm niederzuknien, die quellklaren Augen auf sie gerichtet, und jedes Mal schreckte sie schweißgebadet aus diesem Alptraum auf. Nichts war ihr widerwärtiger, als diesen Menschen zu sehen. Aber wenn Diogo in seiner Hand war, blieb ihr nichts anderes übrig.

»Ich muss mit ihm sprechen. Könnt Ihr mir sagen, wo ich ihn finde?«

»Natürlich. Er lebt im Kloster seines Ordens, nur wenige hundert Schritte von hier. Aber es wird wenig Sinn haben, wenn Ihr Euch dorthin bemüht. Wie mir berichtet wurde, ist Bruder Cornelius seit einiger Zeit leidend. Eine ernsthafte Unpässlichkeit, die dringender ärztlicher Fürsorge bedarf.«

17

»Gegrüßet seiest du, Maria, voll der Gnade. Der Herr ist mit dir. Du bist gebenedeit unter den Weibern, und gebenedeit ist die Frucht deines Leibes, Jesus.«

Mit geschlossenen Augen flüsterte Cornelius Scheppering die wohlvertrauten Worte, um bei der Allerbarmerin Zuflucht zu finden, während Dr. Amatus Lusitanus sich unter der Kutte an seinem Geschlecht zu schaffen machte. Aber ach, selbst einem frommen Gottesknecht wie ihm war es in dieser Lage unmöglich, die Sinne uneingeschränkt auf das Gebet zu richten. Denn alle Augenblicke fuhren die Schmerzen wie scharfe, helle Blitze in sein Fleisch, und es dauerte eine qualvolle Ewigkeit, bis die Untersuchung ein Ende hatte.

»Die Ursache ist eine entzündliche Verengung der Harnröhre«, erklärte der Arzt, als er sich schließlich aufrichtete und Cornelius Schepperings Blöße wieder bedeckte. »Und diese wiederum ist Folge wuchernder Fleischauswüchse.«

»Glaubt Ihr, Ihr könnt das Elend kurieren? Die Schmerzen sind unerträglich.«

»Das kommt auf die Ursache an. Die Wucherungen können von den verschiedenartigsten Leiden herrühren. Von fehlerhafter Säftemischung, von anhaltender Ausscheidung eitrigen Harns, von einem Abszess – oder aber ...«

»Ja?«

Der Arzt wich seinem Blick aus. »Bevor ich ein abschließendes Urteil äußere, muss ich noch einige Fragen klären. Aber bitte, nehmt doch Platz.«

Cornelius Scheppering setzte sich auf den Stuhl, den Amatus Lusitanus herbeirückte. Eigentlich hatte er nach Brüssel reisen wollen, um der Regentin seine Pläne für den zweiten Schritt ihres gemeinsamen Unternehmens darzulegen. Jetzt ging es um die Verheiratung Jan van der Meulens mit Reyna Mendes, damit die Geldquelle, die mit der Verhaftung von Diogo Mendes abgeschnitten war, für Kaiser Karl aufs Neue sprudeln könnte. Doch seine Beschwerden hatten in einem solchen Maß zugenommen, dass an eine Reise nicht zu denken war, weshalb er nun, statt seine Mission voranzutreiben, den Leib, den Gott der Herr ihm geschenkt hatte, den Berührungen eines Juden aussetzen musste. Allein, sein Beichtvater hatte ihm befohlen, der Gesundheit Vorrang vor allen Bedenken zu geben. Amatus Lusitanus galt als bester Arzt in der Stadt, außerdem war er ein getaufter Christ, der jeden Sonntag die Messe besuchte, und Cornelius Schepperings Tatkraft war ein zu kostbares Gut, als dass man es wegen kleinlicher Glaubensfragen gefährden durfte.

Trotzdem hatte Cornelius ein mehr als ungutes Gefühl. Während er hier diese peinliche Untersuchung ertrug, konnte andernorts sein Rivale Aragon die Zeit nutzen, um auf die Regentin oder gar den Kaiser einzuwirken. Der Converso-Kommissar hatte nicht nur Einsicht in alle Akten des Falles Mendes, er war auch dem inhaftierten Firmenchef persönlich verbunden, und nachdem er bereits dafür gesorgt hatte, dass die Teufelin ihrer gerechten Strafe entkommen war, konnte niemand wissen, welche Schändlichkeiten sein eitles Pfauenhirn wohl noch ausbrüten mochte.

»Leidet Ihr an fiebrigen Kopf- oder Gliederschmerzen?«, fragte der Arzt.

»Jetzt nicht mehr, Gott sei Dank«, antwortete Cornelius Scheppering. »Aber vor Jahren, als ich Missionsdienst in Amerika tat, die sumpfigen Ausdünstungen am Amazonas …«

»Oh, Ihr wart in Amerika? Sehr aufschlussreich.« Amatus Lusitanus machte sich eine Notiz. »Habt Ihr damals Exantheme beobachtet?«

»Exantheme?«

»Hautausschläge, vor allem in den Hautfalten.«

»Ja, ich erinnere mich. Rötliche Flecken und Pusteln. Sie sind aber von allein wieder weggegangen, und gejuckt haben sie auch nicht.«

»Das war die Phase, in der Ihr die Krankheit übertragen konntet. Diese Phase ist also längst vorüber. Haben die Pusteln genässt, wenn sie aufgingen?«

»Ja, vielleicht, mag sein, so genau weiß ich das nicht mehr, das ist zu lange her. Aber was hat das alles mit meinem jetzigen Leiden zu tun?«

»Nur noch eine Frage. Und bitte verzeiht mir, dass ich sie überhaupt stelle. Aber es muss sein, zu Eurer Sicherheit.« Der Arzt machte eine kurze Pause und blickte ihn so eindringlich an, dass Cornelius Scheppering unbehaglich wurde. »Seht Ihr manchmal Dinge, die – wie soll ich mich ausdrücken? – gar nicht da sind?«

»Dinge, die nicht da sind?«, erwiderte Cornelius Scheppering verwirrt. »Wie soll das gehen?«

»Ich will damit sagen«, erklärte Amatus Lusitanus, »dass Ihr vielleicht manche Dinge deutlicher und schärfer erkennt als andere Menschen.«

»Ich habe keinen Grund, über mein Augenlicht zu klagen. In der Tat, ich sehe ausgezeichnet. Auch bei größter Dunkelheit, wenn die meisten meiner Brüder die Gebete nur noch memorieren können, kann ich mühelos in meinem Brevier lesen.«

»Das wundert mich nicht. Und diese Überschärfe Eurer Sehkraft – hat die vielleicht mitunter eine Überschärfe Eurer allgemeinen Wahrnehmungskraft zur Folge? Dass Ihr also Dinge seht, die Euren Brüdern verborgen bleiben?«

»Ah«, rief Cornelius Scheppering, endlich begreifend. »Ihr meint Erscheinungen? Gesichte?«

»Wenn Ihr es so nennen wollt.«

Cornelius Scheppering nickte. »Ja«, bestätigte er, »diese Gnade wurde mir schon manches Mal zuteil, vornehmlich in Gestalt der Heiligen Jungfrau Maria.«

»Das heißt, Ihr bildet Euch ein, die Muttergottes zu sehen?«

»Von Einbildung kann keine Rede sein! Wenn die Jungfrau mir die Gnade erweist, sich mir zu zeigen, dann ist ihr Gesicht wirklicher und wahrhaftiger als jedes Gaukelspiel und Blendwerk der Sinne. Doch zum letzten Mal – wozu stellt Ihr all diese Fragen?«

Der Arzt klappte seinen Aktendeckel zu. Täuschte Cornelius Scheppering sich, oder spielte da ein Lächeln im Gesicht des Juden, als er sich endlich zu einer Auskunft bequemte?

»Ich denke, die Diagnose ist eindeutig. Ein Fall von Morbus gallicum.«

»Ich habe von einer Krankheit dieses Namens nie gehört.«

»Bekannter ist sie unter einem anderen Namen«, erklärte Amatus Lusitanus. »Syphilis – auch die Geißel Gottes genannt.«

»Was fällt dir ein, Judenbengel?«, rief Cornelius Scheppering und sprang auf. »Ich bin ein Mann des Glaubens!«

»Und ich bin ein Mann der Wissenschaft. Die Symptome erlauben keinen Zweifel. Die Krankheit ist mit Christoph Kolumbus und seinen Männern von Amerika nach Europa gelangt, sie stammt also von ebenjenem Ort, wo Ihr als Missionar tätig wart. Aber wenn Ihr mir nicht glaubt und noch eines Beweises bedürft …«

»Hütet Eure Zunge!«

»… typisch für die Syphilis in Eurem Stadium ist eine Steigerung des Geschlechtstriebs. Ich möchte wetten, dass Ihr auch unter diesem Symptom leidet. Habe ich recht?«

Cornelius Scheppering wollte protestieren, aber die Worte erstarben auf seinen Lippen. Die Geißel Gottes … Die Nachricht war so fürchterlich, dass sie ihn mehr schmerzte als jede körperliche Pein. Alle Wahrheiten, alle Gewissheiten, an die er sich sein

Leben lang gehalten hatte, waren erschüttert, und es wurde ihm schwindlig, so schwarz und tief war der Abgrund, in den er schaute. Aber durfte er leugnen, was nicht zu leugnen war? Ohnmächtig sank er zurück auf den Stuhl. Die Einflüsterungen der Schlange, endlich konnte er sie deuten … Die Krankheit hatte ihn um den Verstand gebracht, den Gottesfunken in ihm ausgelöscht, in den Stunden seiner Verwirrung – am Ufer des Amazonas, in der Rua Nova dos Mercadores in Lissabon. Durch sie hatte der Teufel ihn zur schrecklichsten aller Sünden verführen können und ihm das Bildnis der Muttergottes vorgegaukelt, im Gesicht eines verfluchten Judenweibs, damit er sich mit ihrem Fleisch vereine. Welche Gefahren hielt diese Krankheit noch für ihn bereit?

So leise, dass er seine eigene Stimme nicht erkannte, fragte Cornelius Scheppering den Arzt: »Könnt Ihr mich heilen?«

»Ich habe in mehreren Fällen gute Ergebnisse mit Quecksilbereinreibungen erzielt, besonders in Verbindung mit der Einnahme eines Chinawurzeltranks.«

»In mehreren Fällen? Nicht in allen?«

Amatus Lusitanus schüttelte den Kopf. »Leider nein.«

»Und wenn die Kur nicht hilft?«

Der Arzt holte tief Luft. »Dann bleibt noch die Möglichkeit eines chirurgischen Eingriffs.«

18

Sankt Paul, die Ordenskirche der Dominikaner, lag keine hundert Schritte vom Steen entfernt, hinter dessen dicken Mauern Diogo Mendes seit seiner Verhaftung unter Arrest gehalten wurde. Jeden Mittag, wenn die Glocke zur vollen Stunde anschlug, um mit eisernem Klang daran zu erinnern, dass hier die wahren Diener des Herrn regierten, brachte sein Wärter Pieter ihm das Essen.

Angewidert verzog Diogo das Gesicht. In dem tönernen Napf, inmitten einer dampfenden Kelle Weißkohl, kringelte sich ein Ring mit prallen, fetten Schweinswürsten. Schon von dem Anblick wurde ihm übel.

»Verdammt noch mal, wie oft soll ich dir noch sagen, dass ich den Fraß nicht runterkriege?«

»Ich kann nichts machen, die Mönche haben es so befohlen.«

»Dann lass dir was einfallen! Schließlich muss ich das Essen selbst bezahlen!«

»Letzte Woche habe ich ja versucht, eine Lammkeule aus der Klosterküche zu schmuggeln. Aber der Kustos hat den Braten gerochen und mich durchsucht. Beinahe hätte er dabei die Briefe gefunden. Habt Ihr das vergessen?«

»Ist ja schon gut. Stell den Napf da hin.«

Diogo setzte sich an den Tisch und nahm den Löffel. Die Zelle war fast so groß und bequem wie sein eigenes Kontor, mit Blick auf die Schelde, so dass er alle Schiffe beobachten konnte, die im Hafen ein- und ausliefen, auch die der Firma Mendes. Abgesehen davon, dass er den Raum nicht verlassen durfte und man ihn mit diesem Schweinefraß drangsalierte, fühlte er sich eher wie in einem Gasthof als in einem Gefängnis. Man hatte ihm sogar seinen Zobel gelassen. Wenn er nur nicht diese entsetzlichen Schreie hören müsste, die immer wieder aus der Folterkammer der Burg zu ihm herauf durchs Fenster drangen. Doch damit hatte er Gott sei Dank nichts zu tun – Diogo Mendes war viel zu reich und seine Firma viel zu bedeutend, als dass man es wagen würde, ihn unter die Folter zu nehmen.

»Sonst hast du nichts mitgebracht?«, fragte er seinen Wärter.

»Erst das Geld, dann die Ware«, erwiderte Pieter.

Diogo warf ihm eine Münze zu.

»Bitte sehr, Eure Post.« Wie ein Zauberkünstler hatte der Wärter plötzlich zwei Briefe in der Hand. »Der eine ist von Eurer Schwägerin, der andere von Eurer Frau.«

Diogo schob die Wurst im Napf beiseite, und während er den

Kohl in sich hineinschaufelte, begann er zu lesen. Wie immer zuerst den Brief seiner Schwägerin. Weil er keine Besuche bekommen durfte, war dies die einzige Möglichkeit zu erfahren, was in der Firma passierte.

Gracia hatte schlechte Nachrichten. Der Magistrat hatte die Speicher versiegelt und alle Waren beschlagnahmt, bis ein Urteil in Diogos Sache gefällt wäre. Allmählich ging ihr das Geld aus, um die Zölle für die ankommenden Schiffe zu bezahlen, und schon bald würde sie darauf angewiesen sein, die Ladung eines Schiffes zu verkaufen, um den Zoll für ein zweites aufzubringen. Doch zum Glück hatte Gracia eine Idee, um die Katastrophe abzuwenden. Sie wollte an der Börse die Kaufmannschaft gegen das Vorgehen des Magistrats mobilisieren. Das Versiegeln der Speicher verstieß gegen verbrieftes Recht, und wenn sich das herumsprechen würde, geriete der Hafen von Antwerpen in Verruf, bei allen Schiffseignern in Europa. Bei der Vorstellung, wie der Hafenkommandant die Speicher wieder freigeben würde, musste Diogo grinsen. Was für ein Einfall! Nur schade, dass er nicht selbst darauf gekommen war.

»Seid Ihr fertig?«, fragte der Wärter.

Diogo war längst noch nicht satt, im Gegenteil, ihm knurrte der Magen, aber aus dem leeren Napf schauten ihm nur noch die Schweinswürste entgegen. Statt weiterzuessen, beugte er sich wieder über Gracias Brief. Beim Lesen glaubte er, ihre Stimme zu hören, und die ganze Zeit sah er ihr Gesicht vor sich, ihr spöttisches, überhebliches Lächeln, weil sie wieder für die Lösung seiner Probleme gesorgt hatte. Diogo schüttelte sich. Was hatte sie in seinen Gedanken zu suchen? Ihre Überheblichkeit ging ihm genauso auf die Nerven wie ihr Glaubenseifer, und ihre Drohung, mit ihrem Teil des Vermögens nach Konstantinopel aufzubrechen, war eine ebenso unverzeihliche Missachtung seiner Person gewesen wie ihre Gewohnheit, für jede Ankunft eines Flüchtlingsschiffes allein dem Himmel zu danken, ohne seinen Beitrag zu würdigen. Doch bei Gott – sie war die großartigste

Frau, die er kannte! Sie hatte es sogar geschafft, während seiner Haft die Esmeralda nach Lissabon zu schicken, mit Samuel Usque an Bord, der angeblich Hoffnung hatte, endlich seinen Bruder aus den Händen der Christen zu befreien.
Wieder drangen die Schreie eines Gefolterten in Diogos Zelle.
»Mach das Fenster zu, Pieter!«
Verflucht – warum gab es keine Nachricht von Aragon? Der aufgeblasene Pfau hatte fest versprochen, dass er nicht länger als zwei Wochen in Haft bleiben würde, doch inzwischen war schon über ein Monat vergangen, ohne dass sich etwas tat. Wenn der Mistkerl glaubte, er könnte ihm Angst einjagen, hatte er sich verrechnet. Diogo hatte schon einmal in dieser Zelle gesessen, vor ziemlich genau zehn Jahren. Damals hatte man ihn angeklagt, Handel mit dem Sultan von Konstantinopel zu treiben. Drei Monate hatte man ihn in Haft gehalten, und er war fast bankrott gewesen, als er endlich freigekommen war – für ein zinsloses Darlehen über fünfzigtausend Golddukaten, zur einen Hälfte für den Kaiser, zur anderen Hälfte für dessen Schwester, die Regentin. Wie teuer würde es diesmal werden? Wenn Aragon seine Finger im Spiel hatte, würde die Freilassung wahrscheinlich noch mehr kosten als vor zehn Jahren. Aber was bedeutete Geld? Hauptsache, er käme endlich wieder hier raus!
Vielleicht stand ja etwas darüber in Briandas Brief? Während Diogo seinen Ekel überwand und die Würste hinunterwürgte, um seinen Hunger zu stillen, überflog er die Zeilen seiner Frau. Auch ihre Stimme meinte er beim Lesen zu hören, auch ihr Gesicht zu sehen, doch beides bereitete ihm Verdruss. Brianda schrieb, was sie immer schrieb, lauter Vorwürfe und Klagen, aber kein einziges Wort über den Converso-Kommissar. Mit jedem Satz, den Diogo las, verschlechterte sich seine Laune. Brianda war vor ihrer Hochzeit das reizendste Frauchen gewesen, das man sich nur wünschen konnte, die ideale Mätresse, nicht nur wegen der zwei Äpfelchen in ihrem Ausschnitt, sondern auch wegen ihrer Wesensart. Doch die aufgezwungene Ehe hatte sie

von Grund auf verwandelt. Kleinlich war sie geworden, misstrauisch und eifersüchtig, und ständig lebte sie in der Angst, jemand könnte sie übervorteilen.
Diogo legte den Brief beiseite. Trug er nicht selbst Schuld daran, dass Brianda sich so sehr verändert hatte? Als Gracia ihm vorgeschlagen hatte, Tristan da Costa von Lyon nach Venedig zu schicken, statt ihn nach Antwerpen zu holen, wie es seit langem verabredet war, hatte er ihrem Wunsch nur allzu gern entsprochen. Er hatte ja kein Interesse daran gehabt, dass Briandas Verlobter ihm als Nebenbuhler in die Quere gekommen wäre.
»Hast du vielleicht Neuigkeiten von Senhor Aragon?«, fragte er Pieter.
Der Wärter schüttelte den Kopf. »Nein, angeblich ist er immer noch auf Reisen.«
»Weißt du wenigstens, wo er gerade steckt?«
»Entweder in Brüssel oder in einem Feldlager des Kaisers. Sein Diener konnte es nicht sagen.«
Diogo schob den Napf zurück. Noch schlimmer als der Schweinefraß war, dass er tatenlos hier drinnen abwarten musste, wie sich draußen sein Schicksal entschied.
»Kann ich jetzt gehen?«, fragte Pieter.
»Ja«, sagte Diogo. »Oder nein – warte!«
Erst jetzt hatte er das Postskriptum auf der Rückseite von Briandas Brief entdeckt. Als er die wenigen Worte las, würgte das Schweinefleisch so sehr in seiner Kehle, dass er den letzten Bissen wieder ausspuckte.
Das Postskriptum betraf ihre Schwester. Gracia hatte sie, so schrieb Brianda, um Rat gefragt, ob sie den Antrag von Amatus Lusitanus annehmen sollte …

19

Von mächtigen Mauern und Türmen bewehrt, lag Braga, die Hauptstadt der gleichnamigen portugiesischen Provinz, auf einer Anhöhe zwischen dem Cavado und dem Flüsschen Deste. Fast senkrecht brannte die Sonne von einem dunkelblauen Sommerhimmel herab, doch anders als an sonstigen Tagen, da die Menschen mittags in ihren Häusern vor der Hitze Zuflucht suchten, bis die Schatten wieder länger wurden, dachte heute niemand daran, Siesta zu halten. Die ganze Stadt war auf den Beinen, um das Patronatsfest Johannes des Täufers zu feiern. Und während das Geläut sämtlicher Kirchen die Luft erfüllte, wand sich von der Kathedrale Sé Velha die Prozession durch die engen, flaggengeschmückten Gassen in Richtung der Praça dos Carvalhos, wo auf den Stufen eines Brunnens Samuel Usque Posten bezogen hatte, um als christlicher Kaufmann getarnt in der Menge der Gläubigen nach seinem Bruder Ausschau zu halten. Ein Hutmacher aus Braga, so hatten Flüchtlinge ihm in Antwerpen berichtet, habe in seiner Werkstatt einen Lehrling namens Miguel aufgenommen, von dem es hieß, er wäre jüdischen Bluts und stamme aus Coimbra – der Beschreibung nach gleiche er Benjamin aufs Haar. Würde Samuel seinen Bruder heute endlich wiedersehen? Wenn er wirklich in Braga lebte, müsste er irgendwann mit der Prozession an ihm vorbeikommen, spätestens, wenn auf die Kirchenmänner und Adligen die Handwerker folgten, geordnet nach den verschiedenen Zünften.

»Pater noster, qui es in caelis: sanctificetur nomen tuum.«

Während die Menge immer wieder das Vaterunser murmelte, ein aus tausend Kehlen quellender Gebetsbrei, schwebte eine blutbefleckte, leichenblasse Christusfigur vorüber, deren qualvoll gekrümmter Leib von einem prunkvollen, perlenbehangenen Gewand aus silbern glänzender Seide verhüllt war. Samuel musste sich beherrschen, um dem Götzen nicht ins Gesicht zu spucken. Im Namen dieses Gottes hatte man ihn gefoltert, ihn auf

den Schragen gebunden und an den Flaschenzug gehängt, damit er Dom Diogo verriete. Die Wunden seines Körpers, die ihm die Dominikaner zugefügt hatten, waren inzwischen zwar verheilt, die Wunden seiner Seele aber hörten nicht auf zu brennen. Zu sehr schämte er sich dafür, dass er unter der Folter zusammengebrochen war, und nach seiner Freilassung hatte er sich tagelang nicht getraut, Dona Gracia unter die Augen zu treten. Dom Diogo hatte nie einen Hehl daraus gemacht, dass er selbst jeden Verräter zum Teufel jagen würde. Ein paar von ihnen, so hatte er Samuel gewarnt, kamen immer unter die Folter – das war die Regel ... Doch statt ihn zu bestrafen, hatte Dona Gracia ihn zu einem Wundarzt geschickt und ihm erlaubt, mit der Esmeralda nach Portugal zu fahren und nach seinem Bruder zu forschen. Das würde Samuel ihr nie vergessen.
»Adveniat regnum tuum; fiat voluntas tua, sicut in caelo et in terra.«
Auf den Bischof und die Prälaten folgten die Granden und Würdenträger der Stadt, und auf diese die barfüßigen Franziskaner, die Statuen aller möglichen Heiligen mit den Insignien ihres Martyriums auf den Schultern trugen. Samuel stellte sich auf die Zehenspitzen. Am Ende des braun gewandeten Heeres ragte schwankend die erste Zunftstandarte in den Himmel. Plötzlich kamen ihm Zweifel. Würde er seinen Bruder überhaupt wiedererkennen? Es war über vier Jahre her, seit er Benjamin zum letzten Mal gesehen hatte. Vor lauter Aufregung und Angst, ihn zu verpassen, glaubte er ihn in Dutzenden von Gesichtern zu erkennen, als die Handwerker, nach der Ordnung der Zünfte, im Sonntagsstaat und mit den Worten des Vaterunsers auf den Lippen, an ihm vorüberzogen: zuerst die Waffen- und Messerschmiede, dann die Leinen- und Wollweber, die Kerzenzieher und Wachsbleicher und schließlich, hinter dem Haufen der Sattler und Gerber – sein Herz setzte beim Anblick der Standarte für einen Schlag aus –, die Hutmacher.
»Panem nostrum cotidianum da nobis hodie; et dimitte nobis debita nostra, sicut et nos dimittimus debitoribus nostris.«

Samuel erkannte seinen Bruder sofort. Benjamin hatte sich kaum verändert, er hatte immer noch dasselbe braune Kraushaar und dieselben lachenden Augen. Nur größer und kräftiger war er geworden, und ein paar Pickel hatte er im Gesicht. Er musste jetzt dreizehn sein, in diesem Jahr hätte er die Bar-Mitzwa gefeiert, wenn er nicht … Benjamin schaute ihm direkt ins Gesicht, doch ohne ihn zu erkennen. Hatte Samuel sich mehr verändert als er? Sie hatten früher ein Erkennungszeichen gehabt, den Käuzchenschrei, damit hatte Samuel seinen Bruder immer gerufen, wenn der irgendwo in den Gassen von Coimbra verschwunden war. Er faltete seine Hände vor dem Mund zusammen, um den Schrei nachzumachen, wie früher – da legte einer der Hutmacher seine Hand um Benjamins Schulter, und ohne Samuel zu beachten, kehrte sein kleiner Bruder ihm den Rücken zu, schaute zu dem Hutmacher auf und lachte ihn an, und der Hutmacher drückte ihn an sich, wie es nur ein Vater mit seinem Sohn tun konnte. Die Szene dauerte nur wenige Sekunden, doch aus ihr sprach eine solche Herzlichkeit, eine so innige Verbundenheit zwischen den beiden, dass Samuel seine Hände sinken ließ.

»Et ne nos inducas in tentationem; sed libera nos a malo.«

Den ganzen Tag lang verfolgte Samuel seinen Bruder, ohne sich zu erkennen zu geben. Er hatte erwartet, dass Benjamin unglücklich sei, ausgenutzt und misshandelt von einem kaltherzigen Edomiter. Aber das Gegenteil war der Fall. Der Junge schien noch nie so glücklich gewesen zu sein. Der Hutmacher hatte ihn nicht nur in seine Werkstatt, sondern auch in seine Familie aufgenommen. In der Kathedrale, während der Messe, saß Benjamin mit seinen neuen Geschwistern zwischen dem Mann und seiner Frau, kniff heimlich eine seiner Schwestern beim Beten in den Po und ahmte zusammen mit einem Bruder den Pfarrer auf der Kanzel nach, bis die Mutter die zwei mit einer Kopfnuss zurechtwies. Beim Mittagessen, das die Familie sich zur Feier des Tages in einer Gartenwirtschaft leistete, bekam Benjamin sogar eine doppelte Portion Fleisch, weil er von einer nicht satt wurde, und

einen ganzen Becher Wein durfte er trinken, zum ersten Mal in seinem Leben, wie sein Ziehvater beim Anstoßen feierlich erklärte. Samuel konnte kaum glauben, was er doch mit eigenen Augen sah. Erleichtert und gleichzeitig verstört beobachtete er den Bruder, der inmitten der fremden Menschen so sorgenfrei und unbekümmert wirkte, und als er der Familie dann von der Wirtschaft heim zu einem kleinen, hübschen Haus im Hutmacherviertel folgte, beschlich ihn eine Frage, die ihn den ganzen Tag schon insgeheim verfolgte, ihn umkreiste und bedrängte und auf die er eine Antwort finden musste.
Hatte er überhaupt das Recht, Benjamin aus seinem Glück zu reißen?
Niemals hätte Samuel sich träumen lassen, in eine solche Gewissensnot zu geraten, doch als die Dämmerung hereinbrach, streifte er immer noch um das Haus herum, unfähig, sich zu entscheiden. Wenn sein Bruder hier in Braga zurückbliebe, um als Christ unter Christen zu leben, könnte er frei von Angst und Not seine Lehre fortsetzen und später als Geselle auf Wanderschaft gehen. Er würde sich in ein Mädchen verlieben, heiraten, einen eigenen Hausstand gründen und Kinder bekommen, und wahrscheinlich würde er eines gar nicht allzu fernen Tages zusammen mit seinen Stiefbrüdern die Werkstatt des Hutmachers übernehmen.
Was hingegen erwartete ihn, wenn Samuel ihn mit nach Antwerpen nähme? Ein kaltes, regnerisches Land, wo die Menschen eine fremde Sprache sprachen, wo er sich Tag für Tag verstellen und lügen müsste, in steter Angst, auch dort, in dieser neuen, fremden Heimat, irgendwann bedroht und verfolgt und vertrieben zu werden, wie alle Juden, fast überall auf der Welt.
Durch das Fenster sah Samuel, wie die Familie im Schein einer Öllampe das Abendbrot teilte und die Kinder sich von ihren Eltern zur Nacht verabschiedeten. Nein, er hatte kein Recht, Benjamin hier herauszureißen. Während die Grillen zu zirpen begannen, erloschen die Lichter im Haus, und bald umfing Samuel dunkle Nacht. Ob Benjamin wohl inzwischen schwimmen konn-

te? Voller Wehmut stellte er sich vor, wie sein Bruder mit seinen neuen Geschwistern und Freunden im Cavado badete. Nein, er würde sein Versprechen niemals einlösen können, ihm das Schwimmen beizubringen.

Samuel wollte sich schon abwenden, er hielt es nicht länger aus, seinem Bruder so nah und gleichzeitig so fern zu sein – da hörte er ein vertrautes Murmeln.

»Gepriesen seiest Du, Adonai, unser Gott, König der Welt, der mit seinen Worten Abend werden lässt …«

Das Murmeln kam aus der Werkstatt, wo jemand eine Kerze angezündet hatte. Samuel schlich ans Fenster und blickte hinein. Im Innern, vor einem Ballen Werg, sah er im Kerzenschein seinen Bruder. Benjamin hatte den Kopf bedeckt und einen Riemen um seinen linken Arm gewickelt. Hatte er heimlich die Bar-Mitzwa gefeiert?

»Gelobt seiest Du, Ewiger, Erlöser Israels. Führe uns zur Ruhe.«

Nein, Samuel hatte sich nicht getäuscht. Sein Bruder sprach das Abendgebet, wie es das Gesetz von einem Juden verlangte.

Plötzlich wusste Samuel, was er zu tun hatte, und ohne länger zu zögern, formte er seine Hände vor dem Mund zu einer Hohlkugel und blies in die Kerbe zwischen den Daumen, um den Lockruf des Käuzchens nachzumachen.

20

Für Kaufleute aller Herren Länder.

In Stein gemeißelt prangte die Inschrift über dem Eingang der Börse von Antwerpen, um in dem ewig lärmenden Handelssaal ihre Besucher willkommen zu heißen, verbunden mit dem Versprechen, sowohl das Recht wie auch das Eigentum eines jeden Kaufmanns vor Willkür zu schützen, der willens und bereit war, nach Maßgabe der hier geltenden Gesetze Geschäfte zu machen.

Würde sich dieses Versprechen heute bewahrheiten?
»Ich habe einen Beschwerdebrief verfasst«, rief Gracia Mendes gegen den Lärm in der Halle an. »Er ist gerichtet an den Magistrat der Stadt Antwerpen, an die Regentin Maria sowie an Kaiser Karl.«
Sie hatte sich auf eine Treppe gestellt, damit jeder sie sehen konnte. Doch würde ihr, der einzigen Frau unter so vielen Männern, überhaupt jemand zuhören? Sie war zwar als Schwägerin von Diogo Mendes und Mitinhaberin der Firma im Handelssaal bekannt, und man war daran gewöhnt, dass sie ohne ihren Schwager Geschäfte abschloss, doch sie hatte hier noch nie eine Rede gehalten. Ihre Hoffnung, in dem Tohuwabohu Aufmerksamkeit zu erlangen, gründete allein darauf, dass an der Börse nicht nur Waren gehandelt wurden, sondern auch Neuigkeiten, die manchmal über Nacht den Wert einer Ware halbierten oder verdoppelten. Und wirklich: Kaum hatte Gracia zu sprechen angefangen, strömten von allen Seiten Neugierige auf sie zu, Kaufleute genauso wie Schiffseigner, und während sie von immer mehr Menschen umringt wurde, verstummte allmählich das Schreien und Lärmen im Saal, bis nur noch ihre eigene Stimme zu hören war.
»Die Verhaftung meines Schwagers Diogo Mendes verstößt gegen die Schutzrechte, die von der Stadt Antwerpen allen Kaufleuten garantiert werden. Kein Kaufmann darf in Haft genommen werden, ohne Prozess vor einem Gericht – egal, ob er Flame oder Deutscher, Engländer oder Franzose, Spanier oder Portugiese ist. Ich fordere darum die sofortige Freilassung von Diogo Mendes sowie die Öffnung aller Speicher und die Rückgabe aller Waren, die der Firma Mendes gehören.« Gracia hob ihren Brief in die Höhe. »Wer von euch ist bereit, diese Forderung zu unterschreiben? Es geht um unser aller Recht! Um unser Recht auf freien Handel!«
Sie hatte am Morgen vor dem Thoraschrein in ihrer kleinen Synagoge Gott darum gebeten, sie die richtigen Worte finden zu lassen, um die Unterstützung der Kaufleute zu gewinnen. Jetzt

blickte sie voller Spannung in die Runde. Hatten die Männer ihre Botschaft verstanden? Und waren sie bereit, ihr zu folgen? Manche wichen ihrem Blick aus, einige wiegten unentschlossen die Köpfe, doch die meisten nickten ihr zu, und es dauerte nicht lange, bis der Erste sich meldete.

»Ich!«, rief ein Gewürzhändler aus Lübeck. »Ich unterschreibe!« Kaum hatte er seinen Namen unter ihre Forderung gesetzt, riss ein Franzose ihm das Pergament aus der Hand. »Ich auch!« Gracia atmete auf, der Bann war gebrochen. Auf den Franzosen folgte ein Italiener, auf den Italiener ein Engländer, und wenig später tönte der Ruf in allen Sprachen Europas durch den Saal: »Ich auch! Ich auch! Ich auch!«

Während sich alle um den Brief drängten, fielen Zentnerlasten von Gracias Schultern. Seit Wochen hatte sie in Furcht und Angst gelebt – um die Zukunft der Firma ebenso wie um ihren Schwager. Zwar konnten sie mit Hilfe eines Wärters Nachrichten mit Diogo tauschen, aber nichts deutete darauf hin, dass man ihn freilassen würde. Gracia wusste nicht einmal, wer ihn eigentlich gefangen hielt. Der Kaiser? Oder die Regentin? Oder – Gott verhüte! – Cornelius Scheppering?

Gracia war nach Brüssel gereist, doch Karl war nicht in der Stadt gewesen, und seine Schwester Maria hatte sie nicht empfangen. Sie hatte sich sogar überwunden, die Ordensburg der Dominikaner aufzusuchen, um den Mönchen Geld anzubieten, aber bereits an der Pforte hatte man sie zurückgewiesen. Nun endlich kehrte ihre Zuversicht zurück. Die ganze Kaufmannschaft unterstützte sie! Gott hatte ihre Gebete erhört.

Da wurde plötzlich die Glocke geschlagen.

Sämtliche Köpfe fuhren herum. In der Mitte des Saals, gleich neben dem Richtblock, stand der Hafenkommandant. Den speckigen Dreispitz auf dem kahlen Schädel, eine Faust in der Hüfte, verlas Hans Suurbier mit rotem Gesicht eine Meldung.

»Ab sofort ist für sämtliche Schiffe der Firma Mendes die Zufahrt zum Hafen von Antwerpen gesperrt. Sie dürfen weder ein- noch

auslaufen, weder Handelswaren löschen noch welche an Bord nehmen. Ferner ist ihnen untersagt, sich der Stadt Antwerpen mehr als drei Seemeilen zu nähern. Bei Zuwiderhandlung hat das Hafenregiment Befehl, Gebrauch von den Waffen zu machen ...«
Seine Worte gingen in einem empörten Protestgeschrei unter, und er hatte noch nicht zu Ende gelesen, als Gracia zu ihm eilte, um ihn zur Rede zu stellen.
»Die Schiffe der Firma Mendes haben das verbriefte Recht, im Hafen von Antwerpen anzulegen und ihre Ladung zu löschen. Der Kaiser selbst hat das Privileg unterschrieben.«
»Im Hafen von Antwerpen gilt, was die Regentin sagt. Und sie hat anders entschieden. Kein Schiff der Firma Mendes darf mehr ein- oder auslaufen.« Er hielt den Befehl mit Marias Siegel für alle sichtbar in die Höhe. »Der Judenspuk hat ein Ende!«
Er wollte sich schon abwenden, da hielt Gracia ihn am Ärmel seiner Uniform zurück.
»Und wovon sollen wir den Zoll bezahlen, wenn wir keine Waren verkaufen können? Im Hafen liegen zwei Schiffe, die Esmeralda und die Fortuna, deren Ladung Ihr beschlagnahmt habt, für die Ihr aber trotzdem Zoll verlangt.«
»Das ist allein Eure Sorge«, erwiderte er. »Ich kann Euch nur den Betrag nennen. Die Firma Mendes schuldet der Kommandantur den Zoll für achthundert Sack Pfeffer und fünfhundert Ballen Baumwolle aus Porto sowie vierhundert Fässer Likörwein aus Madeira. Macht zusammen zweitausenddreihundert Dukaten. Die sind in zehn Tagen fällig.«
Niemand im Saal außer Gracia begriff, was die wirkliche Botschaft dieser Nachricht war. Durch den Befehl der Regentin war aus der Katastrophe, die bislang allein die Familie Mendes betraf, mit einem Schlag das Unglück Hunderter unschuldiger Opfer geworden. Jetzt ging es nicht mehr nur um die Schulden der Firma, auch nicht nur um die Freilassung ihres Schwagers Diogo – jetzt ging es außerdem um das Leben all der jüdischen Flüchtlinge, die auf den Schiffen aus Portugal festsaßen und nicht mehr

an Land konnten. Obwohl Gracia von Menschen umringt war, überkam sie auf einmal das Gefühl entsetzlicher Einsamkeit. Sie brauchte Hilfe, sie brauchte Rat.

›Ich habe den Herrn beständig vor Augen … Mach dich bereit, deinem Gott gegenüberzutreten … Such ihn zu erkennen auf all deinen Wegen …‹ Plötzlich hatte sie eine Idee.

»Seht Ihr die Inschrift über dem Eingang?«, fragte sie den Hafenkommandanten. »Für Kaufleute aller Herren Länder. Jeder Händler, jeder Makler, der diesen Saal betritt, vertraut auf dieses Versprechen. Männer, die in der ganzen Welt zu Hause sind, kommen zu uns, um hier ihre Geschäfte zu machen, weil sie sich auf die Regeln und Vorschriften verlassen, die an dieser Börse herrschen. Wenn Ihr jetzt das Recht des Kaisers brecht und den Hafen für die Schiffe der Firma Mendes sperrt, werden diese Männer überall berichten, was geschehen ist. In wenigen Wochen werden sämtliche Börsen Europas davon erfahren. Das Vertrauen der ausländischen Kaufleute in den Schutz, den die Stadtväter von Antwerpen ihnen zugesichert haben, wird ebenso schnell sinken wie das Ansehen der ganzen Stadt. Schiffseigner werden ihren Kapitänen befehlen, unseren Hafen zu meiden, aus Furcht um ihre Sicherheit und ihr Eigentum. Kein Gewürzhändler wird mehr hier anlegen, um seine Ladung zu löschen. Die Schauerleute werden ihre Arbeit verlieren, und an der Börse wird es keine Waren mehr geben, um damit Handel zu treiben. Euer Befehl wird Antwerpen ein Vermögen kosten! Euer Verstoß gegen das Recht wird die Stadt in den Ruin treiben!«

Gracia hatte mit solchem Eifer gesprochen, dass ihre Wangen glühten. Aber der Kommandant verzog kaum eine Miene.

»Wollt Ihr die Obrigkeit erpressen? Mit der Ächtung meines Hafens?« Gleichgültig zuckte er die Achseln. »Das würde ich an Eurer Stelle nicht tun, Mevrouw Mendes, sonst seid Ihr nie imstande, die Schuld für Euren Zoll zu zahlen. Und Ihr wisst ja, welche Strafe darauf steht.« Er fuhr sich mit der Kante seiner rechten Hand einmal über den linken Arm.

»Das werdet Ihr nicht wagen, niemals!«, rief Gracia. »Antwerpen gehört zur Hanse, und alle Städte, die je in der Hanse geächtet wurden, waren in kürzester Zeit ruiniert!«
Aber Suurbier hörte ihr gar nicht mehr zu. Ein Dominikaner, der eben herangeschlichen war, flüsterte ihm etwas ins Ohr. Der Kommandant lauschte mit erhobenen Brauen, dann ging ein Strahlen über sein rotes Gesicht.
»Gerade erfahre ich, dass Diogo Mendes auf Befehl der Regentin seine Privilegien verloren hat. Ab sofort ist er im Verlies untergebracht, um einer peinlichen Befragung unterzogen zu werden. Wie es sich für einen solchen Verbrecher gehört.«
Mit einem Schlag verstummte der Lärm im Saal, voller Entsetzen schauten die Kaufleute sich an. Jeder wusste, was die Nachricht bedeutete. Die peinliche Befragung hieß Folter, und diese diente nur einem Zweck: Diogo Mendes ein Geständnis abzupressen, das ihn auf den Scheiterhaufen bringen würde.
Die Nachricht war so ungeheuerlich, so außerhalb jeglicher Vorstellungskraft, dass Gracia keine Worte fand.
»Habt Ihr endlich begriffen?« Der Hafenkommandant schaute sie mit gespieltem Mitleid an. »Ja, ja«, sagte er. »Ich fürchte, damit sind die gemütlichen Zeiten vorbei.« Dann verschwand das falsche Mitleid aus seinem Gesicht und machte kaltem, bösem Triumph Platz. »Vielleicht glaubt Ihr mir jetzt. Der Judenspuk hat ein Ende – ein für alle Mal!«

21

Die Leiche lag schon auf dem Seziertisch bereit. Mit einem Kopfnicken begrüßte Amatus Lusitanus die Ärzte, die sich zu dem Experiment in seinem Haus eingefunden hatten, und zog sich seinen Kittel an. Während sein Assistent auf einem Hochstuhl Platz nahm, um von dort aus die Obduktion zu erläutern, schau-

te Amatus noch einmal in das Gesicht des Toten. Was war das wohl für ein Mensch gewesen, dessen körperliche Hülle da vor ihm lag? Man hatte den Leichnam am frühen Morgen gebracht – ein Mann mittleren Alters, der an einer Bauchwunde gestorben war. Obwohl er erst vor wenigen Stunden sein Leben ausgehaucht hatte, war sein Gesicht bereits eine bleiche, wächserne Maske, starr und grau, als hätte es nie gelebt.
Amatus nahm das Skalpell und trat an den Tisch. In Lissabon war die Öffnung von Leichen verboten. Er hatte deshalb dort nur tierische Kadaver seziert, einen Biber, einen Hund und ein Krokodil. Doch gleich nach seiner Ankunft in Antwerpen hatte er sich an einen menschlichen Körper gewagt. Seitdem hatte er über ein Dutzend Sektionen vorgenommen, darunter an einem Greis, in dessen Brust ein behaartes Herz geschlagen hatte, sowie an einer schwangeren Frau.
Dennoch war es für ihn jedes Mal ein ganz besonderer, fast feierlicher Augenblick, bei dem ihn eine Ruhe überkam wie andere Menschen vielleicht im Gebet.
Jahrhundertelang hatten die Ärzte sich in Ausübung ihrer Heilkunst ja nur an die Schriften der antiken Autoren gehalten, und noch immer beteten die meisten Kollegen die überlieferten Lehrmeinungen nach, ohne sich selbst ein Urteil zu bilden, im Vertrauen auf die unabänderlichen Gesetze des Schöpfergottes. Aber wie sollte man eine Vorstellung vom göttlichen Plan und seiner Verwirklichung im menschlichen Apparat gewinnen, ohne eigene Anschauung vom Aufbau des Körpers und dem Zusammenwirken seiner inneren Organe?
Amatus Lusitanus beugte sich gerade über den Leichnam, um mit der Operation zu beginnen, da kam ein Diener herein.
»Ich habe doch befohlen, mich jetzt auf keinen Fall zu stören«, herrschte Amatus ihn über die Schulter an.
»Eine Frau wartet in der Halle. Sie will Euch unbedingt sprechen.«
»Eine Frau? Wie heißt sie?«

»Gracia Mendes.«
Amatus warf sein Besteck hin. »Sag ihr, ich komme sofort.«
Ohne auf das Murren seiner Kollegen zu achten, zog er den Kittel aus und verließ den Saal. Seine Ruhe war dahin. Er hatte Gracia nicht mehr gesehen, seit er sich ihrer Schwester Brianda erklärt hatte. Er war ihr aus dem Weg gegangen, hatte nicht einmal mehr gewagt, seinen Freund Diogo zu besuchen, aus Angst, dass sie ihn zurückweisen würde.
Wenn sie ihn heute besuchte, konnte das nur eines bedeuten!
Als er in die Halle kam, stand sie mit dem Rücken zu ihm, versunken in den Anblick eines Wandteppichs. Aber merkwürdig, ihr Haar war unbedeckt, sie trug weder Hut noch Haube, obwohl die Bedeckung des Haars Pflicht für eine Jüdin war, und um ihre Schultern war nur ein loser Schal geschlagen.
»Dona Gracia«, rief er. »Seid Ihr gekommen, um mir Eure Antwort zu geben?«
»Meine Antwort?« Als sie sich umdrehte, war ihr Gesicht so ernst, dass Amatus erschrak. »Ach so, ja, meine Schwester hat mir Eure Frage ausrichten lassen. Aber ich bin nicht deshalb hier. Sondern wegen Dom Diogo.« Ihre Augen waren gerötet, so als hätte sie geweint.
»Wegen Diogo?«, fragte Amatus enttäuscht.
»Ja, wisst Ihr denn nicht, dass sie ihn verhaftet haben?«
»Doch, natürlich, das ist ja allgemein bekannt. Aber Ihr könnt beruhigt sein. Er hat mir geschrieben, in seiner Zelle sei es so bequem wie in einem Gasthaus. Außerdem kommt er bald wieder frei. Es geht wohl nur um die Höhe des Lösegelds.«
»Das alles gilt nicht mehr! Sie haben Diogo ins Verlies gesteckt! Um ihn aufs Schafott zu bringen!«
»Um Himmels willen!«
»Außerdem haben sie eine Hafensperre verhängt, für alle Schiffe der Firma Mendes. Hunderte Flüchtlinge können weder an Land noch zurück in ihre Heimat. Wenn Dom Diogo stirbt, werden auch sie sterben! Sie werden verhungern und verdursten!«

»Wer hat das veranlasst? Aragon?«
»Aragon hat auf jeden Fall seine Hand im Spiel. Aber ich fürchte, auch die Dominikaner stecken dahinter. Vor allem einer, Cornelius Scheppering. Er hat unsere Familie schon in Lissabon verfolgt.«
»Der Mönch mit der durchbohrten Fontanelle?«, rief Amatus.
»Kennt Ihr ihn?«
»Ja, er hat mich als Arzt konsultiert.«
»Dieser Teufel ist Euer Patient?« Hoffnung flackerte in Gracias Augen auf. »Das ist eine Fügung des Himmels!« Sie nahm Amatus' Hände und drückte sie an sich. »Bitte, Doktor Lusitanus, ich flehe Euch an! Sorgt dafür, dass dieser Teufel keinen Schaden mehr anrichten kann!«
»Wie stellt Ihr Euch das vor?«
»Ihr seid sein Arzt! Ihr verschreibt ihm Kräuter, Tinkturen, Gifte!«
»Seid Ihr wahnsinnig?«
»Im Talmud steht geschrieben: Wenn dich jemand töten will, komm ihm mit der Tötung zuvor.«
»Ich habe einen Eid geschworen, allen Kranken zu helfen, die meine Hilfe brauchen.« Er versuchte, sich von ihr loszumachen, aber Gracia hielt ihn fest.
»Ihr müsst es tun! Bitte! Für Diogo!«
In diesem Moment begriff Amatus, warum Gracia ihn abgewiesen hatte. Die Angst in ihrem Gesicht, die geröteten Augen sagten ihm alles. Statt seine Gefühle zu erwidern, liebte sie einen anderen – sie liebte seinen Freund.
Plötzlich fühlte er sich so leer und schwach wie nach einem Aderlass. Warum ließ sie seine Hand nicht los? Was hatten sie noch zu bereden? In seinem Haus warteten zwei Dutzend Kollegen darauf, ihm bei einem Experiment zuzusehen.
»Nein, das geht nicht«, sagte er. »Ich bin Arzt. Meine Aufgabe ist es, Menschen zu heilen – nicht, ihnen zu schaden.«
»Aber Diogos Leben steht auf dem Spiel!«

»Ich weiß. Aber ich kann nicht das Leben eines Menschen gegen das Leben eines anderen Menschen aufrechnen.«
Er nickte ihr zu, um sich von ihr zu verabschieden. Doch noch immer umklammerte sie seine Hand.
»Bitte«, flüsterte sie. »Wenn Ihr es nicht für Diogo tut, tut es für mich.«
Wieder schaute sie ihn an, mit ihren dunklen, fast schwarzen Augen, und dieser eine Blick reichte, um ihn zu überzeugen, dass es nichts Wichtigeres in seinem Leben gab als diese Frau. Und es gab nur eine Möglichkeit, ihr seine Liebe zu beweisen.

22

Wie einst Jona im Bauch des Walfischs war Samuel Usque mit seinen Glaubensbrüdern im Rumpf der Esmeralda gefangen, einer Viermastbarke der Firma Mendes, die schon über eine Woche in der Hafenmündung von Antwerpen auf Reede lag.
Nur dreizehn Tage hatte die Fahrt von Porto gedauert, mit fünfhundert Ballen Baumwolle, zweihundert Sack Pfeffer und hundertzwanzig Flüchtlingen an Bord. Doch kaum hatte der Segler Anker geworfen, um auf die Zuteilung eines Anlegeplatzes zu warten, war ein Ruderboot des Hafenkommandanten längsseits gegangen, und ein Offizier hatte verkündet, dass die Fracht gepfändet sei und niemand das Schiff verlassen dürfe. Wie bei einer Quarantäne patrouillierten fortan die Boote der Kommandantur in der Nähe der Esmeralda, bei Tag und bei Nacht, so dass es unmöglich war, an Land zu gelangen. Nicht mal an Deck konnten sich die Flüchtlinge wagen, ohne ihr Leben zu riskieren.
Drei Tage und drei Nächte hatte Jona im Bauch des Fisches verbracht. Wie lange würde ihre Gefangenschaft dauern?
Das Leben an Bord war die Hölle. Wie Vieh zusammengepfercht, hausten die Flüchtlinge im Zwischendeck, hundertzwanzig Men-

schen in einem weniger als mannshohen Raum von hundertfünfzig Fuß Länge und vierzig Fuß Breite, in dem nur eine blakende Öllampe für spärliches Licht sorgte. Von morgens bis abends und von abends bis morgens lungerten sie hier auf angefaulten Strohsäcken herum, die des Nachts als Schlafstätte und tagsüber als Sitzplätze dienten. Ständig gab es Streit. Ob Brot oder Zwieback, Dörrfleisch oder Stockfisch: Nach einer Woche vor Anker ohne frischen Proviant wurden die Vorräte knapp, und jeder nahm, was er kriegen konnte, gleichgültig, ob es sich um sein Eigentum oder das seines Nachbarn handelte. Das letzte Schaf an Bord war längst geschlachtet, nur die Hühner, die überall zwischen den Strohlagern herumflatterten und ihren Schmutz hinterließen, legten noch ein paar Eier. Trinkwasser gab es von der Hafenkommandantur lediglich für die achtzig Seeleute, die offiziell an Bord der Esmeralda waren. Deren Ration mussten sich nun mehr als doppelt so viele Menschen teilen. Die Latrine an Deck, die während der Reise als Abort gedient hatte, durfte niemand aufsuchen. Die Notdurft verrichtete man in Kübel, die von Matrosen widerwillig über Bord entleert wurden, und die Ausdünstungen, die das Zwischendeck verpesteten, waren schlimmer als der Gestank im Bauch eines Fisches.

Als einziger Jude an Bord genoss Samuel Usque das Privileg, einmal am Tag in der Offiziersmesse zu speisen. Für den Kapitän und die Besatzung wurden regelmäßig frische Lebensmittel von Land gebracht, damit die Seeleute für die Dauer der Quarantäne versorgt wären. Trotzdem litt Samuel noch mehr als alle seine Glaubensbrüder. Denn Benjamin, sein kleiner Bruder, den er in Braga aus der Familie des Hutmachers gerissen hatte, um ihm den Namen und das Leben zurückzugeben, die er einst von seinen wahren Eltern bekommen hatte – Benjamin lag mit schwerem Fieber darnieder.

»Muss … ich … sterben?«, flüsterte er und starrte seinen Bruder mit glänzenden Augen an.

Samuel fasste an seine Stirn. Benjamins Gesicht glühte, in nassen

Strähnen klebte ihm das dunkle Kraushaar an den Schläfen. Zwei Tage vor der Ankunft in Antwerpen hatte das Fieber eingesetzt, erst ein Klappern, dann ein Glühen, dann ein Schwitzen. Ein eiternder Zahn, der ihm fürchterliche Schmerzen bereitete, war die Ursache. Seitdem war das Fieber ständig gestiegen, bis Benjamin schließlich, wie um seiner Qual zu entfliehen, in einen dumpfen, halb bewussten Dämmerzustand gesunken war, aus dem er nur für wenige Augenblicke erwachte, um sich schweißgebadet auf seinem Lager hin und her zu werfen. Und kein Arzt oder Chirurg war an Bord, der ihm Linderung verschaffen könnte.

»Wir sind schon im Hafen«, sagte Samuel. »Bald wird alles gut.«

»Warum ... gehen wir dann nicht ... von Bord?«

»Wir liegen vor Anker auf Reede und müssen warten, bis wir anlegen dürfen.«

»Ich ... habe Angst ... Dass wir untergehen. Ich ... ich kann doch nicht ... schwimmen.«

Benjamin schlug plötzlich um sich, mit Armen und Beinen, als würde er ertrinken, um dann, von einem Moment zum anderen, wieder in jenen bleischweren Fieberschlaf hinabzufallen, in dem nicht mal ein Traum ihn mehr erreichen konnte. Sein Leiden zerriss Samuel das Herz. Warum hatte er seinen Bruder nicht in Frieden gelassen? Alles war seine Schuld. Wäre er nicht gewesen, dann würde Benjamin jetzt in der Werkstatt des Hutmachers sitzen und mit seinen Brüdern unter Aufsicht des Vaters arbeiten, ruhig und zufrieden. Vielleicht würden sie auch schon Feierabend machen, sich auf das Abendbrot freuen und dabei einen Ausflug für den Sonntag planen, eine Wanderung hinaus aus der Stadt, mit Musik und Wein in irgendeiner Dorfschenke ... Stattdessen musste er diese Qualen erleiden, und es lag allein in der Hand des Herrn, ob Benjamin das Fieber überlebte.

»Möge Gott dir sein Antlitz zeigen und dir Frieden geben«, betete Samuel. »Auf deine Hilfe hoffe ich, Ewiger. Ich hoffe, Ewiger, auf deine Hilfe. Ewiger, auf deine Hilfe hoffe ich.«

Jemand berührte ihn an der Schulter. Samuel drehte sich um.

Vor ihm stand Eliahu Soares und reichte ihm ein Säckchen. »Gib das deinem Bruder. Das wird ihm helfen.«
Samuel nahm das Säckchen, um daran zu riechen. »Nelken?«, fragte er. »Wozu?«
»Für den Zahn«, erwiderte Eliahu Soares. »Noch wichtiger aber ist das hier.« Er griff in seine Jacke und zog einen Beutel hervor. »Brau ihm damit einen Tee. Gegen das Fieber.«
Samuel zögerte. Eliahu Soraes war ein Apotheker aus Fatima, den nicht die Inquisition, sondern ein weltliches Gericht zum Tode verurteilt hatte. Angeblich hatte er eine Jungfrau vergiftet, am Vorabend ihrer Hochzeit, und der Hinrichtung war er nur durch die Bestechung eines Wärters entkommen. Niemand an Bord konnte ihn leiden, keiner traute ihm über den Weg. Allen drängte er seine Kräuter auf und ließ sich dafür fürstlich entlohnen, zu Beginn der Fahrt mit Geld, seit der Ankunft im Hafen mit Lebensmitteln. Er war der einzige Flüchtling auf der Esmeralda, der immer satt zu essen hatte. Nicht wenige glaubten, er habe die Jungfrau nur vergiftet, um die Wirkung einer Arznei auszuprobieren.
»Nun, worauf wartest du?«
»Ihr habt nicht gesagt, was es kostet.«
»Ich will kein Geld von dir«, sagte Eliahu mit einem unheimlichen Lächeln. »Ich helfe euch nur, weil ich deinen Bruder mag.«
Samuel erwiderte seinen Blick. Warum verlangte der Apotheker keinen Lohn? Ihm wäre das lieber gewesen. Aber so? Eliahus grinsendes Gesicht war das Spottbild eines Juden: krumme Nase, vorquellende Augen, wulstige Lippen. Genauso sahen die Gottesmörder aus, vor denen die Dominikaner in den Kirchen die Gläubigen warnten.
Durfte man einem solchen Menschen vertrauen?

23

Um eine Striktur oder Verengung der Harnröhre infolge warziger Fleischwucherungen zu kurieren, empfahlen die medizinischen Lehrbücher, sofern die Anwendung von Quecksilber und Chinawurzel versagte, eine Reihe komplizierter Operationen. Danach setzte man den Patienten in einer Vorbereitungskur auf schmale Kost und ließ ihn tüchtig purgieren. Für den eigentlichen Eingriff legte man ihn sodann, nachdem die Schwiele durch Einspritzungen von Leinsamen- oder Eibischabkochung gehörig erweicht worden war, rücklings auf einen Tisch, fasste sein Glied mit der linken Hand komprimierend hinter der Striktur zur Verhütung von Blutungen, streckte sein Membrum in die Länge und führte ein schmales, spitzes Messer ein. Hatte dessen Spitze die Verengung passiert, drehte man die Schneide rings um die Innenfläche der Harnröhre herum. Die abgeschnittenen Exkreszenzen entfernte man, falls sie nicht spontan entleert wurden, vermittels einer kleinen Zange. Zur Erhaltung der Erweiterung sowie zur Entfernung verbleibender Restwucherungen brachte man aus Papyrus gefertigte Bougien oder Dehnsonden in verschiedenen Stärken ein, deren vorderes Ende mit einem Grünspan oder Alaun enthaltenden Pflaster armiert war. Nach vollständiger Zerstörung der Fleischwärzchen wurden noch acht Tage lang, zur Sicherung der Heilung und Offenhaltung der Harnröhre, einfache, weder mit Pflastern noch mit Salben bewehrte Bougien eingeführt.

Während ältere Autoren zur Einspritzung von zerkleinertem Marmor, Glas und ähnlich scharfen Substanzen rieten, um das Übel restlos zu beseitigen, warnten die meisten jüngeren Autoren nachdrücklich vor dieser Prozedur, da sie zu Entzündungen und oder gar zum Tode führen könne. Und obwohl Amatus Lusitanus selbst zu diesen Autoren gehörte, gedachte er in dem Fall, der heute in seiner Praxis zur Behandlung anstand, eine solche Einspritzung vorzunehmen. Sein Patient, Cornelius Scheppe-

ring, hatte nichts anderes verdient. Dona Gracia hatte ihm offenbart, welches Leid der Dominikaner ihr zugefügt hatte, vor vielen Jahren, in ihrer Heimatstadt Lissabon, und jetzt lagen auf seinen Befehl zwei Schiffe im Hafen, auf denen er Hunderte von Juden verhungern und verdursten ließ.
Ja, Dona Gracia hatte recht. Dieser Mann war kein Mensch, sondern ein Teufel – ein Teufel im Mönchsgewand. Sogar Gracia hätte er leichtfertig angesteckt, er hat ja nicht gewusst, dass die Ansteckungsphase schon vorbei gewesen war. Sein Leben bedeutete für andere den Tod, sein Tod hingegen könnte Leben retten.
›Wenn dich jemand töten will, komm ihm mit der Tötung zuvor …‹
Die Turmuhr der Sankt-Pauls-Kirche schlug zur vollen Stunde. Von innerer Unrast getrieben, verließ Amatus Lusitanus sein Pult, an dem er die Lehrbücher noch einmal studiert hatte, und lief in seiner Kammer auf und ab. Während er nichts anderes wünschte, als dass dieser Tag vorüber wäre, verfingen sich seine Augen an den Worten, die in Schönschrift und mit kunstvollen Schnörkeln versehen auf einer Wandtafel prangten:

> Ärztliche Verordnungen werde ich treffen zum Nutzen der Kranken nach meiner Fähigkeit und meinem Urteil; hüten aber werde ich mich davor, sie zum Schaden und in unrechter Weise anzuwenden.
> Auch werde ich niemandem ein tödliches Gift geben, auch nicht, wenn ich darum gebeten werde, und ich werde auch niemanden dabei beraten.
> Rein und fromm werde ich mein Leben und meine Kunst bewahren.
> In alle Häuser, in die ich komme, werde ich zum Nutzen der Kranken hineingehen, frei von jedem bewussten Unrecht und jeder Übeltat.
> Wenn ich diesen Eid erfülle und nicht breche, so sei mir beschieden, in meinem Leben und in meiner Kunst voran-

> zukommen, indem ich Ansehen bei allen Menschen für alle Zeit gewinne; wenn ich ihn aber übertrete und breche, so geschehe mir das Gegenteil.

Mit welcher Inbrunst hatte Amatus einst diesen Eid geschworen, den Eid des Hippokrates, bei seinem Examen an der Universität von Salamanca. War es möglich, dass eine Frau nun größere Macht über ihn hatte als dieser Schwur?
Es klopfte an der Tür. »Herein.«
»Gelobt sei Jesus Christus.«
Cornelius Scheppering betrat die Kammer. Als Amatus Lusitanus das blasse, längliche Amengesicht erblickte, zerstoben seine Zweifel wie zusammengekehrtes Laub im Wind. Der scheinheilige Mönch hatte Gracia das Schlimmste angetan, was ein Mann einer Frau antun kann, und wenn diesem Teufel niemand Einhalt geböte, würde er womöglich Hunderte unschuldiger Menschen umkommen lassen, einzig deshalb, weil sie Juden waren.
»Seid Ihr bereit?«, fragte Amatus. Ohne eine Antwort abzuwarten, reichte er seinem Patienten ein bis an den Rand gefülltes Glas Branntwein. »Trinkt das, zur Betäubung.«
Cornelius Scheppering lehnte ab. »Ich will die Prüfungen, die Gott der Herr mir auferlegt, mit klarem Sinn und Verstand erdulden.«
»Das würde ich Euch nicht empfehlen. Der Eingriff wird Euch große Schmerzen bereiten, auch wenn wir zuvor die betreffenden Stellen kunstgerecht präparieren.«
»Das alles wird nicht nötig sein. Ich habe mich anders entschieden.«
»Wollt Ihr die Quecksilberkur verlängern?«, fragte Amatus, gleichzeitig erschrocken und erleichtert über die unverhoffte Wendung.
»Nein«, sagte Cornelius Scheppering. »Ich möchte Euch im Gegenteil bitten, mich von der Wurzel des Übels selbst zu befreien.«
»Was meint Ihr damit – Wurzel des Übels?«
»Ich will, dass die Schlange für immer verstummt. Schlagt ihr

den Kopf ab.« Und als er das verständnislose Gesicht seines Gegenübers sah, fügte er hinzu: »Ein Mann kann auch ohne Glied sein Wasser lassen, man muss nur eine künstliche Röhre einsetzen. Ich weiß, dass die Sänger des vatikanischen Kastratenchors keinerlei Schwierigkeiten damit haben, und auch von den Eunuchen des Sultans ist bekannt …«

»Wollt Ihr damit sagen, ich soll Euch entmannen?«

»Ich bin fest dazu entschlossen. Trennt die Schlange von meinem Leib. Ich will es so.«

Amatus Lusitanus war so verblüfft, dass es ihm die Sprache verschlug.

»Nur eines muss ich wissen«, sagte Cornelius Scheppering. »Könnt Ihr garantieren, dass ich den Eingriff überlebe?«

»Ja, sicher, gewiss«, stammelte Amatus. »Vom Standpunkt der Chirurgie aus gesehen, ist keine große Kunst erforderlich. Allerdings …«

»Ich frage das nicht um meinetwillen«, schnitt Cornelius Scheppering ihm das Wort ab. »Ich brauche diese Sicherheit nur, weil Gott mir eine große und schwere Mission aufgetragen hat, die ich erfüllen muss, bevor ich in sein ewiges Reich eingehen darf.«

Amatus Lusitanus schaute dem Mönch ins Gesicht. Hatte die Krankheit ihm den Verstand geraubt? Die Syphilis zeitigte nicht nur fürchterliche Spuren am Leib ihres Opfers, sondern konnte auch dessen Sinne verwirren, bis hin zur völligen geistigen Umnachtung. Manchmal zeigten sich die Folgen schon kurze Zeit nach der Infektion, manchmal aber erst nach Jahren oder gar Jahrzehnten. War dieser Fall nun eingetreten? Amatus Lusitanus musterte aufmerksam seinen Patienten. Doch Cornelius Scheppering schien keineswegs von Sinnen. Ohne mit der Wimper zu zucken, erwiderte er seinen Blick, mit jener Ruhe und Gewissheit, wie sie nur der Glaube an Gott einem Menschen eingeben konnte.

»Verlasst sofort mein Haus«, flüsterte Amatus. »Ich bin kein Sauschneider, ich bin Arzt.«

24

»Hat die Regentin auch eine Krone?«, fragte Reyna. »Wie der Kaiser?«
»Ja, sicher«, erwiderte Gracia. »Wie kannst du nur so dumm fragen?«
»Warum hat sie dann auf dem Bild keine auf?«
Reyna war so aufgeregt, dass sie nicht stillsitzen konnte. Zum ersten Mal in ihrem Leben war sie bei Hofe! Immer wieder sprang sie auf, um das Porträt der Statthalterin an der Wand des Turmzimmers zu betrachten.
»Setzt sie die Krone vielleicht manchmal ab, weil sie zu schwer ist?«
»Woher soll ich das wissen? Ich habe noch nie eine aufgehabt.«
»Ich hätte auch gern eine Krone. Schließlich heiße ich Reyna – Königin.«
Gracia fiel es schwer, das Geplapper ihrer Tochter zu ertragen. Sie war selbst so nervös, dass ihr schon übel war, und jede Minute, die sie noch länger tatenlos warten musste, vermehrte ihre Qual. Warum hatte die Regentin sie in den Steen gerufen? Um ihr mitzuteilen, dass man den Prozess gegen Diogo eröffnen würde? Gracia wagte kaum, die Möglichkeit zu Ende zu denken. Oder war die Audienz ein gutes Zeichen? Vielleicht hatte Amatus Lusitanus es ja geschafft, den verfluchten Dominikaner unschädlich zu machen, und die Regentin war bereit, über Diogos Freilassung zu verhandeln. Immerhin hatten zweihundert Kaufleute die Forderung unterschrieben … Aber warum war auch Reyna geladen?
»Ein Glück, dass ich den Hofknicks geübt habe. Schau, Mutter, ist es so richtig?«
Sie sank gerade zu Boden, als plötzlich eine Tür geöffnet wurde. Gracia wollte Reyna an die Hand nehmen. Doch ein Höfling trat zwischen sie.
»Nein, nur Ihr allein. Eure Tochter bleibt hier.«

»Man hat uns aber zusammen herbestellt.«

»Man wird Eure Tochter später rufen.«

Als Gracia den Audienzsaal betrat, zuckte sie zusammen. Zwei helle Augen waren auf sie gerichtet, Augen, die sie aus ihren schlimmsten Alpträumen kannte. Dieser eine Blick genügte, um ihre Hoffnung zu zerstören. Amatus Lusitanus hatte sie im Stich gelassen …

Wie ein Richter thronte Cornelius Scheppering an der Seite der Regentin, und kaum war das Begrüßungszeremoniell vorüber, nahm er Gracia ins Verhör.

»Uns wurde berichtet, dass Ihr Euch weigert, vor dem Altar des Herrn niederzuknien. Außerdem legt man Euch zur Last, dass Ihr an katholischen Fastentagen Fleisch verzehrt.«

»Habt Ihr mich darum kommen lassen?«, fragte Gracia. »Wegen solcher Kleinigkeiten?«

»Glaubenssymbole sind keine Kleinigkeiten. In ihnen drückt sich das Größte aus, was Menschen besitzen: ihre Verbundenheit mit Gott.«

»Der Papst hat meine Familie mit einem schriftlichen Privileg ausgestattet.«

»Dieses Privileg erlaubt Euch nur, den Gottesdienst zu Hause zu verrichten. Es entbindet Euch keineswegs Eurer Christenpflichten.«

Gracia wollte widersprechen, doch sie biss sich auf die Zunge. War sie hier, um mit diesem Teufel zu streiten? Diogos Leben stand auf dem Spiel. Bevor sie aber nach ihm fragen konnte, ergriff die Regentin das Wort.

»Mein Bruder ist sehr erbost über Euch. Euer Beschwerdebrief hat für große Unruhe gesorgt, an der Börse und in der Stadt.«

»Die Kaufmannschaft ist nicht minder erbost«, erwiderte Gracia. »Die Maßnahmen gegen die Firma Mendes verstoßen gegen verbrieftes Recht. Zweihundert Kaufleute aus allen Ländern fordern ihre sofortige Aufhebung. Sie fürchten um ihr Eigentum und ihre Sicherheit in Antwerpen.«

»Die Angst der Kaufleute ist allein Euer Werk! Ihr habt sie aufgestachelt. Wir verlangen die sofortige Beendigung des Aufruhrs. Er bedroht unseren wichtigsten Handelshafen.«

»Dann lasst meinen Schwager frei!«

»Diogo Mendes ist kein Gefangener des Kaisers, sondern des Papstes«, entgegnete Cornelius Scheppering. »Außerdem – was berechtigt Euch, Forderungen zu stellen? Ihr steht unter Anklage. Die Firma Mendes missbraucht ihre Handelsniederlassungen, um Abtrünnigen des katholischen Glaubens die Flucht aus Portugal zu ermöglichen.«

»Die Schiffe unserer Firma versorgen die Niederlande mit Gewürzen und allen anderen Handelswaren aus der Neuen Welt, die in diesem Land begehrt werden.«

Die Regentin schüttelte den Kopf. »Eure Schiffe überschwemmen mein Land mit Juden!«

»Aber wir sind entschlossen, Euer Treiben zu beenden«, fügte Cornelius Scheppering hinzu. »Die Verhaftung Eures Schwagers ist nur der erste Schritt. Auch in Portugal wird bereits das Nötige getan, um das Übel an der Wurzel auszureißen. Die meisten Eurer Hintermänner sind bereits identifiziert und verhaftet.«

Der lauernde Blick aus seinen wässrigen Augen machte Gracia misstrauisch.

»Welche Hintermänner meint Ihr?«

»Marranische Ketzer, die anderen Ketzern helfen, sich dem Glaubensgericht zu entziehen. Zum Beispiel Euer Vater.«

»Mein Vater?«, fragte Gracia entsetzt.

»Er hat einen Agenten Eurer Firma, Samuel Usque, unterstützt, jüdische Apostaten dem Zugriff der Inquisition zu entziehen und ihnen zur Flucht über die Kanareninsel Madeira zu verhelfen. Ein jüdischer Kaufmann in Funchal, der dort eine Handelsstation betreibt, hat alles gestanden. Wir können Euren Vater jederzeit in Lissabon vor Gericht stellen. Ein Brief an den dortigen Großinquisitor genügt.«

Der Vorwurf war so absurd, dass Gracia keine Antwort fand. Die

Schiffe über Madeira zu leiten war allein ihre Idee gewesen, genauso wie die Einschaltung der dortigen Handelsstation – ihr Vater hatte von alledem nicht die leiseste Ahnung! Entscheidend aber war jetzt nur eine Frage: Zu welchem Zweck erhob der verfluchte Dominikaner diese absurde Anschuldigung? Um noch mehr Geld zu erpressen? Gracia betete zu Gott, dass es so war. Solange es nur um Geld ging, gab es Hoffnung.

»Wie viel verlangt Ihr?«, fragte sie.

»Wollt Ihr Eure Verbrechen gegen den Glauben in Gold aufwiegen? Pfui Teufel! Solche Geschäfte könnt Ihr vielleicht dem Kaiser vorschlagen.«

»Worum geht es dann?«

Cornelius Scheppering überließ die Antwort der Regentin.

»Es geht um Eure Tochter.«

»Reyna?«, fragte Gracia. »Was hat sie damit zu tun?«

Maria rückte ihre weiße Haube zurecht. »Eine Person von Stand hat den Kaiser gebeten, um die Hand Eurer Tochter anhalten zu dürfen. Mein Bruder hat sich sehr erfreut über das Ansinnen gezeigt, und auch der Papst würde sein Einverständnis geben. Die Heirat wäre ein Zeichen, dass die Familie Mendes dem Judentum für immer abgeschworen hat.«

»Nein …« Gracia begriff. »Meine Tochter – soll einen Christen heiraten?«

Cornelius Scheppering nickte. »Einen braven, glaubensfesten Mann. Er wird Eure Tochter auf den rechten Weg führen.«

»Das wird nicht nötig sein«, erwiderte Gracia, nur mühsam beherrscht. »Meine Tochter erfüllt bereits jetzt alle ihre Pflichten. Das Privileg des Kaisers …«

»Der Kaiser *wünscht* diese Heirat«, schnitt die Regentin ihr das Wort ab. »Das Jawort Eurer Tochter wäre ein öffentliches Bekenntnis zum katholischen Glauben. Ihr Ehebeschluss würde alle bestehenden Widrigkeiten beenden und zugleich ein Band der Freundschaft zwischen dem Haus Mendes und der Kaiserfamilie knüpfen. Und was Euren Schwager betrifft: Im Falle Eurer

Zustimmung wäre der Papst bereit, Diogo Mendes freizulassen.«
»Sagt Euren Preis«, entgegnete Gracia. »Die Firma Mendes räumt Euch jeden Kredit ein, der unserem Handelshaus möglich ist. Zinsfrei, mit unbestimmter Frist.«
»Warum müssen Juden immer nur ans Geld denken?« Cornelius Scheppering verzog angewidert das Gesicht. »Es geht um das Seelenheil Eurer Tochter. Sie wird an der Seite ihres künftigen Mannes ein gottgefälliges Leben führen. Was zählt im Vergleich dazu Geld?«
Gracia dachte nach. Aber ihr fiel nichts ein.
»Und – wenn ich mich weigere?«, fragte sie schließlich.
»Dann nimmt die Gerechtigkeit ihren Lauf.«
»Welche Gerechtigkeit?«
Cornelius Scheppering zeigte zum Fenster. »Werft einen Blick hinaus.«
Unten im Hof sah Gracia eine geschlossene Kutsche. Davor stand mit dem Rücken zu ihr ein Mann – Diogo! Ihr fiel ein Stein vom Herzen. Soweit sie aus der Ferne erkennen konnte, hatten sie ihn nicht gefoltert – sogar seinen Zobel trug er über den Schultern. Doch ihre Erleichterung währte nur einen Wimpernschlag. Diogo drehte sich gerade zu ihr um, da zogen die Pferde an, und hinter der Kutsche kam ein Richtblock zum Vorschein, an dem ein Henker sein Beil wetzte.
»Die Firma Mendes schuldet der Regentin den Zoll für achthundert Sack Pfeffer, fünfhundert Ballen Baumwolle und vierhundert Fässer Madeirawein«, sagte Cornelius Scheppering. »Und vergesst nicht Euren Vater. Er sitzt in Haft. Wir können ihm jederzeit den Prozess machen.«
Noch während er sprach, nahm der Henker Diogo den Pelz ab und band seinen Arm an dem Richtblock fest.
Gracia riss das Fenster auf. »Nein!«, schrie sie hinaus.
Diogo schaute zu ihr hinauf, und ihre Blicke trafen sich.
»Wollt Ihr nicht Vernunft annehmen?«

Cornelius Scheppering trat zu ihr ans Fenster. Erst jetzt erkannte Gracia in der Kutsche ihre Schwester. Brianda versuchte, den Wagen zu verlassen, aber offenbar hielt jemand sie im Innern fest. Der Henker hatte Diogos Arm inzwischen festgeschnallt.
»Willigt Ihr endlich ein?«
»Lasst Ihr Diogo Mendes dann frei?«
Der Dominikaner nickte.
Gracia wollte schon zustimmen – da hörte sie vom Hafen das Hornsignal, mit dem die Ankunft eines Schiffes angekündigt wurde. Voller Entsetzen wurde ihr bewusst, dass nicht nur Diogos Leben auf dem Spiel stand.
»Was ist mit unseren Schiffen?«, fragte sie. »An Bord sind Hunderte von Menschen.«
»Alle Mitglieder der Besatzung dürfen an Land«, sagte Cornelius Scheppering. »sobald wir uns einig sind.«
»Und was passiert mit den anderen?«
»Ihr meint die jüdischen Flüchtlinge, die Ihr aus Portugal geschmuggelt habt?« Cornelius Scheppering wies mit dem Kinn hinunter in den Hof. »Ich glaube, darüber können wir jetzt nicht verhandeln. Die Zeit drängt.«
Der Henker hob schon sein Beil und nahm Maß. Diogos Gesicht war unnatürlich weiß. Sein Zobel lag neben ihm im Dreck.
In diesem Moment begriff Gracia, was sie im Dunkel ihres Herzens schon lange geahnt und gefürchtet hatte: dass sie Diogo Mendes liebte.
»Ich bin mit allem einverstanden«, flüsterte sie.
»Gelobt sei Jesus Christus!«
Cornelius Scheppering gab mit der Hand ein Zeichen. Im nächsten Moment legte der Henker sein Beil beiseite und band Diogo los. Ein Soldat gab ihm seinen Pelz und öffnete den Wagenschlag.
»Wie Ihr seht, halten wir Wort«, sagte Cornelius Scheppering.
Diogo stieg in die Kutsche, und die Pferde trabten an.

25

Hatte der Alptraum ein Ende?

Als Gracia sich vom Fenster wegdrehte, sah sie ihre Tochter, die mit einem Hofknicks vor der Regentin zu Boden sank, während ein Diener hinter ihr die Tür schloss.

»Wir haben gerade mit Eurer Mutter einen erfreulichen Entschluss gefasst«, sagte Maria und bedeutete ihr aufzustehen. »Ihr werdet in Kürze heiraten.«

»Ich … ich soll heiraten?«, stotterte Reyna. »Aber José, mein Cousin, ist doch in Löwen.«

Gracia nahm ihre Tochter an der Hand. »Wer ist der Bräutigam?«, fragte sie.

»Jan van der Meulen«, erklärte die Regentin. »Markgraf von Brügge.«

»Ein tüchtiger Mann und guter Katholik«, fügte Cornelius Scheppering hinzu. »Eure Tochter hat Grund, Euch dankbar zu sein.«

»Ich will ihn kennenlernen.«

»Selbstverständlich, sofort.« Der Dominikaner nickte dem Diener zu.

Die Tür ging auf, und herein kam ein Mann in einem goldenen Anzug.

»Senhor Aragon?«

Gracia schaute den Mönch an, doch der schien genauso verblüfft zu sein wie sie selbst.

»Was hat das zu bedeuten?«, fragte die Regentin.

»Gott hat Jan van der Meulen vor zwei Tagen zu sich gerufen«, erklärte Aragon, der Converso-Kommissar. »Der Markgraf von Brügge ist einem Schlagfluss erlegen. Der Kaiser hat darum mich beauftragt, an seine Stelle zu treten.«

»Niemals!«, rief Cornelius Scheppering.

»Es ist der Wille meines Herrschers.« Aragon zog eine Depesche aus dem Ärmel und reichte sie dem Dominikaner. »Hier ist die

Bestätigung, von seiner eigenen Hand.« Und an Gracia gewandt, fügte er hinzu: »Im Fall einer Einigung erlaubt der Kaiser der Firma Mendes, ab sofort wieder ihre Geschäfte aufzunehmen.«

»Soll … soll das heißen, dass Ihr … dass Ihr meine Tochter …?« Die Worte zerfielen auf Gracias Lippen. Wie konnte Gott zulassen, was hier geschah? Sie hoffte, der Boden würde sich auftun, um sie und Reyna zu verschlucken. Aber nichts dergleichen geschah. Niemand kam ihr zu Hilfe, auch nicht Cornelius Scheppering, der mit zitternden Händen Aragons Schreiben las. Es gab nur einen Weg, um aus diesem Alptraum herauszufinden: Sie musste sich Klarheit verschaffen.

Auch wenn sie sich fast erbrechen musste, blickte sie dem Spanier fest ins Gesicht. »Begreife ich richtig?«, fragte sie. »Ihr verlangt meine Tochter zur Frau, als Preis für das Leben meines Schwagers Diogo Mendes und den Fortbestand der Firma?«

»Wollt Ihr mich beleidigen?« Aragon gab sich entrüstet. »Ich *liebe* Eure Tochter! Das allein ist mein Beweggrund. Mein Herz habe ich an sie verloren, in derselben Stunde, da ich sie zum ersten Mal …«

»Was ist mit den Schiffen im Hafen?«, unterbrach Gracia ihn.

»Ihr könnt noch heute mit dem Löschen der Ladung beginnen.«

»Und die Menschen an Bord? Was geschieht mit ihnen?«

»Gegen ein zinsloses Darlehen von fünfzigtausend Dukaten ist der Kaiser bereit, sie in ein Land ihrer Wahl ziehen zu lassen.«

»Was fällt meinem Bruder ein, sich in diese Sache einzumischen?«, rief die Regentin erbost dazwischen. »Ich entscheide, was in meinem Hafen geschieht.«

»Der Kaiser«, erklärte Aragon, »hat sich um eine Lösung bemüht, die allen Beteiligten zum Vorteil gereicht. Euer Land, Königliche Hoheit, bleibt von den jüdischen Flüchtlingen verschont. Das Haus Mendes bekennt sich zum Christentum und zur Regierung. Und vor allem: Die Geschäfte werden fortgesetzt, zum Wohl der Niederlande und der freien Handelsstadt Antwerpen.« Mit einem Lächeln drehte er sich wieder zu Gracia. »Vorausgesetzt natürlich, Ihr seid bereit, mich als Euren Schwiegersohn zu akzeptieren.«

Gracia schloss die Augen. Die Vorstellung, dass dieser Mann, der Francisco gefoltert und verstümmelt hatte, ihre Tochter heiraten sollte, war mehr, als sie verkraften konnte.

»Mutter«, sagte Reyna, »Senhor Aragon hat dich etwas gefragt.«

Gracia hob den Blick. Reyna war vor Aufregung ganz rot im Gesicht.

»Was ... was geschieht, wenn ich Euch meine Einwilligung nicht gebe?«, fragte Gracia.

Aragon zuckte die Schultern. »Dann wird Diogo Mendes wieder in Haft genommen, noch bevor er sein Haus erreicht hat. Alle beschlagnahmten Waren und Güter werden konfisziert, die Firma wird aufgelöst, ihr ganzes Vermögen geht in den Besitz der Regierung über.«

»Und die Menschen auf den Schiffen?«

»Fragt Bruder Cornelius«, erwiderte Aragon. »Er wird sich ihrer annehmen, mit Gottes gütiger Hilfe.«

Gracia wusste: Wenn der Mönch über das Schicksal der Flüchtlinge entscheiden würde, wären sie jetzt schon zum Tode verdammt. Also konnte sie nur noch versuchen, Zeit zu gewinnen, in der Hoffnung, dass ihr später ein Ausweg einfiele. Eine andere Wahl gab es nicht.

»Gut«, sagte sie schließlich. »Ich willige ein. Aber nur unter zwei Bedingungen.«

»Die da wären?«, fragte Aragon.

»Erstens: Die Flüchtlinge werden auf den Schiffen mit allem Nötigen versorgt, solange sie im Hafen festsitzen. Sie bekommen frisches Trinkwasser und ausreichend Nahrung.«

»Das dürfte sich problemlos einrichten lassen«, erwiderte der Kommissar und strich über seinen Spitzbart. »Und zweitens?«

»Die Verlobung darf erst verkündet werden, wenn der portugiesische König sich für das Leben und die Sicherheit meines Vaters schriftlich verbürgt.«

Aragon hob überrascht die Brauen. »Ihr seid eine kluge Frau«, erwiderte er voller Anerkennung. »Ihr habt recht, in der Politik darf man niemandem trauen. Ich für meinen Teil bin einverstanden und erkläre mich gern bereit, die Garantie des Königs beizubringen. Darauf gebe ich Euch mein Wort – als spanischer Ehrenmann. Aber noch wissen wir nicht, wie die Regentin sich entschieden hat.«

Maria winkte Cornelius Scheppering zu sich, um sich mit ihm zu beraten. Die zwei steckten die Köpfe zusammen, doch sie sprachen so leise, dass Gracia kein Wort verstand. Erst jetzt bemerkte sie die Veränderungen im Gesicht des Dominikaners. Der Mönch sah aus wie ein alter Mann. Seine ehemals rosigen Wangen waren grau und eingefallen, sein früher lockiges Haar fiel in dünnen Strähnen rund um die Tonsur herab. Sogar das feine, böse Lächeln war aus seinem Gesicht verschwunden.

»Mein Bruder zwingt uns, gegen unsere Überzeugung zu handeln«, erklärte die Regentin. »Wir willigen in die Eheschließung ein. Aber auch wir stellen eine Bedingung. Zwar darf die Firma Mendes wieder ihre Geschäfte aufnehmen, um ihre Zahlungsverpflichtungen zu erfüllen, aber die Schiffe mit den portugiesischen Flüchtlingen, die Esmeralda und die Fortuna, bleiben bis zum Tag der Hochzeit im Hafen, als Faustpfand der heiligen Sache. Niemand an Bord, ob Mann oder Frau, Greis oder Kind, darf auch nur einen Fuß an Land setzen.«

Aragon nickte. »Ein Gleichgewicht der Kräfte.« Dann strahlte er Gracia an. »Hatte ich Euch nicht versprochen, für eine Lösung zu sorgen?«

Statt ihm eine Antwort zu geben, verbeugte Gracia sich vor der Regentin. »Dann bitte ich, mich entfernen zu dürfen.« Zusammen mit Reyna bewegte sie sich rückwärts zur Tür.

Aragon hob die Hand. »Eure Tochter bleibt hier«, erklärte er. »Sie wird die Regentin nach Brüssel begleiten. Bis zur Hochzeit ist wenig Zeit, und wir müssen sie auf ihr Leben bei Hofe vorbereiten.«

Er nahm Reynas Hand und hauchte einen Kuss auf ihre Finger. Reyna wurde noch röter, und um ihren Mund spielte ein verlegenes, dümmliches Lächeln, das Gracia fast noch mehr entsetzte als der unverhohlene Triumph im Gesicht ihres künftigen Schwiegersohns.

26

Diogo stöhnte leise auf vor Lust.

»Endlich sind wir allein …«

Brianda drückte die Tür der Schlafkammer zu, und während ihr Mann sie bestürmte, sie küsste und umarmte und an sich presste wie ein Verhungernder, der sich an ihr sättigen wollte, öffnete sie seine Hose. Fordernd sprang sein Glied ihr entgegen. Für einen Moment flackerte auch in ihr die Begierde auf, ein kurzes heftiges Verlangen, als wollte ihr Körper sie spüren lassen, wonach ihr Herz sich verzehrte.

»Zieh dich aus …«, stammelte er. »Ich will dich. Jetzt … jetzt gleich!«

Eilig streifte sie die Kleider vom Leib, die Korsage, den Rock, und bevor sie das Hemd über den Kopf zog, spuckte sie sich unauffällig in die Hand, um die trockenen Lippen zwischen ihren Schenkeln anzufeuchten, ohne dass er es merkte. Sie war entschlossen, ihren Mann glücklich zu machen, zur Feier und zum Abschluss dieses Tages, an dem das Schicksal ihr Diogo zurückgegeben hatte.

»Komm, komm her zu mir…«

Sie zog ihn zu sich aufs Bett. War dieser Tag ein Neubeginn, ein zweiter Anfang ihrer Ehe? Sie hatte Diogo nie gewollt, sich nur der Vernunft und dem Willen ihrer Schwester gefügt. Aber vielleicht würde sie ja lernen, ihren Mann doch noch zu lieben, so wie sie Tristan da Costa geliebt hatte. Und vielleicht würde auch

Diogo sie lieben, eines Tages, anstatt sie nur zu begehren … Erst in dem Augenblick, da der Scharfrichter das Beil gehoben hatte, um ihm die Hand abzuhacken, nach Stunden des Wartens, in unerträglicher Ungewissheit – erst da hatte Brianda begriffen, wie groß die Gefahr wirklich war, in der sie lebten, La Chica und sie. Ja, sie wollte Diogo glücklich machen, wenigstens in dieser Nacht. Er war ihr Mann, und sie war seine Frau, und zusammen hatten sie eine Tochter, für die sie sorgen mussten. Das war ihre einzige Pflicht, das Einzige, was in ihrem Leben zählte und worauf es ankam.

»Ich … ich liebe dich«, flüsterte sie.

Sie schloss die Augen, um ihn zu empfangen. Machtvoll senkte sich sein Leib auf sie herab und drängte zwischen ihre Schenkel. Doch er war kaum in sie eingedrungen, da spürte sie, wie er zu schrumpfen begann. Immer weicher, immer kraftloser wurde er, mit jeder Bewegung – kaum dass sie seine Stöße noch spürte. Wie konnte das sein? Ausgerechnet heute? Auch wenn Diogo sie nicht liebte, er hatte sie immer begehrt. Sie schlang ihre Arme um ihn, versuchte, ihn festzuhalten in sich, damit er wieder wüchse in ihrem Schoß, und obwohl sie selbst keine Lust empfand, keuchte und stöhnte sie, wie es angeblich die Dirnen im Goldenen Anker taten, um die Lust ihrer Freier anzufachen.

»Gib dir keine Mühe, ich mag das nicht«, sagte Diogo und rollte zur Seite.

Als würde er sich vor ihr schämen, bedeckte er seine Blöße mit einem Laken. Brianda hätte sich am liebsten in Luft aufgelöst.

»Habe ich etwas falsch gemacht?«, sagte sie unsicher.

»Warum fragst du?«, erwiderte er. »Habe ich dir einen Vorwurf gemacht?«

»Ich … ich wollte doch nur, dass du glücklich bist, gerade heute …«

Während sein Schweigen ihre Worte verschluckte, wagte sie nicht, sich zu rühren. Welche Erleichterung hatte sie empfunden, als der Scharfrichter ihn vom Richtblock gebunden hatte – und jetzt? Nach seiner Freilassung war Diogo durch die ganze Stadt mit ihr gefahren, zur Börse und zum Hafen, zum Kontor und zu den Speichern, um aller Welt zu zeigen, dass er wieder da war, heil und unversehrt, dass er, Diogo Mendes, stärker war als seine Gegner, stärker als die Regentin und sogar der Kaiser … Und die ganze Zeit über hatte er sie begehrt, mit seinen Blicken, mit seinen Händen. Das hatte sie doch gesehen und gespürt!

Aus der Kammer nebenan drang ein leises Brabbeln. Das war La Chica. Manchmal, wenn sie träumte, sprach sie im Schlaf.

»Ich habe Angst«, flüsterte Brianda.

»Angst? Weshalb?«, fragte Diogo. »Sie werden es nicht noch mal wagen, mich einzusperren.«

»Und wenn sie es doch tun?« Sie spürte, wie ihr die Tränen kamen. »Bitte, Diogo. Denk an unsere Tochter. Was soll dann aus ihr werden? Du hast noch nicht mal ein Testament gemacht.«

»Was willst du damit sagen? Hast du Angst, dass du leer ausgehst?«

Brianda spürte, dass er sie im Dunkeln böse von der Seite anschaute. Womit hatte sie diese Frage verdient? Auch sie fühlte sich plötzlich so nackt, dass sie ihre Blöße kaum ertrug, und wollte sich verhüllen. Aber es war kein zweites Laken da.

»Nein«, sagte sie, »ich möchte nur, dass du vorsichtig bist.« Sie tastete nach seiner Hand. »Hör nicht auf Gracia. Sie glaubt, dass Gott uns beschützt, aber das tut er nicht.«

Statt den Druck ihrer Hand zu erwidern, zog Diogo seine Hand zurück und richtete sich auf. »Vielleicht hast du recht«, sagte er. »Vielleicht sollte ich wirklich ein Testament machen. Dann ist La Chica versorgt, wenn etwas passiert.«

Noch während er sprach, verließ er das Bett. Brianda wollte ihn zurückhalten, aber sie wagte es nicht. Wortlos sammelte er seine Kleider vom Boden auf und zog sich wieder an.

»Willst du noch mal fort?«, fragte sie irritiert.

»Ja«, sagte er und schloss seinen Gürtel. »Ich muss ins Judenhaus.«

»Um diese Zeit?«
»Etwas Wichtiges. Besser, ich erledige es heute statt morgen.«
Dann drehte er sich um, ohne einen Kuss oder eine Erklärung, und verschwand zur Tür hinaus.
Während seine Schritte im Treppenhaus verhallten, starrte Brianda gegen die Wand. Sollte sie wirklich glauben, dass er ins Judenhaus ging, mitten in der Nacht?
Nein, viel eher glaubte sie, dass er zum Goldenen Anker wollte. Um sich bei den Dirnen zu holen, was er bei ihr nicht bekommen hatte. Unten im Hof ging knarrend das Tor. Dann war alles still. Auch La Chica war wieder eingeschlafen.
Brianda drehte sich zur Seite und weinte in ihr Kissen.

27

Gelb spiegelte sich der Mond in den Butzenscheiben der Bürgerhäuser, als Diogo den nächtlichen Marktplatz überquerte. Die ganze Stadt schien zu schlafen, nur in wenigen Fenstern brannte noch Licht, und die Schritte seiner genagelten Stiefel hallten laut in der Stille wider.
Er wollte zum Kipdorp gehen. Brianda hatte recht, die Gefahr war nicht gebannt, nur weil man ihn heute hatte laufenlassen, und im Judenhaus waren Dokumente versteckt, die er beiseiteschaffen sollte, bevor sie in fremde Hände fielen: Namenslisten von Marranen, die auf Schiffen der Firma Mendes vor der Inquisition geflohen waren, Belege von Einzahlungen und Wechseln, Landkarten mit eingezeichneten Reiserouten …
Doch war das der einzige Grund, warum er mitten in der Nacht aus dem Haus geflohen war?
Nein, er hatte es nicht länger ausgehalten mit seiner Frau, in einer Kammer, in einem Bett mit ihr, und er würde erst zurückkehren, wenn sie schon eingeschlafen wäre.

Nach seiner Freilassung hatte er sich für ein paar Stunden gefühlt, als hätte ihm jemand ein zweites Leben geschenkt, und während er sich der Stadt präsentierte, um den Triumph über seine Gegner zu feiern, war eine solche Lebenslust über ihn gekommen wie seit Jahren nicht mehr, und die hatte sich irgendwie Platz schaffen müssen. Aber Briandas Versuch, ihm Gefühle vorzugaukeln, die sie nicht empfand, hatte ihm alle Lust vergällt. Sie hatte sich sogar mit Speichel einreiben müssen, damit er überhaupt zu ihr kommen konnte.
War es ein Fehler gewesen, sie zu heiraten? Er hatte sich auf den Handel eingelassen, um das Vermögen der Firma zusammenzuhalten. Außerdem war Brianda die schönste Frau von Antwerpen, und warum sollte eine Ehefrau nicht auch zur Geliebten taugen? Doch darin hatte er sich getäuscht. So reizvoll die Vorstellung gewesen war, Brianda zur Geliebten zu haben – zur Ehefrau taugte sie so wenig wie die Ehe zur Liebe. Das bewiesen die Bilder, die er von ihr hatte malen lassen. Immer wieder hatte er gehofft, darin die Frau zu finden, nach der er sich sehnte. Doch er hatte sie in keinem dieser Bilder gefunden, so wenig wie in seiner Ehe. Jetzt fühlte er sich wie ein betrogener Betrüger und bereute, nicht in den Goldenen Anker gegangen zu sein. Die falsche Lust der Huren hatte keinen solchen Schaden angerichtet.
Plötzlich merkte er, dass er sich verlaufen hatte. Was hatte er auf dem Groenplaats verloren? Zum Kipdorp ging es in die entgegengesetzte Richtung!
Er überlegte gerade, ob der Goldene Anker wohl noch geöffnet hätte, da fiel sein Blick auf Gracias Haus. In einem Fenster brannte Licht. War sie etwa noch wach? Diogo wusste, dass man ihm ohne die Zugeständnisse seiner Schwägerin die Hand abgehackt hätte. Doch er hatte noch keine Gelegenheit gehabt, ihr zu danken. Gracia war im Steen zurückgeblieben. Reyna sollte schon am nächsten Morgen nach Brüssel reisen, und sie hatten Mutter und Tochter erlaubt, den letzten Abend zusammen in der Residenz der Regentin zu verbringen.

War jetzt die Gelegenheit, das Versäumnis nachzuholen? Die Vorstellung, wie Gracia voller Hochmut seinen Dank entgegennehmen würde, war Diogo alles andere als angenehm. Doch immerhin wären sie jetzt allein, und niemand könnte sehen, wie er sich vor ihr demütigen musste.
Zwei steinerne Löwen bewachten den Eingang von Gracias Haus. Diogo gab sich einen Ruck und griff nach dem Türklopfer. Er wollte ihn gerade betätigen, da schlug es vom Turm der Kathedrale Mitternacht. Unschlüssig zögerte er, dann ließ er die Hand sinken. Nein, es war zu spät, um noch an eine fremde Tür zu pochen.
Wenige Minuten später war er am Kipdorp. Die Dokumente, die er vernichten wollte, waren hinter einem unverfugten Stein im Keller des Judenhauses versteckt, neben der Treppe, die hinunter in die Mikwa führte.
Im Kamin der Halle glomm noch der Rest eines Feuers. Offenbar hatte es am Abend eine Versammlung gegeben. Diogo entzündete einen Leuchter. Als er die Tür zu dem Kellerabgang öffnete, stutzte er. Das Gewölbe war vom Schein einer Fackel erleuchtet, und aus der Grotte hörte er Geräusche.
Diogo hielt den Atem an. War hier eingebrochen worden?
Die Geräusche kamen vom Ende des Ganges, erst Schritte, dann ein leises Plätschern. Keine Frage, jemand musste in der Grotte sein. Wollten sie etwa die Mikwa schänden? In Brügge waren vor einiger Zeit zwei Soldaten in ein Judenbad eingedrungen und hatten vor den Augen des Rabbiners in das Wasserbecken uriniert.
Diogo griff nach dem Messer in seinem Gürtel und spähte um den Mauervorsprung. In der Grotte war eine Frau.
»Gracia?«
Diogo hatte schon Dutzende Frauen gesehen, aber noch nie hatte ihn der Anblick weiblicher Schönheit so sehr in den Bann geschlagen. Alles, wonach er sein Leben lang gesucht hatte, in flüchtigen Liebschaften und ernstem Verlangen, in seiner Ehe und in den vielen Bildern, die er von Brianda hatte malen lassen – hier schien es auf einmal gegenwärtig. Was war das Geheim-

nis? Gracia stand mit dem Rücken zu ihm, vollkommen nackt, bis zur Hüfte eingetaucht in das dunkle Wasser, und tat nichts, was nicht unzählige andere Frauen auch taten, wenn sie an diesem Ort waren. Sie tauchte ihre Hände in das Becken und begann ihren Körper zu waschen, mit gleichmäßigen ruhigen Bewegungen. Und doch war es, als würde er einer heiligen Handlung beiwohnen. So musste es gewesen sein, als einst die Mosestöchter am Ufer des Sabbaton gebadet hatten …

Auf einmal hatte Diogo das Gefühl, nicht länger bleiben zu dürfen. Jeder Blick war eine Sünde, eine Verletzung jener unsichtbaren Weihe, die Gracia im flackernden Schein der Fackel umgab.

Er wollte sich abwenden. Da glitt das Messer aus seiner Hand und fiel zu Boden.

Gracia drehte sich um.

»Diogo?«

Er wusste nicht, ob sie seinen Namen wirklich gesagt oder er es sich nur eingebildet hatte. Tränen rannen ihre Wangen hinunter, und aus ihren dunklen, schimmernden Augen sprach eine stumme Frage.

»Was tust du hier?«

Sie stand vor ihm, ruhig und gelassen, und ohne ihre Blöße zu bedecken, lächelte sie ihn durch den Schleier ihrer Tränen an, die Augen unverwandt auf ihn gerichtet. Versunken in einen Traum, tauchte sie wieder ihre Hände in das Becken und wusch sich weiter, als wäre er gar nicht da.

Auf einmal wusste er, warum er an diesen Ort gekommen war, zu dieser späten Stunde. Er musste es ihr sagen, hier und jetzt.

»Ich danke dir«, flüsterte er.

Ohne die Augen von ihm zu lassen, schüttelte sie den Kopf.

»Danke nicht mir. Gott hat dich gerettet.«

Er trat an den Rand des Beckens und streckte die Hand nach ihr aus. Noch nie hatte er eine Berührung mit solcher Inbrunst herbeigesehnt wie in diesem unwirklichen, überwirklichen Augenblick.

Doch wieder schüttelte Gracia nur stumm den Kopf, und bevor seine Hand sie erreichte, kehrte sie ihm den Rücken zu und tauchte ein in das dunkle, bodenlose Becken. Und während das schwarze Wasser sie umspülte, ihre Schultern, ihren Hals, ihren Kopf, bis es über ihrem Scheitel zusammenschlug, formten seine Lippen jene drei Worte, die er seit so vielen Jahren zu keiner Frau mehr gesagt hatte: »Ich liebe dich.«

28

Nur ein feiner, blassblauer Dunst trübte den Himmel über dem Hafen von Antwerpen, als in der Morgenfrühe ein Dutzend Soldaten die Esmeralda enterte. Das ganze Schiff dröhnte von den schweren Stiefelschritten wider. Die Flüchtlinge unter Deck hielten den Atem an. Hatte ihre letzte Stunde geschlagen? Während sie ängstliche Blicke miteinander tauschten, ertönte plötzlich über ihren Köpfen ein Prasseln und Rappeln, als ginge ein schweres Hagelwetter auf die Deckplanken nieder. Gleich darauf sprang die Klappe über dem Niedergang auf, und das aufgedunsene Gesicht des Bootsmanns erschien darin.

»Alle Mann an Deck! Essen fassen!«

Über hundert Augenpaare schauten Samuel Usque an, der am Lager seines Bruders hockte, um ihm mit einem nassen Lappen die Stirn zu kühlen.

»Geh du voraus, wir trauen uns nicht«, sagte Esau Benites, ein Schlachter aus Porto.

Samuel warf den Lappen in den Wasserkübel, und obwohl er genauso viel Angst hatte wie seine Glaubensbrüder, verließ er Benjamins Lager.

Vorsichtig öffnete er die Luke, die ins Freie führte. Nach über einer Woche in der Dunkelheit blendete ihn das Tageslicht so sehr, dass er zuerst gar nichts sah. Doch kaum hatte er sich an die

Helligkeit gewöhnt, traute er seinen Augen nicht. So musste es ausgesehen haben, als die Juden in der Wüste aufgewacht waren und erkannten, dass der Herr für sie gesorgt hatte.
Erleichtert drehte Samuel sich um und winkte die anderen zu sich. Plötzlich stürmten alle an Deck, und im nächsten Moment erscholl lautes Freudengeschrei.
»Ein Wunder ist geschehen!«
»Der Herr hat Manna regnen lassen!«
Das ganze Deck war übersät mit Broten, und man brauchte sich nur zu bücken, um für Tage satt zu essen zu haben. Jeder drängte jeden beiseite, um die Laibe einzusammeln.
»Seht nur, wie knusprig es ist.«
»›Weiß wie Koriandersamen‹, genau wie es geschrieben steht.«
»Nein, es steht geschrieben: ›Fein wie Reif‹!«
»Hört auf zu streiten! Probiert lieber, wie es schmeckt! Wie Honigkuchen!«
Ja, Senhor Aragon, der Generalkommissar des Kaisers für Converso-Angelegenheiten, hatte Wort gehalten und die Versorgung der Flüchtlinge befohlen, wie mit Gracia Mendes vereinbart. Samuel ging wieder unter Deck. Während seine Glaubensbrüder ihre Brote brachen und mit vollem Mund darüber stritten, ob sie die Laibe aufbewahren durften oder bis zum Abend verzehren müssten wie ihre Väter in der Wüste, weil das Manna über Nacht verdarb, kehrte Samuel an das Lager seines Bruders zurück.
»Sie haben uns Brot gegeben«, sagte er. »Hier – riech mal, wie es duftet.«
Er brach eine Ecke ab und hielt es Benjamin unter die Nase. Doch sein Bruder warf sich nur im Schlaf hin und her. Das Fieber war immer noch nicht gesunken, im Gegenteil. Mehrmals am Tag zog Samuel seinen Bruder vollständig aus, um seinen nackten Leib in ein nasses Tuch sowie eine wollene Decke einzuschlagen, und stündlich gab er ihm von dem Tee zu trinken, den der Apotheker ihm verschrieben hatte, doch das Fieber stieg und stieg mit jedem Tag.

Hatte Eliahu Soares ihn vergiftet?
Während die anderen in Gruppen zusammensaßen, um Gott für die wundersame Speisung zu loben, hockte der Apotheker abseits in seiner Ecke und aß wortlos sein Brot. Nicht einmal heute, an diesem unverhofften Feiertag, wollte jemand mit ihm zu tun haben.
»Was habt Ihr ihm gegeben?«, fragte Samuel. »Eure Arznei macht meinen Bruder nur noch kränker.«
»Ich habe dir schon hundertmal erklärt, was in dem Trank ist«, erwiderte Eliahu, ohne von seinem Brot aufzuschauen. »Chinarinde gegen das Fieber, Chilischoten, um die Hitze auszutreiben, Ingwerwurzel gegen die Entzündung, dazu Senfsamen, Muskatnuss, Kardamom, Anis, Kreuzkümmel, Süßholz. Und außerdem Bitterklee, damit der Leib deines Bruders von der Chinarinde nicht aufbläht. Andere Patienten müssten für eine so kostbare Arznei ein Vermögen zahlen.«
»Aber warum wird er dann nicht gesund?«
Statt zu antworten, biss Eliahu in sein Brot. Er kaute so langsam, dass Samuel fast verrückt wurde. Immer wieder leckte er sich über die wulstigen Lippen, damit kein Krümel verlorenginge, und stierte mit seinen vorquellenden Gottesmörderaugen vor sich hin, als könnte er dadurch besser schmecken.
Warum hatte er diesem Menschen nur vertraut?
Um irgendetwas zu tun, wickelte Samuel seinen Bruder aus der Decke. Er wollte ihn in ein frisch getränktes Tuch einschlagen.
»Dein Bruder steht an einem Scheideweg«, sagte Eliahu schmatzend. »Auf der einen Seite führt ein schmaler, steiniger Pfad einen steilen Berg hinauf. Das ist der Weg zur Gesundheit, zum Leben. Der andere Weg ist eine breite, bequeme Straße. Sie führt immer weiter in die Krankheit hinein, in die Krankheit und in den Tod. Welchen Weg dein Bruder wählt, ist allein seine Entscheidung.«
»Aber was kann ich tun, damit er sich richtig entscheidet?«, fragte Samuel verzweifelt.

»Bete das Schma«, erwiderte Eliahu.
Samuel entfernte das alte Leinentuch vom Leib seines Bruders. Nackt und hilflos wie ein neugeborenes Kind lag er vor ihm. Mit einem Lappen wischte er ihm den Schweiß ab. Um das beschnittene Glied des Jungen spross erster dunkler Flaum. Der Anblick trieb Samuel Tränen in die Augen. Würde dieser kleine, unschuldige Zipfel je erfahren, was für ein Glück es war, mit einer Frau zu schlafen? Er tunkte das Leinentuch in kaltes, frisches Wasser und wickelte seinen Bruder wieder ein. Benjamin musste fort von der breiten Straße, zurück auf den schmalen, steinigen Weg …
»Ich bringe dir das Schwimmen bei, das verspreche ich dir«, flüsterte Samuel, während er die wollene Decke um das Leinentuch hüllte. »Dann gehen wir baden, du und ich. Und die Mädchen am Flussufer schauen uns zu und winken und lachen. Und wenn dir eine gefällt, dann laden wir sie ein zum Tanzen, und du drehst sie im Kreise, so lange, bis du sie küssen darfst …«
Er redete und redete, malte seinem Bruder aus, was ihn am Ende des steinigen Pfads erwartete, des Daseins ganze Fülle, das Leben in seinen allerschönsten Farben, doch Benjamin stöhnte nur leise und drehte sich zur Seite, mit leeren, glänzenden Augen.
»Er kann mich nicht mehr hören«, sagte er.
»Hören schon«, erwiderte Eliahu. »Aber nicht verstehen.«
»Wo ist da der Unterschied?«
Noch während er sprach, kam Samuel ein Gedanke. Doch, vielleicht gab es einen Unterschied. Verstehen konnte man nur mit dem Kopf, und Benjamins Kopf glühte so heiß, dass jeder Gedanke darin zerschmelzen musste wie in einer Hitzekammer. Aber hören konnte man auch ohne Verstand, zum Hören brauchte man nur Ohren und die Seele.
Samuel beugte sich zu seinem Bruder hinab, so tief, dass ihre Gesichter sich fast berührten. Dann faltete er seine Hände vor dem Mund zusammen und machte den Ruf des Käuzchens nach.

29

Die leisen Klänge einer Laute verloren sich irgendwo in der Ferne, während Reyna durch das Labyrinth der Flure und Gänge irrte. Der Coudenberg-Palast, der sich mit seinen weitläufigen Gebäuden und Gärten über einen ganzen Hügel von Brüssel erstreckte, war größer als der Marktplatz und Groenplaats in Antwerpen zusammen, und die Einsamkeit in den kühlen feuchten Mauern umfing sie wie der Abendhauch eines dahinsinkenden Novembertages.

»Senhor Aragon?«, rief sie in die Leere hinein. »Wo seid Ihr?«

Eben war ihr Verehrer noch da gewesen, doch jetzt schien er wie vom Erdboden verschluckt. Nur die Klänge seiner Laute hinterließen eine feine, flüchtige Spur. Seit zwei Wochen lebte Reyna nun schon im Schloss der Regentin. Obwohl sie sich unter all den fremden Menschen manchmal so allein fühlte, dass sie es kaum aushielt, war sie gleichzeitig fasziniert von der Pracht am Hofe, und die Ehrerbietung, mit der man ihr als künftiger Ehrendame begegnete, erfüllte sie mit solchem Stolz, dass Heimweh und Trennungsschmerz darüber mehr und mehr verblassten. Vor allem, wenn Senhor Aragon sie besuchte, der Mann, den sie nach dem Willen des Kaisers heiraten sollte. Wann immer der Spanier erschien, war es, als würde jemand ein Licht anzünden, und alle Einsamkeit war wie weggeblasen. Er umschmeichelte und umwarb sie wie eine geborene Prinzessin, und stets hatte er ein Geschenk oder eine Überraschung für sie. Seit dem Tod ihres Vaters hatte sich kein Mann so sehr um sie bemüht, und noch nie hatte sie sich so erwachsen gefühlt wie in seiner Gegenwart. Wie würde es erst sein, wenn sie in seinen Armen läge? Ja, sie war verliebt, so verliebt, wie ein Mädchen von vierzehn Jahren nur sein konnte, und kein einziges Mal, seit sie am Hof der Regentin lebte, hatte sie auch nur einen Gedanken an José verschwendet, ihren Cousin, den ihre Mutter für sie zur Ehe auserkoren hatte.

»Senhor Aragon! Lasst mich nicht allein!«
Ihr Ruf verhallte ohne Echo. Reyna öffnete ein halbes Dutzend Türen, schaute in alle Gänge, aber keine Spur von ihrem Verehrer. War er ihr vielleicht böse? Weil sie seinen Versuch, sie auf den Mund zu küssen, abgewehrt hatte? Sie glaubte, Schritte zu hören, aus der Richtung des Ballsaals, und wollte zu ihm eilen, um sich zu vergewissern, dass er ihr nicht zürnte, doch das durfte sie nicht. Er hatte ihr jede Form von Eile oder Hast verboten, und sie war sicher, dass er sie beobachtete.
»Eine Dame darf niemals eilen. Das tun nur Lakaien. Eine Dame schreitet.«
Senhor Aragon persönlich hatte ihre Erziehung übernommen, um sie auf ihre Aufgaben vorzubereiten. Und die Zeit drängte. In wenigen Wochen würde Maria für ihren Bruder Karl, der gerade zwischen zwei Feldzügen durch die Niederlande reiste, eine große Jagdgesellschaft im Heerenhuys von Boendal ausrichten, und zu diesem Anlass sollte Reyna ihm vorgestellt werden – dem Herrscher eines Reiches, das angeblich so groß war, dass die Sonne darin niemals unterging. Bei dem Gedanken wurde ihr ganz flau. Was sie nicht alles lernen musste! Dass man beim Essen das Fleisch nicht mit dem Messer vor den Lippen abschnitt, sondern auf dem Essbrett zerkleinerte, um es zierlich mit der Gabel zum Mund zu führen; dass man die Speisen nicht hastig verschlang, als müsse man gleich ins Gefängnis, sondern mit größter Langsamkeit zu sich nahm; dass man einen gebrauchten Löffel nicht in die Schüssel tauchte, aus der sich alle bedienten, dass man weder schmatzen noch rülpsen durfte, und wenn man sich schneuzte, dann nicht wie ein Bauernlümmel in den Ärmel, sondern zwischen den Fingern, um mit dem Fuß zu verwischen, was auf den Boden gefallen war … Eigentlich waren alle diese Regeln Reyna längst geläufig, ihre Mutter, die Antwerpens Bauernlümmel genauso verachtete wie ihr neuer Lehrer, hatte sie ihr von klein auf beigebracht, aber wenn Senhor Aragon ihr diese Regeln nun erklärte, bekamen sie viel mehr Gewicht. Dieser Mann war kein

Mensch, sondern ein spanischer Edelmann! Und es war für Reyna ein unbegreifliches Wunder, dass er sie zur Frau nehmen wollte.

»Senhor Aragon?«

Die Schritte wurden lauter, doch als Reyna um die Ecke spähte, erblickte sie am Ende des Ganges statt ihres Verehrers die Regentin in Begleitung ihres Dominikanermönchs. Eilig versteckte sie sich hinter einem Mauervorsprung. Die zwei machten ihr Angst. Während der Kaiser ständig im Krieg war, gegen die Türken oder gegen den König von Frankreich, war seine Schwester Maria die eigentliche Herrscherin der Niederlande, und die Würdenträger und Bittsteller, die in ihrem Palast ein und aus gingen, begegneten ihr mit größerem Respekt als jedem Mann. Angeblich hatte Maria in einer Schlacht sogar das Heer des Kaisers angeführt und einen Sieg über die Franzosen errungen, und Reyna selbst hatte miterlebt, wie sie Befehl gegeben hatte, zwei Ketzer, Wiedertäufer aus Münster, auf dem Marktplatz von Brüssel hinrichten zu lassen. In Glaubensfragen war die Regentin so streng wie Reynas Mutter. Jeden Morgen musste sie mit ihr die Messe in der Kapelle besuchen und alle zwei Tage bei Bruder Cornelius beichten, auch wenn es gar nichts zu beichten gab. Wie sie die Ermahnungen in dem finsteren Gestühl hasste! Der Mönch hatte ihr verboten, die ausgeschnittenen, mit Schellen besetzten Kleider zu tragen, die ihr Tante Brianda geschenkt hatte. Stattdessen verlangte er, dass sie ihren Körper, den er ihr »stinkendes Fleisch« nannte, obwohl sie sich doch täglich wusch, in schwarze Kostüme mit radgroßen Halskrausen zwängte, die so steif und eng und unbequem waren, dass man sich kaum darin rühren konnte. Und an den Füßen musste sie Schuhwerk mit dicken Holzsohlen tragen, damit sie nicht in Versuchung geriete, zu hüpfen oder zu tanzen. Vor allem aber hatte der Mönch sie unter Androhung der schlimmsten Höllenqualen davor gewarnt, sich von Senhor Aragon berühren oder küssen zu lassen, und um ihr jede Lust daran zu vergällen, hatte er behauptet, ihr Bräutigam

habe für das Recht, um ihre Hand zu bitten, dem Kaiser zweihunderttausend Dukaten versprochen, zahlbar nach der Hochzeit, aus ihrem eigenen Vermögen … Seitdem glaubte Reyna dem Dominikaner kein einziges Wort. Er war ein gemeiner Lügner – ihre Mutter hatte sie zu Recht vor ihm gewarnt.
»Reyna, mein Goldstück, warum lasst Ihr mich so lange warten?«
Das war *seine* Stimme! Reyna fiel ein Stein vom Herzen. Doch wo steckte er nur? Auf die Gefahr hin, der Regentin und Bruder Cornelius in die Arme zu laufen, durchquerte sie die Bildergalerie, die zum Ballsaal führte, doch keine Menschenseele war weit und breit zu finden. Durch die Fensterreihe sah Reyna am blassgrauen Himmel langsam die Dämmerung heraufziehen – Zeit für das Abendgebet … Die Vorstellung versetzte ihr einen Stich. Als Kind war Reyna oft auf einen Schemel geklettert, um nach den Sternen zu schauen, und wenn sie mit ihrer Mutter betete, hatte sie immer wieder das Schma Jisrael mit dem Vaterunser verwechselt. Wie ein stummer Vorwurf schauten die Ölgemälde auf sie herab, Darstellungen der Höllenstrafen, gemalt von einem alten, bärtigen italienischen Maler namens Tizian, der gleichfalls im Palast lebte. Reyna fröstelte. Ihre Mutter würde sicher mit ihr schimpfen, weil sie alle ihre Gebete versäumte. Aber wie sollte sie hier ihre Glaubenspflichten erfüllen, ohne ihre Hochzeit und damit ihr Lebensglück zu gefährden?
»Schaut nicht in den Himmel!«, flüsterte Senhor Aragons Stimme von irgendwoher. »Das Glück erwartet Euch hier auf Erden schon!«
Reyna blickte sich um. Wieder ertönte die Laute, doch es klang, als käme sie von der Treppe.
Plötzlich wusste sie, wo sie suchen musste. Im Zaubersaal! Das Gewölbe lag unter der großen Halle, angeblich feierte der Kaiser dort rauschende Feste, wenn er mit seinen Soldaten auf dem Schloss Station machte. Bruder Cornelius hatte ihr strengstens verboten, den Ort zu betreten – es hieß, von dort gelange man geradewegs in die Hölle. Doch der Klang der Laute lockte süß

und verführerisch. Obwohl ihr die Knie weich waren vor Angst, folgte sie der Treppe hinab, und nachdem sie die Flügeltür durchschritten hatte, betrat sie einen Saal, der von zahllosen Kerzen erleuchtet war.

Bei dem Anblick gingen ihr die Augen über. An den Wänden lagen künstliche Felsen, übersät mit Korallen und Blumen, mit Schildkröten und Eidechsen. Aus den Felsen sprudelten Quellen und Bäche in silberne Brunnen, in denen rote und schwarze Fische schwammen. Darüber waren gewölbte Spiegel aufgehängt, die das Licht der Kerzen tausendfach brachen, und die Decke war ein einziger riesiger Sternenhimmel, mit sämtlichen Tierkreiszeichen zwischen weißen Wolkengebirgen.

Aber was war das? An der Stirnseite des Saals erblickte Reyna eine Szene von solcher Schamlosigkeit, dass ihr das Blut in den Schläfen rauschte. Eine nackte Frau hockte auf allen vieren am Boden und präsentierte ihr entblößtes Hinterteil, an dem ein Soldat seine Fackel entzündete.

»Senhor Aragon?«, rief Reyna. »Wo seid Ihr?«

Da geriet der Himmel in Bewegung, und während es plötzlich von überall her nach Zimt zu duften begann, fiel Zuckerwerk aus den Wolken herab, und ein gedeckter Tisch schwebte zu Boden, beladen mit golden schimmernden Schalen und Schüsseln, mit Flaschen und Gläsern aus glitzerndem Kristall sowie früchtetragenden Sträuchern. Reyna war starr vor Bewunderung. Was war im Vergleich zu dieser Pracht und Herrlichkeit das Gelobte Land, von dem ihre Mutter sprach?

»So werden wir leben, alle Tage, wenn wir erst verheiratet sind.«

Reyna drehte sich um. Vor ihr stand Senhor Aragon, schöner denn je in seinem goldenen Anzug. Das Blut schoss ihr ins Gesicht, und sie schlug die Augen nieder. Doch als gäbe es keine Scham, trat Senhor Aragon zu ihr und hob ihr Kinn, so dass sie seinen Blick erwidern musste.

»Freut Ihr Euch schon auf mich?«, fragte er mit einer Stimme wie Samt, während seine Augen immer tiefer in sie drangen.

Es war, als würde Gott ihr in die Seele schauen, und obwohl Reyna noch nie in ihrem Leben einen Mann geküsst hatte, auch gar nicht wusste, wie man das tat, öffnete sie ihre Lippen, im Vertrauen darauf, dass Senhor Aragon sie belehrte.

30

Gracia stand am Fenster und schaute in den Nieselregen hinaus, der sich wie ein graues Tuch über den Marktplatz senkte. Wie sie dieses Wetter hasste! Obwohl im Kamin ein kräftiges Feuer brannte und sie außerdem eine Decke um die Schulter trug, fror sie am ganzen Leib. Seit Tagen fühlte sie sich schon krank. Aber mehr noch als an der feuchten Kälte, die ihr in alle Glieder kroch, litt sie daran, dass Reyna nicht mehr bei ihr war. Der Verlust ihrer Tochter schmerzte sie fast genauso wie vor Jahren der Verlust ihres Mannes. Reyna war doch das Bindeglied zu Francisco, das Glaubenspfand, das ihr von Gott gegeben war. Aber noch immer hatte sie keine Idee, wie sie Reyna aus den Händen der Edomiter zurückgewinnen könnte.
Auf dem regennassen Marktplatz spiegelten sich in den Pfützen die Prunkfassaden der »spanischen Türme«. Diogos Haus war mit fünf Stockwerken das größte in der ganzen Reihe, und auf dem Giebel bäumte sich ein goldenes Pferd. Aber was nützte all der Reichtum? Vor zwei Wochen war die Felicidade in See gestochen, mit Kurs auf Lissabon. Der Kapitän, Dom Alfonso, würde gleich nach der Ankunft dem portugiesischen König einen Brief überbringen, in dem die Regentin und der kaiserliche Generalkommissar für Converso-Angelegenheiten Dom João aufforderten, sich persönlich für das Leben und die Sicherheit von Gracias Vater zu verbürgen. Sobald die Antwort aus Lissabon in Antwerpen einträfe, stünde der Eheschließung Aragons mit Reyna nichts mehr im Wege.

»Gebe Gott, dass die Felicidade noch viele Tage braucht«, sagte Gracia.
»Warum?«, fragte Brianda. »Glaubst du wirklich, du kannst noch etwas ändern?«
»Ich weiß es nicht. Aber jeder Tag ohne Antwort ist ein Zugewinn an Zeit.«
»Und was ist mit unserem Vater?«
Gracia spielte mit der bunten Stoffpuppe in ihrer Hand, die sie am Morgen genäht hatte. La Chica hatte Geburtstag, ihren zweiten, nur darum hatte sie sich in das Haus ihres Schwagers geschleppt. Aber ihre Nichte lag noch in ihrem Bettchen und hielt Mittagsschlaf.
»Du musst in die Heirat einwilligen«, sagte Brianda. »Es ist für uns alle das Beste. Wenn Reyna erst verheiratet ist, sind wir für immer sicher.«
»Weißt du, was du von mir verlangst?«
»Weißt du, was du von *uns* verlangst?«, fragte Brianda zurück. »Deinetwegen haben sie Diogo fast die Hand abgehackt, und jetzt ist Vaters Leben in Gefahr. Was muss denn noch passieren, damit du endlich Vernunft annimmst? Wenn wir hier leben wollen, müssen wir uns anpassen. Eine andere Wahl gibt es nicht.«
Gracia wandte sich vom Fenster ab. »Soll ich meinen Segen dazu geben, dass meine Tochter diesen Mann heiratet? Den Converso-Kommissar des Kaisers?«
»Wenn du mich fragst – ja«, erwiderte Brianda. »Ich habe damals auch auf dich gehört, als ich Diogo das Jawort gab. Obwohl ich einen anderen Mann liebte.«
»Aber dieser Mann ist einer unserer schlimmsten Feinde! Ein Christ! Er wird Reyna zwingen, zu seinem Gott zu beten!«
»Ja, und? Hört sie etwa auf, deine Tochter zu sein, wenn sie vor Jesus niederkniet? Überleg doch mal! Sie darf am Hof der Regentin leben! Jedes Mädchen im ganzen Land wäre glücklich, wenn sie das dürfte, und ich bin sicher, Reyna ist es auch.« Sie

schüttelte den Kopf. »Manchmal glaube ich, du hast gar keine Ahnung, wer deine Tochter in Wirklichkeit ist.«
»Warum sagst du das?«, fragte Gracia.
Brianda zuckte die Achseln. »Weil es so ist!«
»Willst du mich noch mehr quälen?«
Gracia hoffte, dass Brianda einlenken würde. Doch die erwiderte nur wortlos ihren Blick. Wahrscheinlich hatte ihre Schwester ja recht. Aus den Briefen, die Reyna aus Brüssel schrieb, sprach eine solche Begeisterung, dass sie ihre Tochter kaum wiedererkannte – wie berauscht schien sie vom Leben am Hofe zu sein …
Gracia fühlte sich so schwach, dass ihr sogar die Puppe in der Hand zu schwer wurde.
Sie legte sie gerade auf den Tisch, da ging die Tür auf.
»Brrr, so ein Sauwetter!«
Diogo trat ein und schüttelte sich. Als er Gracia sah, zuckte er kurz zusammen. Doch nur für eine Sekunde. Dann warf er seinen nassen Zobel auf einen Stuhl und drückte der Schwägerin ein Säckchen in die Hand.
»Das ist für Euch.«
»Für mich? Was ist das?«
»Ingwerwurzel. Von Amatus Lusitanus. Er lässt Euch ausrichten, Ihr sollt daraus einen Tee brauen. Alle zwei Stunden einen großen Becher.«
»Das ist auch so etwas, was ich nicht verstehe«, sagte Brianda. »Warum kommt er nicht selbst, um dich zu behandeln? Und warum lädst du ihn nicht mehr zu dir ein? Nur weil er dir einen Antrag gemacht hat? Das ist doch kein Verbrechen! Im Gegenteil!«
Gracia wusste nicht, was sie darauf erwidern sollte. Zum Glück kam Diogo ihr zu Hilfe.
»La Chica ist aufgewacht und ruft nach ihrer Mutter.«
»Dann wollen wir jetzt Geburtstag feiern«, sagte Brianda schon an der Tür und drehte sich zu ihrer Schwester um. »Worauf wartest du? Willst du nicht mitkommen?«

»Doch, natürlich.«
Gracia war froh, den Raum verlassen zu können, und griff nach der Puppe, aber Diogo hielt sie zurück. »Bleibt bitte noch einen Moment. Wir müssen etwas besprechen – geschäftlich.«
Brianda musterte die beiden mit gerunzelten Brauen. »Muss das ausgerechnet jetzt sein? La Chica hat sich so auf ihre Tante gefreut.«
»Es dauert nicht lange«, erklärte Diogo.
Brianda wollte etwas entgegnen. Doch dann schüttelte sie nur den Kopf, mit jener Bitterkeit in ihren grünblauen Augen, die immer häufiger von ihrem Wesen Besitz ergriff – und verschwand.

31

»Ist die Felicidade aus Lissabon zurück?«, fragte Gracia, als sie mit Diogo allein war.
»Nein«, sagte er. »Aber sie kann jeden Tag kommen. Wir müssen uns entscheiden.«
Er suchte ihren Blick, doch Gracia wich ihm aus. Dachte er an dasselbe wie sie? An den einen nächtlichen Augenblick in der Mikwa des Judenhauses, als sie das Bad genommen hatte, um sich reinzuwaschen von ihrem Handel um Reyna? Über zwei Wochen war das her, sie hatten nie darüber gesprochen, und die Erinnerung daran war wie ein Traum. Für einen Wimpernschlag hatte sie geglaubt, ihrem Mann gegenüberzustehen. Ein kurzer, flüchtiger Augenblick der Wahrheit. Doch diese Wahrheit durfte niemals Wirklichkeit werden.
»Ich werde nicht zulassen, dass meine Tochter diesen Mann heiratet«, sagte sie.
»Vielleicht braucht Ihr das auch nicht«, erklärte Diogo.
Überrascht hob Gracia den Blick. »Habt Ihr Nachrichten aus Brüssel?«

»Nein, aber es gibt eine Möglichkeit, die Hochzeit zu verhindern.« Er nahm die Puppe und drehte ihr den Hals um. »Wo kein Bräutigam, da keine Braut.«
Gracia begriff. »Wenn dich jemand töten will, komm ihm mit der Tötung zuvor …?«
Diogo nickte.
»Aber wie soll das gehen?«, fragte sie. »Aragon ist der Generalkommissar des Kaisers. Und er hat mächtige Freunde.«
»Man muss den Herrn auch für das Böse preisen«, grinste Diogo. »Aragon hat eine große Schwäche: die Mädchen im Goldenen Anker. – Eine Schenke in der Brouwerstraat«, fügte er zur Erklärung hinzu.
»Ich weiß«, sagte Gracia. »Ich bin oft genug im Hafen. Was ist Euer Plan?«
Diogo räusperte sich, bevor er antwortete. »Es gibt im Goldenen Anker eine Mulattin, die Aragon ablenken könnte. Die Zimmer der Mädchen befinden sich im hintersten Winkel des Hauses. Da kann er so laut schreien, wie er will, ohne dass ihn jemand hört.«
Gracia holte tief Luft. »Wisst Ihr schon, wer es tun soll?«, fragte sie.
Diogo zögerte keine Sekunde. »Ich selbst«, erklärte er. »Je weniger Bescheid wissen, umso besser. Außerdem ist es einfacher, wenn ich ihn in die Falle locke. Bei mir schöpft Aragon keinen Verdacht. Er glaubt noch immer, wir wären Freunde. Er hat mir sogar verraten, dass er dem Kaiser Geld versprochen hat, zweihunderttausend Dukaten, damit er um Reynas Hand anhalten kann, nachdem er Jan van der Meulen …«
»Nein, das will ich nicht«, unterbrach Gracia ihn.
»Was wollt Ihr nicht?«, fragte Diogo.
»Dass Ihr es tut. Das ist zu gefährlich!«
»Gefährlich?«, protestierte er. »Es wird mir ein Vergnügen sein! Dass ich noch meine zwei Hände habe, verdanke ich nur Euch. Wenn ich sie jetzt dazu gebrauchen kann, die Sache mit Reyna in

Ordnung zu bringen, damit sie zurückkommt, statt diesen Mistkerl …«

»Pssst!« Gracia legte einen Finger an die Lippen und deutete mit dem Kopf zur Tür.

Diogo verstand sofort und stieß die Tür auf.

Draußen auf dem Flur stand eine Magd, ein hübsches, blondes Mädchen mit rosigen Wangen, das fast noch ein Kind war.

»Wer bist du?«, fragte er. »Was stehst du da und lauschst?«

»Ich … ich bin Frauke, die neue Küchenmagd«, stammelte sie. »Meine Herrin hat mich geschickt. Ich soll die Puppe holen. Für La Chica.«

Diogo reichte sie ihr. »Da! Verschwinde!«

Das Mädchen machte auf dem Absatz kehrt, aber noch bevor sie draußen war, packte Diogo sie am Arm. »Kenne ich dich nicht irgendwoher?«

Das Mädchen lief rot an. »Nein, Mynheer, ich bin erst seit dieser Woche in der Stadt. Meine Eltern sind Bauern, sie haben einen kleinen Hof bei Waterloo.«

»Seltsam«, sagte Diogo. »Ich hätte geschworen, dich schon mal gesehen zu haben. Na gut, du kannst gehen«, entschied er. »Aber klopf in Zukunft an, wenn du was willst.«

Gracia wartete, bis die Magd fort war.

»Ich bin gegen Euren Plan«, sagte sie dann.

»Warum? Aus Mitleid oder aus Angst?«

»Aus Vernunft! Solange sie Reyna haben, dürfen wir sie nicht reizen.«

Diogo zuckte die Schultern. »Aragons Tod würde ihnen eine Lehre sein. Das ist die einzige Sprache, die sie verstehen.«

»Oder sie nehmen furchtbare Rache. Habt Ihr vergessen, was sie mit Euch gemacht haben? Außerdem, noch gefährlicher als Aragon ist Cornelius Scheppering.«

»Der Dominikaner?«

»Ja«, sagte sie. »Er war es, der Euch die Hand abhacken lassen wollte. Er hat Samuel Usque das Geständnis abgepresst. Er hat

mich in Lissabon gezwungen …« Sie sprach den Satz nicht zu Ende.
»Wozu hat er Euch gezwungen?«
Gracia wich seinem Blick aus. Was damals geschehen war, hatte sie nur einem Menschen anvertraut – Amatus Lusitanus. Aber der hatte sie im Stich gelassen …
»Was schlagt Ihr vor?«, fragte Diogo.
»Wollte Gott, ich wüsste es.«
Seit Reyna fort war, hatte Gracia sich vergeblich das Gehirn zermartert, und auch jetzt fiel ihr keine Lösung ein. Die Gedanken in ihrem heißen, schmerzenden Kopf waren zäh wie ineinander verwickelte Leimfäden und führten immer wieder zu demselben unentwirrbaren Knoten. Sobald die Felicidade zurück wäre, ließe sich die Hochzeit nicht länger aufschieben. Aragon war seiner Sache bereits so sicher, dass er Reyna dem Kaiser vorstellen wollte, im Heerenhuys von Boendal. Ein Offizier würde sie dorthin bringen, zusammen mit dem Spanier, der sie nur noch »sein Goldstück« nannte, wie Reyna in ihrer närrischen Verliebtheit selbst geschrieben hatte.
Plötzlich hatte sie eine Idee.
»Vielleicht gibt es doch noch eine Möglichkeit.«
»Dann spannt mich nicht auf die Folter.«
»Wie habt Ihr gesagt?« Sie sah Diogo in die Augen. »Ohne Bräutigam keine Braut? Das Gegenteil gilt genauso: ohne Braut kein Bräutigam.«
Irritiert hob er die Brauen. »Ich verstehe kein Wort.«
»Ist das so schwer?« Gracia konnte ein kleines Lächeln nicht unterdrücken. »Wir brauchen jemanden, der sich Zutritt zum Palast der Regentin verschaffen kann, ohne Verdacht zu erregen. Am besten einen Soldaten oder Gardisten.«
»Jetzt begreife ich.« Diogos Augen leuchteten auf. »Und ich weiß auch, wer uns helfen kann. Ich werde sofort jemanden losschicken, der …«
Mitten im Satz verstummte er. Während er ans Fenster trat und

schweigend auf den Marktplatz blickte, glaubte Gracia zu ahnen, welche Gedanken in seinem Kopf kreisten. Aber wer weiß, vielleicht war er ja bereit, das Opfer zu bringen – ihr zuliebe.
»Ihr meint, der Plan geht nicht auf, nicht wahr?«, fragte sie.
»Wenn es uns tatsächlich gelingt, Reyna zu entführen, müssen wir Antwerpen verlassen«, sagte er mit dem Rücken zu ihr. »Zumindest so lange, bis Aragons Wut verraucht ist. Und vielleicht können wir nie wieder hierher zurückkehren …«
Gracia schluckte. Für einen Augenblick hatte sie gehofft, dass Diogo dieses Opfer womöglich auf sich nehmen würde. Aber sie hatte sich getäuscht. Antwerpen war seine Heimat. Nur ein Liebender würde für einen anderen Menschen auf seine Heimat verzichten. Und Diogo liebte sie nicht, auch wenn sie es in einer nächtlichen Stunde fast geglaubt hatte.
»Ich verstehe«, sagte sie. »Der Preis ist zu hoch.«
Diogo stieß einen Seufzer aus. »Nirgendwo auf der Welt kann es uns bessergehen als hier. Wir sind geachtete Bürger und verdienen mehr Geld, als wir im Leben je ausgeben können. – Aber verflucht!«, sagte er plötzlich, und während er sich zu ihr umdrehte, warf er den Kopf in den Nacken und ballte die Faust. »Wenn die Edomiter uns keine Wahl lassen, dann müssen wir es eben riskieren!«

32

»En garde! Prêts? Allez!«
Kaum hatte der Fechtmeister das Kommando gegeben, erhob sich ein wahres Mordsgeschrei. Zwei Dutzend Studenten, die seit dem Morgen ihr Examen in den Bierschenken von Löwen begossen hatten, umringten nun zu mitternächtlicher Stunde die zwei Kontrahenten, die im Gildehaus das Finale des Fechtturniers austrugen, und feuerten sie mit ihren Rufen an.

José ging in Auslage, damit sein Körper eine möglichst geringe Angriffsfläche böte. Sein Gegner war zugleich sein bester Freund, Maximilian, der Neffe von Kaiser Karl und Regentin Maria, ein fast ebenso guter Fechter wie er. Sogleich versuchten beide, in die Mensur zu gelangen, den günstigsten Abstand zum Gegner, um einen Angriff zu wagen.

»Halt!«, rief der Fechtmeister, um das Duell sogleich wieder freizugeben.

José hatte das beste Examen von allen Studenten seines Jahrgangs abgelegt. Solange er zurückdenken konnte, hatte er besser sein müssen als andere, um sich zu behaupten. Schon als Halbwüchsiger hatte er Aufgaben erfüllt, die sonst Erwachsenen vorbehalten waren, um nach dem frühen Tod seiner Eltern einen Platz in der Familie und der Firma Mendes zu erobern. Und nur weil er in Löwen den anderen Studenten immer wieder bei ihren Prüfungen geholfen hatte, waren sie bereit gewesen, ihn als ihresgleichen anzuerkennen, obwohl er Jude war. Zum Glück hatten seine Eltern ihn nicht beschneiden lassen, aus Angst, es könnte ihm schaden – Maximilian hatte beim Pinkeln darauf bestanden, seinen Schwanz zu sehen, bevor er ihn offiziell zu seinem Freund erklärte. Er selbst war stolz darauf, Jude zu sein, die Juden waren das älteste und vornehmste Volk, ein Volk, das niemals untergehen würde, auch wenn sich alle anderen Völker gegen sie verschwören würden. Doch da er diesen Stolz nie offen zeigen durfte, war es sein Ehrgeiz, die Christen, unter denen er lebte, auf allen Kampfplätzen zu übertrumpfen, auf denen sie sich überlegen glaubten, am besten mit ihren eigenen Mitteln, gleichgültig, ob im Hörsaal oder auf dem Fechtboden.

»Touché!«

José hatte seinen Freund an der Schulter verletzt, und aus der Wunde sickerte Blut durch das Wams. Doch Maximilian kämpfte weiter, als würde er keinen Schmerz spüren. Der Neffe des Kaisers focht wie ein Ritter in alter Manier. Mit beiden Händen führte er den Degen und versuchte immer wieder, mit aller Kraft von oben herab seinen Gegner zu treffen, mit Zorn- und Krumm- und Scheitelhieben. José hingegen focht wie ein Italiener. Dazu war weniger Kraft als Geschicklichkeit erforderlich. Mit Finten und Ausfallschritten parierte er die Angriffe seines Gegners, um schnell und geschmeidig in die Gegenattacke zu gehen, sobald Maximilian sich eine Blöße gab. Doch er musste vorsichtig sein. Im Hörsaal, wo jeder Wettstreit sich in Worten erschöpfte, durfte er seinem kaiserlichen Freund überlegen sein, nicht aber hier. Hier ging es nicht um Worte, sondern um die Ehre.

»Touché!«

Mit der Spitze seines Degens hatte José den Gürtel seines Gegners aufgeschlitzt. Jetzt klaffte Maximilians Hosenlatz auf, und die Zuschauer bogen sich vor Lachen.

»Verfluchter Jude!«, zischte Maximilian und holte aus.

Der Hieb traf José mit der Breitseite der Klinge, mit solcher Wucht, dass er ins Torkeln geriet. Viel schlimmer aber als der Hieb war die Beleidigung, und die Wut, die ihn packte, ließ ihn alle Vorsicht vergessen. Mit einem Scheinstoß griff er an, um seinen Gegner aus der Deckung zu locken. Maximilian fiel auf die Finte herein, seine linke Seite war frei, doch genau in dem Augenblick, als José in die Blöße schlagen wollte, rief jemand seinen Namen.

Alle Köpfe drehten sich zur Tür. Ein Kurier betrat den Fechtsaal.

»Meinst du mich?«, fragte José.

Im selben Moment spürte er die Spitze von Maximilians Degen an seinem Hals. Diese eine Unaufmerksamkeit hatte gereicht, um das Gefecht zu entscheiden. José war heilfroh. Er wusste nicht, was sonst passiert wäre.

»Ergibst du dich?«, fragte Maximilian mit triumphierendem Grinsen.

»Ein Jude ergibt sich nie«, erwiderte José.

»Und mein Freund, was tut der?«

»Der ergibt sich.«

Während Maximilian unter dem Gejohle der Studenten seinen

Degen in die Scheide steckte, reichte der Kurier José ein versiegeltes Kuvert.
»Ein Brief für Euch, aus Antwerpen.«
Das Kuvert trug das Siegel der Firma Mendes. José öffnete es und überflog die wenigen Zeilen. Dom Diogo forderte ihn darin auf, sofort nach Holsbeek zu reiten, ein Dorf unweit von Brüssel. Dort solle er sich bereithalten und auf weitere Anweisungen warten.
»Und zieh deine Uniform an. Es geht um Reyna, sie braucht deine Hilfe!«

33

Ein kräftiger Küstenwind war in der Nacht von Norden her aufgefrischt und hatte die Wolkendecke über Antwerpen auseinandergerissen. Nun ragten die Bürgerhäuser mit ihren stolzen, reichverzierten Giebeln in einen weiß-blauen Himmel empor, und die Butzenscheiben der Fensterfronten funkelten und blitzten um die Wette mit dem glitzernden Wasser der Schelde, in deren Fluten sich die Sonnenstrahlen tausendfach brachen, während ein vielstimmiges Glockengeläut wie ein freundlicher Morgengruß zum Hafen herüberwehte.
»Hast du schon mal eine so schöne Stadt gesehen?«, fragte Samuel, der mit seinem Bruder an einem Bullauge der Esmeralda hockte, um das erwachende Antwerpen in der Morgensonne zu betrachten. »Der Turm der Kathedrale ist vierhundert Fuß hoch – der höchste Turm in ganz Flandern!«
»Und das große Backsteingebäude, was ist das für ein Haus?«, wollte Benjamin wissen.
»Mit den weißen und roten Streifen? Das ist die Fleischhalle, das Innungshaus der Schlachter und Metzger.«
»Das sieht ja aus, als hätte man Fleisch und Speck übereinandergeschichtet.«

Samuel schaute seinen Bruder an, der mit großen Augen die Fleischhalle bestaunte. Sein dunkles Kraushaar war so lang, dass die ersten Locken ihm schon auf die Schultern fielen, und auf seiner Nase blühten die herrlichsten Eiterpickel. Hatte Gott oder hatte der Apotheker Benjamin gerettet? Samuel wusste es nicht. Er wusste nur: Sein Bruder hatte sich für den steinigen Pfad entschieden, und Eliahu Sorares hatte alles getan, um ihm den Weg zurück ins Leben zu ebnen. »Damit die anderen wissen, dass ich kein Mörder bin«, hatte der Apotheker gesagt als Antwort auf Samuels Frage, warum er ihm geholfen habe.

»Und das Haus mit dem goldenen Pferd auf dem Dach?«, fragte Benjamin. »Wem gehört das?«

»Das gehört Diogo Mendes«, erwiderte Samuel so stolz, als wäre er selbst der Besitzer. »Es ist fünf Stockwerke hoch und steht direkt gegenüber vom Rathaus. Kein Wunder, Diogo Mendes ist ja auch der reichste Kaufmann von Antwerpen. Ein Jude wie wir. Ihm verdanken Tausende von uns ihr Leben, ihm und seiner Schwägerin, Dona Gracia.«

»Ist das die Frau, von der alle hier reden?«

»Nicht nur hier – die Juden in ganz Europa verehren sie! Irgendwann werde ich aufschreiben, was sie für unser Volk getan hat, damit alle Welt davon erfährt. – Kannst du ein Geheimnis für dich behalten?« Als Benjamin nickte, rückte Samuel näher zu ihm heran, und so leise, dass niemand es hören konnte, flüsterte er ihm ins Ohr: »Der Kapitän hat mir verraten, dass Dona Gracia ein Schiff nach Lissabon geschickt hat, die Felicidade, mit einem Brief an den König. Nur wegen uns! Und sobald der König antwortet, sind wir frei und können an Land.«

»Glaubst du, Dona Gracia kann mir helfen, Arbeit zu finden?«, fragte Benjamin. »Ich habe doch nichts anderes gelernt, als Hüte zu machen.«

»Hab keine Angst, Dona Gracia wird für dich sorgen, genauso wie sie für mich und alle anderen Juden in Antwerpen sorgt. Außerdem brauchen die Leute hier schließlich auch Hüte. – Aber um Himmels willen, was hast du? Was ziehst du denn für ein Gesicht?«

Benjamin sah aus, als würde er jeden Moment in Tränen ausbrechen. Sein Unterkiefer bebte, und seine Stimme fiepste, als wäre er schon im schlimmsten Stimmbruch.

»Es … es ist ja nur, weil ich so glücklich bin«, sagte er, und obwohl er vor Verlegenheit ganz rot im Gesicht war, griff er nach Samuels Hand. »Danke, dass du mich hierhergebracht hast.«

Samuel musste schlucken, um nicht selbst loszuheulen, während er den Händedruck erwiderte, und ohne darauf zu achten, ob jemand sie sah oder nicht, gab er seinem Bruder einen Kuss.

»Was meinst du, wie froh ich erst bin«, sagte er. »Ich habe dich so sehr vermisst.« Er legte seinen Arm um den kleinen Bruder, und während er ihn an sich drückte und sie zusammen auf den Kai schauten, wo die Soldaten des Hafenregiments gerade angetreten waren und vor ihrem Kommandanten salutierten, fügte er hinzu: »Glaub mir, jetzt wird alles gut. Jetzt fängt ein neues Leben für uns an.«

34

Fünf Wochen waren vergangen, seit die Felicidade nach Lissabon ausgelaufen war, und noch immer war sie nicht zurück. Hatte der Herr Gracias Gebete erhört? Bei günstiger Brise dauerte die Fahrt nur zehn Tage, bei schlechtem Wind dagegen konnte sie sich über einen Monat lang hinziehen. Jeder Tag, den sie gewannen, war ein Geschenk des Himmels. Sie brauchten Zeit – alles, was jetzt getan wurde, musste mit Bedacht getan werden.

Die größte Gefahr ging von Aragon aus. Sobald er vom Scheitern seiner Pläne erführe, wäre mit wütenden Vergeltungsmaßnahmen zu rechnen. Reyna könnte darum nur befreit werden, wenn alle Mitglieder der Familie bereits außer Landes wären – vorläufig oder für immer, das stand noch dahin. Tausend Dinge mussten erledigt werden, um sowohl die Entführung als auch die Flucht vorzubereiten und gleichzeitig das Vermögen der Firma in Sicherheit zu bringen. Während Unterhändler nach Brüssel reisten, um mit Vertretern der Regentin sowie Senhor Aragon zur Wahrung des Scheins die Einzelheiten des Ehevertrags auszuhandeln, betrieben Gracia und Diogo heimlich die Auflösung ihres Handelshauses. Niemand durfte von ihrem Vorhaben erfahren – jedes Aufsehen könnte das Ende bedeuten. Die wertvollsten Güter wurden mit allen verfügbaren Schiffen nach Venedig geschickt, in die Obhut des dortigen Agenten Tristan da Costa, die übrigen Lagerbestände zu Spottpreisen verscherbelt. Sie wollten möglichst viel Geld in Edelsteinen anlegen, die ließen sich auf dem Landweg leicht und unauffällig transportieren. Unterdessen eilte ein Kurier, ausgestattet mit zehntausend Dukaten, nach Rom, um beim Papst einen Geleitbrief zu erwirken, der den Mitgliedern der Familie die Reise durch alle Provinzen des Kirchenstaats erlaubte. Das größte Fluchthemmnis jedoch waren die zweihunderttausend Golddukaten, die Francisco noch vor seinem Tod in Lissabon durch Dom Joãos Vermittlung dem Kaiser geliehen hatte, für dessen Krieg gegen die Türken. Karl hatte noch nicht einmal damit begonnen, den Kredit an die Firma Mendes zurückzuzahlen, und abgesehen davon, dass er wegen seiner zahllosen Feldzüge ständig in Geldnot war, gab es keine Möglichkeit, die gewaltige Summe plötzlich zurückzufordern, ohne Verdacht zu erregen. Vom Ausland aus wollten Gracia und Diogo dem Kaiser die Erlassung des Kredits anbieten, als Lösegeld für die Flüchtlinge, die im Hafen von Antwerpen auf der Esmeralda und der Fortuna gefangen waren. Das Geld war ohnehin verloren, genauso wie die Wohnhäuser und Speichergebäude, die sie in Antwerpen zurücklassen müssten. Das war der Preis, den die Familie für Reynas Freiheit zahlen würde.

Doch dann, an einem Freitagabend, die sechste Woche war inzwischen vorüber, traf die Felicidade wieder in Antwerpen ein, und

Dom Alfonso, der Kapitän des Viermasters, überbrachte Diogo ein Schreiben des portugiesischen Königs, in dem Dom João sich verpflichtete, für das Wohlergehen von Gracias Angehörigen, die noch in seinem Reich lebten, zu sorgen. Gleichzeitig gab er Gracia einen handschriftlichen Brief ihres Vaters, in dem dieser seine Freilassung aus der Haft bestätigte.
»Du kannst Reynas Hochzeit nicht länger hinauszögern«, sagte Brianda. »Sie haben alle Bedingungen erfüllt.«
Gracia hatte gerade mit einem Segensspruch die Sabbatlichter angezündet, als ihre Schwester in ihrem Haus am Groenplaats erschienen war. War der Augenblick gekommen, um ihr die Wahrheit zu sagen? Alle wussten Bescheid, die mit der Vorbereitung der Flucht zu tun hatten – Diogo hatte sogar seinen Freund Amatus Lusitanus eingeweiht, weil sie seine Hilfe für die Beschaffung der Pässe brauchten. Nur Brianda hatte keine Ahnung. Trotzdem zögerte sie. Der Sabbat war ein Tag der Ruhe, der Freude und des Friedens, nicht des Streits. Den aber würde es mit Sicherheit geben, wenn sie jetzt redete.
»Warum antwortest du nicht?«, fragte Brianda. »Verheimlichst du mir etwas?«
Gracia begriff, dass sie nicht länger schweigen durfte. Also beschloss sie, reinen Tisch zu machen. »Es wird keine Hochzeit geben.«
»Das ist ja wunderbar!«, rief Brianda. »Aragon hätte Reyna nur unglücklich gemacht. Hat er das endlich eingesehen?«
»Nein«, erwiderte Gracia. »Er will Reyna immer noch heiraten. Aber wir haben einen Weg gefunden, wie wir die Hochzeit verhindern können.«
Sie bat ihre Schwester, sich an den Tisch zu setzen, den sie bereits für den Feiertag festlich eingedeckt hatte, und während sie voller Anspannung mit der Gewürzbüchse spielte, die unter der Sabbatlampe ihren feinen Duft verströmte, erklärte sie Brianda den Plan, den sie und Diogo gefasst hatten.
Doch je länger Gracia redete, desto blasser wurde ihre Schwester.

»Seid ihr wahnsinnig?«, fragte Brianda, als sie zu Ende gesprochen hatte. »Ihr wollt alles aufgeben, was wir hier besitzen, nur damit Reyna keinen Christen heiratet?«
Gracia fasste nach ihrer Hand. »Du hast doch selbst gesagt, Aragon würde sie unglücklich machen.«
»Ihr Glück interessiert dich doch gar nicht.« Brianda zog ihre Hand zurück. »Dir geht es doch nur darum, dass Reyna das Schma betet statt das Vaterunser. Und dafür sollen La Chica und ich …«
»Du brauchst keine Angst zu haben. Für eure Sicherheit ist gesorgt. Du und La Chica, ihr fahrt voraus nach Aachen, so früh wie möglich, am besten schon nächste Woche, damit euch nichts passieren kann. Dein Reisepass liegt bereit, die Regentin selbst hat ihn unterschrieben.«
»Nach Aachen? Was soll ich in Aachen? Ich weiß gar nicht, wo das ist!«
Brianda hielt es nicht länger am Tisch. Sie sprang von ihrem Stuhl auf und begann, in der Stube auf und ab gehen.
»Amatus Lusitanus hat dir eine Kur verordnet«, erklärte Gracia, »und die Regentin hat dir einen Pass ausgestellt.«
»Eine Kur? Ich bin kerngesund!«
»In Aachen gibt es berühmte Heilquellen. Niemand wird also Verdacht schöpfen, wenn du die Stadt verlässt, um dorthin zu fahren. Vor allem nicht, solange der Kaiser der Firma Mendes noch Geld schuldet.«
»Das alles ist ja vollkommener Irrsinn.« Brianda blieb vor ihr stehen und schaute sie an. »Und du?«, fragte sie. »Was machst du? Hat der Herr Doktor dir auch eine Kur verschrieben? Du könntest sie besser brauchen als ich!«
Gracia schüttelte den Kopf. »Nein. Ich bleibe hier. Ich komme erst nach, wenn Reyna frei ist. Wir treffen uns dann alle in Straßburg.«
»Was heißt ›wir alle‹? Wer noch? Reyna? José? Diogo? Amatus Lusitanus?« Brianda verstummte, als käme ihr ein Gedanke. »Jetzt begreife ich!«, rief sie. »Du und mein Mann! Hinter mei-

nem Rücken! Das habt ihr euch sauber ausgedacht!« Plötzlich hob sie die Arme und ging auf ihre Schwester los. »Du gemeines Biest! Du hinterhältiges Miststück!«
Gracia sprang auf und packte sie an den Handgelenken. Nur mit Mühe gelang es ihr, Brianda festzuhalten, die wütend und verzweifelt um sich schlug.
»Bist du verrückt geworden?«
»Du willst mir meinen Mann wegnehmen!«
Brianda hatte noch nicht ausgesprochen, da verpasste Gracia ihr eine Ohrfeige. Vor lauter Schreck ließ Brianda ihre Hände sinken. Im selben Moment tat Gracia leid, was sie getan hatte.
»Bitte verzeih mir«, sagte sie und nahm ihre Schwester in den Arm. »Das wollte ich nicht. Meine Hand war schneller als mein Verstand.«
»Du musst *mir* verzeihen«, sagte Brianda und erwiderte ihre Umarmung. »Ich habe Unsinn geredet. Ich weiß ja, dass du nach Francisco keinen anderen Mann mehr lieben kannst. Sonst hättest du ja Amatus Lusitanus geheiratet.«
Die beiden gaben sich einen Versöhnungskuss. Eine Weile standen sie wortlos und verlegen da und wussten nicht, was sie sagen sollten. Brianda rieb sich die Wange. Gracias Hand brannte, so fest hatte sie zugeschlagen. Aber noch deutlicher spürte sie ihr Gewissen.
»Willst du gar nicht wissen, wohin wir fahren?«, fragte sie schließlich, um irgendetwas zu sagen.
»Das ist mir ganz egal«, erwiderte Brianda. »Ich weiß nur, dass ich nicht fortwill. Ich will hierbleiben, in Antwerpen. Das ist alles.«
»Wir fahren nach Venedig.«
Brianda schaute ihre Schwester ungläubig an. »Nach Venedig?«
»Ja«, sagte Gracia. »Da haben wir unsere größte Niederlassung. Außerdem sind wir dort sicher. Rabbi Soncino schreibt, die Dogen würden alles tun, um die Inquisition von der Stadt fernzuhalten.«

Brianda zögerte. »Weiß … weiß Tristan da Costa von eurem Plan?«
»Natürlich, er war der Erste, den wir eingeweiht haben. Er tut alles, was er nur kann, um uns zu helfen. Wahrscheinlich sucht er schon ein Haus für uns.«
Brianda schlug die Hände vors Gesicht, und während sie in Tränen ausbrach, sackte sie zurück auf ihren Stuhl.
»Um Himmels willen, warum weinst du?«, fragte Gracia.
»Niemals«, schluchzte Brianda in ihre Hände, »niemals fahre ich in diese Stadt. Niemals.«
»Aber weshalb nicht?« Gracia kniete neben ihrer Schwester nieder und legte den Arm um ihre Schulter. »Venedig soll wunderschön sein.«
»Nie, niemals!«, stammelte Brianda, geschüttelt von ihren eigenen Schluchzern. »Ich will Tristan nicht sehen. Ich würde es nicht ertragen. Er … er ist doch verheiratet … Er hat eine Familie … eine Frau …«
»Du meinst – die Französin?«
Gracia biss sich auf die Lippe. Brianda liebte ihn also immer noch. Warum nur hatte sie die vielen Jahre geschwiegen, statt ihr die Wahrheit zu sagen?
Auf dem Tisch stand alles zum Festmahl bereit, die Sabbatlichter, zwei Weißbrote in einer bestickten Decke, der silberne Becher für den Wein. Es musste nur noch jemand den Segensspruch sprechen.
»Tristan da Costa hat keine Familie«, sagte Gracia leise. »Seine Frau ist tot. Sie ist schon vor langer Zeit gestorben.«
Brianda nahm die Hände vom Gesicht, und während ihre Schluchzer versiegten, schaute sie mit großen, tränennassen Augen zu ihrer Schwester auf.
»Was sagst du da?«

35

Ein Tross von drei Fuhrwerken, beladen mit Kisten und Truhen voller Edelsteine, passierte an einem sonnigen Herbsttag das südliche Stadttor von Antwerpen. Auf dem ersten Wagen war ein geräumiger, möblierter Verschlag eingerichtet, der über alle Annehmlichkeiten einer komfortablen Schiffskajüte verfügte, mit gepolsterten Sesseln sowie einem Tisch und einem Bett. Darin hatte es sich Brianda mit ihrer Tochter bequem gemacht, um, eskortiert von schwerbewaffneten Reitern, nach Aachen zu reisen. Sie trug den Reisepass der Regentin bei sich und einen Geleitbrief des Papstes, der ihr die Durchreise der nördlichen Provinzen des Vatikanstaats erlaubte, von wo aus sie zu ihrem eigentlichen Ziel Venedig zu gelangen hoffte. Auf einem Rapphengst begleitete Diogo den Tross seiner Frau zur Stadt hinaus, allerdings nur bis Holsbeek, einer kleinen Ortschaft im Norden von Brüssel, wo José Nasi auf ihn wartete.

Von alledem hatte Reyna nicht die leiseste Ahnung. Sie stand im Bann eines ganz anderen Ereignisses.

Kaiser Karl war in den Niederlanden eingetroffen, und in wenigen Tagen würde die Jagdgesellschaft im Heerenhuys von Boendal mit einer Hubertusmesse und einem Ball eröffnet werden, in dessen Verlauf sie dem Herrscher des Römischen Reiches als künftige Ehrendame seiner Schwester und Braut seines Generalkommissars für Converso-Angelegenheiten vorgestellt werden sollte.

Seit Wochen wurde Reyna von allen möglichen Hofdamen und Kammerherren auf die komplizierten Zeremonien vorbereitet. Die Aufgaben einer Ehrendame erschöpften sich nicht in ein paar Handreichungen beim An- und Auskleiden der Regentin, es gehörten auch so bedeutungsvolle Dienste wie die Vorbereitung von Privataudienzen oder die Entgegennahme von Bittschriften, die Bedienung vornehmer Gäste an der Tafel oder die Teilnahme an höfischen Gesellschaftsspielen dazu. Doch so kompliziert die

Vorschriften und Regeln auch sein mochten, die es zu beachten galt – vor nichts fürchtete Reyna sich so sehr wie vor dem Augenblick, da sie in einem Hofknicks vor dem Kaiser niedersinken würde, vor Karl V., dem mächtigsten Mann der Welt.

Als der Tag schließlich kam, an dem sie nach Boendal aufbrechen sollte, war sie deshalb so aufgeregt, dass sie keinen Bissen zu sich nehmen konnte. Ein Offizier des Kaisers würde sie zusammen mit Senhor Aragon zum Heerenhuys geleiten – die Regentin richtete die Jagdgesellschaft für ihren Bruder zwar aus, doch selbst nahm sie an einem derart weltlichen Vergnügen nicht teil.

Noch vor Morgengrauen war Reyna aufgestanden, um sich für das große Ereignis herauszuputzen. Senhor Aragon hatte ihr geraten, statt der schwarzen, strengen Gewänder, die sie am Hof der Regentin tragen musste, die bunten, mit Schellen besetzten Kleider anzuziehen, die Tante Brianda ihr geschenkt hatte. Angeblich duldete der Kaiser zwar am Körper seiner Schwester nur schwarze Kleider – am Anblick anderer Frauen wollte er sich erfreuen.

Was der Kaiser wohl für ein Mann war? Während Reyna vor dem Spiegel verschiedene Hauben ausprobierte, versuchte sie, sich den Herrscher vorzustellen. Senhor Aragon hatte gesagt, Karl würde alle Sprachen sprechen, die es in seinem Reich gab, doch jede Sprache würde er zu einem anderen Zweck benutzen. Zu Gott in der Kirche spreche er spanisch, mit Gesandten am Hof französisch, mit seinen Pferden im Stall deutsch – und mit seinen Mätressen im Bett italienisch. Der Gedanke, dass der Kaiser Frauen zu sich ins Bett nahm, verwirrte Reyna. Ob er ihnen beim Küssen wohl die Zunge genauso tief in den Mund steckte, wie Senhor Aragon das bei ihr tat? Ihr Bräutigam hatte eine so lange Zunge, dass sie manchmal glaubte, daran zu ersticken, und sosehr sie die Verehrung dieses herrlichen Mannes genoss, so sehr widerstrebten ihr seine Küsse. Sie flößten ihr Ekel ein – Ekel und Angst.

»Das putzt ungemein.«
Reyna war so sehr mit sich beschäftigt gewesen, dass sie Aragons Kommen gar nicht bemerkt hatte.
»Ist es schon so weit?«
»Ja, Ihr solltet Euch beeilen.« Er reichte ihr eine goldene Haube mit roten Bändern. »Wenn Ihr meinen Rat möchtet – nehmt die.«
»Ich bin so froh, dass Ihr da seid«, sagte Reyna, während sie die Haube aufsetzte. »Ohne Euch würde ich mich nie im Leben trauen, dem Kaiser …« Als sie Aragon hinter sich im Spiegel sah, stutzte sie. »Aber warum macht Ihr denn so ein Gesicht?«
»Ich muss Euch etwas gestehen«, sagte er und nahm ihre Hand. »Ich … ich kann Euch nicht nach Boendal begleiten.«
»Macht Ihr Witze?«
»Es zerreißt mir selbst das Herz«, erwiderte er. »Aber es gibt Gründe, die mich zwingen, hierzubleiben – unabweisbare Gründe.«
»Solche Gründe kann es gar nicht geben! Ihr wisst doch, dass ich ohne Euch niemals …«
»Ich bin unabkömmlich. Man braucht mich bei Hofe. Für heute Mittag haben sich Vertreter der Generalstände angesagt.«
»Lügt mich nicht an! Ich kenne Euch und weiß, dass Ihr mich darum nie im Stich lassen würdet.«
»Mein geliebtes Goldstück«, sagte er und führte ihre Hand an sein Gesicht. »Versprecht Ihr mir, dass Ihr schweigt?«
Dabei sah er sie so ernst und traurig an, dass Reyna nur wortlos nickte.
»Man trachtet mir nach dem Leben«, flüsterte er. »Jemand plant einen Anschlag.«
»Um Himmels willen! Das ist ja entsetzlich!«
»Ich bin genauso fassungslos wie Ihr. Seit Jahr und Tag säe ich Frieden, doch ich ernte Hass. Die Gefahr verbietet mir, Euch zu begleiten. Ich darf das Schloss nicht verlassen, nur hier bin ich sicher. – Aber das ist doch kein Grund zu weinen«, sagte er, als er die Tränen in ihren Augen sah.

»Ohne … ohne Euch will ich auch nicht fahren«, schluchzte Reyna.
»Weißt du eigentlich, wie glücklich mich dein Kummer macht?« Er nahm ihr Gesicht zwischen die Hände und küsste ihr die Nässe von den Wangen. »Mein Goldstück. Mein Zauberhexchen. Mein Herzblatt.«
Seine Worte, seine Zärtlichkeiten waren wie Balsam. Reyna schloss die Augen. Leise klingelten die Schellen an ihrem Kleid. Doch kaum entspannte sie sich, begann Aragon plötzlich zu keuchen. Mit beiden Armen drückte er sie an sich. Sie spürte seinen heißen Atem, und ehe sie wusste, wie ihr geschah, leckte er ihr über das ganze Gesicht, um ihr gleich darauf seine Zunge in den Mund zu stecken, so tief wie noch nie zuvor.
»Bitte … bitte … lasst das«, stammelte sie und versuchte, seiner Umarmung zu entkommen. Aber er ließ sie nicht los. Wieder und wieder küsste er sie, wie eine dicke, fette Schlange wand sich seine Zunge in ihrem Mund, während der Schmuck an ihrem Kleid klingelte und läutete wie die Messdienerglöckchen bei der heiligen Wandlung.
»Ja, wehr dich nur, du kleine Hexe!«, keuchte Aragon. »Das mag ich!«
Erneut presste er seine Lippen auf ihren Mund, drückte mit so starkem Griff ihre Kiefer auseinander, dass ihr gar nichts übrigblieb, als den Mund zu öffnen, und während er ihr mit der Zunge bis in den Rachen fuhr und sie würgen musste, um nicht zu erbrechen, nestelte er an seinem Hosenlatz, ohne sie auch nur einen Moment aus seiner Umarmung zu lassen. Als hätte er ein Dutzend Arme, packte er gleichzeitig ihr Handgelenk, so fest, dass Reyna vor Schmerz laut aufschrie, und presste ihre Hand an seinen Unterleib, wo etwas Hartes, Großes ihr entgegenzuckte.
»Damit du dich auf unser Wiedersehen freust.«
Er öffnete seine Hose, und sie sah den roten Speer, der bedrohlich auf sie gerichtet war.
»Nein! Senhor Aragon! Bitte!«

Voller Entsetzen wollte sie zurückweichen, doch er hielt sie fest.
»Los, du süße kleine Hexe. Fass ihn an! Du hast das doch genauso gerne wie ich!«
Er drückte noch fester zu. Im nächsten Moment spürte sie den Speer in ihrer Hand, ganz heiß und feucht. Ihr wurde übel vor Ekel und Angst.
»Auseinander! Im Namen des Allmächtigen!«
Ein riesiger schwarzweißer Vogel fuhr zwischen sie – Bruder Cornelius. Noch nie hatte Reyna sich so sehr gefreut, den Mönch zu sehen.
»Ihr wagt es, Senhor Aragon, Euer stinkendes Fleisch zu entblößen?«, donnerte er. »Vor den Augen dieses Kindes? Hinaus mit Euch!«
Mit aufgerissenen Augen sah Reyna, wie der bedrohliche Speer zu einem Wurm zusammenschrumpfte, und während Aragon seine Hose zuknöpfte, stolperte er zur Tür hinaus.
»Und du!« Bruder Cornelius drehte sich zu ihr um. »Habe ich dir nicht verboten, Schellen und bunte Stoffe zu tragen? Du siehst aus wie eine Dirne! Geh und zieh dir züchtige Kleider an!«
Reyna gehorchte und verschwand in die angrenzende Kleiderkammer. Mit zitternden Händen öffnete sie Knöpfe und Schleifen, um sich die verbotenen Sachen vom Leib zu reißen. Sie bestand nur noch aus Angst, und Fragen über Fragen füllten ihren Kopf.
Was hatte Senhor Aragon getan? Was würde jetzt mit ihr geschehen? Was hatte der Mönch mit ihr vor? Während sie sich in ihre schwarzen Kleider zwängte und die weiße Krause um den Hals zuschnürte, sehnte sie sich nach ihrer Mutter, nach ihrer Tante Brianda, nach ihrem Onkel Diogo – nach irgendeinem Menschen, den sie kannte, dem sie vertraute.
Als sie zu dem Mönch zurückkehrte, empfing der sie in Begleitung eines bärtigen Offiziers.
»Der Hauptmann wird Euch allein nach Boendal bringen«, erklärte Bruder Cornelius. »Der Kaiser hat ihn geschickt«, fügte er

hinzu, als er ihre Angst sah. »Ich habe seinen Ausweis überprüft. Ihr könnt ihm vertrauen.«
Reyna hatte das Gefühl, den Offizier zu kennen, doch sie wusste nicht, woher. Wo hatte sie das Gesicht nur schon einmal gesehen? Der Hauptmann war mindestens zehn Jahre älter als sie und trug eine Uniform der kaiserlichen Kavallerie.
»Zu Euren Diensten!«
Als er salutierte, runzelte Reyna die Brauen. Der Zeigefinger seiner rechten Hand war auffällig verkümmert. Konnte es wirklich sein …? Fragend blickte sie dem Mann in die Augen. Wie um ihr zu antworten, nickte er ihr zu und wackelte dabei mit seinen großen, abstehenden Ohren.
Plötzlich war es, als würde sie durch seine Maske schauen, und sie erkannte ihn wieder, trotz des schwarzen, dichten Bartes.
Ja, es war José, ihr Cousin!

36

»*Was* hat dieser Mensch getan?«, fragte die Regentin, und aus ihrem blassen, länglichen Gesicht sprach heiliges Entsetzen.
»Wäre ich nicht dazwischengefahren«, erwiderte Cornelius Scheppering, »hätte er dem Kind sein stinkendes Fleisch …«
»Gott bewahre!«, rief Maria und bekreuzigte sich. »Wie kann ein Mann so etwas tun?«
Cornelius Scheppering wusste die Antwort nur zu gut. Es war die Schlange, die Aragon geleitet hatte – dieselbe Schlange, deren Zischeln einst auch ihm, wiewohl ein glaubensfester Gottesknecht, in so fürchterlicher Weise zugesetzt hatte. Doch im Gegensatz zu dem eitlen Spanier hatte er das Übel an der Wurzel gepackt, der Schlange den Kopf abgeschlagen, um der Versuchung für immer zu entkommen. Ein Sauschneider, der sonst Hengste und Stiere kastrierte, hatte das Werk besorgt, nachdem

der Jude ihm den Dienst versagt hatte. Jeden Tag dankte Cornelius Scheppering dem Herrgott dafür, dass er ihm die Kraft zu diesem Entschluss gegeben hatte. Nur wer frei war von der Schlange, war frei, den Willen des himmlischen Vaters zu tun. Doch statt der Regentin dies zur Antwort zu geben, sagte er nur: »Es ist mir ein Rätsel, dass Euer Bruder diesem Mann vertraut.«

»Karl vertraut ihm so wenig wie wir«, erwiderte Maria. »Aber mein Bruder braucht Geld, und Aragon hat für die Hand von Reyna Mendes zweihunderttausend Dukaten geboten. Allerdings – eins begreife ich nicht. Warum hat er seine Braut nicht nach Bloendal begleitet?«

»Angeblich, um heute mit Euch die Generalstände zu empfangen«, erwiderte Cornelius Scheppering. »Aber das glaube ich nicht. Ebenso wenig glaube ich, dass Jan van der Meulen an Schlagfluss gestorben ist.«

»Was sollen wir tun?«, fragte Maria. »Ich könnte mich überwinden, die Jagdgesellschaft aufzusuchen, um mit meinem Bruder zu sprechen. Wenn wir vielleicht einen Kandidaten finden könnten, der ihm auf das Vermögen der Braut hin dreihunderttausend Dukaten verspricht ...«

»Wollt auch Ihr unter die Schacherer gehen?« Cornelius Scheppering schüttelte angewidert sein Haupt. »Auch wenn Aragon nicht der Mann unserer Wahl ist, haben wir doch einen guten Teil unseres Weges geschafft. Sobald die Ehe geschlossen ist, haben wir dem Teufel und seiner Buhle das Handwerk gelegt. Dann kann Gracia Mendes nicht länger das Vermögen ihrer Firma missbrauchen, um Euer katholisches Land mit jüdischen Apostaten zu überschwemmen. Der Sumpf ist ausgetrocknet. Ein für alle Mal!«

»Die Wege des Herrn sind unerforschlich«, seufzte die Regentin. »Manchmal bedient er sich der Bösen, damit sein Heilsplan in Erfüllung geht. Doch es tut mir leid um das Mädchen und seine Seele. Mir ist gar nicht wohl bei dem Gedanken, dass Reyna allein in Bloendal ist. Bei Tage, auf der Jagd, spricht mein Bruder

deutsch, aber am Abend, auf dem Ball – da wird nur italienisch gesäuselt.«
»Ich bin erfreut, dass Ihr meine Sorgen teilt«, entgegnete Cornelius Scheppering. »Ich selbst werde mich anheischig machen, mich um Eure Ehrendame zu kümmern. Die Rettung ihrer Seele wäre ein Zeichen, dass der Segen des Herrn auf uns ruht. Wir haben sie nicht den Fängen ihrer Mutter entrissen, damit viehische Lüstlinge, die kaum besser sind als das Judenpack, sie ins Verderben reißen.«
Er hatte noch nicht ausgesprochen, da flog die Tür auf. Ein Offizier in verdreckter Uniform stürmte herein und stieß den Lakai, der ihn aufhalten wollte, beiseite.
»Wer seid Ihr?«, fragte die Regentin, als er vor ihr salutierte.
»Hermann Vuysting, Hauptmann der kaiserlichen Garde. Ich habe den Auftrag, Reyna Mendes nach Boendal zu begleiten.«
»Wie kann das sein?«, erwiderte die Regentin. »Man hat sie bereits in die Obhut eines Offiziers gegeben, den mein Bruder aus Boendal zu ihrem Geleit geschickt hat.«
Cornelius Scheppering stöhnte bei den Worten laut auf. Zwei Hauptleute, die denselben Auftrag hatten? Wenn es stimmte, was er befürchtete, dann …
»Könnt Ihr Euch ausweisen?«, fragte er den Offizier.
»Nein, ich wurde überfallen, im Wald von Holsbeek. Man hat mir meine Papiere geraubt, sowohl meinen Ausweis als auch meinen Marschbefehl.«
»Überfallen? Von wem?«
»Sie waren zu zweit. Der eine trug einen Wachsmantel, der andere war ein Offizier des Kaisers. Ich glaube, sie waren Juden.«
»Was veranlasst Euch zu diesem Verdacht?«
»Sie sprachen portugiesisch miteinander, wie die marranischen Kaufleute.«
Cornelius Scheppering tauschte einen Blick mit der Regentin. Auch sie schien zu begreifen.
»Was ist ihr Plan?«, fragte sie.

»Ich weiß es nicht.« Cornelius Scheppering dachte kurz nach. »Aber Brianda Mendes hat einen Reisepass, angeblich, um eine Kur zu machen. Ihr selbst habt ihn ausgestellt.«

»Gegen die Verschreibung eines jüdischen Arztes.« Maria hob die Hände zum Himmel. »Ich Närrin!«, rief sie aus. »Sie haben die Braut entführt und werden sich irgendwo unterwegs vereinen!«

»Um sich der Strafe des Herrn für immer zu entziehen«, ergänzte Cornelius Scheppering. »Der Teufel selbst wirkt in Gestalt dieser Jüdin!«

Das Gesicht der Regentin war noch blasser als sonst, kaum unterschied sich die Farbe ihrer Haut von der ihrer Haube, und ihr Kinn bebte vor Erregung. Doch als sie sich an den Offizier wandte, war ihre Stimme von einer solchen Entschlusskraft, dass Cornelius Scheppering Hoffnung fasste.

»Nehmt so viele Männer meiner Garde, wie Ihr braucht!«, befahl sie dem Hauptmann. »Und überprüft alle Tore der Stadt! Wir dürfen sie nicht entkommen lassen!«

37

Ein kalter Wind, der in heftigen Böen vom Nordmeer über die flandrischen Lande fegte, trieb massige dunkle Wolkengebirge auf Brüssel zu, und über der Hauptstadt ging ein so heftiger Regen nieder, dass die Soldaten, die das Stadttor bewachten, nicht die geringste Lust zeigten, auch nur ihre Nasen aus dem Schilderhäuschen zu strecken, in dem sie Zuflucht genommen hatten. Diogo Mendes beugte sich von seinem Rappen und klopfte an die Sichtklappe, damit das Tor geöffnet werde, während hinter ihm die schlammbespritzte Kutsche mit dem kaiserlichen Wappen auf dem Wagenschlag zum Stehen kam.

Obwohl Diogo das Wasser bis in den Rücken rann, war ihm das Sauwetter nur recht. Da jagte man keinen Hund vor die Tür, der

Diensteifer der Soldaten würde sich also in Grenzen halten. Trotzdem gab er José, der auf dem Kutschbock des Wagens die Leinen führte, ein Zeichen, seinen Degen bereitzuhalten für den Fall, dass sie sich den Durchlass erstreiten müssten. Reyna, eingehüllt in einen schwarzen Umhang, blickte ängstlich aus dem Fenster der Kutsche. Diogo nickte ihr zu. Er hatte ihr eingeschärft, den Schlag einen Spaltbreit zu öffnen, sobald der Wagen das Stadttor erreichte, damit sie, wenn nötig, auf der Stelle ins Freie springen könnte.

Endlich ging die Sichtklappe auf, und ein mürrischer Feldwebel schaute Diogo aus dem Schilderhäuschen an.

»Wohin des Wegs?«

»Nach Alsenberg.«

Sie hatten das südliche Stadttor gewählt, um mögliche Verfolger in die Irre zu leiten – eine Vorsichtsmaßnahme zu Reynas und Josés Sicherheit. Diogo hatte den Hauptmann des Kaisers, dem er und José im Wald von Holsbeek aufgelauert hatten, nur geknebelt und gefesselt, nicht jedoch getötet, bevor sie ihm Ausweis und Marschbefehl abgenommen hatten. War es ein Fehler gewesen, den Kerl im Graben liegen zu lassen, statt ihn für immer unschädlich zu machen? Jetzt war keine Zeit, sich darüber den Kopf zu zerbrechen. Jetzt ging es nur darum, rasch aus der Stadt zu kommen, damit Reyna und José einen möglichst großen Vorsprung gewinnen könnten. Reyna wurde in Bloendal erwartet. Spätestens am Abend, wenn die Kalesche, die sie zur Jagdgesellschaft des Kaisers bringen sollte, immer noch ausbliebe, würde man sie vermissen und einen Boten nach Brüssel schicken. Dann würde die Verfolgung beginnen.

»Eure Pässe?«

Diogo reichte sie dem Feldwebel durch die Klappe. Ein Schreiber der Firma Mendes hatte sich große Mühe mit den Papieren gegeben, doch als der Wachsoldat die Münzen sah, die Diogo zu den Pässen legte, um seinem Begehren Nachdruck zu verleihen, würdigte er die Ausweise keines Blickes. Plötzlich wie verwandelt,

war er die reine Zuvorkommenheit. Unbesehen gab er die Pässe zurück.
»In Ordnung! Ihr könnt passieren!«
Diogo wischte sich die nassen Haare aus der Stirn. Er hatte nicht zu hoffen gewagt, dass es so einfach gehen würde. Während er die Papiere unter den Wachsmantel stopfte, den er gegen den Regen über seinem Zobel trug, kamen zwei Soldaten aus dem Schilderhäuschen. Fluchend stapften sie durch den Morast, in dem ihre Stiefel bis zu den Schäften versanken, um das Tor zu öffnen.
Diogo trieb seinen Hengst beiseite, um José vorbeizulassen. Die Kutsche ruckte an, doch sie war noch keine Wagenlänge weit gekommen, da flog die Tür des Schilderhäuschens auf, und der Feldwebel stürzte ins Freie.
»Halt!«, rief er und riss so heftig an den Leinen der Stangenpferde, dass die zwei Braunen parierten und die Kutsche wieder zum Stehen kam.
Diogo griff nach seinem Messer. »Was soll das? Wir haben es eilig!«
Auch José hatte seine Hand an der Waffe, bereit, jeden Moment vom Kutschbock zu springen. Die Augen weit vor Angst, starrte Reyna aus dem Wagen. Die Soldaten verharrten unschlüssig und warteten auf einen Befehl. Das Tor stand erst einen Spalt weit auf, durch die schmale Öffnung passte kaum ein Pferd, geschweige denn ein Wagen. Dahinter, wie in unendlich weiter Ferne, war das offene Feld zu sehen, das grau in grau am Horizont mit dem Regenhimmel verschmolz.
»Und was ist damit?«, fragte der Feldwebel. Er bückte sich zu Boden, um mit spitzen Fingern ein Batisttüchlein aus dem Morast zu fischen. »Das hat die Dame verloren.« Mit einer unbeholfenen Verbeugung reichte er Reyna das Tuch in den Wagen.
»Tausend Dank!«, rief Diogo. »Aber jetzt müssen wir weiter.« Erleichtert ließ er sein Messer stecken und warf dem Mann eine zusätzliche Münze zu.

Der schien nur darauf gewartet zu haben. Übereifrig schrie er einen Befehl. Die Soldaten öffneten das Tor, die Kutsche setzte sich in Bewegung, und während der Feldwebel im Regen salutierte, nahm Diogo die Zügel auf und gab seinem Hengst die Sporen.
Da krachte ein Schuss.
Wiehernd bäumte Diogos Pferd sich auf.
»Schließt das Tor!«, schrie jemand. »Das Tor zu! Sofort!«
Noch während sein Rappe stieg, blickte Diogo über die Schulter zurück. Ein Offizier, gefolgt von einem Dutzend Gardisten, galoppierte mit gezogenem Säbel von der Stadt her auf sie zu. Obwohl er noch einen Steinwurf entfernt war, erkannte Diogo sofort das Gesicht.
Im selben Moment verfluchte er seinen Leichtsinn. Warum zum Teufel hatte er den Kerl nur am Leben gelassen?

38

Würde Gott mit ihnen sein?
Gracia trat vor den Thoraschrein, um für ihre Tochter zu beten, mit gesenktem Blick und erhobenem Herzen, wie das Gesetz es verlangte.
»Aus der Tiefe rufe ich, Herr, zu dir, höre meine Stimme! Lass deine Ohren merken auf die Stimme meines Flehens!«
Gracia hasste dieses ohnmächtige Warten, und sie musste sich Gewalt antun, um ihrer Ungeduld Herr zu werden und sich zum Gebet zu sammeln. Haschem wollte, dass man in Demut und Scheu zu ihm sprach, und auf Erfüllung durfte nur hoffen, wer sein Gebet in jenem stillen Gottvertrauen verrichtete, aus dem die Beruhigung des Gemüts hervorging.
»Vom Ende der Erde rufe ich zu dir, denn mein Herz ist in Angst. Lass deine Freunde errettet werden, dazu hilf mit deiner Rechten und erhöre uns!«

Ja, sie vertraute auf Gott, aber ihr Gemüt war von Ruhe weit entfernt. In solchem Aufruhr war ihre Seele, dass sie sich in den Psalmen verirrte, aus Furcht um ihre Tochter. Reyna war eine Schwankende, eine grüne Taube, und wenn es nicht gelänge, sie aus den Händen der Edomiter zu befreien, wäre es für immer um sie geschehen.

»Herr, es sind Heiden in dein Erbe eingefallen, sie haben deinen heiligen Tempel entweiht und aus Jerusalem einen Steinhaufen gemacht. Ergreife Schild und Waffen und mache dich auf, uns zu helfen! Zücke Speer und Streitaxt wider die Verfolger! Gieß deine Ungnade über sie aus, und dein grimmiger Zorn ergreife sie!«

Aber ach, durfte sie überhaupt so beten? Gott schaute doch in ihr Herz und wusste: Ebenso groß wie ihre Angst um Reyna war ihre Angst um einen anderen Menschen, war ihre Angst um einen Mann – um Diogo Mendes, ihren Schwager, den Bruder ihres Gatten und Gatten ihrer Schwester.

»Du prüfst mein Herz und suchst es heim bei Nacht. Adonai, du kennst meine Torheit, und meine Schuld ist dir nicht verborgen.«

Monate und Jahre hatte sie ihre Gefühle verleugnet, um nicht in ihnen gefangen zu sein. Sie hatte sogar erwogen, einen Mann zu erhören, für den ihr Herz gar nicht schlug, für den sie statt Liebe nur Freundschaft empfand, um ihre Gefühle für Diogo abzutöten, Gefühle, die doch Verrat an seinem Bruder waren, an ihrem ersten und einzigen Mann, dem sie vor Gott verbunden war und dem sie ewige Treue geschworen hatte, über den Tod hinaus.

»Es ist nichts Gesundes an meinem Leibe wegen deines Drohens, und es ist nichts Heiles an meinen Gebeinen wegen meiner Sünde.«

Jetzt, in der Stunde der Angst, erfasste sie die Wahrheit ihres Herzens mit solcher Macht, dass sie erschauderte. Ja, sie liebte Diogo, liebte ihn mit jeder Faser ihres Leibes …

»Denn ich bin arm und elend, und mein Herz ist zerschlagen in mir.«

Nein, nein, nein – diese Liebe durfte nicht sein! Sie hatte Francisco ewige Treue geschworen, und Diogo war der Mann ihrer Schwester, und als der Herr und König sein Schicksal in ihre Hände legte und sie Diogo vom Richtblock befreite, indem sie ihre Tochter einem Edomiter in die Ehe versprach, da hatte sie die Seele ihrer Tochter für das Wohl ihres Geliebten preisgegeben. Wie konnte sie dieses Verbrechen wiedergutmachen? Es gab nur einen Weg. Wenn Gott sie erhören sollte, um Reyna vor den Edomitern zu retten, musste sie die Wahrheit ihrer Seele vernichten, musste sie sich das Herz aus der Brust reißen und die Liebe zerschlagen, die darin regierte und solche Macht über sie hatte.

»Lass an mir nicht zuschanden werden, die deiner harren, Herr Zebaoth! Lass an mir nicht schamrot werden, die dich suchen, Gott Israels! Lass deiner sich freuen und fröhlich sein alle, die nach dir fragen. Und die dein Heil lieben, lass alle Wege sagen: Hochgelobt sei Gott!«

Wie sonst nur zu Jom Kippur, kniete sie nieder, um mit der Stirn den Boden zu berühren, zum Abschluss des Gebets.

Da pochte es am Tor ihres Hauses, so laut, dass sie erschrocken in die Höhe fuhr. Wer würde das sein? Diogo oder die Garde?

»Beweise deine wunderbare Güte, Adonai, denen, die dir vertrauen …«

Noch während sie ein kurzes Schma zum Himmel sandte, raffte sie ihre Röcke, um die Treppe hinaufzueilen. Sie hatte alle Dienstboten aus dem Haus geschickt – niemandem konnte sie mehr trauen, zu groß war die Gefahr, dass man sie verriete.

Wieder klopfte es am Tor, noch lauter als zuvor. Sie blieb stehen und schloss die Augen. So laut klopften nur Soldaten.

»Dona Gracia! Wo bleibt Ihr?«

Als sie die Stimme hörte, war es, als riefe Gott nach ihr. So schnell sie konnte, öffnete sie das Tor.

»Der Herr sei gelobt, Ihr seid es!« Während Diogo aus der schwarzen Regennacht in die erleuchtete Halle trat, erstarben ihr die

Worte auf den Lippen. Sein nasser Wachsmantel, sein Zobel, beide waren rot von Blut. »Um Himmels willen! Was ist passiert?«

»Habt keine Angst, alles ist gut.«

»Wo ist Reyna?«

»In Sicherheit. Sie ist mit José auf dem Weg nach Venedig.«

»Gott sei Dank!« Während er Mantel und Pelz von den Schultern streifte, nahm Gracia ihren ganzen Mut zusammen. »Aber das Blut?«, fragte sie.

»Es gab einen Kampf, am Stadttor von Brüssel.«

»Wurde jemand getötet? Oder verletzt?«

»Keiner von uns. Aber drei von ihnen hat es erwischt.« Diogo stieß mit dem Stiefel das Tor zu. »Es ist besser, wenn uns keiner sieht.«

»Ja, Ihr habt recht«, sagte sie. »Hat man Euch verfolgt?«

»Nein, wir haben die Soldaten in eine falsche Richtung gelockt. Wir haben sie von einem Versteck aus beobachtet und gewartet, bis sie nach Süden geritten sind. Erst dann haben José und Reyna sich auf den Weg gemacht.«

Gracia spürte, wie das Gefühl der Ohnmacht endlich von ihr abfiel. »Dann habt Ihr es also wirklich geschafft?«

»Ja«, sagte Diogo mit triumphierendem Grinsen. »Schade nur, dass ich das Gesicht der Regentin und ihres kaiserlichen Bruders nicht sehen kann. Sie werden eine Weile brauchen, bis sie begreifen, was passiert ist. Und wenn sie endlich kapieren und die Meute auf uns hetzen, sind wir längst über alle Berge.«

»Was meint Ihr – sollen wir gleich aufbrechen?«

»Jetzt, in der Nacht? Bei dem Wetter? Das wird nicht nötig sein. Wir haben mindestens zwei Tage Zeit. Sie suchen im Süden, nicht im Norden. Außerdem haben wir Josés Geständnis.«

Erst jetzt merkte sie, dass sie am ganzen Körper zitterte.

»Ich … ich danke Euch«, flüsterte sie.

»Dankt nicht mir«, entgegnete Diogo, und das Grinsen verschwand aus seinem Gesicht. »Dankt Gott. Er hat Eure Tochter gerettet.«

»Ihr … Ihr dankt Gott?«, fragte sie und schaute ihm in die Augen.
Er erwiderte ihren Blick, so eindringlich und ernst, dass ihr Mund ganz trocken wurde.
»Ja«, nickte er, noch ernster als zuvor. »Gott ist mit uns gewesen.«
Plötzlich erkannte sie in seinem regennassen Gesicht Franciscos Züge, die Züge seines Bruders, ihres Mannes. Zum ersten Mal sah sie die Ähnlichkeit und hörte seine Stimme.
›Du hast ihn immer geliebt, schon als Kind …‹
Auf dem Sterbebett hatte er diese Worte zu ihr gesagt. Sie waren sein Vermächtnis gewesen, sein letzter Wunsch.
›Das Gesetz will es so. Und ich will es auch …‹
Ein Schauer lief Gracia über den Rücken. Sie nahm seine Hände und spürte seine Haut, den sanften, fragenden Druck seiner Finger, während ihre Blicke sich fanden. Wie sollte sie diese Blicke ertragen, ohne sie zu erwidern? Aus seinen Augen sprachen alle Gefühle, die sie selbst empfand.
›Wenn sich aber Mann und Frau verbinden, dann werden sie ein Leib und eine Seele. Da wird der Mensch eins, vollkommen und ohne Makel, gleich Gott.‹
Ihr Herz war ganz ruhig. Ja, sie hatten sich miteinander verbunden. Sie hatten die Edomiter besiegt, den Kaiser und die Regentin, um Reyna zu retten …
›Und Gott ruht in ihrer Verbindung, weil Mann und Frau in ihr sind wie ER.‹
Plötzlich verspürte Gracia ein Hochgefühl, einen Jubel der Seele, der alle Ohnmacht, die sie empfunden hatte, in Allmacht zu verwandeln schien. Konnte es sein, dass Gott bereits entschieden hatte?
Gracia sah Diogos lächelnden Mund, spürte seinen Atem auf ihrem Gesicht, hörte die zärtlichen Worte, die sein Herz zu ihrem Herzen sprach. Und ehe sie die Antwort wusste, schloss sie die Augen und versank in seinem Kuss.

39

Wie ein wütendes Tier strich der Wind um die Herberge, in der Reyna und José am Abend untergekommen waren, mit lautem Heulen und Jaulen bestürmte er das Dach und rüttelte an den Fenstern, um sich jammernd in der flandrischen Nacht zu verlieren, in einem Wald oder auf offenem Feld, als müsste er verschnaufen, bevor er mit doppelter Macht aus der Finsternis zurückkehrte.

Während José das Feuer im Kamin schürte, hockte Reyna auf der ungehobelten Tischbank und blickte ängstlich in die Flammen. Ein Bett gab es nicht in der kahlen Kammer, nur einen Strohsack, den der Wirt in einer Ecke für sie aufgeschüttelt hatte. Doch sie würde ihn nicht brauchen. Reyna hatte beschlossen, die Nacht auf der Bank zu verbringen.

»Weißt du«, fragte sie, »ich meine – wisst Ihr, wo wir überhaupt sind?«

Mit dem Schürhaken in der Hand, blickte José über die Schulter. »Wenn der Sturm sich legt und es aufhört zu regnen, können wir es morgen bis Löwen schaffen.«

»Sollen wir nicht doch über Aachen reiten? Vielleicht holen wir die anderen noch ein.«

»Nein. Dort werden sie als Erstes nach uns suchen. Aber wir haben Glück«, sagte er, als er ihr enttäuschtes Gesicht sah. »Das Holz ist trocken und brennt wie Zunder. Gleich wird es warm.«

Während das Feuer knisterte und knackte, hatte Reyna das Gefühl, als tanzten in dem flackernden Lichtschein die Bilder des vergangenen Tages, ein verwirrender, beängstigender Reigen ihrer Erinnerungen. Senhor Aragon und seine goldene Hose … der rote Speer, ihre Hand, die ihn berührte … Die Entführung aus dem Palast … Und dann der Kampf am Stadttor von Brüssel … Pferde, die sich wiehernd aufbäumten, blanke Säbel und Blut … Immer wieder Blut … Noch nie zuvor hatte Reyna einen Menschen sterben sehen, und jetzt waren drei Soldaten vor ihren Augen getötet worden, junge Männer, kaum älter als sie. Blutüberströmt waren sie in den Morast gesunken, während sie von José auf ein herrenloses Pferd gehoben wurde, mit dem sie davongaloppierten …

War das alles wirklich an diesem einen Tag geschehen? Vor nur wenigen Stunden? Fröstelnd zog Reyna ihren Umhang um die Schultern. Der Stoff war voller Lehmkrusten, genauso wie ihre Schuhe und Strümpfe.

»Hier, nehmt meinen Mantel«, sagte José und löste den Verschluss an seinem Hals. »Der ist wärmer als Euer Umhang.«

»Aber dann habt Ihr ja selbst keinen mehr.«

»Ich brauche ihn nicht. Mir ist schon ganz warm.

»Aber ich sehe doch, dass Ihr friert.«

»Das tue ich immer, wenn mir zu warm ist. Bitte, tut mir den Gefallen.«

Er lächelte sie aufmunternd an, und schließlich nahm sie den Mantel. Sie hatte keine Kleider zum Wechseln, alles war in der Kutsche, die sie nach Bloendal hätte bringen sollen. Obwohl sie seinem Blick auswich, spürte sie sein Lächeln, auch noch, als sie sich den Mantel um die Schultern legte, spürte es bei jeder Bewegung. Warum tat er das alles für sie? Wusste er denn nicht, dass sie ihn verraten hatte, um Senhor Aragon zu heiraten? Sie dankte dem Himmel, dass er ihr José geschickt hatte. Kein anderer Mensch, außer ihrer Mutter, war ihr so vertraut wie ihr Cousin, trotz seines Bartes. Sie wünschte sich nur, dass er mit ihr wieder so sprechen würde wie früher. Früher hatte er immer »du« zu ihr gesagt, auch noch in seinen Briefen. Doch jetzt, da sie beide so allein waren, wie zwei Menschen es überhaupt nur sein konnten, redete er mit ihr wie mit einer Fremden.

»Wollt Ihr nicht etwas essen?«, fragte er und reichte ihr das Brett mit kaltem Braten, das der Wirt auf den Tisch gestellt hatte, zusammen mit einem Laib Brot und einem Krug Wein.

Reyna schüttelte den Kopf. »Ich glaube, das Fleisch ist vom Schwein.«

»Seid Ihr so streng? Wie Eure Mutter?« Als sie mit der Antwort zögerte, schnitt er eine Scheibe Brot für sie ab. »Dann esst wenigstens das. Und trinkt einen Schluck Wein. Der wird Euch guttun.«

Ohne auf ihre Antwort zu warten, schenkte er ihr einen Becher ein. Schon beim ersten Schluck spürte sie, wie der Wein sie wärmte, sich in ihrem ganzen Körper ausbreitete. Ein wenig schwand sogar ihre Angst.

»Ich bin so froh, dass Ihr da seid«, sagte sie.

»Und ich erst. Ich wollte nur, wir hätten eine bessere Herberge gefunden. Es muss unerträglich sein für Euch. Schließlich habt Ihr im Palast der Regentin gelebt.«

»Ach«, seufzte Reyna. »Ich war so schrecklich dumm. Wie eine Gans habe ich mich benommen.«

»Was redet Ihr da? Ich verstehe kein Wort.«

»Mir erschien alles so prächtig am Hof, so großartig und herrlich, und ich dachte, es könnte nichts Schöneres geben, als für immer dort zu leben.« Als sie seinen Blick sah, verstummte sie. Ihre Mutter hatte es besser gewusst. Immer hatte sie darauf gedrängt, dass sie Josés Briefe beantwortete. So leise, dass sie ihre eigenen Worte kaum hörte, flüsterte sie: »Ich kann gar nicht sagen, wie sehr ich mich schäme.«

»Weshalb solltet Ihr Euch schämen?«, fragte José. »Jede Frau hätte genauso empfunden. Aber nur wenige haben das Glück, wirklich am Hof der Regentin …«

»Nein«, unterbrach sie ihn, »ich war dumm. Ich hatte sogar geglaubt, Senhor Aragon wäre … Senhor Aragon würde …«

»Pssst«, machte er. »Davon will ich gar nichts wissen. Trinkt lieber noch einen Schluck.«

Als könnte es gar nicht anders sein, tat sie, was er sagte. Und wieder spürte sie, wie gut der Wein ihr tat.

Aber war es wirklich der Wein? Oder war es José?

»Ich … ich habe eine Bitte«, sagte Reyna.

»Nämlich?«

»Würdet … würdet Ihr wieder *du* zu mir sagen? So wie früher?«
Mit erhobenen Brauen sah er sie an. »Möchtet Ihr – ich meine, möchtest *du* das?«
Zögernd, fast scheu streckte er die Hand nach ihr aus. Reyna stellte ihren Becher auf den Tisch und legte ihre Hand in seine.
»Ja«, sagte sie, »das möchte ich.«
Als seine Finger sie berührten, spürte sie wieder eine leise Angst. Doch es war eine ganz andere Angst als die zuvor. Eine Angst, die sie ganz warm machte und fast ein bisschen glücklich.
Als würde er ihre Gedanken erraten, fragte er: »Darf ich mich zu dir setzen?«
Reyna nickte. »Aber nur, wenn wir uns den Mantel teilen.«
Sie rückte ein wenig zur Seite und öffnete den Mantel. Spürte auch er diese Angst? Er war ganz dicht bei ihr, aber er berührte sie nicht, ein winziger Abstand war noch da. Während sie Seite an Seite in das Feuer starrten, wagte Reyna kaum zu atmen. Nichts hatte sich verändert, und trotzdem war plötzlich alles anders. Sogar das Heulen des Windes, der sich draußen wieder erhob, hörte sich jetzt vertraut an.
»Du hast mir so schöne Briefe geschrieben«, sagte sie, die Augen auf das Feuer gerichtet.
»Wenn ich dir schrieb«, sagte er, »war es, als wäre ich bei dir. Deshalb musste ich dir immer wieder schreiben, am liebsten jeden Tag. Ich … ich habe mich die ganze Zeit so nach dir gesehnt – das heißt, ich meine«, stammelte er, »nach deinen Sommersprossen.«
»Nach meinen Sommersprossen?« Sie wusste nicht, warum, aber etwas Schöneres hätte er gar nicht sagen können. »Dann … dann hoffe ich nur, dass du jetzt nicht enttäuscht bist.«
»Enttäuscht?«, fragte er. »Weshalb?«
»Weil ich nur im Sommer welche habe. Da«, sagte sie und wandte ihm ihr Gesicht zu, »schau nur genau hin. Die letzten sind schon vor Wochen verschwunden.«
»Vielleicht«, sagte er, und seine Stimme war ganz rauh. »Aber … aber ich kann sie trotzdem sehen.«

»Wirklich?«, fragte sie, und ihre Stimme klang ebenfalls rauh. Mit einem Lächeln nickte er ihr zu. Und während sie einander schweigend in die Augen sahen und draußen der Wind um das Haus strich, wurde diese schöne, leise Angst in Reyna so groß und mächtig und stark, dass sie es kaum noch aushielt.
»Weißt du noch, was du über meine Sommersprossen geschrieben hast«, fragte sie mit ihrer rauhen Stimme, »was du mit ihnen machen möchtest, wenn du bei mir bist?«

40

Seit dem Morgen hatte Amatus Lusitanus mit sich gerungen, ob er Dona Gracia aufsuchen sollte oder nicht. Doch erst jetzt, am späten Abend, die Turmuhr der Liebfrauenkathedrale hatte schon zur neunten Stunde geschlagen, machte er sich auf den Weg, trotz des Regens, der immer noch in heftigen Böen auf die Stadt niederging. Nein, er konnte Antwerpen nicht verlassen, ohne mit ihr gesprochen zu haben.
Sultan Süleyman der Prächtige hatte seinen Ruf erneuert und drängte auf eine Antwort. Sinan, sein Gesandter, war ein zweites Mal aus Konstantinopel angereist, um Amatus in die Hauptstadt des Osmanischen Reiches zu holen, damit er im Topkapi Serail als Leibarzt des Herrschers arbeite. Obwohl schon alles zur Abreise bereit war, hatte Amatus beschlossen, seine Entscheidung von Dona Gracia abhängig zu machen. Sein Freund Diogo Mendes hatte ihm zwar erklärt, dass sie ihn nicht erhören werde, und er hatte nie wieder gewagt, ihr unter die Augen zu treten, seit er ihr Begehren, seinen Eid als Arzt zu brechen, um ihr den verfluchten Dominikaner vom Hals zu schaffen, verweigert hatte. Und dennoch – als er am Abend seinen Abschiedsbrief geschrieben hatte, war ihm fast die Tinte in der Feder vertrocknet. Er musste Dona Gracia ein letztes Mal sehen, musste von ihr selbst

die Entscheidung hören, aus ihrem eigenen Mund: Wenn sie wünschte, dass er in Antwerpen bleibe, würde er bleiben; riet sie ihm aber, Süleymans Ruf zu folgen, dann war alle Hoffnung, dass sie ihn je erhören würde, vergebens, und er würde die Stadt verlassen, um in den Orient aufzubrechen.
Als Amatus den Groenplaats erreichte, peitschte der Wind ihm die Nässe ins Gesicht. Würde Gracia ihn überhaupt empfangen? Schwarz und dunkel erhob sich ihr Haus hinter den Regenschleiern, eine steinerne Abwehr.
Er wollte umdrehen, da sah er, dass das Tor nur angelehnt war. Durch den Spalt drang Licht aus der Halle.
Sollte er eintreten? Oder sollte er lieber am Morgen wiederkommen?
Bevor er sich entschied, hatte er das Tor schon geöffnet. Kaum aber hatte er das Haus betreten, bereute er sein Kommen, wie er noch nie etwas bereut hatte.
Triefend vor Nässe, hörte er aus dem Dunkel Laute, die er nicht fehldeuten konnte. Obwohl sie nur geflüstert waren, erkannte er die Stimmen: Sie gehörten Dona Gracia, der Frau, die er liebte, und Diogo Mendes, seinem Freund.
»Mein Geliebter …«
»Mein Engel …«
»Mein Leben …«
Die wenigen Worte brachen Amatus das Herz. Die Entscheidung war gefallen – keinen Tag länger würde er hierbleiben.
Er zog das Schreiben, von dem er gehofft hatte, es in dieser Nacht zu verbrennen, unter seinem triefenden Mantel hervor und legte es auf eine Truhe. Es war sein Abschiedsbrief. Darin teilte er Dona Gracia mit, dass er nach Konstantinopel aufbrechen würde, um dem Ruf des Sultans zu folgen.

… Ich habe mein Schicksal in Eure Hand gelegt und füge mich, wie Ihr es verlangt.
Solltet Ihr aber je meiner Freundschaft bedürfen, zögert

nicht, mir zu schreiben. Ich werde immer für Euch da sein, wo immer Euer Ruf mich erreicht.

In aufrichtiger Verbundenheit –
Euer treuer Verehrer, Amatus Lusitanus

41

Am Himmel verblassten die letzten Sterne, als Diogo an Gracias Seite erwachte, nackt und liebessatt. Der Sturm hatte sich gelegt, draußen herrschte eine vollkommene, fast unheimliche Stille. Nur ein erster grauer Schimmer drang durch die aufgerissenen Wolken, Vorbote des neuen Tages, eine unwirkliche Ahnung von Licht, das die Dächer von Antwerpen streifte.

Die Kerzen in der Kammer waren bis auf die Stümpfe heruntergebrannt. Leise, um Gracia nicht zu wecken, beugte Diogo sich über ihr Gesicht. Er wollte sie noch einmal betrachten, bevor er aufbrach, die Frau, die in dieser Nacht eins mit ihm geworden war.

Nackt wie er selbst, lag sie auf dem Rücken, eine Hand locker auf ihrer Brust, die andere im Nacken. Das Haar, das sie sonst immer unter einer Haube trug, flutete offen auf das weiße Leinen und umgab ihren Kopf wie eine rötlich schimmernde Aureole. Mit seinen Blicken liebkoste er ihr Gesicht: den hohen Schwung ihrer Brauen, die feine Krümmung der Nase, die vollen Lippen, deren Geschmack er noch spürte. Wie eine Königin lag sie da, und zugleich ganz ungeschützt, eine zerbrechliche Majestät. Nie hätte er gedacht, dass sie sich ihm so preisgeben würde.

Ein Lächeln spielte um ihren Mund. Träumte sie noch von der vergangenen Nacht?

Wenn er sonst an der Seite einer Frau erwachte, empfand er meist schalen Triumph, in den sich ein Gefühl der Vergeblichkeit mischte. Wie ein Matador, der einen Stier erlegt hatte. Wie anders empfand er jetzt. Zwar konnte er sich seine Gefühle nicht erklären, doch er wusste genau, dass er noch nie in seinem ganzen verfluchten Leben so glücklich gewesen war wie an diesem Morgen.

Er musste sich beherrschen, um sie nicht zu küssen. So viele Jahre war diese Frau ihm ein Rätsel gewesen. Nie hatte er wirklich gewusst, was sie dachte, was sie antrieb. Stets schien sie eine Schwankende, hin- und hergerissen zwischen ihrer Selbstlosigkeit und ihrer Selbstherrlichkeit, zwischen ihrer Gottesfurcht und ihrem Geltungsdrang, zwischen ihrer glühenden Gottesliebe und ihrer Gier, selbst geliebt zu werden. Jetzt aber glaubte er sie zu kennen. Weil zwei Menschen erst dann einander wirklich kennen, bis auf den Grund ihrer Seele, wenn ihre Leiber eins geworden sind, so wie Gracia und er in dieser Nacht. In ihren Armen hatte er, nach Jahren, in denen er unfähig gewesen war zu beten, wieder gelernt, was Beten heißt.

Draußen rumpelte ein Karren vorbei. Diogo richtete sich auf. Die Zeit drängte. Sie mussten Antwerpen verlassen, so bald wie möglich. Auch wenn sie ihre Verfolger auf eine falsche Fährte gelockt hatten – in zwei, spätestens drei Tagen würde die Regentin Soldaten losschicken, um nach ihnen zu forschen, auch hier in Antwerpen. Dann müssten sie fort sein. Zwar hatten sie für den Fall, dass ihr Plan vor der Zeit entdeckt werden sollte, ein Schreiben von Josés Hand, in dem der sich zur alleinigen Verantwortung an Reynas Entführung bekannte, aber ob dieses Geständnis ausreichte, um sie zu schützen, war mehr als ungewiss.

»Gracia …«

Er streifte mit den Lippen über ihr Gesicht, um sie zu wecken. Blinzelnd öffnete sie die Augen. Er küsste sie auf den Mund, in zärtlicher Angst, dass sich das Lächeln auf ihren Lippen verlieren könnte. Aber wie dumm war seine Angst … Wie eine Frau, die ihren Mann nach langer Irrfahrt auf der Schwelle ihrer Tür erwartet, schaute sie ihn an, erlöst und voller Verlangen.

»Komm noch einmal zu mir«, flüsterte sie. »Ich will dich noch einmal spüren, mein Geliebter …«

42

»Und das Gesinde?«, fragte Diogo und griff nach seinem Zobel. »Es ist besser, wenn mich niemand sieht.«

»Keine Angst«, sagte Gracia. »Sie sind alle auf der Kirchweih in Wilrijk. Ich habe ihnen bis Sonntag freigegeben.«

Diogo legte sich den Pelz um die Schultern, und zusammen gingen sie hinunter in die Halle.

»Das Tor ist ja nur angelehnt«, staunte er. »Wie konnten wir so leichtsinnig sein?«

»Wundert dich das?«, fragte sie mit einem Lächeln. Plötzlich wurde sie ernst: »Morgen ist Sabbat. Können wir nicht bis übermorgen warten?«

Diogo schüttelte den Kopf. »Ich glaube, Gott ist es lieber, wenn wir an seinem Ruhetag reisen und dafür in Sicherheit sind, als wenn wir den Sabbat heiligen und verhaftet werden.« Er gab ihr einen Kuss. »Bereite alles vor. Ich bin gleich wieder da.«

»Ich vermisse dich jetzt schon«, sagte sie. »Gib acht, dass dir nichts passiert.«

Diogo lugte durch den Torspalt, dann stahl er sich aus dem Haus. Im Hafen lag ein Segler der Firma Mendes bereit, die Fortuna. Mit der würden sie zuerst bis Rotterdam und von dort aus den Rhein hinauf bis Straßburg segeln, wo sie mit Reyna und José und hoffentlich auch mit Brianda zusammentreffen würden. Diogo wollte dem Kapitän die nötigen Instruktionen geben. Das Schiff sollte auf der Höhe von Kappelen auf Gracia und ihn warten. Dort würde am Abend, sobald es dunkel wäre, ein Ruderboot sie aufnehmen, um sie an Bord zu bringen, ohne dass jemand etwas bemerkte.

Diogo fröstelte. Über den Dächern von Antwerpen graute der Tag. Nebelschwaden hingen in den engen Häusergassen, und das Pflaster des Groenplaats glänzte nass vom Regen der Nacht. Keine Menschenseele war weit und breit zu sehen. Nur in einer Backstube, an der Ecke des Schoenmarkts, herrschte bereits Be-

trieb. Ein Bäckerjunge mit einem Brotkorb verließ gerade das Haus und überquerte pfeifend den Platz.
Plötzlich hörte Diogo lautes Hufgetrappel, und im nächsten Augenblick sah er die Reiter – Gardisten der Regentin, die vom Eiermarkt herbeigaloppierten. Unwillkürlich zuckte er zurück. Während er sich in einer Einfahrt versteckte, parierten die Reiter ihre Pferde, direkt vor Gracias Haus.
»Hier ist es!«, rief der Offizier, der den Trupp anführte, und sprang aus dem Sattel. »Haltet euch bereit!« Er zog seinen Säbel und pochte an Gracias Tor.
Diogo hielt den Atem an. Am liebsten wäre er losgerannt, um seiner Geliebten zu Hilfe zu eilen. Aber das wäre das Dümmste gewesen, was er tun konnte.
Fieberhaft dachte er nach. Was sollte er tun?

43

»Wo ist Reyna?«, fragte die Regentin. »Wo ist Eure Tochter? Meine Ehrendame?«
Gracia hatte gerade den Brief von Amatus Lusitanus entdeckt, als es am Tor geklopft hatte und die Garde in ihr Haus eingedrungen war. In einem vergitterten Wagen hatte man sie nach Brüssel gebracht, wie eine Kindsmörderin oder Hexe. Jetzt war sie ihren schlimmsten Widersachern ausgeliefert, allein und ohne Beistand. Während Aragon im Audienzsaal des Coudenberg-Palasts auf und ab marschierte, um seiner Erregung Herr zu werden, thronte Cornelius Scheppering neben der Regentin, um das Verhör zu führen. Der Dominikaner hatte sich nicht in die Irre führen lassen und für Gracias Verhaftung gesorgt.
»Redet, verfluchtes Weib«, herrschte er sie an. »Oder hat die Sünde Euch die Zunge gelähmt? Wir wissen genau, das alles ist Euer Werk!«

Statt einer Antwort reichte Gracia der Regentin Josés Brief, in dem ihr Neffe Reynas Entführung gestand. Während Maria das Schreiben mit hochgezogenen Brauen las, stampfte Aragon in seinem goldenen Anzug vor dem Thron hin und her.
»Dafür werdet Ihr büßen«, rief er. »Ich lasse sämtliche Niederlassungen der Firma Mendes schließen und alle Besitztümer konfiszieren, egal ob Waren oder Speicher oder Schiffe! In allen Ländern des Reiches! Ich werde Euch zugrunde richten!«
»Dazu habt Ihr kein Recht«, sagte Gracia und hoffte, dass Gott ihr die Lüge verzieh. »Mein Neffe José Nasi trägt die Verantwortung für das, was geschehen ist. Er hat uns alle hintergangen. Auch mich.«
»Es waren zwei Männer«, erwiderte Aragon. »Ein Offizier und ein Mann mit einem Rapphengst. Diogo Mendes!«
»Wo ist Euer Schwager?«, fragte die Regentin.
»Ich weiß es nicht. Ich wäre selbst froh, wenn ich es wüsste.« Und das war bei Gott die lautere Wahrheit.
»Um Diogo Mendes kümmern wir uns später«, sagte Aragon. »Zuerst will ich meine Braut zurück! Ich verlange, dass man einen Steckbrief ausstellt, für sie und ihren angeblichen Entführer. Sie können noch nicht weit sein. Eine Frau ist eine Behinderung auf Reisen. Die Reiter der Garde werden sie bald eingeholt haben.«
»Der Brief meines Neffen trägt ein Postskriptum«, sagte Gracia. »Ich denke, es ist von einiger Bedeutung.«
Die Regentin drehte das Schreiben um. Mit einer Stimme, die Gracia frösteln ließ, las sie den Zusatz vor: »Wenn Ihr diese Zeilen empfangt, ist Reyna Mendes schon meine mir angetraute Ehefrau. Es hat darum keinen Sinn, uns zu verfolgen.«
»Was für eine widerwärtige Lüge!«, heulte Cornelius Scheppering auf. »Aber sie wird nichts nützen. Niemals wird diese Judenbrut nach christlichem Ritus heiraten, und eine jüdische Eheschließung hat keine katholische Gültigkeit. Also ist die Behauptung eine Ausrede – blanker Unsinn!«

»Verschont uns mit Euren theologischen Spitzfindigkeiten«, rief Aragon, um sich gleich wieder an Gracia zu wenden. »Sagt endlich die Wahrheit! Oder ich klage Euch wegen Ketzerei an!«

»Die Kirche hat mir nichts vorzuwerfen«, entgegnete Gracia. »Ich erfülle alle Christenpflichten. Außerdem hat der Kaiser meiner Familie ein Privileg …«

»Das ist mir vollkommen egal!«, schrie Aragon. »Ich warne Euch! Wir haben einen Ehevertrag! Den könnt Ihr nicht brechen! Und solltet Ihr es trotzdem wagen – ich meine, wenn die Hochzeit zwischen mir und Eurer Tochter nicht zustande kommt, dann … dann …« Vor ohnmächtiger Wut geriet er ins Stammeln.

Cornelius Scheppering brachte den Satz an seiner statt zu Ende, ruhig und gefährlich: »Dann werdet dafür nicht nur Ihr, Dona Gracia, und das Haus Mendes büßen, sondern alle Conversos in Antwerpen. Einschließlich der Geiseln auf den Schiffen Eurer Firma im Hafen. Ob Mann oder Frau, jung oder alt.«

Gracia wusste, was die Drohung bedeutete. Sie wogen die Entführung ihrer Tochter gegen das Leben ihrer Glaubensbrüder auf – deren Leben gegen Reynas Seele! Die Drohung war eine solche Niedertracht, dass es Gracia die Sprache verschlug. Sie hatten sie in die Enge getrieben wie ein Tier im Pferch.

»Nun«, fragte Cornelius Scheppering mit dünnem Lächeln. »Wie lautet Eure Antwort? Wo finden wir Eure Tochter?«

Gracia spürte, wie sich das Gefühl von Ohnmacht in Jähzorn verwandelte, und biss sich auf die Lippen. Während der süße Geschmack des Blutes sich in ihrem Mund ausbreitete, suchte sie verzweifelt nach einem Ausweg. Wenn sie Reyna preisgäbe, versündigte sie sich an Gott. Doch wenn sie Reyna rettete, sie vor der Sünde bewahrte, müssten Hunderte Menschen sterben. Was konnte sie vorbringen, um aus diesem Pferch auszubrechen?

»Ja, meine Tochter Reyna ist auf dem Weg nach Venedig«, sagte sie schließlich. »Zusammen mit meinem Neffen José Nasi. Um der geplanten Hochzeit zu entkommen.«

»Du verdammtes Judenweib!«, schrie Aragon.
»Aber ich gestehe«, fuhr Gracia an die Regentin gewandt hinzu, »dass dies ein Fehler war, und ich verspreche, diesen meinen Fehler wiedergutzumachen.«
»Wie soll das geschehen?«, fragte die Regentin.
»Indem ich beide zurückhole nach Antwerpen, meine Tochter und meinen Neffen.«
»Glaubt ihr kein Wort!«, rief Aragon. »Sie will sich nur dem Herrschaftsbereich des Kaisers entziehen!«
»Ich gebe Euch mein Ehrenwort«, sagte Gracia, ohne auf ihn zu achten. »Außerdem steht der Kaiser mit zweihunderttausend Dukaten in der Schuld der Firma Mendes. Das ist ein sicheres Pfand.«
»Dieses Pfand ist so wenig wert wie das Ehrenwort einer Jüdin«, erwiderte Cornelius Scheppering. »Sobald ein Gericht Euch und Diogo Mendes verurteilt, ist der Kaiser von jeder Schuld befreit. Er hat also keine Veranlassung, den Kredit zurückzuzahlen. Wenn Ihr wollt, dass wir Euch vertrauen, müsst Ihr eine bessere Sicherheit bieten.«
»Allerdings«, bestätigte die Regentin. »Wer gibt uns die Garantie, dass Ihr es Eurer Tochter nicht gleichtut?«
Gracia verstummte. Aller Augen waren auf sie gerichtet, sogar Aragon war stehen geblieben und blickte sie an. Es war so still im Saal, dass man das Gurren der Tauben draußen vor den Fenstern hören konnte.
»Ich!«, ertönte plötzlich eine Männerstimme.
Gracia fuhr herum. In der Tür stand Diogo. Er lüftete seinen Hut, um sich vor der Regentin zu verbeugen.
Dann trat er vor und sagte: »Nehmt mich als Pfand, Königliche Hoheit. Ich werde freiwillig in Eurem Gewahrsam bleiben – so lange, bis Dona Gracia und ihre Tochter zurück sind.«

44

Unter scharfer Bewachung nahm Gracia im Burghof Abschied von Diogo. Die Kutsche, die sie nach Antwerpen bringen sollte, stand schon in der Auffahrt bereit.

»Leb wohl«, sagte Diogo.

»Sag nicht Lebwohl«, erwiderte sie. »Ich hasse dieses Wort. Es bringt nur Unglück.«

»Du hast recht«, sagte er. »Der Herr ist mit uns. Masel tov!«

»Masel tov!«, sagte auch sie.

Doch als sie Diogo die Hand gab, zerriss es ihr das Herz. Sah sie ihn in diesem Augenblick vielleicht zum letzten Mal? Nach so vielen Jahren, in denen sie ihre Gefühle für ihn geleugnet hatte? Alles in ihr drängte danach, sein Gesicht zu berühren, ihn zu küssen, noch einmal seine Lippen zu spüren, seinen Atem, seine Liebe. Aber das konnte sie nicht. Zwei Gardisten flankierten sie mit gezogenem Säbel, und Aragon stand auf der Treppe des Palasts und verfolgte jede ihrer Bewegungen. Und jedes ihrer Worte.

»Soll ich nicht lieber bleiben?«, fragte sie auf Hebräisch, damit der Spanier sie nicht verstünde.

»Auf gar keinen Fall«, sagte Diogo. »Du musst fahren. Es ist unsere einzige Chance.«

»Aber … aber wenn sie dir etwas antun?«

»Mach dir keine Sorgen. Es geht ihnen nur ums Geld. Wie immer.«

»Gott gebe, dass du recht hast. Aber ich fürchte, die Regentin und ihr Mönch wollen nicht unser Geld – sie wollen unsere Seelen.«

»Vielleicht. Aber am Ende entscheidet der Kaiser, und der braucht Geld für seine Kriege. Das ist unsere beste Versicherung! Einen toten Juden kann man nur einmal ausrauben, einen lebenden immer wieder …«

»Redet in einer Sprache, die ein Christenmensch versteht«, fuhr Aragon dazwischen. »Und steigt endlich ein, zum Teufel noch mal!«

Gracia zögerte immer noch.
»Glaub mir«, sagte Diogo auf Portugiesisch, »in ein paar Wochen sind wir wieder zusammen.« Und leise fügte er hinzu. »In Venedig.«
»Bist du sicher?«
»Ganz sicher.«
Schweren Herzens ließ sie seine Hand los und bestieg den Wagen. Dann beugte sie sich noch einmal zum Fenster hinaus.
»Ich werde versuchen, Reyna und José abzufangen«, flüsterte sie. »Um das Schlimmste zu verhindern. Wenn sie heiraten, wird Aragon rasen vor Wut.«
»Pssst«, machte Diogo und trat so nah an den Schlag heran, dass sie seinen Atem spürte. »Wir werden glücklich sein in Venedig«, sagte er dann. »Es heißt, nirgendwo gibt es so viele Tauben wie dort.«
Obwohl ihr zum Heulen zumute war, versuchte sie zu lächeln. Er sollte ihre Zuversicht in Erinnerung behalten, nicht ihre Angst.
»Ich liebe dich«, flüsterte sie.
»Ich dich auch«, sagte Diogo, und ohne auf Aragon zu achten, küsste er sie auf den Mund. Noch einmal waren sie eins, für einen kurzen, ewigen Augenblick. Dann lösten sich ihre Lippen, und bevor sie noch etwas sagen konnte, wandte Diogo sich ab und schlug mit seinem Hut den Pferden auf die Kruppe.
Mit einem Ruck fuhr die Kutsche an. Gracia wurde auf die Bank zurückgeworfen, und im scharfen Trab rasselte der Wagen zum Burgtor hinaus.

45

Der Turm des Straßburger Münsters, so hatte Brianda gehört, sei der höchste Turm der Welt. Er rage so hoch in den Himmel empor, dass seine Spitze die Wolken berühre, und bei gutem Wetter könne man ihn schon zwei Tagereisen im Voraus sehen.

Ein Schmied hatte ihr das erzählt, in Merzig, einem Dorf zwischen Trier und Saarbrücken, wo der zweite Wagen ihres Trosses mit einem Achsenbruch liegengeblieben war. Das war jetzt eine Woche her. Seitdem schlug Briandas Herz bei jedem Kirchturm höher, den sie am Horizont erblickte, in der Hoffnung, Straßburg zu erreichen, den Ort, wo sie mit ihrem Mann und ihrer Schwester verabredet war. Ab Straßburg wäre sie nicht mehr allein mit ihrem Kind. Jeden Morgen betete sie zu Gott, dass sie die zwei nicht verpasste.

»Wann sind wir endlich da?«

La Chica war auf ihrem Schoß aufgewacht und blinzelte sie an.

»Bald, mein Herzchen, bald.«

»Wann ist bald?«

»Pssst, schlaf weiter und träum was Schönes. Dann geht es am schnellsten.«

»Immer sagst du, ich soll schlafen. Ich kann aber nicht mehr schlafen.«

Noch während La Chica sprach, fielen ihr die kleinen Augen wieder zu. Brianda zog den Vorhang vor das Fenster. Sie konnte die Ungeduld ihrer Tochter nur zu gut verstehen – ihr selbst erging es ja nicht anders. Nie hätte sie gedacht, dass die Zeit so langsam verstreichen könnte wie auf dieser endlos langen Fahrt. Womit hatte sie eine solche Tortur verdient? Grün und blau war ihr Körper schon von den Schlaglöchern, immer wieder blieb eines der Fuhrwerke liegen, und obwohl sie die Pferde regelmäßig wechselten, kamen sie kaum einen Tag weiter als zehn Meilen. Wenn es regnete, drang Feuchtigkeit durch alle Ritzen, und wenn die Sonne schien, wurde es so heiß und stickig, dass es kaum auszuhalten war. Und dann die ständige Angst vor Überfällen. Zweimal schon war der Tross angegriffen worden, einmal in Flandern und einmal hinter Aachen, und ihr Leben verdankte Brianda nur der Tatsache, dass sie den bewaffneten Reitern, die sie begleiteten, für jeden getöteten Wegelagerer ein Kopfgeld von einem halben Dukaten versprochen hatte. Dabei lag der schwierigste und gefährlichste Teil der Reise noch vor ihr. Um über die Alpen zu gelangen, so hatte der Schmied in Merzig behauptet, müssten die Fuhrwerke in sämtliche Einzelteile zerlegt und zusammen mit all ihrem Hab und Gut auf Maulesel verfrachtet werden.

Brianda stieß einen Seufzer aus. Wozu all diese Strapazen? Wozu all die Angst?

Sie hatten es so gut gehabt in Antwerpen, fast so gut wie früher in Lissabon. Sie hatten ein eigenes Haus mit großem Gesinde, täglich drei warme Mahlzeiten und jeden Abend ein frisch bezogenes Bett. Sie waren reich und geachtet gewesen. Auch wenn ihr Mann sie nicht liebte: Er hatte ihr fast jeden Wunsch erfüllt, sie hatte sich stets nach der neuesten Mode gekleidet, und berühmte Maler hatten sie porträtiert.

Brianda hatte vom Leben nicht mehr verlangt, als all diese Gaben dankbar und in Frieden genießen zu können, und sie wäre nur zu gerne bereit gewesen, dafür die Sitten und Bräuche der Menschen anzunehmen, mit denen sie zusammenlebte. Aber ihre Schwester hatte das nicht zugelassen. Immer musste Gracia ihren Kopf durchsetzen, sich gegen das Schicksal auflehnen, immer musste alles so sein, wie sie es für richtig hielt – angeblich um Gottes Willen zu erfüllen. Doch warum in aller Welt durfte Reyna nicht diesen Spanier heiraten? Damit die Familie nun durch ganz Europa verstreut wurde? Sollte das wirklich Gottes Wille sein? Oder hieß es nicht vielmehr, Gott ins Handwerk zu pfuschen, wenn man immer wieder aufs Neue seine Zelte abbrach, anstatt dort zu bleiben, wohin es einen verschlagen hatte?

Brianda bereute, dass sie in die Flucht eingewilligt hatte. Nur die Liebe zu Tristan, die bei der Nachricht vom Tod seiner Frau in ihrem Herzen wieder aufgelodert war wie ein Feuer aus einer tot geglaubten Glut, hatte sie dazu verleitet. Doch je länger die Reise dauerte, umso größer wurde ihre Angst vor der Ankunft in Venedig. Das Wiedersehen mit Tristan würde ihr nur Schmerzen bereiten. Auch wenn die Französin gestorben war – Brianda war eine verheiratete Frau, und solange Diogo lebte, war es ihr verboten, ihrer Liebe nachzugeben. Und wer weiß, vielleicht hatte Tristan inzwischen eine schöne Venezianerin geheiratet und wollte gar nichts mehr von ihr wissen …

Während der Wagen in Richtung Straßburg rumpelte, fasste Brianda einen Entschluss. Sollte Gott sie noch einmal an einen Ort führen, wo sie sich ihres Lebens erfreuen könnte, ohne dass es ihr an etwas fehlte, so würde sie diesen Ort nie wieder verlassen. Das schwor sie bei allem, was ihr heilig war – gleichgültig, was ihre Schwester auch immer entscheiden würde …

»Warum halten wir?«, fragte La Chica. »Ist etwas kaputt?«

Brianda hatte gar nicht gemerkt, dass der Wagen stehengeblieben war. Sie schob den Vorhang beiseite und schaute hinaus. Doch sah sie wirklich, was da stand? Neben ihrem Fuhrwerk hielt eine Überlandkutsche der Thurn-und-Taxis-Post, und aus dem Wagen stieg …

»Gracia!«

Im nächsten Moment lagen sich die Schwestern in den Armen.

»Was bin ich froh, dich zu sehen!«, sagte Gracia und drückte sie an sich.

»Und ich erst«, rief Brianda. »Ich hatte solche Angst, euch zu verpassen. Aber warum bist du überhaupt hier? Ihr wolltet doch mit dem Schiff von Rotterdam nach Straßburg …« Mitten im Satz hielt sie inne. »Wo ist Diogo?«, fragte sie.

»Diogo ist in Brüssel«, erwiderte ihre Schwester.

»In Brüssel? Warum?«

»Das erkläre ich dir unterwegs«, sagte Gracia. »Hol La Chica vom Wagen. Wir fahren mit der Kutsche voraus. Wir müssen Reyna und José finden, bevor sie heiraten. Damit kein Unglück geschieht!« Und als sie Briandas verständnisloses Gesicht sah, fügte sie hinzu: »Beeil dich! Es ist zu Diogos Sicherheit!«

46

Es war nur ein dünnes Geläut, ein armseliges, zerbrechliches Bimmeln, das sich in dem grauen elsässischen Himmel verlor, als Reyna und José in der zugig kalten Dorfkirche von Schiltigheim vor den Traualtar traten. Ihre Zeugen waren ein Apotheker und ein Arzt, die einzigen Menschen im Ort, die außer dem Pfarrer lesen und schreiben konnten. Sie sollten mit ihrer Unterschrift die Schließung der Ehe bestätigen, unter einer Urkunde, die José mit einem Kurier nach Flandern schicken würde, sobald die Trauung vorüber wäre. Nur wenn Aragon schwarz auf weiß lesen könnte, dass die Ehe vor Gott und der Welt Gültigkeit hatte, würde er auf die Verfolgung seiner ehemaligen Braut verzichten. So hatten sie es geplant.

»Dominus vobiscum.«

Ein zahnloser, nach Branntwein stinkender Pfarrer in einer schmutzigen Soutane nahm die Trauung vor, die sich schon seit einer Ewigkeit hinzog. Immer wieder verhedderte er sich im Text, schlug mehrmals das Messbuch an einer falschen Stelle auf, und hätte der Mesner, der ihm ministrierte, ihn nicht mit einem Rippenstoß aufmerksam gemacht, hätte er anstelle der Trauformel noch den Taufsegen gesprochen. Unsicher schaute Reyna ihren Cousin an. Ob der Priester es wohl schaffte, die Zeremonie zu beenden, bevor die Dunkelheit hereinbräche?

»Et cum spiritu tuo.«

José nahm die Ringe aus der Tasche, die sie in Straßburg gekauft hatten. Eigentlich hatten sie schon dort heiraten wollen, im Münster, aber der Domherr hatte sie abgewiesen. Ihre Namen hatten sie verraten, José Nasi und Reyna Mendes, so konnten nur Juden heißen, und da sie den Nachweis der Taufe, den er verlangte, nicht erbringen konnten, hatte er sich geweigert, sie zu trauen. Der betrunkene Dorfpfarrer von Schiltigheim hatte auf Fragen verzichtet. Vielleicht war es besser so, dachte Reyna. Vielleicht war es besser, hier in dieser kleinen, schäbigen Dorf-

kirche zu heiraten als in dem großen, prächtigen Dom. Schließlich heirateten sie ja bloß zum Schein.
»Ihr seid heute hierhergekommen, um einander die Ehe zu versprechen.«
Draußen dunkelte schon der Tag, als der Priester endlich zur Sache kam. Er räusperte sich noch einmal, und nachdem er den Rotz in den Ärmel gespuckt hatte, blickte er auf den Zettel, auf dem er sich die Namen des Brautpaars notiert hatte, und wandte sich an den Bräutigam, der nur mühsam ein Grinsen unterdrücken konnte.
»José Nasi, bist du bereit …«
Er hatte kaum zu sprechen begonnen, da öffnete sich knarrend das Kirchentor.
Reyna drehte sich um. Konnte es sein, dass ihre Mutter …? Sie kniff die Augen zusammen, um in dem Dämmerlicht etwas zu erkennen. Doch nein, die Gestalt, die in der hintersten Bankreihe Platz nahm, war keine Frau. Es war nur der Kurier, der die Trauungsurkunde nach Brüssel bringen sollte. Enttäuscht wandte sie sich wieder zum Altar, wo der Priester mit seinen gichtigen Händen im Messbuch blätterte.
»José Nasi«, wiederholte er nuschelnd, als er endlich in den Text gefunden hatte, »bist du bereit, die hier anwesende Reyna Mendes zu deinem Weib zu nehmen?«
Plötzlich verschwand das Grinsen aus Josés Gesicht, und mit zärtlichem Ernst griff er nach Reynas Hand. »Ja«, sagte er und lächelte sie an. »Ja, ich nehme dich zum Weibe. Ich will dich lieben, achten und ehren und dir stets die Treue halten. Trag diesen Ring als Zeichen meiner Liebe.«
Während er ihr den Ring über den Finger streifte, ging etwas Seltsames in Reyna vor. Sie wusste, José und sie heirateten hier nur zum Schein – nur ein Rabbiner konnte sie wirklich trauen, unter der Chuppa, in der Gemeinde, nachdem sie in der Mikwa das Tauchbad genommen hatte, und alles hier war so falsch, wie es falscher gar nicht sein konnte: die zugig kalte Kirche, der

nuschelnde, betrunkene Pfarrer, der blutige Christengott, der von seinem Holzkreuz auf sie herabschaute – und trotzdem, als sie ihre Hand in Josés Hand legte, sein Gesicht sah, sein zärtliches Lächeln, und als sie schließlich selbst die kleinen unscheinbaren Worte sagte: »Ja, ich will«, diese Worte, mit denen sie sich zu José bekannte, da war es, als könnte nichts auf der Welt wahrer sein als diese Formel, als dieses Bekenntnis zu José vor einem falschen Gott. Ja, José war ihr Mann, der Mann, den das Schicksal für sie bestimmt hatte, um ihn zu lieben und zu ehren, in guten wie in schlechten Zeiten, bis dass der Tod sie scheide ...

Der Priester hob die Hand zum Segen.

»In nomine patris, et filii et spiritu sancti.«

»Amen!«, antworteten Reyna und José wie aus einem Munde.

»Du darfst die Braut jetzt küssen«, sagte der Priester zu dem Bräutigam, um sich dann, als das Brautpaar seiner Aufforderung folgte, ein letztes Mal im Text zu verirren. »In deo te absolvo.«

47

»Ihr habt mich betrogen!«, zischte die Regentin. »Ihr habt Euer Wort gebrochen!«

»Weil wir ein paar tausend Sack Pfeffer verkauft haben?«, erwiderte Diogo. »Seit wann ist das ein Verbrechen? Ihr selbst habt der Firma Mendes doch die Wiederaufnahme der Geschäfte ausdrücklich erlaubt.«

»Ihr habt Euch an der Börse mit Diamanten eingedeckt«, erklärte Aragon. »In riesigen Mengen, und Eure Frau Brianda hat sie ins Ausland gebracht.«

»Meine Frau ist zur Kur nach Aachen.«

»Dass ich nicht lache! Drei Fuhrwerke, um Heilwasser zu trinken? Ihr wollt Euch absetzen! Die ganze Sippe! Das ist der wirkliche Grund Eures Ausverkaufs!«

»Ganz normale Geschäfte – weiter nichts! Meine Familie betreibt ein großes Handelshaus, mit Niederlassungen in fast allen Ländern der Erde.«

»Und warum stehen in Antwerpen Eure Lagerhäuser leer? Warum legt keines Eurer Schiffe mehr im Hafen an? Die Firma Mendes hat sich praktisch in Luft aufgelöst. Das pfeifen doch die Spatzen von den Dächern.«

»Davon kann keine Rede sein. Eine zufällige Verquickung von Ereignissen ...«

»Senhor Aragon hat recht, das alles stinkt zum Himmel!« Maria schlug mit der Hand auf die Lehne ihres Thrones. »Acht Wochen sind seit der Entführung meiner Ehrendame vergangen. Aber Reyna Mendes ist immer noch nicht zurück, so wenig wie ihre Mutter!«

Während der Converso-Kommissar wütend auf und ab marschierte, trank die Regentin mit zitternder Hand einen Schluck Wasser. Diogo hatte sie noch nie so aufgebracht gesehen. Ihr sonst blasses, längliches Gesicht war gerötet vor Erregung, und sogar die Haube, ohne die sie sich nie in der Öffentlichkeit blicken ließ, war verrutscht. Noch mehr Sorgen aber machte Diogo der verfluchte Mönch an ihrer Seite. Während des ganzen Streits hatte Cornelius Scheppering kein einziges Wort gesagt. Wenn es Gefahr gab, dann ging sie von ihm aus – Diogo konnte das förmlich riechen.

»Wo ist meine Braut?«, wollte Aragon wissen. »Wann kommt sie endlich zurück?«

»Ich bin sicher, schon sehr bald«, erwiderte Diogo. »Es gibt keinen Grund, sich Sorgen zu machen. Ihr habt ja mich als Geisel. Oder sehe ich aus wie ein Selbstmörder?«

»Ich trau Euch keinen Schritt über den Weg! Wahrscheinlich wartet Ihr nur auf eine Gelegenheit, um Euch ebenfalls aus dem Staub zu machen. Aber ich warne Euch! Versucht nicht, mich zu hintergehen! Das würdet Ihr bitter bereuen! Ein Wort von mir genügt, und Ihr seid erledigt! Es liegen Beweise gegen Euch vor ...«

»Was für Beweise?«

»Alles zu gegebener Zeit …«

Das Gesicht des Kommissars war kreidebleich, und unaufhörlich zupfte er an seinem Spitzbart. Diogo war nicht sicher, welches Spiel Aragon spielte. Machte der Spanier ihm nur etwas vor, um möglichst viel Geld aus der Sache herauszuholen? Oder meinte er seine Drohung ernst?

»Wir werden eine Lösung finden«, sagte Diogo. »So wie wir immer eine Lösung gefunden haben. Und wenn Euch meine Person als Sicherheit nicht genügt, dann …«

Mit Absicht ließ er den Satz in der Schwebe. Und tatsächlich – in Aragons Augen glitzerte die alte Gier wieder auf.

»Was dann?«

Diogo atmete auf. »Für den Fall, dass Ihr mich auf mein Ehrenwort nach Antwerpen entlasst, damit ich wieder meinen Geschäften nachgehen kann, biete ich Euch als Sicherheit eine Schuldverschreibung an, auf sämtliche Gebäude der Firma Mendes.«

»Ihr meint – sowohl auf die Speicher als auch auf die Wohnhäuser? Am Hafen und in der Stadt?«

»Auf alle Gebäude, mit allen darin befindlichen Möbeln, Waren und sonstigen Gütern«, bestätigte Diogo. »Außerdem«, fügte er hinzu, als Aragon ihn mit einer Handbewegung aufforderte, in seiner Aufzählung fortzufahren, »außerdem könnte ich mir vorstellen, dass der Kaiser sich künftig ganz direkt und unmittelbar an den Geschäften der Firma Mendes beteiligt, und zwar in Gestalt seines Converso-Kommissars, das heißt in Gestalt Eurer Person, Senhor Aragon, als stiller Teilhaber unseres Handelshauses …«

»Was für ein elendes Geschacher«, heulte Cornelius Scheppering auf. »Wie im Tempel von Jerusalem!«

»Haltet den Mund!«, herrschte Aragon ihn an. »Es geht um die Interessen des Kaisers!«

»Dann wird es Zeit, dass der Heilige Geist sie in die richtigen Bahnen lenkt.« Der Mönch holte ein Schriftstück aus seiner

Kutte hervor und hielt es in die Höhe. »Das wird Euch die Augen über Eure jüdischen Freunde öffnen.«

»Was ist das?«, fragte Aragon.

»Eine Heiratsurkunde«, erwiderte Cornelius Scheppering. »Ein Kurier hat sie heute gebracht. Darin bestätigt ein gewisser Amiel Oberlin, Dorfpfarrer von Schiltigheim bei Straßburg, dass er in seiner Kirche José Nasi und Reyna Mendes ...«

»Das wirst du mir büßen!«

Der Mönch hatte noch nicht ausgesprochen, da zog Aragon seinen Degen und stürzte sich auf Diogo.

»Seid Ihr von Sinnen?«

Die Regentin war aufgesprungen, um den Spanier in die Schranken zu weisen. Diogo spürte die Spitze von Aragons Degen bereits auf seiner Brust und hob die Hände. Was würde jetzt passieren? Die Katze war aus dem Sack, ihr Plan war aufgeflogen. Während er vorsichtig einen Schritt zurücktrat, dachte er fieberhaft nach, was er noch in die Waagschale werfen könnte, um den Spanier zu beruhigen. Er hatte in Brügge Safran gelagert, im Wert von drei Schiffsladungen Pfeffer ... Doch Aragon hatte seine Beherrschung schon wieder gewonnen.

»Ihr habt recht, Königliche Hoheit«, sagte er und steckte den Degen zurück in die Scheide. »Warum soll ich mir die Finger an einem Juden schmutzig machen? Ich überlasse ihn Eurer Gerechtigkeit – und der Gerechtigkeit der heiligen katholischen Kirche«, fügte er mit einem höhnischen Blick auf Cornelius Scheppering hinzu. »Diogo Mendes«, rief er dann und zeigte mit dem Finger auf ihn. »Ich klage Euch an wegen Hochverrats!«

Diogo musste laut lachen, so absurd war der Vorwurf.

»Hochverrat?«, fragte die Regentin. »Mit welcher Begründung?«

»Dieser Mann«, erklärte Aragon, »hat ein Attentat auf mich geplant, auf den Generalkommissar des Kaisers.«

Plötzlich blieb Diogo das Lachen im Halse stecken. Eine dunkle, böse Ahnung stieg in ihm auf.

»Das … das ist eine Verleumdung«, stammelte er.
»So – eine Verleumdung?«, erwiderte Aragon und trat so dicht an ihn heran, dass sich ihre Gesichter fast berührten. »Ihr habt mich hintergangen, Diogo Mendes, Ihr habt mich belogen und verraten. Weil Ihr glaubtet, Ihr könntet mich kaufen, so wie Ihr glaubtet, mit Eurem Geld die ganze Welt kaufen zu können. Aber Ihr habt Euch verrechnet! Ganz und gar verrechnet!«
Diogo sah den Hass in Aragons Augen, die verletzte Eitelkeit und Wut. »Nennt Euren Preis«, zischte er, so leise, dass niemand sonst ihn hörte. »Ich werde alles tun, was Ihr verlangt.«
»Meinen Preis?«, erwiderte Aragon und stieß ihn mit beiden Händen zurück. »Ihr habt die Ehre eines Spaniers verletzt. Und Ehre hat keinen Preis!«
Ohne Diogo aus den Augen zu lassen, schnippte er mit dem Finger, und während er beiseitetrat, öffnete ein Lakai die Tür.
Herein kam ein Mädchen, ein halbes Kind noch, mit blondem Haar. Verlegen blieb es stehen und rieb sich mit dem linken Holzschuh das rechte Schienbein.
»Frauke …?«
Als Diogo ihren Namen sagte, schaute sie zu Boden.
In diesem Augenblick begriff er, dass er verloren hatte.
»Nun? Erkennt Ihr Eure Küchenmagd wieder?«, fragte Aragon und winkte das Mädchen zu sich. »Erzähl uns, was du gehört hast, aus dem Mund deines Herrn.« Um sie zu ermuntern, tätschelte er ihre Wange – eine zarte rosa Kinderwange.
Plötzlich wusste Diogo, wo er das Mädchen zum ersten Mal gesehen hatte, wie Schuppen fiel es ihm von den Augen. Sie war die kleine Hure aus dem Goldenen Anker, Aragons Belohnung, die er dem Spanier spendiert hatte, nachdem die Gloria mit den Flüchtlingen an Bord im Hafen von Antwerpen eingelaufen war.
»Ja, Frauke hat Euch in meinem Auftrag belauscht«, sagte Aragon, »ich selbst habe ihr dafür Portugiesisch beigebracht.«
Cornelius Scheppering hob mit feinem Lächeln die Hand. Gleich

darauf erschienen zwei Gardisten in der Tür, mit gekreuzten Lanzen, um den Ausgang zu versperren.
Diogo schloss die Augen.
›Man muss den Herrn auch für das Böse preisen …‹

48

Leise plätscherten die Wellen gegen die Planken der Esmeralda, wie um die Menschen im Bauch des Schiffes, die dicht an dicht zur Nachtruhe lagen, in den Schlaf zu wiegen. Trotz der vielen Wochen an Bord hatte Samuel Usque sich noch immer nicht an den Gestank unter Deck gewöhnt. Während Benjamin sanft und friedlich neben ihm schlummerte, lag er wach auf seinem Strohsack und starrte in die Finsternis, die nur vom spärlichen Licht des Mondes draußen erhellt wurde. Längst war die Felicidade aus Lissabon zurückgekehrt, ohne dass man die Flüchtlinge an Land gelassen hätte. Doch es ging das Gerücht, Dona Gracia sei nach Brüssel gereist, um über ihre Freilassung zu verhandeln.
Hatte ihre Gefangenschaft also bald ein Ende?
Irgendwo wachte jemand hustend auf, doch kaum hatte er sich geräuspert, fiel er mit lautem Schnarchen wieder in den Schlaf. Wie viele Menschen, wie viele Schicksale waren hier versammelt … Samuel kannte die Geschichten sämtlicher Flüchtlinge an Bord. Sie alle hatten Tote in der Heimat zurückgelassen, Ehemänner und Frauen, Eltern und Kinder, Brüder und Schwestern, die ermordet und verbrannt worden waren, nur weil sie nach den Vorschriften ihres Glaubens hatten leben wollen, weil sie gleich ihren Vätern den Sabbat geheiligt, Schweinefleisch verschmäht und ihre Söhne beschnitten hatten. Doch keiner dieser Toten sollte je vergessen werden, sie sollten leben, auch über ihren Tod hinaus. Denn Samuel Usque würde aufschreiben, was ihnen im Namen des dreifaltigen Gottes widerfahren war, um Zeugnis abzulegen für alle Zeit.

Über Deck wurden plötzlich Stimmen laut, Stiefelschritte dröhnten, und im nächsten Moment ging die Klappe über dem Niedergang auf. Eine Lampe leuchtete in die Dunkelheit. Samuel rüttelte seinen Bruder wach. War der Augenblick gekommen? Der Augenblick ihrer Befreiung?

»Gelobt sei der Herr!«, rief jemand. »›Das Volk Israel, das im Finstern wandelt, sieht ein großes Licht.‹ Wie es geschrieben steht!«

»Nein, es steht geschrieben: ›Der Herr wird dich zerstreuen unter alle Völker. Dünger auf dem Acker sollst du sein.‹«

Die Worte waren noch nicht verklungen, da sah Samuel die Soldaten. Mit gezogenen Säbeln, die in der Dunkelheit aufblitzten, stürmten sie den Niedergang herab unter Deck. Männer und Frauen kreischten vor Angst, Kinder und Greise fuhren aus dem Schlaf, nicht begreifend, was geschah.

Samuel packte seinen Bruder am Arm und riss ihn in die Höhe. »Wir müssen hier raus!«

Im Nu verwandelte sich das ganze Zwischendeck in einen Hexenkessel. Niemand blieb auf seinem Lager, alle rannten und schrien durcheinander, während die Soldaten wie Heuschrecken über ihre Opfer herfielen und mit ihren Waffen auf jeden einstachen, der sich bewegte. Schon sanken die ersten zu Boden.

Samuel hatte nur ein Ziel: die Luke, die ins Freie führte …

Ohne sich um irgendetwas anderes zu kümmern, stieß er jeden beiseite, der ihm im Weg war, sprang über die Toten und Verwundeten hinweg, auf den Niedergang zu. Ein Offizier trat ihm entgegen, die Hand am Degen. Aber bevor er die Waffe ziehen konnte, spreizte Samuel seine Finger und stach ihm damit in die Augen. Brüllend wie ein Tier, taumelte der Offizier zurück, ein hilfloser Blinder, und ließ seinen Degen fallen. Samuel bückte sich und hob die Waffe auf.

»Hinter dir!«, schrie Benjamin.

Samuel fuhr herum. Ein Soldat stürzte mit einem Messer auf ihn zu. Samuel nahm den Degen mit beiden Händen, und mit einem einzigen Hieb schlug er dem Mann den Kopf ab.

Plötzlich, einen Wimpernschlag lang, war der Weg frei.
»Vorwärts! Beeil dich!«
Benjamin rührte sich nicht, voller Entsetzen starrte er auf den abgeschlagenen Kopf zu seinen Füßen. Samuel schlug ihm ins Gesicht, damit er zu sich käme, trat und stieß ihn vor sich her, in die freie Gasse, den Niedergang hinauf.
Lautes Sturmgeläut scholl ihnen an Deck entgegen. Wie bei einer Flut oder Feuersbrunst läuteten die Glocken sämtlicher Kirchen der Stadt – die Glocken des Jüngsten Gerichts. Samuel schaute sich um. Nur ein halbes Dutzend Juden hatte es ins Freie geschafft. Mit bloßen Fäusten setzten sie sich gegen ihre Verfolger zur Wehr, sprangen über Bord, um ihr Leben zu retten, während am Ufer die Speicher in Flammen aufgingen.
»Los, spring!«, rief Samuel seinem Bruder zu.
»Ich kann nicht …« Wie angewurzelt stand Benjamin da, die Hände um die Reling gekrallt, die furchtgeweiteten Augen auf die schwarzen Fluten der Schelde gerichtet, wo im flackernden Widerschein des Feuers die ersten Köpfe aus dem Wasser auftauchten. »Ich … kann doch nicht schwimmen …«
»Doch, du schaffst es!«
Samuel riss ihn von der Reling los, es waren nur hundert Fuß bis ans Ufer, und obwohl der Bruder sich mit Armen und Beinen wehrte, packte er ihn am Hosenbund, um ihn über Bord zu werfen.
Da blitzte eine Klinge auf.
»Nein!«
Er versuchte, den Angriff mit dem Stiefel abzuwehren – doch zu spät. Lautlos drang die Klinge in Benjamins Rücken. Noch während Samuel ihn im Arm hielt, spürte er, wie das Leben aus dem Körper seines Bruders wich. Aus großen, leeren Augen schaute er ihn an, versuchte, irgendetwas zu sagen, doch kein Wort kam aus seinem Mund, nur ein unverständliches Röcheln und ein feines, dünnes Rinnsal, das dunkel von seinem Kinn herabtropfte.
»Benjamin …«

Samuel drückte ihn an sich, küsste sein Gesicht – da stieß ihn jemand in den Rücken. Benjamin entglitt seinen Händen und sackte zu Boden.

»Über Bord!«

Samuel drehte sich um. Eliahu Soares stand hinter ihm, mit einem Säbel in der Hand, und wehrte einen Soldaten ab, der sich auf ihn stürzen wollte.

»Mach endlich! Spring!«

Noch bevor Samuel begriff, was geschah, verpasste Eliahu ihm einen Stoß, mit solcher Wucht, dass er über die Reling flog.

Kalt schlugen die Wassermassen über ihm zusammen.

Dann war nur noch nasse, tiefe Finsternis rings um ihn her.

Drittes Buch

Das Erbe

Venedig – Ferrara, 1545–1553

1

Wie ein verwirrendes Gaukelspiel der Sinne entstieg Venedig dem Meer: »La Serenissima Repubblica di San Marco« – eine phantastische Schaumgeburt der Elemente, ein flirrendes, unwirkliches Traumgebilde aus Wasser und Licht, Marmor und Gold. Nirgendwo sonst auf der Welt gab es eine so dichtgedrängte Fülle Stein gewordener Grillen und Phantasmen zu bestaunen wie in dieser merkwürdigen Stadt, die sich, gut zwei Seemeilen vom Festland entfernt, auf einhundertzweiundzwanzig Inseln in der Lagune verteilte, einem seichten, dreißig Meilen langen und zehn Meilen breiten Arm des Adriatischen Meeres. Doch die Häuser, Kirchen und Paläste waren nicht wie andernorts auf sicheren Fundamenten erbaut, sondern auf luftigen Pfahlrosten, zweifelhafter Halt all der betörenden Schönheit und Pracht, die sich in so verschwenderischer Maßlosigkeit über die Wasseroberfläche erhob, von scheinbar harmlosem Wellengeplätscher umspült, in Wahrheit aber von den Meeresfluten fortwährend ausgehöhlt und zernagt. Statt befestigter Straßen und Gassen verbanden einhundertfünfundsiebzig Kanäle, wimmelnd von Gondeln, Booten und Kähnen, die vierhundert mit Zisternen versehenen Plätze, von denen freilich nur der größte und prächtigste, der Markusplatz, den Namen »Piazza« führte. Im Zeichen des Löwen erhob sich hier die Basilika, die Hauptkirche der Stadt, mit ihren fremdartigen Kuppeln und Mosaiken auf goldenem Grund – byzantinisch versponnenes Sinnbild einer jahrhundertealten Verbindung zum Morgenland. Am Canal Grande gelegen, jener breiten Wasserstraße, welche sich an den Quartieren der über hunderttausend hier lebenden Menschen in majestätisch schwingenden Bögen entlangzog, war der Markusplatz mit seinen Arkaden und dem Dogenpalast nicht nur das eindrucksvolle Machtzentrum Venedigs, sondern auch fraglos der Mittelpunkt aller öffentlichen Lustbarkeiten, sowohl im Sommer, wenn La Serenissima stolz im Sonnenglanz erstrahlte wie eine mit Juwelen geschmückte Kurtisane, als auch im Winter, wenn der Nebel, der von den Wassern unter den dreihundert Brücken aufdampfend hervorquoll, sie mit seinen weißlichen Schleiern vor zudringlichen Blicken verhüllte wie ein eifersüchtiger Liebhaber seine geheimnisvolle Schöne.

Die eigentümliche Vermählung von Land und Meer, die in Venedig auf so wundersame Weise Gestalt angenommen hatte, wurde alljährlich am Himmelfahrtssonntag mit einem rauschhaften Fest gefeiert, der »Sensa«. Dann fuhr der Doge, der aus der Mitte des Volkes gewählte Herrscher der Republik, in einem Prunkschiff hinaus zum Lido, an der Spitze einer unüberschaubaren Flotte fahnengeschmückter Boote und Gondeln, um vor der Kirche San Nicolo einen geweihten Ring in die Fluten zu werfen, Symbol der Macht und Überlegenheit der Stadt über das Meer. Denn als Seemacht war Venedig zu Ruhm und Bedeutung gelangt, ein Kolonialreich, das in seiner Blüte von Oberitalien bis Kreta, zur Krim und nach Zypern reichte. Dabei verstand es die Serenissima, in Ermangelung eigener Größe und Stärke, ebenso geschickt wie erfolgreich zwischen den verfeindeten Großmächten Byzanz, dem Heiligen Römischen Reich und dem Vatikanstaat des Papstes zu lavieren. Deren Rivalität und das Vordringen der Osmanen spielten den Venezianern nahezu mühelos in die Hand, was größte Anstrengungen kaum je vermocht hätten: Begünstigt durch die äußere Lage gelang es den Dogen, in kluger Nutzung der jeweiligen Konjunktur, fast den gesamten Handel zwischen Abendland und Morgenland zu beherrschen. Turbantragende Orientalen waren darum in Venedig ebenso zu Hause wie brokatgewandete Franzosen, schwarzgekleidete Spanier oder blassgesichtige Engländer. Doch dem vom Himmel geschenkten Glück folgte alsbald der menschenbewirkte Verfall. Zuerst nahmen die Türken nach der Eroberung Konstantinopels der Serenissima die Inseln des griechischen Meeres; dann brachten die

Portugiesen durch die Entdeckung des Seewegs nach Indien die Venezianer um den Handel mit den dort gewonnenen Schätzen; und während die Entdeckung der Neuen Welt unermessliche Reichtümer versprach, verlor Venedig seine Vormachtstellung als größter Stapelplatz Europas mehr und mehr an das aufstrebende Antwerpen in den Spanischen Niederlanden.

Obwohl die Serenissima unter dem Prunk ihrer äußeren Erscheinung das mähliche Schwinden der Macht so wenig wahrnahm wie den Verfall mancher ihrer Bauwerke unter der glitzernden Oberfläche des Meeres, waren die zwangsgetauften Marranen, die auf der Flucht vor der Inquisition in immer größeren Scharen Richtung Osten zogen, in der Lagunenstadt höchst willkommen. In dem Bestreben, vor der Welt in immer wieder neuem Glanz zu erstrahlen, die Pracht der Kirchen und Palazzi nicht nur zu erhalten, sondern ständig zu mehren, wurden gewaltige Summen verbraucht – Gelder, die man sich von den handelserprobten und geschäftstüchtigen Juden mit einigem Recht erhoffte. Andererseits bedeutete die zunehmende Durchdringung des republikanischen Gemeinwesens mit so unsicheren Glaubenskantonisten eine nicht zu unterschätzende Gefahr für das sorgsam gepflegte, doch heikle Gleichgewicht der Kräfte – schließlich lag Rom, die Hauptstadt der Christenheit, nur wenige Tagesreisen von Venedig entfernt.

Angesichts dieses Zwiespalts verfielen die Dogen mit diplomatischer Schläue auf den Ausweg, für den jüdischen Teil der Bevölkerung ein eigenes Quartier im sumpfigen Stadtteil Cannaregio einzurichten: das *ghetto nuovo,* so benannt nach einem Kanonengussplatz aus frühen Jahren. Bewehrt von hohen, starken Mauern, die vor fremden Blicken ebenso schützten wie vor ungesunden Glaubensvermischungen, konnten die Juden dort die Bräuche ihrer Väter pflegen, ohne sich vor irgendjemandem fürchten zu müssen. Getrennt von den Christen, beteten sie in ihren Synagogen, heiligten den Sabbat und kauften Fleisch von Metzgern, die das Schlachtvieh schächteten, wie das Gesetz es verlangte. Bei Tag durften sie unbehelligt das Tor passieren, um in der Stadt ihren Geschäften nachzugehen, und erst wenn die Abendglocken läuteten, sahen sie sich genötigt, in ihr Viertel zurückzukehren – wer nach dem Ave außerhalb des Ghettos mit dem gelben Judenhut angetroffen wurde, dem drohte schwere Strafe. Dabei stand es jedem Juden frei, sich sein eigenes Leben zu wählen. Kein Marrane, der sich entschloss, ins Judenviertel zu ziehen, konnte vor Gericht der Ketzerei bezichtigt werden. Umgekehrt war kein Converso gezwungen, sich zum jüdischen Glauben zu bekennen, wenn er als Christenmensch zu leben wünschte. War er bereit, dem Gott des Volkes Israel abzuschwören, um sich dem dreifaltigen Gott, dem Papst und der katholischen Kirche anzuschließen, genoss er nahezu uneingeschränkt die Bürgerrechte der Serenissima.

Seit dem Jahre 1516 galt diese ausgeklügelte, sinnreiche Regelung, welche die Juden von den Christen im Glauben schied und ihnen dennoch ein gemeinsames Wirken für die Belange der allerdurchlauchtigsten Republik des heiligen Markus ermöglichte. Doch keine Mauer war hoch und stark genug, um die Menschen vor dem Wankelmut in ihrer Seele zu bewahren. So wie in Venedig Land und Meer in- und miteinander verschwammen, verwirrten sich in manchem Herzen die Elemente des Lebens selbst, Gut und Böse, Recht und Unrecht, wahrer und falscher Glaube …

2

»Ich bin so glücklich, Euch wohlbehalten wiederzusehen, Dona Gracia«, sagte Rabbi Soncino. »Und auch Euch, Dona Brianda. Wie lange ist das her, dass wir in Lissabon Abschied voneinander genommen haben?«

»Das müssen über zehn Jahre sein«, sagte Brianda, »wenn nicht mehr.«

»Nein«, erwiderte Gracia. »Genau neun. Reyna war schon sieben, als wir die Heimat verlassen mussten.«

»Herrje, wie die Zeit vergeht«, seufzte Rabbi Soncino. »Alt und grau bin ich geworden. Nur Ihr habt Euch nicht verändert – keine einzige Falte, alle beide. Aber sagt, wie war die Reise? Wurdet Ihr überfallen?«

Vor wenigen Stunden erst waren die Schwestern mit ihrem Tross in Venedig angekommen, einschließlich Reyna und José – nachdem sie sich in Straßburg verpasst hatten, waren sie in der Augsburger Fuggerei endlich zusammengetroffen, rechtzeitig vor der Überquerung der Alpen. Während die Abendsonne sich bereits über die Lagune senkte, um die Stadt mit ihren Wasserstraßen in ein rotgoldenes Licht zu tauchen, hatte eine Gondel sie vom Festland zur Locanda della Luna gebracht, einem Gasthof, von dem aus in früheren Zeiten die Tempelritter zu ihren Kreuzzügen ins Morgenland aufgebrochen waren und der nur wenige Schritte vom Markusplatz entfernt lag. Offenbar hatte sich die Ankunft der Reisegesellschaft wie ein Lauffeuer in Venedig herumgesprochen, Rabbi Soncino hatte sie schon auf der Treppe des Gasthofs erwartet. Während José im Kontor der Firma nach dem Rechten sah und Reyna ihre Cousine La Chica zu Bett brachte, hatten sie sich nach Abendmahl und Gebet auf dem Balkon der Locanda zusammengesetzt, um ihr Wiedersehen zu feiern.

»Zweimal hat man versucht, uns auszurauben«, erzählte Brianda, »einmal in Flandern und einmal im Elsass, als ich noch allein mit La Chica unterwegs war. Und in den Alpen mussten wir die Fuhrwerke zerlegen, damit Maulesel sie über die Pässe tragen konnten. Als wir auf der anderen Seite waren, hatte ich Angst, dass wir die Fuhrwerke nie wieder …«

»Von der Reise können wir später erzählen«, fiel Gracia ihr ins Wort. »Sagt uns bitte eines, Rabbi Soncino: Habt Ihr Nachrichten aus Antwerpen?«

Bei der Frage verdüsterte sich das Gesicht ihres gelehrten Freundes.

»Es gibt Gerüchte, beunruhigende Gerüchte. Von Verfolgungen und Überfällen auf unsere Glaubensbrüder. Angeblich wurden Hunderte verhaftet. Sogar von Toten ist die Rede.«
»Gott behüte!«
»›Ein Mensch muss Gott für das Böse wie für das Gute preisen‹«, sagte Rabbi Soncino. »So steht es von den Weisen im Traktat Brachot geschrieben. Darum sollst du den Herrn, deinen Gott, lieben mit deinem ganzen Herzen, mit deiner ganzen Seele und mit ganzer Kraft.«
Gracia holte tief Luft. Man muss den Herrn auch für das Böse preisen … Wie oft hatte Diogo diesen Spruch gesagt. War er ihm nun zum Schicksal geworden? Auf allen Stationen ihrer Reise hatte sie versucht, Nachrichten von ihm zu bekommen, aber die Auskünfte waren voller Widersprüche gewesen. Niemand wusste verlässlich zu berichten, was seit ihrem Aufbruch in Antwerpen geschehen war.
Auch Brianda war blass. Mit leiser, ängstlicher Stimme sprach sie die Frage aus, die Gracia nicht zu stellen wagte: »Und Dom Diogo – mein Mann?«
»Ich weiß es nicht«, erwiderte der Rabbiner. »Aber ich bin guten Mutes, dass er lebt. Er ist zu reich, als dass die Edomiter es wagen würden, Hand an ihn zu legen. Niemand schlachtet eine Kuh, die er melken will. Solange wir nichts von ihm hören, sollten wir also unbesorgt sein. Der Herr ist bei ihm und wird ihn schützen.«
»Glaubt Ihr wirklich?«, fragte Brianda. »Gott hat schon oft zugeschaut, wenn Juden getötet wurden, ohne sich darum zu kümmern.« Sie wandte sich zu Gracia, die Augen voller Angst. »Warum hast du nur Reynas Heirat verhindert?«, flüsterte sie. »Alles wäre gut geworden. Wenn Diogo etwas passiert …«
Noch während Brianda sprach, kehrte Gracia ihr den Rücken zu. Die Angst ihrer Schwester war mehr, als sie ertrug. Brianda konnte wenigstens sagen, was sie empfand – aber sie? Sie war mit ihrer Angst allein.

»Wo ist Tristan da Costa?«, fragte sie den Rabbiner, um das Thema zu wechseln. »Warum ist er nicht hier? Ich habe ihm eine Depesche geschickt, er muss von unserer Ankunft wissen.«
»Euer Agent ist vor Wochen schon nach Frankreich gefahren, nach Lyon«, erklärte Soncino.
»Nach Lyon? Wozu?«
»Eine Anweisung von Dom Diogo. Der letzte Brief, der von ihm aus Antwerpen hier eintraf. Ich glaube, es geht um ein Darlehen für den französischen König.«
»Ohne dass ich etwas davon weiß?«, fragte Gracia irritiert. Doch dann kam ihr eine Ahnung, mehr Hoffnung als Gewissheit. »Das ist ein gutes Zeichen! Diogo will den französischen König stärken, damit der Kaiser nachgibt. Wahrscheinlich verhandelt er gleichzeitig über die zweihunderttausend Dukaten, die Karl der Firma Mendes schuldet.«
»Gott wird ihn schützen und leiten«, wiederholte Soncino. »Sobald Tristan da Costa zurück ist, wissen wir mehr. Ich bin sicher, er bringt uns Nachricht aus Antwerpen mit – gute Nachricht, von Dom Diogo.«
Während Gracia versuchte, die Zuversicht des Rabbiners zu teilen, hörte sie aus der Ferne einen seltsamen, schwermütigen Gesang. Sie hob den Kopf und schaute über den Kanal, der mit leisem Plätschern das Lied begleitete. War ihre Hoffnung stark genug, um die Zweifel zu überwinden? Zwei Tauben flogen am Balkon vorüber und verschwanden in der Dämmerung, wo in der Ferne eine schwarze Gondel über das Wasser glitt. Der Gesang war so schön, dass Gracia schluckte. So konnte nur ein Liebender singen …
Rabbi Soncino räusperte sich. »Ich fürchte, ich muss jetzt gehen«, sagte er und erhob sich von seinem Stuhl.
»So früh schon?«, fragte Gracia. »Ich hatte gehofft, Ihr würdet vielleicht zur Nacht …«
»Das ist leider nicht möglich. Vor dem Ave-Läuten muss ich zu Hause sein. Eine der vielen Merkwürdigkeiten dieser Stadt.«

Auch die Schwestern standen auf. Rabbi Soncino verabschiedete sich mit einer Verbeugung. In der Tür blieb er noch einmal stehen.
»Wie ich an Euren Kleidern sehe, seid Ihr als Christen gereist«, sagte er.
»Die Schutzbriefe des Papstes waren auf unsere christlichen Namen ausgestellt«, erwiderte Gracia.
»Natürlich«, sagte Soncino. »Aber habt Ihr schon überlegt, wo Ihr nun, da Ihr an Euer Ziel gelangt seid, Wohnung nehmen wollt?«
»Wie sollten wir?«, fragte Brianda. »Wir kennen Venedig ja gar nicht. Aber wenn Ihr von einem Palazzo wisst, der für unsere Zwecke geeignet wäre …«
»Das meine ich nicht«, erwiderte Rabbi Soncino. »Nicht in welchem Haus Ihr leben wollt, frage ich, sondern auf welcher Seite der Mauer?« Er machte eine Pause und schaute sie an, erst Brianda, dann Gracia. »In der Stadt – oder im Ghetto?«

3

Kaum hatte sich in den Salons und Kontoren Venedigs die Nachricht verbreitet, dass sich die Firma Mendes mit ihrem gewaltigen Vermögen in der Lagunenstadt anzusiedeln gedenke, erschienen ganze Scharen von Dienstboten und Lakaien in der Locanda della Luna, um Einladungen zu überbringen. Ob Juden oder Christen, Kaufleute oder Aristokraten, Ausländer oder Italiener – jeder, der etwas auf sich hielt, wollte die reichen und berühmten Schwestern kennenlernen, jeder sie in seinem Palazzo empfangen!
Die ersten Wochen nach der Ankunft vergingen wie im Rausch. Die Venezianer gaben Unsummen aus, um die Neuankömmlinge mit ihrem Reichtum zu beeindrucken und sich gegenseitig in der Kunst zu überbieten, von diesem Reichtum sinnfälligen Ge-

brauch zu machen. Maskenbälle folgten auf Gesangsdarbietungen, Tableaux vivants auf Rezitationen, Theateraufführungen auf Karten- und Glücksspielabende. Brianda gingen die Augen über. Wie die Frauen gekleidet waren! Keine Spur jener düsteren Strenge, die im kalten, zugigen Flandern allgegenwärtig war. Die Venezianerinnen schienen sich weder um die Predigten der Pfarrer noch um die Mahnungen der Rabbiner zu scheren. Sie bleichten und färbten ihr Haar und türmten es mit goldenen Spangen hoch über ihre Köpfe; sie schminkten ihre Lippen mit Karmesin, die Augen mit Kohle und trugen Kleider mit so tiefen Ausschnitten, dass sie den halben Busen entblößten; sie waren mit Perlen und Juwelen behangen, und während sie sich mit kunstvoll bemalten Fächern Luft zufächelten, warfen sie ihren Verehrern verheißungsvolle Blicke zu und gaben ihnen mit ihren parfümierten Spitzentaschentüchern geheime Zeichen. Noch nie in ihrem Leben, weder in Lissabon noch in Antwerpen, hatte Brianda so viel Schönheit gesehen, ein solches Übermaß an Luxus und Lebenslust, und in manchen Augenblicken, in denen sie vergaß, was in den letzten Monaten geschehen war, regte sich in ihrem Herzen wieder jenes beglückende, längst verloren geglaubte Gefühl, dass das Leben ein wunderbares Geschenk war, ein bunter, reichgedeckter Gabentisch.
Geblendet vom Zauber der Lagunenstadt, dachte sie keinen Moment daran, ins Ghetto zu ziehen. Was hatte sie dort zu suchen? Sie war ja nicht einmal sicher, ob es Gott überhaupt gab. Außerdem durften die Ghettojuden keine bunten Kleider tragen, nur schwarze, schmucklose Gewänder, noch schlimmer als die Mode in Antwerpen … Kurz entschlossen quartierte Brianda sich im Palazzo Gritti ein, einem herrschaftlichen Palast in der Gemeinde San Marcuola, unweit der Zecca, der staatlichen Münze, gelegen. Die Prunkfassade mit den Bogenfenstern und Balkonen schaute auf den Canal Grande hinaus, und die Empfangsräume erstreckten sich über zwei Stockwerke. Die Renovierung kostete ein Vermögen, Brianda musste Schulden aufnehmen, um die

Handwerker und das Gesinde zu bezahlen, doch ebenso wie der jüdische Geldverleiher, der ihr die nötigen Summen gegen eine Verzinsung von sieben Prozent pro Quartal vorstreckte, vertraute sie fest auf die baldige Ankunft ihres Mannes. Ein Getreidehändler aus Straßburg hatte ihr versichert, dass Diogo am Leben sei – er selbst habe ihn mit eigenen Augen gesehen, in einem Wirtshaus in Augsburg, zusammen mit Anton Fugger. Brianda hoffte nur, dass Diogo vor Tristan da Costa in Venedig eintraf, um ihrem Herzen quälende Zweifel zu ersparen.

Und Gracia? Für sie gestaltete sich die Wahl der Wohnung ungleich schwieriger. Die Aussicht, ins Ghetto zu ziehen, erschien ihr wie eine Verheißung: Dort würde sie als Jüdin unter Juden leben können, inmitten Tausender Glaubensbrüder, ohne Angst vor Bespitzelung und Verrat. Niemals würde dort ein Christ die Hand ihrer Tochter fordern, und selbst wenn die Inquisition in Venedig Einzug hielte, wäre sie vor dem Glaubensgericht sicher. Doch war es ihr wirklich vergönnt, nur an sich zu denken? Der Einzug ins Judenviertel kam einem öffentlichen Bekenntnis gleich. Wenn sie sich für das Ghetto entschiede, müsste sie den gelben Fleck an ihrem Kleid tragen, sobald sie das Tor zur Stadt hindurchschreiten würde. Wo immer sie erschiene, wäre sie als Jüdin gebrandmarkt, als eine Außenseiterin, die am Leben der Reichen und Mächtigen nicht wirklich teilhaben durfte. Wie aber sollte sie so ihre Geschäfte betreiben? Wie den neuen Hauptsitz der Firma aufbauen? Wie das Heer von Agenten steuern, um all das Geld zu verdienen, das sie brauchten, um den verfolgten Juden in ihrer Heimat zu helfen? Nein, sosehr sie sich eine Wohnung im Ghetto wünschte – die Interessen der Firma und ihrer Glaubensbrüder durfte sie darum nicht verraten. Also beschloss sie, vorerst bei ihrer Schwester Quartier zu nehmen. Erst wenn Diogo da wäre, würde sie endgültig entscheiden, wo sie wohnen wollte.

Während Gracia jeden Morgen zum Hafen fuhr, um zusammen mit ihrem Neffen José im Kontor der Firma die Geschäfte zu führen, verbrachte Brianda die Tage des Wartens damit, den neu bezogenen Palazzo für Diogos Ankunft herzurichten. Tischler und Drechsler, Stuckateure und Maler gingen ein und aus, von früh bis spät hallten die hohen Marmorflure vom Rufen und Lärmen der Handwerker wider, die sich jede erdenkliche Mühe gaben, Briandas Wünsche in die Tat umzusetzen, in der Hoffnung auf ein Lächeln der schönen Hausherrin.

Brianda suchte gerade mit einem Tapezierer verschiedene Seidenstoffe aus zur Bespannung ihres Bilderkabinetts, als ein Diener Besuch meldete. Mit klopfendem Herzen wandte sie sich zur Tür. Wer mochte das sein? Vielleicht ihr Mann? Doch als der Tapezierer mit seinen Stoffen über dem Arm den Raum verließ, trat ein Fremder herein, ein schwarz gewandeter Jude mit Schläfenlocken und gelbem Hut, der sie von ferne an Francisco Mendes erinnerte.

Plötzlich setzte ihr Herz für einen Schlag aus.

»Tristan?«, fragte sie ungläubig. »Bist du es wirklich?«

»Euer Diener, Dona Brianda«, erwiderte er mit einer Verbeugung. »Ich komme gerade aus Lyon ...«

Ohne den Satz zu beenden, verstummte er. War er genauso verlegen wie sie? Sie konnte kaum glauben, dass er tatsächlich vor ihr stand, der Mann, mit dem sie einmal verlobt gewesen war, in einem anderen Leben. In ernster Befangenheit erwiderte er ihren Blick. Ihr Herz raste auf einmal wie ein galoppierendes Pferd.

»Warum bist du ... warum seid Ihr zu mir gekommen?«

»Ich habe Nachricht für Euch. Aus Antwerpen.«

Brianda atmete einmal tief durch. »Sind es ... gute Nachrichten?«

»Leider nein«, sagte er und senkte den Blick. »Man hat unsere Speicher angezündet, und viele unserer Glaubensbrüder wurden verfolgt.«

Brianda spürte, wie ihr der Mund austrocknete. »Und Dom Diogo?«, fragte sie leise. »Was ist mit meinem Mann?«

4

Lautlos glitt die Gondel durch den Canal Grande. Gracia tauchte eine Hand ins Wasser und lehnte sich zurück, um den Sonnenuntergang zu genießen. Sie war in Murano gewesen, auf einer Insel vor Venedig, wo die schönsten Glaswaren hergestellt wurden, die sie je gesehen hatte, kristallene Lüster, die wie die Meereswellen im Abendlicht funkelten, und Gläser von solch dünnwandiger Zartheit, als hätten Engel sie erschaffen. Die Glasbläser verdienten ein Vermögen, doch lebten sie wie Gefangene auf der Insel – unter Androhung der Todesstrafe war es ihnen verboten, ihre Kunst weiterzugeben. Gracia hatte beschlossen, eine ganze Schiffsladung der kostbaren Glaswaren zu kaufen, um sie nach Konstantinopel auszuführen. Amatus Lusitanus hatte ihr geschrieben, dass in der Hauptstadt des Sultans die teuersten Sachen den reißendsten Absatz fänden. Damit könnte sie den nächsten Transport von Flüchtlingen ins Morgenland finanzieren. Diogo würde begeistert sein.

Diogo … Der Gedanke an ihn versetzte ihr einen Stich. Was sollte sie tun, wenn er wieder da war? Sie konnten unmöglich zu dritt unter einem Dach leben. Jeder Blick, jedes Wort würde sie verraten. Sie würde sich eine eigene Wohnung nehmen müssen und im Kontor darauf achten, dass immer jemand mit ihnen im Raum war, José oder Tristan da Costa, damit sie keine Gelegenheit hätten, einander zu berühren. Aber wie sollte sie das aushalten? Diogo würde mit ihrer Schwester nicht nur den Tisch teilen, sondern auch das Bett.

»Wollt Ihr nicht aussteigen?«, fragte der Gondoliere.

Gracia hatte gar nicht gemerkt, dass sie bereits angelegt hatten. Sie raffte ihre Röcke und trat auf den Steg. In der Eingangshalle des Palazzos empfing sie eine ungewohnte Stille. Hatten die Handwerker schon Feierabend gemacht? Ein paar Diener waren dabei, die Kerzen in den Leuchtern zu entzünden. Bei ihrem Erscheinen verdoppelten sie ihren Eifer, doch keiner schaute sie an.

Sie wollte sich gerade nach ihrer Schwester erkundigen, da kam Reyna ihr aus einer Tür entgegen. Offenbar hatte sie auf ihre Mutter gewartet.
Als Gracia das Gesicht ihrer Tochter sah, erschrak sie.
»Ist etwas passiert?«
»Onkel Diogo ist tot.«
»Was redest du da?«, rief Gracia. »Man hat ihn doch gesehen! In Augsburg! Mit Anton Fugger!«
»Ein Agent war hier, aus Lyon. Er hat die Nachricht gebracht.«
»Ein Agent? Wer? Tristan da Costa?«
»Ich glaube, so heißt er.«
Gracia fasste nach der Lehne eines Stuhls, um sich festzuhalten. Das musste ein Gerücht sein, eine gemeine, hinterhältige Lüge, die ihre Gegner in die Welt gesetzt hatten, um sie zu schwächen! Während sich die Gedanken in ihrem Kopf überschlugen, so schnell und verworren, dass sie zu keiner Empfindung fähig war, berichtete Reyna, was sie aufgeschnappt hatte: dass man Diogo wegen Hochverrats hingerichtet hätte … in Antwerpen, auf dem Marktplatz … weil er ein Attentat geplant habe … auf Aragon, den Converso-Kommissar … Samuel Usque sei dabei gewesen …
»Wo ist Tante Brianda?«, fragte Gracia.
»In ihrem Ankleidezimmer. Sie wollte allein sein.«
»Ich gehe zu ihr. Kümmere du dich um La Chica.«
Gracia eilte die Treppe hinauf, während Reynas Worte in ihrem Innern widerhallten wie ihre Schritte im Haus von den hohen Marmorwänden.
Onkel Diogo ist tot … Onkel Diogo ist tot … Onkel Diogo ist tot …
Außer Atem erreichte sie das Ankleidezimmer. Das Licht der Kerzen brach sich an den Wänden und warf gespenstische Schatten. Während sie an einer Säule lehnte, um Atem zu schöpfen, sah sie in einem Spiegel ihr eigenes Gesicht.
Onkel Diogo ist tot … Onkel Diogo ist tot …
Auf einmal erblickte sie in dem flackernden Kerzenschein ihren

Geliebten, seine schwarzen Locken, seine Augen, wie er sie angeschaut hatte, in jener Nacht in der Mikwa, als sie in das Wasser getaucht war, um sich reinzuwaschen von ihrer Schuld.

Diogo ist tot … Diogo ist tot …

Durch ein offenes Fenster wehte der Gesang eines Gondoliere. Gracia fröstelte. Und während sie auf die Tür starrte, hinter der ihre Schwester wartete, war es ihr, als würde jemand einen Schleier vor ihren Augen wegreißen, von einer Wahrheit, die sie selbst vor sich verborgen hatte.

Diogo ist tot …

Ja, in ihrem Herzen hatte sie es geahnt, dass er nicht mehr am Leben war, hatte es längst gewusst, seit dem Abend ihrer Ankunft, als sie auf dem Balkon der Locanda gesessen und das einsame, schmerzlich schöne Lied über dem Wasser gehört hatte.

Diogo … tot …

Plötzlich setzten alle ihre Gedanken aus, und sie hatte nur noch Angst. Wie sollte sie Brianda gegenübertreten? Ihre Schwester hatte Diogo nie geliebt, aber er war ihr Ehemann gewesen – der Mann, der sie versorgte, der Mann, dem sie ihr Schicksal anvertraut hatte.

Gracia schloss für einen Moment die Augen. Dann gab sie sich einen Ruck und öffnete die Tür.

Ihre Schwester stand am Fenster und blickte hinaus auf den Kanal, der wie auf einem Gemälde im Abendrot erglühte. Als Gracia den Raum betrat, drehte Brianda sich zu ihr um. Ihr Gesicht war blass, doch sie schien nicht geweint zu haben.

»Hast du es schon gehört?«, fragte sie.

»Ja«, erwiderte Gracia. »Reyna hat es mir gesagt.« Sie trat zu ihrer Schwester und legte einen Arm um sie. »Es … es tut mir so leid.« Obwohl Diogos Tod ihr viel größere Schmerzen bereitete als Brianda, hatte sie nicht das Recht, ihre Gefühle vor ihrer Schwester zu zeigen.

Brianda rührte sich nicht. Als wäre sie eine Marmorfigur, verharrte sie unter der Berührung.

»Du hast ihn auf dem Gewissen«, flüsterte sie. »Nur weil du nicht wolltest, dass Reyna diesen Spanier heiratet, musste er sterben.«
»Das … das ist nicht wahr«, stammelte Gracia. Sie ließ ihre Schwester los, und während sie einen Schritt zurücktrat, krallte sie ihre Hände in die Röcke, um nicht in Tränen auszubrechen. »Es … es war nicht nur mein Plan. Diogo hat es doch auch so gewollt.«
Brianda schüttelte den Kopf. »Dein Wahn hat ihn dazu getrieben. Nur du hast ihn dazu gebracht.«
Gracia wünschte, ihre Schwester würde schreien, sie schlagen oder ihr ins Gesicht spucken. Doch Brianda schaute nur mit großen, leeren Augen hinaus auf den Kanal, wo die Gondeln und Lastkähne in der Abendsonne vorüberzogen, wie jeden Tag, als wäre nichts geschehen.
»Wie soll jetzt unser Leben weitergehen?«, fragte sie mit tonloser Stimme.
Gracia hatte das Gefühl, als würde sich eine unsichtbare Hand um ihr Herz schließen und langsam, langsam zudrücken. All die Fragen, die sie sich in den letzten Wochen gestellt hatte: Wie sollte sie Diogo begegnen? Durfte sie ihn weiter lieben? Musste sie Brianda die Wahrheit sagen? – all diese Fragen brauchten jetzt keine Antworten mehr. Diogo würde nicht einmal mehr die Gläser sehen, die sie in Murano gekauft hatte.
Als sie sich vom Fenster abwandte, erblickte sie in Briandas Hand ein Kuvert.
»Was ist das?«, fragte sie. »Von Diogo?«
»Sein Testament«, erwiderte ihre Schwester. »Samuel Usque hat es im Judenhaus von Antwerpen gefunden, in irgendeinem Mauerversteck, zusammen mit Diogos Anweisung, dass er nach Lyon fahren solle, um dort Tristan zu suchen.« Sie streckte ihr den Umschlag entgegen. »Willst du es lesen?«
Gracia starrte auf das Kuvert, auf die drei kleinen, unscheinbaren, unfassbaren Worte, die darauf geschrieben standen, in

Diogos verschnörkelter Handschrift: *Mein Letzter Wille* … Wie oft hatte sie diese Schrift gelesen, auf Frachtbriefen und Rechnungen der Firma. Doch nie hatte Diogo ihr einen persönlichen Brief geschrieben, ihr nie mit dieser Schrift gestanden, dass er sie liebe.

Während die Tränen unaufhaltsam in ihr aufstiegen, schüttelte sie den Kopf.

»Nein«, sagte sie. »Das ist für dich, du bist seine Frau.«

Dann drehte sie sich um, und bevor die Verzweiflung sie übermannte, eilte sie hinaus.

5

Im Beisein meines Notarius William van Strict, wohnhaft in der Reyndersstraat zu Antwerpen, gebe ich im Vollbesitz meiner geistigen Kräfte und mit dem Segen des allmächtigen Gottes allhier meinen Letzten Willen kund und zu wissen.

Ad primum: Wie guter Brauch es erheischt, hinterlasse ich aus meinem privaten Vermögen dreitausendzweihundert Golddukaten für die Armen der Stadt. Aus den Zinsen dieses Kapitals sind alljährlich zweihundert Dukaten an Bedürftige zu spenden, aufgeteilt zu jeweils drei gleichen Teilen: ein Teil für die Pflege und Ernährung mittelloser Häftlinge, ein Teil zur Kleidung von Obdachlosen, ein Teil zur Ausstattung elternloser Mägde mit einer Mitgift, welche sie zur Ehe befähigt. Sollten die erforderlichen Summen nicht aus dem in Antwerpen deponierten Kapital erwachsen, möge man dafür Sorge tragen, dass die Agenten meines Handelshauses im Ausland die Differenz ausgleichen.

Ad secundum: Was die Aufteilung der Firma Mendes angeht, so erkläre ich hiermit, dass die eine Hälfte allen Besit-

zes meiner Schwägerin Dona Gracia Mendes und ihrer Tochter Reyna gehört, die andere Hälfte aber mir, wie im Testament meines Bruders Dom Francisco Mendes vor dessen Ableben richtig und gewissenhaft verfügt.
Ad tertium: Ferner erkläre ich, dass ich für den Fall meines Todes zur alleinigen und ausschließlichen Sachwalterin meines Anteils am Vermögen der Firma Mendes sowie meines persönlichen Eigentums, sowohl die beweglichen als auch die unbeweglichen Besitztümer betreffend, einschließlich sämtlicher daraus erwachsender Verbindlichkeiten, gleichgültig an welchem Ort, meine Schwägerin Dona Gracia Mendes bestimme, Witwe meines verstorbenen Bruders Dom Francisco Mendes, im Vertrauen auf ihre Umsicht, Erfahrung, Tüchtigkeit und Redlichkeit. Ihr zur Seite stelle ich ihren Neffen Dom José Nasi, welcher sie in all ihren Tätigkeiten und Unternehmungen zum Wohle der Firma und der Familie Mendes nach Kräften unterstützen möge. Dies ordne ich an, um sicherzustellen, dass alles, was in der Vergangenheit geschaffen wurde, in Zukunft seine wohl gelungene Fortsetzung finde. Um dieser Hoffnung und Erwartung Sorge zu tragen, ernenne ich Dona Gracia außerdem zum Vormund meiner Tochter La Chica sowie zur Sachwalterin von deren gesamtem Vermögen, bis diese ihr fünfzehntes Lebensjahr vollendet hat oder in den heiligen Stand der Ehe tritt.
Schließlich und endlich ordne ich an, dass meinem Eheweib Brianda Mendes, geborene Nasi, aus meinem privaten Vermögen eine Summe auszuzahlen ist, welche der Höhe der von ihr in die Ehe eingebrachten Mitgift entspricht, nebst Zins und Zinseszins, zu ihrer alleinigen freien und beliebigen Verfügung.

Aufgeschrieben und beglaubigt am 28. Juni,
im Jahre des Herrn 1543
Diogo Mendes

6

Die Verfügungen ihres Mannes trafen Brianda wie Schläge ins Gesicht. Diogos Letzter Wille kam einer Entmündigung gleich. Für jede Ausgabe, für jeden Dukaten, für jeden noch so kleinen Wunsch, den sie sich erfüllen wollte, musste sie fortan ihre Schwester fragen. Wovon sollte sie ihren Unterhalt bestreiten? Wovon die Schulden für den Palast begleichen? Wovon die Handwerker bezahlen? Ihre Mitgift reichte hinten und vorne nicht. Noch schlimmer aber als all diese praktischen Sorgen war ein dunkler, böser Verdacht, der sich tief in ihrem Herzen regte. Hatte der Mann, mit dem sie nie hatte leben wollen, den sie nur auf Gracias Drängen hin geheiratet hatte – hatte dieser Mann sie mit ihrer eigenen Schwester betrogen? Brianda wusste nur einen Menschen, der ihr darauf Antwort geben konnte: Tristan da Costa. Er war nicht nur Diogos Agent gewesen, sondern auch sein Freund und Vertrauter.

Am ersten Sonntag nach Eröffnung des Testaments machte sie sich auf den Weg. Der Sonntag war die einzige Möglichkeit, um mit Tristan zu sprechen. Während der Woche arbeitete er tagsüber im Kontor der Firma an Gracias Seite und verschwand am Abend hinter den Mauern des Judenviertels, dessen Tore sich nach dem Ave-Läuten bis zum nächsten Morgen schlossen, bewacht von vier christlichen Wächtern sowie von zwei Booten, die in der Nacht auf den Kanälen rund um das abgegrenzte Quartier patrouillierten, so dass kein Hinein- oder Hinauskommen möglich war.

Kaum hatte Brianda den Ponte di Ghetto Vecchio überschritten, die mit einem Tor bewehrte Brücke, die ins Judenviertel führte, betrat sie eine andere Welt. Der glanzvolle venezianische Luxus, alle Schönheit, Kunst und Pracht der Lagunenstadt schienen aus dem umschlossenen Quartier verbannt. Statt marmorner Kirchen und Paläste erhoben sich links und rechts schmucklose Synagogen und Bankgebäude, Ladengeschäfte und Werkstätten, die

auf einen eigenartig gekrümmten, viereckigen Platz führten, wo es von Menschen wimmelte, als würden im Ghetto dreimal so viele Frauen und Männer, Kinder und Greise auf einer Fläche leben wie in der übrigen Stadt. Alles schien überzuquellen, die Häuser ebenso wie die Gassen, die hier die Wasserstraßen ersetzten. Die schmalen, schäbigen Gebäude drängten sich aneinander und türmten sich, ein Stockwerk bedrohlich über das andere gesetzt, in den blauen Himmel, steinerne Wohnkäfige, um den fast tausend Juden Unterkunft zu bieten, die beschlossen hatten, ihr Leben auf dieser Seite der Mauer zu führen.
Brianda musste sich überwinden, um in dem Gewimmel ihre Schritte voreinanderzusetzen. Der ganze Platz war übersät mit Buden, an denen levantinische Trödler mit ihren Kunden um verbeulte Töpfe oder getragene Lumpen feilschten. In verbissenem Ernst und ohne eine Spur jener heiteren Fröhlichkeit, die auf den anderen Märkten Venedigs herrschte, verhandelten sie in kehlig krächzenden Sprachen, die Brianda ihr Lebtag nicht gehört hatte. Männer, in dunkle Gewänder aus grob gewebtem Leinzeug gehüllt, die bis zum Boden reichten und durch den Staub schleiften, die Gesichter verhüllt von Bärten und Schläfenlocken, die unter ebenfalls dunklen Kappen hervorschauten, eilten mit hebräischen Büchern unter dem Arm an ihr vorbei. Keine einzige Frau wagte es in ihrer Gegenwart, das Kopfhaar offen zu tragen, so wenig wie bunte Kleider. Vermummt in schwarze, unansehnliche Gewänder wie die Männer, huschten sie zwischen den Buden hin und her, um koscheres Fleisch oder Brot zu kaufen. Nicht ein Gesicht, das lachte oder lächelte, auch nicht, als Brianda sich nach dem Haus erkundigte, in dem Tristan wohnte. Drei Frauen musste sie ansprechen, bis eine zahnlose Alte sich fand, die ihre Sprache verstand und ihr widerwillig Auskunft gab. Brianda konnte sich unmöglich vorstellen, in diesem Ghetto zu leben, in dieser bedrückenden, nach faulem Gemüse und Fisch stinkenden Enge, umgeben von all den frommen Eiferern, die von der Galle ihres Gottesglaubens genauso vergif-

tet schienen wie die fanatischsten Dominikaner, die ihr nicht weniger unheimlich waren als diese. Warum nur hatte Tristan sich entschieden, in einer so freudlosen, beängstigenden Welt zu wohnen?

Sein Haus, das auf der anderen Seite des Platzes lag, unterschied sich nur wenig von den Nachbargebäuden, und Brianda musste ein halbes Dutzend Treppen emporsteigen, bis sie endlich seine Tür fand.

»Dona Brianda?«, rief er überrascht, als er sie sah. »Was führt Euch her?«

»Ich brauche Euren Rat.«

Tristan zögerte. Hatte er Angst, eine Frau in seine Wohnung zu lassen? Brianda wusste, er war auch früher schon in Glaubensdingen ziemlich streng gewesen, und obwohl er allein im Haus gewesen war, trug er eine Kappe, um sein Haupt zu bedecken. Doch statt sie zurückzuweisen, machte er einen Schritt beiseite.

»Bitte, tretet ein.«

Während er die Tür hinter ihr nur so weit schloss, dass ein Spalt offen blieb, schaute Brianda sich um. Die Wohnung schien nur aus einem einzigen Raum zu bestehen, der offenbar als Wohn- wie auch als Schlafzimmer diente. So konnte nur ein Mönch leben. Kein Bild hing an den Wänden, nur ein paar Bücher standen in den Regalen. Auf dem Tisch lag der Teffilin, der Gebetsriemen.

»Darf ich offen mit Euch reden?«, fragte Brianda, nachdem sie auf einem Stuhl Platz genommen hatte.

»Nur zu«, erwiderte Tristan, der stehen geblieben war. »Ich werde Euch antworten, so gut ich eben vermag.«

Sie zögerte einen Augenblick. Doch als sie sein vertrautes Gesicht sah, sein Lächeln, mit dem er ihr zunickte, überwand sie ihre Scheu. »Ich habe meine Schwester im Verdacht, mich mit meinem Mann betrogen zu haben.«

Tristan runzelte die Stirn. »Wie kommt Ihr denn darauf?«

»Das Testament. Dom Diogo hat Dona Gracia zur alleinigen Erbin eingesetzt.«

»Ich weiß«, erwiderte er, »Dom José hat das Kontor bereits davon in Kenntnis gesetzt, und ich kann mir vorstellen, wie bitter die Nachricht für Euch gewesen sein muss. Wenn Ihr allerdings daraus schließt, dass …«

»Welchen Schluss sollte ich sonst daraus ziehen?«, unterbrach ihn Brianda.

Tristan ließ nachdenklich seine Schläfenlocken durch die Finger gleiten. »Ich glaube«, sagte er nach einer Weile, »Dom Diogo hatte allein die Belange der Firma im Sinn, als er seine Anordnungen traf. Eure Schwester ist im Gegensatz zu Euch mit den Geschäften bestens vertraut, sie hat ja schon in Lissabon in der Firma gearbeitet. Vor allem aber wollte Dom Diogo, dass das gemeinsame Werk fortgesetzt wird, das er mit Dona Gracia und seinem Bruder begonnen hatte. Und damit meinte er nicht nur den Warenhandel.«

»Sondern?«

»Die Hilfe, die unseren Glaubensbrüdern zugutekommt.«

Brianda erwiderte seinen Blick. Konnte sie Tristan trauen? Oder steckte er mit Gracia unter einer Decke? Er hatte sie schon einmal enttäuscht – mehr als jeder andere Mensch in ihrem Leben.

»Dom Diogo hat meine Schwester sogar als Vormund über unsere Tochter eingesetzt«, sagte sie. »Ist das nicht Beweis genug?«

Tristan schüttelte den Kopf. »Nein, das glaube ich nicht. Ich bin sogar sicher, dass Ihr Euch irrt.«

»Was verschafft Euch diese Gewissheit?«

Tristan schlug die Augen nieder. Fast hatte sie den Eindruck, dass er errötete.

»Habt Ihr Euch je gefragt, warum ich in Frankreich geheiratet habe?«, sagte er schließlich. »Statt auf Euch zu warten, wie wir es uns versprochen hatten?«

»Nun, ich nehme an, Ihr hattet Eure Gründe«, erwiderte Brianda schärfer, als sie eigentlich wollte. »Aber was hat das mit meiner Schwester zu tun?«

»Mehr als Ihr ahnt«, erklärte Tristan leise. »Dona Gracia hat mir damals nach Lyon geschrieben, Ihr würdet Dom Diogo heiraten – ich solle mir keine falschen Hoffnungen machen. Die Nachricht zerbrach mir fast das Herz. Um nicht zu verzweifeln, gab ich dem Drängen eines Seidenraupenzüchters nach, seine Tochter zur Frau zu nehmen.«

»*Deshalb* habt Ihr geheiratet?«, fragte Brianda ungläubig. »Aber es war doch genau umgekehrt! Ich willigte nur in die Heirat mit Dom Diogo ein, weil ich von Eurer Absicht erfuhr, diese Französin …«

Sie verstummte mitten im Satz.

Das alles war schon so viele Jahre her, aber nie würde sie vergessen, wie Gracia ihr damals Tristans Brief zeigte. Sie hatte ihn angestarrt wie ein böses Tier.

»Begreift Ihr nun?«, fragte er.

Brianda nickte. »Gracia hat uns betrogen, Euch genauso wie mich. Aber – warum hat sie das getan? Wenn sie selbst Dom Diogo liebte – nichts stand ihr im Wege, sie hätte ihn heiraten können, statt mich dazu zu drängen, es an ihrer Stelle zu tun …«

Wieder hielt sie inne, ohne den Gedanken zu Ende zu führen.

»Seht Ihr?«, fragte Tristan. »Es ergibt keinen Sinn. Und eben darum bin ich sicher, dass Euer Verdacht unbegründet ist.«

Brianda fühlte sich, als würde sie in ein Kaleidoskop schauen, in dem sich die bunten Glasmuster bei jeder Drehung des Rohres aufs Neue veränderten. Alles war so, wie es zu sein schien, und gleichzeitig war alles ganz anders. Aber wie auch immer die Dinge lagen: Wenn Gracia so gehandelt hatte, wie es geschehen war, dann könnte es dafür nur eine Erklärung geben …

»Wie ich sie beneide«, flüsterte Brianda. »Sie hat Francisco wirklich geliebt – so sehr, dass sie keinen anderen Mann je wieder lieben konnte.«

»Ich habe Eure Schwester dafür gehasst«, sagte Tristan. »Und ich konnte für die Firma nur weiterarbeiten, weil ich wusste, dass meine Arbeit unseren Glaubensbrüdern hilft.« Er machte eine Pause, während er wieder seine Schläfenlocken durch die Fingerspitzen gleiten ließ. »Doch was ist mit Euch?«, fragte er. »Könnt Ihr Eurer Schwester verzeihen?«

»Was soll ich ihr denn vorwerfen?«, erwiderte Brianda leise. »Ihre Liebe zu ihrem Mann?« Obwohl der Kloß in ihrem Hals ihr fast die Kehle zudrückte, schüttelte sie den Kopf. »Nein, wenn ich an Gracias Stelle gewesen wäre, hätte ich genauso gehandelt wie sie.«

Während sie den Kloß hinunterwürgte, stand sie auf und reichte Tristan die Hand.

»Ihr habt mir eine schwere Last von den Schultern genommen. Ich bin Euch zu großem Dank verpflichtet.«

»Was redet Ihr da, Dona Brianda? Ich bin glücklich, dass ich Euch helfen durfte.«

Die Arme auf dem Rücken verschränkt, blickte er sie unschlüssig an. Hatte er Angst, sie zu berühren? Doch dann überwand er sich und ergriff ihre Hand.

»Ihr sollt wissen, dass ich stets für Euch da bin, wann immer Ihr mich braucht.«

Mit einem Lächeln schaute er ihr in die Augen, und als er den Druck ihrer Hand erwiderte, genauso verlegen und rot im Gesicht wie sie selbst, wurde ihr für einen Moment ganz flau.

Wie wäre ihr Leben wohl verlaufen, wenn sie diesen Mann geheiratet hätte?

7

»Ich möchte das Erbe ausschlagen«, sagte Gracia.

»Das geht nicht«, erwiderte Rabbi Soncino, »alle Welt weiß, dass Ihr Dom Diogos Nachfolgerin seid.«

»Ja, aber nur weil Dom José es hinausposaunt hat, ohne mich zu fragen. Meine Schwester ist Dom Diogos Witwe – ihr, nicht mir, sollte alles gehören.« Sie drehte sich zu Soncino um. »Was verlangt das Gesetz, Rabbiner? Muss ich das Testament erfüllen? Oder habe ich das Recht, es abzulehnen?«

»Es steht geschrieben: Die Weisen finden an dem kein Wohlgefallen, der das Recht der Thora umgeht. Und da Dom Diogo in seinen Verfügungen selbst vom Gesetz abgewichen ist, seid Ihr frei in Eurer Entscheidung. Aber – wer sollte die Firma Mendes leiten?«

»Dom José, er ist alt und erfahren genug. Außerdem würde ihm Tristan da Costa zur Seite stehen.«

»Ihr wisst, dass die zwei Euch nicht ersetzen können. Schließlich steht nicht nur das Geschäft auf dem Spiel, sondern auch das Schicksal unserer Glaubensbrüder. Oder ist Euch das gleichgültig geworden?«

Gracia schüttelte den Kopf.

»Seht Ihr?« Soncino verließ sein Schreibpult und machte einen Schritt auf sie zu. »Sagt, was ist der Grund Eurer Zweifel?«

Gracia zögerte. Sollte sie dem Rabbiner die Wahrheit sagen? Sie hatte Soncino im Ghetto aufgesucht, im Lehrhaus der portugiesischen Gemeinde, um ihn um Rat zu bitten. Seit sie den Inhalt des Testaments kannte, war sie so durcheinander, dass sie keinen klaren Gedanken mehr fassen konnte. Wie ein Mühlstein hing das Erbe um ihren Hals. Sie hatte ihre Schwester betrogen, ihr den Mann genommen, den sie ihr selbst aufgezwungen hatte – und war nun, nach seinem Tod, in den Besitz eines Vermögens gelangt, um das selbst Fürsten und Könige sie beneiden würden. Und was tat Brianda? Statt gegen dieses himmelschreiende Unrecht aufzubegehren, statt sie aus ihrem Palast zu werfen, fügte sie sich in ihr Schicksal.

»Ich habe alles falsch gemacht«, sagte Gracia leise.

»Ihr habt Euch bemüht, so gut ein Mensch es eben vermag«, entgegnete Rabbi Soncino.

»Ihr wisst ja nicht, wovon Ihr redet! Ich bin schuld an Dom Diogos Tod!«

»Nein«, widersprach er, »es war Gottes Wille. Alles andere ist anmaßende Selbstüberhebung.«

»Und die Verfolgung unserer Glaubensbrüder in Antwerpen?«, fragte Gracia. »Das war Aragons Rache – für meine Tat. Weil ich mich geweigert habe, Reyna zu opfern, statt Abrahams Beispiel zu folgen.«

»... der Herr hat es gegeben, der Herr hat es genommen; gelobt sei der Name des Herrn!«

Gracia kehrte dem Rabbiner den Rücken zu. Sie waren allein in dem Lehrhaus, die Thoraschüler, die Soncino in dem niedrigen, verwinkelten Tonnengewölbe unterrichtete, waren schon fort gewesen, als Gracia an seine Tür geklopft hatte. Alles in dem Raum: die Bücher und Schriftrollen, die Holzbänke, die Schreibpulte mit den Öllampen – alles atmete den Geist der Gelehrsamkeit, des steten und ernsthaften Bemühens, die Worte der heiligen Schriften zu studieren, um den Willen des Herrn zu begreifen und ihm Genüge zu tun.

»Wie ich Euch beneide«, sagte Gracia. »Ich wollte, ich könnte auch so leben wie Ihr, hier im Ghetto, abgeschieden von allem Lärm, um mich den Studien zu widmen.«

»Was quält Euch so sehr, dass Ihr vor der Welt fliehen wollt?«, fragte Rabbi Soncino.

»Mein Leben«, erwiderte Gracia. Und als spräche nicht ihr Mund, sondern ihr Herz, ohne nachzudenken und ohne die Zensur der Scham, fügte sie hinzu: »Ich habe sie beide geliebt ... Und ich habe sie beide verloren ...«

»Von wem redet Ihr?«, fragte Rabbi Soncino.

»Von meinem Mann«, flüsterte Gracia. »Und von seinem Bruder.«

Rabbi Soncino holte tief Luft. »Wollt Ihr damit sagen – Ihr ... Ihr habt Dom Diogo *geliebt?*«

Schweigend sah Gracia zum Fenster hinaus auf den Markt. Ein bunter Hochzeitszug, angeführt von Lichtträgern, Spaßmachern und Musikanten, bewegte sich zwischen den Marktbuden hindurch in die Richtung der deutschen Synagoge, um Braut und Bräutigam zur Trauung zu geleiten. Während die Hochzeitsge-

sellschaft nach und nach in dem Bethaus verschwand, senkte sich der Schatten der Häuser unmerklich auf die Piazza herab.
Rabbi Soncino sah Gracias Tränen und begriff. »Dann ist es also wirklich wahr ...« Eine Weile war in dem Raum nur sein schwerer Atem zu hören. »Trotzdem«, seufzte er, »Ihr dürft Euch nicht verweigern. Dafür seid Ihr nicht ausersehen. Gott hat Anderes, Größeres mit Euch vor.«
»Wie könnt Ihr so etwas behaupten, wenn Ihr doch die Wahrheit wisst?«, erwiderte Gracia gequält.
»Seid Ihr blind, dass Ihr die Zeichen nicht seht?«, fragte Rabbi Soncino. »Gott hat Euch Reyna geschenkt, Eure Tochter, obwohl Ihr schwer gesündigt hattet. Ihr habt in Lissabon das Erdbeben überlebt, und mit Euch alle Brüder und Schwestern, die im Vertrauen auf Euer Wort im Haus geblieben sind, statt ins Freie zu fliehen. Gott hat Euch die Kraft gegeben, Dom Francisco auf dem Totenbett einen Dienst zu erweisen, vor dem die meisten Männer entsetzt zurückgeschreckt wären, damit Euer Gatte als Jude sterben konnte. Und wenn Gott Euch nun dieses Erbe seines Bruders auferlegt, dann kann das nur eines bedeuten ...«
»Der Herr hat mir zum zweiten Mal den Mann genommen, den ich liebe«, unterbrach Gracia seine Rede. »Er will mich strafen, weil ich gegen seine Gebote verstoßen habe.«
»Wen Gott straft, den liebt er.« Rabbi Soncino war so erregt, dass er seine Hand auf ihre Schulter legte. »Begreift Ihr denn wirklich nicht? Mit dem Tod der beiden Männer, die Ihr so schmerzlich vermisst, will Gott Euch sagen, dass nicht länger andere Euer Schicksal bestimmen – Ihr selbst sollt Euer Schicksal in die Hand nehmen, um das Werk fortzusetzen, das Francisco und Diogo Mendes zusammen mit Euch begonnen haben.«
Gracia wandte sich vom Fenster ab und blickte den Rabbiner durch den Schleier ihrer Tränen an. »Glaubt Ihr wirklich, der Herr hat mir vergeben? Nachdem ich solche Schuld auf mich geladen habe?«
»Nein«, sagte Soncino, »das glaube ich nicht. Aber das Erbe, das

Dom Diogo Euch hinterlässt, ist Gottes Auftrag, Eure Schuld am Volk Israel wiedergutzumachen. Wie steht im Talmud geschrieben? Wer ein Leben rettet, rettet die ganze Welt. Ihr habt es in der Hand, Tausende von Menschenleben zu retten. Überlegt also gut, wie Ihr Euch entscheidet. Wenn Ihr wollt, dass unsere Glaubensbrüder in Antwerpen umsonst gestorben sind, dann schlagt das Erbe aus. Wollt Ihr aber Sühne tun, indem Ihr das Schicksal unseres Volkes wendet, dann müsst Ihr Dom Diogos Willen erfüllen und das Erbe annehmen.«

Rabbi Soncino hatte die Worte mich solchem Nachdruck gesprochen, dass Gracia sich noch kleiner und erbärmlicher fühlte als zuvor.

»Wie kann Gott so etwas wollen?«, fragte sie. »Ich bin nur eine Frau.«

»Ja, Ihr seid nur eine Frau«, nickte Rabbi Soncino. »Aber schon einmal hat eine Frau das Schicksal der Juden gewendet – Esther, unsere Glaubensmutter. Als Frau des Perserkönigs vereitelte sie einen Mordanschlag auf unser Volk und verhalf unseren Glaubensbrüdern zur blutigen Rache.« Er nahm das Amulett in die Hand, Diogos Geschenk, das an ihrem Hals hing, um das Bildnis darauf zu betrachten. »Wisst Ihr, was der Name Esther bedeutet?«

Gracia schüttelte stumm den Kopf.

»›Ich, der Ich verborgen bin‹«, sagte Rabbi Soncino und schaute ihr in die Augen. »Damit ist die Verborgenheit Gottes in der Welt gemeint. Und diese Verborgenheit des Herrn ist die Folge einer Abwendung des Menschen vom Glauben.«

Ein Schauer lief über Gracias Rücken, als sie seinen Blick erwiderte. Ja, auch sie hatte sich vom Glauben abgewandt, wieder und wieder, und auch vor ihr hatte Gott darum sein Antlitz verborgen. Die drei Sprüche der Halacha, die das Gerüst ihres Glaubens ausmachten, fielen ihr ein: Ich habe den Herrn beständig vor Augen … Mach dich bereit, deinem Gott gegenüberzutreten … Such ihn zu erkennen auf all deinen Wegen … Sollte der Rabbi-

ner wirklich recht haben? War ausgerechnet ihre Sünde gegen das Gesetz der Grund, warum Gott sie meinte?
»Hört meine Worte, Gracia Mendes«, sagte Soncino mit einer Stimme, die keinen Widerspruch duldete, »Ihr seid die neue Esther, die Verteidigerin des Glaubens und Schutzherrin der Juden! Euer Auftrag ist es, unser Volk aus der Knechtschaft zu führen!«

8

Silbern spiegelte sich das Licht des Mondes in den nächtlich schwarzen Fluten des Canal Grande, der mit leisem Plätschern die Mauern des Palazzo Gritti umspülte. Längst waren die Schritte und Rufe in den Marmorfluren verhallt, die Kerzen in den Leuchtern erloschen. Alles schlief. Nur Gracia fand keine Ruhe. Aufgewühlt von dem Gespräch mit Rabbi Soncino, lag sie mit offenen Augen in ihrem Bett, und während sie auf die tanzenden Lichter und Schatten in den Spiegeln starrte, als wären sie Zeichen an der Wand, quälte ein Gedanke sie wie ein böser Alb.
Sie sollte die neue Esther sein?
Solange sie zurückdenken konnte, hatte Gracia die wahre Esther bewundert, jene mutige Königin, die vor Tausenden von Jahren ihr Leben gewagt hatte, um ihre Glaubensbrüder vor der Ausrottung durch ihren Mann Ahasver zu bewahren. Doch die Vorstellung, dass sie nun in die Fußstapfen dieser Frau treten solle, erfüllte sie mit Schaudern. Zur Einhaltung von sechshundertunddreizehn Geboten und Verboten hatte sich das Volk Israel am Fuß des Berges Sinai verpflichtet, und sie, Gracia Mendes, hatte in ihrem Leben, obwohl erst fünfunddreißig Jahre alt, schon so viele dieser Gebote und Verbote verletzt ... Sie hatte fremde Götter angebetet, sie hatte unkoschere Speisen gegessen, sie hatte den Sabbat geschändet. Sie hatte den Rabbiner und die Gemein-

defrauen angelogen, sie hatte ihren Mann als Nidda empfangen. Und sie hatte dem Gatten ihrer Schwester beigewohnt …

Irgendwann kam endlich der Schlaf über sie. Aber statt sie in sein schwarzes, weiches Tuch zu hüllen, um sie in das Nirgendwo der Selbstvergessenheit zu entführen, bedeckte er sie nur mit einem zarten, durchsichtigen Schleier, nicht mehr als ein Hauch, der sie kaum von der Wirklichkeit zu trennen vermochte. Während der ganzen Nacht stiegen verwirrende Bilder aus dem Schattenreich der Seele in ihr auf, Gesichter ihrer Feinde, Gesichter ihrer Freunde, Gesichter von Menschen, die sie liebte und hasste, suchte und floh, von Esther und Ahasver, von Brianda und Cornelius Scheppering, von Reyna und Aragon, von Francisco und Diogo … Leise lächelnd nickten sie ihr zu, die Guten wie die Bösen …

Wer ein Leben rettet, rettet die ganze Welt …

Die letzten Sterne waren noch nicht am Himmel verblasst, als Gracia die Augen aufschlug. Das Zwitschern der Vögel hatte sie geweckt, und als sie das Bett verließ, kündete ein zartes Morgenrot vom kommenden Tag. Obwohl sie nur wenige Stunden geschlafen hatte, fühlte sie sich so erquickt, als sänge die Welt ein neues, unbekanntes Lied. Sie spürte eine Kraft in sich, als könnte sie Berge versetzen und sie dachte an ihre Mutter, an ihren Großvater, an ihre Abkunft aus dem Hause David. Eine Taube hockte vor dem Fenster und putzte gurrend ihr Gefieder.

Sollte sie wirklich zu etwas Großem ausersehen sein?

»Ich danke dir, lebendiger König, dass du mir voller Erbarmen meine Seele zurückgegeben hast.«

Mit dem ersten Segensspruch des Tages trat Gracia an die Waschkommode, um ihre Hände mit Wasser zu übergießen, zuerst die Rechte, dann die Linke, wie das Gesetz es verlangte. Jeder Schlaf barg einen kleinen Tod in sich, und um sich vom Atem der Unreinheit zu befreien, der ihrem leblosen Körper während des Schlafes angehangen hatte, musste sie ihre Hände vor jeder anderen Tätigkeit waschen, damit sie selbst aufs Neue erstehen konnte. Außerdem lagen im Schlaf die Hände niemals still. Träumend bewegten sie sich, um geheime Stellen des Körpers zu berühren. Erst nachdem sie sich davon gereinigt hatte, kleidete Gracia sich an und bedeckte ihr Haar mit einem Schleier für das Morgengebet.

»Gepriesen seiest du, Adonai, unser Gott, König der Welt, der du mich nach deinem Willen erschaffen hast! Gepriesen seiest du, Adonai, unser Gott, König der Welt, der du mich nicht als Heidin erschaffen hast! Gepriesen seiest du, Adonai, unser Gott, König der Welt, der du mich nicht als Sklavin erschaffen hast! Gepriesen seiest du, Adonai, unser Gott, König der Welt, der du mich nicht als Blinde erschaffen hast! Gepriesen seiest du, Adonai, unser Gott, König der Welt, der du mich nicht als Krüppel erschaffen hast!«

Als Gracia die Segenssprüche sprach, überkamen sie plötzlich Zweifel, und ihre Hände, die sie doch eben noch gewaschen hatte, fühlten sich so klebrig und unsauber an, als hätten sie seit Tagen kein Wasser mehr gespürt. Und wenn sie zehnmal aus dem Hause David stammte – nie und nimmer könnte Gott sie berufen haben, sein Volk aus der Knechtschaft zu führen ... Esther war eine Königin gewesen, kein gewöhnliches Weib wie sie! Während Gracia wie alle jüdischen Frauen im Morgengebet dem Herrn dafür dankte, dass er sie nach seinem Willen erschaffen habe, dankte jeder jüdische Mann mit demselben Gebet Gott dafür, dass er nicht als Frau geboren worden war. Eine Frau galt vor Gott so wenig wie ein Heide oder Sklave, ein Blinder oder Krüppel! Eine Frau, die vor Männern ihre Stimme erhob, nannte der Talmud sogar eine Hure, die ihr Geschlecht entblößte und mit ihrem Gestank die Luft verpestete!

Gracia fühlte sich in ihren Zweifeln wie ein Insekt in einem Spinnennetz, als plötzlich die Tür aufging und Reyna hereintrat, ausgehfertig angezogen.

»Du bist schon auf?«, fragte Gracia verwundert. »So früh?«

»José holt mich ab«, erwiderte ihre Tochter. »Er will mit mir nach

Murano fahren. Um mir die Gläser zu zeigen, die ihr gekauft habt, bevor sie nach Konstantinopel verschifft werden.«

Als Gracia ihren Blick erwiderte, verzog Reyna das Gesicht zu einem so breiten Grinsen, dass ihre Mundwinkel bis an die Ohrläppchen reichten. Gracia wusste Bescheid. Wenn Reyna dieses Gesicht zog, gab es etwas, das ihre Tochter unbedingt loswerden musste.

»Nun sag schon! Heraus damit, bevor du platzt!«

»José hat mir versprochen, sich den scheußlichen Bart abzurasieren! Damit ich endlich sein Gesicht sehen kann, nicht nur seine Haare!«

Gracia war gerührt über die Verliebtheit ihrer Tochter.

»Bist du glücklich mit ihm?«, fragte sie.

»Und wie!«, rief Reyna. »Ich kann gar nicht erwarten, dass wir endlich heiraten – ich meine: *wirklich* heiraten! Unter der Chuppa! Nicht in einer Kirche!«

Unten im Haus klopfte es an der Tür.

»Das muss er sein!« Sie nahm ihre Mutter in den Arm und küsste sie auf beide Wangen. »Warte nicht mit dem Mittagessen! Wir kommen erst am Abend zurück!«

Und schon war sie verschwunden. Gracia schaute ihr nach. Wie sehr freute sie sich darüber, dass Reyna endlich begriffen hatte, welcher Mann für sie bestimmt war. Und wie sehr freute sie sich über ihren Wunsch, nach dem Brauch ihrer Väter zu heiraten. Eine größere Freude könnte Reyna ihr gar nicht machen! Aber noch während sie sich vorstellte, wie sie ihre Tochter zur Chuppa führen würde, um siebenmal mit ihr den Baldachin zu umkreisen, verdunkelten sich ihre Gedanken.

Wo sollten sie die Hochzeit feiern? Sollten Reyna und José sich in einem Hof verstecken, so wie sie selbst und Francisco sich hatten verstecken müssen, damit kein Christ sie sehen könnte, wenn der Rabbiner den Segen über sie sprach? Oder sollten sie ins Ghetto ziehen, damit sie keine Verfolgung zu fürchten hätten, wenn sie das Gesetz befolgten?

Es war wie eine Erleuchtung.
Was Gracia im Traum und in nächtlichem Grübeln verborgen geblieben war, stand auf einmal so klar und deutlich vor ihr wie eine in Stein gemeißelte Botschaft, offenbart durch den Wunsch ihrer Tochter. Alles Unglück, das sie selbst je verursacht oder erlitten hatte, von dem Frevel in ihrer Hochzeitsnacht bis hin zu Diogos Tod – stets war es aus ihrem verzweifelten Versuch erwachsen, in einer Welt nach dem Willen Gottes zu leben, in der die Erfüllung seines Gesetzes als Verbrechen galt. Daran würde sich nie etwas ändern: Solange sie in der Glaubensfremde bliebe, würde sie immer in Sünde und Schuld gefangen bleiben, auch wenn sie jedes Jahr zu Jom Kippur Gott um die Entbindung von den Gelübden bat.
Endlich wusste Gracia, welchen Weg der Herr ihr wies. Ja, sie war bereit, ihm zu gehorchen, das Erbe anzutreten, das er ihr auferlegt hatte. Wenn sie das Werk, das Francisco und Diogo begonnen hatten, fortsetzen wollte, musste sie es zu Ende zu führen. Ihr Großvater war für den Glauben gestorben – sie, seine Enkeltochter, würde ihren Glaubensbrüdern helfen, für den Glauben zu *leben*.
Gracia trat an das Pult, auf dem ihr Schreibzeug lag. In einer Woche würde ein Schiff nach Konstantinopel auslaufen, mit Flüchtlingen aus Lissabon und den Glaswaren aus Murano. Sie nahm die Feder, tauchte sie in das Tintenfass, und erfüllt von jener Ruhe und Sicherheit, die nur die Gewissheit des Glaubens zu spenden vermag, schrieb sie einen Brief an ihren alten Freund Amatus Lusitanus.

9

Zarte Nebelschleier, durchwoben von glitzernden Sonnenfäden, schwebten lautlos über der Lagune, bauschten sich unter den Brücken über den Wasserstraßen, wellten und kräuselten sich in die Höhe und umschmeichelten die Fassaden der Häuser, Kirchen und Paläste, als wollten sie die ganze Stadt in einen Zauber hüllen.

»Wohin führt Ihr mich?«, fragte Tristan da Costa.

»Fragt nicht«, erwiderte Brianda. »In Venedig ist man überall am Ziel.«

Am frühen Morgen – die Glocken der Basilika läuteten gerade zum ersten Hochamt –, hatte Tristan sie in ihrem Palazzo abgeholt. Er kümmerte sich inzwischen um ihre Finanzen, sorgte dafür, dass ihre Mitgift Zinsen trug, und regelte die Zahlungen, die sie ihren Gläubigern schuldete. Doch heute ging es weder um Geld noch um Geschäfte. Heute ging es um etwas, das Brianda viel wichtiger war. Sie wollte Tristan etwas beweisen. Sie wollte ihm die Augen für Dinge öffnen, die er zwar schon viele Jahre länger kannte als sie, die er aber offenbar noch nie mit Verstand gesehen hatte.

Über eine Stunde hatte sie mit der Wahl ihrer Garderobe verbracht. Schließlich hatte sie sich, trotz der herbstlichen Kühle, für ein ausgeschnittenes Kleid aus aprikosefarbenem Samt entschieden, und obwohl sie eine Jüdin und noch dazu Witwe war, hatte sie auf ein Tuch verzichtet und trug ihr braunes Lockenhaar offen wie eine Venezianerin. Um einen Streit mit ihrer Schwester zu vermeiden, hatte sie gewartet, bis Gracia aus dem Haus war, bevor sie mit der Toilette begonnen hatte. Tristan, der wie stets in der Stadt seinen gelben Judenhut trug, hatte nicht zu erkennen gegeben, ob ihm gefiel, was sie trug, oder ob er an ihrer Kleidung Anstoß nahm.

»Habt Ihr so etwas Schönes schon mal gesehen?«

Sie hatten den Palazzo Sagredo erreicht, von wo aus man über das Wasser hinweg auf die Pescaria blickte. Obwohl das Gebäude nur eine Fischhalle war, in der dreimal die Woche Markt gehalten wurde, sah es mit seinen im Nebel schimmernden Arkaden und Pilastern aus wie ein verwunschenes Märchenschloss.

»Sehr schön, gewiss«, erwiderte Tristan. »Trotzdem – ich mag diese Stadt einfach nicht. Überall nur Marmor und Gold.«

Brianda konnte es nicht fassen – wer Venedig nicht liebte, der liebte das Leben nicht! Schon mehrere Male hatten sie darüber gestritten, aber Tristan war nicht von seiner Meinung abzubringen. Ihm war das Ghetto mit seinen finsteren Wohnkäfigen entschieden lieber als der Markusplatz samt Basilika und Dogenpalast. Gottesglaube und irdische Pracht, behauptete er, vertrügen sich nicht miteinander. Um ihn eines Besseren zu belehren, zeigte Brianda ihm nun die Stadt. Das Leben war ein wunderbares Geschenk, und nirgendwo sonst auf der Welt war der Gabentisch der Schöpfung bunter und reicher gedeckt als in Venedig. Was sollte Gott daran auszusetzen haben? Auch wenn all die Herrlichkeiten von Menschen erschaffen waren, hatte Gott sie doch gewollt und zugelassen! In den Werken der Kunst bekamen sie eine Vorstellung von seinem Paradies!

Sie hatten das Reiterdenkmal vor der Johannes-und-Paul-Kirche besichtigt, das Goldene Haus und die Scuola di San Rocco mit ihren Gemälden. Sie waren auf den Uhrenturm gestiegen und auf den Campanile, auf dessen nebelumwölkter Plattform Brianda sich wie im Himmel gefühlt hatte. Sie hatten am Rialto Fisch gegessen und Wein getrunken, zu den Klängen einer Zigeunerkapelle. Doch es war zum Verzweifeln. Störrisch wie ein Maulesel weigerte Tristan sich, wahrzunehmen, was er doch mit eigenen Augen sah.

»Glaubt Ihr, dass der Nebel sich heute noch auflöst?«, fragte er.

Brianda schaute zum Himmel. Obwohl die Sonne, wie sie durch den Dunst erkannte, längst im Zenit stand, schien sie nicht mehr genügend Kraft zu haben. »Vielleicht – vielleicht auch nicht«, sagte sie. »Aber ist das so wichtig?«

»Allerdings. Wenn wir nicht aufpassen, verirren wir uns noch.«

»Umso besser. Die schönsten Stellen findet man sowieso nur dann, wenn man sie nicht sucht.«

»Ihr gebt wohl nie auf«, seufzte er. »Aber ich warne Euch: An mir beißt Ihr Euch die Zähne aus. Von Kunst verstehe ich rein gar nichts.«

»Was Ihr nicht sagt!«, erwiderte Brianda. »Ihr habt wohl vergessen, dass ich Eure Wohnung gesehen habe!«
»Dann hättet Ihr ja gewarnt sein müssen.« Der Anflug eines Lächelns erhellte sein Gesicht. »Ich verstehe leider nur etwas von Zahlen.«
»Und vom Beten – nehme ich an!«
Sein Lächeln verschwand so rasch, wie es gekommen war. »Ich denke«, sagte er, »ich sollte allmählich ins Kontor. Eure Schwester wartet sicher schon auf mich.«
»Dann hoffe ich nur, dass sie Euch nicht den Kopf abreißt. Weiß sie überhaupt, dass Ihr Euch mit mir herumtreibt?«
Statt zu antworten, kehrte er ihr den Rücken zu und bog in eine Gasse ein, die Richtung Hafen führte. Gleichzeitig wütend und enttäuscht blickte Brianda ihm nach, wie er zwischen den Häusern verschwand. War das derselbe Mann, mit dem sie einmal verlobt gewesen war? Sie hatte es geglaubt, für einen winzigen Augenblick, als sie ihn zum ersten Mal wiedergesehen hatte, nach seiner Rückkehr aus Lyon. Doch offenbar hatte sie sich geirrt – ihr einstiger Verlobter war einer von diesen verbohrten Ghettojuden geworden, vor denen es ihr gruselte, wenn sie ihrer nur ansichtig wurde. Ein Wunder, dass er sie überhaupt berührt hatte! Mit beiden Händen fasste sie sich an den Ausschnitt ihres Kleides und zog den Stoff auseinander, damit ihr Busen noch üppiger zur Geltung kam, und ging ihm nach. Wenn sie gewusst hätte, *wie* verbohrt er war – sie hätte sich die Lippen mit Karmesin rot geschminkt und die Augen mit Kohle geschwärzt!
»Zieht den Kopf ein, sonst verliert Ihr noch Euren Hut!«, sagte sie, als sie wieder neben ihm war.
Sie mussten sich bücken, um einen Sotoportego zu passieren, einen überbauten Gang, der unter einem baufälligen Palazzo hindurch zu einer winzig kleinen Piazzetta mit einem noch winzigeren Brunnen sowie einer Anlegestelle führte, wo Gemüsehändler ihre Kähne festgemacht hatten und mit breiten Beinen auf den schwankenden Bohlen balancierend ihre Waren anpriesen.

Als Brianda aus dem dunklen Gang ins Freie trat, verschlug es ihr fast den Atem.
Ein sanfter Wind strich über die Lagune, und der Nebel hatte sich gelichtet. Als hätte ein Riese den himmlischen Vorhang zerrissen, flutete das Sonnenlicht auf den Canal Grande herab, der in weitem, majestätischem Schwung das Häusermeer der Stadt in zwei Hälften teilte, und brach sich millionenfach glitzernd in den sich kräuselnden Wellen, auf denen die Boote, Gondeln und Kähne kunterbunt durcheinandertrieben, links und rechts gesäumt von den Prachtfassaden der Kirchen und Paläste.
»Jetzt begreife ich endlich, was Ihr meint.«
Verwundert drehte Brianda sich um. Tristan sah ihr ins Gesicht, so andächtig und feierlich, als würde er beten.
»Aber Ihr schaut ja gar nicht hin«, sagte sie. »Wie wollt Ihr da begreifen, was ich meine?«
»Ich sehe es in Euren Augen«, sagte er. »Wenn etwas Eure Augen so zum Strahlen bringen kann, dann …«
Er verstummte, ganz rot im Gesicht. Doch statt zu versuchen, seine Verlegenheit zu verbergen, blieb er einfach vor ihr stehen. In diesem Augenblick wusste Brianda: Er war immer noch derselbe Mann, mit dem sie auf Gracias Hochzeit getanzt hatte – der Mann, den sie immer noch liebte.
»Ich bin Euch noch eine Antwort schuldig«, sagte er.
»Was habe ich Euch denn gefragt?«
»Ob Dona Gracia weiß, dass wir den Tag zusammen verbringen.«
Wieder erschien dieses Lächeln auf seinem Gesicht, das umso hübscher wurde, je größer seine Verlegenheit war. »Ich weiß selbst nicht, warum«, flüsterte er. »Aber nein – ich habe ihr nichts davon gesagt.«

10

Der Handel mit dem Morgenland war ein glänzendes Geschäft. Nicht mehr als zwei Wochen brauchte ein Viermaster bei tüchtigem Wind, um von Venedig nach Konstantinopel oder zurück zu segeln. Mit Hilfe ihres Neffen José Nasi sowie des Agenten Tristan da Costa, der seit Jahren mit dem Orienthandel vertraut war, gelang es Gracia darum in kurzer Zeit, die Verluste der Firma Mendes durch den Wegfall der Geschäfte in Antwerpen weitgehend auszugleichen und zugleich Hunderten von Juden, die auf ihrer Flucht vor der Inquisition quer durch Europa in der Lagunenstadt strandeten, die Auswanderung ins Osmanische Reich zu ermöglichen. Monat für Monat liefen Schiffe des Handelshauses von Venedig in Richtung Konstantinopel aus, beladen mit Glaswaren und Zinn, Papierballen und Käselaiben, um wenige Wochen später mit den herrlichsten Schätzen des Morgenlands zurückzukehren, mit Seidenstoffen und Teppichen, Hirschhäuten und Lammfellen, Kaviar und Stör. Doch Herbst und Winter zogen ins Land, ohne dass eine Antwort vom Bosporus eintraf, und Gracia musste sich bis zum März gedulden, bis der Kapitän der Fortuna an einem sonnigen Dienstag im Kontor der Firma erschien, um ihr, den Dreispitz unterm Arm, den lange erwarteten Brief ihres Freundes auszuhändigen.

»Von Amatus Lusitanus?«, fragte José. »Was schreibt er? Hat er genug von den Türken und will wieder nach Europa zurück?«

Gracia hatte niemanden in ihre Pläne eingeweiht. Es hatte keinen Sinn, über Auswanderung zu sprechen, bevor sie verlässliche Auskunft hatte – das hätte nur Unruhe in die Firma und in die Familie gebracht. Doch jetzt war die Entscheidung gefallen. Ungeduldig erbrach sie das Siegel und überflog die Zeilen. Nach nur wenigen Sätzen hielt sie den Atem an. Der Sultan wäre glücklich, schrieb Amatus Lusitanus, wenn das Haus Mendes sich mit seinem Vermögen in der Hauptstadt des Osmanischen Reiches ansiedeln würde. Falls Gracia es wünsche, erkläre Süley-

man der Prächtige sie schon jetzt zu seiner Untertanin und biete ihr Geleitschutz an.
»Ich muss nach Hause«, sagte Gracia.
»Jetzt?«, fragte José. »Wir wollten doch über die zweihunderttausend Dukaten sprechen, die Kaiser Karl uns noch schuldet. Ich glaube, ich habe eine Idee, wie wir das Geld doch noch wiederbekommen können. Karl ist in Regensburg, um Truppen für einen Feldzug zu sammeln, und mein Freund Maximilian sollte auch bald dort sein. Wenn ich nach Deutschland fahre, kann ich vielleicht mit seiner Hilfe …«
»Ein andermal!«, sagte Gracia und ließ ihn stehen.
Eine halbe Stunde später war sie im Palazzo Gritti, um Brianda die frohe Botschaft zu überbringen. Monatelang hatte sie gehofft und gebangt. Jetzt stand ihren Plänen nichts mehr entgegen.
Doch sie hatte die Rechnung ohne ihre Schwester gemacht.
»Niemals!«, erklärte Brianda. »Ich will nicht zu den Muselmanen! Das sind doch Barbaren!«
»Du redest, als würdest du es nicht besser wissen. Der Sultan ist ein Freund der Juden. Sein Reich ist das einzige Land, in dem wir unseren Glauben ausüben können, ohne um unser Leben zu fürchten.«
»Dafür soll ich ans andere Ende der Welt reisen? In ein wildfremdes Land? Nur damit du ungestört den Sabbat feiern kannst?«
»Darum geht es doch gar nicht! Es geht darum, Tausende von Menschen vor dem Tod zu retten. Hier in Venedig können wir das nicht. Hier müssen wir immer damit rechnen, dass sie uns die Inquisition auf den Hals hetzen. In Konstantinopel dagegen unterstützt uns der Sultan. Amatus schreibt, dass er alle Juden mit offenen Armen empfängt, die in seinem Reich Zuflucht suchen.«
»Nein, nein und nochmals nein!« Brianda schüttelte so heftig den Kopf, dass eine goldene Spange aus ihrem Haar fiel.
»Ich habe dir schon hundertmal gesagt, du sollst dein Haar bedecken, wie es sich für eine anständige Jüdin gehört, statt mit offenen Haaren herumzulaufen wie eine Hure!«, rief Gracia gereizt.

»Was gehen dich meine Haare an? Ich bin alt genug, um selbst zu entscheiden, was ich tue. Und darum sage ich dir: Nein – ich gehe nicht fort! Venedig ist die schönste Stadt, die ich kenne. Ich will hierbleiben!« Sie hob die Spange auf, und während sie ihr Haar wieder feststeckte, fügte sie hinzu: »Ich bin die ewige Flucht leid, Gracia. Wir hatten es so gut in Lissabon, aber ich durfte nicht bleiben. Dann hast du mit Diogo beschlossen, auch Antwerpen zu verlassen. Durch ganz Europa sind wir davongelaufen, immer wieder. Wovor eigentlich? Vor dem Teufel? Vor Gott? Vor den Menschen? – Nein!«, wiederholte Brianda, bevor ihre Schwester etwas sagen konnte. »Ich will endlich mein eigenes Leben führen, so wie es mir passt, zusammen mit La Chica und …« – sie machte eine Pause, bevor sie weitersprach – »… und mit Tristan da Costa.«
»Tristan da Costa?«, fragte Gracia irritiert. »Was hat der damit zu tun?«
Brianda schaute verlegen zu Boden. »Kannst du dir das nicht denken?«, fragte sie leise.
Gracia begriff. »Daher weht also der Wind!«, rief sie. »Triffst du dich etwa heimlich mit ihm? Hinter meinem Rücken? Wenn du den lieben langen Tag in der Stadt herumstreichst und die Zeit vertrödelst?«
»Nein, Tristan weiß noch gar nichts von meinen Wünschen. Er hat auch noch nicht um meine Hand angehalten. Er berat mich nur in meinen Geschäften.«
Doch Gracia hörte ihr gar nicht zu. »Jetzt wird mir einiges klar!«, sagte sie. »Für Tristan entblößt du dein Haar! Für ihn trägst du deine schamlosen Kleider! Aber glaub ja nicht, dass ich das erlaube! Ich verbiete dir – hörst du? – *verbiete* …« Sie spürte, wie der Jähzorn in ihr aufstieg. Um in ihrer Wut nichts Falsches zu sagen, verstummte sie.
Brianda machte einen Schritt auf sie zu. »Hast du vergessen, wie sehr du Francisco geliebt hast?«, fragte sie und nahm Gracias Hand. »So sehr hast du ihn geliebt, dass du keinen anderen Mann

mehr heiraten konntest? Ich habe dich immer um diese Liebe beneidet. Aber – kannst du mich dann nicht auch verstehen? Ich bin doch deine Schwester und fühle genauso wie du. Oder habe ich kein Recht darauf, einen Mann zu lieben?«

Gracia zog ihre Hand zurück. »Das sagst du, obwohl Diogo noch kein Jahr tot ist?«, fragte sie entsetzt. »Schämst du dich nicht?«

»Nein«, sagte Brianda, so ruhig, dass Gracia es kaum glauben konnte. »Ich habe Diogo nur geheiratet, weil du ihn nicht heiraten wolltest. Das weißt du besser als ich. Dabei habe ich immer Tristan geliebt, und wenn ich jetzt endlich hoffen darf, mit ihm zusammen zu sein, dann werde ich nicht, nur weil du es so beschlossen hast …«

»Halt deinen Mund!«, schrie Gracia. »Ich kann es nicht länger ertragen!«

»Was kannst du nicht ertragen? Dass ich dir nicht gehorche?«

»Wie du redest! Wie eine italienische Hure!« Sie hatte das Wort noch nicht ausgesprochen, als sie es auch schon bereute. »Bitte verzeih mir, Brianda«, sagte sie schnell und griff nach den Händen ihrer Schwester. »Ich … ich wollte das nicht sagen, ich wollte dich nicht verletzen, ich … ich wollte nur …«

Sie war so durcheinander, dass sie nicht mehr weitersprechen konnte. Was in aller Welt gab ihr das Recht, Brianda Vorwürfe zu machen? Ausgerechnet sie?

»Ja, du hast meinen Segen«, sagte sie schließlich. »Wenn du Tristan heiraten möchtest und er um deine Hand anhält, dann sollst du ihn heiraten. Aber nicht hier – hier könnt ihr nicht glücklich werden. Tristan ist Jude! Er ist sogar ins Ghetto gezogen, um nach dem Gesetz zu leben. Darum wartet, bis wir in Konstantinopel sind.«

Weil ihr die Worte fehlten, drückte sie Briandas Hände. Doch ihre Schwester trat einen Schritt zurück und machte sich von ihr frei.

»Nein, Gracia«, sagte sie. »Als ich mit La Chica auf meinem Karren durchs Elsass fuhr, mutterseelenallein, da habe ich mir eines geschworen: Sollte es mir je wieder vergönnt sein, irgendwo zu leben, wo ich mich wohl fühle, werde ich diesen Ort nie mehr verlassen. Das habe ich mir bei allem geschworen, was mir heilig ist. Und ich bin nicht bereit, dir zuliebe meinen Schwur zu brechen.«

»Was willst du damit sagen?«, fragte Gracia. »Du weigerst dich, den Weg zu gehen, den Gott uns weist, nur weil du in deinem Hochmut …«

»Du kannst tun, was du willst«, unterbrach Brianda sie. »Aber egal, wie du dich entscheidest – ich bleibe hier!«

Gracia verschlug es die Sprache. Wie konnte Brianda sich erdreisten, ihr so offen die Stirn zu bieten?

Darauf gab es nur eine Antwort.

»Das kannst du dir nicht leisten«, erklärte Gracia. »Von welchem Geld willst du leben, wenn du ohne mich hierbleibst? Du bist doch jetzt schon über beide Ohren verschuldet.«

»Ich weiß«, erwiderte Brianda. »Aber wenn du mich dazu zwingst, werde ich um mein Erbe streiten. Tristan hat gesagt, es gebe beim Rat der Zehn ein Ausländergericht, da könnte ich Klage erheben.«

»Du willst einen Prozess führen?«, rief Gracia. »Gegen mich? Du dummes kleines Mädchen?« Voller Verachtung schaute sie ihre Schwester an. »Das wirst du nicht wagen – niemals! Du … du hast doch schon Angst, allein vor die Haustür zu gehen, wenn es draußen dunkel ist.«

11

Ein Gespenst ging um in Europa, das die Menschen in ihren Herzen und Seelen entzweite, ein Glaubensstreit, den ein kleiner Augustinermönch namens Martin Luther mit fünfundneunzig Thesen, angeschlagen an das Tor einer sächsischen Schlosskirche, im Jahre 1517 angezettelt hatte. In Scharen bekannten sich einst fromme Katholiken zu der neuen Lehre, die eine Reform der Kirche versprach, in Sachsen und Hessen, in Schweden und den Niederlanden, und die Mitte des Jahrhunderts war noch nicht erreicht, da hatte ihre Zahl so sehr zugenommen, dass der Papst sich gezwungen sah, ein Konzil einzuberufen, um der Reformation Einhalt zu gebieten, bevor die katholische Christenheit für immer auseinanderbrach.

Während die Kardinäle in Trient über den Glauben berieten, versammelte Kaiser Karl V. in Regensburg all jene Fürsten des Heiligen Römischen Reiches um sich, die bereit waren, gegen die Protestanten zu Felde zu ziehen. Sogar sein Neffe Maximilian, der ihn als Statthalter in Spanien vertrat, war in die süddeutsche Bischofsstadt gereist, um sich dem kaiserlichen Heer anzuschließen. Wie es sich für einen Soldaten gehörte, hatte er weder im Schloss noch in einem Patrizierhaus Quartier bezogen, sondern im Goldenen Hirschen, einem Gasthof, der an der Steinernen Brücke unweit des Doms gelegen war.

Hier suchte José Nasi, kaum war er in der Stadt angekommen, seinen alten Studienkollegen und Fechtbruder auf, um den Glaubensstreit der Christen für die Firma Mendes und die jüdische Sache zu nützen.

»Bist du es wirklich, oder täuschen mich meine Augen?«, rief Maximilian.

»Majestät.« José lüftete seinen Federhut und beugte das Knie.

»Scheiß was auf die Majestät!« Maximilian breitete die Arme aus und drückte ihn an sich. »Wie freue ich mich, dich zu sehen! Aber sag, was hast du in Regensburg verloren?«

»Ich will Euch einen Handel vorschlagen.«

»Du bist und bleibst ein Jude! Schau dich um – ist das ein Ort für Geschäfte?«

In dem Schankraum wimmelte es von Soldaten. Die meisten Männer waren betrunken, und die wenigen, die nüchtern waren, hatten halbnackte Mädchen auf dem Schoß.

José zuckte die Schultern. »Ich denke, wenn der Kaiser Krieg führen will, braucht er Geld.«
»Einen Stuhl für meinen Freund José Nasi!«, rief Maximilian. »Und für uns beide eine Kanne Bier!«
Noch bevor der Wirt kam, erläuterte José seinen Plan. Er wollte dem Kaiser einen Kredit über hunderttausend Dukaten anbieten sowie die einmalige Zahlung von dreißigtausend Dukaten, als Schuldbekenntnis und Strafe für die Flucht der Familie Mendes aus den Niederlanden. Dafür sollte Karl sich seinerseits zur Rückzahlung jener zweihunderttausend Dukaten verpflichten, die ihm Francisco vor Jahren geliehen hatte. Außerdem sollte der Kaiser die in Antwerpen beschlagnahmten Kontore und Speicher der Firma zurückerstatten und ihrer Besitzerin erlauben, in Flandern wieder Geschäfte zu betreiben.
»Gracia Mendes ist Untertanin des portugiesischen Königs. Die Konfiskation ihrer Güter ist ebenso rechtswidrig wie die Hinrichtung Dom Diogos.«
»Und was habe ich damit zu tun?«, wollte Maximilian wissen.
»Alles, worum ich Euch bitte, ist eine Audienz bei Eurem Onkel. Es soll Euer Schaden nicht sein.«
Während José sprach, stellte der Wirt das Bier auf den Tisch.
»Seid Ihr José Nasi?«, fragte er und schenkte ein.
»Ja, warum?«
Der Wirt fasste unter seine Schürze. »Post für Euch. Ist mit der Morgenkutsche gekommen.«
Verwundert nahm José den Brief. Wer hatte ihm geschrieben? Nur wenige Menschen wussten, dass er nach Deutschland gereist war. Doch als er die Schrift erkannte, machte sein Herz einen Freundensprung. Was für eine Überraschung! Reyna hatte die Thurn-und-Taxis-Post genutzt, um ihn in Regensburg willkommen zu heißen! Er gab dem Wirt ein Trinkgeld und öffnete den Umschlag.
»Was ist?«, fragte Maximilian. »Du bist ja ganz blass!«
Ungläubig starrte José auf die Zeilen. Das war wirklich eine

Überraschung – doch keine freudige. Hatte Dona Brianda es also wirklich wahr gemacht? Dona Gracia hatte ihm bei seiner Abreise von der Drohung ihrer Schwester berichtet, um ihm die Dringlichkeit seiner Mission vor Augen zu führen. Aber er hätte nie geglaubt, dass Dona Brianda den Mut haben würde, ihre Drohung in die Tat umzusetzen.
Die Nachricht war so unglaublich, dass José den Brief noch einmal las.

> Sie hat meine Mutter vor dem Ausländergericht verklagt. Sie fordert die Hälfte des Erbes. Inzwischen sind wir aus ihrem Palast ausgezogen und leben jetzt in der Pfarrei von San Polo. Rabbi Soncino hat uns geraten, im christlichen Teil der Stadt Wohnung zu nehmen. Wenn wir ins Ghetto gezogen wären, würde meine Mutter als Jüdin gelten und könnte nie gegen ihre Schwester vor Gericht gewinnen. Jetzt herrscht Krieg zwischen den beiden. Sie sprechen nicht einmal miteinander. Ach, es ist alles so entsetzlich. Du weißt, wie sehr ich an meiner Tante hänge, ich habe sie fast genauso lieb wie meine Mutter. Warum musst du ausgerechnet jetzt in Deutschland sein?

Jemand berührte José im Schritt. Wie von der Tarantel gestochen fuhr er herum. Ein halbnacktes Mädchen, schön wie die Sünde, lächelte ihn an. Ihre Nase und ihre Wangen waren von Sommersprossen übersät.
»Warum lässt du sie nicht an deinen Schwanz?«, lachte Maximilian. »Haben sie dich inzwischen doch beschnitten?«

12

»Warum müsst Ihr Euch vor Gericht streiten?«, rief Reyna. »Das ist doch Wahnsinn!«

»Sag das deiner Mutter, nicht mir«, erwiderte Brianda. »Sie will mich verhungern lassen – ihre eigene Schwester! Weiß sie eigentlich, dass du bei mir bist?«

Reyna schüttelte den Kopf. »Ich hab ihr gesagt, ich würde ins Ghetto gehen, um koschere Speisen zu besorgen, Matze und geschächteten Hammel.«

»Das hab ich mir gedacht.« Brianda verzog das Gesicht. »Alles muss sie kontrollieren. Sie kann es nicht ertragen, wenn jemand aus der Reihe tanzt. Aber so war sie schon immer, schon als Kind. Diese ewige Rechthaberei. Nie kann sie zugeben, etwas falsch gemacht zu haben.«

»Ich kann das alles nicht verstehen. Die Firma hat doch mehr Geld, als wir überhaupt ausgeben können. Das muss doch für euch beide reichen.«

»Deine Mutter hat alles allein geerbt. Ich besitze nichts, keinen Pfennig, nur meine Mitgift. Darum glaubt sie, sie kann mich erpressen. Damit ich mit ihr nach Konstantinopel ziehe. Aber den Gefallen werde ich ihr nicht tun!« Brianda ging zu einem der vielen Schränke, die an den Wänden ihres Ankleidezimmers standen, und holte eine Bluse daraus hervor, aus silberner Seide mit kleinen Schellen an den Schultern. »Da – die ist für dich. Die hast du doch immer so gemocht.«

»Für mich?«

»Ja, ich schenke sie dir«, sagte Brianda. »Der Streit zwischen deiner Mutter und mir soll mit uns beiden nichts zu tun haben.«

Reyna nahm die Bluse, und ohne sich etwas dabei zu denken, trat sie vor den Spiegel, wie sie es schon tausendmal gemacht hatte. Aber statt sich anzuschauen, sah sie durch ihr eigenes Spiegelbild hindurch. Wie sollte das alles nur weitergehen? Sie hatte mit ihrer Mutter gesprochen, sie hatte mit Brianda gesprochen, wieder und wieder, doch ohne Erfolg, und Josés Rat hatte auch nicht geholfen. Er hatte ihr zurückgeschrieben, sie solle Rabbi Soncino um Vermittlung bitten. Aber nicht mal dem Rabbiner war es gelungen, die Schwestern zu versöhnen. Im Gegenteil, Rabbi Soncino hatte den Streit nur verschärft. Ohne Brianda anzuhören, hatte er erklärt, dass sie dem Letzten Willen ihres Mannes, wie im Testament verfügt, gehorchen und sich allen Anordnungen ihrer Schwester unterordnen müsse.

»Los, worauf wartest du?«, fragte Brianda. »Warum probierst du die Bluse nicht an?«

»Ich kann das Geschenk nicht annehmen«, sagte Reyna. »Wenn meine Mutter die Bluse nur sieht, landet sie im Kamin.« Sie wich dem Blick ihrer Tante aus, und während sie mit der Hand über den Seidenstoff strich, flüsterte sie: »Ich weiß nicht, wie ich es sagen soll. Aber … es gibt etwas, das ich nicht begreife.«

»Was denn, mein armer Liebling?«

»Warum hat Onkel Diogo alles meiner Mutter vermacht? Das gesamte Vermögen der Firma?« Sie zögerte einen Moment und starrte auf die schwarz-weißen Bodenkacheln zu ihren Füßen. Dann, ohne den Blick zu heben, fuhr sie fort: »Ich meine, das ist doch nicht normal. Onkel Diogo war doch *dein* Mann. So was … so was tut ein Mann doch nur, wenn … wenn …«

»Wo denkst du hin!«, rief Brianda. »Deine Mutter hat viele Fehler – aber das? Niemals! Schlag dir das sofort aus dem Kopf!« Sie nahm die Bluse und zog Reyna an der Hand auf die gepolsterte Bank, die zwischen zwei Schränken stand. »Eins musst du für immer wissen. Deine Mutter hat deinen Vater geliebt, wie keine andere Frau je einen anderen Mann geliebt hat. So sehr, dass sie später niemanden mehr anschauen wollte, der auch nur eine Hose trug.« Sie drückte Reynas Hand. »Vielleicht ist sie darum so geworden, wie sie jetzt ist. Sie hat seinen Tod nie verkraftet.«

»Aber warum könnt ihr euch dann nicht vertragen?« Reyna hob den Kopf und sah ihre Tante an. »Bitte, mach du den ersten Schritt. Ich halte euren Streit nicht länger aus.«

»Das würde ich ja gerne, aber – das kann ich nicht.«
»Warum denn nicht?« Reyna spürte, wie Brianda ihr die Hand entziehen wollte, aber sie hielt sie fest. »Bitte, Tante Brianda. Tu's mir zuliebe. Ich will, dass wir alle wieder zusammen sind, so wie früher. Komm jetzt einfach mit mir nach Hause und sprich mit ihr. Dann wird alles wieder gut.«
»Ach Reyna, ich wünschte mir doch auch, wir hätten Frieden. Vor allem deinetwegen. Du bist für mich ja immer wie eine Tochter gewesen.« Mit einem energischen Ruck entzog sie dem Mädchen die Hand und stand auf. »Aber nein, es geht nicht – wirklich nicht! Was soll ich in Konstantinopel? Ich will hierbleiben! Ich will endlich mein eigenes Leben führen, so wie es mir gefällt! Und das kann ich nur, wenn ich mir nicht länger von ihr auf der Nase herumtanzen lasse! – Nein!«, rief sie, als Reyna etwas einwenden wollte. »Ich muss diesen Prozess zu Ende führen! Ich habe keine andere Wahl!«

13

Seit Jahren hatte Samuel Usque davon geträumt, ein Buch zu schreiben, doch nie hätte er gedacht, dass Bücherschreiben so schwer sein würde. Schreiben war genauso schwer wie leben. Irgendwo fing man an, doch man wusste nie, wo man enden würde. Jede Minute, die seine Arbeit ihm ließ, verbrachte er am Schreibtisch seiner Kammer. Sein Buch sollte eine Geschichte werden, wie die Welt noch keine zu lesen bekommen hatte: die Geschichte des Volkes Israel und seines Weges aus der Knechtschaft. Samuel wollte darin von den Kämpfen und Leiden der Juden berichten, von den frühesten Anfängen bis zur Gegenwart – zur Tröstung für das Unrecht und die Unterdrückung, die sie immer wieder hatten erdulden müssen, vor allem aber als Verheißung einer Zukunft, in der ihr Elend ein Ende hatte. Diesem Vorhaben

hatte er sein Leben geweiht, und er fühlte sich ihm umso dringlicher verpflichtet, seit er in der Schreckensnacht von Antwerpen seinen Bruder verloren hatte. Benjamin sollte nicht umsonst gestorben sein, so wenig wie die tausend und abertausend Juden, die in der Vergangenheit für ihren Glauben gestorben waren.
Wie aber sollte man ein Buch der Tröstung und der Hoffnung schreiben, wie sollte man sich und seinen Glaubensbrüdern eine Zukunft in Frieden verheißen, wenn es den Juden selbst nicht gelang, untereinander Frieden zu wahren? Nicht einmal innerhalb einer Familie?
Als Bettler verkleidet, hatte Samuel nach seiner Flucht von der Esmeralda die Hinrichtung Dom Diogos auf dem Marktplatz von Antwerpen mit eigenen Augen bezeugt, und als letzten Dienst, den er seinem Herrn erweisen konnte, hatte er dessen Testament aus dem Versteck im Judenhaus gerettet – Dom Diogo hatte ihn für den Fall, dass ihm je etwas zustoßen sollte, schon vor Jahren beauftragt, dort nach Anweisungen zu suchen. Doch hätte Samuel geahnt, welchen Unfrieden er damit stiften würde, hätte er den Willen seines Herrn missachtet und das Testament gelassen, wo es war.
Hatte er sich nicht, ohne es zu wissen, zum Werkzeug des Bösen gemacht, indem er mit Tristan da Costa von Lyon nach Venedig gereist war, um den Schwestern das unheilvolle Schriftstück zu bringen? Und trug er nicht Mitschuld an dem Unglück, das in der Familie Mendes nun ausgebrochen war?
Er selbst vermochte nicht zu entscheiden, welche der beiden Schwestern im Recht war. Der Tod seines Bruders hinderte ihn daran. Samuel hatte sich angemaßt, in das Schicksal einzugreifen, als er Benjamin aus der Obhut seiner christlichen Zieheltern gerissen hatte, und sein Bruder hatte dafür mit dem Leben bezahlt. Dona Brianda war wie Benjamin. Sie hatte nur den Wunsch, mit ihrer Tochter in Frieden zu leben. Dazu war sie bereit, sich einzufügen und anzupassen, und niemand hatte das Recht, sie deshalb um ihr Erbe zu betrügen. Doch andererseits: Dona Gra-

cia war die Führerin der Juden, Gott selbst hatte sie beauftragt, das Volk Israel aus der Unterdrückung zu befreien. Dafür brauchte sie das Geld, das Dona Brianda für ihren Palast und ihr eigenes Wohlergehen ausgeben wollte, und wenn sie ihre Schwester mit Hilfe des Testaments nun zwänge, darauf zu verzichten, so geschah dies vielleicht sogar zum Vorteil von Dona Briandas eigenem Seelenheil.

Hatten nicht beide Schwestern recht? Jede auf ihre Weise? Und war das Unrecht, das sie einander zufügten, nicht Ausdruck jenes viel größeren und umfassenderen Unrechts, das auf ihnen beiden gemeinsam lastete, wie auf dem gesamten jüdischen Volk?

Samuel Usque war froh, als Dona Gracia ihn aus seinem Zwiespalt befreite, indem sie ihn auf Reisen schickte. Er sollte nach Rom fahren, um am Hof von Papst Paul, der das Konzil in Trient für einige Monate unterbrochen hatte, die Erlaubnis zur Exhumierung von Dom Franciscos Leichnam zu erwirken, damit sie ihren Mann in Venedig zur letzten Ruhe betten könnte. Dieses Ansinnen, so hoffte sie, würde als christliches Zeichen verstanden werden und sollte zur Stärkung ihrer Position gereichen, sowohl im Prozess gegen ihre Schwester wie auch bei den Verhandlungen, die Dom José für sie in Regensburg führte. Doch nur Samuel Usque wusste, dass Dona Gracia damit in Wahrheit die Überführung von Dom Franciscos Leichnam ins Land seiner Väter vorbereitete, wie sie es ihrem Mann auf dem Sterbebett versprochen hatte.

Wenige Wochen nach dem Pessachfest machte Samuel sich auf den Weg, und zu Schawuot, dem Abschluss der Frühlingsfeste, traf er in Rom ein. In dem Brief, den er einem Sekretär des Papstes übergab, versprach Dona Gracia für den Fall, dass ihrem Begehren stattgegeben werde, in Venedig eine Kapelle zu errichten, zur katholischen Beisetzung ihres Mannes. Bereits nach zwei Tagen erhielt Samuel die Antwort mit der Erlaubnis, Dom Franciscos Leichnam in Lissabon zu exhumieren. Doch seine Freude über diesen Erfolg wurde durch eine schreckliche Nachricht getrübt. Giovanni Pietro Carafa, der Ordensmeister der Dominikaner und fanatischste Judenhasser Roms, sollte zum Kardinal ernannt werden.

Samuel Usque blieb bis zu Carafas Ernennung in der Stadt, um einen Tag nach Schiwa Asar, dem Fasttag zum Gedenken an den Abriss der Jerusalemer Stadtmauer durch Nebukadnezar, die Rückreise anzutreten. Er hatte sich für den Weg über Ferrara entschieden – ein entfernter Verwandter von ihm, Abraham Usque, ein Onkel dritten oder vierten Grades, betrieb dort eine Druckerei. Herzog Ercole, der Herrscher von Ferrara, galt als ein Freund der Juden; vielleicht würde er die Drucklegung von Samuels Buch in seinem Herzogtum erlauben.

Bei der Ankunft in Ferrara fand Samuel die Druckerei verlassen vor. Doch als er die Gebete hörte, die aus einer unweit gelegenen Synagoge drangen, wurde ihm bewusst, dass seine Glaubensbrüder den Sabbat feierten. Wie hatte er diesen Tag nur vergessen können! Zum Glück erwies sich sein Onkel als gutmütiger Mann, der ihm das Versäumnis nicht übelnahm.

Schon wenige Tage später verschaffte er ihm Zugang zur Hofkanzlei, wo Samuel Usque als Agent des Hauses Mendes mit großer Freundlichkeit empfangen wurde: Herzog Ercole werde sein Begehren wohlwollend prüfen. Und falls Dona Gracia sich je genötigt sehe, Venedig zu verlassen – die Regierung in Ferrara verfolge mit großem Interesse, zu welcher Blüte sie ihre Firma in der neuen Heimat geführt habe, vor allem aber, mit welchem Mut sie den Juden zur Flucht nach Konstantinopel verhelfe, in einer Zeit, in der so etwas schon sehr bald den Tod bedeuten könne … Als der Beamte Samuels verständnisloses Gesicht sah, beugte er sich über die Schranke, um ihm die neuesten Nachrichten ins Ohr zu flüstern: Auf Drängen seines Kardinals Carafa habe der Papst beschlossen, in der Markusrepublik das Glaubensgericht einzusetzen.

Noch am selben Tag reiste Samuel Usque aus dem Herzogtum ab, um nach Venedig zurückzukehren. Am Tischa beAv, dem

Trauertag der Juden, sah er die Stadt aus der Lagune vor sich auftauchen. Obwohl sein Magen vom Fasten knurrte, weitete sich sein Herz, wie stets beim Anblick der Serenissima. Doch während das Boot, das ihn vom Festland übersetzte, sich dem Herzen der Stadt näherte, runzelte er die Stirn.
Was war das für ein seltsamer schwarzer Rauch, der die Kuppel von San Marco verhüllte?
Kaum hatte Samuel Usque das Boot verlassen, sah er die Worte des Ferrareser Kanzleisekretärs in schauerlicher Weise bestätigt. Auf dem Markusplatz loderte ein riesiges Feuer in den Himmel, und ein Mönch, im schwarz-weißen Habit der Dominikaner, übergab Berge von Thorarollen und Talmudtraktaten unter dem Beifall einer johlenden Menge und dem Kreischen angstvoll auf-flatternder Tauben den Flammen.
Samuel Usque war entsetzt. Wie konnte der Glaube, der die Menschen doch einen sollte, sie in so schrecklicher Weise ent-zweien?

14

Kein Geringerer als Cornelius Scheppering war mit dem Auftrag betraut, das Glaubensgericht in Venedig einzusetzen. Er selbst hatte darauf gedrängt, seit Gracia Mendes sich mitsamt ihrer Familie und ihrem Vermögen nach Italien abgesetzt hatte, und seine Erhebung zum Großinquisitor der Lagunenstadt war eine der ersten Amtshandlungen Kardinal Carafas gewesen, der sich als sein alter Glaubensgeneral glücklich pries, im Streit um die heilige Sache einen so treuen Glaubenssoldaten an seiner Seite zu wissen.
Das Ernennungsdekret hatte Cornelius Scheppering in Trient erreicht, wo er als Stellvertreter seines Ordensmeisters mit der Vorbereitung der nächsten Konzilssitzung beschäftigt war. Die Unterbrechung der Beratungen war wegen eines gefährlichen

Zwistes nötig geworden, der zwischen der irdischen und geistlichen Macht aufgebrochen war und die Konzilsväter in zwei unversöhnliche Lager zu spalten drohte. Während der Papst auf eine baldige und scharfe Verurteilung der protestantischen Irrlehren drängte, wollte Kaiser Karl, aus Angst vor dem Abfall seiner Vasallen, die heilige katholische Kirche selbst reformieren.
Das Taktieren um Kompromisse im Glauben widerte Cornelius Scheppering an. Was immer die Konzilsväter auch beschließen mochten: Die Bekehrung der Juden war oberstes und vordringlichstes Ziel aller apostolischen Bemühungen in der Nachfolge Jesu – die Bekehrung der Juden oder aber ihre Vernichtung. Von diesem Ziel lenkte das Gezänk in Trient nur ab. Dabei war aus Regensburg bedrohliche Kunde zu hören. Dank der Vermittlung seines Freundes Maximilian war es José Nasi in der deutschen Bischofsstadt gelungen, Gnade vor dem Kaiser zu finden – nicht einmal die scharfen Proteste seiner Schwester, der Regentin, die die Wiedereinsetzung der Firma Mendes in ihre alten Rechte mit dem Mut einer Löwin bekämpfte, hatte etwas daran zu hindern vermocht. Damit war Gracia Mendes, die Buhle des Teufels, wieder imstande, ihr schändliches Werk fortzusetzen und wie früher ganze Heerscharen marranischer Ketzer, die vor der Gerechtigkeit Gottes aus ihrer portugiesischen Heimat flohen, mit ihren Schiffen über Antwerpen und Venedig nach Konstantinopel zu bringen, in das Reich des muselmanischen Antichristen.
Als Kardinal Carafa ihn in sein neues Amt berief, hatte Cornelius Scheppering sich darum schleunigst auf den Weg gemacht – trotz der körperlichen Gebrechen, die ihm immer heftiger zusetzten. Ja, die Geißel Gottes strafte ihn unerbittlich. Im Gegensatz zu seinem Verstand, dessen Schärfe ihn bisweilen selbst erschreckte, ließ sein von Pusteln übersäter Leib ihn mehr und mehr im Stich. Während die Schmerzen ihn in allen Gliedern plagten, schwankten seine Sinne zwischen überdeutlicher Wahrnehmung und tauber Blödheit. Auch geschah es mitunter, dass er sein Habit mit seinen eigenen Exkrementen besudelte, weil die

Herrschaft über Darm und Blase nicht mehr vollkommen in seiner Macht stand. Doch solche Erniedrigung nahm Cornelius Scheppering als Strafe für seine Verfehlungen ohne Murren hin und pries voller Demut den Herrn, der ihm nun Gelegenheit gab, seine Sünden wiedergutzumachen. Die Verbrennung der unheiligen Judenschriften auf dem Markusplatz sollte nur der erste Akt in einem Drama sein, an dessen Ende Jesus Christus über Gracia Mendes und ihr Glaubensgesindel triumphieren würde!

Zu diesem Zweck begab Cornelius Scheppering sich an einem warmen Sommermorgen zum Palazzo Gritti, um Brianda Mendes seine Aufwartung zu machen. Die Schwester der Firmenherrin war das schwächste Glied in der Familie. Wenn es ihm mit Gottes Hilfe gelänge, dieses Glied zu brechen, konnte Cornelius Scheppering die ganze Teufelsbrut auseinandersprengen.

»Was führt Euch zu mir?«, fragte Brianda, sichtlich erschrocken über sein Erscheinen. »Bringt Ihr Nachricht zum Stand meines Prozesses?«

Sie empfing ihn in einem Kabinett, dessen Wände voller Bilder mit ihrem eigenen Konterfei waren. Selten hatte Cornelius Scheppering solche Hoffart erlebt. Doch er sagte nur:

»Als Diener der Kirche freue ich mich über Euren Entschluss, in der Stadt und nicht im Ghetto Wohnung zu nehmen. Dieses Glaubensbekenntnis ist zweifellos Gottes Werk!«

»Ich habe mich stets bemüht, meinen Christenpflichten zu genügen.«

»Was man von Eurer Schwester leider nicht behaupten kann. Doch ich bin überzeugt, dass man diesen Unterschied bei Gericht zu würdigen weiß.«

»Was wollt Ihr damit sagen?«

»Alles irdische Recht erwächst aus dem Gesetz Gottes. Das Gericht wird sorgfältig unterscheiden, welche Partei den Glauben im Herzen trägt und welche ihn nur mit den Lippen bekundet.« Er schaute ihr fest in die Augen. »Warum tragt Ihr Euer Haar nicht bedeckt?«, fragte er. »Aus Hoffart oder um ein Zeichen zu setzen?«

»Ich … ich habe mir nicht viel dabei gedacht«, stammelte Brianda und beeilte sich, ihr Haar mit einem Schleier zu verhüllen, der lose um ihre nackten Schultern hing.

»Versucht erst gar nicht, Euch zu verstellen. Eure Verlegenheit hat Euch verraten. Ihr wollt mit Eurer Haartracht ein Zeichen setzen, gegen den jüdischen Glauben. Weil Ihr auf dem Pfad des Herrn wandelt.«

Misstrauisch erwiderte Brianda seinen Blick. »Wolltet Ihr nicht von dem Prozess sprechen?«

»Wart Ihr schon mal im Ghetto?«, fragte er zurück, ohne ihr Antwort zu geben. »Ich bin sicher, der Anblick hat Euch entsetzt. All die levantinischen Gestalten, die sich mit ihren dunklen Tüchern vermummen wie Verbrecher … Die drangvolle Enge … Die hohen, schäbigen Gebäude, bar jeglicher Schönheit und Zierde …«

Er verstummte, um seine Rede wirken zu lassen. Zufrieden stellte er fest, dass die Worte den erhofften Eindruck nicht verfehlten. Das Mienenspiel in Briandas Gesicht veränderte sich so rasch wie auf den zahllosen Bildern von ihr an den Wänden. Fast tat sie ihm leid.

War jetzt der Zeitpunkt gekommen, um seinen eigentlichen Angriff vorzutragen?

»Ja, reden wir von Eurem Prozess«, sagte er. Und ohne jeden Übergang fügte er hinzu: »Wisst Ihr, dass Eure Schwester Euch mit Eurem Mann hintergangen hat?«

»Wie … wie kommt Ihr darauf?« Brianda war verwirrt.

»Das Testament, um das Ihr streitet – ist es nicht Beweis genug? Euer Mann hat Eure Schwester zur Erbin seines gesamten Vermögens bestimmt. Welchen Grund sollte er sonst dafür gehabt haben?«

»Das hat nichts zu bedeuten«, erklärte Brianda. »Meine Schwester arbeitet schon seit Jahren in der Firma und ist mit allen Geschäften vertraut. Es ist nur natürlich, dass mein Mann ihr die Verantwortung übertragen hat.«

»Und warum hat er sie zum Vormund Eurer Tochter bestellt?«

»Ihr irrt Euch, wenn Ihr daraus Schlüsse zieht. Meine Schwester hat Dom Diogo nie geliebt. Im Gegenteil! Sie hat sich geweigert, ihn zu heiraten, ja, sie hat mich sogar dazu gezwungen, es an ihrer Stelle zu tun.«

»Warum sagt Ihr das? Weil Ihr das wirklich glaubt? Oder nur, weil Ihr es glauben wollt?« Cornelius Scheppering unterdrückte seinen Ärger und machte einen Schritt auf sie zu. »Ich weiß, wie sehr Ihr leidet, ich kann in Eurem Herzen lesen. Und tief in Eurem Herzen wisst Ihr, was für eine Teufelin Eure Schwester ist.« Er streckte ihr den Arm entgegen. »Seht Ihr meine Hand? Ich reiche sie Euch, um Euch Hilfe anzubieten. Ich bin Euer Freund und für Euch da, wann immer Ihr meiner Freundschaft bedürft. Nehmt diese Hand und schlagt ein.«

Doch Brianda rührte sich nicht. »Nein«, sagte sie. »Ich brauche Eure Hilfe nicht, das Gericht wird auch so meine Rechte anerkennen. Und was die Beweggründe meines Mannes betrifft, das Testament so zu verfassen, wie er es getan hat, so waren sie rein geschäftlicher Natur. Wenn Ihr etwas anderes behauptet, müsst Ihr es beweisen.«

Mit den Zähnen knirschend, zog Cornelius Scheppering seine Hand zurück. Er war sich seiner Sache so sicher gewesen, doch seine schärfste Waffe hatte sich als stumpf erwiesen. Herrgott, was konnte er vorbringen, um Brianda Mendes die Scheuklappen von den Augen zu reißen? Heiliger Zorn wallte in ihm auf. Wenn diese Frau ihm nicht im Guten folgen wollte, dann …

Plötzlich spürte er, wie es in seinen Gedärmen zu grummeln und zu wühlen begann.

»Da Ihr schweigt«, sagte Brianda, »nehme ich an, Ihr wollt Euch verabschieden.« Um das Gespräch zu beenden, ging sie zur Tür.

Cornelius Scheppering glaubte, bersten zu müssen. In seinem Leib war plötzlich die Hölle los, es drängte und trieb in ihm wie ein wütender Dämon, der ausfahren wollte. Es blieb ihm nichts übrig, als vorerst die Waffen zu strecken und einen Abort aufzusuchen.

Als Brianda die Tür öffnete, schlug draußen die Glocke von San Marcuola. Cornelius Scheppering verharrte auf der Schwelle. Nein, noch durfte er den Kampfplatz nicht verlassen, nicht mit einer solchen Niederlage … In seiner Not schickte er ein Stoßgebet zum Himmel.

Ein endloser Augenblick verstrich, ohne dass etwas geschah.

»Nun, worauf wartet Ihr?«, fragte Brianda.

Da endlich erbarmte der Herr sich seines Glaubensknechts. Wie durch ein Wunder verstummte der Dämon in Cornelius Schepperings Gedärm, und der Heilige Geist sandte ihm eine Idee.

»Ihr verlangt einen Beweis?«, fragte er. »Eure Ehe mit Dom Diogo, zu der Eure Schwester Euch gezwungen hat, ist der Beweis, den Ihr verlangt!«

Brianda lachte laut auf.

»Ja, lacht nur. Doch das Lachen wird Euch gleich vergehen. – Wisst Ihr, was eine Brandmauer ist?«

»Natürlich«, erwiderte sie mit einem Schulterzucken. »Man errichtet sie zwischen zwei Teilen eines Gebäudes, damit bei einem Feuer die Flammen nicht übergreifen. Warum fragt Ihr?«

»Das will ich Euch gerne erklären.« Cornelius Scheppering hielt für einen Moment inne. Dann sagte er: »Eure Ehe mit Dom Diogo war nichts anderes als eine solche Brandmauer, die Eure Schwester zu ihrem eigenen Schutz errichtet hat.« Auch wenn es eitel und hoffärtig war, konnte er ein feines Lächeln nicht unterdrücken. »Mit Eurer Ehe wollte Dona Gracia sich vor den Flammen der Liebe schützen, die sie mit Eurem Mann verband. Aber es ist ihr nicht gelungen – die Flammen sind über die Mauer geschlagen!«

15

Konnte es einen Zweifel geben, dass Gott diese zwei Menschen füreinander bestimmt hatte?

»Ich kann dir gar nicht sagen«, flüsterte Reyna, »wie sehr ich dich vermisst habe.«

»Hast du nicht gespürt, dass ich jeden Tag an dich gedacht habe?«, erwiderte José zärtlich, um sie dann frech anzugrinsen. »Immer wenn ich eine Frau mit Sommersprossen sah, und davon gab es in Deutschland jede Menge, musste ich …«

»Was, du Schuft?«, fiel Reyna ihm ins Wort. »Du wagst es, andere Frauen anzuschauen?«

»Nur um mich zu vergewissern, dass keine so hübsch ist wie du.«

Mit einem Lächeln schaute Gracia den beiden zu. José war am Abend aus Regensburg zurückgekommen. Seitdem saßen Reyna und er Seite an Seite vor dem Kamin, in dem ein kleines Feuer prasselte, die Augen ineinander versenkt, und hielten sich an den Händen, als wollten sie sich nie wieder loslassen. Obwohl es nach dem Gesetz verboten war, dass sie sich in solcher Weise berührten, ließ Gracia es geschehen. Bald würden die zwei ohnehin heiraten. Der Segen des Herrn ruhte so sichtbar auf ihnen, dass sie einen Anflug von Neid verspürte. Warum war ihr selbst eine so unschuldige Liebe nie vergönnt gewesen? Sie verscheuchte den Gedanken wie einen Schatten. War das Glück der beiden nicht auch ihr Werk?

»Und der Kaiser hat dich wirklich zum Ritter geschlagen?«, fragte Reyna.

»Warum glaubst du mir nicht?«, fragte José zurück. »Ich hab dir das Schwert doch gezeigt. Karl ist so knapp bei Kasse, dass er ohne uns seinen Krieg gar nicht führen könnte.«

»Außerdem bekommt er zu dem Darlehen noch zweimal dreißigtausend Dukaten«, ergänzte Gracia. »Wir hatten nur mit dreißigtausend gerechnet.«

»Auf der Verdopplung der Summe hat Karl bestanden«, sagte José. »Als Strafe für Eure und Dona Briandas Flucht. Aber dafür erkennt er die zweihunderttausend Dukaten als Schuld an, die Dom Francisco ihm geliehen hat. Wenn wir Glück haben, bekommen wir das Geld eines Tages wirklich zurück. Und die Speicher und Kontore in Antwerpen gehören wieder der Firma Mendes.«

»Wie hast du das nur alles geschafft?«, wollte Reyna wissen.

»Ganz einfach«, lachte José. »Ich habe gedroht, nach Antwerpen zu fahren und die Kaufmannschaft zu mobilisieren. Wie deine Mutter es damals getan hat, um Dom Diogo aus dem Gefängnis freizubekommen. Als Karl das hörte, hat er mich lieber zum Ritter geschlagen.« Er unterbrach sich und drehte sich zu Gracia herum. »Gibt es schon irgendeine Entscheidung in Eurem Prozess?«

»Nein«, sagte sie. »Es wurde noch nicht mal ein Termin anberaumt.«

»Wenn die zwei wenigstens miteinander reden würden«, sagte Reyna. »Aber sie weigern sich – beide! Keine will den ersten Schritt tun. Eine ist sturer als die andere. Dabei vermisse ich meine Tante so sehr.«

»Wer weiß, wozu es gut ist?«, sagte Gracia. »Brianda setzt dir sowieso nur Flausen in den Kopf.«

»Wie kannst du nur so schlecht von ihr reden? Sie ist deine Schwester!« Reyna drehte sich zu José um. »Du musst mit Dona Brianda sprechen. Damit die beiden endlich aufhören zu streiten. Vielleicht hört sie ja auf dich.«

»Das glaubst du doch selbst nicht!«, sagte Gracia. »Außerdem – dafür ist es längst zu spät. Das Verfahren ist offiziell eröffnet. Ein Zurück gibt es nicht mehr.«

»Das sind doch alles nur Ausreden! Weil ihr beide nicht nachgeben wollt! Du am allerwenigsten!« Reyna schüttelte den Kopf. »Ihr solltet euch schämen! Anstatt euch zu vertragen, schadet ihr euch lieber gegenseitig. Ihr seid schlimmer als Kain und Abel!

Aber glaub mir, wenn José mit ihr redet – schließlich hat er sogar den Kaiser rumgekriegt ...«

Lautes Klopfen am Haustor unterbrach sie. Gracia zuckte zusammen. Fast täglich kreuzten Dominikaner bei ihr auf, sowohl im Palast als auch in der Firma, um nach versteckten Flüchtlingen zu suchen. Aber um diese Zeit? Es war schon bald Mitternacht.

Im nächsten Moment flog die Tür auf.

»Tante Brianda? Du?« Reyna sprang auf, um ihre Tante zu umarmen. »Ich habe so gehofft, dass du irgendwann kommst, und jetzt ... Mein Gott, was bin ich froh!«

Doch Brianda achtete nicht auf sie. Ohne sie auch nur anzuschauen, marschierte sie geradewegs auf Gracia zu, die sich zögernd von ihrem Stuhl erhob.

»Ich muss mit dir reden«, erklärte Brianda. »Allein!«

Als Gracia das Gesicht ihrer Schwester sah, wurde sie blass. Sie hatte keinen Zweifel daran, warum Brianda mitten in der Nacht in ihrem Haus erschien.

»Geht bitte raus«, sagte sie zu Reyna und José.

»Aber warum denn?«

»*Raus* hab ich gesagt!«

Die zwei schauten sich stirnrunzelnd an, dann verließen sie den Raum. Brianda wartete, bis sich die Tür hinter ihnen schloss und sie mit ihrer Schwester allein war.

»Ich habe nur eine Frage«, sagte sie dann, mit leiser, gefährlicher Stimme. »Warst du die Geliebte meines Mannes?«

»Bist du verrückt geworden?« Gracia wich unwillkürlich einen Schritt zurück. »Du weißt doch – ich meine, du hast doch selbst gesagt, dass Diogo und ich unmöglich ... dass ich keinen anderen Mann jemals ...«

»Es ist ganz egal, was ich gesagt habe! Ich habe *dich* gefragt, Gracia! Sag mir die Wahrheit! Ich will es endlich wissen!«

Brianda trat so dicht an sie heran, dass sich ihre Gesichter beinahe berührten. Gracia spürte den Atem ihrer Schwester auf ihrer Haut. Wie konnte Brianda es wagen? Gracia wollte schon

explodieren, doch plötzlich fühlte sie sich so elend, dass sie sich kaum auf den Beinen halten konnte, und ihr Jähzorn zerstob wie ein Häufchen Asche. Voller Scham schlug sie die Augen nieder.
»Du hast Diogo doch nie geliebt«, flüsterte sie.
»Ist das alles, was dir dazu einfällt? Soll das etwa eine Entschuldigung sein?«
Gracia hatte sich noch nie so schmutzig gefühlt, und obwohl sie fast umkam vor Scham, hob sie den Blick, um ihrer Schwester in die Augen zu sehen.
»Bitte … bitte, verzeih mir«, stammelte sie, »ich … ich meine, Diogo und ich, wir …«
»Diogo und du?«, schrie Brianda auf. »Das wagst du, mir zu sagen? DIOGO UND DU?«
Sie holte aus und schlug Gracia ins Gesicht. »Du gemeine, hinterhältige Hure!«

16

Als Brianda durch das Tor des Ponte di Ghetto Vecchio trat, waren auf der anderen Seite der Mauer sämtliche Läden und Buden geschlossen. Kein Geschäft wurde am Sabbat in diesem Teil der Stadt getätigt, kein Bewohner dieses Viertels durfte heute etwas kaufen oder verkaufen oder sonst einer profanen Beschäftigung nachgehen. Dennoch war der Campo übersät von schwarzgewandeten Juden. Sieben Synagogen gab es rund um den Platz, eine für jede Gemeinde, je nachdem, ob ihre Mitglieder iberischer, deutscher oder orientalischer Herkunft waren. Mit ihren Gebetbüchern unter dem Arm eilten sie zu den Gotteshäusern, um ihre Andachtsübungen zu verrichten.
Für Brianda wurde der Weg zum Spießrutenlauf. Als sie gegen den Strom der Gläubigen den Campo überquerte, verfolgten sie tausend misstrauische Blicke. Was hatte eine Frau in so prächti-

gen Kleidern und ohne Kopfbedeckung hier zu suchen? War das eine Christin?

Sie traf Tristan da Costa auf dem Treppenabsatz vor seiner Wohnung. Auch er hatte ein Gebetbuch in der Hand und wollte gerade zum Gottesdienst. Doch als er Brianda sah, öffnete er die Tür, ohne auch nur einen Moment zu zögern, und bat sie herein.

»Meine Schwester hat mir meinen Mann weggenommen«, sagte Brianda, nachdem sie einen Schluck Wasser getrunken hatte. »Zum Dank dafür, dass ich ihn an ihrer Stelle geheiratet habe!«

»Das kann unmöglich sein!«, erwiderte Tristan entsetzt. »Ihr wisst doch, dass sie ...«

»Ich habe sie zur Rede gestellt. Cornelius Scheppering war bei mir und ...«

»Der Dominikaner? Was hat der damit zu tun?«

»Er hat mir die Augen geöffnet. Durch ihn habe ich endlich begriffen, was für ein Mensch meine Schwester ist.« Brianda wandte sich zum Fenster, damit Tristan ihre Tränen nicht sah. »Ich will nie mehr etwas mit ihr zu tun haben.«

Der Campo war inzwischen menschenleer, alle Gläubigen waren in den Gotteshäusern verschwunden. Während Brianda auf den ausgestorbenen Marktplatz starrte, verwoben sich die Gebete aus den Synagogen zu einem Klangteppich, der nur manchmal übertönt wurde von der lauten Stimme eines Chasans. Der immer gleiche, ewig wiederkehrende Singsang füllte ihre Ohren so sehr, dass sie es kaum aushielt. Es war, als würde der Chor der Gläubigen nur singen, um ihr Gefühl der Einsamkeit zu vermehren.

»Wie soll ich je ohne sie auskommen?«, flüsterte Brianda.

»Macht Euch keine Sorge«, sagte Tristan. »Selbst wenn Ihr den Prozess verliert und nur Anspruch auf die Mitgift habt, müsst Ihr nicht am Hungertuch nagen. Ihr werdet immer noch mehr als genug Geld zum Leben haben.«

»Das meine ich nicht«, erwiderte Brianda. »Ich meine, Gracia – sie ... sie war doch immer da, solange ich zurückdenken kann.

Auch wenn wir uns oft gestritten haben, hat sie alles für uns entschieden und erledigt. Seit unsere Mutter starb und auch später, nachdem wir aus Portugal geflohen sind. Aber jetzt – jetzt bin ich allein.«

»Nein«, widersprach Tristan, »das seid Ihr nicht. Ich habe Euch ein Versprechen gegeben. Dass ich immer für Euch da bin, wenn Ihr mich braucht. Habt Ihr das vergessen?«

»Ach, das sind doch nur Worte.«

Brianda drehte sich um. Seit sie Tristan zum ersten Mal in Venedig wiedergesehen hatte, wusste sie, dass sie mit diesem Mann zusammen sein wollte, bis ans Ende ihres Lebens, und jedes Mal, wenn sie ihn sah, hoffte sie, dass er sich ihr erklärte. Aber seine Lippen waren wie zugenäht. Nie hatte er offen zu erkennen gegeben, ob er ihre Gefühle teilte – geschweige denn, dass er um ihre Hand anhalten wollte. Warum? Hatte er Angst, dass sie ihn zurückweisen würde? Weil sie die Witwe seines ehemaligen Herrn war und er nur ein Handelsagent? Oder gab es noch etwas anderes als den Standesunterschied, das zwischen ihnen war?

»Meine Schwester und ich haben bis jetzt nur um Geld gestritten«, sagte Brianda. »Aber jetzt … jetzt muss ich den Prozess gewinnen – egal, was es kostet. Ich kann nicht zulassen, dass Gracia länger bestimmt, was ich tue. Und erst recht nicht, dass sie der Vormund meiner Tochter ist!«

»Ich bin auf Eurer Seite«, erklärte Tristan.

»Wie stellt Ihr Euch das vor?«, erwiderte Brianda. »Ihr seid immer noch ein Agent der Firma. Gracia ist Eure Herrin!«

»Ich bin mein eigener Herr! Wenn Ihr es wünscht, scheide ich noch heute aus ihren Diensten aus.«

»Das würdet Ihr für mich tun?«, fragte sie.

Tristan nickte.

»Aber – wovon wollt Ihr leben? Ich kann Euch keinen Lohn zahlen, ich lebe selbst nur von den Krediten, die die Geldverleiher mir geben. Und wer weiß, wenn ich den Prozess verliere …« Sie sprach den Satz nicht zu Ende.

Er antwortete ihr mit einem Lächeln. »Wie Ihr wisst«, sagte er und zeigte auf seine armselige Wohnung, »habe ich keine großen Ansprüche. Meine Ersparnisse reichen für Jahre. Außerdem würde ich sowieso kein Geld von Euch nehmen.«
»Warum nicht?«
Er schlug die Augen nieder. »Ich … ich hatte gehofft, Ihr würdet den Grund wissen.«
»Aber Ihr nehmt doch auch Geld von meiner Schwester.«
»Glaubt Ihr, das wäre dasselbe?«
Obwohl er ganz rot war im Gesicht, hob er den Kopf und sah sie an. Brianda erwiderte seinen Blick. Konnte es wirklich sein, dass er dasselbe empfand wie sie? Für einen Augenblick war sie fast sicher, doch dann kamen ihr Zweifel. Schläfenlocken ringelten sich unter Tristans Hut, den er sogar im geschlossenen Raum aufbehielt wie ein Soldat seine Mütze, und in der Hand hielt er das Gebetbuch. Brianda nickte. Auch wenn er ebenso verlegen schien wie sie selbst, auch wenn sein Adamsapfel ruckte und sein Augenlid nervös zu zucken begann – ja, es gab etwas, das sie von Grund auf unterschied, etwas, das stärker war als jeder Standesunterschied, stärker auch als alle Liebe.
»Ihr seid Jude«, sagte sie. »Ihr hängt an Eurem Glauben, genauso wie meine Schwester. Und zusammen helft Ihr anderen Juden, der Verfolgung zu entkommen.«
»Ja«, bestätigte Tristan, »ich bin Jude, und ich bewundere Dona Gracia für das, was sie tut. Sie hat Tausenden von Glaubensbrüdern das Leben gerettet, und ich danke dem Herrn dafür, dass er mir die Möglichkeit gab, zusammen mit ihr …«
»Seht Ihr?«, fiel Brianda ihm ins Wort. »Wie kann ich da von Euch erwarten, dass Ihr …«
»Ihr habt mich nicht aussprechen lassen«, unterbrach er sie.
»Wozu auch?«, fragte sie. »Ich weiß doch, was Ihr sagen wollt. Euer Glaube ist Euch wichtiger als alles andere, und darum …«
»Seid Ihr da wirklich so sicher?«
Tristan legte sein Gebetbuch aus der Hand und trat auf sie zu.

Eine lange Weile blickten sie sich an. Dann, ohne ein Wort, nahm er ihren Kopf zwischen seine Hände, so plötzlich und unverhofft, dass ihr Herz zu klopfen begann, als wollte es ihr aus der Brust springen.

»Was … was wolltet Ihr noch sagen?«, flüsterte sie, weil sie seinen Blick und seine Berührung nicht länger schweigend ertrug.

»Dass ich gar keine Wahl habe, mich zu entscheiden«, erwiderte er, genauso leise wie sie. »Ja, Brianda«, sagte er, ohne seine Augen von ihr zu lassen. »Ich liebe dich. Und ich werde alles für dich tun, was ich kann. Hörst du – alles! Und wenn es mich meine Seele kostet …«

Noch während er sprach, beugte er sich über sie, mit einem Ausdruck im Gesicht, der keinen Zweifel mehr zuließ, und trocknete ihre Tränen mit seinen Lippen. Und als seine Lippen schließlich die ihren berührten, öffnete Brianda einen Spalt weit den Mund, um seinen Kuss zu empfangen, der sie aus ihrer Einsamkeit erlöste.

17

Wieder tauchte Gracia ihre Hände in die Schüssel mit frischem Wasser, um das klebrige Gefühl loszuwerden, das sie plagte, sobald sie nicht durch irgendetwas abgelenkt war. Zum ersten Mal hatte Brianda sich gegen sie aufgelehnt, und noch immer glaubte Gracia, die Hand, mit der ihre Schwester sie geschlagen hatte, auf der Wange zu spüren. Doch viel schlimmer noch als das Brennen im Gesicht war das Gefühl der Unsauberkeit, das ihr zu schaffen machte. Mehrmals am Tag flüchtete sie sich ins Bad, bearbeitete ihre Finger mit Lappen und Bürsten, sogar mit Bimsstein hatte sie sich traktiert, so dass die Haut schon wund davon war. Doch es nützte nichts, das Gefühl der Unreinheit blieb. Die Hände, mit denen sie Diogo Mendes, den Mann ihrer Schwester, berührt und liebkost hatte, waren und blieben besudelt.

Warum war sie nicht vor Brianda auf die Knie gegangen?
Während sie sich die Hände abtrocknete, vermied sie es, in den Spiegel zu sehen, der über der Waschschüssel hing. Sie hasste sich für das, was sie getan hatte, und alles, was sie besaß, würde sie hergeben, wenn sie das Geschehene damit ungeschehen machen könnte. Trotzdem hatte sie es nicht über sich gebracht, ihre Schwester um Verzeihung zu bitten. Statt einer Entschuldigung hatte sie nur sinnlose Worte gestammelt. Weshalb? Weil sie Unrecht nicht zugeben konnte? Oder weil sie wusste, dass sie nicht anders hätte handeln können, als sie gehandelt hatte …
Warum hatte Gott sie dazu verdammt, so zu sein, wie sie war?
Mit jedem Wimpernschlag, mit jedem Atemzug sehnte sie sich nach ihrer Schwester. Kein Mensch war ihr näher als Brianda, kein Mensch war ihr vertrauter als sie, nicht einmal Reyna, ihre Tochter. Sie waren zusammen aufgewachsen, sie kannten einander besser, als jede von ihnen sich selbst kannte. Zusammen hatten sie die Heimat verlassen, um die halbe Welt waren sie miteinander geflohen, um den Edomitern zu entkommen. Doch jetzt waren sie verfeindet wie das erste Brüderpaar. Durch ihre, Gracias, Schuld.
Warum hatte Gott ihr dieses überschwere Erbe auferlegt? Um sie zu prüfen? In ihrem Glauben und in ihrer Gottesfurcht?
Sie hängte das Handtuch an den Haken und bedeckte ihr Haar. Am liebsten wäre sie in die Mikwa gegangen, um sich im Tauchbad zu reinigen – nicht nur ihren Leib, sondern auch ihre Seele. Aber was hatte sie dort zu suchen, als unverheiratete Frau? Wieder fühlte sie Briandas Hand auf ihrer Wange. Ja, sie hatte die Züchtigung verdient, und wenn sie nicht vor ihrer Schwester niedersinken würde, um sie um Verzeihung zu bitten, konnte ihr das Reinigungsbad in der Mikwa so wenig helfen wie das Bittgebet zu Jom Kippur:
»Sünden des Menschen gegen Gott sühnt der Versöhnungstag, Sünden gegen den Mitmenschen nur dann, wenn er diesen zuvor versöhnt hat.«

Die Glocken von San Polo schlugen zur vollen Stunde. War das schon das Ave-Läuten? Gracia schaute aus dem Fenster. Dunkelrot sank die Sonne über die Dächer der Stadt herab, bald würde sie ins Meer eintauchen.
Gracia fasste einen Entschluss. Es gab nur eine Möglichkeit, um wieder mit sich ins Reine zu kommen. Sie musste ihre Schwester aufsuchen. Ohne länger nachzudenken, nahm sie ihr Cape und verließ den Raum.
Als sie die Galerie betrat, hörte sie, wie unten jemand klopfte. Irritiert blieb sie stehen. Am heiligen Sabbat? Wer konnte das sein? Die Dominikaner? Nein, die pochten ans Tor wie Soldaten, laut und gebieterisch. Dieses Klopfen aber war ganz leise, unsicher, zögernd.
Hatte Brianda etwa denselben Gedanken gehabt wie sie?
Während ein Diener das Tor öffnete, beugte Gracia sich über die Brüstung. Doch statt ihrer Schwester betrat ein jüdischer Greis mit weißem Bart und weißen Schläfenlocken die Halle.
»Wer seid Ihr?«, fragte sie.
»Mein Name ist Joshua Montales«, erwiderte der Fremde auf Spanisch. »Ich bin der Gemeindeälteste aus Toledo.«
»Kommt bitte morgen wieder«, sagte Gracia. »Ich hab jetzt keine Zeit.« Sie drehte sich um. »Ein Boot!«, rief sie dem Diener zu. »Aber schnell!«
»Ihr wollt das Haus verlassen?«, fragte der Diener verwundert. »Am Sabbat?«
»Frag nicht! Beeil dich lieber!«
Während der Diener verschwand, trat der Greis, statt sich zu verabschieden, in die Mitte der Halle.
»Seid Ihr Gracia Mendes?«, fragte er.
»Ja, ja. Aber ich habe Euch doch gesagt, dass ich keine Zeit …«
»Die Tochter von Alvaro Nasi?«
Gracia stutzte. »Ihr kennt meinen Vater?« Plötzlich war sie ganz aufgeregt. »Habt Ihr Nachricht von ihm?«
»Ich bin heute mit meinen Glaubensbrüdern in Venedig ange-

kommen, aus Lissabon.« Der Greis zögerte einen Moment. Dann sagte er: »Ja, ich habe Nachricht von Alvaro Nasi.«
»Das ist ja wunderbar!«, rief Gracia und eilte die Treppe hinunter. »Wann habt Ihr ihn gesehen? Wo? Wie geht es ihm?«
Sie wollte dem Mann die Hände drücken. Doch der behielt die Arme auf dem Rücken, als habe er Angst, sie zu berühren, und wich einen Schritt zurück.
»Es tut mir sehr leid«, sagte er. »Aber Euer Vater ist tot. Die Inquisition ... Sie ... sie haben Alvaro Nasi auf dem Scheiterhaufen verbrannt.«

18

Von San Marcuola läuteten die Glocken zum Ave-Gebet, während Brianda sich von Tristan da Costa nach Hause begleiten ließ. Sie hatte nicht die leiseste Ahnung vom Tod ihres Vaters. Ihr hatte niemand Nachricht aus Lissabon gebracht. Sie hatte ganz andere Sorgen.
»Ihr müsst zurück ins Ghetto!«, sagte sie.
»Nein«, erwiderte Tristan da Costa. »Erst bringe ich Euch nach Hause.«
»Aber wenn man Euch jetzt mit dem Judenhut erwischt, wirft man Euch ins Gefängnis.«
»Gefährlich wird es erst, wenn das Läuten vorbei ist. Und das dauert noch eine Weile.«
Vorsichtig sah Brianda um die Ecke, bevor sie in die Gasse einbog, die zu ihrem Palazzo führte. Die Häscher der Dominikaner waren überall. Oder war sie so nervös, weil sie ein schlechtes Gewissen hatte? Sie kam gerade mit Tristan vom Dogenpalast. Neben dem Eingang des Sitzungssaals war ein steinerner Löwe in die Wand eingelassen, durch dessen Rachen man im Schutz der Anonymität Briefe einwerfen konnte, um Anzeige beim Zehnerrat zu erstatten.

»Wenn meine Schwester erfährt, was ich gemacht habe, wird sie rasen vor Wut.«
»Es ist die einzige Möglichkeit, dass Ihr zu Eurem Recht kommt. Dom Diogo hat mit seinem Testament gegen das Gesetz verstoßen. Der Talmud will, dass die Witwe den Besitz ihres Mannes erbt. Wir benutzen nur das Gericht der Edomiter, um für jüdisches Recht zu sorgen.«
»Aber Ihr habt doch gesagt, ich kann auch von meiner Mitgift leben.«
»Und die Vormundschaft über Eure Tochter?«
»Ich hab nur Angst, dass man Gracia womöglich einsperrt.«
»Keine Sorge. Sie werden ihr nur den Reisepass abnehmen und sie zu einer Geldstrafe verurteilen. Vor allem aber wird man Euch zu Eurem Recht verhelfen. Damit Ihr selbst entscheiden könnt, wo Ihr mit Eurer Tochter leben wollt.«
Sie passierten gerade einen kleinen, unscheinbaren Palazzo, als Tristan stehen blieb.
»Hier bin ich früher Hunderte Male vorbeigekommen, ohne den da zu sehen.«
Er zeigte auf einen buntbemalten Atlas, der einen mehrstöckigen Erker auf seinen Schultern zu tragen schien.
»Ja, und?«, fragte Brianda, die nicht begriff, was er meinte.
Tristan drehte sich um. Gleichzeitig zärtlich und verlegen schaute er sie an.
»So viele Jahre war ich blind wie ein Maulwurf. Aber du hast mir die Augen geöffnet. Damit ich endlich all die schönen Dinge sehe, die es in dieser Stadt gibt. Nicht nur an den Häusern, sondern überhaupt …«
Jedes Mal, wenn er »du« zu ihr sagte, hatte Brianda das Gefühl, er würde sie streicheln. Aber noch schöner als das Du war der Inhalt seiner Worte. Diogo hatte Dutzende Bilder von ihr malen lassen, weil er eine Frau in ihr suchte, die sie nicht war. Doch nie hatte Diogo sie so gut verstanden wie Tristan. Am liebsten hätte sie ihn dafür geküsst, jetzt gleich, mitten auf der Straße.

Plötzlich merkte sie, wie unheimlich still es rings um sie war.
»Was ist?«, fragte er. »Was machst du für ein Gesicht?«
»Das Läuten«, sagte sie so leise, als würde jemand sie belauschen. »Es hat aufgehört. Was willst du jetzt tun?«
»Ach so.« Mit einem Grinsen nahm er den gelben Hut vom Kopf und zog ein schwarzes Barett aus der Tasche. »Und schon bin ich ein braver Christ!«
Er hatte noch nicht ausgesprochen, da sah Brianda zwei Dominikaner. Sie kamen direkt auf sie zu.
»Deine Schläfenlocken!«
Eilig bedeckte Tristan sein Haar mit dem Barett. Doch die Dominikaner hatten schon Verdacht geschöpft und beschleunigten ihre Schritte.
Brianda griff nach seiner Hand. »Los! Komm mit!«
»Wohin?«
»Zu mir! Damit du in Sicherheit bist für die Nacht!«

19

Kühle Abenddämmerung senkte sich über die Hafenspeicher der Firma Mendes, die den Canale della Giudecca säumten. Doch innen, unter dem Dach, staute sich noch die Hitze eines langen Sommertages in der staubigen Luft, als Gracia an ihrem Stehpult die Frachtpapiere der Fortuna abzeichnete, die vor dem Lagerhaus vertäut am Kai lag, um am Abend mit der Flut in Richtung Konstantinopel auszulaufen. Eigentlich hatte der Zehnerrat Gracia für diesen Tag in den Dogenpalast bestellt – einer der zahllosen Gerichtstermine, bei denen irgendwelche Dokumente, Hauptbücher und Inventarlisten verglichen wurden, ohne dass die Richter im Prozess um Diogos Erbe zu einem Ergebnis kamen. Gracia hatte deshalb José an ihrer Stelle zur Verhandlung geschickt. Statt ihre Zeit vor Gericht zu vertrödeln, wollte sie lieber dafür sorgen, dass ihre Schützlinge sicher an Bord gelangten. Außerdem wollte sie sich einen Eindruck von ihrem neuen Agenten Duarte Gomes verschaffen, einem Marranen aus Lissabon, der schon seit fünf Jahren in Venedig lebte und den Rabbi Soncino ihr empfohlen hatte. Er sollte Tristan da Costa ersetzen, der seinen Glauben verraten und sie im Stich gelassen hatte, um sich auf Briandas Seite zu schlagen.

Gracia wischte sich mit dem Handrücken den Schweiß von der Stirn. Warum hatte ihr Vater sterben müssen? Zeit seines Lebens hatte er keiner Fliege etwas zuleide getan. Aus Angst und Sorge um seine Familie war er immer vorsichtig gewesen, hatte sich immer angepasst, um ja nicht anzuecken und den Edomitern Anlass für irgendeinen Verdacht zu geben. Trotzdem hatte Gott es zugelassen, dass diese Barbaren ihn verbrannten – einen alten, wehrlosen Mann. Warum? Gracia bereute, dass sie ihren Vater in Lissabon zurückgelassen hatte. Sie hätte ihn mitnehmen müssen auf die Flucht, trotz seines Alters. Dieser Fehler ließ sich nie mehr beheben. Sie konnte nur versuchen, an anderen Menschen gutzumachen, was sie bei ihm versäumt hatte. Damit sein Tod nicht vollkommen sinnlos wäre.

»Entschuldigt, Herrin.«

Gracia blickte von den Papieren auf und sah in Duartes pockennarbiges Gesicht. »Ist es schon so weit?«, fragte sie.

»Ja, Herrin.« Obwohl ihr neuer Agent so groß war wie ein Baum und ein halbes Dutzend Sprachen beherrschte, drehte er noch immer schüchtern wie ein Bauer seinen Hut in der Hand, wenn er mit ihr redete. »Die Leute möchten sich von Euch verabschieden.«

Gracia legte ihren Gänsekiel aufs Pult und folgte Duarte zur Dachluke. Durch die Öffnung sah sie, wie draußen die Matrosen in die Wanten der Fortuna kletterten, um die Segel klarzumachen. Die Verladung der Papierballen und Käselaibe war abgeschlossen, jetzt sollten die Flüchtlinge an Bord gebracht werden. Es war nur das kleine Häuflein Juden aus Toledo, das unter Führung des Gemeindeältesten Joshua Montales nach Venedig gelangt war. Trotz der Gefahr, entdeckt zu werden, hatte Gracia sie in ihrem Haus versteckt, im Gedenken an ihren Vater, den dieselben Verbrecher ermordet hatten, vor denen diese Menschen nun Schutz suchten. Gracia verabschiedete jeden Einzelnen von ihnen mit einer Umarmung.

»Wir verdanken Euch unser Leben, Dona Gracia.« Joshua Montales kniete vor ihr nieder und küsste ihr die Hand. »Gott möge Euch immer dafür segnen.«

»Ihr braucht mir nicht zu danken«, erwiderte sie. »Ihr habt mir mehr geholfen, als ich Euch helfen konnte.«

Das war nicht übertrieben. Schwankend war sie geworden, wie eine grüne Taube, unsicher, ob sie den Geboten ihres Glaubens oder der Neigung ihres Herzens folgen sollte. Doch in Gestalt dieses Greises hatte Gott ihr einen Boten geschickt. Wer ein Leben rettet, rettet die ganze Welt … Statt Brianda nachzugeben und den Weg zu verlassen, den der Herr ihr gewiesen, hatte sie sich besonnen und an ihrer Mission festgehalten. Brianda stritt um ihr Erbe, um das Geld ihres Mannes für hübsche Kleider auszugeben. Sie, Gracia, brauchte dieses Geld, um ihre Glaubensbrüder vor einem Schicksal zu bewahren, dem ihr Vater zum Opfer gefallen war. Diesen Weg wurde sie weitergehen – und wenn sie den Rest ihres Lebens um ihr Erbe kämpfen müsste! Aber vielleicht würde der unselige Streit ja bald ein Ende haben. Reyna hatte um Erlaubnis gebeten, an Gracias Stelle Brianda die Todesnachricht aus der Heimat zu überbringen, um im Namen ihres Großvaters einen Versuch zur Versöhnung zu machen, und Gracia hatte eingewilligt, sie heute zu besuchen. Wenn Brianda erführe, dass die Inquisition ihren Vater umgebracht hatte, würde sie bestimmt begreifen, dass es wichtiger war, Menschen, die in ähnlicher Not waren wie er, zu helfen, statt hübsche Kleider zu tragen. Und vielleicht würde sie den verfluchten Prozess beenden, indem sie ihre Klage vor Gericht zurückzöge und sich Gracias Willen fügte.

»Ich tue nur, was die Pflicht eines jeden Juden ist«, sagte sie. »Und steht bitte auf, Joshua Montales. Ihr müsst Euch beeilen. Die Matrosen setzen schon die Segel.«

Geduldig half sie dem Greis, in einen Jutesack zu schlüpfen. Sobald er darin verschwunden war, hängten zwei Schauerleute den Sack an den Flaschenzug, der über der Luke angebracht war, dann gab Duarte dem Ausleger einen Stoß, der Baum schwang ins Freie, und während Joshua Montales in schwindelnder Höhe über der Fortuna baumelte, ließ Duarte ihn am Seil des Flaschenzugs langsam hinunter an Deck. Bei dem Anblick drehte Gracia sich der Magen um. Die Luke befand sich oberhalb der Schiffstakelage, und ihr selbst wurde schon schwindlig, wenn sie aus dem zweiten Stockwerk ihres Palastes sah.

»Soll ich das Zeichen geben?«, fragte Duarte, als der letzte Flüchtling an Bord war.

Gracia nickte. Mit einer Flagge signalisierte ihr Agent dem Kapitän, dass die Fortuna ablegen konnte. Während Duarte die Uhrzeit in das Hauptbuch eintrug, holten die Matrosen die Leinen ein, und gleich darauf fielen die Segel von den Masten und blähten sich im Wind. Lautlos, kaum merklich, bewegte sich der riesige Rumpf des Schiffes fort vom Kai. Obwohl der Hafenkommandant ein üppiges Bestechungsgeld bekommen hatte, fiel Gracia ein Stein vom Herzen. Mit jeder Handbreit Wasser, die den Segler vom Ufer trennte, wuchs die Sicherheit ihrer Schützlinge. In zwei Wochen würden sie in Konstantinopel sein.

Der Viermaster hatte schon die Landspitze am Ende des Kanals erreicht, da hörte Gracia eilige Schritte. Als sie sich umdrehte, sah sie, wie José mit rotem Kopf auf sie zustolperte.

»Gott sei Dank, Ihr seid noch da!«, keuchte er.

»Was ist passiert? Du bist ja ganz außer Atem!«

»Jetzt ist keine Zeit für Erklärungen! Ihr müsst fliehen! Samuel wartet unten mit einem Boot.«

Gracia kannte ihren Neffen gut genug, um zu wissen, dass höchster Alarm herrschte. Ohne weitere Fragen zu stellen, ließ sie alles stehen und liegen und folgte ihm zur Tür hinaus. Doch sie hatten noch nicht den Treppenabsatz erreicht, da dröhnten ihnen von unten schwere Stiefelschritte entgegen.

»Zum Teufel!«, fluchte José. »Das müssen sie sein!«

Gracia kniff die Augen zusammen, um besser zu sehen. Im Dämmerlicht erkannte sie den Helmbusch eines Offiziers, der sich im Sturmschritt die Treppe heraufbewegte.

»Und jetzt?«

»Es gibt nur einen Ausweg! Zurück zur Luke! Ich bleibe hier und halte sie auf! Samuel weiß, wo wir uns treffen! Ich komme mit Reyna nach!«

Während José seinen Degen zog, raffte Gracia ihre Röcke, und wenige Augenblicke später stand sie über dem Abgrund. Als sie in die Tiefe hinabschaute, wurde ihr so schwindlig, dass sie sich mit beiden Händen festhalten musste.

»Das schaffe ich nie!«

»Ihr müsst!«, sagte Duarte und schlang ein Seil um ihre Taille.

Unten im Wasser spiegelten sich die ersten Lichter des Abends. Ein Ruderboot, klein wie ein Spielzeug, näherte sich flussabwärts dem Speicher. Das musste Samuel sein! Wie Charon, der Fährmann, der die Toten über den Hades leitet, glitt er mit seinem Boot über den Kanal ...

»Aus dem Weg!«

Gracia fuhr herum. Ein Offizier rannte mit blankem Degen auf José zu. Mit einem Ausfallschritt parierte ihr Neffe den Angriff. Im nächsten Moment fielen die beiden übereinander her, so schnell, dass Gracia ihre Körper nicht unterscheiden konnte. Blitze zuckten, als die Klingen aufeinanderschlugen, Blut spritzte auf den Boden.

»Aufgepasst!«, schrie Duarte.

Im selben Moment gab er Gracia einen Stoß, der Ausleger schwenkte ins Freie, und gleich darauf hing sie baumelnd in der Luft, unter ihren Füßen nichts als den gähnenden Abgrund, während der Abendwind ihre Röcke blähte.

20

Zur gleichen Zeit besuchte Reyna ihre Tante im Palazzo Gritti.
»Wie schön, dich zu sehen«, rief Brianda. »Lass dich umarmen.«
Reyna machte einen Schritt zurück, um ihr auszuweichen. »Großvater ist tot«, sagte sie.
»Mein Gott – wer behauptet das?«
»Flüchtlinge aus Lissabon. Sie haben die Nachricht gebracht. Die Inquisition. Die Christen … sie haben ihn hingerichtet, verbrannt … Auf der Praça do Rossio.«
»Unmöglich! Er hat doch gelebt wie ein Christ! Jeden Sonntag ist er zur Kirche gegangen.«
»Sie haben behauptet, er hätte Marranen zur Flucht verholfen.«
»Was? Unser Vater? Aber … aber das ist doch …«
Brianda musste sich setzen. Reyna versuchte nach ihrem Arm zu greifen, aber ihre Tante kehrte ihr den Rücken zu. Mit lautem Schluchzen schlug sie die Hände vors Gesicht und weinte. Reyna wartete, bis sie sich etwas beruhigt hatte. So behutsam sie konnte, berührte sie ihre Schulter.
»Ich weiß nicht, ob Großvater uns jetzt sehen kann, aber wenn ja …« Sie wusste nicht, wie sie es sagen sollte. »Wollt ihr euch nicht vertragen? Mutter und du? Ihm zuliebe? Er … er würde es bestimmt wollen.«
Brianda drehte sich um, das Gesicht von Tränen verschmiert. Mit funkelnden Augen schaute sie Reyna an.
»Das ist ihre Schuld. Deine Mutter hat ihn auf dem Gewissen.«
»Um Himmels willen! Wie kannst du so was sagen?«
»Weil es die Wahrheit ist! Wir hätten ihn nicht in Lissabon zurücklassen dürfen.«
»Aber das war doch *seine* Entscheidung. Er wollte nicht fort aus der Heimat.«
»Er war unser Vater. Als er sich entschieden hatte, zu bleiben, hätten wir auch bleiben müssen. Aber deine Mutter hat das nicht gewollt. Sie hat uns nach Antwerpen geschleppt.«

»Du redest, als hätte sie das aus böser Absicht getan. Aber sie wollte uns doch nur in Sicherheit bringen!«
»Das ist egal.« Brianda schüttelte den Kopf. »Außerdem hätte sie damit rechnen müssen.«
»Womit?«
»Dass die Dominikaner sich an ihm rächen. Das konnte ja gar nicht gutgehen.«
»Ich verstehe nicht, was du meinst.«
»Was gibt es da nicht zu verstehen? Sie haben ihn umgebracht, weil deine Mutter immer wieder Flüchtlinge aus dem Land gebracht hat. Tausende von Menschen, mit den Schiffen der Firma Mendes.«
»Aber damit hatte Großvater doch nichts zu tun!«
»Natürlich nicht. Aber er war für sie der Sündenbock.« Brianda wischte sich die Tränen ab und dachte nach. Dann nickte sie. »Ja, so muss es sein. Weil sie Gracia nicht kriegen konnten, haben sie unseren Vater ermordet.«
»Bitte, Tante Brianda«, sagte Reyna. »Woher willst du das wissen? Das sind doch alles nur Vermutungen!«
»Von wegen!«
»Und selbst wenn es so wäre – kannst du ihr das doch unmöglich zum Vorwurf machen. Sie konnte doch nicht ahnen, dass alles so kommen würde.«
»Und ob sie das konnte! An fünf Fingern hätte sie sich das abzählen können. Aber darauf hat sie keine Rücksicht genommen. Weil sie nie Rücksicht nimmt auf andere. Das hat sie noch nie getan. Und darum musste unser Vater sterben.«
Die Anschuldigungen waren so ungeheuerlich, dass Reyna nicht wusste, was sie erwidern sollte.
Warum nur hatte sie ihre Mutter um Erlaubnis gebeten, an ihrer Stelle mit Brianda zu reden? Sie fühlte sich klein und hilflos wie ein Kind.
»Es ist immer dasselbe«, flüsterte Brianda. »Erst Großvater, jetzt ich …«

Reyna begriff nicht sofort, was sie damit sagen wollte. Doch als sie es begriff, spürte sie nur noch Empörung.
»Willst du ihr jetzt auch noch die Schuld an eurem Streit in die Schuhe schieben? Du warst doch diejenige, die sie angezeigt hat!«
»Weil mir nichts anderes übrigblieb! Weil deine Mutter mir alles gestohlen hat!«
»Wenn du das behauptest, tust du ihr Unrecht! Das weißt du ganz genau! Sie hat doch nicht das Testament verfasst! Das war dein Mann!«
»Dass ich nicht lache!«
»Wie kannst du nur so gemein sein? Meine Mutter will das Geld ja gar nicht für sich! Sie braucht es doch nur, um anderen zu helfen! Damit es ihnen nicht auch so geht wie Großvater.« Sie schwieg einen Moment. Dann fügte sie hinzu. »Wenn du einen Funken Anstand hast, ziehst du deine Klage zurück.«
»Was soll ich?«, schnaubte Brianda. »Die Klage zurückziehen? Wie stellst du dir das vor? Das … das geht nicht so einfach.« Obwohl ihre Augen vor Erregung funkelten, war ihre Stimme immer leiser geworden, fast so, als hätte sie ein schlechtes Gewissen.
»Warum nicht?«, fragte Reyna. »Ich bin sicher, dass es eine Möglichkeit gibt. Du musst es nur versuchen. Oder hast du irgendetwas getan, was du nicht mehr rückgängig machen kannst?«
Brianda wich ihrem Blick aus. »Ich … ich weiß nicht, wie ich es erklären soll. Dom Tristan hat mir dazu geraten. Wir waren heute bei Gericht. Aber du musst keine Angst haben, es kann nichts Schlimmes …« Mitten im Satz brach sie ab. »Nein, nein und noch mal nein!«, rief sie und sprang auf. »Hundertmal hab ich nachgegeben! Tausendmal! Jetzt ist es genug!«
Als Reyna etwas einwenden wollte, schnitt Brianda ihr das Wort ab. »Was verlangst du von mir? Soll ich mein ganzes Leben über den Haufen werfen und nach Konstantinopel ziehen? Nur damit deine Mutter ihren Willen hat?«
»Darum geht es doch gar nicht. Ich möchte doch nur, dass ihr beide wieder …«

»Und ob es darum geht! Genau darum und um nichts anderes! Ihr ist doch ganz egal, was mit anderen passiert. Hauptsache, sie setzt ihren Willen durch. Und wenn sie dafür über Leichen gehen muss. Dein Großvater ist der Beweis!«
Reyna verschlug es die Sprache. Während ihre Tante begann, mit stampfenden Schritten im Zimmer auf und ab zu marschieren, blieben ihre Augen an den Bildern hängen, mit denen die Wände über und über behängt waren. Brianda in einem Brokatkleid ... Brianda in einer Seidenbluse ... Brianda in einem Pelzmantel ... Brianda mit einem Diadem im Haar ... Brianda in einer prachtvollen Kutsche ... Brianda umgeben von ihrem Gesinde ... Brianda vor ihrem Haus in Antwerpen ...
»Mutter hat recht«, sagte Reyna. »Du denkst immer nur an dich. Kleider und Schmuck und Häuser und eine möglichst große Dienerschaft, die dir die Arbeit abnimmt. Das ist alles, was in deinen Augen zählt.«
»Was fällt dir ein, so mit mir zu reden!«, rief Brianda. »Du scheinheiliges kleines Biest! Die Kleider, die ich dir geschenkt habe, hast du genauso gerne getragen wie ich!«
»Die kannst du alle zurückhaben! Ich will sie nicht mehr! Ich werde sie nie wieder anziehen!« Sie sprang auf und rannte zur Tür. Die Klinke schon in der Hand, drehte sie sich noch einmal herum.
»Und ich verrate dir auch, weshalb«, sagte sie und blickte ihrer Tante fest in die Augen. »Weil ich nicht so werden will wie du.«
Brianda schnappte nach Luft. »Was soll das heißen?«, schrie sie. »Willst du lieber so werden wie deine Mutter? Ja? Dann will ich dir sagen, was für eine deine Mutter ist!« Sie hielt noch einmal inne, doch nur für einen Wimpernschlag. Dann platzte es aus ihr heraus. »Deine Mutter hat mir den Mann weggenommen! Sie hat mit ihm geschlafen! Sie war seine Geliebte!«
Reyna starrte sie an wie ein Gespenst. Sie zitterte am ganzen Körper, der Schweiß brach ihr aus, und ihr Mund war so trocken, dass sie kaum sprechen konnte.

»Du gemeine, hinterhältige Lügnerin«, flüsterte sie. »Schämst du dich nicht?«
Und noch bevor Brianda antworten konnte, machte sie kehrt und verließ den Raum. Sie wollte nichts mehr mit ihrer Tante zu tun haben! Nie, nie mehr in ihrem Leben!
Mit lautem Knall fiel die Tür hinter ihr ins Schloss.

21

»WAS hat Brianda getan?«, fragte Gracia.
»Sie hat Euch angezeigt«, sagte José. »Bei der Inquisition.«
»Meine Schwester zerrt mich vors Glaubensgericht? Was in aller Welt wirft sie mir vor?«
José schaute auf seine Stiefelspitzen, so schwer fiel ihm die Antwort. »Sie klagt Euch an, heimlich zu judaisieren.«
Es war schon bald Mitternacht, doch an Schlaf war nicht zu denken. Gracia war nach Mestre geflohen, einem kleinen Ort auf dem Festland, und dort in einer Herberge abgestiegen, die ein Glaubensbruder an der Piazza Ferretto betrieb. Samuel Usque hatte sie hergebracht, nachdem sie den Soldaten entkommen waren, und eine Stunde später war auch José eingetroffen. Nur Reyna fehlte. José hatte sie zu Hause nicht angetroffen – ein Diener hatte ihm gesagt, sie sei zu Besuch bei ihrer Tante. Er hatte daraufhin Duarte Gomes zum Palazzo Gritti geschickt, um Reyna Bescheid zu geben, dass sie vorerst bei Brianda bleiben solle. Er selbst musste so schnell wie möglich die Stadt verlassen. Bei dem Gefecht im Hafenspeicher war ein Offizier verletzt worden und ein Soldat zu Tode gekommen. Auch José hatte eine Stichwunde am Arm, die Gracia mit einem Lappen verbunden hatte.
»Judaisieren?«, fragte sie. »Was hat das zu bedeuten? Brianda ist doch selbst Jüdin. Los, mach endlich den Mund auf! Was ist vor Gericht passiert? Aber der Reihe nach!«

Zur Betäubung der Schmerzen nahm José einen Schluck aus der Branntweinflasche, die der Wirt ihm in die Kammer gebracht hatte.
»Eure Schwester hat behauptet, sie habe nur den Wunsch, als Christin in Venedig zu leben, zusammen mit ihrer Tochter, Ihr aber würdet sie daran hindern. Weil Ihr weiter am jüdischen Glauben festhaltet. Deshalb wollte man Euch verhaften.«
Gracia konnte es nicht fassen. »Hat sie keine Angst um ihre Seele? Sie versündigt sich vor Gott!«
»Sie hat zum Beweis die koscheren Speisen angeführt, die Reyna für Euch aus dem Ghetto besorgt hat. Aber das Gericht hat die Klage zurückgewiesen. Die Richter waren nicht bereit, wegen solcher Nichtigkeiten eine unbescholtene Bürgerin zu verurteilen.«
»Na also!« Gracia lachte bitter auf. »Der Doge wäre auch verrückt, wenn er die Chefin der Firma Mendes wegen ein paar Pfund Matze einsperren würde. Nein, die Geschäfte sind ihnen wichtiger als ihr kümmerlicher Glaube.«
»Das hatte ich auch gehofft«, sagte José. »Aber dann wurde die Sitzung unterbrochen, weil Dona Brianda und Tristan da Costa sich beraten wollten. Sie haben auf dem Flur mit einem Dominikaner gesprochen. Als sie in den Saal zurückkamen, haben sie ihre Klage erneuert.«
»Mit welchem Argument?«
»Von da an hat Tristan da Costa das Wort geführt. Er wirft Euch vor, dass Ihr Vorbereitungen trefft, nach Konstantinopel auszuwandern, mit Eurem ganzen Vermögen. Und dass Ihr Eure Schwester und Euer Mündel zwingen wollt, mit Euch ins Land der Ungläubigen zu ziehen.«
Gracia trat vor Wut gegen einen Schemel.
»Diese gottverdammte Bande!«
Sie hatte so heftig zugetreten, dass der Schemel im Kamin gelandet war. Doch sie achtete gar nicht darauf. Keine Lüge hätte sie schlimmer treffen können als dieser Vorwurf. Weil er die reine Wahrheit war.

José ging zum Kamin und nahm den Schemel aus den Flammen, bevor er Feuer fing.

»Was hat der Rat beschlossen?«, fragte Gracia, als sie sich wieder ein wenig beruhigt hatte.

»Sie haben die Klage angenommen. Und Euren Fall an die Inquisition verwiesen.«

»Warum an die Inquisition? Das ist ein Fall für das Ausländergericht!«

»Wahrscheinlich haben die Pfaffen den Dogen bestochen«, erwiderte José. »Wenn man Euch verurteilt, wird Euer Vermögen von der Kirche konfisziert. Dona Brianda allerdings könnte verlangen, dass ihr das Erbe zugesprochen wird. Schließlich gilt sie als Christin. Vor allem aber will sie mit ihrer Klage die Vormundschaft über ihre Tochter erzwingen.« Er nahm noch einen Schluck Branntwein. »Was werdet Ihr jetzt tun?«

Gracia starrte auf die Speisen, die auf dem Tisch kalt geworden waren: eine Lammkeule und grüne Bohnen. Der Wirt hatte gleich nach ihrer Ankunft das Essen auf ihre Kammer gebracht. Doch sie hatte noch keinen Bissen zu sich genommen.

»Ich muss zurück in die Stadt.«

»Das geht nicht. Man wird Euch auf der Stelle einsperren. Euch droht der Scheiterhaufen!«

»Unsinn! Sie werden mir höchstens den Reisepass abnehmen und mich zu irgendeiner Geldstrafe verurteilen. So haben sie es bis jetzt bei allen gemacht.«

»Aber nicht bei Euch. Ihr seid zu reich! Von Eurem Vermögen kann man Kirchen und Paläste bauen. Einer solchen Versuchung wird der Rat nicht widerstehen!«

»Und was ist mit Reyna? Solange sie nicht da ist, habe ich keine Ruhe.«

»Um Reyna müssen wir uns keine Sorgen machen. Nirgendwo ist sie so sicher wie bei Eurer Schwester. Schließlich hat Dona Brianda Euch angeklagt.«

»Ja, du hast recht. Bei Brianda ist sie sicher.« Gracia nahm ein

Messer und spießte ein Stück von dem Braten auf. Das Fleisch schmeckte widerlich nach altem Hammel, und das Fett war ranzig. »Weißt du, wer den Prozess führen wird?«
»Der Großinquisitor von Venedig«, sagte José. »Cornelius Scheppering.«
»Um Himmels willen!« Sie spuckte den Brocken Fleisch aus und trank einen Schluck Wasser.
»Er war der Mönch, der Dona Brianda und Tristan da Costa beraten hat«, fügte José hinzu.
»Immer wieder dieser Teufel ...« Gracia brauchte einen Moment, um die Nachricht zu verdauen. »Wird er als Kläger oder als Richter in dem Prozess auftreten?«, fragte sie dann.
»Beides«, sagte José. »Beim Inquisitionsverfahren sind Kläger und Richter ein und dieselbe Person.«
»Dann gnade mir Gott!«
Gracias Hand zitterte plötzlich so sehr, dass sie den Becher abstellen musste. Niemals würde sie einen Prozess gewinnen, bei dem Cornelius Scheppering über sie zu Gericht sitzt.
»Ich habe ihn zuerst gar nicht wiedererkannt«, sagte José. »Er hatte das ganze Gesicht voller Pusteln. Als hätte er die Blattern oder die Pest gehabt.«
Gracia hörte kaum hin. »Was kann ich tun?«, fragte sie. »Hast du eine Idee?«
José zögerte, bevor er eine Antwort gab. »Ihr könntet auf das Erbe verzichten«, sagte er ruhig. »Ich bin sicher, dann zieht Dona Brianda ihre Klage zurück.«
»Wahrscheinlich«, erwiderte Gracia. »Aber – du weißt, was das bedeutet?«
José nickte. »Es wäre das Ende von allem, was Ihr aufgebaut habt. Ihr und Dom Francisco und Dom Diogo.«
»Allerdings«, bestätigte Gracia. »Herrgott, wenn wenigstens Reyna hier wäre! Sie muss mit meiner Schwester gesprochen haben, nachdem die Verhandlung vorbei war. Vielleicht hat sie es ja geschafft, dass Brianda Vernunft ...«

Lautes Klopfen an der Tür unterbrach sie.
»Hat Euch jemand verfolgt?«, flüsterte José.
»Nicht, dass ich wüsste«, erwiderte Gracia ebenso leise.
Mit angehaltenem Atem horchte sie an der Tür. Dann schob sie den Riegel zurück.
Als sie öffnete, traute sie ihren Augen nicht. Auf dem Treppenabsatz stand der Wirt – zusammen mit Reyna und Duarte Gomes.
»Gott sei gelobt!« Erleichtert schloss sie ihre Tochter in die Arme.
»Reyna!«, rief José. »Wo kommst du denn her?«
»Ich bin so froh, dass ich euch gefunden habe!« Reyna drückte Gracia so fest an sich, als wollte sie sie nie wieder loslassen. »Ich hatte solche Angst, dass dir etwas passiert ist. Dom Duarte hat mir alles erzählt.«
»Bring uns was aus der Küche«, befahl José dem Wirt. »Vorwärts! Aber was Besseres als den alten Hammel!«
Während der Wirt auf der Treppe verschwand, zog Gracia ihre Tochter in die Kammer. »Warum bist du nicht bei Brianda geblieben?«, fragte sie, nachdem sie die Tür geschlossen hatte. »José hat Dom Duarte doch gesagt, du sollst …«
»Ich war gar nicht bei ihr«, fiel Reyna ihr ins Wort. »Ich war bei Rabbi Soncino. Zum Glück hat Dom Duarte auch im Ghetto nach mir gesucht.«
»Du warst bei Rabbi Soncino? Weshalb?«
Reyna wich ihrem Blick aus. »Tante Brianda war nicht zu Hause. Sie … sie war bei Gericht. Ich weiß selbst nicht, warum, aber … aber als ich das hörte, bekam ich plötzlich fürchterliche Angst. Und als ich dich auch nicht finden konnte, weder im Kontor noch zu Hause, da … da bin ich zu Rabbi Soncino gelaufen. Es … es war wie eine Eingebung.«
Sie schaute ihre Mutter immer noch nicht an, wurde nur ganz rot im Gesicht.
»Aber dafür musst du dich doch nicht schämen!«, rief Gracia und gab ihr einen Kuss. »Gott hat dich geleitet!« Sie drehte sich

zu José um. »Was meinst du – kannst du mit dem verletzten Arm reiten?«

Erst jetzt sah Reyna seinen Verband. »Um Himmels willen! Du bist ja verletzt!«

»Nicht der Rede wert. Ein paar Soldaten wollten deine Mutter daran hindern, zu fliehen. – Aber natürlich kann ich reiten, Dona Gracia. Was soll ich tun?«

»Morgen früh kehrst du zurück nach Venedig. Ab sofort bist du der Chef der Firma Mendes.«

»Nein!«, protestierte Reyna. »Er darf nicht zurück! Sie bringen ihn um!«

»Keine Angst!«, erwiderte Gracia. »Es ist nur ein einfacher Soldat ums Leben gekommen. So was lässt sich mit ein paar Dukaten regeln.« Sie löste ihr Schlüsselbund vom Gürtel und gab es ihrem Neffen. »Sobald du in der Stadt bist, löst du unser Vermögen auf. Aber unauffällig, niemand darf etwas merken! Am besten kaufst du Juwelen und Edelsteine. Und was du nicht verkaufen kannst, schaffst du ins Ausland. Duarte Gomes soll dir helfen, er hat mein Vertrauen.«

»Und Ihr«, fragte José. »Was ist mit Euch?«

Gracia holte tief Luft. »Solange ich unter Anklage stehe, kann ich nicht nach Venedig zurück. Ich muss irgendwo Asyl für Reyna und mich finden. Was anderes bleibt uns nicht übrig.«

»Asyl?«, fragte Reyna. »Aber wer soll uns denn aufnehmen?«

22

Sanft umspülten die Meereswellen den Palast, ein leises, gleichmäßig murmelndes Plätschern, das Brianda in den Schlaf wiegte. Träumte sie schon oder war sie noch wach? Der dunkle Schatten eines Mannes beugte sich über sie: Tristan … Mit zärtlichem Lächeln sank er auf sie herab. Brianda breitete die Arme aus, und während sie ihn empfing, schloss sie die Augen, um noch einmal das Glück zu genießen, das er ihr in dieser Nacht geschenkt hatte. Er hatte sie gefragt, ob sie seine Frau sein wolle, und sie hatte sich ihm hingegeben, um eins zu werden mit ihm. In der Vereinigung ihrer Leiber hatten sie den Bund der Ehe geschlossen. Wie vor Urzeiten ihre Ahnen, waren sie Mann und Frau geworden im Genuss ihrer Liebe.

»Gelobt seiest du, Gott, Herrscher der Welt, der wahrhaftige Richter.«

Wie aus weiter Ferne plätscherten die Laute an ihr Ohr. Waren das Wellen oder Worte? Brianda schlug die Augen auf. Im fahlen Licht des Mondes, das durch die Vorhänge drang, sah sie Tristan. Die Hände erhoben, stand er am Fenster und murmelte ein Gebet, wieder und wieder dieselben Worte. Obwohl noch dunkle Nacht war, trug er einen Hut auf dem Kopf.

»Gelobt seiest du, Gott, Herrscher der Welt, der wahrhaftige Richter.«

Wohlig räkelte Brianda sich im Halbschlaf unter ihrer Decke. Auch wenn sie nicht wusste, warum Tristan um diese Zeit betete, wollte sie ihn nicht stören. Sie hörte seine Stimme so gern. Doch während er noch die immer gleichen Worte wiederholte, mischten sich leise Schluchzer in sein Gebet. Verwundert richtete Brianda sich im Bett auf. Weinte er? Weshalb?

Plötzlich fiel ihr der Nachmittag ein. Die Verhandlung im Dogenpalast … Die Nachricht vom Tod ihres Vaters … Der Streit mit Reyna, ihrer Nichte …

Fröstelnd zog sie die Decke über ihren nackten Leib.

»Habe ich dich geweckt?«, fragte er und trat an ihr Bett.

Trotz der Dunkelheit sah sie, dass seine Augen nass von Tränen waren, und obwohl er versuchte, sie anzulächeln, bemerkte sie den Schmerz und die Trauer in seinem Gesicht.

Ohne ihm eine Frage zu stellen, begriff sie, warum er gebetet hatte. Er wollte Gott um Verzeihung bitten. Für seinen Verrat an Gracia.

»Bereust du, dass du mich liebst?«
Tristan schüttelte den Kopf. »Ach, Brianda. Wie kannst du nur fragen?«
»Komm zu mir«, sagte sie und streckte die Hand nach ihm aus. »Ich möchte dich noch einmal spüren.«
Er zögerte. Dann setzte er sich zu ihr aufs Bett und legte den Hut ab.
»Wie wunderschön du bist.«
Endlich konnte er wieder lächeln. Und als er ihre Hand ergriff, waren der Schmerz und die Trauer aus seinem Gesicht verschwunden, wie auch die Tränen aus seinen Augen.
»Ich bin so glücklich, dein Mann zu sein«, flüsterte er.
»Und ich deine Frau.«
Sie schlug die Decke zur Seite, damit er sie sehen konnte, nackt und bloß, wie sie war. Ohne die Augen von ihr zu lassen, knöpfte er sein Hemd auf.
»Ich liebe dich«, sagte er.
»Ich liebe dich auch«, sagte sie.
Als er sich zu ihr herabbeugte und sie küsste, schmeckte sie das Salz seiner Tränen auf ihren Lippen.

23

Ferrara, die Hauptstadt des gleichnamigen italienischen Herzogtums, lag gute siebzig Landmeilen im Südwesten der Republik Venedig, inmitten einer sumpfigen, aber fruchtbaren Ebene, deren Äcker sich von den Wassern des träge dahinfließenden Flusses Po speisten. Alte, kampferprobte Mauern trennten die Felder und Wälder vom Innern der Stadt, und im Schatten der Kathedrale San Giorgio reihten sich die Paläste der vornehmen Adelsfamilien mit ihren facettierten Quaderfassaden entlang der Corsi wie übergroße steinerne Diamanten an goldenen Ketten aneinander.

Von dieser eleganten Pracht unterschied sich das Castello Estense mit seinen wuchtigen, eckigen Türmen sowie seinen massigen Substrukturen in so auffallender Weise, dass kein Zweifel daran aufkommen konnte, wo in Ferrara sich der Sitz der Macht befand. In der erst unlängst erweiterten Festung regierte Herzog Ercole II., ältester Sohn Lucrezia Borgias, ein dem irdischen Leben und den schönen Künsten gleichermaßen zugewandter Fürst. Als kluger Mann von Welt bemaß er den Wert seiner Untertanen weniger nach ihrem Glauben als nach ihrer Nützlichkeit. Wer einen Beitrag zum Ruhm und Reichtum seines Herzogtums leisten konnte, war ihm willkommen – gleichgültig, zu welchem Gott er betete.

Seit Beginn seiner Herrschaft galt darum Ferrara unter den Juden Italiens als der sicherste Hafen diesseits und jenseits des Apennin. In dem Bestreben, die Hauptstadt seines Landes zu einem Handelszentrum zu erheben, das zu dem ebenso bewunderten wie verhassten Venedig in Konkurrenz treten könnte, lockte der Fürst jüdische Kaufleute an, damit diese sich in seinem Herzogtum ansiedelten. Und wenn es galt, den freien Zuzug seiner neugewonnenen Untertanen zu sichern, scheute er auch nicht davor zurück, sich dem Papst und dessen Vasallen in der Nachbarschaft Ferraras entgegenzustellen. Ja, das Wohlwollen des Herzogs für die Juden war so unermesslich, dass diese inmitten der Stadt, nur einen Steinwurf von der Kathedrale entfernt, eine Synagoge hatten bauen dürfen, um dort unter den Augen der katholischen Obrigkeit ihre jüdischen Rituale zu verrichten.

Im Spätherbst des Jahres 1548, die Blätter waren schon von den Bäumen gefallen, traf Gracia Mendes mit ihrer Tochter Reyna sowie einem stattlichen Gefolge in Ferrara ein. Der Ankunft waren vielwöchige Verhandlungen vorausgegangen, die Samuel Usque geführt hatte. In einer handschriftlichen Erklärung sicherte Herzog Ercole Gracia zu, dass sie in seinem Staate keine wie auch immer geartete Belästigung wegen ihres Glaubens zu gewärtigen habe. Auch wenn sie bislang als getaufte Christin gelte, stehe es ihr unter seiner Herrschaft frei, den jüdischen Ritus zu praktizieren – ja, sie sei sogar berechtigt, Sklaven für ihre persönlichen Dienste zu halten. Zugleich war es Gracias Neffen José Nasi in Venedig gelungen, gegen Hinterlegung von fünfzigtausend Dukaten bei der Zecca das Privilegium zu erwirken, den Prozess mit ihrer Schwester Brianda zur Klärung ihrer Erbstreitigkeiten von Ferrara aus führen zu dürfen.

Herzog Ercole empfing Gracia Mendes also mit offenen Armen, und sein Entzücken über ihre Ankunft steigerte sich ins Grenzenlose, als sie ihn bei ihrem Antrittsbesuch mit einem Geschenk von zehntausend Dukaten überraschte, für den Bau eines Glockenturms, mit dem der Fürst die Kathedrale seiner Hauptstadt zu vollenden gedachte. Im Gegenzug überließ Ercole seiner neuen Untertanin, gegen Vorauszahlung eines Mietzinses für zwei Jahre, den Palazzo Magnanini, einen der schönsten und größten Paläste am Corso della Giovecca, und als Gracia Mendes am 10. Januar des neuen Jahres in der Hofkanzlei den Antrag stellte, von Ferrara aus die Geschäfte ihrer Firma dergestalt fortzuführen, wie ihr Schwager Diogo es in seinem Testament verfügt hatte, brauchte sie keine drei Wochen zu warten, bis der Herzog ihr mit seiner Unterschrift dieses Recht bestätigte. Gleichzeitig versicherte er ihr, dass sie in seinem Staate als der einzige und rechtmäßige Vormund ihrer Nichte La Chica gelte.

Nie hätte Gracia erwartet, dass die Dinge sich so rasch und zügig in ihrem Sinn entwickelten. Vielleicht würde sie schon in Konstantinopel sein, noch ehe ihr Mietvertrag abgelaufen wäre.

Während José in Venedig mit der gebotenen Vorsicht begann, immer größere Teile der Firma Mendes zur Sicherung des Vermögens außer Landes zu schaffen, stand der Aufnahme neuer Handelsgeschäfte in Ferrara nichts mehr im Wege. Die Geld- und Warenströme, die bislang über Venedig geflossen waren, leitete Gracia nun über ihren neuen Handelsplatz um. Zugleich nahm sie regen Anteil am gesellschaftlichen Leben der Residenzstadt, die, dank Ercoles Ehefrau Renata, einer Tochter Ludwigs XII. von

Frankreich und Anhängerin der reformatorischen Glaubenslehre, eine Zufluchtsstätte religiös Verfolgter aus allen Ländern des Römischen Reiches war. Selbst der Schweizer Protestant Johannes Calvin hatte vor Jahren in Ferrara Unterschlupf gefunden. Um die Zuneigung der Herzogin zu gewinnen, die trotz ihres unscheinbaren Äußeren angeblich mehr Macht über Ercole besaß als alle seine Minister, beauftragte Gracia ihren Kontoristen Samuel Usque sowie mehrere Schriftgelehrte mit der Übersetzung der Bibel ins Spanische. Dieses Werk sollte in zwei Ausgaben erscheinen: in einer für die christliche Leserschaft und in einer anderen für diejenigen Juden, die des Hebräischen unkundig waren. Damit die Inquisition keinen Einwand gegen ihr Vorhaben erheben würde, bat Gracia den Herzog bereits jetzt um sein Imprimatur für die Drucklegung, das Ercole schon allein deshalb erteilte, weil die Verbreitung der Heiligen Schrift in einer gemeinen Volkssprache fraglos ein Dorn im Auge seines ärgsten Widersachers sein würde – des Heiligen Vaters in Rom.
Doch dann, das erste Jahr in ihrer neuen Heimat war noch nicht vergangen, ereilte Gracia eine Nachricht aus Venedig, die einen fürchterlichen Rückschlag für ihre Bemühungen bedeutete. Der Zehnerrat hatte ein Urteil gesprochen. Darin setzten die Richter Brianda als Vormund von La Chica ein. Mit dieser Verfügung, so die beigefügte Erklärung des Gerichts, wurde sowohl die natürliche Abkunft der Tochter von ihrer Mutter berücksichtigt als auch die Tatsache, dass Gracia Mendes sich der Gerichtsbarkeit der Serenissima entzogen hatte, um in der Fremde ihrem alten Glauben zu frönen, während ihre Schwester in Venedig geblieben war und dort den Ruf einer untadeligen Christin genoss. Zugleich wurde Gracia dazu verurteilt, das Erbe ihres bisherigen Mündels, also die Hälfte des gesamten Firmenvermögens, bei der Zecca zu hinterlegen, bis La Chica verheiratet wäre oder die Volljährigkeit erlangte.
Dieser Spruch kam einer Katastrophe gleich. Während José nichts anderes übrigblieb, als dem Willen des Gerichts Genüge zu tun,

indem er versuchte, die geforderten Gelder einzutreiben, verbreitete Brianda mit Tristan da Costas Hilfe an allen Börsen und Handelsplätzen Europas die Nachricht, dass ihre Schwester nicht mehr Herrin der Firma Mendes sei.

Sollte alles vergeblich gewesen sein? Die Flucht aus Venedig? Der Streit um ihr Erbe? Der ganze Einsatz für ihre Mission?

Noch nie hatte Gracia eine so bittere Niederlage erfahren, und dass ausgerechnet ihre dumme, ahnungslose kleine Schwester sie ihr zugefügt hatte, steigerte nur ihre ohnmächtige Wut. Sie hatte sich fast schon im Morgenland gewähnt, und jetzt sah sie sich plötzlich hilf- und schutzlos in Ferrara gefangen: Falls sie Italien verließe, bevor das Urteil eine Revision erführe, würde sie den größten Teil ihres Besitzes für immer verlieren. Alle Anstrengungen, alle Mühen der letzten Jahre, das Werk der zwei Männer fortzusetzen, die sie in ihrem Leben geliebt hatte, wären ohne Wirkung geblieben. Denn kein Gericht im Heiligen Römischen Reich oder im Vatikanstaat des Papstes würde sich je dem Beschluss des Zehnerrats von Venedig widersetzen, wenn dieser sich mit der Inquisition einig war.

Und während Gracia Mendes in langen, schlaflosen Nächten die leeren Flure ihres Palastes durchmaß, mündeten alle ihre Überlegungen und Grübeleien immer wieder in eine Frage: Welche Macht auf Erden könnte ihr Schutz bieten, wenn die heilige katholische Kirche und die Staatsgewalt sich gegen sie verschworen hatten?

24

Es gab nur noch eine Instanz, an die Gracia sich wenden konnte.

»Ich werde den Sultan um Hilfe bitten«, erklärte sie ihrer Tochter. »Süleyman ist der mächtigste Herrscher der Welt.«

»Noch mächtiger als Kaiser Karl?«, fragte Reyna.

»Ja«, sagte Gracia. »Wenn Süleyman uns offiziell zu seinen Untertaninnen erklärt, genießen wir seinen persönlichen Schutz. Niemand wird dann wagen, Dom Diogos Testament anzufechten und Hand an unseren Besitz zu legen.«

»Aber warum sollte der Sultan sich um uns kümmern? Noch dazu in Italien? Es kann ihm doch egal sein, was mit uns passiert.«

»Nein, Reyna, dazu sind wir zu reich. Die Aussicht, dass sich die Firma Mendes in seiner Hauptstadt ansiedelt, ist eine Verlockung, der er nicht wird widerstehen können. Ich werde José schreiben. Er soll nach Konstantinopel reisen, um die Verhandlungen zu führen.«

»José?« Reyna war entsetzt. »Bitte nicht, Mutter. Wir haben uns schon über ein Jahr nicht mehr gesehen.«

»José war schon dreimal hier in Ferrara zu Besuch.«

»Und die restlichen Tage verbringe ich damit, mich nach ihm zu sehnen. Bitte, Mutter, schick einen anderen, Samuel Usque oder Duarte Gomes. Du hast doch selbst gesagt, dass du ihm vertraust.«

»Glaub mir, wenn ich könnte, würde ich jemand anderen schicken. Aber es steht zu viel auf dem Spiel. Süleyman weiß, dass wir auf seine Hilfe angewiesen sind, und er wird versuchen, uns zu erpressen. José ist der Einzige, der eine so schwierige Aufgabe lösen kann. Er hat schon den Kaiser umgestimmt.«

»Aber wenn José nach Konstantinopel fährt, ist er eine Ewigkeit weg. Wie soll ich das aushalten?«

»Willst du wirklich riskieren, dass wir alles verlieren, bloß weil du zu ungeduldig bist? Du weißt, dass von unserem Geld das Schicksal Hunderter Menschen abhängt! Kannst du das verantworten?«

Reyna schüttelte stumm den Kopf.

»Siehst du?«, sagte Gracia.

Tapfer sah Reyna sie an. »Ich … ich weiß ja, dass du recht hast.« Sie kämpfte mit den Tränen. »Und ich will auch nicht, dass wir alles verlieren. Aber …«

»Aber was?«
»Ich habe gehört«, sagte Reyna so leise, dass Gracia sie kaum verstand, »die Orientalinnen sind so wunderschön, dass kein Mann ihnen widerstehen kann.«
»Darum machst du dir Sorgen?« Gracia lachte erleichtert auf. »Was für dumme Gedanken! Hast du denn gar kein Vertrauen in deinen Verlobten?«
»Doch«, flüsterte Reyna verlegen und schlug die Augen nieder. »Es … es ist nur, weil ich ihn so liebe. So sehr, dass ich es gar nicht sagen kann.«
Gerührt griff Gracia nach ihrer Hand. »Weißt du was?«, sagte sie. »Wenn José wieder zurück ist, dann sollt ihr endlich heiraten. Dann habt ihr lange genug gewartet.«
»Du meinst – *wirklich* heiraten, nicht nur zum Schein?« Reyna strahlte über das ganze Gesicht. »Nach unserem Brauch? Unter der Chuppa?«
»Ja«, sagte Gracia und drückte ihre Hand. »Genau so, wie du es dir gewünscht hast. Das verspreche ich dir! Bei allem, was mir heilig ist!«

25

Wo in aller Welt war Sultan Süleyman, der Herrscher des Osmanischen Reiches?
Als José in Venedig den Brief mit dem Auftrag erhielt, Gracia und Reyna Mendes unter den Schutz des türkischen Kaisers zu stellen, wusste er nur, dass Süleyman sich nicht in Konstantinopel aufhielt. Der Sultan hatte einen Waffenstillstand mit dem Habsburger-Reich geschlossen, in dem er sich gegen Zahlung eines jährlichen Tributs verpflichtete, die Stadt Wien nicht wieder anzugreifen. Doch kaum war der Vertrag unterschrieben, hatte er das Geld seiner Gegner genutzt, um einen Krieg in Persien zu

führen, mit dem es ihm gelungen war, weitere Gebiete für sein riesiges Reich zu erobern. Angeblich befand sich Süleyman inzwischen auf dem Rückmarsch, aber in Venedig kursierten Gerüchte, dass er nach dem geglückten Feldzug im Osten nun im Westen den Krieg in Ungarn erneuern wolle und mit seinem Heer bereits in Richtung Balkan weiterziehe, ohne in Konstantinopel Station zu machen.

Nachdem José die Geschäfte der Firma an Duarte Gomes übergeben hatte, schiffte er sich darum nur bis Ragusa ein, die alte Hafen- und Handelsstadt auf der anderen Seite des Adriatischen Meeres, um von dort aus auf dem Landweg weiterzureisen, die Via Egnatia entlang, jene Straße, auf der seit römischen Zeiten Pilger und Kaufleute in den Orient aufgebrochen waren. So hoffte er, unterwegs zuverlässige Nachricht über Süleymans Aufenthalt in Erfahrung zu bringen.

Ragusa, der Vorposten des Osmanischen Reiches an der dalmatischen Küste, kam José vor wie ein verkleinertes Abbild von Venedig – nur dass die Zahl der Moscheen die der Kirchen bei weitem übertraf. Doch er hatte keine Zeit, die Merkwürdigkeiten der Stadt zu bestaunen. Gleich nach seiner Ankunft schloss er sich einer Handelskarawane an, die unter der Bewachung einhundertfünfzig bewaffneter Reiter über den Balkan nach Saloniki zog. Während die Fuhrwerke sich über abwechselnd staubige oder morastige Straßen voranquälten, in denen ein Schlagloch auf das andere folgte, vorbei an schwindelerregenden Abgründen oder durch finstere Wälder hindurch, in denen man kaum die Hand vor Augen sah, bereute José mit jeder Meile mehr seine Entscheidung, auf die Bequemlichkeit der Schiffsreise verzichtet zu haben. Dreimal täglich hätte er eine warme Mahlzeit bekommen und wäre nachts in einer geräumigen Kajüte sanft und wohlig in den Schlaf geschaukelt worden. Mit Reynas Bild vor den Augen.

Über ein Monat verging, bis die Karawane endlich Saloniki erreichte, eine Stadt, in der nahezu alle Einwohner jüdischer Herkunft zu sein schienen. Auf den Straßen und Gassen wimmelte es von Juden: aus Deutschland und Italien, Frankreich und Ungarn, Kalabrien und Sizilien, Spanien und Portugal. Im Bethaus der Portugiesen wurde José für die Strapazen der Landreise belohnt. Ja, Sultan Süleyman hatte tatsächlich einen Bogen um seine Hauptstadt geschlagen, aus Sorge, dass seine Soldaten sich zwischen den Feldzügen zu ihren Angehörigen absetzten, marschierte er mit seinem Heer nun auf Edirne zu.

Als José eine Woche später von einem Hügel aus das Feldlager entdeckte, traute er seinen Augen nicht. Tausende von Zelten füllten das Tal auf einer Fläche, die größer war als eine ganze Stadt. In der Mitte, umgeben von konzentrischen Kreisen, erhob sich ein Zelt aus goldener Leinwand mit mehreren spitzen Türmen, über deren höchsten die grüne Flagge mit dem Halbmond wehte. Das musste das Zelt des Sultans sein!

José trieb sein Pferd an. Doch kaum hatte er den Fuß des Hügels erreicht, versperrten zwei Soldaten ihm den Zugang zu der Zeltstadt. An den hohen Hüten und den bodenlangen Mänteln erkannte er, dass es sich um Janitscharen handelte, Leibwächter des Herrschers. Mit gezogenen Krummsäbeln forderten sie ihn auf, abzusteigen.

»Ich habe eine Botschaft für Sultan Süleyman«, erklärte José und hob die Arme, um seine friedliche Absicht zu bekunden.

»Das behaupten alle Spione. Los, vorwärts!«

Als José sah, wohin man ihn brachte, stockte ihm der Atem. Die Janitscharen führten ihn auf einen Zeltplatz, in dessen Mitte drei aufgespießte Menschenschädel auf hohen Pfählen in den Himmel ragten.

Wie angewurzelt starrte er auf die leblosen Köpfe, die halbverwest im Wind zu schwanken schienen, die leeren Augenhöhlen, die fleischlosen Lippen, die ihre Zähne zu einem schaurigen Grinsen entblößten.

»Weiter!« Eine Faust traf José im Rücken, so heftig, dass er ins Stolpern geriet. Er verfluchte seinen Leichtsinn. Wie hatte er nur so dumm sein können, einfach in das Feldlager des Sultans zu reiten, ohne einen Boten vorauszuschicken?

Er schloss die Augen und dachte an Reyna. Würde er sie jemals wiedersehen?

»*Dur!*«

José wusste nicht, was das Wort bedeutete, doch es war mit solcher Schärfe gesprochen, dass seine Begleiter auf der Stelle verharrten.

»Dom José?«, fragte gleich darauf dieselbe Stimme. »Dom José Nasi?«

Noch nie hatte er sich so sehr gefreut, seinen Namen zu hören, und ohne sich um die Janitscharen zu kümmern, drehte er sich um. »Dem Himmel sei Dank ...«

Aus einer Zeltgasse trat ein Mann, den José seit Jahren nicht mehr gesehen hatte, den er jedoch auf den ersten Blick wiedererkannte. An seiner Schläfe blühte ein riesiges Feuermal. Freudig kam er auf José zu, beide Arme erhoben, um ihn mit einem Bruderkuss zu begrüßen, wie es unter Juden üblich war.

26

»Wisst Ihr, was die Morgenländer am meisten von uns Europäern unterscheidet?«, fragte Amatus Lusitanus.

Da José die Antwort nicht wusste, wartete er, bis der Arzt sie selbst gab.

»Die Zeit«, erklärte Amatus.

José runzelte die Stirn. »Wie das? Die Zeit ist doch für alle gleich. Seht selbst!« Er zog seine neue Dosenuhr aus dem Hosensack und ließ den Deckel aufspringen.

»Aus der Werkstatt von Meister Henlein?«, fragte Amatus mit einem anerkennenden Blick auf das tickende Wunderwerk.

»Ja«, bestätigte José. »Ein Handelsagent aus Nürnberg hat sie mir verkauft. Und wie Ihr seht, rücken die Zeiger vollkommen gleichmäßig vor, ganz egal, ob Ihr oder ich oder ein Muselmane in Mekka sie in der Hand hält. Weil die Stunden und Minuten eben für alle Menschen in derselben Weise verstreichen.«

»Nur dem äußeren Schein nach«, erwiderte Amatus. »Wir Europäer haben vielleicht die Uhr erfunden und damit die Möglichkeit, die Zeit abzulesen. Aber die Morgenländer besitzen etwas viel Wertvolleres – nämlich die Zeit selbst. Sie kennen keine Eile.«

»Was nützen mir solche philosophischen Weisheiten?«

»Nun, damit hat Süleyman die halbe Welt erobert. Seine Kriegskunst besteht vor allem darin, immer den richtigen Moment abzupassen.«

»Aber die Zeit drängt!«, rief José. »Ich kann nicht ewig in diesem Zelt herumsitzen und hoffen, dass Seine Hoheit irgendwann die Güte hat, mich zu empfangen. Dona Gracia wartet dringend auf Nachricht. Wenn Süleyman sie nicht unter seinen Schutz nimmt, verliert sie alles, was sie besitzt.«

»Der Sultan ist sehr beschäftigt. Während er Krieg führt, verhandeln seine Botschafter gleichzeitig mit dem Kaiser und dem Papst. Das erfordert seine ganze Aufmerksamkeit. Und was mit den Ungeduldigen hier geschieht, habt Ihr ja gesehen.«

»Ihr meint – die aufgespießten Schädel?«

Ein Mohr mit einem Turban auf dem Kopf trat in das Zelt, wo José und Amatus mit untergeschlagenen Beinen auf weichen Bodenkissen saßen, und stellte ein Tablett zwischen ihnen ab. Amatus beugte sich vor und nahm eine Tasse, in der eine Brühe dampfte, die so schwarz war wie das Gesicht des Mohren, und rührte darin mit einem Löffel.

»Wollt Ihr das etwa trinken?«, fragte José entsetzt. »Das sieht ja aus wie Gift!«

»Kaffee«, erwiderte Amatus. »Ein wunderbares Getränk. Es schmeckt köstlich, vor allem mit Zucker vermischt, und belebt sowohl den Leib als auch die Seele. Als Arzt kann ich es nur empfehlen. Aber probiert selbst.«

Mit spitzen Lippen nahm José einen winzigen Schluck. »Das schmeckt ja abscheulich!« Nur mit Mühe gelang es ihm, die bittere Brühe bei sich zu halten.
»Ihr müsst erst den Zucker verrühren«, lachte Amatus. »Nur Geduld, Ihr werdet Euch schon noch daran gewöhnen.«
»Auf gar keinen Fall!« Um den scheußlichen Geschmack im Mund loszuwerden, nahm José einen Bissen von dem Kuchen, den der Diener ihm reichte und der so süß war wie der Kaffee bitter. »Was meint Ihr, Dr. Lusitanus – könntet Ihr dem Sultan nicht erklären, wie sehr die Sache eilt? Ihr seht ihn doch jeden Tag.«
Amatus schüttelte den Kopf. »Nein, ich sehe ihn nur, wenn er krank ist. Und Süleyman erfreut sich hervorragender Gesundheit.«
»Soll das heißen, mir bleibt nichts anderes übrig, als die Hände in den Schoß zu legen?«
»Kismet«, erwiderte Amatus mit einem Schulterzucken. »Damit meinen die Menschen hier, dass alles sowieso nur dann geschieht, wenn Allah es will.« Mit seiner Tasse forderte er den Mohren auf, nachzuschenken. »Aber einen Rat kann ich Euch trotzdem geben. Freundet Euch mit Prinz Selim an, Süleymans Lieblingssohn. Wenn Ihr den gewinnt, steht Euch das Herz des Sultans offen. Und vor allem das Herz von Roxelane.«
»Wer zum Teufel ist das?«
»Pssst«, machte Amatus und schaute sich ängstlich um. »Roxelane ist die Hauptfrau des Sultans, die einzige Frau, die er wirklich liebt, obwohl er in seinem Harem die Wahl zwischen fünfhundert Konkubinen hat. Sie genießt sein volles Vertrauen. Wenn Süleyman Krieg führt, übernimmt sie an seiner Stelle sogar die Regierungsgeschäfte.«
»Eine Frau, die den Sultan vertritt?«, fragte José. »Ich dachte, die Muselmanen …«
»Ihr dürft nicht alles glauben, was Ihr hört oder seht«, unterbrach ihn Amatus. »Im Orient sind die Dinge nur selten so, wie sie scheinen. Sicher, Roxelane ist bloß eine Frau, aber sie hat auf

den Sultan mehr Einfluss als der Großwesir. Ihr zuliebe hat Süleyman seine frühere Favoritin in die Verbannung geschickt und ihren Sohn erdrosseln lassen. Damit Selim, Roxelanes Sohn, ihm eines Tages auf den Thron folgen kann.«

»Ich verstehe.« Obwohl es stickig heiß in dem Zelt war, überlief José ein Schauder. »Aber was kann ich tun, um Selim für mich zu gewinnen?«

»Sehr einfach«, antwortete Amatus und nahm noch einen Schluck von seinem Kaffee. »Der Prinz hat zwei Schwächen: Frauen und Wein. Wer ihn damit versorgt, ist sein Freund.«

27

Das Castello Estense, Sitz des Herzogs von Ferrara, war von einem breiten Wassergraben umgeben, in dem bemooste Krokodile reglos wachen Auges auf ein Menschenopfer lauerten. Nicht weniger als drei Vorschanzen schützten die Eingänge mit hölzernen Zugbrücken, die auf Befehl eines Wachoffiziers eigens heruntergelassen wurden, als Gracia in Begleitung von Samuel Usque an einem Sommermorgen des Jahres 1551 mit ihrer Kutsche vorfuhr und Einlass begehrte. Während unter dem Rasseln schwerer Eisenketten die Brückenhälften sich knarrend vereinten, blickte Gracia mit einer Mischung aus Hoffen und Bangen auf das zinnenbekrönte Tor, das sie gleich durchschreiten würde. Keine Macht der Welt, so schien es, konnte dieser Festung etwas anhaben. Würde sie hinter ihren dicken Mauern das Recht finden, das man ihr in Venedig verwehrte?

Monate waren vergangen, seit José ins Morgenland aufgebrochen war, um den Herrscher der Osmanen um Hilfe zu bitten, doch seit Wochen schon war Gracia ohne Nachricht von ihm. Sie hatte sich darum an Herzog Ercole gewandt mit der Bitte, das Urteil des Zehnerrats im Streit mit ihrer Schwester einer Prüfung nach Ferrareser Recht zu unterziehen. Wenn der Sultan zögerte, ihr zu ihrem Recht zu verhelfen, musste sie selbst für Gerechtigkeit sorgen, indem sie vor Gericht die Verfügungsgewalt über ihr Vermögen erstritt. Doch würde der Herzog von Ferrara es wagen, sich dem Schiedsspruch von Venedig zu widersetzen? Als Voraussetzung dafür, dass Gracia wieder Zugriff auf ihre dort zurückgehaltenen Gelder bekäme?

Während Samuel Usque in einem Vorzimmer wartete, betrat Gracia den Saal der Morgenröte, dessen prachtvolle Deckenfresken in allegorischer Darstellung den eiligen Fluss der Zeit zeigten. Ercole, ein großgewachsener Mann in den besten Jahren, mit hoher Stirn und schwarzen Augen, die ebenso freundlich wie aufmerksam aus einem bärtigen Gesicht hervorschauten, wandte sich bei Gracias Eintreten vom Fenster ab, wo er sich mit einigen Ministern und Kanzleibeamten beraten hatte, um sie mit ausgebreiteten Armen zu empfangen.

»Dona Gracia«, rief er und beugte sich zum Kuss über ihre Hand. »Wie schön, Euch zu sehen! Doch warum kommt Ihr allein? Meine Frau, die Euch herzlich grüßen lässt, hat mir verraten, dass Ihr eine Überraschung für uns bereithaltet. Wie Ihr Euch denken könnt, bin ich mehr als begierig, das fertige Werk zu sehen.«

»Ich weiß, wie sehr Euch das Werk am Herzen liegt«, erwiderte Gracia. »Einer der Autoren hat mich darum begleitet. Er wird Euch später seine Aufwartung machen. Doch ich dachte, vorher sollten wir vielleicht ...«

»Natürlich, natürlich«, fiel Ercole ihr ins Wort und trat an ein Pult, auf dem ein dickleibiger Akt aufgeschlagen war. »Zuerst das Geschäft.« Mit ernster Miene blätterte er in den Dokumenten. »Wir haben Euren Fall eingehend geprüft, zumal wir in der Zwischenzeit neue Erkenntnisse gewonnen haben, die ein gänzlich anderes Licht auf den Vorgang werfen.« Er hob einen engbeschriebenen Bogen Papier in die Höhe. »Eine Stellungnahme Eurer Schwester.«

»Brianda hat Euch geschrieben?«, fragte Gracia.

»Wundert Euch das?«, erwiderte Ercole. »Wir haben sie natürlich in Kenntnis des hiesigen Verfahrens gesetzt. Durch ihren Agenten Tristan da Costa fordert Dona Brianda uns nun ihrerseits auf, die von uns geleistete Anerkennung des Testaments ihres verstorbenen Gatten zu Euren Gunsten zurückzunehmen und stattdessen das Urteil anzuerkennen, das der Zehnerrat in Venedig gesprochen hat und das sie zum Vormund über ihre Tochter und somit zur Sachwalterin von deren Vermögen erklärt.«

»Wie kann meine Schwester es wagen, Eure Autorität in Frage zu stellen?«, rief Gracia. »Welches Argument hat sie auf ihrer Seite?«

»Das einfachste und zwingendste, das die Rechtsprechung kennt«, erklärte der Herzog. »Geld.«

Die Dreistigkeit der Antwort verschlug Gracia fast die Sprache.

»Wie viel hat Brianda Euch geboten?«, fragte sie.

»Vierzigtausend Golddukaten«, erwiderte Ercole mit einem Lächeln. »Für die Fertigstellung unseres Glockenturms. Wie Ihr wisst, ist dies der größte Wunsch meiner Frau.«

»Vierzigtausend?«, rief Gracia. »Damit könnt Ihr eine ganze Kathedrale bauen!«

Ercole zuckte die Achseln. »Eine angemessene Summe in Anbetracht des Gesamtvermögens der Firma Mendes, das sich, wie ich aus Venedig höre, wohl auf zweimal dreihunderttausend Dukaten beläuft. Doch wir sind jederzeit bereit«, fügte er hinzu, »Euch Gehör zu schenken, falls Ihr uns bessere Argumente vorzutragen wünscht als Eure Schwester. Allerdings gebe ich zu bedenken, dass die Zeit drängt. Der Dombaumeister muss seine Leute bezahlen.«

Gracia hob die Augen zur Decke, wo die Göttin Aurora die Pferde des Sonnenwagens einem neuen Tag entgegenführte. Hatte Brianda gesiegt? War ihr Lebenswerk gescheitert? Sollten Tausende von Juden ohne Hilfe bleiben, nur damit ihre Schwester sich ein schönes Leben in Venedig machte? Fieberhaft überschlug Gracia im Geiste, welche Summe sie kurzfristig flüssigmachen könnte. Nachdem sie Ercole bereits so viel Geld geschenkt hatte, verfügte sie gerade noch über elftausend Dukaten an Barmitteln. Hinzu kamen rund fünfzehntausend, die sie in Edelsteinen besaß. Alle anderen Teile ihres Vermögens, die nicht in Venedig gebunden waren, hatte sie in Handelswaren investiert, verstreut an allen möglichen Orten der Welt.

Was nur konnte sie tun, um den Herzog umzustimmen?

Sie war noch zu keinem Ergebnis gelangt, da ging die Tür auf, und Herzogin Renata, eine unscheinbare Frühgreisin mit seltsam toten Augen, betrat den Saal. Ihr folgte Samuel Usque, der zwei ledergebundene Folianten auf dem Arm trug.

»Ich konnte mich nicht länger beherrschen«, erklärte die Herzogin und wies Samuel an, die Bücher abzulegen. »Die ganze Heilige Schrift auf Spanisch! Seit dem Tag meiner Hochzeit bin ich nicht mehr so glücklich gewesen! Ach, wenn das unser Freund Calvin sehen könnte!« Ihre toten Augen leuchteten plötzlich wie die eines jungen Mädchens, als sie den ersten der beiden Bände vor ihrem Mann aufschlug. »Hier ist die Ausgabe für die christliche Leserschaft! Mit einer Widmung für Euch!«

Gracia kannte die Gerüchte, wonach die Herzogin mehr Macht über ihren Mann besaß als alle seine Minister. Trotzdem konnte sie kaum glauben, was nun geschah.

Renatas Gegenwart schien Ercole in einen anderen Menschen zu verwandeln. Derselbe Mann, der eben noch so dreist versucht hatte, Gracia zu erpressen, näherte sich nun mit einem Gesicht dem Büchertisch, als trete er vor den Altar einer Kirche, um mit gefalteten Händen die Seite vorzulesen, die seine Frau für ihn aufgeschlagen hatte.

»Die Biblia in spanischer Sprache, Wort für Wort übersetzt … Von herausragenden Gelehrten … Mit Erlaubnis des allerdurchlauchtigsten Herzogs von Ferrara …«

Seine Stimme bebte vor Andacht wie im Gebet, während er die Widmung sprach, und in seinen schwarzen Augen schimmerten

Tränen. Gracia schöpfte Hoffnung. Sollte die Bibel ihre Rettung sein?
Doch ihre Hoffnung währte nur einen Wimpernschlag.
Ercole schüttelte den Kopf und klappte den Folianten zu.
»So leid es mir tut«, sagte er, »ich kann dieses wunderbare Geschenk nicht annehmen.«
»Redet Ihr im Fieber?«, rief seine Frau. »Was sollte Euch daran hindern?«
»Meine Verantwortung für Ferrara«, erwiderte ihr Mann. »Die Annahme würde die Staatskasse vierzigtausend Dukaten kosten. Das lässt mein Gewissen nicht zu. Bedenkt nur – Euer Glockenturm!«
Obwohl er mit fester Stimme gesprochen hatte, war nicht zu verkennen, wie schwer ihm die Worte fielen. Stumm und hilflos schlug er die Augen nieder, während Herzogin Renata in lautloses Schluchzen ausbrach.
Gracia beschloss, alles in die Waagschale zu werfen, was sie besaß. »Und wenn sich Euer Verlust auf die Hälfte der Summe reduzieren ließe?«, fragte sie. »Würdet Ihr Euch dann in der Lage sehen, mein Geschenk anzunehmen? Für das Glück Eurer Gemahlin?«
Ercole erwiderte ungläubig ihren Blick. »Wollt Ihr damit sagen, Ihr seid bereit, zusätzlich zu diesem herrlichen Werk …«
»Ja«, sagte Gracia. »Zwanzigtausend Dukaten, zur Vollendung des Glockenturms. Das Geld kann noch diese Woche zur Auszahlung gelangen.«
Zusammen mit seinen Ministern und Beamten, die bisher wortlos dem Auftritt beigewohnt hatten, zog Ercole sich in einen Winkel des Saales zurück. Unter dem Sonnenwagen, der an der Decke gegen Abend verschwand, steckten sie die Köpfe zusammen und tauschten mit leisen Stimmen ihre Meinungen aus.
Nach einer Weile, die Gracia wie eine Ewigkeit erschien, kehrte Ercole zu ihr zurück und sagte: »Das Gericht des Herzogtums Ferrara hat in Eurer Sache folgenden Beschluss gefasst. Die Füh-

rung der Firma Mendes verbleibt, wie von Eurem Schwager Dom Diogo testamentarisch verfügt, in Euren treuen Händen. Die Vormundschaft über Eure Nichte jedoch fällt an Eure Schwester Brianda mit sofortiger Wirkung zurück. Zur Sicherung ihres Vermögens erscheint dem Gericht die Hinterlegung von einhunderttausend Dukaten bei der Münze von Venedig sowohl erforderlich als auch ausreichend. – Könntet Ihr Euch auf diesen Kompromiss verständigen?«

Gracia brauchte für die Antwort keine Sekunde. »Sobald Eure Kanzlei die Urkunde ausgefertigt hat, Durchlaucht, werde ich sie unterschreiben.«

»Ich verstehe kein Wort«, sagte die Herzogin. »Was hat das alles mit meiner Bibel zu tun?«

Ercole beugte sich über die Hand seiner Frau. »Von nichts anderem haben wir gesprochen, meine Liebe«, sagte er und küsste ihre Fingerspitzen. »Selbstverständlich nehme ich Dona Gracias Geschenk an – zu meiner eigenen Freude und in der Hoffnung, Euch damit einen Gefallen zu erweisen.«

Die Herzogin stand eine Weile reglos da, die Augen groß vor Blödigkeit. Doch bald ging ein Strahlen über ihr Gesicht. In wortloser Überwältigung umarmte sie ihren Mann, dann wandte sie sich um und streckte beide Arme aus, um Gracias Hand zu ergreifen.

»Danke, meine Freundin. Tausend und abertausend Dank.«

Ohne ihre Hand loszulassen, begleitete sie Gracia hinaus ins Freie, wo im Hof die Kutsche wartete. Noch als der Wagen über die Brücke rasselte, stand Renata winkend im Tor, das frühgreisenhafte Gesicht erfüllt von altjüngferlicher Glückseligkeit.

Auch Gracia winkte, bis die Herzogin hinter der Zugbrücke verschwand. Dann erst lehnte sie sich zurück, zufrieden mit dem, was sie erreicht hatte. Während die Kutsche stadteinwärts rollte, begann Gracia im stickigen Innern des Wagens zu schwitzen. Um Luft hereinzulassen, öffnete sie das Fenster.

Als sie auf die Straße hinausschaute, stockte ihr der Atem.

Nur einen Steinwurf entfernt, erblickte sie eine Gestalt, die aussah wie ein übergroßer Rabe. Ganz und gar verhüllt in einen schwarzen, dicht geschlossenen Mantel, unter dem nur die Füße hervorlugten, verbarg sie ihr Gesicht hinter einer Schnabelmaske, auf der eine Brille saß, und auf dem Kopf trug sie einen flachen schwarzen Hut mit breit ausladender Krempe.
Gracia zog ein Tuch aus dem Ärmel ihres Kleides und hielt es sich vor den Mund. War in Ferrara die Pest ausgebrochen?

28

Nein, Gracia hatte sich nicht getäuscht, das große Sterben hatte in Ferrara angehoben. Nur wenige Wochen später gehörten die Pestärzte in ihren schwarzen Umhängen bereits zum alltäglichen Bild auf den Straßen. Mit ihren bebrillten Schnabelmasken, die wohlriechende Spezereien gegen die Miasmen enthielten, wandelten sie durch die Gassen, um in alle Häuser mit einem farbigen Kreuz auf der Tür einzukehren, wo der Schwarze Tod so reichlich Ernte hielt, dass auf den Pestkarren, die in allen Vierteln der Stadt über das Pflaster rumpelten, sich immer höhere Berge nackter Leichen türmten, von ihren eigenen Angehörigen furchtsam aus den Fenstern geworfen, mitsamt allen Kleidern und Sachen, welche mit den Verblichenen in Berührung gekommen waren.
»Bringt her eure Toten! Eure Toten bringt heraus!«
Die Rufe drangen bis in die Räume der Druckerwerkstatt, die in einer Seitengasse zwischen der Kathedrale und der Synagoge lag. Doch der Neffe des Meisters, Samuel Usque, hörte sie nicht, obwohl er direkt unter dem offenen Fenster saß. Er war vollkommen vertieft in die Lektüre lang ersehnter Druckfahnen, von denen sein Onkel ihm an diesem Morgen den ersten Abzug ausgehändigt hatte. Die spanische Bibel hatte er noch im Auftrag von

Dona Gracia verfasst, zusammen mit einer Reihe anderer Autoren. Doch dieses Werk, das er nun gesetzt und gedruckt in Händen hielt, um mit glühenden Wangen darin zu lesen, bedeutete ihm mehr als sein Leben: die Geschichte des Volkes Israel, von den frühesten Anfängen bis zur Gegenwart – zur Tröstung für alles Unrecht, das die Juden erlitten hatten … Ja, Samuel Usque hatte sein großes Werk vollendet und konnte es gar nicht abwarten, das erste gebundene Exemplar seiner Herrin und Förderin Gracia Mendes zu überreichen.

Ein Spritzer Wasser traf ihn im Gesicht und schreckte ihn aus der Lektüre auf. »He, was soll das?«

Verärgert drehte er sich um. Alfredo, der rothaarige Geselle seines Onkels, stand mit einem Eimer neben der Druckpresse und machte ein wichtiges Gesicht.

»Kannst du mir mal sagen, was du da treibst?«, fragte Samuel. »Du versaust mir meine ganzen Fahnen.«

»Weihwasser«, sagte Alfredo und tauchte einen Sprenger, wie der Pfarrer ihn bei der Messe benutzte, in den Eimer. »Gegen die Pest!«

»Um Himmels willen!«, rief Samuel. »Hör sofort auf mit dem Unsinn!«

»Don Salvatore hat aber gesagt …«

»Don Salvatore ist wohl nicht bei Trost! Wenn du hier mit Wasser rumspritzt, verteilst du nur die Miasmen.«

»Die Mi… was?«

»Winzig kleine Teile, durch die sich die Pest ausbreitet. Jeder, der damit in Berührung kommt, steckt sich an.«

»Heilige Dreifaltigkeit!« Vor Schreck ließ Alfredo den Sprenger in den Eimer fallen. Doch seine Angst verflog so schnell, wie sie gekommen war. »Don Salvatore ist Priester und darum schlauer als Ihr. Und er hat heute in der Predigt gesagt, Weihwasser ist das Einzige, was hilft.«

»Aber das ist doch Aberglaube!«

»Aberglaube? Ihr seid ja nur neidisch, weil ihr Juden kein Weih-

wasser habt.« Wie um seine Worte zu bekräftigen, tauchte Alfredo die Hand in den Eimer, um den Sprenger wieder herauszufischen. »Don Salvatore hat extra den Brunnen am Marktplatz gesegnet, damit alle sich damit versorgen können.«
»O sancta simplicitas«, seufzte Samuel.
»Sprecht Italienisch mit mir. Eure Judensprache verstehe ich nicht.«
»Das war nicht Hebräisch, sondern Latein und heißt ›O heilige Einfalt‹.«
Alfredo schaute ihn böse an. »Wollt Ihr Prügel haben?«
»Reg dich nicht auf«, sagte Samuel. »Ich hab ja nicht dich gemeint, sondern Don Salvatore. Doch glaub mir, Weihwasser hilft nicht. Im Gegenteil! Genauso gut kannst du dich dreimal gegen Mekka verneigen!«
»Ich soll mich gegen Mekka verneigen?«, rief Alfredo empört. »Wie ein Muselmane?« Plötzlich kam ihm ein Gedanke, und die Empörung in seinem Gesicht wich einem Leuchten der Erkenntnis. »Jetzt weiß ich, was ihr Juden vorhabt. Ihr wollt uns Christen daran hindern, dass wir uns schützen! Damit wir alle an der Pest zugrunde gehen! Aber darauf falle ich nicht rein!« Er tauchte den Sprenger in den Eimer und hob ihn in die Höhe. »Im Namen des dreifaltigen Gottes. Des Vaters und des Sohnes …«
»Jetzt ist aber Schluss!« Samuel legte die Fahnen beiseite, und bevor ein weiterer Spritzer ihn traf, packte er Alfredo am Arm und schlug ihm den Sprenger aus der Hand.

29

»Bringt her eure Toten! Eure Toten bringt heraus!«
Als Cornelius Scheppering das Stadttor von Ferrara passierte, glaubte er, den Vorhof der Hölle zu betreten. Wohin er blickte, sah er Berge von Leichen, vor den Haustüren, auf den Pestkar-

ren, am Straßenrand – auf- und durcheinandergeworfen wie menschlicher Abfall. Schweigend und ohne miteinander zu reden, huschten Frauen und Männer durch die Gassen, trotz der brütenden Hitze vermummt wie im Winter. Jedermann hielt einen Lappen oder ein Tuch vor das Gesicht, um nicht den fauligen Pesthauch zu atmen, der unsichtbar wie das Böse, doch allgegenwärtig zwischen den Häusern hing. Unendliches Mitleid erfasste den Dominikaner bei ihrem Anblick. Hatten diese Menschen, die doch getaufte Christen waren, alles Vertrauen in die Führung Gottes verloren? Er jedenfalls verzichtete auf kleinmütige Vorkehrungen jedweder Art – der heilige Zorn, der ihn in die Stadt geführt hatte, war ihm Schutz genug gegen die Plage. Der Herr würde die Seinen schon erkennen! Schlimmer als die Pest des Leibes war ohnehin die Pest der Seele, die der Ausbreitung der Juden so sicher auf dem Fuße folgte wie der Schwarze Tod. Außerdem war der Sieg der göttlichen Sache allemal wichtiger als sein eigenes nichtiges Leben.

In dem Dominikanerkloster, in dem Cornelius Scheppering Quartier nahm, gab es gesicherte Kunde, dass die Seuche mit den Juden nach Ferrara gelangt war, über den Brennerpass aus Deutschland oder aus der Schweiz. War das ein Wunder? Das Herzogtum war ein notorischer Sündenpfuhl, in dem jeder Gottesleugner gleich welcher Couleur willkommen war. Mit Herzog Ercole regierte hier ein antipapistischer Renegat, dessen Frau schon dem Ketzer Johannes Calvin Unterschlupf gewährt hatte und mit dessen tätiger Hilfe sich jetzt Gracia Mendes erfrechte, den Beschluss des Zehnerrats und der Inquisition durch ein eigenes Urteil in Abrede zu stellen. Und als wäre das nicht Frevel genug, hatte sich das Judenweib anheischig gemacht, die Heilige Schrift ins Spanische zu übersetzen. Obwohl sie mit diesem Machwerk, das den stinkenden Ungeist des Protestantismus atmete, auf den Spuren des Oberteufels Martin Luther wandelte, erregte sie selbst bei frommen Katholiken den Anschein, als wollte sie Gottes Wort verbreiten. Was für ein Unfug, dem Volk die Bibel zur Lektüre zu geben! Allein von Gott geweihte Priester waren befähigt, die Heilige Schrift zu lesen, um ihren Sinn dem Volke auszudeuten. Dennoch war man der Jüdin auf den Leim gekrochen, sogar Teile des Klerus lobten ihr Werk, und in Venedig hatte die Ferrareser Bibel solches Aufsehen erregt, dass der Zehnerrat gegen die Einmischung Ercoles in die Rechte der Serenissma nicht mehr als einen lauen und lahmen Einspruch zuwege gebracht hatte.

Doch Cornelius Scheppering war nicht gewillt, den Triumph seiner Widersacherin tatenlos hinzunehmen. War die Ausbreitung der Pest in Ferrara nicht Beweis genug, dass die Juden mit dem Teufel in Verbindung standen? Es musste schon mit dem Gehörnten in persona zugehen, wenn es ihm nicht gelänge, eine Handhabe zu finden, um dem verfluchten Weib den Garaus zu machen.

In dieser Absicht sowie im Vertrauen auf Gottes weise Führung suchte Cornelius Scheppering noch am Tag seiner Ankunft die Druckerwerkstatt auf, in welcher die vermaledeite Spanisch-Bibel vervielfältigt wurde. Der Meister, ein angejahrter Judenbengel, der sich mit dem christlichen Namen Duarte Pinel vorstellte, obwohl ihm der Mosesglaube nur so aus den Glupschaugen quoll, gab ihm zwei Packen noch ungebundener Bogen frisch aus der Presse.

»Mit Erlaubnis des allerdurchlauchtigsten Herzogs von Ferrara.«

Während der Scheinchrist sich entfernte, verglich Cornelius Scheppering die beiden Fassungen des gotteslästerlichen Werkes. Das Frontispiz der Ausgabe für die spanisch-jüdische Leserschaft zeigte ein Segelschiff in stürmischer See, das trotz gebrochenem Mast nicht unterging. Ein freches Sinnbild für die teuflische Kunst der Marranen, sich auf ihrer Lebensreise der himmlischen Gerechtigkeit immer wieder zu entziehen? Cornelius Scheppering hegte keinen Zweifel an dieser Deutung. Wie um seine fromme Christenseele zu verhöhnen, prangte auf dem Titelblatt der Name seiner Widersacherin Gracia Mendes, und die Drucklegung war nach hebräischer Zeitrechnung auf den 14. Adar des Jahres 5313 datiert. Um nicht zu erbrechen, blätterte Cornelius weiter. Mit welch hinterlistiger Schläue man die Worte gesetzt hatte, um den wahren Sinn der Schrift zu verfälschen! Wo es hätte »Jungfrau« heißen müssen, wie es sich zur Bezeichnung der Muttergottes gehörte, hatte man scheinheilig »Magd« geschrieben. Dennoch waren Cornelius Scheppering die Hände gebunden. Das herzogliche Imprimatur schützte die unheilige Schrift vor seinem Zugriff.

»Ehrwürdiger Vater?«

Er war so in seine Arbeit vertieft, dass er den Gesellen gar nicht bemerkt hatte, der plötzlich mit seiner Lederschürze vor ihm stand.

»Was willst du?«

»Vielleicht solltet Ihr das einmal lesen?«, erwiderte der Bursche und reichte ihm ein weiteres Bündel. »Der Meister ist gerade zum Mittagessen fort.«

Draußen rumpelte ein Pestkarren vorbei. »Bringt her eure Toten! Eure Toten bringt heraus!«

Während Cornelius noch zögerte, das Bündel zu nehmen, beugte der Geselle sich zu ihm herab. »Glaubt Ihr nicht auch«, fragte er mit gedämpfter Stimme, »dass die Juden uns die Pest in die Stadt gebracht haben?«

Cornelius Scheppering musterte sein Gesicht. Der Bursche schien ein braver Italiener zu sein, trotz der roten Haare. »Und warum dienst du dann als Judenknecht?«, wollte er wissen.

»Was bleibt mir anderes übrig? Ich habe eine Frau und zwei Kinder.«

Cornelius Scheppering war nicht bereit, die Ausrede gelten zu lassen, und er wollte den Burschen schon scharf zurechtweisen, da fiel ihm seine eigene Jugend ein. Hatte nicht auch er selbst, bevor die Jungfrau Maria sich seiner erbarmte, in ähnlicher Weise versucht, sein Gewissen zu betrügen? Um seinen Judendienst bei der Firma Mendes zu rechtfertigen? Wer weiß, vielleicht ge-

schah an diesem jungen Mann gerade dasselbe Wunder der Bekehrung, das auch ihm damals zuteilgeworden war.
»Gib her«, sagte er und nahm dem Gesellen das Bündel aus der Hand.
Consolaçam ás tríbulaçoes de Israel, lautete der portugiesische Titel, »Tröstung für die Leiden des Volkes Israel«. Cornelius Scheppering runzelte die Stirn. Was sollte das sein? Eine Heilsgeschichte der Juden? Er wollte den Titel gerade überblättern, da erhaschte sein Auge den Namen des Verfassers: Samuel Usque. Nanu, den Namen kannte er doch! Während er eine juckende Pustel an seiner Schläfe kratzte, kehrte die Erinnerung allmählich zurück. So hieß doch der junge Kontorist, den er vor Jahren in Antwerpen verhört hatte, ein Angestellter der Firma Mendes, der in feiger Judenart seinen Brotherrn verraten hatte, um die peinliche Befragung unter der Folter zu verkürzen …
Ohne den Eiter zu bemerken, der aus der aufgebrochenen Schwäre quoll, begann Cornelius Scheppering zu lesen. Nein, er hatte sich nicht geirrt. Das Buch war eine einzige Ansammlung widerlicher Verfälschungen und Verdrehungen. Triefend vor Selbstmitleid, war von allen möglichen Verfolgungen und Ungerechtigkeiten die Rede, die angeblich dem Volk der Juden widerfahren waren, vom Anbeginn der Geschichte bis zum heutigen Tag … Und immer wieder wurde der Name des Herrn missbraucht, um die Geschehnisse im Zwielicht jüdischer Selbstvergottung zu deuten: Israel als das auserwählte Volk, welches jedwede Drangsal einzig zu dem Zweck durchlebte, dass Gott es aus seiner Not errette, zum vermeintlich höheren Beweis, dass der Himmel mit den Juden sei …
Pfui Teufel! Nur mit Mühe brachte Cornelius Scheppering es über sich, all den Unrat in sich aufzunehmen, und sein Ekel war so groß, dass er das Lügenfabrikat tatsächlich schon beiseitelegen wollte, als Gott ihn für seine Qualen doch noch belohnte. Während er sich lesend der Gegenwart näherte, vollzog sich vor seinen staunenden Augen eine wundersame Metamorphose. Wie

ein Schmetterling, der aus einer scheußlichen Larve hervorkriecht, entpuppte sich das Frevelwerk, indem es von Ereignissen berichtete, die Cornelius aus eigenem Erleben kannte, als ein unverhoffter Quell der Wahrheit, als ein Zeugnis der Offenbarung. All die Verbrechen, die Gottes treuester Knecht seit Jahr und Tag verfolgte, ohne dass er den Tätern einen Strick daraus hätte drehen können – hier waren sie, Seite für Seite, prahlend notiert und beschrieben!
Mit feinem Lächeln leckte Cornelius Scheppering sich die Lippen. Das Judenvolk hatte sich selbst ans Messer geliefert.

30

Am 14. September – Cornelius Scheppering war längst nach Venedig zurückgekehrt – erging in Ferrara der Erlass, dass alle Einwohner jüdischer Herkunft bis Punkt Mitternacht die Hauptstadt des Herzogtums verlassen müssten – widrigenfalls drohe ihnen der Verlust sämtlichen Eigentums. Die Anordnung, die mit Ercoles Unterschrift an allen Kirchen und öffentlichen Gebäuden angeschlagen war, erfolgte ohne jede vorherige Ankündigung und überraschte Samuel Usque in freudigster Stimmung, als er am frühen Abend den Palazzo Magnanini verließ. Er hatte dort Dona Gracia seine Aufwartung gemacht, um ihr das erste gebundene Exemplar seines Lebensbuches zu überreichen, der *Consolaçam ás tribulaçoes de Israel.*
Sein Onkel Abraham erwartete ihn in der Druckerwerkstatt schon mit fertig gepackten Taschen.
»Was hat das zu bedeuten?«, fragte Samuel, während er in aller Eile seine Habseligkeiten zusammensuchte.
»Sie geben uns die Schuld an der Pest!«
»Und wo sollen wir hin?«
»Zum Hafen. Es heißt, dort warten Schiffe auf uns.«

»Aber wir können doch nicht einfach so … Wo sind bloß meine Strümpfe?«
Noch während er sprach, flog klirrend ein Stein durchs Fenster, der Samuels Kopf nur knapp verfehlte, und gleich darauf erhob sich lautes Gebrüll auf der Straße.
»Juden raus! Juden raus!«
Die beiden starrten sich entsetzt an.
»Los! Nichts wie weg!«
Durch den Hintereingang verließen sie das Haus. Im Schutz der Dunkelheit brachten sie ein paar Gassen unbehelligt hinter sich, doch aus der Ferne wogte ihnen ein wütendes Stimmenmeer entgegen, das immer mächtiger anschwoll, je näher sie der Kathedrale kamen. Gleichzeitig fühlten sie sich von einem feurigen Lichterschein bedroht, dessen gelbrote Flammenzungen zwischen die Häuser leckten und die Schatten tanzen ließen.
»Juden raus! Juden raus!«
Als Samuel um die letzte Hausecke bog, die das Gassenlabyrinth vom Corso trennte, gefror ihm das Blut in den Adern. Auf der Piazza vor San Giorgio, dem größten Gotteshaus der Stadt, war die Hölle los. In gespenstischem Fackelschein, begleitet vom Sturmgeläut der Glocken, das mit ohrenbetäubendem Dröhnen von der Höhe des neu errichteten Turms zu Gottes heiliger Rache aufrief, hatte sich das Volk von Ferrara eingefunden, um die Juden aus seiner Mitte zu vertreiben. Eskortiert von berittenen Soldaten, stolperten die Verfolgten zu Hunderten in Richtung Hafen, ihr Hab und Gut auf den Schulten, wie beim Auszug aus Ägypten.
»Also spricht der Herr«, flüsterte Samuel Usque die Worte des Propheten, »ich werde das Volk mit Schwert, Hunger und Pest heimsuchen, bis ich es seiner Hand ausgeliefert habe.«
Das Grauen schnürte ihm die Kehle zu. Warum war niemand da, der ihm die Augen ausstach, damit er das Elend nicht ansehen musste? Warum war niemand da, der ihm die Ohren abriss, damit das Heulen und Zähneknirschen verstummte? Alles, was

hier vor seinem Angesicht geschah, sprach jeder Tröstung oder Verheißung Hohn. Das Leben ging weiter, als wäre sein Buch nie geschrieben worden, und mit dem Fortgang des Lebens setzten sich die Not und das Elend der Juden fort, in dieser Schreckensnacht von Ferrara, wie in all den Jahrhunderten und Jahrtausenden ihrer Geschichte, die Samuel Usque beschrieben hatte.

»Juden raus! Juden raus!«

Jemand stieß Samuel in den Rücken, und taumelnd folgte er seinem Onkel in Richtung Hafen. Männer, alte und junge, schwankten links und rechts von ihm durch die flackernde Finsternis, in der ihre Schatten einmal wie Riesen, dann wieder wie Zwerge erschienen, mit schweren, übergroßen Kisten auf den Schultern, in Panik versuchten sie wenigstens Teile ihres Besitzes zu retten. Doch immer wieder brach einer von ihnen unter seiner Last zusammen, mitten auf der Straße sanken sie hin in den Staub, vor den Augen ihrer Kinder und Mütter und Frauen, die ihre Angst gellend zum Himmel schrien und mit erhobenen Händen ihr Schicksal beklagten, während der Pöbel am Straßenrand sie mit wütenden Rufen verfolgte.

»Juden raus! Juden raus!«

Als sie endlich den Hafen erreichten, erblickte Samuel im Mondschein ein Dutzend Schiffe, die auf dem silbern glänzenden Fluss für die Fliehenden bereitlagen. Bei dem Anblick fiel Abraham Usque auf die Knie. War der Herr noch einmal mit ihnen gewesen? Samuel zerrte ihn in die Höhe. Sie müssten sich beeilen, von allen Seiten drängten Menschen herbei, auf der Flucht vor ihren Verfolgern. Doch als sie sich auf die schwankenden Planken retten wollten, traten Soldaten ihnen in den Weg, mit gezogenen Schwertern und Säbeln, um alles Geld von ihnen zu fordern, das sie mit sich trugen.

»Nur wer zahlt, darf an Bord!«

Die Spitze eines Speeres auf der Brust, öffnete Samuel seine Taschen, genauso wie sein Onkel, der einem Offizier einen Beutel voller Münzen zuwarf. Der Offizier gab ihnen den Weg frei, ein altes Weib mit einer Unzahl von Kisten und Kästen, die sie zusammen mit ihren Enkelkindern hütete, rückte auf dem Schiffsdeck beiseite. Während sie Platz machte, fiel Samuel voller Schrecken ein, dass er das Wichtigste in seiner Kammer vergessen hatte: das in Leder gebundene Exemplar seines Buches, das noch auf dem Lesepult lag.

»Ich muss noch mal zurück!«

»Bist du wahnsinnig?«, fragte sein Onkel. »Bleib hier! Das Schiff legt jeden Moment ab.«

Doch Samuel hörte nicht auf ihn. »Hebt das für mich auf!« Er warf seinem Onkel den Mantelsack zu, in dem er seine Habseligkeiten verstaut hatte, stieß das alte Weib aus dem Weg genauso wie den Offizier, der ihm ungläubig hinterherblickte, und lief über die Schiffsplanke zurück, um mit einem Satz an Land zu springen.

Er hatte kaum das Ufer erreicht, als es geschah.

Aus dem dunklen, wütenden Heer der Männer, die ihn mit seinen Glaubensbrüdern zum Hafen gehetzt hatten und nun im Mondschein einen Schutzwall bildeten, um jeden Juden ins Wasser zurückzutreiben, der eines der Schiffe verließ und ihre Stadt erneut zu verpesten drohte, schnellte ihm mit lautloser Wucht ein Geschoss entgegen, eine Kugel oder ein Stein, und traf ihn mit jäher Gewalt am Schädel.

Wie ein Blitz durchzuckte ihn der Schmerz. Samuel fasste sich an die Schläfe. Eine warme, dickliche Flüssigkeit rann an seiner Hand entlang, während sich vor ihm die lauthals brüllende Menschenwand höher und höher in den Himmel türmte, Tausende Gesichter, Tausende Münder, die ihm ihren Hass entgegenschrien.

»Juden raus! Juden raus!«

Samuels Knie wurden weich, er schwankte. War seine Stunde gekommen? Ging sein Leben schon zu Ende? Es hatte doch gerade erst begonnen. Er sah das Gesicht seines Bruders Benjamin, als er vor seinen Augen starb, in der Mordnacht von Antwerpen …

Warum? Wozu? Er hatte noch so viel vorgehabt – so viele Gedanken, so viele Bücher …

Samuel wollte sich festhalten, ruderte mit den Armen in der Luft, um irgendwo einen Halt zu finden. Doch seine Hände griffen ins Leere, und nicht mehr Herr seiner selbst, sank er zu Boden, während eine selig warme Ohnmacht in seine Glieder strömte, als läge er in den Armen eines Mädchens und ergieße sich in ihren Schoß.

Unwirkliches Schweigen hüllte ihn ein. Dann war plötzlich alles nur noch leicht und licht.

31

»Mit welchem Recht vertreibt Ihr mein Volk aus der Stadt?«, fragte Gracia. »Ihr habt uns versprochen, dass wir unseren Glauben frei und ungehindert praktizieren dürfen!«

»Dieses Versprechen galt nicht Eurem Volk, sondern Eurer Person«, erwiderte Herzog Ercole. »Also habe ich mein Wort gehalten. Niemand hat Euch ein Haar gekrümmt.«

»Aber meinen Glaubensbrüdern! Ihr habt sie davongejagt wie Aussätzige! Nur wegen ihrer Religion!«

»Eine notwendige Maßnahme zum Schutz meiner Untertanen. Wir haben die Pest in der Stadt. Da kann ich nicht tatenlos zusehen.«

»Und warum betreffen Eure Maßnahmen ausschließlich Juden? Können Christen die Seuche etwa nicht verbreiten?«

»Die Pestärzte sagen, Juden hätten die Plage in mein Herzogtum gebracht. Aus der Schweiz und über den Brennerpass aus Deutschland.«

»Dafür gibt es nicht den geringsten Beweis!«

»Warum soll ich Euch mehr Glauben schenken als meinen Ärzten? Das Volk von Ferrara hat Angst, dass Gott die Seuche in unsere Stadt geschickt hat, als Strafe dafür, dass Juden in unserer Mitte ihren Götzen verehren. Ich muss meinen Untertanen diese Angst nehmen.«

Ja, Ercole hatte Wort gehalten. Während alle übrigen Juden mit Gewalt vertrieben worden waren, hatte es niemand gewagt, Gracia auch nur ein Haar zu krümmen. Im Gegenteil. Kaum hatte Samuel Usque ihren Palast verlassen, waren Soldaten des Herzogs vor ihrem Tor aufgezogen, um ihr Haus und ihr Leben vor Übergriffen zu bewahren. Gefangen zu ihrem eigenen Schutz, hatte sie die Nacht in ihrem Palast verbracht, in einsamer, privilegierter Sicherheit, derer sie sich nun vor Gott und ihren Glaubensbrüdern schämte. Noch am frühen Morgen war sie ins Castello Estense geeilt, um Klage gegen das Unrecht zu führen, das man den Juden angetan hatte.

»Es sind Menschen zu Tode gekommen«, sagte sie. »Eure Soldaten und Untertanen haben sie umgebracht.«

»Zu meinem allergrößten Bedauern«, erwiderte der Herzog. »Das müsst Ihr mir glauben. Ich hatte strengste Order gegeben, dass niemand Schaden bei der Ausweisung nehmen darf.«

»Auch Samuel Usque ist unter den Toten.«

»Ich weiß, es ist schrecklich«, sagte Ercole mit sichtlicher Zerknirschung. »Und ich kann Euch nur versichern, wie leid mir das alles tut. Ich werde die Schuldigen ausfindig machen und bestrafen. Aber was sollte ich denn tun?«, brauste er plötzlich auf. »Meine Untertanen fürchten Gottes Zorn. Doch statt Euch zu beschweren, solltet Ihr mir lieber danken. Wenn ich Eure Juden nicht in einem ordentlichen Verfahren ausgewiesen hätte, wären sie vom Pöbel allesamt gesteinigt oder aufgehängt worden. Jetzt sind die meisten Eurer Glaubensbrüder in Sicherheit – immerhin.«

»Und was ist mit den Toten?«, fragte Gracia. »Samuel Usque hat Eurer Gemahlin die spanische Übersetzung der Bibel zum Geschenk gemacht. Er wollte der Welt zeigen, dass das Volk der Christen und der Juden zwei Stämme mit einer gemeinsamen

Wurzel sind.« Ercole öffnete den Mund, um etwas zu erwidern, doch Gracia schnitt ihm das Wort ab. »Die Herzogin war so glücklich über das Geschenk. So glücklich wie am Tag ihrer Hochzeit, das hat sie selbst gesagt.«

»Lasst gefälligst meine Frau aus dem Spiel!«, erwiderte Ercole. »Hier geht es um Politik!«

»Und Ihr habt zugelassen, dass dieser Mann ermordet wurde!«, fuhr Gracia fort. »Unter Euren Augen! Zusammen mit Dutzenden anderer Menschen, die sich auf Euer Wort, das Wort des Herzogs, verlassen haben! Wie wollt Ihr der Herzogin je wieder in die Augen schauen?«

»Jetzt habe ich aber genug!« Ercoles Gesicht war rot vor Zorn, und um seine funkelnden Augen zuckte es, als er mit lauter Stimme rief: »Was zum Teufel geht Euch das Judenpack überhaupt an? Ihr habt mit alledem doch gar nichts zu tun! Ihr lebt in meiner Stadt so sicher wie in Abrahams Schoß! Ihr genießt dieselben Rechte wie jeder Christenmensch! Ich habe Euch sogar berechtigt, Sklaven zu halten! Wie undankbar Ihr seid! Während all das Elend geschah, von dem Ihr so wortreich berichtet, habt Ihr unter meinem Schutz die Nacht in Eurem Palast verbracht.« Er machte eine Pause und schnappte nach Luft. Doch bevor Gracia etwas einwenden konnte, verbot er ihr mit einer Handbewegung den Mund. »Nein! Ihr habt nicht den geringsten Grund, Euch zu beschweren! Auf den Knien solltet Ihr vor mir liegen, die Füße solltet Ihr mir küssen.« Wieder musste er Luft holen. »Ach, hätte ich nur auf meine Minister gehört! Sie haben mir dringend abgeraten, Euch aufzunehmen! Angefleht und beschworen haben sie mich – wieder und wieder! Weil Juden immer nur Zwietracht und Unfrieden säen, überall, wohin sie kommen! Gott möge mir verzeihen! Ich habe gesündigt! Ich werde die Beichte ablegen müssen …«

Sein Atem ging so kurz, dass er sich gezwungen sah, in seinem Wortschwall innezuhalten. Während er vollkommen außer sich auf und ab marschierte, die Arme erregt um sich werfend und vereinzelte abgehackte Worte ausstoßend, begriff Gracia das ganze Ausmaß ihres Fehlers. Sie hatte sich an den Herzog von Ferrara geklammert in der Hoffnung, dass er seine Hand nicht nur über sie, sondern über alle ihre Glaubensbrüder halten würde. Was für ein Wahn! Ercole hatte die Juden im Stich gelassen, genauso wie der Sultan sie im Stich ließ, und seinen Schutz allein auf Gracia Mendes beschränkt. Weil Gracia Mendes reich war und die anderen arm. Weil er sich an ihrem Reichtum bereichern konnte, an der Armut der anderen aber nicht. Darum hatte sie überlebt, darum waren die anderen gestorben. Das war die einfache Wahrheit.

Gracia schloss die Augen. Was hatte sie getan, dass Gott sie mit ihrem eigenen Leben strafte?

»Irgendjemand musste doch überleben, damit die Prophezeiung sich erfüllt, irgendwann, die Prophezeiung vom Gelobten Land …«

Wie aus weiter Ferne erreichten sie die Worte ihrer Mutter, mit denen die ihr eigenes Überleben gerechtfertigt hatte, damals nach dem Massaker auf der Praça do Rossio, der Zwangstaufe der zwanzigtausend.

Es war wie eine Offenbarung. Als hätte jemand den Schleier fortgezogen, der ihr seit Jahr und Tag die Sicht verdeckte, erkannte Gracia plötzlich die Wahrheit, die dem Schicksal ihres Volkes innewohnte:

Nur wer eigenes Land besitzt, hat auch eigenes Recht! Dies war der Grund für alles Unrecht, das den Juden in den Tausenden Jahren ihrer Geschichte widerfahren war, seit ihrer ersten Vertreibung. Daran würde sich nie etwas ändern. Solange sie kein eigenes Land besaßen, würden sie immer rechtlos sein, ausgesetzt der Willkür und Gewalt fremder Potentaten.

Während Ercole weiter gestikulierend den Saal der Morgenröte durchmaß, ohne Gracia eines Blickes zu würdigen, sah sie vor ihrem inneren Auge plötzlich einen paradiesischen Garten, so deutlich und lebendig, dass sie den Duft der Orangen und Pinien und Datteln zu riechen glaubte, die an den Ufern eines Flusses standen, dessen Fluten stillzustehen schienen: das Gelobte Land, das der Prophet den Juden verheißen hatte …

Ein Schauer lief Gracia über den Rücken. War das ihre Mission – ihrem Volk dieses Land zu geben? Die Mission, weshalb Gott sie am Leben erhalten hatte? Die Mission, von der Rabbi Soncino einst sprach, als er sie drängte, das Erbe anzunehmen?

»Vor das Glaubensgericht«, schnaubte Ercole, der immer noch darum kämpfte, seiner Erregung Herr zu werden. »Ein Wort würde genügen, ein einziges Wort! Und alles wäre meins – Euer ganzes Vermögen! Zum Segen meiner Untertanen!«

»Vor das Glaubensgericht?«, fragte Gracia, die gar nicht wusste, wovon er sprach.

»Ja, Ihr habt richtig gehört!«, wiederholte Ercole. »Vor das Glaubensgericht! Dahin sollte ich Euch zerren! Dann würdet Ihr schon sehen! Ein für alle Mal!«

Gracia starrte den Herzog an. Hatte Gott ihm diese Worte eingegeben? Um ihr den Weg zu zeigen?

Plötzlich wusste sie, was sie zu tun hatte. Ohne einen Gruß ließ sie Ercole stehen und kehrte in ihren Palast zurück.

Noch heute würde sie einen Brief schreiben. An Cornelius Scheppering, den Großinquisitor von Venedig.

32

»Du musst deinem Glauben abschwören«, erklärte Brianda.

»Bist du von Sinnen? Warum sollte ich das tun?« Tristan da Costa sah sie ratlos an.

»Gracia hat Klage gegen mich erhoben. Vor dem Glaubensgericht. Wegen Juderei!«

»Das ist doch lächerlich! Du kleidest dich wie eine Christin, du gehst zur Messe und zur Beichte – du trägst nicht mal ein Kopftuch, um dein Haar zu bedecken. Was sollte man dir zum Vorwurf machen?«

»Dich!«

»Mich?«

Brianda nickte. »In der Klage heißt es, ich würde dir Unterschlupf gewähren – einem heimlichen Juden. Du schläfst in meinem Palast, statt nachts ins Ghetto zurückzukehren. Das reicht, um mich zu verurteilen.«

In ihren zitternden Händen hielt sie immer noch das Schreiben, das sie am Nachmittag bekommen hatte: eine Vorladung der Inquisition, ausgefertigt und unterzeichnet von Cornelius Scheppering.

»Warum?«, fragte Tristan. »Warum sollte deine Schwester so etwas tun? Sie ist doch selbst eine Jüdin! Niemand wurzelt stärker in unserem Glauben als sie.«

»Dafür gibt es nur einen Grund«, sagte Brianda. »Gracia braucht Geld. Sie will das ganze Erbe für sich.«

»Du meinst, sie verklagt dich wegen Juderei, nur um an dein Geld zu kommen? Das kann ich nicht glauben.«

»Du kannst glauben, was du willst – ich kenne sie besser. Immer bildet sie sich ein, dass sie im Recht ist. Als hätte Haschem persönlich sie auserwählt. Aber soll das Gottes Wille sein, dass ich hier verhungere? Ich habe die gleichen Rechte wie sie!« Brianda zerknüllte den Brief und warf ihn auf den Boden. »Bitte, Tristan. Du musst mir helfen! Du brauchst doch nur vor Gericht zu erklären, dass du fortan als Christ leben willst. Und zu Jom Kippur bittest du wie immer um Entbindung von den Gelübden – keiner kann dir einen Vorwurf machen.«

Obwohl er sah, wie sehr sie litt, wich er ihrem Blick aus. »Weißt du, was du von mir verlangst? Ich soll den Herrn verleugnen und wieder das verhasste Lügenleben anfangen? Wie früher in Lissabon? Auf der Straße ein Christ und zu Hause ein Jude? Nur weil ihr euch um Geld streitet?«

»Ich weiß, wie wichtig dir dein Glaube ist, und ich kann dir gar

nicht sagen, wie schwer es mir fällt, dich darum zu bitten. Aber ich habe Schulden. Der Palast, die Zinsen … Außerdem, wenn sie mich verurteilen, sperren sie mich womöglich ein, und es geht doch nicht nur um mich …«
Noch während sie sprach, ging die Tür auf, und La Chica kam herein, an der Hand eines Kindermädchens.
»Onkel Tristan!«, rief sie, als sie den Freund ihrer Mutter sah, und riss sich los, um ihm auf den Arm zu springen.
»Wen haben wir denn da?« Er hob sie in die Höhe. »Bist du gekommen, um gute Nacht zu sagen?«
»Jetzt schon?« La Chica schüttelte den Kopf. »Ich will noch nicht ins Bett! Ich bin doch schon groß! Aber schau mal«, sagte sie ganz aufgeregt, »was ich für dich habe! Das habe ich selbst gestickt.«
»Das ist aber schön! Was ist das?«
»Eine Hülle. Für dein Gebetbuch.«
Brianda wurde es ganz warm ums Herz. Es war ein solcher Segen, dass die beiden sich gut verstanden. La Chica war inzwischen zehn Jahre alt, und noch immer musste Brianda an Diogo denken, wenn sie ihre braunen Augen sah. Jetzt strahlte ihre Tochter mit diesen braunen Augen Tristan so glücklich an, als wäre er ihr leiblicher Vater.
»Das hast du großartig gemacht«, sagte Tristan. »Davon hätte ich gern hundert Stück. Bis wann könntest du das schaffen?«
»Hundert Stück?«, rief La Chica. »Wofür?«
»Um sie zu verkaufen. Am besten eine ganze Schiffsladung. Damit werden wir reich.«
»Meinst du wirklich?«
»Ganz bestimmt«, sagte Tristan mit ernstem Gesicht. »Ich habe noch nie eine so schöne Buchhülle gesehen, auf der ganzen Welt nicht. Könige und Kaiser haben keine schöneren.«
»Auch nicht der Sultan?«
»Nicht mal der!«
»Schluss für heute!« Brianda klatschte in die Hände. »Höchste Zeit zum Schlafen!«

»Ooooh, bitte nicht. Es ist doch noch gar nicht richtig dunkel.«
»Um das zu entscheiden, gibt es ein sicheres Zeichen«, sagte Tristan und trat mit La Chica auf dem Arm ans Fenster. »Man muss nur nachschauen, ob schon drei Sterne am Himmel stehen. Du weißt doch, wenn du drei Sterne am Himmel siehst, dann musst du …«
Brianda unterbrach ihn mit einem Räuspern und warf einen bedeutungsvollen Blick auf das Kindermädchen. Tristan verstand.
»Was muss ich denn, wenn ich drei Sterne sehe?«, fragte La Chica.
»Das erkläre ich dir ein andermal. Jetzt sag uns gute Nacht.«
»Gute Nacht, Onkel Tristan!«
»Gute Nacht, mein Schatz. Schlaf schön!«
La Chica gab ihm einen Kuss, und nachdem sie auch ihre Mutter geküsst hatte, ließ Tristan sie zu Boden. An der Hand des Mädchens verschwand sie zum Flur hinaus.
»Sie mag dich fast noch mehr als mich«, sagte Brianda, als die Tür sich hinter ihnen schloss.
»Für mich ist sie wie eine Tochter«, sagte er. »Ich kann mir gar nicht mehr vorstellen, ohne sie zu leben.«
»Wirklich?« Brianda nahm seine Hand. »Wenn du sie so liebhast – dann, bitte, tu es für sie! Meine Schwester darf den Prozess nicht gewinnen! Wenn Gracia gewinnt, nehmen sie mir mein Kind weg! *Unser* Kind!«
Sie drückte seine Hand, doch statt den Druck zu erwidern, trat er einen Schritt zurück.
»Wir haben das Unheil selbst heraufbeschworen«, sagte er mit düsterer Stimme.
»Du meinst, weil wir …?«
Tristan nickte. »Wir hätten deine Schwester niemals anzeigen dürfen. Das war eine schwere Sünde. Sie hat so vielen Juden geholfen. Und sie tut es immer noch.«
Brianda holte tief Luft. »Dann … dann bereust du also doch, dass du dich damals für mich entschieden hast?«

Als er schwieg, ließ sie seine Hand los.

»Du hast mir einmal versprochen, du würdest alles für mich tun – alles. Und wenn es dich deine Seele kosten würde. Hast du das vergessen? Du … du wolltest …« Sie war so enttäuscht, dass ihr die Stimme versagte.

Tristan stöhnte leise auf. »Versteh doch«, sagte er. »Ich habe damals die Frau verraten, die mehr für unser Volk getan hat als jeder Mann. Aus Liebe zu dir. Willst du, dass ich jetzt auch noch Gott verrate?«

Brianda schaute ihn an. Es war schon so dunkel, dass sie sein Gesicht kaum noch erkannte. Nur als einen Schatten sah sie ihn, den Mann, den sie mehr liebte als ihr eigenes Leben. Doch trotz der Dunkelheit spürte sie die Angst in seinen Augen – die Angst vor ihrer Bitte.

Draußen auf dem Kanal sang irgendwo ein Gondoliere.

»Nein«, flüsterte Brianda und schüttelte den Kopf. »Wenn ich das von dir verlange, würde ich dich für immer verlieren.«

Sie trat auf ihn zu, um ihn zu küssen. Doch noch bevor ihre Lippen ihn berührten, flog plötzlich die Tür auf, und Soldaten drängten in den Raum.

33

Das Offizium der Heiligen Venezianischen Inquisition war in einem Seitenflügel des Dogenpalastes untergebracht. Doch von der gesitteten Strenge, die eine solche Glaubensbehörde erheischte, war in dem neuen Amtssitz wenig zu spüren. Statt ernster Glaubensknechte in härenen Gewändern, die sich in Gebet und Gottesfurcht ergingen, schwebten allerhand weibische Prälaten in seidenen Soutanen und brokatverzierten Samtpantoffeln tuschelnd und kichernd über die Flure. Das eitle Gepränge, das hier herrschte, war Cornelius Scheppering fast so unerträglich wie die jüngsten Nachrichten aus Ferrara. Kaum war die Pest dort besiegt, war in dem antipapistischen Herzogtum wieder der alte Glaubensschlendrian eingekehrt. Ercole hatte, vermutlich auf Drängen seiner Leibjüdin Gracia Mendes, ein Dekret erlassen, das spanischen und portugiesischen Conversos abermals freies Geleit garantierte. Herrgott – welche Zeichen musste der Himmel denn noch schicken, damit die Fürsten dieser Welt begriffen, was auf dem Spiel stand? Kardinal Carafa, von dem es hieß, er würde dermaleinst vielleicht den Heiligen Stuhl erklimmen, war zu Recht wütend und verlangte ein Ende des widerlichen Treibens.

Müde rieb Cornelius Scheppering sich die von eitrigen Pusteln übersäten Schläfen, während er auf Brianda Mendes wartete. Er hatte sie an diesem spätherbstlichen Vormittag zum Verhör bestellt. Würden seine Kräfte reichen, um seinen Kampf bis an ein sieghaftes Ende zu führen? Die Geißel Gottes zeichnete ihn mit immer deutlicheren Spuren. Der ständigen Furcht, dass sein Gedärm oder seine Blase sich unkontrolliert entleerte, hatte er Abhilfe durch das Tragen rauher Windeln geschaffen, die ihn in täglicher Demutsbelehrung daran gemahnten, dass vor Gottes Augen auch ein Inquisitor der heiligen katholischen Kirche nur ein hilfloses Kind ist. Weit schwerer trug er daran, dass er sich fortwährend wie im Fieber fühlte. Die Abgeschlagenheit hatte so vollständig von ihm Besitz ergriffen, dass sie ihn manchmal zu zermürben drohte, und zu allem Überfluss konnte es bisweilen geschehen, dass seine Zunge ihm plötzlich den Dienst verweigerte und er mitten in einem Satz die Sprache verlor.

»Die Wege des Herrn sind unergründlich«, murmelte er und versuchte sich zu straffen, während er die Akten auf dem Tisch ordnete. Neue Hoffnung in seinem Glaubenskampf hatte ihm ausgerechnet seine Widersacherin gegeben. Gracia Mendes hatte ihre eigene Schwester der Juderei bezichtigt. Was für ein Geschenk des Himmels! Auch wenn der Zweck der Klage nur allzu durchsichtig war – Gracia Mendes war eine Jüdin, die vor dem Götzen Mammon niederkniete –, war Cornelius Scheppering fest entschlossen, den Angriff der Klägerin gegen diese selbst zu richten, indem er die Beklagte zu einem Werkzeug der himmlischen Vorsehung schmiedete. Zu diesem Zweck hatte er Brianda Mendes zum Verhör geladen und ihren Sachwalter Tristan da Costa einsperren lassen.

»Wisst Ihr eigentlich, welche Strafe Euch droht, wenn es zum Prozess kommt?«, empfing er Brianda gleich an der Tür.

»Bitte, lasst Tristan da Costa frei. Ohne seinen Beistand bin ich verloren.« Sie machte einen Schritt auf ihn zu.

»Was erwartet Ihr von mir?«, herrschte Cornelius Scheppering sie an. »Auf Judaisieren steht die Todesstrafe! Herrgott – hatte ich Euch nicht meine Hand ausgestreckt? Wie konntet Ihr mich nur so enttäuschen?«

Brianda wurde blass. Cornelius Scheppering sah es mit Wohlgefallen.

»In anderen Orten«, fuhr er frohgemut fort, »werden Ketzer auf dem Scheiterhaufen verbrannt. Wisst Ihr, wie man hier in Venedig mit ihnen verfährt?«

Sie schüttelte nur stumm den Kopf.

»Nun, man ersäuft sie. Ist das Urteil gesprochen, holt man den Gottesleugner aus seinem Kerker und bringt ihn bei Nacht in einem Boot aufs offene Meer hinaus, wo ein zweites Boot auf ihn wartet. Zwischen die Boote wird eine Planke gelegt, auf welche der Gefangene sich niederlässt, sobald man ihm einen schweren Stein an die Füße gebunden hat. Auf ein Zeichen hin fahren die Boote auseinander, und der Verurteilte sinkt in dunkle Tiefe, ohne dass seine Wehklage auch nur ein einziges menschliches Ohr rühren kann.«

Cornelius Scheppering schwieg, um die Wirkung seiner Worte zu beobachten. Und richtig, Brianda Mendes schlotterte am ganzen Leib, und ihre Zähne schlugen so heftig aufeinander, dass sie kaum zu sprechen vermochte.

»Tristan da Costa lebt im Ghetto, wie die Vorschrift für Juden es verlangt, und ich … ich bekenne mich zur heiligen katholischen

Kirche«, stammelte sie. »Ich gehe zur Messe und zur Beichte. Ich trage nicht mal eine Haube, um mein Haar …«

»Habt Ihr nicht gelesen, was man Euch vorwirft?«, fiel Cornelius Scheppering ihr ins Wort. »Ihr versteckt einen Juden in Eurem Palast! Ich habe Nachforschungen anstellen lassen. Euer Agent schleicht sich mit dem gelben Hut aus dem Ghetto, um ihn in der Stadt gegen ein schwarzes Barett auszutauschen, in der hinterhältigen Hoffnung, damit für einen Christen zu gelten. Aber solcher Mummenschanz ändert nichts an der Wahrheit. Zwei Dominikaner haben Euch beobachtet. Tristan da Costa ist ein Jude, seine Seele ist so gelb wie das Dotter eines frisch gelegten Hühnereis, und Ihr treibt Unzucht mit ihm.«

»Was … was verlangt Ihr von mir?«

Cornelius Scheppering musterte die Angeklagte mit zusammengekniffenen Augen. Brianda Mendes war nicht nur ein Judenliebchen. Aus sicherer Quelle war ihm zu Ohren gekommen, dass sie freitags in ihrem Prachthaus Fleischgerichte zu sich nahm – ein Arzt, der das Geld mehr liebte als Jesus Christus, hatte ihr eine entsprechende Verschreibung ausgestellt, die sie beim Gemeindepfarrer von San Marcuola eingereicht hatte. Trotzdem – Cornelius Scheppering war ein Mann Gottes, und seine Pflicht war es, ihre Seele aus den Fängen Luzifers und seiner Buhle zu retten.

»Ich bin auf Eurer Seite und gewillt, Euch zu helfen«, erklärte er, »um Eures ewigen Lebens willen und des Seelenheils Eurer Tochter. Aber nur, wenn Ihr mir versprecht, alles zu tun, was ich Euch auftrage. Seid Ihr dazu bereit?«

Brianda nickte, ohne ein Wort über die Lippen zu bringen.

Cornelius Scheppering hob beide Hände, um seine Forderungen an den Fingern abzuzählen. »Ad primum: Sollte Euer jüdischer Beischläfer Tristan da Costa die Freiheit wiedererlangen, darf er nicht länger unter Eurem Dach leben, er muss zurück ins Ghetto. Nur dann kann ich die Klage gegen ihn fallenlassen. Ad secundum«, fuhr er mit kräftiger Stimme fort, als er sah, dass Brianda protestieren wollte, »trage ich Euch auf, künftig eine Haube zu benutzen. Ob Christin oder Jüdin – nur Hurenweiber lassen ihr Haar unbedeckt.«

Brianda beeilte sich, ihren Scheitel zu verhüllen. »Und drittens?«, fragte sie.

»Kompromisse in Glaubensdingen sind mir verhasst«, erklärte Cornelius Scheppering. »Dennoch, ich meine, obzwar … oder vielmehr deshalb … Ad … ad … ad …«

Mitten im Satz hielt er inne, um nach dem Wort zu suchen, das ihm abhandengekommen war. War es die Krankheit, die seine Zunge hemmte? Oder der Widerwille seiner Seele gegen das, was er zu sagen hatte? Cornelius Scheppering kramte in seinem Kopf wie in einer dunklen Rumpelkammer. Dem Himmel sei Dank – der Heilige Geist ließ ihn nicht im Stich! Ein Licht erleuchtete seinen Verstandeskasten und brachte wieder Ordnung in seine Gedanken.

»Ad tertium«, setzte er seine Rede fort, »verlange ich von Euch, dem Schiedsspruch von Ferrara zuzustimmen.«

»Und *dafür* lasst Ihr Tristan da Costa frei?«, fragte Brianda ungläubig.

Cornelius Scheppering konnte ein feines Lächeln nicht unterdrücken. »Das Ferrareser Urteil«, sagte er, »verspricht Eurer Schwester zwar einige Vorteile, in Wahrheit aber wird es ihr zum Schaden gereichen und Euch in die Lage versetzen, zu Eurem Recht zu gelangen. Vor allem sollt Ihr die Gewissheit haben, dass Eure Tochter Eure Tochter bleibt und Ihr der Vormundschaft nicht etwa verlustig geht.«

Mit einer Mischung aus Furcht und Misstrauen sah Brianda ihn an. »Warum macht Ihr Euch meine Sache zu eigen?«, fragte sie. »Was ist Euer Preis?«

»Hochmut, dein Name ist Weib!«, erwiderte er. »Nicht *Eure* Sache mache ich mir zu eigen, sondern die Sache Gottes! Ich verlange nur, dass sein Wille geschehe!« Er hob den Arm und zeigte mit dem Finger auf sie. »Ihr sollt Gottes Werkzeug sein, damit die himmlische Gerechtigkeit Eure Schwester ereilt. Gracia Mendes kann die Gelder, auf die sie Anspruch erhebt, nur kassieren, wenn sie nach Venedig kommt und die Vereinbarung mit ihrer Unterschrift beglaubigt. Dieser Versuchung wird sie nicht widerstehen.«

Brianda schüttelte den Kopf. »Das wird sie niemals tun. Sie wird die Falle ahnen.«

»Da kennt Ihr Eure Schwester schlecht!« Cornelius Scheppering lachte kurz auf. »Wenn nur noch zwei Juden auf der Welt wären, der eine würde dem anderen den Strick verkaufen, mit dem dieser ihn aufknüpfen will, da bin ich sicher. – Nein, Eure Schwester kann nicht aus ihrer Haut. Sie ist eine Jüdin – die Aussicht auf das viele Geld wird stärker sein als ihre Vorsicht.«

34

Selten war Gracia Mendes so unschlüssig gewesen wie in diesem Winter. Sollte das alte Jahr zur Neige gehen, ohne dass sie Antwort auf eine Frage fände, die vielleicht über ihr ganzes künftiges Leben entscheiden würde? Sollte sie nach Venedig reisen, um sich mit ihrer Schwester zu vergleichen und ihren Besitz aufzuteilen? Oder sollte sie das Angebot des Zehnerrats auf Anerkennung des Ferrareser Kompromisses ausschlagen, um ihren Anspruch auf das ungeteilte Erbe der Firma Mendes aufrechtzuerhalten?

Gracia hatte gehofft, Brianda mit ihrer Klage zur Vernunft zu bringen, ohne dass sie einen Fuß in die Lagunenstadt zu setzen brauchte, wo sie selbst nach wie vor unter Anklage stand. Wenn es ihre von Gott gewollte Mission war, ihrem Volk Land zu geben, benötigte sie Geld – so viel Geld, wie sie nur auftreiben könnte. Doch sie hatte nicht mit der Reaktion ihrer Schwester gerechnet. Statt unter Gracias Fittiche zurückzukehren, hatte Brianda sich völlig unverhofft bereit erklärt, den Schiedsspruch von Ferrara anzuerkennen, um künftig ein Leben ohne die Vormundschaft ihrer Schwester zu führen. Gracia wusste nicht, wie sie Briandas Unbotmäßigkeit deuten sollte. War diese Entscheidung ein Fingerzeig des Himmels? Wollte Brianda sich mit dem Spatzen in der Hand begnügen, statt auf die Taube auf dem Dach zu hoffen? Oder war die Einwilligung in den Kompromiss nur der Versuch, sie nach Venedig zu locken, eine ganz gemeine Falle?

Gleich zu Beginn des neuen Jahres zogen dunkle Wolken am heiteren italienischen Himmel auf. Zwar hatte Herzog Ercole die Tore seiner Hauptstadt wieder für die Marranen geöffnet, von deren Zuzug er sich stete Mehrung seines Reichtums versprach, doch angesichts des Sturmwinds der Reformation, der mit immer größerer Macht aus den Ländern nördlich der Alpen blies, erstarkten all jene Kräfte im Schoß der katholischen Kirche, die jedwedem Ketzertum gleich welcher Couleur Einhalt zu bieten versuchten. Der Aufstieg Carafas zum einflussreichsten Kardinal der Kurie ging einher mit einem immer schnelleren Vorschreiten der Inquisition, die sich wie eine Landplage in den Fürstentümern diesseits und jenseits des Apennin ausbreitete.

Auch Herzog Ercole, der in leidenschaftlicher Liebe zu einer fünfzehnjährigen Schuhmachertochter entbrannt war und darum kaum noch auf seine Frau, aber immer mehr auf seine Minister hörte, spielte bereits mit dem Gedanken, das Glaubensgericht in seinem Staate zuzulassen, und es war wohl nur eine Frage der Zeit, wann er der Verlockung erliegen würde, sich mit Hilfe der Dominikaner am Besitz der Apostaten zu bereichern. Dann allerdings müsste Gracia ihre Zelte in der neuen Heimat abbrechen.

Da in Rom, dem Herzen der katholischen Christenheit, die Inquisition kurioserweise noch nicht hatte Fuß fassen können, hatte Gracia für den Fall, dass Ercole endgültig der Geldgier seiner Minister statt dem Rat seiner Frau folgte, vom Papst die Erlaubnis erwirkt, mit ihren Angehörigen sowie den Resten ihrer Firma unbehelligt durch die vatikanischen Länder reisen zu dürfen.

Ausgestattet mit einem päpstlichen Geleitbrief, stand es ihr also frei, Italien über den Hafen von Ancona zu verlassen. Außer Konstantinopel kamen als mögliche Zufluchtsorte noch Saloniki und Jerusalem in Betracht. Saloniki war die Stadt mit den meisten Juden in Europa, und in Jerusalem, das ebenfalls unter osmanischer Herrschaft stand, waren sie sogar ausdrücklich willkommen. Sie sollten sich am Wiederaufbau der Stadt beteiligen, die ja seit Urzeiten die Hochburg ihres Glaubens war und nun, nach jahrhundertelangem Verfall, laut Willensbekundung des Sultans bald wieder in altem Glanz erstrahlen würde. Aber sollte Gracia ohne ihr Geld ins Morgenland aufbrechen? Auf die Gefahr, dort aus Mangel an Mitteln ihren Traum vom eigenen Land für das Volk Israel aufgeben zu müssen? Oder sollte sie zuvor nach Venedig reisen, zur Unterzeichnung des Vertrags, sich zumindest die halbe Erbschaft zu sichern? …

Wenn nur der Sultan geantwortet hätte! Als seine Untertanin wäre sie vor dem Zugriff der Inquisition sicher und imstande, in Venedig um ihr Recht zu kämpfen. Aber aus dem Orient kam nur Schweigen. Obwohl José seit Monaten im Heerlager des Sultans lebte, war es ihm offenbar noch nicht gelungen, zum Herrscher der Osmanen vorzudringen.

Gracia hatte beschlossen, bis zum Pessachfest auf Antwort zu warten, doch als sie am Sederabend immer noch nichts gehört hatte, beschloss sie, ihr Schicksal in Gottes Hand zu legen. Noch in derselben Woche brach sie mit ihrer Tochter Reyna nach Venedig auf. Wenn sie an ihrer Mission festhalten wollte, hatte sie keine andere Wahl. Sie musste sich in die Höhle des Löwen begeben, oder sie liefe Gefahr, alles Geld für immer zu verlieren.

Als Gracia in San Marco das Boot verließ und die Piazza überquerte, um nach Hause zu gelangen, musste sie voller Wehmut an Diogo denken. Der riesige Platz vor der Basilika war ein einziges Gurren und Flattern: Tausende von Tauben – genau wie ihr Geliebter es ihr einst versprochen hatte, vor langer, langer Zeit. Mit einem Seufzer setzte sie ihren Weg fort. Alles, was sie hier sah und hörte, vermehrte nur das Gefühl der grenzenlosen Einsamkeit, das sie seit ihrer Ankunft empfand. War die Mission, die Gott ihr aufgebürdet hatte, nicht viel zu schwer für ihre schmalen Frauenschultern?

Sie hatte das Ende der Piazza fast erreicht, da landete eine Taube direkt vor ihren Füßen. Das Gefieder war schneeweiß, nur ein grünlich graues Band zierte die Kehle. Mit ruckendem Kopf vergewisserte sich der Vogel, dass nirgendwo Gefahr lauerte. Dann pickte er ein paar Körner vom Boden und erhob sich wieder in die Lüfte.

Während die Taube sich höher und höher in den blauen Frühlingshimmel schwang, schaute Gracia ihr nach.

Konnte das etwas anderes als ein gutes Omen sein?

35

Nachdem Gracia durch einen Boten dem Zehnerrat ihre Ankunft gemeldet und das Gericht um einen Verhandlungstermin zur endgültigen Klärung ihres Erbschaftsstreits ersucht hatte, verbrachte sie über einen Monat in der Lagunenstadt, ohne dass jemand sie oder ihre Tochter in ihrem Palazzo behelligte. Erleichtert lobte sie Gott für seinen Beistand – Gott und auch den Dogen, der die dominikanischen Glaubenshunde offenbar an die Kette der Vernunft gelegt hatte. Selbst im Kontor der Firma konnte sie ungehindert ein und aus gehen, um sich mit ihrem Agenten Duarte Gomes um die Geschäfte zu kümmern.

Doch das war nicht die einzige Wendung zum Guten. Gracia hatte damit gerechnet, dass Reyna ihre Tante wiedersehen wollte, sobald sie in Venedig wären. Die beiden waren ja immer ein Herz und eine Seele gewesen. Doch zu ihrer Verwunderung äußerte Reyna kein einziges Mal den Wunsch, Brianda zu besuchen. Auch als schließlich der Tag kam, den der Zehnerrat für die Ver-

handlung festgesetzt hatte, machte Reyna keine Anstalten, ihre Mutter zu begleiten.
Froh, dass ihr zusätzliche Auseinandersetzungen erspart blieben, begab sich Gracia zum Dogenpalast, um den Ferrareser Kompromiss mit ihrer Schwester zu bestätigen. Ein Gerichtsdiener, der sie in dem majestätisch ernsten Innenhof der Palastanlage empfing, führte sie über eine breit geschwungene Treppe, die von zwei kolossalen Steinfiguren bewacht wurde, hinauf zum Sitzungssaal und wies sie dort an, vor einer hohen Flügeltür zu warten.
Wie würde es sein, Brianda nach so langer Zeit wiederzusehen? Plötzlich nervös, setzte Gracia sich auf eine Bank. Dieses Gebäude war ein einziger erdrückender Machtbeweis. Jeder Mensch, wie bedeutend er auch sein mochte, musste sich in dieser kalten, allen vertrauten Dimensionen hohnsprechenden Marmorpracht erbärmlich fühlen wie ein Wurm. Doch Gracia war nicht bereit, sich einschüchtern zu lassen. Sie warf den Kopf in den Nacken und schaute sich um. Immer wieder wanderte ihr Blick von den Deckenfresken, die irgendwelche griechischen oder römischen Götter darstellten, zu der geschlossenen Flügeltür, hinter der das Gericht tagen würde. Neben dem Eingang des Saals, kunstvoll eingelassen in das Mauerwerk, befand sich das »Löwenmaul«, ein düster steinernes Antlitz, durch dessen Rachen man heimlich Anzeigen einwerfen konnte.
Ob auch Brianda von dieser feigen Möglichkeit Gebrauch gemacht hatte, um ihre Klage wegen Juderei zu erheben? Im Geist sah Gracia ihre Schwester, wie sie sich auf leisen Sohlen zu dem Löwenmaul schlich, um es mit einem sorgfältig verschlossenen Brief zu füttern, und sofort mischten sich Enttäuschung und Wut in ihre Nervosität. Bei der Vorstellung, dass Brianda gleich vor ihr stehen würde, musste sie sich beherrschen, um nicht Hals über Kopf davonzulaufen.
Während ihr Herz bis zum Zerspringen klopfte, hörte sie plötzlich Schritte. Sie fuhr herum. War das ihre Schwester? Doch statt Brianda trat nur ein Gerichtsdiener auf sie zu.

»Die Verhandlung beginnt!«

Gracia erhob sich von ihrem Platz und folgte dem Diener. Der Zehnerrat war bereits im Sitzungssaal versammelt. Der Doge selbst, Francesco Donà, führte den Vorsitz. Er saß unter dem Deckenbildnis eines Blitze schleudernden Zeus. Aber wo war Brianda? Auf die Frage nach ihrer Schwester teilte der Doge ihr mit, dass eine Anhörung der Parteien sich erübrige – das Gericht habe den Fall eingehend geprüft und ein Urteil gefällt. Mit einer Stimme, weich und schmeichelnd wie Seide, las er den Beschluss vor: »Das Gericht verpflichtet Gracia Mendes, an ihre Schwester Brianda Mendes die Summe von achtzehntausendeinhundertdreiundzwanzig italienischen Scudi auszuzahlen, entsprechend der von Brianda Mendes in ihre Ehe mit Diogo Mendes eingebrachten Mitgift nebst Zins und Zinseszins, die seit der Eheschließung angelaufen sind. Ferner wird Gracia Mendes dazu verurteilt, einhunderttausend Golddukaten bei der Zecca zu hinterlegen, als Pfand auf das Erbe ihrer Nichte La Chica, die bis zum Tag ihrer Volljährigkeit, an dem dies Erbe zur Auszahlung gelangen soll, der Vormundschaft ihrer leiblichen Mutter Brianda Mendes unterstellt wird. Diese wiederum verpflichtet sich ihrerseits, künftig keine wie auch immer gearteten Forderungen an ihre Schwester Gracia Mendes zu stellen.«

Die Worte rauschten an Gracias Ohr vorbei, ohne in ihren Kopf zu dringen. Warum war Brianda nicht gekommen? Schämte sie sich für ihren Verrat? Der Gedanke, dass sie offenbar noch größere Angst vor dem Wiedersehen hatte, erfüllte Gracia mit bitterer Genugtuung.

»Erhebt jemand Einwand gegen den Beschluss des Gerichts?«, fragte der Doge.

Die Mitglieder des Zehnerrats schüttelten die Köpfe. Als auch Gracia schwieg, forderte der Gerichtsdiener sie auf, an einem Tisch Platz zu nehmen, wo das Urteil in zwei Ausfertigungen auslag. Beide Dokumente trugen bereits Briandas Unterschrift. Ohne den Text noch einmal zu lesen, nahm Gracia die Gänsefeder, die der Diener ihr reichte, und bestätigte das Urteil mit ihrem Namen, um den elenden Streit zu beenden – ein für alle Mal.

Sie tauchte den Federkiel gerade in das Tintenfass, da ertönte hinter ihr eine Stimme.

»Im Namen des allmächtigen Gottes!«

Beim Klang dieser Stimme lief Gracia ein Schauer über den Rücken. Entsetzt drehte sie sich um. In der Tür stand Cornelius Scheppering. Doch wie sah er aus? Fast hätte sie ihn nicht wiedererkannt. Sein Gesicht, einst ein blasses Bild falscher Milde, war ein rotgefleckte Schlachtfeld, verwüstet von Pusteln und Schwären, aus denen überall Eiter quoll.

»Was wollt Ihr?«, fragte der Doge.

Cornelius Scheppering zeigte mit dem Finger auf Gracia. »Im Namen des allmächtigen Gottes erhebe ich Klage gegen dieses Weib.«

»Was werft Ihr Gracia Mendes vor?«

»Ketzertum und Proselytenmacherei. Dieses Weib hat Tausende und Abertausende getaufter Christen zur Abkehr vom katholischen Glauben angestiftet und nach Konstantinopel verschleppt, ins Reich des muselmanischen Antichristen.«

»Was sind Eure Beweise?«

Cornelius Scheppering winkte einen Mönch herbei, der ein Konvolut bedruckter Seiten auf dem Richtertisch ausbreitete. Gracia ahnte, was für Beweise das waren. Während der Mönch an seiner Fingerspitze leckte und zu blättern begann, spürte sie, wie die Angst ihr in den Nacken kroch.

»Ein Buch?«, fragte der Doge mit erhobenen Brauen.

»Das Zeugnis eines jüdischen Helfershelfers«, erwiderte Cornelius Scheppering. »Samuel Usque mit Namen. Er hat das Werk der Angeklagten gewidmet. Wenn Ihr erlaubt?« Er schlug die Titelseite auf, um die Zueignung vorzulesen. »Für unsere allerdurchlauchtigste Herrin, Dona Gracia Nasi, Herz und Seele im Leib unseres jüdischen Volkes …«

Gracia ballte in ihrem Schoß die Fäuste. Als sie die Widmung zum ersten Mal gelesen hatte, in derselben Nacht, in der ihr Verfasser ums Leben gekommen war, hatten die Worte sie zu Tränen gerührt. Doch nun, als ihr teuflischer Widersacher sie aussprach, jede Silbe wie unter Brechreiz aus sich hervorwürgend, war es, als hätten die Buchstaben sich in seinem Mund in verdorbene Speisen verwandelt – ein solcher Ekel und Widerwille beherrschten Cornelius Schepperings verwüstetes Gesicht.

»In diesem Buch«, erklärte der Dominikaner und tippte mit seinem knochigen Finger auf das Konvolut, »beschreibt der Autor sämtliche Verbrechen der Angeklagten.« Er hob den Kopf und schaute in die Runde der Richter. »Seid Ihr bereit zu hören?«

»Nein!«

Gracia sprang auf, um Einspruch zu erheben, doch der Doge gebot ihr mit einer Bewegung seiner beringten Hand zu schweigen. Während sie auf ihren Stuhl zurücksank, wandte der Doge sich wieder an Cornelius Scheppering und nickte ihm zu.

»Tragt Eure Beweise vor!«

36

Ist je einem Auge die Gnade Gottes in menschlicher Gestalt erschienen? Dir, Volk Israel, wurde dies Wunder zuteil, um dir zu helfen in deiner Bedrängnis und Not. Hat je ein Auge geschaut, dass ein Weib sein eigen Leben für das Leben seiner Brüder und Schwestern wagte, um den Verfolgten beizustehen, mit grenzenloser Güte und Erbarmen, einer Esther gleich? Dir, Volk Israel, hat der Herr aus seiner himmlischen Heerschar ein solches Weib geschickt, in der zarten und keuschen Gestalt der vielgepriesenen Jüdin Gracia Nasi.

Ihr Wagemut hat deine bedürftigen Kinder, zu arm und zu schwach für die Flucht vor dem Scheiterhaufen, in Portugal ermuntert, die lange und beschwerliche Reise anzutreten. In ihrer Großmut hat sie die Flüchtlinge, die mittellos und seekrank und schreckensstarr in Flandern landeten, mit Geld und allem versorgt, dessen sie bedurften. Sie hat Schiffe an Italiens Küsten geschickt, beladen mit Brot und stärkenden Speisen, um die darbenden Glieder deines Volkes aus dem Grabe zu erwecken, welches der Hunger ihnen schon bereitet hatte. Mit goldener Hand und engelgleichem Sinn hat sie in ganz Europa Scharen unseres Volkes aus den Abgründen von Elend und Not emporgehoben. Und niemals ist sie müde geworden, ihre Brüder und Schwestern zu geleiten, bis diese an ein sicheres Ufer gelangten und unter ihrem Schutz zurückfanden zum Gehorsam gegenüber den Geboten des einen wahren und ewigen Gottes …

Gracia schloss das Buch auf ihrem Schoß. Die Dämmerung des Abends füllte die hohen, leeren Räume ihres Palastes, so dass die Sehkraft ihrer Augen nicht ausreichte, um weiterlesen zu können. Aber wozu sollte sie auch lesen? Sie kannte die Geschichte ja, Wort für Wort. Weil es ihre eigene Geschichte war.

Obwohl der Einband im Dämmerlicht vor ihren Augen verschwamm, konnte sie den Blick nicht von dem Buch lassen. Mit welchem Stolz hatte Samuel Usque ihr sein Werk überreicht – das ganze Schicksal des Volkes Israel, all die Kämpfe und Leiden seiner Kinder, seit Anbeginn der Zeiten, zur Tröstung und Linderung ihrer Not, in Verheißung einer besseren Zukunft … Samuel hatte dafür sein Leben gelassen. Und jetzt wurde ihr daraus ein Strick gedreht: Die Lobpreisungen, die er einst zu ihrem Ruhm verfasste, hatte Cornelius Scheppering in unwiderlegbare Beweise verwandelt, um sie ans Messer zu liefern. Wie war eine solche Niedertracht möglich? Gracia kannte den Grund, und er brannte schmerzlicher in ihren Eingeweiden, als es ein Becher Essig vermocht hätte.

Sie klappte das Buch zu und stand auf. Sie musste sich bewegen!

Und während ihre Schritte von den hohen Wänden widerhallten, erfüllte sie nur ein einziger, dumpfer Gedanke: Fleisch von ihrem Fleische, Blut von ihrem Blute … Sie Närrin! Wie hatte sie nur so dumm sein können, ihrer Schwester zu vertrauen! Diesem falschen, hinterhältigen Luder! Diesem Weib, das gegen alle jüdischen Gesetze verstieß, die Gott seinen Kindern gegeben hatte … Das sich mit unbedecktem Haar auf der Straße zeigte wie eine gemeine Hure … Das sich weigerte, ihr zu gehorchen und nach Konstantinopel auszuwandern … Das lieber sterben würde, als im Ghetto wie eine Jüdin zu leben …
Um sich zu beruhigen, trat Gracia ans Fenster und schaute hinunter auf den Kanal. An der Anlegestelle vor ihrem Palast waren bewaffnete Soldaten postiert, genauso wie vor der Tür ihres Salons. Man hatte sie unter Hausarrest gestellt, das Vermögen der Firma Mendes vollständig beschlagnahmt, das Hafenkontor geschlossen. Der Zehnerrat hatte den Beschluss dazu gefasst, gleich nachdem Cornelius Scheppering seine Klage erhoben hatte. Sie wollten sicher sein, dass Gracia nicht heimlich die Stadt verließe.
Sie schlug sich mit den Fäusten gegen die Stirn. War das wirklich erst heute Morgen gewesen? Nur um ein Haar war sie den Bleikammern entkommen, jenem berüchtigten Gefängnis, das an den Dogenpalast grenzte und in das der Mönch sie werfen lassen wollte wie eine gemeine Verbrecherin. Als Preis für die Vergünstigung hatte er verlangt, dass Reyna für die Dauer des Prozesses in einem Nonnenkloster untergebracht werde, bei götzendienerischen Dominikanerinnen, die mit dem Jesuskind um ihre schutzlose Seele buhlen würden. Gracia hatte keine Möglichkeit gehabt, sich dagegen zu wehren. Für den Fall, dass sie ihre Zustimmung verweigere, so hatte man ihr gedroht, würde Reyna unter die Vormundschaft Briandas gestellt.
Vor der Tür wurden Kommandos und Säbelrasseln laut. Gracia wusste, jetzt wurden die Wachen abgelöst. Das Gebrüll war ihr so zuwider, dass sie sich die Ohren zuhielt, bis die Befehle verstummten. Der Prozess sollte noch in diesem Sommer eröffnet

werden. Aber würde es überhaupt einen Prozess geben? Das Urteil stand ja sowieso schon fest. Denn nicht der Zehnerrat würde über sie zu Rate sitzen, sondern das Glaubensgericht. Und der Inquisitor, Cornelius Scheppering, war nicht nur ihr Ankläger, sondern auch ihr Richter. Andere an ihrer Stelle würden vielleicht mit einer Geldbuße und dem Büßerkreuz oder schlimmstenfalls mit Verbannung davonkommen. Doch damit würde ihr Widersacher sich nicht begnügen. Briandas Anklage gab ihm Gelegenheit, Gracia Mendes endgültig zu vernichten, mit den Beweisen, die Samuel Usque in seinem Buch niedergeschrieben hatte, auf ewig und für alle Zeit.

Sie starrte auf das Wasser, das die Mauern ihres Palastes mit dunklem Plätschern sanft umspülte. In dieser Stadt, in der Holz so knapp und wertvoll war wie fester Grund und Boden, wurden Ketzer nicht verbrannt, sondern ersäuft, irgendwo draußen im Meer, in schwarzer, finsterer Nacht …

Erschöpft schloss sie die Augen. Warum hatte Gott sie verlassen? Obwohl es ihre ganze Kraft erforderte, hob sie die Hände zum Himmel, um zu beten. Was immer sie auf Erden verlieren mochte: Geld, die Liebe ihrer Schwester, ja selbst ihr eigenes Leben – was zählte all dies im Vergleich zum Gehorsam im Glauben?

»Gepriesen seiest du, Ewiger, unser Gott, König der Welt. Ich will dich für das Böse wie für das Gute preisen. Und dich lieben mit meinem ganzen Herzen und mit meiner ganzen Seele.«

37

Leise klingelten die Schellen an den Fesseln der Armenierin, die mit bloßen Füßen und zuckenden Hüften in der Mitte des Zeltes zum Rhythmus einer Tabla ihren Körper kreisen ließ, der nur von einigen wenigen Schleiern verhüllt war. Die Arme über dem Kopf erhoben, mit silbernen Zimbeln zwischen den schlanken

Fingern, drehte sie im Tanzen ihren von schwarzen Locken umrahmten Kopf über die Schulter in Richtung der beiden Männer, die zu ihren Füßen auf dem Boden hockten. José spürte einen Kloß im Hals. Zwei dunkle, mandelförmige Augen schauten ihn an, als gäbe es keinen anderen Mann auf der Welt. Der Blick über dem verschleierten Gesicht traf ihn mit solcher Glut, dass er ihm bis in die Lenden fuhr, und obwohl er sich mit ganzer Seele dagegen sträubte, konnte er nicht die Augen von diesem Körper lassen, der sich wie eine Schlange zu winden verstand. So musste Herodes sich gefühlt haben, als Salome für ihn tanzte.

»Gefällt sie dir, Yusuf?«, fragte Selim, der Sohn des Sultans, der mit untergeschlagenen Beinen neben ihm saß und ihn über den Rand seines Weinglases musterte.

»Ich habe noch nie eine so schöne Frau gesehen«, flüsterte José mit trockenem Mund.

»Ich kann es in deinen Augen lesen. Möchtest du sie haben?«

José spürte den lauernden Blick und wandte sich um. Der Sohn des Sultans, der ihn immer nur Yusuf nannte, war ein dicklicher junger Mann mit aufgeschwemmtem Gesicht, das trotz seiner Jugend schon vom Weingenuss gezeichnet war. Auf dem langen Weg von Edirne bis hierher nach Ungarn, wo das osmanische Heer sich auf eine Schlacht gegen die Magyaren vorbereitete, war es José gelungen, Selims Freundschaft zu erwerben, wie Amatus Lusitanus es ihm geraten hatte. Unter Einsatz seines Lebens hatte er den Prinzen immer wieder mit seinem Lieblingsgetränk versorgt und im Dunkel der Nacht Weinfässer an bewaffneten Janitscharen vorbeigeschmuggelt, die auf Geheiß des strenggläubigen Sultans darüber wachten, dass keine verbotenen Getränke in das Heerlager gelangten. Irgendwann, so hoffte José, würde der Augenblick kommen, da er Selim um den Gefallen bitten könnte, auf den er zur Erfüllung seiner Mission so dringend angewiesen war. War dieser Augenblick endlich gekommen?

»Ich weiß Eure Großherzigkeit zu schätzen, aber Ihr wisst doch – ich bin verlobt.«

»Na, und? Der Prophet erlaubt jedem Mann die Heirat mit vier Frauen und dazu den Genuss einer jeden Sklavin, die zu seinem Haushalt gehört.«
»Verzeiht, Hoheit, wir Juden sind von Allah nicht so großzügig bedacht worden wie Ihr. Wir entbehren der Gabe, die Eure Größe ausmacht, gleich mehrere Frauen lieben zu können, und müssen uns darum mit einer einzigen begnügen.« José zögerte einen Moment und rückte seinen Turban zurecht. Als er das Entzücken sah, mit dem der Prinz von dem Tokayer trank, den er letzte Nacht beschafft hatte, fasste er sich ein Herz. »Allerdings, wenn Ihr mir erlaubt, einen anderen Wunsch zu äußern? Einen Wunsch, der mir wichtiger ist als jeder andere?«
Selim stellte sein Glas ab und wischte sich mit dem Ärmel seines Gewandes über den Mund. »Welchen, mein Freund?«, fragte er mit gerunzelten Brauen.
»Verschafft mir eine Audienz bei Eurem Vater.«
»Das soll dein größter Wunsch sein?« Mit einem spöttischen Lächeln zwirbelte Selim die Enden seines Bartes. »Und was ist das für eine Beule da in deiner Hose? – Lügner!« Er nahm sein Glas und schüttete es José über den Schoß. »Siehst du? Nicht mal der Wein kann deine Hitze löschen!«
Im selben Moment wurde José gewahr, dass die Armenierin immer noch ihre dunklen Augen auf ihn gerichtet hielt, und das Blut schoss ihm ins Gesicht. Hatte auch sie die Beule gesehen? In seiner Verwirrung nahm er ein Kissen, um den Schoß zu bedecken.
»Dummkopf!«, lachte Selim ihn aus. »Was willst du bei meinem Vater, wenn du eine solche Frau haben kannst?«
Noch während er sprach, schnippte er mit den Fingern, und als hätte sie nur auf sein Zeichen gewartet, tänzelte die Armenierin, sich im Rhythmus der Tabla in den Hüften wiegend, auf den Spitzen ihrer nackten Zehen näher. Ohne ihren Tanz zu unterbrechen, löste sie den Schleier, der ihr Gesicht bedeckte. José hielt den Atem an. Würde sie sich ihm zeigen? Zu seiner Enttäuschung

kehrte sie ihm den Rücken zu, den Schleier mit beiden Händen vor sich haltend, wie um ihn zu verhöhnen, und während sie ihre Füße nach außen spreizte, ging sie mit zuckenden Bewegungen ihres Unterleibs so tief in die Knie, dass ihr wunderbares Hinterteil beinahe den Boden berührte. Dann schlängelte sie sich wieder in die Höhe, und nach einer unendlich langsamen Drehung, die José wie eine schmerzlich süße Ewigkeit erschien, war der Schleier plötzlich verschwunden. Ein dunkelroter Mund lächelte ihn an, eine aufgebrochene Feige in einem Gesicht so hell und rein wie unberührter Schnee. Die Augen in die seinen versenkend, öffnete sie ihre Lippen, kaum mehr als ein lächelnder Spalt, eine bedrohlich lockende Verheißung.

»Sie gehört dir, Yusuf, ich schenke sie dir«, flüsterte Selim. »Worauf wartest du? Sei ein Mann!«

José schüttelte den Kopf. »Ich ... ich kann nicht ...« Obwohl er sich nicht vom Fleck rührte, war es, als würde er mit dieser Frau verschmelzen, sich mit ihr paaren in der Bewegung des Tanzes, allein durch die Glut ihrer Blicke.

»Du kannst nicht?« Selim zog ihm das Kissen fort. »Ich glaube nicht, was deine Zunge sagt! Deine Rute spricht eine andere Sprache!«

Die Armenierin schaute auf seinen Schoß, mit einer Schamlosigkeit, die José vor Erregung zittern ließ, und fuhr mit der Spitze ihrer Zunge einmal über ihre lächelnden Lippen, ganz kurz nur und zart, während sie ihre Hüften weiter kreisen und kreisen ließ und, so langsam, dass es José fast den Verstand raubte, den Knoten der zwei Schleier löste, die ihre Brüste bedeckten. Wie aus weiter Ferne klingelten die Schellen an ihren Füßen, die Zimbeln in ihren Händen. Unfähig, sich zu rühren, stöhnte José leise auf. Blieb ihm denn eine Wahl? Wie könnte er dieses herrliche Geschenk verweigern, ohne Selims Zorn zu erregen?

»Ich ... ich will nicht ...«, stammelte er.

Auf einmal war die Armenierin nackt. Kein einziger Schleier, nicht mal ein Haar bedeckte ihren makellosen Leib, den sie, die

Hände über dem schwarzen Lockenkopf zu einem Dach aneinandergelegt, ihm lächelnd zum Genuss darbot, die dunklen Mandelaugen unverwandt auf ihn gerichtet, als wäre sie nur für ihn geboren worden, als hätte sie für ihn ganz allein Fleisch angenommen.

»Du darfst sie nicht zurückweisen«, hörte José die flüsternde Stimme des Prinzen, »es sei denn, du willst mich beleidigen ...«

38

Auf der Piazza von San Marco, Machtzentrum Venedigs wie auch Mittelpunkt aller öffentlichen Lustbarkeiten, wurde ein Scheiterhaufen errichtet, zum ersten Mal seit langer Zeit. Die Arbeiten überwachte der Propst der Basilika höchstselbst, denn das Aufschichten war eine Kunst, die gründliche Kenntnisse erforderte. In Vorfreude auf ein Ereignis, das die Dogen dem Volk allzu viele Jahre vorenthalten hatten, strömten Scharen von Schaulustigen herbei, um den Arbeitern zuzusehen, die das kostbare Brennmaterial mit Sorgfalt und Geschick aufeinanderstapelten: Drei Klafter Buche, so hieß es mit ehrfürchtigem Staunen, und zwei Dutzend Reisigbündel, die man eigens vom Festland herbeigeschafft hatte, wurden hier verbraucht, um eine einzige Sünderin hinzurichten. Was für eine Verschwendung! Allein, der Fall, der hier gesühnt werden sollte, war so bedeutend, dass man beschlossen hatte, ein Exempel zu statuieren und das Urteil, das zwar noch nicht gefällt, über dessen Ergebnis es jedoch keinerlei Zweifel geben konnte, statt durch Ersäufen auf hoher See vor aller Welt auf der Piazza durch das Feuer zu vollstrecken – gleichgültig, was die Hinrichtung kostete und wie viele Wachen nötig wären, um das Holz des Nachts vor Diebstahl zu schützen.

Brianda erschauerte, als sie den Scheiterhaufen sah, und beschleunigte ihre Schritte, um den Markusplatz zu überqueren und in jenen Teil des Dogenpalasts zu gelangen, in dem das Offizium der heiligen Inquisition untergebracht war.

»Ich ziehe meine Klage zurück«, erklärte sie, als sie vor dem Inquisitor stand. »Meine Schwester Gracia Mendes hat weder Vorbereitungen getroffen, mit ihrem Vermögen nach Konstantinopel auszuwandern, noch hat sie mich oder meine Tochter versucht zu zwingen, ihr ins Land der Ungläubigen zu folgen.«

»Ich hatte gehofft, Ihr würdet Euch für die Freilassung Eures Agenten bedanken«, erwiderte Cornelius Scheppering, ohne von seinen Akten aufzuschauen. »Oder ist Tristan da Costa nicht wohlbehalten zu Euch zurückgekehrt?«

»Bitte verzeiht mir, Ehrwürdiger Vater. Ja, Ihr habt Wort gehalten, und Tristan da Costa ist wohlauf. Aber – ich habe Angst um meine Schwester. Man hatte mir gesagt, man würde ihr lediglich den Reisepass abnehmen und sie zu einer Geldstrafe verurteilen, wenn ich sie der Juderei bezichtige. Und was passiert jetzt?«

»Darüber wird das Glaubensgericht entscheiden«, erwiderte Cornelius Scheppering.

»Aber wenn ich doch meine Anschuldigung widerrufe! Ohne Klage erübrigt sich der Prozess!«

»Hat man Euch je mit Verstand das Johannesevangelium ausgelegt?« Der Dominikaner klappte seinen Aktendeckel zu und blickte sie an.

»Natürlich. Gewiss. Don Umberto, der Gemeindepfarrer von San Marcuolo, hat es in vielen seiner Predigten gedeutet. Aber was hat das mit meiner Schwester zu tun?«

Cornelius Scheppering erhob sich von seinem Schreibtisch. »Das will ich Euch erklären.«

Aus Furcht, mit den Schwären des Mönchs in Berührung zu kommen, machte Brianda einen Schritt zurück. Seit der Verhaftung ihrer Schwester war beinahe ein Monat vergangen – ein Monat verzweifelten und vergeblichen Bemühens. Kaum war Gracia unter Hausarrest gestellt worden, hatte Brianda Himmel und Hölle in Bewegung gesetzt, um die Eröffnung des Prozesses zu verhindern. Zusammen mit Tristan da Costa hatte sie versucht, mit dem Dogen Francesco Dona zu sprechen, und als das misslang, mit jedem einzelnen Mitglied des Zehnerrats. Doch wo immer sie anklopften, überall stießen sie auf verschlossene Türen. Nur der Bestechung eines ebenso eitlen wie geldgierigen Prälaten, dem Tristan da Costa eine Geldkatze mit zehn Golddukaten unter die seidene Soutane gesteckt hatte, war es zu verdanken, dass sie, Brianda, heute zum Inquisitor und Leiter der Glaubensbehörde vorgedrungen war.

»Im Anfang war das Wort«, zitierte Cornelius Scheppering. »und das Wort war bei Gott. In ihm war das Leben, und das Leben war das Licht der Menschen. Und das Licht scheint in der Finsternis. – Wisst Ihr, was das bedeutet?«

»Gott … ich meine Jesus Christus«, stammelte Brianda unsicher, »er ist das Licht, das in die Welt kam … So hat es Don Umberto erklärt.«

Cornelius Scheppering hob überrascht die Brauen. »Richtig«, knurrte er. »Jesus Christus ist das Licht, denn Gott ist die Wahrheit. So wie die Finsternis gleichbedeutend mit der Welt der Menschen und ihrer Irrtümer ist. Und eben darum«, fuhr er fort, als er die Verwirrung in Briandas Gesicht sah, »könnt Ihr Eure Klage nicht einfach zurücknehmen. Mit Eurer Klage kam das Licht der Wahrheit in die Finsternis der Welt. Dieses Licht löschen heißt, den dreifaltigen Gott selbst zu leugnen!«

»Aber wenn es doch gar nicht die Wahrheit war!«, rief Brianda.

»Habt Ihr vergessen, was ich Euch sagte? Ihr seid ein Werkzeug Gottes, damit die himmlische Gerechtigkeit Eure Schwester ereilt. Wollt Ihr Euch nun zum Werkzeug Eures alten Götzen machen? Bedenkt, dass auch gegen Euch Klage erhoben worden ist! Wir können den Prozess jederzeit eröffnen. Außerdem bedarf es nur eines Fingerschnippens, um Euren Agenten wieder einzusperren.«

»Ich bin bereit, Euch alles zu geben«, sagte Brianda. »Mein ganzes Vermögen, meine Mitgift, das Erbe meiner Tochter. Nur lasst meine Schwester frei!«

Die Blicke des Mönchs wurden nur noch zorniger. »Wollt auch Ihr mit mir schachern?«, herrschte er sie an. »Nach alter Judenart?«

»Ich bitte Euch nur um Erbarmen. Im Namen des dreifaltigen Gottes!«

»Ihr missbraucht den Namen des Herrn! – Nein, nicht für alles Geld der Welt! Es gibt nur einen Menschen, der den Prozess gegen Eure Schwester aufhalten kann.«

»Dann nennt mir seinen Namen!«

Cornelius Scheppering bezähmte seine Erregung, und mit festem Blick erklärte er: »Gracia Mendes!«

»Meine Schwester selbst?«, erwiderte Brianda. »Was soll sie tun?«

»Ihrem Götzenglauben abschwören und sich zum dreifaltigen Gott bekennen. Das ist die einzige Möglichkeit, ihre Seele zu retten. Ihre Seele und ihr Leben.«

»Dann lasst mich zu ihr«, sagte Brianda. »Ich werde meine Schwester zur Vernunft bringen.«

Doch Cornelius Scheppering schüttelte den Kopf. »Das kann nur der Heilige Geist!«, rief er. »Der Heilige Geist in der Dreifaltigkeit … in der heiligen Geistigkeit … in der gei… gei… geistigen Heiligkeit …«

Als hätte er plötzlich die Sprache verloren, brabbelte Cornelius Scheppering sinnlose Worte, die ohne jede Verstandeslenkung über seine Lippen drangen, um dann plötzlich zu verstummen. Entsetzt starrte Brianda ihn an. War er irre geworden? Seine Hand fuhr zum Kopf, und mit flackernden, glühenden Augen kratzte er sich an der Stirn, so dass eine Pustel aufbrach und blutiger Eiter daraus hervorquoll. Während er mit zitternden Händen einen Lappen aus dem Ärmel seiner Kutte zog, um die Schwäre abzutrocknen, zermarterte Brianda sich das Gehirn. Was könnte sie tun, um den Dominikaner zu besänftigen? Plötzlich fiel ihr auf, dass überall an den Wänden Marienbilder hin-

gen. Auf den meisten Gemälden trug die Muttergottes eine Dornenkrone, und aus ihrer Stirn quollen Tropfen von Blut – wie aus der von Cornelius Scheppering.
»Bitte, Ehrwürdiger Vater«, flüsterte Brianda, »ich flehe Euch an. Im Namen der Heiligen Jungfrau!«
Bei der Nennung des Mariennamens vollzog sich eine merkwürdige Verwandlung im Gesicht des Dominikaners. Als wäre der Dämon, der von ihm Besitz ergriffen hatte, plötzlich wieder ausgefahren, verschwand das Flackern aus seinem Blick, um einer beängstigenden Ruhe zu weichen. Nur selbstgewisser Glaubenseifer sprach aus seinen hellen, quellklaren Augen, als er auf Brianda zutrat, um wieder in artikulierter und deutlicher Rede das Wort an sie zu richten.
»Seid Ihr bereit, ein Gelübde abzulegen – als Voraussetzung dafür, dass ich einen letzten Versuch unternehme, Eure Schwester zu bekehren?«, fragte er. »Im Namen des Heiligen Geistes?«
Brianda nickte.
»Dann kniet nieder!«
Er hatte den Befehl mit solcher Schärfe gesprochen, dass sie, ohne nachzudenken, gehorchte.
»Bist du bereit«, fragte er, »deinem Gott für immer zu entsagen sowie allen Handlungen, die zu seiner Verehrung geschehen, um fortan als Christenmensch zu leben und dermaleinst zu sterben?«
»Ja, ich bin«, flüsterte Brianda.
»Bist du bereit, dich zu dem einen dreifaltigen Gott zu bekennen – zu Gott dem Vater, Gott dem Sohn und Gott dem Heiligen Geist?«
»Ja, ich bin.«
»Und bist du bereit, deine Tochter in die Obhut der ehrwürdigen Dominikanerinnen zu geben, als Pfand deines Christenglaubens, damit dein Kind fortan auf dem Weg des Herrn wandelt wie du?«
Brianda zögerte einen Moment. Dann flüsterte zum dritten Mal: »Ja, ich bin.«

Cornelius Scheppering legte seine große, schwere Hand auf ihren Kopf. »So sprich mir nach! – Ich bereue, dass ich Böses getan und Gutes unterlassen habe.«

»Ich bereue, dass ich Böses getan und Gutes unterlassen habe.«

»Erbarme dich meiner, o Herr.«

»Erbarme dich meiner, o Herr.«

Während Brianda die Worte wiederholte, stieg ihr widerlicher Uringeruch in die Nase, und als Cornelius Scheppering unter seine Kutte griff, um dort nach irgendetwas zu wühlen, wurden die fäkalischen Ausdünstungen so stark, dass sie an sich halten musste, um nicht zu erbrechen. Wie hatte sie sich je auf diesen Mann einlassen können?

»Zum Zeichen deiner Bekehrung trage ich dir auf, den Leib des Herrn zu küssen.«

Für eine Sekunde zuckte Brianda zurück, in plötzlicher Angst, der Mönch würde sich vor ihr entblößen. Doch als Cornelius Scheppering seine Hand unter der Kutte hervorzog, hielt er ihr ein Kruzifix entgegen, an dem, schmerzensreich gekrümmt, der nackte Gottessohn, der Heiland, hing.

»Los! Worauf wartest du? Um des Seelenheils deiner Schwester willen!«

Brianda würgte den Brechreiz hinunter. Und während sie die Augen schloss, beugte sie sich vor, um mit ihren Lippen dem Gekreuzigten zu huldigen.

39

Cornelius Scheppering frohlockte. Konnte es eine herrlichere Bestimmung des Menschen geben, als in der Knechtschaft Gottes zu leben? Jedes Missionswerk, dem ein Priester sich weiht und verschreibt, beginnt mit der Bekehrung der eigenen Seele, in steter Erneuerung des Glaubens, und an dieser seiner inneren

Mission hatte Cornelius Scheppering es wahrlich nicht fehlen lassen: Er hatte der Schlange nicht nur den Kopf abgeschlagen, sondern sie ganz und gar im Staub zertreten, den Dämon in seiner Seele besiegt, ein für alle Mal, um fortan auf seinem Lebenspfad gefeit zu sein gegen jedwede Anfechtung und Versuchung. Nur wer selbst sein eigner Meister ist, dem ist die weite Welt und alles untertan!
Die Unterwerfung seiner selbst unter die Herrschaft der von Gott geschenkten Willensvernunft war unter Schmerzen vollbracht. Doch nun stand ihm die zweite, ungleich größere und bedeutendere Aufgabe seiner Mission bevor: den Dämon außerhalb seiner selbst zu besiegen, in der sichtbaren Welt der Dinge und Erscheinungen, wo dieser nach wie vor sein Unwesen trieb.
In gebotener Ernsthaftigkeit, doch getragen von der Zuversicht in den Herrn machte er sich auf den Weg zum Palast seiner Widersacherin. Ja, Cornelius Scheppering war bereit, dem verstockten Weib eine letzte Möglichkeit zu Umkehr und Buße zu geben. Es war ihm zwar nicht gelungen, Gracia Mendes zu vernichten – aber vielleicht war es ja tatsächlich Gottes Wille, sie zu *bekehren?* Obwohl der Gottesmord der Juden unaufhebbarer Grund ihres Heilsverlustes ist, bleibt ihre Bekehrung die Pflicht eines jeden Christenmenschen, und selbst der glaubensstrenge Augustinus hat verlangt, dass man aus Mitleid gegen die Ungläubigen alles an ihre Konversion setzen solle. Die Seelen der Schwester als auch der beiden Mendes-Töchter zappelten bereits in Cornelius Schepperings Glaubensnetz. Doch heute wollte er, nach qualvoll langen Jahren des Irrens und Scheiterns, endlich jenen einen, alles entscheidenden Seelenfang tun, dem sein ganzes Tun und Trachten als Menschenfischer galt, zur Sühne und Wiedergutmachung seiner Verfehlung.
Würde ihm heute das Werk gelingen?
Wohlgemut betrat Cornelius Scheppering den Palazzo. Die kalte, seelenlose Marmorpracht, in der Gracia Mendes als Gefangene ihrer eigenen Selbstherrlichkeit lebte, beeindruckte ihn nicht.

Was vermochte eitler Weltbesitz, wenn er Gott an seiner Seite wusste? Angst hatte er nur davor, dass ihn einmal mehr jene Sprachlosigkeit, die ihn bisweilen wie eine Heimsuchung ereilte, überfiel.

Er traf Gracia Mendes in gefasster Stimmung. Damit hatte er gerechnet. Laut Auskunft ihrer Wächter verbrachte sie die Tage in Gebet und Lektüre, und als Seelsorger wusste er, dass solche Sammlung auch eine glaubenskranke Lotterseele wie die ihre zu festigen geeignet war.

»Die Zeit ist erfüllt«, zitierte er die Worte der Heiligen Schrift, »das Reich Gottes ist herbeigekommen. Tut Buße und glaubt an das Evangelium!«

»Was berechtigt Euch, so mit mir zu sprechen?«, fragte Gracia Mendes. »Kennt Ihr nicht den Brief des Apostels Paulus an die Römer, in dem er die Jünger Christi vor Überheblichkeit gegenüber dem Volk Israel warnt? Rühmst du dich aber gegen sie, so sollst du wissen, dass nicht du die Wurzel trägst, sondern die Wurzel trägt dich!«

Mit Verblüffung vernahm Cornelius Scheppering die Apostelworte, die das Weib gegen ihn richtete. Doch blieb er die Antwort nicht schuldig. Wenn die Wurzel das Judentum war, so gehörte sie ausgerottet, mit Stumpf und Stiel, damit sie die Blüte des Christenglaubens, die ihr entspross, nicht länger mit ihrem Gift zersetzen konnte.

»Ihr haltet mir die Rede des heiligen Paulus entgegen?«, fragte er. »So erwidere ich sie mit den Worten Eures Propheten Samuel: Wenn ihr euch zu dem Herrn bekehren wollt, so tut von euch die fremden Götter und die Astarten und richtet euer Herz zu dem Herrn und dient ihm allein, so wird er euch erretten aus der Hand der Philister.«

»Ich habe den Herrn beständig vor Augen«, antwortete Gracia ungerührt, »und suche ihn zu erkennen auf all meinen Wegen.« Sie sah ihm fest in die Augen. »In Euch erkenne ich ihn nicht.«

Cornelius Scheppering knirschte mit den Zähnen. In seiner Ge-

stalt beleidigte sie den Herrn! Aber statt sie anzuspeien, bezähmte er sich. Zwei Wege kannte die Judenmission. Taufe oder Tod! Die Verheißung von Rettung und Erlösung – oder ewiges Strafgericht.
»Wer den Namen Gottes anruft, der wird gerettet werden«, zitierte er ein letztes Mal die Worte der Liebe und Vergebung. »Doch wehe, wer seinen Namen missachtet! Gracia Mendes – Ihr seid ans Ende Eures Weges gelangt! Kehrt um! Um Eurer Seele willen! Sonst seid Ihr für immer verdammt! Wenn Ihr nicht widerruft, kann keine Macht der Welt Euch länger schützen! Weder Euer Geld noch Euer Palast!«
Gracia fasste an ihre Brust und nahm das Medaillon in die Hand, das an einer goldenen Kette von ihrem Hals herabhing. »Erinnert Ihr Euch?«, fragte sie. »Vor Jahren wolltet Ihr mich mit diesem Bildnis überführen. Damals habe ich meinen Glauben geleugnet, aus Angst vor Eurer Strafe. Inzwischen aber bin ich mir meiner Bestimmung sicher. Der Herr hat mir den Weg gewiesen. Ich brauche Euch nicht länger zu fürchten.«
Cornelius Scheppering starrte auf das Amulett in ihrer Hand. Wie eine Teufelsfratze sprang ihm das Frauenbildnis entgegen.
»Ihr wähnt Euch auf dem Weg des Herrn?«, rief er. »Weil Samuel Usque Euch als neue Esther preist? Euer Hochmut ist eine Sünde wider den Heiligen Geist! Die peinliche Befragung wird Euch lehren, was der wahre Weg des Herrn ist!«
»Ein Weg, den die Folter mich lehrt, kann nur ein Irrweg sein!«
Bei dem Wort »Folter« zuckte Cornelius Scheppering zusammen, als hätte ihm jemand die Haut geritzt. Er hatte den Begriff absichtlich vermieden, aus tiefverwurzeltem Widerwillen gegen diese geistesverletzende Form der Barbarei. Doch Gracia Mendes ließ ihm keine Wahl. Wollte er die Ketzerin zur Wahrheit bekehren, müsste er sich überwinden und ihr die Qualen vor Augen führen, die sie zu gewärtigen hätte.
»Irrweg?«, schleuderte er ihr entgegen. »Wie wollt Ihr das wissen, da Ihr die Prüfung gar nicht kennt? Wenn Ihr erst auf dem

Schragen liegt und die peinliche Befragung beginnt, werdet Ihr Euren Hochmut bitter bereuen und um Gnade winseln.« Obwohl er mit Donnerstimme sprach, kamen die Sätze ihm so qualvoll über die Lippen, als läge er selbst unter der Folter. »Man wird Euch Daumenschrauben anlegen«, fuhr er fort, »und scharfe Stricke um Euren Leib winden, die sich mit Hilfe eines Rades immer fester zusammenziehen und in Euer Fleisch schneiden und Euch zerquetschen. Das Krachen Eurer Knochen, das Blut, das aus Euren Poren spritzt, wird Euch die Wahrheit vor Augen führen, die Ihr so widerborstig leugnet. Mit glühenden Zangen wird man Euch traktieren, die Nägel und Brüste wird man Euch abreißen …«

Die Aussicht auf die himmlische Gerechtigkeit verfehlte nicht ihre Wirkung: Totenblässe überzog Gracias Gesicht. Erschöpft hielt Cornelius Scheppering in seiner Rede inne.

»Was droht Ihr mit Folter, wenn Ihr den Scheiterhaufen schon errichtet habt?«, sagte Gracia Mendes. »Doch ich flehe Gott um Hilfe an, damit ich die Schmerzen ertrage, ohne ihn ein weiteres Mal zu verraten. Denn schlimmer als die Qualen des Leibes sind die Qualen des Gewissens.«

»Ihr wisst nicht, was Ihr redet! Mögen die Qualen des Gewissens schlimmer sein als die Qualen der Folter – unendlich schlimmer sind die Qualen der Hölle, die nach Verwirkung Eures irdischen Lebens auf Euch warten, wenn Ihr durch das Tor des Todes gegangen seid!«

»Wenn ich die Hölle fürchte, dann nicht, weil ich am Glauben meiner Väter festhalte, sondern weil ich zu schwach gewesen bin in meinem Glauben. Darum hat Gott mich verlassen und mich zur Strafe in Eure Hand geliefert …«

Sie wollte noch etwas sagen, Cornelius Scheppering beobachtete es genau, ihr Mund stand offen, ihre Lippen bewegten sich, doch die Zunge versagte ihr den Dienst. Hatte die Sprachlosigkeit, vor der er sich gefürchtet hatte, nun an seiner Stelle Gracia Mendes heimgesucht?

Plötzlich ging ein Zucken durch ihr Gesicht, der Hochmut in ihrer Miene zerbarst wie eine gläserne Schale, und noch bevor ein weiteres Wort über ihre Lippen kam, brach sie in Tränen aus. Sie schlug die Hände vors Gesicht und sank auf einen Stuhl.

Cornelius Scheppering sah ihre Zerknirschung mit Erleichterung, ja Rührung, und er schämte sich seiner Gefühle nicht. War der Dämon in ihr endlich vernichtet?

»Ja, weint nur«, sagte er sanft. »Tränen sind die Boten der Reue. In ihrem Gefolge kehren Vernunft und Gottesliebe ein.« Er legte seine Hand auf ihre Schulter, in der Hoffnung, dass die Berührung nicht nur ihren Leib, sondern auch ihre Seele erreiche. »Denkt an Eure Tochter. Sie ist ein Geschenk des himmlischen Vaters, ein Gottespfand. Es ist Eure Pflicht, für sie zu sorgen, statt Euer Leben für einen falschen Götzen wegzuwerfen.«

Gracia schaute mit tränennassen Augen zu ihm auf. »Wie viel hat sie Euch geboten?«

Obwohl sie keinen Namen nannte, begriff Cornelius Scheppering sofort, wen sie mit ihrer Frage meinte. Sollte er ihr sagen, wer ihn angefleht hatte, dieses Gespräch mit ihr zu führen, um sie vor dem Tod zu bewahren? Oder würde er dadurch sein Werk gefährden und die Bekehrung zunichtemachen?

Statt für die Wahrheit entschied Cornelius Scheppering sich für Gott. »Ich weiß nicht, wovon Ihr redet«, erklärte er.

»Von meiner Schwester! Von meinem Geld!«, rief Gracia Mendes. »Werdet Ihr Euch das Erbe mit Brianda teilen? Oder bekommt sie alles, als Dank für ihren Verrat, wenn sie Eurem Christengott die Treue schwört?«

»Allein für diese Frage habt Ihr den Tod verdient«, erwiderte Cornelius Scheppering scharf. »Nicht Eure Schwester hat Verrat geübt – Ihr seid die Verräterin! Eure Schwester folgte nur dem Ruf ihrer Seele, als sie Euren Gottesverrat zur Anzeige brachte. Sie ist Euch auf dem Weg der Umkehr und Buße vorausgegangen – nehmt Euch ein Beispiel an ihr! Darum reiche ich Euch die Hand. Zum allerletzten Mal! Weil Gott die Liebe und Barmherzigkeit ist. Wenn Ihr widerruft und Euch zu Jesus Christus bekennt, seid Ihr frei, und Eure Tochter darf zu Euch zurückkommen! Und was Euer Erbe betrifft, so verspreche ich Euch …«

Der Blick, der ihn aus ihren Augen traf, war von solchem Abscheu erfüllt, dass er mitten im Satz verstummte.

»Wollt Ihr um meine Tochter schachern?«, fragte Gracia Mendes. »So wie Ihr in Antwerpen um sie geschachert habt? Bevor Ihr meinen Schwager und meine Glaubensbrüder umgebracht habt?«

Wie Peitschenhiebe trafen diese Worte Cornelius Scheppering, und nur unter Aufbietung aller Selbstzucht gelang es ihm, Gracias Blick standzuhalten. Er war gekommen, um dieses Weib unter den Willen des dreifaltigen Gottes zu zwingen. Doch was war seine Glaubenszuversicht angesichts der Glaubensfestigkeit, die ihm in Gestalt dieser Jüdin begegnete? Ein Schauer lief ihm über den Rücken, wie sonst nur bei der heiligen Wandlung oder im Mariengebet. Handelt so ein Weib, das um des Mammons willen die eigene Schwester verrät?

Cornelius Scheppering wollte ihr widersprechen. Die Ermordung der Juden von Antwerpen war nicht sein Werk gewesen, sondern das Werk des Spaniers Aragon, den er genauso verabscheute wie sie! Doch plötzlich nahm ein Gefühl grenzenloser Müdigkeit von ihm Besitz. Was war mit ihm geschehen? Was hatte seine Niederlage besiegelt? Die Erkenntnis war so bitter wie ein Kelch Galle, und doch musste er ihn trinken. Der Glaube von Gracia Mendes war größer als seiner. An diesem Glauben zerschellten seine Worte wie Boote aus morschem Holz an einem Fels in der Brandung.

Beschämt und besiegt schlug Cornelius Scheppering die Augen zu Boden.

»Geht!«, sagte sie leise. »Geht und verlasst mein Haus!«

Als hätte ihr Wort Gewalt über ihn, raffte er seine Kutte, um ihrem Befehl zu folgen. In der Tür blieb er noch einmal stehen. War es möglich, dass er diese Frau beneidete?

Gracia Mendes hatte die Hände wieder vor ihr Gesicht geschlagen, und stumme Schluchzer schüttelten ihren kleinen, zarten Leib, ohne dass sie Notiz von Cornelius Scheppering nahm.

40

Kaum hatte Cornelius Scheppering den Raum verlassen, übermannte Gracia die Angst mit solcher Macht, dass sie am ganzen Leib zu zittern begann und ihre Zähne wie im kalten Fieber aufeinanderschlugen.

Sie wusste, dass sie sterben würde, und während diese Erkenntnis sich in ihre Seele fraß, rannen die Tränen, die sie vor dem Dominikaner noch versucht hatte zu verbergen, ungehindert über ihre Wangen. Warum hatte Gott Briandas Verrat zugelassen? Für welche Schuld wollte er sie strafen? Nahm er immer noch Rache für die Sünde in ihrer Hochzeitsnacht? Oder für die Liebe, die sie mit dem Mann ihrer Schwester verbunden hatte?

In wirren Bildern sah Gracia, wovor ihre Seele sich fürchtete, nahmen Cornelius Schepperings Worte Gestalt an, Schreckensbilder, die sie bis in die Nacht verfolgten, von vermummten Folterknechten, die sie auf einen Schragen banden, von Zangen und lodernden Flammen, die nach ihrem festgezurrten Körper leckten. Sie spürte die Seile, die in ihr Fleisch schnitten, hörte das Knacken und Krachen ihrer Knochen, sah das Blut aus ihren Poren spritzen, während eine Horde nackter Hexenweiber, zottelhaarig und mit hängenden Zitzenbrüsten, über flackernden Feuerbecken mit einem Kind hantierte. Zusammen mit schwarzroten Teufeln umtanzten sie das Feuer, zerrissen den weißen Kinderleib mit pechverschmierten Krallenhänden, hauten ihre langen gelben Zähne in das Fleisch und verleibten sich die saftigsten Stücke ein, mit rollenden Augen und triefenden Lefzen …

Heiteres Vogelgezwitscher weckte Gracia am nächsten Morgen. Geblendet vom Sonnenlicht, wachte sie blinzelnd in einem Sessel auf, in denselben Kleidern, die sie am Vortag getragen hatte. Hatte sie überhaupt geschlafen? Für einige Augenblicke wusste sie nicht, wo sie war, und atmete die frische Meeresluft ein, die durch das offene Fenster wehte. Doch plötzlich fiel ihr alles wieder ein, der Disput mit Cornelius Scheppering, die Gefahr, in der sie schwebte …

Entsetzt sprang sie auf. War sie wahnsinnig, ihr Leben hinzugeben? Nur um dem verfluchten Dominikaner ihren Glauben zu beweisen?

Sie hatte reagiert wie ein Tier im Pferch, und statt ihrer Vernunft war sie ihrem Stolz und ihrem Jähzorn gefolgt. Sie sah das Kind aus ihrem Höllentraum, in den Fängen der nackten Zottelweiber. Hatte Gott ihr das Schreckensbild gesandt, um sie an ihre Tochter zu erinnern? Oder war das Kind ein Sinnbild für das Volk der Juden, das sie den Höllenmächten schutzlos überließe, wenn sie für ihren Glauben in den Tod ginge?

Sie bedeckte ihr Haar mit dem Kopftuch, das ihr in der Unruhe des Schlafes vom Scheitel geglitten war, und erhob sich aus ihrem Sessel, um einen Wächter zu Cornelius Scheppering zu schicken. Sie wollte widerrufen, die Bedingungen des Dominikaners erfüllen und sich zum Gott der Christen bekennen. Haschem würde ihr verzeihen – auch in diesem Jahr hatte sie für die Entbindung von den Gelübden gebetet, zu Jom Kippur, wie alle Juden in der Glaubensfremde.

Eine Taube saß gurrend auf der Fensterbank. Mit beiden Armen verscheuchte Gracia das Tier. Der Anblick war ihr unerträglich. Lieber wollte sie als grüne oder schwarze Taube leben statt als weiße Taube sterben.

Bevor sie zur Tür ging, nahm Gracia einen Krug vom Tisch, um ihre Hände über einer Schale mit Wasser zu übergießen. Nachdem sie die Waschung beendet hatte, griff sie zu ihrem Gebetbuch. Auch wenn sie heute ihren Glauben vor der Welt verleugnen würde, wollte sie vor Gott den Tag beginnen, wie Gott es verlangte.

»Gepriesen seiest du, Adonai, unser Gott, König der Welt, der du mich nach deinem Willen erschaffen hast! Gepriesen seiest du, Adonai, unser Gott, König der Welt, der du mich nicht als Heidin erschaffen hast! Gepriesen seiest du, Adonai, unser Gott, König der Welt, der du mich nicht als Sklavin erschaffen hast! Gepriesen seiest du, Adonai, unser Gott, König der Welt, der du mich nicht als Blinde erschaffen hast! Gepriesen seiest du, Adonai, unser Gott, König der Welt, der du mich nicht als Krüppel erschaffen hast!«

Bei den vertrauten, tagtäglich wiederholten Worten breitete sich Ruhe aus in ihr. Wie eine Arznei, die die Schmerzen des Leibes lindert, linderte die Gottesgegenwart, die sie im Gebet erfuhr, die Ängste ihrer Seele. Durchströmt von der Gewissheit, eins zu sein mit dem König und Herrn, kehrte jene Glaubensfestigkeit, die ihr so schmerzlich abhandengekommen war, wieder zu ihr zurück, um sie mit Zuversicht für diesen Tag zu wappnen, an dem sie sich vor ihrem Widersacher beugen würde, um ihr Leben zu retten, für ihre Tochter und für ihr Volk. Was immer sie tun, was immer sie entscheiden würde – solange sie eins war mit Gott, konnte sie nicht irren. Sie war das Organ seines Willens, sein Werkzeug, und folgte seinem Weg – ins ewige Leben oder in den Tod, wie immer es ihm gefiel.

»Amen!«

Sie schloss gerade das Gebetbuch, als draußen auf dem Gang Stimmen laut wurden.

Voller Angst fasste sie nach dem Amulett auf ihrer Brust.

Kam man schon, um sie zu holen?

41

Als die Tür aufging, glaubte Gracia, ein Traumgebilde zu sehen. Weder ein Soldat noch ein Priester trat in den Raum, sondern ein fremdländisch aussehender Mann mit einem Turban auf dem Kopf, gewandet in einen bis zum Boden reichenden Überwurf, unter dessen Saum spitze Schnabelschuhe hervorlugten.

»Sinan ist mein Name«, sagte er in fließendem Latein und reichte ihr einen Brief. »Ich habe eine Botschaft für Euch. Von meinem Herrn und Gebieter, Sultan Süleyman, dem Herrscher der Gläubigen und Schutzherrn der heiligen Städte. Allah segne seinen Namen!«

Mit zitternden Händen nahm Gracia die Schriftrolle, erbrach das Siegel und überflog die Zeilen, die in kunstvoller Handschrift und verziert mit vielerlei Schnörkeln zum Inhalt hatten, dass der Herrscher der Osmanen Gracia Mendes freies Geleit anbot, indem er sie zur Untertanin seines Reiches und seiner persönlichen Schutzbefohlenen erklärte. Zugleich forderte er den Dogen der Republik Venedig auf, ihr freie und ungehinderte Ausreise nach Konstantinopel zu gewähren, einschließlich ihrer Angehörigen und ihres gesamten Besitzes sowie sämtlicher Dokumente, die sie zur Führung ihres Handelsgeschäftes benötigte. Und er drohte der Serenissima für den Fall, dass diese sich dem kaiserlichen Begehren widersetze, jedweden Warenaustausch einzustellen und nötigenfalls sogar die türkische Kriegsflotte ins Adriatische Meer zu entsenden, zur Aufnahme bewaffneter Auseinandersetzungen.

Gracia ließ das Schreiben sinken und schloss die Augen. »Gelobt seiest du, Ewiger, Herrscher der Welt, der du uns hast Leben und Erhaltung gegeben und uns hast diese Zeit erreichen lassen!«

Als sie die Augen wieder aufschlug, sah sie in das freundlich lächelnde Gesicht ihres Retters.

»Habt Ihr auch den Zusatz zur Kenntnis genommen?«, wollte Sinan wissen.

»Welchen Zusatz?«
Gracia nahm den Brief noch einmal auf. Im Postskriptum nannte der Sultan die Bedingung, unter der er ihr seinen Schutz anbot: Süleyman verlangte, dass sie, Gracia Mendes, dem Sohn des kaiserlichen Großwesirs Kara Ahmed ihre Tochter Reyna als Drittfrau in die Ehe gebe – »zum Zeichen der neuen und unverbrüchlichen Freundschaft zwischen dem Hause Mendes und dem Osmanischen Reich«.
Gracia holte tief Luft und rollte den Brief wieder zusammen.
»Wo ist mein Neffe José Nasi?«, fragte sie. »Ist er mit Euch nach Venedig gekommen?«
»Nein«, antwortete der Gesandte des Sultans, »Prinz Selim, Allah möge ihn schützen, möchte nicht so schnell auf die Gesellschaft seines neuen Freundes Yusuf Bey verzichten.« Er kreuzte seine Hände vor der Brust und deutete eine Verbeugung an. »Doch darf ich fragen, wie Eure Antwort lautet?«

42

Mit einem Rohrstock in der Hand schritt Schwester Domenica im Kapitelsaal des Klosters vor den Hospitantinnen auf und ab. Die meisten der Mädchen waren ihr auf Geheiß des Glaubensgerichts zur Seelenbekehrung anvertraut worden, damit sie ihnen die Ordensregeln einbleuen könnte.
»Unser Leben«, schnarrte sie, »ist eine unentwegte Gottsuche in allem, was wir sind und tun.« Wie ein Offizier vor seinen Rekruten hob sie den Stock, und wie aus einem Mund fielen die Mädchen, ein Dutzend an der Zahl, in die Aufzählung ein, die Schwester Domenica mit rhythmischen Stockschlägen begleitete. »Im Schweigen und Hören … Im Beten und Betrachten … Im Reden und Handeln … Im Arbeiten und Ruhen … Im Alleinsein und im Miteinander …«

Reyna, die zusammen mit La Chica in der ersten Bankreihe saß, knurrte der Magen. Obwohl die zwei Cousinen nicht das schwarzweiße Habit der Dominikanerinnen trugen, teilten sie seit ihrem erzwungenen Klostereintritt das Leben der Nonnen, als hätten auch sie ihr Dasein dem dreifaltigen Gott geweiht. In Armut, Gehorsam und Jungfräulichkeit verrichteten sie die Exerzitien und hielten das strenge Fasten, das die Ordensregel vorschrieb, damit der Leib nach Nahrung hungerte wie die Seele nach dem Wort Gottes. Während Reyna die Sätze zum tausendsten Mal im Chor der Mädchen repetierte, wanderten ihre Gedanken zu ihrer Tante, die das ganze Unglück heraufbeschworen hatte: erst mit ihrer Anzeige vor dem Glaubensgericht und dann mit ihrer Verleumdung wegen Juderei. Reyna hatte mit ihrer Mutter nie darüber gesprochen, hatte ihr auch nicht gesagt, dass sie am Tag ihrer Flucht aus Venedig im Palazzo Gritti gewesen sei – zu ungeheuerlich war die Lüge, mit der Brianda versucht hatte, sie auf ihre Seite zu ziehen. In der Einsamkeit ihrer Zelle betete Reyna manchmal zu Gott, dass er Brianda für ihre Verbrechen bestrafen möge. Kein Mensch hatte sie je so enttäuscht wie ihre Tante – sie wollte sie nie mehr wiedersehen.

»Der Herr gebe«, beschloss Schwester Domenica die Einübung der Regeln mit der täglichen Ermahnung, »dass ihr dies alles mit Liebe befolgt. Lebt so, dass ihr durch euer Leben den lebenweckenden Wohlgeruch Christi verbreitet. Lebt nicht als Sklaven, niedergebeugt unter dem Gesetz, sondern als freie Kinder Gottes unter der Gnade.«

»Amen!«, rief La Chica.

Reyna wusste nicht, welcher Gott wirklich im Himmel regiert: der Gott der Christen oder der Gott der Juden. Doch nichts bestärkte ihren jüdischen Glauben mehr als der Anblick ihrer elfjährigen Cousine, die umso heftiger für das Jesuskind entbrannte, je mehr sie in seinem Namen gezüchtigt wurde. La Chica war schon so weit bekehrt, dass sie am liebsten für immer im Kloster bleiben wollte.

»Und warum halten sie uns hier gefangen, wenn wir freie Kinder Gottes sind?«, zischte Reyna. »Heuchlerinnen!«
»Schweig still!«, zischte La Chica zurück.
»Wenn ich nur wüsste, was sie mit meiner Mutter machen. Aber nicht mal Briefe dürfen wir schreiben.«
»Du sollst still sein! Oder ich muss dich melden!«
»Ich hab solche Angst. Hoffentlich kommt José bald zurück.«
»Hör auf, von José zu reden. José ist ein Mann. Wir dürfen nicht mal an Männer *denken.*«
»José ist mein Verlobter!«
»Dann ist es erst recht verboten! Jesus ist unser Bräutigam!«
Noch während La Chica sprach, sauste der Stock von Schwester Domenica auf Reynas Rücken herab. Um nicht laut aufzuschreien, biss sie sich in die Hand. Schreien wurde mit zusätzlichen Stockschlägen bestraft, genauso wie Weinen.
»Du bist heute von der Komplet ausgeschlossen!«, erklärte die Nonne. »Melde dich bei der Schwester Oberin! Sie wird für weitere Strafe sorgen.«
Während die Mädchen mit gesenkten Köpfen den Kapitelsaal verließen, um in ihre Zellen zurückzukehren, kämpfte Reyna mit den Tränen. Der Ausschluss vom Nachtgebet bedeutete, dass sie sich vor der Andacht bäuchlings im Eingang des Gebetsraums auf den Boden legen musste und die Nonnen über sie hinwegliefen wie über einen Fußabtreter. Diese Strafe war schon einmal über sie verhängt worden. Es war die schlimmste Demütigung ihres Lebens gewesen.
Schwester Domenica rasselte auf dem Zellengang bereits mit den Schlüsseln, als Lätissima, die kleine, dicke Kustodin, mit wehendem Schleier herbeigeeilt kam.
»Die Hospitantin Reyna Mendes soll sich an der Pforte melden!«
»Reyna Mendes?« Schwester Domenica schüttelte den Kopf. »Sie darf keinen Besuch empfangen!«
»Trotzdem soll sie zur Pforte! Eine Anordnung der Schwester Oberin!«

In Erwartung ihrer Strafe folgte Reyna der Kustodin den Kreuzgang entlang. Was hatte die Oberin sich wohl diesmal ausgedacht? Latrinendienst oder eine Woche Schweigen? Am schlimmsten war die Arrestzelle im Keller. Dort war es so dunkel, dass man nicht mal die Hand vor Augen sah. Drei Tage und drei Nächte hatte Reyna schon dort verbringen müssen. Nur weil sie versucht hatte, einen Brief an ihre Mutter aus dem Kloster zu schmuggeln.

Die Oberin erwartete sie bereits an der Pforte, zusammen mit einem Mann, der mit dem Rücken zu ihr stand. Als er sich umdrehte und Reyna sein pockennarbiges Gesicht sah, machte ihr Herz vor Freude einen Sprung.

»Duarte Gomes?«

»Ich bringe Euch gute Nachricht«, sagte der Agent. »Eure Mutter ist frei. Ihr dürft das Kloster verlassen.«

43

Der riesige Edelstein, den der Gesandte des Sultans an seinem Turban trug, war von solcher Leuchtkraft, dass in seinem lichtersprühenden Widerschein sogar die Marmorwände des Dogenpalastes zu funkeln schienen. Unbeeindruckt von all dem Glanz, trat Gracia an Sinans Seite vor den Richtertisch, wo ihre Schwester Brianda bereits in Begleitung ihres Vertrauensmannes Tristan da Costa wartete. Mit einem feindseligen Blick auf den Türken, der mit der Kriegsdrohung seines kaiserlichen Herrn den Gerichtsbeschluss gegen den Willen der Inquisition sowie der Staatsregierung erzwungen hatte, erhob sich Francesco Dona, oberster Richter der Serenissima, von seinem Platz, rückte die steife Hornkappe zurecht, die er zum Zeichen seiner Dogenwürde auf dem Aristokratenhaupt trug, und erklärte:

»Der Zehnerrat der Republik Venedig verkündet folgendes abschließendes und endgültiges Urteil im Streit um das Erbe der Firma Mendes: Besitz und Führung des Handelshauses verbleiben vollständig und ausschließlich in Händen von Gracia Mendes, Witwe des 1535 in Lissabon verstorbenen Handelsherrn Francisco Mendes. Ihre Schwester Brianda Mendes erhält aus dem Nachlass ihres Gatten Diogo Mendes, zu Tode gekommen in Antwerpen, die Summe von achtzehntausendeinhundertdreiundzwanzig italienischen Scudi zugesprochen, zum Ausgleich ihrer in die Ehe eingebrachten Mitgift. Als Sicherheit für das Erbe ihrer Tochter La Chica, die fortan der alleinigen und ausschließlichen Willenshoheit ihrer leiblichen Mutter untersteht, verbleiben bis zum Tag der erlangten Volljährigkeit oder Verheiratung die durch Gracia Mendes bereits hinterlegten einhunderttausend Golddukaten im Gewahrsam der venezianischen Münze.«

Die Schwestern nahmen an den entgegengesetzten Enden eines übergroßen, goldverzierten Marmortisches Platz, um unter aufmerksamer Beobachtung ihrer beiden Rechtsbegleiter den Beschluss mit ihren Unterschriften aktenkundig zu machen. Wie lange hatte Gracia auf diesen Augenblick gewartet! Als sie die Gänsefeder in die Tinte tauchte, zitterte ihre Hand, und sie hatte Mühe, ihren Namen leserlich zu Papier zu bringen. Dann war es vollbracht. Der Gerichtsdiener streute Sand auf die Tinte, und noch einmal ließ der Doge seine Stimme vernehmen.

»Damit steht es sowohl Gracia Mendes als auch ihrer Schwester Brianda Mendes frei, in Venedig wohnhaft zu bleiben oder aber auszuwandern, mit oder ohne ihren Besitz an Geld und Waren, gleichgültig, wohin die eine oder andere von ihnen zu ziehen beliebt. Die Sitzung des Gerichts ist beendet.«

War es wirklich aus und vorbei? Eine lange Weile blickte Gracia auf das Dokument in ihrer Hand, dann rollte sie es zusammen und erhob sich. Nein, die Erleichterung, die sie sich von diesem Augenblick erhofft hatte, stellte sich nicht ein. Die letzte und entscheidende Auseinandersetzung im Streit mit ihrer Schwes-

ter stand noch bevor. Nur vor Gericht war ihr Verhältnis mit Brianda bereinigt, nicht jedoch in ihrem Herzen.
Gracia verließ den Saal und ging die geschwungene Treppe hinab, vorbei an den zwei riesigen Marmorfiguren, die den Innenhof des Dogenpalastes bewachten. Auf dem Markusplatz, umflattert von zahllosen Tauben, bezeugten die verkohlten Reste des Scheiterhaufens, welchem Schicksal sie mit knapper Not entronnen war. Wäre der Gesandte des Sultans eine Woche später eingetroffen – sie wäre nicht mehr am Leben. Um das Holz nicht ungenutzt verkommen zu lassen, hatte man an ihrer Stelle zwei Juden verbrannt, die bei Nacht außerhalb des Ghettos aufgegriffen worden waren.
Als sie durch das Hoftor auf die Piazza trat, wartete Brianda bereits auf sie. Sie war mit Tristan da Costa vorausgegangen. Zögernd kam sie auf ihre Schwester zu. Gracia pochte das Herz bis zum Hals. Seit vier Jahren hatten die beiden sich nicht mehr gesehen, und immer wieder hatte Gracia während dieser Zeit versucht, sich vorzustellen, wie es sein würde, wenn sie einander zum ersten Mal wieder begegneten. In ihrer Vorstellung hatte sie stets gewusst, was sie tun und sagen würde. Aber die Wirklichkeit war anders. Am liebsten hätte sie Brianda an den Schultern gepackt, sie geschüttelt und geohrfeigt, links und rechts, um sie für ihren Verrat zu strafen, der sie um ein Haar das Leben gekostet hätte. Doch sie konnte es nicht. Sie stand nur da und schaute ihre Schwester an. Wie wunderschön Brianda mit ihren braunen Locken war, schöner als jede Venezianerin … So wunderschön, wie damals in der Mikwa, in der Nacht vor ihrer Hochzeit …
Plötzlich erfasste Gracia eine Gefühlswoge, die stärker war als sie selbst, und all ihre bösen Empfindungen, ihre Verbitterung, ihr Hass und ihr Zorn, lösten sich darin auf wie ein paar Spritzer Galle im Ozean. Brianda und sie – sie gehörten doch zusammen! Ihr ganzes Leben hatten sie miteinander verbracht, durch die halbe Welt waren sie vor ihren Feinden zusammen geflohen, von einem Ende Europas zum anderen.

Waren sie wahnsinnig, einander gegenseitig vor Gericht zu zerren?

»Ich … ich möchte dich um Verzeihung bitten«, sagte Gracia. »Ich habe dir fürchterliches Unrecht angetan. Ich stehe in deiner Schuld.«

»*Du* bittest mich um Verzeihung?«, fragte ihre Schwester mit großen Augen. »Das hast du noch nie getan.«

Gracia wollte sie berühren, doch sie schaffte es nicht, den Arm zu heben. Da machte Brianda einen Schritt auf sie zu. Dieser kleine Schritt reichte aus, um den Bann zu brechen.

»Ach, Brianda …« Ein Panzer, hart und schwer wie Eisen, fiel von Gracia ab, und als könnte es nicht anders sein, nahm sie ihre Schwester in den Arm. »Lass uns endlich Frieden schließen«, sagte sie und presste sie an sich. »Ich habe dich so sehr vermisst.«

»Ich dich auch. Wir waren doch immer zusammen, unser ganzes Leben.«

»Meine kleine Schwester.« Gracia küsste sie auf die Stirn, auf die Wangen, auf den Mund. Dann nahm sie ihre beiden Hände und schaute sie an. »Komm mit mir nach Konstantinopel.«

»Das willst du?«, fragte Brianda. »Obwohl ich …« Sie sprach den Satz nicht zu Ende.

»Und ob ich das will!«, rief Gracia. »Ich hätte sonst keine ruhige Minute. Du kannst hier nicht bleiben. Du bist hier genauso wenig sicher wie ich. Ein Wort von Cornelius Scheppering, und …« Als sie sah, wie ihre Schwester zusammenzuckte, fügte sie hinzu: »Oder willst du ins Ghetto ziehen?«

Brianda schüttelte den Kopf.

»Na also. Worauf wartest du? Bitte, Brianda. Sag endlich ja …«

Ihre Schwester wollte etwas erwidern. Doch jemand anderes kam ihr zuvor. »Nein!«

Als Gracia die Stimme hörte, fuhr sie herum. Vor ihr stand ihre Tochter. Ihr Gesicht war ganz blass.

»Du?«, fragte Gracia. »Was machst du hier? Du hast doch gesagt …«

»Ich … ich will nicht, dass sie mit uns kommt«, fiel ihr Reyna, vor Aufregung stammelnd, ins Wort.
»Was soll das heißen?«
»Das fragst du?« Reyna schnappte nach Luft. »Hast du vergessen, was sie getan hat? Das da ist ihr Werk!« Sie zeigte auf die Reste des Scheiterhaufens. »Sie hat dich bei der Inquisition angezeigt! Wegen Juderei! Eine Jüdin ihre eigene Schwester! Weil sie dich umbringen wollte!«
»Bist du verrückt geworden?«
»Verrückt? Ich sage nur die Wahrheit! Sie wollte, dass du verbrennst, hier auf diesem Platz! Wie eine Hexe! Um an dein Geld zu kommen! Für den da!« Reyna zeigte auf Tristan da Costa. »Weil sie seine Hure ist!«
»Halt sofort den Mund! Ich verbiete dir, so zu sprechen!«
»Begreifst du denn nicht?«, rief Reyna. »Für einen Mann, der dich verraten hat, hat sie dich verraten! Damit er freikam und leben konnte, hat sie dich in die Falle gelockt! Zusammen mit den Dominikanern! Um mit ihrem Liebhaber dein Geld zu verprassen! Für Schmuck und Kleider! Und du willst sie mitnehmen nach Konstantinopel? Nie und nimmer lasse ich das zu!« Reyna unterbrach sich, um Luft zu holen. Dann sagte sie, plötzlich ganz ruhig und klar: »Wenn deine Schwester mitkommt, bleibe ich hier.«
Gracia war so verwirrt, dass sie keine Worte fand. Mit allem hatte sie gerechnet, nur nicht damit.
»Du … Du und Brianda, ihr habt euch doch immer so gut verstanden, ein Herz und eine Seele wart ihr, solange ich zurückdenken kann …« Sie wandte sich zu ihrer Schwester, die genauso blass war wie Reyna. »Kannst du mir erklären, was das bedeutet?«
»Ich glaube, ich weiß, was sie meint«, sagte Brianda. »Aber … aber …«
»Aber was?«, rief Gracia. »Gibt es irgendetwas zwischen euch, was ich nicht weiß?«

Sie schaute die beiden an, erst ihre Schwester, dann ihre Tochter. Beide wichen ihrem Blick aus und sahen stumm zu Boden.
Brianda war die Erste, die ihre Sprache wiederfand.
»Reyna hat recht«, sagte sie mit rauher Stimme. »Wir können nicht mehr zusammenleben. Es … es ist einfach zu viel passiert.«
Links und rechts, überall flatterten Tauben auf und erhoben sich in die Lüfte, um wer weiß wohin zu fliegen. Plötzlich, von einem Moment zum anderen, war es vorbei mit Gracias Versöhnungsfreude und Zuversicht.
»Soll das heißen, du willst wirklich hierbleiben?«
Brianda nickte. Und obwohl sie kein Wort sagte, bestand kein Zweifel daran, dass es ihr ernst war. Gracia spürte, wie ihr der Mund trocken wurde.
»Warum?«, fragte sie. »Ich hab dir doch verziehen. Es gibt doch nichts mehr, was …« Sie stockte, mitten im Satz, und brach ab. »Oder ist es, weil du mir nicht verzeihen kannst? Wegen damals, in Antwerpen?«
Noch während sie sprach, kamen ihr die Tränen, und ihre Stimme erstickte. Ihr ganzes Unglück tat sich vor ihr auf. Was blieb ihr denn auf dieser Welt, wenn sie ihre Schwester verlieren würde? – Sie hatte nur noch einen einzigen Wunsch, und der brannte so heftig in ihr, dass sie gar nichts anderes mehr denken konnte.
Es dauerte eine Ewigkeit, bis Brianda endlich den Mund aufmachte. Ihre Stimme war so leise, dass Gracia sie kaum verstand.
»Glaub mir, ich würde so gerne mit dir kommen«, sagte sie. »Aber – ich kann nicht.«
Unwillkürlich wich Gracia einen Schritt zurück. Die Enttäuschung, die sie empfand, war wie ein großes schwarzes Loch, das sich unter ihren Füßen auftat, um sie zu verschlucken.
»Was heißt das – du kannst nicht?«, fragte sie, obwohl sie die Antwort wusste.
»Bitte, Gracia, hör auf zu fragen.« Auch Brianda musste schlucken, und ihre Augen schimmerten feucht. »Es ist am besten so, das musst du mir glauben. Fahr du mit Reyna nach Konstantino-

pel. Ich bleibe hier, zusammen mit meiner Tochter. Und – mit meinem Mann.«

Gracia wollte protestieren, sie überreden, mit ihr zu kommen, weil sie doch zusammengehörten. Doch als sie das Gesicht ihrer Schwester sah, den Blick, den Brianda und Tristan da Costa miteinander tauschten, begriff sie, dass jeder Versuch vergeblich sein würde.

»So sehr liebst du ihn?«, fragte sie.

»Ja«, flüsterte Brianda.

Gracia nickte. Liebe ... Immer wieder Liebe ... Wie hasste sie dieses Wort ... Dieses harmlose, unschuldige Wort ... Dieses furchtbare, bedrohliche Wort ... Dieses Wort, das den Himmel auf Erden versprach und doch nur Elend und Tod bedeutete ... Dieses eine Wort, auf das es keine Antwort gab.

»Ist das alles, was du mir zu sagen hast?«

Brianda schlug stumm die Augen nieder.

Obwohl ihre Beine schwer waren wie Blei, trat Gracia auf sie zu. Und als sie ihr die Hand reichte, wusste sie, dass sie nach diesem Tag ihre Schwester nie mehr in ihrem Leben wiedersehen würde.

»Leb wohl«, flüsterte sie.

Dann, ohne ein weiteres Wort, ohne einen Blick, wandte sie sich ab und ging fort. Zusammen mit Reyna.

44

Der Zehnerrat der Republik Venedig hatte in seinem Gerichtsbeschluss die Frist von einem halben Jahr festgesetzt, innerhalb deren die beiden Parteien frei über ihren Aufenthaltsort entscheiden könnten. Sobald das Urteil verkündet war, begann Gracia mit den Reisevorbereitungen. Zusammen mit ihrer Tochter Reyna und Rabbi Soncino wollte sie zu den Türken auswandern, ins Osmanische Reich, wo sie mit dem Geld der Firma Mendes die Mission erfüllen wollte, die Gott ihr aufgetragen hatte: dem in alle Winde zerstreuten Volk Israel ein eigenes Land zu geben, damit es endlich Recht und Frieden finden konnte in der Welt.

Nachdem Gracia zur Sicherung ihres Eigentums alle in Italien befindlichen Besitztümer ihres Handelshauses in die Hände des Agenten Duarte Gomes gelegt und diesen verpflichtet hatte, sämtliche Einkünfte nach Konstantinopel weiterzuleiten, trat sie im Sommer des Jahres 1552, ausgestattet mit dem Geleitschutz Sultan Süleymans, die Reise ins Morgenland an. Da es Nachricht von Piratenbanden gab, die seit Monaten die Meereswege unsicher machten, hatte sie mit Rücksicht auf das enorme Vermögen, das sie mit sich führen würde, beschlossen, den größten Teil der Strecke auf dem zeitraubenden und beschwerlichen Landweg zurückzulegen. Auf der Via Egnatia, der alten römischen Handelsstraße, die über Ancona und Ragusa führte, wo Gracia und ihre Angehörigen in Niederlassungen der Firma Mendes Zwischenstation machen konnten, wollten sie nach Saloniki und schließlich nach Konstantinopel ziehen, in die Hauptstadt des Osmanischen Reiches.

Auf dem Canal Grande herrschte ein Betrieb von Gondeln und Schiffen wie sonst nur zum Karneval oder zur »Sensa«, dem alljährlich am Himmelfahrtstag veranstalteten Volksfest, in dem die Serenissima die Vermählung von Land und Meer symbolhaft feierte, als Gracia zusammen mit ihrer Tochter Reyna und Rabbi Soncino sowie dem Gesandten des Sultans und einer Hundertschaft bewaffneter Begleiter schließlich Venedig verließ. Wohl die halbe Stadt sah ihrer Abreise zu, die an Aufwand und Gepränge dem Auszug einer regierenden Königin in nichts nachstand.

»Leb wohl«, flüsterte Brianda.

Sie stand am Fenster ihres Bilderkabinetts und schaute hinunter auf das Wasser des Kanals. Die schwarze Gondel ihrer Schwester glitt an der Spitze von zwei Dutzend schwerbeladenen Lastkähnen vorüber in Richtung Festland, wo die Kisten und Kästen mit ihrem Besitz für die Weiterreise über Land bis Ancona auf Fuhrwerke verladen würden. Brianda fröstelte. Was würde ihre Schwester wohl in diesem Moment empfinden? Sie versuchte, einen Blick auf sie zu erhaschen, doch Gracia saß zwischen Reyna und Rabbi Soncino im Bug ihrer Gondel und schaute unverwandt in die Ferne, ohne zum Fenster hinaufzublicken.

Zweimal noch hatte Gracia im Palazzo Gritti angeklopft, zweimal hatte Brianda sie abweisen lassen, und auch der Versuch, mit Hilfe von Rabbi Soncino sich mit ihr zu versöhnen, war an ihrer Ablehnung gescheitert. Sie hatte sich für Tristan entschieden, so wie sie sich schon einmal für ihn entschieden hatte. Weil es die einzige Möglichkeit war, mit dem Mann, den sie liebte, zusammenzuleben … Brianda schaute den Booten nach, bis sie im Gewimmel verschwanden. Mit einem Seufzer wandte sie sich vom Fenster ab. Wenn es einen Gott gab, dann war er kein gütiger Gott, wie die Christen behaupteten, sondern ein gnadenloser, unbarmherziger Gott der Rache.

»Es wird Zeit«, sagte Tristan da Costa.

»Ja«, nickte Brianda. »Es ist Zeit.«

Gewandet in einen schwarzen, bis zum Boden reichenden Überwurf, der ihre bunten Kleider verbarg, setzte sie sich die gelbe Haube auf, die Tristan ihr reichte, um ihr Haar zu bedecken und sich als Jüdin kenntlich zu machen, wie das venezianische Gesetz es verlangte. Dann nahm sie ihre Tochter La Chica, die, genauso gekleidet wie sie, blass und stumm auf sie gewartet hatte, bei der Hand, um für immer den Palast zu verlassen, der so viele Jahre ihr Zuhause gewesen war. Noch einmal streifte ihr Blick an den Bildern entlang, die zum Teil schon mit weißen Leinentüchern verhangen waren: Abbilder ihrer selbst, die Diogo noch in Antwerpen hatte anfertigen lassen, auf der Suche nach ihrem wahren Gesicht. Hier, in Venedig, lange Zeit nach seinem Tod, hatte sie es gefunden. Sie hatte den Palazzo verkauft, um mit Tristan ins Ghetto zu ziehen.

»Gehen wir.«
Die Gondel lag schon an der Anlegestelle bereit. Tristan half Brianda und La Chica beim Einstieg. Wie um einander Halt zu geben, rückten die drei auf der harten, hölzernen Sitzbank zusammen. Während der Fahrt sprach keiner von ihnen ein Wort. Mit versteinerter Miene blickte Tristan über das Wasser, als müsste er das Ruder führen, während La Chica in ängstlichem Schweigen an der Seite ihrer Mutter verharrte. Obwohl nur eine kurze Strecke vor ihnen lag, fühlte Brianda sich so beklommen wie beim Antritt einer langen Reise in eine fremde, unbekannte Welt. Die Rufe der Schiffer, die Schreie der Händler, die Gesänge der Gondolieri, die wie jeden Tag über das Wasser wehten, drangen nur noch wie von ferne an ihr Ohr. Sie wusste, alles über Jahre hinweg Vertraute galt ihr nun nicht mehr. Im hellen Sonnenglanz erstrahlten die herrlichen Fassaden der Gebäude links und rechts am Ufer, ein einziges Glitzern und Funkeln von Wasser und Licht, von Marmor und Gold, als wollte die Stadt sich ihr noch einmal in ihrer ganzen Pracht und Schönheit zeigen. Doch die Kirchen und Paläste, deren Anblick sie früher so oft mit der Gewissheit erfüllt hatte, dass die Welt ein einziger, reichgedeckter Gabentisch ist, zogen heute an ihren Augen vorüber wie vor den Augen einer Fremden. All diese Herrlichkeit, die zum Greifen nahe schien, war ihr in Wahrheit schon so fern und unerreichbar wie die Sonne oder der Mond. Weil sie selbst nicht mehr dazugehörte, kein Teil mehr davon war. Tapfer bekämpfte sie die Tränen, die ihr in die Augen stiegen, und drückte Tristans Hand. So musste Eva sich gefühlt haben, als sie an Adams Seite einst den Garten Eden verließ.
»Wir sind da.«
Sie hatten den Canal Grande verlassen und waren in den Rio di Canareggio eingebogen, wo sie an der ersten Anlegestelle festmachten. Tristan sprang an Land und reichte Brianda und La Chica die Hand, um ihnen aus der schwankenden Gondel zu helfen. Immer noch schweigend, legten sie die letzten Schritte zu

Fuß zurück. Doch als sie den Ponte di Ghetto Vecchio betraten, die mit einem hohen Tor bewehrte Brücke, die in das Judenviertel führte, zerrte La Chica plötzlich an Briandas Hand und weigerte sich, weiterzugehen.

»Ich will zurück ins Kloster!«, rief sie. »Ich will zum Herrn Jesus zurück!«

Während La Chica sich weinend von ihrer Hand losriss und schrie, als wollte man sie zur Schlachtbank führen, blickte Brianda auf den Judenmarkt jenseits der Brücke: ein lärmendes Gewimmel fremder, schwarz gewandeter Menschen, die um verbeulte Töpfe und getragene Lumpen feilschten, im Schatten grauer, schmuckloser Häuser, die sich dicht an dicht in den blauen Himmel türmten, ohne Luft zum Atmen zwischen den Mauern. Nie hatte Brianda sich vorstellen können, hier zu leben, in dieser bedrückenden Enge, fern der Sonne und jeglicher Schönheit, wo alles überzuquellen schien, von Menschen und Lärm und Dreck und Gestank. Doch nun war dieser Ort ihre einzige Zuflucht. Ohne ihre Schwester war sie in Venedig verloren. Eine Anzeige würde genügen, um ihre Existenz zu gefährden, im offenen Teil der Stadt. Und sie, Brianda Mendes, die sich zeit ihres Lebens kaum als Jüdin gefühlt, ja, die ihr Judentum oft sogar gehasst hatte, weil es ihr die Möglichkeit verwehrte, so zu sein wie alle anderen, so zu leben wie alle anderen, begriff in diesem Augenblick, dass allein das Ghetto, das Bekenntnis zum Glauben ihrer Väter, ihr Schutz und Sicherheit geben konnte. Ja, sie war eine Gefangene ihres Glaubens und ihres Volkes, jetzt und für alle Zeit, eine marranische Scheinchristin, die niemals zu den wirklichen Christen gehören würde.

»Willst du es dir noch einmal überlegen?«, fragte Tristan, der ihre Not sah.

Brianda drehte sich zu ihm um, und als sie seinen Blick erwiderte, schämte sie sich vor ihm für den einen, kurzen Augenblick des Zögerns. Was zählte ihre Angst im Vergleich zu dem Opfer, das er gebracht hatte, um sie zu behalten? Tristan hatte alles für sie verraten, was ihm heilig war: seine Ehre, seinen Glauben, seine Seele.

»Habe ich denn eine Wahl?«, fragte sie. Mit müdem Lächeln schüttelte sie den Kopf und nahm ihre Tochter wieder an die Hand. »Wisch dir die Tränen ab«, ermahnte sie La Chica. »Statt zu weinen, wollen wir dem Herrn und König danken, dass er uns gerettet hat.«

Dann strich sie eine Haarsträhne, die sich aus ihrer Frisur gelöst hatte, unter die Haube, und schloss mit fester Hand den schwarzen Umhang vor ihrer Brust, um die Brücke zu überschreiten.

Viertes Buch

La Senhora

Konstantinopel,
1553–1557

1

Wie die Verheißung von Allahs Paradies erhob sich Konstantinopel über den glitzernden Fluten des Bosporus: ein pastellfarbenes Häusermeer inmitten tiefgrüner Zypressenwälder, aus denen sich majestätisch die Kuppeln der Moscheen und Paläste gen Himmel wölbten, funkelnd im flimmernden Sonnenglast, als hätte sich über den hängenden Gärten der sieben Hügel, auf denen die Stadt diesseits und jenseits des Goldenen Horns erbaut worden war, eine riesige Schatztruhe entleert und ihre prächtigsten Stücke ausgestreut. Von Kaiser Konstantin als zweites Rom gegründet, zu byzantinischer Zeit als Neues Jerusalem gepriesen, war Konstantinopel die Königin aller Städte, Inbegriff irdischer und Abbild himmlischer Herrlichkeit, glanzvolle Verschmelzung von Morgen- und Abendland. An der Wasserbrücke der zwei wichtigsten Erdteile gelegen, war sie die natürliche Beherrscherin Asiens und Europas, Herrin zweier Kontinente und Gebieterin über zwei Weltmeere. Diesen Ort jahrhundertealter Macht, 1453 für den wahren Glauben erobert, hatte Allah zur Hauptstadt des Osmanischen Reiches auserkoren, wo seit nunmehr einem halben Menschenleben Sultan Süleyman der Prächtige regierte – der Schatten Gottes auf Erden und Schutzherr aller Muslime.

Fünfmal am Tag riefen die Muezzins die Gläubigen von den Minaretten zum Gebet. Dann war es, als hielte die Zeit den Atem an, und in das sonst rastlos durcheinanderwuselnde Labyrinth der Straßen und Gassen, die tausendundein Geheimnis bargen, kehrte für eine kurze Weile die Ordnung des Glaubens ein. Das Geschrei auf den Plätzen, das Feilschen auf den Basaren verstummte, und über dreimal hunderttausend Menschen hielten in ihrer Tätigkeit inne, gleichgültig, wie wichtig die Geschäfte waren, die sie gerade betrieben, um sich dem wahren und eigentlichen Zweck ihres Daseins zu widmen: der Verehrung ihres himmlischen Gebieters. Verschleierte Frauen, die eben noch auf den Märkten keifend um Fleisch und Gemüse gestritten hatten, verschwanden wie lautlose Schatten in den Häusern; in den Läden und Werkstätten wurden Gebetsteppiche ausgerollt, und aus allen Ecken eilten Gläubige zu den Moscheen, die zu Hunderten in dieser Stadt errichtet worden waren, zur Verehrung Allahs. Und während sie sich an den Brunnen vor den Gotteshäusern die Füße wuschen, um sich auf das Gebet vorzubereiten, strichen einsam streunende Katzen mit krummem Rücken durch die plötzlich verwaisten Gassen, wo nur noch ein paar sich selbst überlasse Kinder hier und da im Schatten grün überrankter Mauern mit ihren Murmeln spielten oder Eidechsen fingen, die über die staubigen Stufen alter Prachtpaläste huschten.

Wenn aber die Gläubigen in den Moscheen die Suren des Korans anstimmten, um ihren Schöpfer zu preisen, geschah es nicht selten, dass sich in ihr Gotteslob das Geläut einer christlichen Kirche mischte oder aus einer Synagoge der Gesang eines jüdischen Chasans. Doch weder die staatliche Obrigkeit noch ein Vertreter der geistlichen Macht nahmen daran Anstoß. Denn nirgendwo sonst auf der Welt herrschte in Glaubensdingen mehr Freiheit als in dieser Stadt, deren größte und herrlichste Moschee, die Aya Sofya, einst unter dem Namen Hagia Sophia die größte und herrlichste Kirche der ganzen Christenheit gewesen war. Obwohl kein Mohammedaner auch nur im Traum daran zu zweifeln wagte, dass einzig Allah der Anbetung würdig wäre, lebten hier in alltäglicher Nachbarschaft und freundlicher gegenseitiger Duldung die Anhänger von über zwei Dutzend Religionen. Als gäbe es nur einen einzigen wahren Gott, gingen die Gotteskinder der unterschiedlichsten Glaubensrichtungen ihren Andachtsübungen nach, ohne einander im Gebet zu stören, türkische Sunniten und persische Schiiten, deutsche Protestanten und italienische Katholiken, russische und bulgarische Orthodoxe, syrische Aramäer und ukrainische Chassidim, ein jeder nach seiner

Art, um den himmlischen Herrscher in nahezu sämtlichen Sprachen anzubeten, in denen die Menschen seit der babylonischen Verwirrung redeten. Anders als in den Ländern des christlichen Abendlandes war es den Untertanen des Osmanischen Reiches nämlich erlaubt, sich frei und ungehindert zu dem Glauben zu bekennen, nach dem ihre Seelen dürsteten. Einzig die Abgabe der Steuern wurde unterschiedlich festgelegt: Ungläubige mussten dem Sultan ungleich höheren Tribut entrichten als seine rechtgläubigen Untertanen, die Jünger des Propheten Mohammed.
Seit die Osmanen Konstantinopel regierten, strömten darum ganze Heerscharen von Juden, die ihres Lebens in der Heimat nicht mehr sicher waren, aus Europa an den Bosporus, um unter dem Halbmond Zuflucht zu suchen. Da sie selbst kein eigenes Land besaßen, also von keinerlei Feinden des Türkenreiches Unterstützung erhielten, standen sie in dem Ruf, dem Sultan treuer ergeben zu sein als alle anderen seiner ungläubigen Untertanen. Mit ihren vielfältigen Kenntnissen und Fertigkeiten waren sie Süleyman nicht nur willkommen, er umwarb sie sogar, damit sie sich in seiner Hauptstadt ansiedelten. Juden waren lesekundig und sprachen alle bekannten Sprachen; sie trieben Handel in der ganzen Welt und verstanden sich aufs Bankgeschäft; sie waren die besten Ärzte und Apotheker und außerdem in der Kunst geübt, Feuerwaffen und Kanonen herzustellen. Zwar waren sie auch in Konstantinopel gehalten, zum Zeichen ihrer Glaubenszugehörigkeit gelbe Turbane auf den Köpfen zu tragen, doch niemand kümmerte sich um die Beachtung dieser albernen Vorschrift. Statt die Juden durch Gesetze einzuschränken, gab Süleyman ihnen vielmehr die Freiheit, in allen drei Teilen der Stadt, in Stambul und in Pera und Skutari, Synagogen zu betreiben. Juden aller Herren Länder, aus Spanien und Portugal, aus Schwaben und Sizilien, aus Ungarn und der Slowakei, durften in eigenen Gemeinden, doch ohne Verbannung in ein Ghetto, nach ihren Vorschriften und Bräuchen leben, ja, sie genossen sogar das Privileg, nach eigenem Recht und Gesetz ihre Beziehungen

untereinander zu regeln – vorausgesetzt freilich, dass davon nicht die Belange rechtgläubiger Untertanen betroffen waren.
Fünfzigtausend Juden lebten auf diese Weise in Konstantinopel, als Gracia Mendes im Jahre 1553 mit ihrem Gefolge am Goldenen Horn eintraf – fünfzigtausend Glaubensbrüder, die mit ihrem Beispiel den arabischen Namen der Stadt zu beglaubigen schienen: Der-i-Saadet – »Die Pforte zur Glückseligkeit«.
War sie endlich ans Ziel ihrer Reise gelangt? Hatte sie das Gelobte Land erreicht?

2

In der Synagoge war die Hölle los. Zur Feier des Purim-Festes, das an die Errettung der Juden in der persischen Glaubensfremde vor zweitausend Jahren erinnerte, verlas Rabbi Soncino das Buch Esther, und jedes Mal, wenn in dem Bericht der Name Haman fiel, der Name also jenes Mannes, der den Perserkönig Ahasver zur Vernichtung des Volkes Israel angestiftet hatte, verlangte der Brauch, dass alle anwesenden Kinder der Gemeindemitglieder lärmten, so laut sie nur konnten, mit Ratschen und Knarren und Klopfern. Dabei stampften sie so heftig mit den Füßen, dass das alte, enge Gotteshaus, das bis auf den letzten Platz gefüllt war, in den Grundmauern bebte.
»Mordechai schrieb alles auf, was geschehen war. Er schickte das Schreiben an alle Juden in allen Provinzen des Königs Artaxerxes nah und fern und machte ihnen zur Pflicht, den vierzehnten und den fünfzehnten Tag des Monats Adar in jedem Jahr als Festtag zu begehen. Das sind die Tage, an denen die Juden wieder Ruhe hatten vor ihren Feinden; es ist der Monat, in dem sich ihr Kummer in Freude verwandelte und ihre Trauer in Glück. Sie sollten sie als Festtage mit Essen und Trinken begehen und sich gegenseitig beschenken, und auch den Armen sollten sie Geschenke geben.«

Gracia, die mit Reyna in der ersten Reihe saß, fiel immer wieder in den lärmenden Jubel ein. Da zu Purim mit Esther eine Frau gefeiert wurde, die das Morden an den Juden verhindert hatte, waren an diesem Tag auch Mütter und ihre Töchter vor dem Thoraschrein zugelassen. Lachend tauschte Gracia einen Blick mit ihrem alten Freund Amatus Lusitanus, der mit seinem flammenden Feuermal auf der Stirn zu ihrer Rechten saß. Noch nie hatte sie dieses Fest so genossen wie heute. Wie groß die Not auch war – Gott ließ seine Kinder nicht im Stich. Unter seiner Führung war sie mit Reyna in Konstantinopel angekommen – Gott hatte sie zu verdanken, dass sie diesen Festtag nun so ausgelassen feiern konnte, zusammen mit ihren Angehörigen und Glaubensbrüdern, frei von aller Sorge und Angst.

»Gelobt seiest du, Ewiger, unser Gott, König der Welt, der uns hat Leben und Erhaltung gegeben und uns hat diese Zeit erreichen lassen.«

Während die Gemeinde mit lautem »Amen« den Segensspruch bekräftigte, sah Gracia sich um. Unter den Menschen, die in dem kleinen Gotteshaus versammelt waren, kannte sie manche Gesichter schon seit vielen, vielen Jahren. Da war Paco, ihr Hausdiener aus Lissabon, der beim Erdbeben geholfen hatte, die Fensterscheiben einzuschlagen, damit sie ins Freie gelangen konnten. Alt und hager war er geworden, doch er strahlte über das ganze Gesicht, als er Gracias Lächeln erwiderte ... Und Rebecca Gonzales, die dicke, freche Ehefrau des Geldverleihers aus Coimbra, die auf dem Markt von Antwerpen einen Schweinebraten für ihre Familie gekauft hatte. Gott hatte ihr die kleine Sünde offenbar verziehen ... Gracia glaubte sogar, eine der Witwen aus Badajoz zu erkennen, die Francisco auf den Knien angefleht hatten, ihnen zur Flucht zu verhelfen, ganz zu Beginn ihrer Ehe, als sie ihren Mann noch für einen Verräter hielt, der die Frauen um ihr Geld und ihren Schmuck betrügen wollte ... All diese Menschen hatten es mit Schiffen der Firma Mendes hierher geschafft, aus allen Ländern und Städten Europas, auf der Flucht vor der Folter und den Scheiterhaufen der Inquisition. Konnte es einen schöneren Lohn für die erlittenen Mühen und Gefahren geben, als in diese Gesichter zu blicken?

»Gelobt seiest du, Ewiger, unser Gott, König der Welt, der du Wunder erwiesen unseren Vätern in jenen Tagen zu dieser Zeit.«

Während Gracia die Dankesworte mitsprach, musste sie an Francisco denken, ihren Mann, und an Diogo, seinen Bruder. Die zwei Männer, die sie in ihrem Leben geliebt hatte ... Die zwei Männer, denen bis heute ihre Liebe galt ... Konnten sie das jubelnde Gotteshaus wohl gerade sehen, aus irgendeiner weiten, fernen Höhe? Als sie Diogos Gesicht vor sich sah, fiel Brianda ihr ein, ihre Schwester, die sie in Venedig zurückgelassen hatte. Bei dem Gedanken zog sich Gracias Herz zusammen.

Wer ein Leben rettet, der rettet die ganze Welt ...

Plötzlich, ohne dass der Name Haman gefallen wäre, breitete sich Unruhe in der Synagoge aus. Alle Köpfe fuhren zum Tor herum, jeder wollte sehen, woher die Unruhe kam.

»José!«

Mit einem Freudenschrei sprang Reyna auf. Gracia traute ihren Augen nicht. Tatsächlich, der Mann, der sich durch die Reihen der Gläubigen drängte, auf ihre Tochter zu, war ihr Neffe. Ohne auf die Gemeinde zu achten, sanken die zwei einander in die Arme und küssten sich. Gracia war entsetzt. Was wollte José hier? Sie hatte gehofft, er würde erst mit dem Sultan aus Ungarn zurückkehren. Damit sie sich aus dem Versprechen, das sie Süleyman gegeben hatte, loskaufen könnte, bevor Reyna davon erführe ... Gracia spürte, wie ihr Herz wild zu schlagen begann. Was würde geschehen, wenn die Wahrheit ans Licht käme? Reyna war jung und verliebt, sie würde ihre Entscheidung niemals begreifen. Noch während die beiden Platz nahmen, setzte Rabbi Soncino den Gottesdienst fort. Gracia flehte Gott um Hilfe an. Sie hatte schon ihre Schwester verloren – sie wollte nicht auch noch ihre Tochter verlieren. Reyna war alles, was ihr von ihrem alten Leben geblieben war.

»Ich möchte ein Wort im Namen aller Juden an Euch richten.«
Als Gracia sich wieder zum Thoraschrein wandte, trat ein Mann auf sie zu, ein Greis mit weißem Bart und weißen Schläfenlocken, den sie in ihrer Verwirrung erst beim zweiten Hinsehen erkannte. Er war der Gemeindeälteste aus Toledo, der mit der Fortuna aus Venedig geflohen war, derselbe Greis, in dem ihr toter Vater ihr begegnet war, am Tag von Briandas Verrat.
»Gott hat Euch gesandt, uns aus der Knechtschaft zu führen«, sagte er. »Nasi ist Euer Name von Geburt, das heißt auf Hebräisch ›Fürst‹, weil Ihr aus dem Hause David stammt. Euch verdanken wir unser Leben. Ihr habt uns von den Edomitern befreit.« Er kniete vor ihr nieder und küsste ihre Hand. »Ihr seid La Senhora, unsere Herrin. Gott segne Euch.«
Gracia war so verwirrt, dass sie kaum noch denken konnte. Während der Mann vor ihr kniete, hielten Reyna und José einander bei der Hand wie ein Brautpaar, und Amatus Lusitanus lächelte ihnen zu, als wollte er sie segnen. Gracia wusste nicht, was unerträglicher war – der Anblick des knienden Greises, der sie wie eine Königin verehrte, oder der Anblick ihrer Tochter, deren Glück sie vielleicht zerstören musste? Sie wollte etwas sagen, damit wenigstens der alte Mann endlich aufstünde. Doch bevor sie den Mund aufmachen konnte, sprach Rabbi Soncino bereits den letzten Segensspruch, um den Gottesdienst zu beenden.
»Gelobt seiest du, Ewiger, unser Gott, König der Welt, der du unseren Streit führst und unsere Vergeltung ausübst und den verdienten Lohn heimzahlst allen Feinden unserer Seele. Gelobt seiest du, Ewiger, der du für dein Volk Israel alle seine Bedränger bestrafst, hilfreicher Gott.«
»Amen!«, antwortete die Gemeinde im Chor. »Der Segen komme über uns!«

3

Gefeiert wurde im Belvedere-Serail, Gracias neuem Zuhause – ein prachtvoller osmanischer Palast, den sie in Pera, dem europäischen Teil der Stadt, nach ihrer Ankunft am Bosporus mit Hilfe ihres Freundes Amatus Lusitanus erworben hatte. Seit Stunden schon hallten die hohen, kachelgeschmückten Räume vom Lachen und Lärmen der Purim-Gesellschaft wider. Fast die ganze Gemeinde war zum Festmahl geladen – zwei Dutzend Tische schienen sich unter der Last der Speisen zu biegen –, um den Rest des Tages mit gemeinsamem Essen und Trinken zu verbringen, wie das Gebot es verlangte. Während Maskierte unter großem Gejohle Purim-Spiele aufführten, verkleidet als Esther und Haman und Ahasver, überboten Rabbi Sonciono und der Gemeindeälteste einander mit den spitzfindigsten Argumenten, um unter Aufbietung aller talmudischer Gelehrsamkeit den Nachweis zu führen, warum an diesem Freudentag jeder Jude so viel Wein trinken musste, bis er nicht mehr zwischen Esther und Ahasver unterscheiden konnte.

Als draußen die Sonne über dem Marmarameer unterging, war kaum noch ein Gast imstande, ein vernünftiges Wort mit seinem Nachbarn zu wechseln. Selbst Gracias Purim-Versprechen, der Gemeinde eine neue Synagoge zu stiften, fand in der lärmenden Gesellschaft kaum Gehör. Nach kurzem Beifall prostete man einander schon wieder zu. Wer interessiert sich für gute Werke, wenn es guten Wein zu trinken gibt?

»Komm, hier entlang!«, sagte José.

»Wo willst du hin?«, fragte Reyna.

»Keine Ahnung! Nur weg von den anderen!«

Er reichte ihr die Hand und führte sie eine schmale Hintertreppe hinauf, auf deren Stufen ein paar Betrunkene mit verrutschten Masken auf den Gesichtern schon weinselig schnarchten. Reyna raffte ihre Röcke und folgte ihrem Verlobten, eilig immer zwei Stufen auf einmal nehmend. Heimlich wie zwei Diebe hatten sie

sich von der Festgesellschaft gestohlen, noch bevor die Süßspeisen aufgetragen worden waren. Sie wollten allein sein, endlich allein! Seit Josés Ankunft hatten sie noch keine Minute unter vier Augen verbracht.
»Ich kann dir gar nicht sagen, wie sehr ich dich vermisst habe!«
»Und ich dich erst! Manchmal wusste ich nicht mehr, wie ich es ohne dich aushalten sollte …«
Reynas Gesicht glühte vom Wein, und von den vielen Stufen war ihr ganz schwindlig. Sie waren gelaufen, bis es nicht mehr höher hinaufging. Hier oben war es noch warm von der Frühlingssonne, die während des ganzen Tages auf das Dach geschienen hatte. Über ihren Köpfen, irgendwo im Gebälk, war leises Gurren zu hören.
Verwundert schaute José sich um. »Sag mal, hat deine Mutter hier einen Taubenschlag?«
»Ist das jetzt so wichtig?«
Er schüttelte den Kopf mit einem Gesicht, als würde er sich für seine Frage schämen. »Ich kann noch gar nicht glauben, dass ich wirklich hier bin«, sagte er leise.
»Was soll das heißen? Wärst du lieber noch bei deinem Prinzen?«
»Für kein Geld der Welt. Als ich hörte, dass du in Konstantinopel bist, konnte mich nichts mehr in Ungarn halten. Bei Nacht und Nebel bin ich aus dem Lager geflohen, obwohl Selim es mir verboten hatte.«
Reyna schloss für eine Sekunde die Augen. Noch nie im Leben hatte jemand so etwas Schönes zu ihr gesagt.
»Das hast du für mich getan?«, fragte sie ungläubig. »Aber – war das nicht furchtbar gefährlich?«
José schüttelte mit zärtlichem Lächeln den Kopf. »Nicht so gefährlich, wie wenn ich geblieben wäre. Ich wäre gestorben vor Sehnsucht nach dir.«
Für eine Sekunde schauten sie sich an, wortlos und stumm. Dann, wie auf ein Zeichen, fielen sie übereinander her, zwei Verdurstende in der Wüste.

»Endlich! Endlich bist du da …«
»Ja, Reyna … Endlich …«
Gierig suchten sich ihre Münder, heißer Atem auf heißer Haut, und während ihre Lippen verschmolzen, liefen Reyna tausend herrliche Schauer über den Rücken. Musste man erst monatelang voneinander getrennt sein, um solche Gefühle zu erleben? Sie wusste gar nicht, was dringlicher war: José zu küssen oder ihn anzuschauen … Am liebsten hätte sie beides zugleich getan. Sobald sie ihn anschaute, musste sie ihn küssen, und sobald sie ihn küsste, hatte sie nur noch das Bedürfnis, sein Gesicht zu sehen.
»Wie sehr du dich verändert hast …«
Ohne seine Hände loszulassen, trat sie einen Schritt zurück. Mit dem Turban und dem schmalen Oberlippenbart, den er sich hatte wachsen lassen, wirkte er fast wie ein Türke. Obwohl sie Bärte hasste, fand sie seinen hinreißend. Aber konnte es überhaupt etwas geben, was ihr nicht an ihm gefiel? Sogar seine großen Ohren, die sie nie hatte ausstehen können, kamen ihr jetzt vor wie ein Zeichen seiner Männlichkeit. Auf jeden Fall waren sie schöner als die Ohren aller anderen Männer, die sie kannte.
»Was hast du?«, wollte er wissen. »Warum schaust du mich so an?«
»Ich … ich muss dich etwas fragen«, erwiderte sie. »Aber du darfst mich nicht auslachen. Versprochen?«
»Versprochen!«
Reyna zögerte einen Moment. Dann gab sie sich einen Ruck. »Die Haremsfrauen – sind sie wirklich so schön, wie man sagt?«
»Woher soll ich das wissen?«, antwortete er. »Kein fremder Mann darf sie sehen. Außerdem sind sie verschleiert.«
»Trotzdem – hast du nie eine zu Gesicht bekommen?«
»Reyna, was sollen solche Fragen?«
»Los, sag schon! Ich möchte es einfach wissen!«
Aufmerksam musterte sie sein Gesicht. Konnte es wirklich sein, dass er rot geworden war? Die herrlichen Schauer, die eben noch

über ihren Rücken gerieselt waren, versiegten mit einem Mal. Plötzlich war da nur noch entsetzliche Angst. Warum hatte sie ihm nur diese dumme Frage gestellt? Wenn er jetzt ihrem Blick auswiche, dann …

Doch statt die Augen niederzuschlagen, grinste er sie an.

»Bist du etwa eifersüchtig?«

Sie spürte, wie ihr das Blut ins Gesicht schoss, und beschämt sah sie zu Boden. Aber José hob mit der Hand ihr Kinn, so dass sie ihn anschauen musste, und immer noch grinsend schüttelte er den Kopf.

»Du weißt doch, ich mag nur Frauen mit Sommersprossen«, sagte er leise. Dann wurde sein Gesicht plötzlich ernst. »Glaub mir, Reyna, was immer passiert, ich liebe nur dich – dich ganz allein.«

Als sie die Zärtlichkeit sah, die aus seinen ernsten Augen sprach, waren die herrlichen Schauer wieder da, noch herrlicher und schöner als zuvor.

»Gott sei Dank«, flüsterte sie.

»Ja, Gott sei Dank«, flüsterte auch er, während er ihr Gesicht mit kleinen, zärtlichen Küssen bedeckte, als wollte er keine einzige Sommersprosse auslassen. »Ich liebe dich, Reyna! Ich liebe dich!«

»Dann halt mich fest! Und lass mich nie wieder los!«

»Nein, mein Täubchen … Nie wieder … Ich will bei dir sein, ganz nah …«

»Ja, so nah es irgendwie geht …«

»Nur du und ich …

»Jeden Tag …«

»Und jede Nacht …«

4

»José und ich wollen endlich heiraten«, erklärte Reyna.

»Nein«, erwiderte ihre Mutter. »Erst muss die neue Synagoge fertig sein.«

»Was hat die neue Synagoge mit unserer Hochzeit zu tun? Es gibt über ein Dutzend andere in der Stadt. Wir können überall heiraten!«

»Ich will den Sultan zu eurer Hochzeit einladen. Seine Teilnahme wäre ein wichtiges Zeichen. Für die ganze jüdische Gemeinde.«

»Der Sultan führt Krieg in Ungarn. Das kann noch ewig dauern. Bitte, Mutter, du hast es versprochen – sobald José da ist, dürfen wir heiraten. Jetzt ist er da, seit fast einem halben Jahr schon, und du hast noch nicht mal den Tag festgelegt. Immer wieder findest du neue Gründe, um unsere Hochzeit zu verschieben.«

»Meinst du, das mache ich zu meinem Vergnügen? Du siehst doch selbst, wie viel ich zu tun habe! Wir haben täglich achtzig Leute zur Armenspeisung im Haus!«

»Ja, du fütterst halb Konstantinopel, aber für die Hochzeit deiner Tochter hast du keine Zeit!«

»Jede Woche kommen neue Flüchtlinge an. Woher soll ich das Geld nehmen? Eure Hochzeit kann warten. José würde besser nach Ancona fahren, um sich dort um unsere Geschäfte zu kümmern. Ancona ist der letzte Hafen in Italien, wo die Inquisition uns noch in Ruhe lässt.«

»Wozu haben wir dann auf unserer Reise dort drei Monate Zwischenstation gemacht? Du hast doch damals selbst alles schon geregelt. Die Firma Mendes ist das größte Handelshaus in Ancona. Das hast du selbst gesagt!«

»Das reicht nicht. Wahrscheinlich müssen wir Venedig aufgeben. Die Inquisition sitzt Duarte Gomes im Nacken. Und was dann? Wir brauchen einen Ersatzhafen! Sonst gehen wir bankrott! – Aber du hast ja nur deine Hochzeit im Kopf!«

Mitten im Satz kehrte Gracia ihrer Tochter den Rücken zu und trat ans Fenster. Längst war die Nacht auf Konstantinopel herabgesunken, doch die Lichter der riesigen Stadt spiegelten sich tausendfach in den Fluten des Bosporus, zusammen mit dem klaren Sternenhimmel. Im Schein der schmalen Mondsichel erhoben sich die Hügel über dem Wasser wie finstere, bedrohliche Schatten.

»Ich bin wirklich stolz auf dich«, sagte Reyna. »Und ich bewundere aufrichtig, was du tust. Aber wir sind am Ziel, Mutter, wir sind angekommen. In Konstantinopel! Dort, wo du immer sein wolltest! Wir sind frei!«

»Nein, das sind wir nicht«, erwiderte Gracia in die dunkle Nacht hinein. »Oder hast du vergessen, wovon ich dir immer erzählt habe? Von dem Garten, in dem es nach Orangen und Pinien und Datteln duftet ... Dem Fluss, dessen Fluten sechs Tage in der Woche fließen, am siebten aber stillestehen ... Das ist unser Ziel.« Noch während sie sprach, wandte sie sich vom Fenster ab. »Aber was stehen wir hier und reden? Es ist gleich Nacht, und wir haben noch nicht gebetet. Höchste Zeit, dass wir das nachholen.«

»Einen Moment noch. Bitte!«

Als Gracia ihren Blick erwiderte, begriff Reyna, warum alle Juden in der Stadt sie nur noch *La Senhora* nannten. Ja, ihre Mutter war wirklich eine Herrin. Obwohl sie die vierzig längst überschritten hatte, war ihre Haltung ungebeugt, und in ihrem hellen Gesicht, das ihr immer noch kastanienbraunes Haar streng umrahmte, zeugten nur zwei scharfe, senkrechte Falten über den wachen Augen von ihrem Alter. Aber Reyna wusste, hinter dieser Fassade gab es noch einen anderen Menschen, eine zarte, zerbrechliche Frau, eine liebevolle, fürsorgliche Mutter, der kein Opfer zu groß war, um ihre Tochter vor den Gefahren der Welt zu schützen. Zärtlich legte Reyna einen Arm um sie.

»Sag mal, kann es sein, dass du mir etwas verheimlichst? Irgendetwas, von dem ich deiner Meinung nach nichts wissen darf?«

Gracia schüttelte unwillig den Kopf.

»Bitte, Mutter. Ich bin kein Kind mehr, ich bin dreiundzwanzig Jahre alt.«

Gracia wurde plötzlich rot, wie ein junges Mädchen, und als sie zu Boden blickte und nervös an ihrem grünen Seidenschal zupfte, den Amatus Lusitanus ihr vor einem halben Jahr zum Purim-Fest geschenkt hatte, ging Reyna ein Licht auf.

»Ach du meine Güte, ist das wirklich wahr?«, lachte sie. »Hast du vielleicht selbst Hochzeitspläne?«

»Bist du verrückt geworden?«

»Ja natürlich«, fuhr Reyna unbeirrt fort. »Amatus Lusitanus und du – ich muss blind gewesen sein! Jeden Tag kommt er zu Besuch, wenn nicht einmal, dann zweimal. Und jetzt wartest du darauf, dass er dir einen Antrag macht, damit du deine Tochter nicht als unverheiratete Frau in die Ehe geben musst.«

»Unsinn!«, rief Gracia. »Du weißt so gut wie ich, dass ich nach deinem Vater keinen anderen Mann mehr heiraten kann. Nein!«, fiel sie Reyna barsch ins Wort, als die ihr widersprechen wollte. »Ich will solches Geschwätz nicht hören!«

»Aber was ist es dann?«, fragte Reyna. »Irgendetwas gibt es doch, weshalb du unsere Hochzeit immer wieder verschiebst!«

Ihre Mutter machte sich von ihr los und nahm mit beiden Händen die Spitzen ihres Schals, um das Tuch um ihre Schultern straff zu ziehen.

»Willst du es wirklich wissen?«, fragte sie.

Reyna nickte.

»Also gut, es gibt tatsächlich einen Grund, der eurer Hochzeit im Wege steht. Aber der hat ganz allein mit José zu tun.«

Gracias Stimme war plötzlich so hart und ihr Blick so streng, dass Reyna Angst bekam.

»Dann musst du es mir sagen. Bitte, Mutter. Ich habe ein Recht darauf.«

»Natürlich, wenn du darauf bestehst.« Gracia schaute ihr fest in die Augen. Dann erklärte sie: »Du kannst José nicht heiraten, weil dein Verlobter kein richtiger Jude ist.«

5

Rabbi Soncinos Haus befand sich mitten im alten Stambul, in dem unüberschaubaren, tausendfach verwinkelten Gassenlabyrinth zwischen dem großen Basar und der Aya Sofya, wo im Schatten der größten Moschee der Stadt das neue Gotteshaus der Juden entstand.

»Dom José? Seid Ihr gekommen, um Euch über die Fortschritte der Baustelle zu unterrichten?«

»Nein, Rabbi Soncino, die neue Synagoge ist allein Dona Gracias Sache. Ich möchte Euch eine Frage stellen. Eine sehr wichtige Frage. Habt Ihr ein wenig Zeit?«

Der Rabbiner bat José herein und bot ihm einen Stuhl an. Durch das offene Fenster blickte man auf einen Markt, wo verschleierte Frauen mit turbantragenden Händlern feilschten, und in der Ferne erhob sich vor dem tiefblauen Herbsthimmel die Kuppel der großen Moschee, von wo gerade die Rufe des Muezzins herüberwehten. Doch drinnen, in der Studierstube Soncinos, sah es noch genauso aus wie vor Jahren in seiner Lissaboner Wohnung: Bücher über Bücher – das ganze Wissen des Volkes Israel.

»Bin ich ein Jude, Rabbi?«, fragte José, nachdem sein Gastgeber das Fenster geschlossen hatte, damit sie ungestört waren.

»Macht Ihr Scherze?«, fragte Soncino verwundert zurück. »Solange ich zurückdenken kann, seid Ihr Mitglied der Gemeinde. Ich kann mich noch an Eure Bar-Mitzwa erinnern, wie Ihr in den Bund aufgenommen wurdet …«

»Meine Bar-Mitzwa wurde zu Unrecht gefeiert«, fiel José ihm ins Wort. »Meine Eltern haben versäumt, mich beschneiden zu lassen – wahrscheinlich um mich zu schützen. Deshalb behauptet Dona Gracia jetzt, ich wäre kein richtiger Jude, und weigert sich, mir ihre Tochter in die Ehe zu geben. Hat sie das Recht dazu?«

Der Rabbiner strich sich über den Bart. »Das ist eine schwierige Frage«, sagte er schließlich. »Die Beschneidung ist ein Zeichen des Bundes zwischen dem Volk Israel und dem Herrn. So steht es

geschrieben: Das ist mein Bund zwischen mir und euch samt euren Nachkommen, den ihr halten sollt. Alles, was männlich ist unter euch, muss beschnitten werden.«
José wurde blass. »Dann ... dann dürft Ihr mich also wirklich nicht trauen?« Noch während er sprach, packte ihn plötzlich die Wut. »Verdammt noch mal, ich bin bis nach Ungarn gereist, um Reyna heiraten zu dürfen! Dona Gracia hat es mir versprochen! Ich habe mein Leben riskiert! Vielleicht habe ich mir sogar den Sohn des Sultans zum Feind gemacht! Und wozu? Nur damit sie jetzt ihr Wort bricht? Sagt, Rabbiner, ist das gerecht?«
»Bitte beruhigt Euch«, erwiderte Soncino und schenkte ihm einen Becher Wein ein. »Manche der Weisen meinen, dass in dieser Zeit der Heimsuchung die Entbindung von den Gelübden, um die wir Haschem zu Jom Kippur bitten, auch für die Beschneidung gilt. So haben sicher auch Eure Eltern gedacht, als sie sich entschieden, gegen das Gesetz zu verstoßen.«
»Meine Eltern – vielleicht! Aber Dona Gracia bestimmt nicht!« José stürzte den Wein in einem Zug herunter. »Was ratet Ihr mir, Rabbi? Was soll ich tun?«
Soncino wiegte nachdenklich den Kopf. »Warum holt Ihr die Beschneidung nicht nach? Auch Abraham ließ sich beschneiden, als er ein erwachsener Mann war, und sein Sohn Ismael zählte immerhin schon dreizehn Jahre. Wir brauchen nur ein Minjan einzuberufen, zehn Männer unserer Gemeinde und einen tüchtigen Mohel, der geschickt mit dem Steinmesser umzugehen versteht.«
José verzog das Gesicht. »Ist das die einzige Möglichkeit?«, fragte er. »Ich meine, ich habe nie begriffen, warum ein so winziges Stück Haut so wichtig sein soll!«
»Das kann niemand begreifen«, antwortete der Rabbiner. »Die heiligen Schriften geben ja keinen Grund für die Beschneidung an, sie befehlen sie nur: Beschneidet euch für den Herrn und entfernt die Vorhaut eures Herzens. Aber sagt, habt Ihr etwa Angst vor den Schmerzen? Wenn es das ist, kann ich Euch beruhigen. Man wird Euch Wein zu trinken geben.«

José spürte, wie er rot anlief. »Die Schmerzen machen mir keine Angst, aber …«

»Aber was?«

»Zehn Zeugen!«, schnaubte er. »Sie alle schauen zu! Und am Ende saugt der Mohel das Blut ab – mit dem Mund!« Bei der Vorstellung musste José sich schütteln. »Wenn Gott will, dass wir beschnitten sind, warum hat er uns dann nicht gleich so erschaffen?«

»Dafür nennen die Weisen einen einfachen Grund«, erwiderte Soncino. »Der Herr will, dass wir uns als Juden zu erkennen geben, aus freien Stücken und eigenem Antrieb. Dieses Bekenntnis sollen wir an unserem Leib tragen, als sichtbares Zeichen seines Bundes.«

»Ihr habt gut reden, Rabbiner.« José nahm die Flasche Wein vom Tisch, um sich selbst nachzuschenken. »Für Euch ist jedes Wort der Thora Gesetz. Aber, um ehrlich zu sein – ich glaube weniger an Gott als an das Volk Israel. Von Gott weiß ich nur, dass die Juden sich in seinem Namen immer wieder vereinen, egal, was man ihnen antut. Das ist der einzige Grund, weshalb ich an ihn glaube.«

José hatte erwartet, dass der Rabbiner ihn tadeln würde, doch Soncino schüttelte nur nachsichtig lächelnd den Kopf.

»Ihr braucht Euch Eurer Zweifel nicht zu schämen, Dom José. Ein begründeter Zweifel ist nicht der schlechteste Weg, sich an Gott zu wenden. Ja, manchmal erwartet Gott sogar von uns, dass wir mit ihm hadern. Selbst Abraham, der Gründer des ewigen Israel, hat mit ihm um die Erhaltung Sodoms gestritten. Aber wer weiß«, fügte er hinzu, »vielleicht hat in Eurem Fall die Beschneidung noch einen weiteren Sinn. Nicht nur als Bekenntnis zu Gott und dem Volk Israel, sondern …«

»Sondern was?«

»Sondern auch als Bekenntnis zu Eurer Braut.« Der Rabbiner zwinkerte José aufmunternd zu. »Würde Euch dieser Gedanke vielleicht helfen, eine Entscheidung zu treffen?«

José schaute eine Weile in seinen Becher, bevor er eine Antwort gab. »Wie könnt Ihr nur daran zweifeln?«, fragte er schließlich. »Für Reyna würde ich mir nicht nur ein Stückchen Haut abschneiden lassen, sondern auch meinen rechten Arm!« Er trank den Wein aus und erhob sich von seinem Stuhl. »Sagt Eurem Mohel, er soll in Gottes Namen sein Messer wetzen. Damit Dona Gracia keine Ursache mehr hat, mich als ihren Schwiegersohn abzulehnen.«

6

Im Frühling des Jahres 1554 kehrte Sultan Süleyman an der Spitze seines Janitscharen-Heeres siegreich nach Konstantinopel zurück, wo er mit militärischem Ehrensalut, abgeschossen aus zwei Dutzend Kanonen von der Hügelspitze des Goldenen Horns, sowie dem begeisterten Jubel seiner Untertanen empfangen wurde. Gracia atmete auf – die Ankunft des Herrschers erfolgte keinen Tag zu früh. Nach Josés Beschneidung, die vor wenigen Wochen erfolgt war, hatte sie keine Gründe mehr finden können, die Hochzeit ihrer Tochter noch länger hinauszuzögern. Doch jetzt hatte sie Gelegenheit, das Problem, das wie kein anderes auf ihrer Seele lastete, endlich aus der Welt zu schaffen. Sie war bereit, alles für eine Lösung zu tun, die sowohl den Herzenswünschen ihrer Tochter als auch der Verwirklichung ihrer eigenen Mission im Dienst des Volkes Israel gerecht werden würde.
Dank der Vermittlung ihres Freundes Amatus Lusitanus, der Süleyman nach dessen erfolgreichem Feldzug mit dem Befund beglücken konnte, dass er sich trotz seiner siebenundfünfzig Jahre der Gesundheit eines Jünglings erfreue, wurde Gracia noch vor dem Pessachfest die außerordentliche Gunst zuteil, als erste Frau, die nicht zum kaiserlichen Harem gehörte, dem Sultan ihre Aufwartung machen zu dürfen.

Es war ein strahlend schöner Frühlingstag, als ihre Kutsche durch das »Tor der Begrüßung« in den Hof des Topkapi-Serails rasselte. Anders als die Paläste, die Gracia aus Europa kannte, bestand der Herrschersitz der Osmanen nicht aus einem einzelnen Gebäude, sondern aus einer Vielzahl großer und kleiner Pavillons, die, eingebettet in blühende Gärten, über den gesamten Serail-Hügel mit Blick auf das Meer verteilt waren wie eine Zeltstadt aus Stein inmitten einer Oase.

»Brrr«, machte der Kutscher und zügelte die Pferde.

Vogelgezwitscher erfüllte die seidige Luft, als Gracia aus dem Wagen stieg und ihren Dienern Anweisung gab, die Gastgeschenke den Mohren zu übergeben, die zu ihrem Empfang bereits Spalier standen. Da sie wusste, dass Süleyman selbst Gedichte verfasste, hatte sie eine ganze Bibliothek kostbar eingebundener Bücher mitgebracht, in der Hoffnung, sich so schon vor Beginn ihrer schwierigen Verhandlung das Wohlwollen des Mannes zu sichern, von dem das Glück ihrer Tochter und die Zukunft ihres Volkes abhingen.

»Wenn Ihr mir bitte folgen würdet?«

Gracia prüfte noch einmal den Knoten des Schleiers, mit dem sie auf Anraten von Amatus Lusitanus wie eine Orientalin ihr Gesicht verhüllt hatte. Wo würde der Sultan sie empfangen? Sie hatte erwartet, dass der Obereunuch, der sie in fließendem Italienisch angesprochen hatte, sie zum offiziellen Audienzpavillon geleiten würde, dessen Dach sich am Ende des Hofes über dem »Sultan-Tor« erhob. Doch der Kastrat führte sie an einem langgestreckten Küchengebäude vorbei, in dessen Schatten kahlgeschorene Küchenjungen mannshohe Kupferkessel schrubbten, und ging dann weiter auf den Haremsbereich zu, wo sich Süleyman in seinen Privatgemächern von seinen Amtsgeschäften erholte, umgeben von fünfhundert Frauen, die keinen anderen Daseinszweck kannten, als ihren Gebieter glücklich zu machen und sein Haus in ein Haus der Glückseligkeit zu verwandeln.

»Bitte wartet einen Augenblick.«

Bewacht wurde das Tor von grimmig dreinschauenden Janitscharen. Die Körper reglos wie Statuen, verfolgten sie aus den Augenwinkeln jede noch so kleine Bewegung, jederzeit bereit, von ihren Krummsäbeln Gebrauch zu machen, um das Allerheiligste des Palastes zu schützen. Auf ein Zeichen des Eunuchen traten sie beiseite.

»Ihr könnt eintreten.«

Als Gracia das Tor zum Harem durchschritt, empfing sie auf der anderen Seite dämmrige Kühle, erfüllt vom zarten Duft taufrischer Rosenblätter. Während ihre Augen sich allmählich an das Halbdunkel gewöhnten, glaubte sie, hinter den Gitterfenstern, die ihren Weg durch den Gewölbegang links und rechts säumten, leises Tuscheln und Kichern zu hören, doch sobald sie in die Richtung schaute, aus der die geheimnisvollen Stimmen kamen, verschwanden die Gesichter hinter den Gittern, wie unwirkliche Schatten.

»Verbeugt Euch!«

Plötzlich öffnete sich vor Gracia eine Tür, und im nächsten Augenblick packte der Eunuch sie im Nacken und zwang sie mit unerwarteter Kraft zu einer bodentiefen Verneigung, so schnell und unverhofft, dass sie keine Zeit fand, sich zu wehren. Zum Glück! Denn als sie sich wieder aufrichtete, stand sie vor Sultan Süleyman, dem Herrscher des Osmanischen Reiches und mächtigsten Mann der Welt. Angetan mit den kostbarsten Gewändern, die Gracia je gesehen hatte, einem riesigen, schneeweißen Turban auf dem Kopf, hockte er im Schneidersitz auf einem Bodenpolster inmitten des Raumes, in dem es vor Gold und Silber und Juwelen funkelte wie in einer Schatzkammer. An seiner Seite saß eine unverschleierte Frau von hellhäutiger, makelloser Schönheit, die ungefähr so alt war wie Gracia selbst. Das musste Roxelane sein, die Favoritin – die einzige Frau, die Süleyman angeblich unter all seinen Frauen wirklich liebte.

»Wie wir zu unserer Freude hören, scheint Ihr Euch in unserer Hauptstadt wohl zu fühlen«, begrüßte der Sultan Gracia mit Hilfe eines kastrierten Dragomans, der die leise geflüsterten Worte seines Gebieters ins Italienische übersetzte. »Man sagt, dass täglich mindestens ein Schiff der Firma Mendes bei uns vor Anker geht. Eine sehr kluge Entscheidung, die Geschäfte von Venedig nach Ancona zu verlagern. Der einzige Hafen in Italien, der frei ist von der Plage der Inquisition.«

Gracia war überrascht, wie gut der Sultan über die Verhältnisse ihres Handelshauses Bescheid wusste. Noch größer aber war ihre Verwunderung, als sie sah, dass ihre Geschenke bereits vor ihr eingetroffen waren. Die Bücher, die sie zu ihrem Antrittsbesuch mitgebracht hatte, waren schon sorgsam auf einem Tischchen gestapelt. Einen Band hielt Süleyman sogar in seinen Händen. Ein gutes Zeichen! Gracia fasste Mut.

»Ich danke Euch für die gütige Aufnahme in Eurem Reich«, erwiderte sie die Begrüßung. »Nicht nur im Namen meiner Angehörigen, sondern im Namen aller Juden, denen Ihr in so großzügiger Weise Zuflucht gewährt.«

»Wir können Kaiser Karl nicht verstehen, so wenig wie den Papst«, erklärte Süleyman und forderte Gracia mit einer Handbewegung auf, ihm gegenüber auf einem Bodenpolster Platz zu nehmen. »Sie bilden sich ein, die Weisesten der Weisen zu sein. Dabei sind sie dümmer als Maulesel. Wie sonst könnten sie so tüchtige Menschen wie die Juden aus ihren Ländern vertreiben?« Er legte das Buch beiseite und klatschte in die Hände. Gleich darauf erschien eine verschleierte Sklavin und goss aus einer goldenen Kanne dampfenden Mokka in winzige, perlmuttfarbene Tässchen. »Unser Freund Amatus Lusitanus deutete an, Ihr hättet ein Geschäft vorzuschlagen? Es heißt, Ihr wollt die Hoheitsrechte über ein Stück Land erwerben?«

Gracia hatte nicht damit gerechnet, so schnell über ihr Anliegen sprechen zu können. Umso froher ergriff sie die Gelegenheit.

»Ja, Tiberias«, erklärte sie.

»Tiberias?« Der Sultan nahm einen Schluck von seinem Kaffee. »Eine gottverlassene Gegend. Nur ödes Land, ein See und heiße

Quellen, die nach Schwefel stinken. Die meisten Häuser der Stadt stehen leer und sind verfallen. Kein Mensch will dort freiwillig leben.«

»Gewiss«, erwiderte Gracia, »im Vergleich zu anderen Städten Eures Reiches ist Tiberias nur ein unscheinbarer Ort. Doch für uns Juden ist der Boden dort heiliges Land, eine Kostbarkeit im Herzen unseres Volkes. In Tiberias ruhen die Gebeine von einigen unserer berühmtesten Ahnen, die klügsten unserer Schriftgelehrten haben dort unsere heiligen Bücher studiert. Außerdem«, fügte sie hinzu, »habe ich meinem Mann auf dem Sterbebett versprochen, ihn in Tiberias zu begraben.«

Während Süleyman seine Mokkatasse abstellte, mischte Roxelane sich erstmals in das Gespräch.

»Wie viel wäre Euch Tiberias wert?«, wollte sie wissen.

Gracia brauchte keine Sekunde Zeit für die Antwort. Sie hatte längst alles durchgerechnet. »Ich kann Euch im Namen meines Volkes eine jährliche Pacht von tausend Golddukaten anbieten«, antwortete sie.

»Ein großzügiges Angebot für eine solche Ödnis«, erklärte Süleyman. »Was erwartet Ihr dafür?«

»Das Privileg, in Tiberias eine jüdische Siedlung zu gründen, auf eigenem Boden und mit eigenem Recht. Als Zufluchtsort für die Juden, die der Papst und der Kaiser aus ihren Staaten vertreiben.«

»Eine Art Gelobtes Land?« Süleyman nickte. »Der Traum Eures Volkes seit vielen Jahrhunderten. Aber sagt, wovon sollen Eure Glaubensbrüder dort leben?«

»Wir Juden sind darin geübt, ödes Land in blühende Gärten zu verwandeln. Wir würden in Tiberias Seidenraupen und Bienen züchten.«

»Und was ist mit den Steuern?«

»Sie würden von den Vertretern unserer Gemeinschaft erhoben. Doch vergesst nicht«, fügte sie hinzu, als Süleyman die Stirn runzelte, »alle erwirtschafteten Gelder würden zu dem Zweck verwendet, eine Stadt wiederaufzubauen, die über viele Jahre verfallen ist. Kosten und Risiko liegen allein auf Seiten der jüdischen Siedler. Und die Firma Mendes haftet dafür, dass Ihr jährlich Eure Pacht von tausend Dukaten erhaltet, ohne jede Gegenleistung.«

Der Sultan zwirbelte schmunzelnd seinen Bart. »Es wundert uns nicht, dass die Juden Euch wie eine Königin verehren«, sagte er. »Einverstanden! Der Wesir wird einen Vertrag aufsetzen.«

Gracia konnte es kaum glauben. Bis jetzt war alles gutgegangen – viel besser, als sie zu hoffen gewagt hatte. Doch die schwierigste und entscheidende Klippe stand noch bevor, und es hatte keinen Sinn, länger zu warten. Also nahm sie ihren Mut zusammen und sagte: »Eure Zustimmung zu meinem Vorschlag erfüllt mich mit solchem Glück, dass ich bereit bin, den jährlichen Pachtzins zu verdoppeln.«

»Freiwillig?« Überrascht hob Süleyman die Brauen. »Ihr seid eine zu kluge Frau, als dass Ihr an ein solches Angebot keine besondere Bitte knüpfen würdet.«

»Ihr schaut in meine Seele, und ich schäme mich«, erwiderte Gracia. »Ja, ewige Majestät, ich habe tatsächlich eine Bitte. Und sie liegt mir genauso dringlich am Herzen wie das Schicksal meiner Glaubensbrüder.« Sie legte ihre Hände vor der Brust übereinander – eine Geste der Demut, die sie den Orientalen abgeschaut hatte – und senkte den Kopf. »Bitte, ewige Majestät, entbindet mich von dem Versprechen, meine Tochter Reyna dem Sohn Eures Großwesirs zur Frau zu geben.«

Endlich war es heraus! Gracia hielt den Atem an. Während sie voller Angst in ihrer Demutshaltung verharrte, konnte sie nur mit Mühe das Zittern ihrer Hände verbergen und presste sie fest auf ihre Brust. Doch als sie den Kopf wieder hob, lächelte der Sultan sie an.

»Der Brauch der Juden, sich von ihren Gelübden durch das Gebet zu entbinden, ist uns bekannt«, sagte er. »Ein schöner Brauch, um den wir Euer Volk aufrichtig beneiden. Nur leider gilt er nicht bei uns, Allah ist weniger gütig als Euer Gott.« Plötzlich verfinsterte sich Süleymans Miene. »Das Eheversprechen zwischen Eurer Tochter und dem Sohn unseres Wesirs wurde geschlossen, um die Verbindung des Hauses Mendes mit dem Osmanischen Reich zu festigen. Das war die Bedingung, unter der wir unseren Gesandten zu Eurem Schutz und zu Eurer Rettung vor der Inquisition nach Venedig schickten.«

»Ich weiß«, sagte Gracia schnell, »ich verdanke Euch mein Leben, und ich werde Eure Großmut bis zu meinem Tod preisen.« In ihrer Not wandte sie sich an Roxelane. »Meine Tochter und Dom José lieben sich! Sie sind durch halb Europa geflohen, um zusammen sein zu können! Andere Menschen sind für ihre Liebe gestorben!«

»Ich habe davon gehört«, erwiderte die Favoritin. »Und ich gestehe, die Berichte haben mich berührt …«

»Trotzdem können wir Euer Ansinnen nicht dulden«, fiel Süleyman ihr ins Wort. »Es wäre der zweite Verrat, den wir Euch durchgehen ließen.«

»Der zweite Verrat?«, fragte Gracia. »Verzeiht meine Begriffsstutzigkeit, ewige Majestät, aber ich verstehe nicht, was Ihr meint.«

»Unser Sohn Selim hat Euren Neffen mit seiner Freundschaft geehrt«, antwortete Roxelane anstelle des Sultans. »Der Prinz hat ihm vertraut wie noch keinem anderen Mann. Aber Yusuf Bey hat ihn im Stich gelassen. Gegen Selims Bitte und Befehl hat er sich in Ungarn aus dem Heerlager entfernt.«

»Das Verhalten meines Neffen war unverzeihlich«, erwiderte Gracia. »Aber war es wirklich Verrat? Oder war es nicht vielmehr der Beweis einer Liebe, die nicht mal den Tod fürchtet?« Obwohl es verboten war, dem Sultan direkt in die Augen zu sehen, richtete sie den Blick auf Süleyman. »Ich bin bereit, ewige Majestät, mein Angebot nochmals zu erhöhen und den Zins zu verdreifachen. Dreitausend Golddukaten für Tiberias, Jahr für Jahr.«

»Und wenn Ihr den Zins verzehnfacht«, entgegnete Süleyman. »Nein! Niemand darf einen Vertrag mit dem Herrscher des Osmanischen Reiches ungestraft brechen. Entweder haltet Ihr Euer Wort und Ihr bekommt Tiberias, oder Ihr erlaubt Eurer Tochter, Yusuf Bey zu heiraten. In dem Fall kommt es zu keinem Geschäft. Außerdem müssten wir uns dann überlegen, ob wir länger bereit sind, Euch und Eurem Volk Gastrecht zu gewähren.«
Gracia verstummte. Tiberias oder die Liebe ihrer Tochter – eine dritte Möglichkeit gab es nicht. Was sollte sie tun? Bei der Vorstellung, Reyna die Ehe mit José zu verbieten und sie einem fremden Mann zur Frau zu geben, krampfte sich ihr Herz zusammen. Sie wusste, welche Verwüstungen die Liebe in der Seele einer Frau anrichten kann – niemals würde Reyna diesen Schmerz verwinden ... Doch durfte sie dafür Tiberias opfern? Tiberias war ihre Mission. Gott selbst hatte sie beauftragt, den Juden ein eigenes Land zu geben, Rabbi Soncino hatte ihr die Zeichen gedeutet. Jetzt war ihr Traum zum Greifen nahe – ein Wort genügte, und er würde Wirklichkeit.
»Ich sehe, wie schwer Euch die Entscheidung fällt«, sagte Roxelane. »Aber vielleicht kann ich Euch helfen.«
Noch bevor Gracia begriff, was die Favoritin meinte, klatschte die schon in die Hände. Eine Tür ging auf, und ein Eunuch kam herein mit einem kleinen Mädchen an der Hand, das gekleidet war wie eine Prinzessin, mit Pluderhosen, Seidenweste und sogar einem Schleier, obwohl sie kaum älter als zwei Jahre sein konnte.
»Das ist Ban Nur«, erklärte Roxelane, »die Tochter Eures Neffen. Yusuf Bey hat sie mit einer armenischen Tänzerin gezeugt, die Prinz Selim ihm zum Geschenk gemacht hat, als Ausdruck seiner Freundschaft.«

7

Ancona war ein blühender Handelsplatz an der Küste des Adriatischen Meeres, der größte Seehafen Italiens nach Venedig. Die engen, dichtbebauten Wohnviertel der antiken Stadt stiegen wie ein Amphitheater am Hang des Monte Conero empor, während die Landzunge wie ein Ellbogen die Mole umschloss. Obwohl seit zwei Jahrzehnten zum vatikanischen Kirchenstaat gehörig, war es den Dominikanern – anders als in Venedig – bislang nicht gelungen, das Glaubensgericht in Ancona durchzusetzen. Zwangsgetaufte Marranen durften hier ebenso Handel treiben wie Juden, um durch ihre Geschäfte den Wohlstand des Heiligen Vaters in Rom zu mehren. 1553, im selben Jahr also, in dem Gracia Mendes den Sitz ihres Handelshauses nach Konstantinopel verlagerte, hatte der neue Papst Julius III. einer Schar von hundert Conversos, die vor der spanischen Inquisition geflohen waren, Zuflucht in der Seestadt gewährt und wenig später, gegen Zahlung von tausend Golddukaten jährlich, das Zuzugsrecht auf alle Juden erweitert, die sich in Ancona ansiedeln wollten. Unter seiner Regierung konnten sie unbehelligt ihre Religion ausüben und eine Synagoge bauen. Ja, in Gestalt seines militärischen Befehlshabers vor Ort hatte Papst Julius sogar einen Kommissar eingesetzt, der streng und unbestechlich darüber wachte, dass die Schutzrechte, die er den Marranen eingeräumt hatte, von niemandem verletzt wurden.

Dies war der Stand der Dinge, als Cornelius Scheppering im Sommer des Jahres 1555 in Ancona eintraf. Der Dominikaner wusste, dass er in den Vorhof der Hölle reiste, doch die Verhältnisse, die er in der Hafenstadt tatsächlich vorfand, übertrafen seine schlimmsten Befürchtungen. An der Mole, wo zu Füßen eines heidnischen Triumphbogens mit Baumwolle und Pfeffer, Getreide und Zucker, Olivenöl und Papierballen gehandelt wurde, lag ein halbes Dutzend Schiffe der Firma Mendes vertäut, und auch an den Masten der meisten übrigen Segler flatterte

frech der Davidstern im Wind. Der Anblick schmerzte Cornelius Scheppering noch mehr als das grelle Sonnenlicht, das er nur ertragen konnte, indem er seine überempfindlichen Augen mit der Hand beschattete. Zu solcher Dreistigkeit hatte sich nicht mal Diogo Mendes in Antwerpen erkühnt.
Doch damit würde bald Schluss sein! Cornelius Scheppering war gekommen, um den Saustall auszumisten. Vor wenigen Wochen hatte der himmlische Vater den glaubensschwachen Julius nach nur kurzer Zeit im Amt vom Papstthron abberufen und an dessen Stelle einen wahren und wirklichen Glaubensknecht zum Nachfolger Petri erhoben. Am 23. Mai hatte das Konklave der Kardinäle, inspiriert vom Heiligen Geist, Gian Pietro Carafa zu Gottes Stellvertreter auf Erden gewählt, im gesegneten Alter von neunundsiebzig Jahren. Der neue Pontifex, Papst Paul IV., hatte so gründlich mit der Laxheit seiner Vorgänger gebrochen, dass Cornelius Scheppering das Herz im Leibe lachte. Statt mit den Juden um des schnöden Mammons willen Geschäfte zu machen, hatte Carafa sie in seiner Bulle »Cum nimis absurdum« als Christusmörder gebrandmarkt, die durch eigene Schuld von Gott zu ewigen Sklaven verdammt waren, und sodann seinen treuesten und tapfersten Glaubenssoldaten nach Ancona geschickt, um endlich auch dieser verlotterten Stadt das Gnadenwerk der Inquisition angedeihen zu lassen.
Cornelius Scheppering war gewillt, seinen heiligen Auftrag zu erfüllen und dem päpstlichen Erlass sowohl dem Geist als auch dem Buchstaben nach Geltung zu verschaffen. Dafür musste er sich allerdings mit einem Mann arrangieren, den er persönlich nicht ausstehen konnte – Oberst Aragon, Befehlshaber der päpstlichen Truppen vor Ort und Judenkommissar, den noch der alte Pontifex auf Drängen Kaiser Karls in dieses Amt berufen hatte. Doch Zögern und Zaudern war Cornelius Schepperings Sache nicht.
Noch am Tag seiner Ankunft suchte er seinen alten Widersacher in der Präfektur auf, dem großartigsten Palazzo der Stadt, der

sich bezeichnenderweise in unmittelbarer Nachbarschaft der Firma Mendes befand.

»Bruder Cornelius?«, rief Aragon erstaunt. »Seid Ihr es wirklich?«

»Was für eine unsinnige Frage! Wer denn sonst sollte ich wohl sein?«

»Wie lange ist das her, dass wir uns nicht mehr gesehen haben?«

»Zehn Jahre hatte Gott der Herr Erbarmen mit mir.«

»Fast hätte ich Euch nicht erkannt. Wie Ihr ausseht!« Aragon grinste übers ganze Gesicht. »Verzeiht, aber Ihr erinnert mich an einen alten Freund in Lissabon. Er trieb es mit jeder Hure in der Stadt und nahm ein fürchterliches Ende. Ihr versteht schon – die Geißel Gottes! Der Himmel gebe, dass Euch sein Schicksal erspart bleibe.«

Cornelius Scheppering wollte etwas erwidern, aber vor Aufregung rumorte es plötzlich in seinen Gedärmen, und seine Zunge versagte ihm den Dienst. Aus Angst, dass sich seine Ohnmacht womöglich in sinnlosem Gestammel entladen würde, knirschte er mit den Zähnen und dachte an die Leiden Christi. Aragon war ihm verhasster denn je, doch für die Durchführung seines Auftrags war er auf den spitzbärtigen Spanier angewiesen, der sich immer noch grinsend und ohne jede Scham an seinem Elend weidete.

»Bitte beruhigt Euch«, flötete Aragon mit scheinheiliger Anteilnahme, während Cornelius Scheppering nach Worten rang. »Ich wollte Euch nicht ängstigen. Euer Leiden hat zweifellos andere Ursachen. Vermutlich sind die Pusteln ein Zeichen Eurer Erwähltheit. – Aber sagt, was führt Euch zu mir?«

»Könnt Ihr Euch das nicht denken?«, erwiderte der Dominikaner, als er endlich die Sprache wiederfand. »Ancona ist das letzte Schlupfloch der Juden. Der Papst will dem Spuk ein Ende machen.«

»Ich habe die Bulle gelesen«, sagte Aragon, plötzlich ernst. »Der Heilige Geist scheint seine Meinung gründlich geändert zu haben.«

»Wollt Ihr Gott lästern?«, herrschte Cornelius Scheppering ihn an. »Endlich setzt sich die Christenheit so entschlossen zur Wehr, wie Gott und der Glaube es verlangen. In diesem heiligen Krieg hat der Papst uns zu seinen Soldaten bestimmt! Wir sollen den Sumpf austrocknen, ein für alle Mal! Seid Ihr bereit zu gehorchen?«

Er hatte so scharf gesprochen, dass der Spott aus dem Gesicht des päpstlichen Kommissars verschwand. Mit gerunzelter Stirn strich Aragon sich über seinen Spitzbart.

»Darf ich hören, wie die Befehle lauten?«

Cornelius nahm in dem geschweiften Armsessel Platz, den Aragon ihm mit nachlässiger Geste anbot, und als der Spanier in seiner goldbehangenen Uniform sich ihm gegenübersetzte und die Beine übereinanderschlug, begann er den Plan zu erläutern, den er im Auftrag des Heiligen Vaters entworfen hatte. Er hatte aber noch keine fünf Minuten gesprochen, da hielt es Aragon nicht länger auf seinem Platz, und während der Dominikaner auf die einzelnen Maßnahmen einging, die zur Erfüllung ihres gemeinsamen Auftrags nötig sein würden, marschierte der Kommissar mit stetig wachsender Unruhe vor der Fensterreihe auf und ab, bis nach einer guten Viertelstunde schließlich Cornelius in seiner Rede innehielt.

»Ich verstehe«, sagte Aragon und stützte sich auf die Rückenlehne des Stuhls, hinter dem er gerade stand. »Ihr meint es diesmal wirklich ernst. Und ich soll die Drecksarbeit erledigen.« Wieder strich er sich über den Bart, dann schüttelte er den Kopf. »Aber ich muss Euch enttäuschen – Eure Pläne entsprechen nicht meinem Auftrag. Ich bin hier, um die Einhaltung der Schutzrechte zu garantieren, die Papst Julius den Marranen in dieser Stadt gewährt hat. Ich bin ein Mann von Prinzipien – auf mich ist Verlass.«

»Es liegt mir fern, Eure Prinzipien auf die Probe zu stellen«, erwiderte Cornelius Scheppering. »Aber Euer alter Auftrag hat seine Gültigkeit verloren. Paragraph fünfzehn der päpstlichen Bulle besagt, dass alle früheren apostolischen Regeln, Anweisungen und Gesetze außer Kraft gesetzt sind, sofern sie dem neuen Erlass widersprechen.«

»Solcher Wankelmut entspricht nicht meiner Wesensart«, erklärte Aragon und nahm seine Wanderung wieder auf. »Warum soll ich mir für Euch die Hände schmutzig machen? Ich habe nichts gegen die Marranen, im Gegenteil. Das sind lauter tüchtige und gebildete Leute – mit einigen verkehre ich sogar privat. Duarte Gomes zum Beispiel, der Agent der Firma Mendes, gehört zu meinen engsten Freunden. Abgesehen davon, wüsste ich nicht, wie ich ohne ihn mein Leben bestreiten sollte. Er zahlt mir doppelt so viel wie der Heilige Vater. Was verlangt Ihr von mir? Dass ich einen solchen Freund verrate?«

Mit erhobenen Armen blieb Aragon vor Cornelius Scheppering stehen. Der eitle Pfau hatte Fett angesetzt, doch um die Polster an den Hüften zu kaschieren, hatte er seinen Leib in eine so enge Uniform gezwängt, dass sie jeden Moment zu platzen drohte. Angewidert schaute Cornelius Scheppering zu Boden. Er war autorisiert, Aragon nötigenfalls seines Amtes zu entheben. Doch würde er damit der heiligen Sache dienen? Alles kam darauf an, die Aktion so rasch wie möglich durchzuführen, am besten noch in dieser Nacht, bevor das Judengesindel Lunte riechen und sich aus dem Staub machen würde. Also überwand er seinen natürlichen Widerwillen und zwang sich, Aragons tragischen Schmerzensblick mit einem Lächeln zu erwidern. Das Gute musste sich eben manchmal des Bösen bedienen, um den Weg zum Heil zu ebnen. Selbst das Erlösungswerk Jesu Christi wäre ohne den Verrat seines Jüngers Judas nicht möglich gewesen.

»Könnte eine Provision von zwanzig Prozent Euch helfen, Eure Bedenken im Interesse der Vorsehung aufzugeben?«, knurrte Cornelius Scheppering.

»Ihr meint – zwanzig Prozent auf das Vermögen aller Marranen, die ich Euch ans Messer liefere?« In Aragons Gesicht ging die Sonne auf, und mit großer Geste streckte er Cornelius Scheppering seine manikürte Hand entgegen. »Topp, die Wette gilt!«

8

Zwei Jahre nach ihrer Ansiedlung in Konstantinopel war die Firma Mendes das mit Abstand größte Handelshaus in der Hauptstadt des Osmanischen Reiches. Die Speicher und Kontore – unterhalb der Serailspitze gelegen, gleichsam im Schatten und Schutz des Sultanspalasts – nahmen eine ganze Häuserzeile am Hafen ein. Von morgens bis abends herrschte in den Gebäuden rastlose Betriebsamkeit. Bis zu einem halben Dutzend Schiffe wurden hier täglich abgefertigt, meist unter Aufsicht der Firmenchefin, die auch heute zusammen mit ihrem Neffen die Frachtbriefe kontrollierte und die Einnahmen mit den Ausgaben im Hauptbuch verglich, ohne auf den herrlichen Blick zu achten, den man vom Kontor aus auf den Bosporus und das Goldene Horn hatte.

»Gibt es immer noch keine Nachricht von der Gloria?«, fragte sie, während sie mit ihrem Gänsekiel die Zahlenreihen entlangfuhr, um nach erfolgter Prüfung die einzelnen Posten abzuhaken. »Sie ist seit zwei Tagen überfällig.«

»Nein«, antwortete José. »Aber falls Ihr gerade Zeit habt – ich … ich muss dringend mit Euch reden.«

»Ich hoffe nur, dass Dom Miguel nicht irgendwelchen Piraten in die Hände gefallen ist«, fuhr Gracia fort, als hätte José nichts gesagt. »Die Gloria hat tausend Kisten Murano-Glas und dreihundert Ballen feinsten Ziegenleders an Bord. Die Ladung ist zwanzigtausend Golddukaten wert. Ganz zu schweigen von den Flüchtlingen.«

José legte seine Schreibfeder ab. Sosehr die Geschäfte ihn sonst interessierten, an diesem Morgen waren sie ihm vollkommen gleichgültig. Er hatte Reyna versprochen, Dona Gracia zur Rede zu stellen. Und er war entschlossen, sein Versprechen endlich zu erfüllen.

»Warum weicht Ihr mir aus?«, fragte er.

Seine Tante begriff sofort, was er meinte. »Ach, ich habe es dir

doch schon zehnmal erklärt«, erwiderte sie, ohne von der Arbeit aufzuschauen. »Ihr seid bereits verheiratet! Das ist das Problem!«
»Weil uns ein betrunkener elsässischer Pfarrer getraut hat?«, rief José. »In einer halbverfallenen Dorfkirche? Das war doch nur zum Schein!«
Dona Gracia benetzte ihren Zeigefinger, um eine Seite umzublättern, und schüttelte den Kopf. »Vor Gott war eure Trauung zum Schein, aber nicht vor der Welt. Eure Ehe hat in allen christlichen Ländern Gültigkeit. Wenn ihr jetzt nach einem anderen Ritus noch einmal heiratet, können sich daraus die kompliziertesten diplomatischen Verwicklungen ergeben. Der Sultan will sich euretwegen keinen Ärger einhandeln, weder mit dem Papst noch mit dem Kaiser.«
»Das kommt auf den Versuch an«, schnaubte José. »Wenn Ihr Süleyman nicht überzeugen wollt, dann werde ich selbst mit ihm sprechen.«
»Das hat keinen Sinn, er wird dich nicht empfangen. Mit deiner Flucht aus Ungarn hast du dir seinen Lieblingssohn zum Feind gemacht. Das war ein schwerer Fehler.«
»Ich weiß. Aber ich werde Mittel und Wege finden. Und wenn ich Selim auf Knien um Verzeihung bitten muss.« José hatte auf einmal das Gefühl zu ersticken und riss sich den Hemdkragen auf. »Reyna und ich wollen heiraten! Und wir sind es leid, uns immer wieder vertrösten zu lassen. Erst heißt es, ich sei kein Jude, und kaum bin ich beschnitten, behauptet Ihr, wir könnten nicht heiraten, weil wir schon verheiratet sind! Das sind doch alles nur Ausreden! Da steckt doch irgendwas anderes dahinter!«
Dona Gracia zögerte. Unentschlossen zupfte sie sich am Ärmel, ohne José anzuschauen oder ein Wort zu sagen. Dann klappte sie plötzlich das Hauptbuch zu und erwiderte seinen Blick.
»Nun gut, ich will offen mir dir reden.«
José atmete auf. Doch als er ihr Gesicht sah, wünschte er sich, er

hätte geschwiegen. Hatte Dona Gracia am Sultanshof von seiner Tochter erfahren? Er wollte den Kloß hinunterschlucken, der ihm auf einmal in der Kehle saß. Aber sein Hals war so trocken, dass er steckenblieb.

»Ja, du hast recht«, sagte seine Tante schließlich. »Eure Trauung in Schiltigheim ist nicht der wirkliche Grund. Aber …«

»Aber was?«, fiel er ihr ins Wort.

Dona Gracia holte tief Luft. »Ich … ich habe dem Sultan ein schriftliches Versprechen gegeben, noch in Venedig. Als Voraussetzung dafür, dass er uns unter seinen Schutz nimmt und wir freies Geleit bekommen, um aus Italien abzureisen.«

José fiel ein großer Stein vom Herzen. Ban Nur war also nicht der Grund. Trotzdem, sein Problem war damit noch nicht aus der Welt.

»Was für ein Versprechen war das?«, wollte er wissen.

Seine Tante räusperte sich. »Ich weiß nicht, wie ich es dir sagen soll«, antwortete sie, »und ich kann dich nur bitten, mir zu glauben, wie schwer mir der Entschluss gefallen ist …«

Noch während sie sprach, war von draußen auf dem Flur eine laute Männerstimme zu hören.

»Wo ist Dona Gracia? Ich muss sie sehen! Sofort!«

Im nächsten Moment flog die Tür auf.

»Dom Miguel?«, fragten José und seine Tante wie aus einem Munde.

Vor ihnen stand der Kapitän der Gloria, den Dreispitz unter dem Arm, und salutierte. Aber wie sah er aus? Als käme er geradewegs aus einer Schlacht! Seine Kleider waren zerrissen, und um den Kopf trug er einen blutverschmierten Verband.

Dona Gracia fand als Erste die Sprache wieder.

»Was ist passiert?«

»Eine Katastrophe«, keuchte Dom Miguel, ganz außer Atem. »Sie haben alle Juden in Ancona eingesperrt. Dutzende Marranen wurden verbrannt! Ich bin selbst nur mit knapper Not entkommen!«

9

Leise rauschten die Zweige der Bäume im Sommerwind, der vom Meer durch den Zypressenhain strich. Reyna sog den Duft ein, setzte sich auf einen glatten, rund gewaschenen Felsen und wartete auf José. Während sie den Schiffen zusah, die mit geblähten Segeln in der Abendsonne auf dem Bosporus kreuzten, musste sie an ihre Mutter denken. Konnte das Gelobte Land schöner sein als dieser Ort? Das duftende Wäldchen über dem Wasser war Reynas Lieblingsplatz. Keine Menschenseele verirrte sich hierher, außer ab und zu ein Liebespaar auf dem Weg zu einem kleinen, versteckten Teehaus auf der Höhe des Hangs, das von einem Christen betrieben wurde. Sobald José im Kontor fertig war, wollte er kommen.

Sie hatte noch keine fünf Minuten gewartet, da hörte sie hinter sich Zweige knacken. Als sie sich umdrehte, blickte sie in Josés lächelndes Gesicht. Wie immer, wenn sie ihn plötzlich sah, fing ihr Herz an zu tanzen. Sie sprang auf, um ihn mit einem Kuss zu begrüßen. »Hast du mit meiner Mutter gesprochen?«, fragte sie.

José nickte.

»Und? Was hat sie gesagt?«

Er wich ihrem Blick aus. »Ich … ich muss nach Italien. Schon morgen früh.«

Reyna traute ihren Ohren nicht. »*Was* musst du?«

»Ja, du hast richtig gehört – leider. In Ancona ist der Teufel los. Der ganze Handel mit Europa steht auf dem Spiel.«

»Ich verstehe kein Wort.«

»Der Papst hat sein Versprechen gebrochen, die Schutzrechte für Juden sind aufgehoben. Jetzt wütet die Inquisition in Ancona schlimmer als irgendwo sonst in Italien. Die Dreckschweine haben unsere Kontore und Speicher angezündet! Viele Juden wurden schon umgebracht!«

»Und ausgerechnet da willst du hin?«, rief Reyna entsetzt. »Das lasse ich nicht zu! Nie und nimmer!«

»Beruhige dich. Ich fahre ja gar nicht nach Ancona, sondern nach Rom. Ich soll mit dem Papst verhandeln und dafür sorgen, dass er, verdammt noch mal, die Zusagen einhält, die sein Vorgänger uns gegeben hat.«
»Kann das nicht jemand anderes tun? Duarte Gomes soll nach Rom fahren. Er ist unser Agent in Italien. Das ist seine Aufgabe.«
José schüttelte den Kopf. »Dona Gracia meint, die Sache sei zu wichtig. Sie will sie niemandem außer mir anvertrauen.«
»Aber warum? Nur weil du damals den Kaiser rumgekriegt hast?«
»Den Kaiser und den Sultan«, erwiderte er mit einem Anflug von Stolz. »Jedenfalls behauptet deine Mutter, ich sei der Einzige, der dafür in Frage komme. Schließlich geht es um die Zukunft der Firma.« Um seine Lippen spielte ein kleines Lächeln, das er sich vor lauter Stolz nicht verkneifen konnte.
»Sag mal, freust du dich etwa auch noch über den Auftrag?«, fragte Reyna. »Oder was bedeutet dieses blöde Grinsen?«
Noch bevor sie ausgesprochen hatte, war das Lächeln von seinen Lippen verschwunden. »Was soll ich denn machen?«, erwiderte er mit schuldbewusster Miene. »Alles, was ich bin und habe, verdanke ich deiner Familie. Ich war noch ein Kind, als meine Eltern starben und dein Großvater mich in sein Haus aufnahm. Deine Mutter hat mich wie einen jüngeren Bruder behandelt. Sie hat mir Lesen und Schreiben beigebracht, ohne sie würde ich heute Ziegen hüten.« Er machte eine Pause, um die richtigen Worte zu finden. »Wenn Dona Gracia mich jetzt um Hilfe bittet, habe ich keine Wahl. Ich *muss* nach Rom fahren. Ich würde sonst die Achtung vor mir selbst verlieren. Kannst du das nicht verstehen?«
»Doch, natürlich verstehe ich das.« Reyna spürte, wie ihr Tränen in die Augen traten. »Aber trotzdem – gibt es nicht irgendeine andere Möglichkeit?«
»Du musst nicht traurig sein«, sagte José. »Es ist ja nicht für immer. Und unsere Hochzeit holen wir nach, sobald ich wieder …«
»An die Hochzeit denke ich ja gar nicht!«, unterbrach sie ihn.

»Was soll das heißen?«, fragte er mit gespielter Entrüstung. »Willst du etwa nichts mehr von mir wissen?«
»Ach, José …« Zärtlich erwiderte sie seinen Blick. »Ich habe solche Angst, dass dir etwas zustoßen könnte. Wenn der Papst in Ancona sein Wort gebrochen hat, wer garantiert dann, dass sie dir in Rom nichts antun? Wenn ich mir vorstelle, dass ich dich womöglich nie wiedersehe …«
»Mein Liebling!« José nahm sie in beide Arme und drückte sie an sich. »Für mich ist es doch genauso schlimm wie für dich. Als ich aus Ungarn kam, hatte ich gehofft, ich würde für immer nur noch bei dir sein, mein ganzes Leben lang.« Er nahm sie bei der Hand und führte sie aus dem Wäldchen hinaus zu einem Felsvorsprung, von wo aus sie freie Sicht auf die andere Seite der Meerenge hatten. »Siehst du die Villa da drüben? Neben dem Galata-Turm?«
Reyna kniff die Augen zusammen. »Meinst du den grün gestrichenen Holzpalast? Mit der goldenen Kuppel? Was ist damit?«
José hob ihr Kinn und schaute sie an. »Eigentlich wollte ich es dir erst sagen, wenn der Tag unserer Hochzeit feststeht.« Er streifte mit seinen Lippen ihre Nasenspitze. »Das ist unser Haus. Ich hab es für uns gekauft. Da werden wir zusammen leben.«
»José …« Sie war so überrascht, dass sie nur seinen Namen hauchen konnte. »Ist das … ist das wirklich wahr?«
»Glaubst du, ich mache Witze?«, fragte er. »Irgendwo müssen unsere Kinder schließlich leben! Und du weißt ja, ich will mindestens ein Dutzend haben. Sechs Jungen und sechs Mädchen.«
Reyna wollte etwas erwidern, aber sie war unfähig, auch nur ein vernünftiges Wort hervorzubringen. Jetzt ließ sie ihre Tränen fließen und sank laut schluchzend an seine Brust.
»Ist die Vorstellung, mit mir zu leben, denn so schlimm?« Er nahm ihr Gesicht zwischen seine Hände und küsste ihre Tränen fort. »Reyna, mein Liebling, hab keine Angst. Ich pass schon auf mich auf.«

»Aber … aber was ist«, stammelte sie, immer noch schluchzend, während sie gleichzeitig jeden einzelnen seiner Küsse genoss, »wenn dir etwas passiert? Es dauert Wochen, bis ich Nachricht bekomme … Ich … ich werde sterben vor Angst …«

»Das darfst du nicht«, flüsterte er, ohne mit seinen Küssen aufzuhören. »Wen soll ich denn dann heiraten? Und wer bekommt all die vielen Kinder für mich?«

»Ach, José …« Obwohl sie immer noch weinte, musste sie lachen. Dann nahm auch sie sein Gesicht zwischen die Hände und schaute ihn an. »Versprich mir wenigstens, dass du nicht nach Ancona fährst. Das darfst du nicht, auf gar keinen Fall! Versprochen?«

»Versprochen!«

Während er sich über sie beugte, um sie wieder zu küssen, ertönte über ihnen in den Baumwipfeln ein leises Gurren.

José stutzte.

»Was ist?«, fragte Reyna. »Warum küsst du mich nicht? Hast du Angst, die Vögel schauen uns zu?«

»Mir kommt gerade eine Idee«, sagte er. »Erinnerst du dich an das Purim-Fest in eurem Palast? Als wir endlich allein waren? Oben unterm Dach?«

»Ja, sicher. Weshalb fragst du?« Plötzlich begriff sie, worauf er hinauswollte. »Du meinst, wir könnten da einen Taubenschlag …?«

»Genau! Ich kenne einen Vogelhändler in Sirkeci, der hat mir neulich eine Brieftaube angeboten. Die braucht keine zwei Wochen von Italien hierher wie ein Schiff, die ist in drei oder vier Tagen da. Mit der kann ich dir Nachricht schicken. Du musst nur auf dem Dachboden nachschauen.«

»Mein Geliebter«, sagte Reyna und küsste ihn. »Jeden Tag werde ich nachschauen. Jeden, jeden, jeden Tag! Bis du wieder bei mir bist …«

10

Bei seiner Ankunft in Rom rieb José sich ungläubig die Augen. Das sollte die Hauptstadt der Christenheit sein? Im Vergleich zu Konstantinopel, aber auch zu anderen Städten, die er kannte – Lissabon, Antwerpen oder Venedig –, war Rom ein elendes Nest, zum Ersticken eng bebaut, eine dreckige, stinkende Kloake, ein lärmender Wirrwarr schäbiger Gassen und halbverfallener Hütten, die vermutlich schon zu Julius Cäsars Zeiten eher Ziegenställe als menschliche Behausungen gewesen waren. Empörender noch als die himmelschreiende Not aber war die Entfaltung der Pracht, die sich die Kirchenfürsten hier leisteten. Während überall noch die Spuren der Verwüstung zu sehen waren, die Kaiser Karls Truppen bei der Erstürmung Roms vor einem Vierteljahrhundert verursacht hatten, wuchsen an sämtlichen Ecken und Enden der Stadt, wie zur Verhöhnung des irdischen Elends, das sie umgab, prunkvolle Kirchenpaläste gen Himmel: üppige Sumpfblüten, die sich aus einem Misthaufen erhoben.
In einer Herberge am Tiber, in der es von Mönchen ebenso wimmelte wie von Ratten, nahm José Quartier. Die erste Nacht tat er kein Auge zu. Der Strohsack war verlaust, und auf der Straße randalierten Betrunkene, die sich entweder die Köpfe einschlugen oder in verzweifelter Verliebtheit den Mond ansangen. Noch mehr aber setzte ihm eine Frage zu, die ihn bis in den Schlaf verfolgte: Würde man ihn überhaupt im Vatikan empfangen?
Um sich als frommer Christ zu zeigen, besuchte José am nächsten Morgen drei Frühmessen im Petersdom, rutschte am Nachmittag im Lateran auf allen vieren die Heilige Treppe hinauf, die einst zum Palast des Pontius Pilatus gehört und die angeblich Jesus Christus schon bestiegen hatte, und ging am Abend im Petersdom zur Beichte, wo er sich nicht nur seiner Sünden entledigte, sondern auch einer prall gefüllten Geldkatze. Zum Dank für die großzügige Spende vermittelte sein Beichtvater ihn an einen Monsignore, der zum Zeichen seiner Würde immerhin vio-

lette Knöpfe an der Soutane trug und ihn zum Domkapitular führte, einem fetten, weißhäutigen Glatzkopf, der aussah, als hätte er soeben ein halbes Spanferkel verzehrt. Von dem wurde er mit einem nicht mal zwanzig Jahre alten Bischof bekannt gemacht, in dessen Begleitung José bei einem schlechtgelaunten, gichtigen Kardinal vorsprechen durfte, der sich als Onkel des Bischofs, vor allem aber als Privatsekretär des Heiligen Vaters erwies und ebenso selbstverständlich wie seine minderen Amtsbrüder die Geldspende entgegennahm, mit der José sein Bekenntnis zum wahren katholischen Glauben unter Beweis stellte.

Fünf Tage waren auf diese Weise vergangen, bis José eine Audienz beim Papst gewährt wurde. Dann saß er endlich vor einer hohen, von Soldaten der Schweizergarde bewachten Flügeltür und wartete nervös darauf, dass die beiden Wachmänner ihre Hellebarden senkten und ihn in den Saal vorließen. Man sagte, im Vatikan habe es früher mehr Huren gegeben als in allen Hafenstädten Italiens zusammen. Doch auf dem endlos langen Marmorflur ließ sich keine einzige Frau blicken, nicht mal eine Nonne. Eine Atmosphäre der Angst hing in der Luft. Wohin José sah – überall düstere Gesichter ernster Glaubenseiferer, die entweder einander scharfe Befehle zuzischten oder mit himmelwärts gerichteten Augen leise Gebete flüsterten. Um sich Mut zu machen, tastete er nach den Beutelchen in seinen Taschen, die Diamanten im Wert von fünfzigtausend Dukaten enthielten. Rom war die Hauptstadt der Bestechung, und der Papst, der nicht für Geld zu kaufen war, musste erst noch geboren werden.

Doch darin sollte er sich gründlich täuschen.

»Olet!«, schnarrte der Pontifex, als José vor seinem Thron stand. »Euer Geld stinkt! Wir wollen keinen Judaslohn! Ihr könnt Eure Silberlinge behalten!«

Papst Paul, ein hagerer Greis mit Augen wie zwei Kohlestückchen und einem wallenden Bart, zog ein Gesicht, als wären ihm die Ausdünstungen eines faulen Fischs in die Nase gestiegen. Trotz des prächtigen Ornats wirkte er nicht wie der Führer der

Christenheit, sondern eher wie ein einfacher Einsiedlermönch. José brauchte keine zwei Minuten, um seinen Irrtum zu begreifen. Diesem Mann war mit Geld nicht beizukommen. Wenn überhaupt, ließ er sich nur durch Argumente überzeugen.

»Es liegt mir fern, Eure Heiligkeit zu beleidigen«, beeilte er sich zu erwidern. »Mit den Diamanten wollte ich nur die Verehrung ausdrücken, die meine Herrin Dona Gracia für Euch hegt. Doch darf ich Eure Heiligkeit in aller Bescheidenheit daran erinnern, dass Euer Vorgänger im Amt, Papst Julius, den Marranen von Ancona Garantien ausgesprochen hat, verbriefte Rechte, die ihnen freien und ungehinderten Aufenthalt in der Stadt gewähren?«

»Julius war ein Ketzer, der selbst vor das Glaubensgericht gehört hätte! Seine Zugeständnisse an die Scheinchristen waren Verrat am gekreuzigten Heiland! Doch mit der Juderei in Ancona ist Schluss! Ab sofort gelten dort dieselben Vorschriften wie in allen Städten des katholischen Glaubens. Habt Ihr unsere Bulle *Cum nimis absurdum* gelesen?«

José schüttelte den Kopf.

»Dann sperrt Eure Ohren auf.« Carafa hob seine knochige Hand, um die Vorschriften des Erlasses an den Fingern einzeln aufzuzählen. »Juden dürfen nur in gesonderten Stadtvierteln leben. Alle Juden, ob Männer oder Frauen, müssen gelbe Abzeichen tragen. Kein Jude darf in einem christlichen Haushalt tätig sein. Jüdischen Ärzten ist es untersagt, rechtgläubige Christen zu behandeln. Der Geldverleih durch Juden wird eingeschränkt.«

»Ich verspreche Eurer Heiligkeit«, erklärte José, »dass die jüdische Gemeinde von Ancona sich allen Euren Anordnungen ohne Murren fügen wird. Ihre Mitglieder wollen nur in Frieden ihren Geschäften nachgehen. Doch erlaubt mir die Frage: Wenn Eurem Willen Genüge getan ist, hören die päpstlichen Truppen dann auf, Juden vor das Glaubensgericht zu zerren?«

Die Augen des Papstes verengten sich zu Schlitzen. »Sprecht Ihr von den portugiesischen Marranen?«

José nickte.
»Wie könnt Ihr dann fragen?«, erwiderte Carafa. »Solange sie als brave Christen leben, soll ihnen kein Leid geschehen. Doch wenn sie sich der Ketzerei schuldig machen, müssen sie bestraft werden, wie die himmlische Gerechtigkeit es verlangt.«
»Bitte verzeiht meine Hartnäckigkeit, Heiliger Vater«, wandte José ein. »Aber die Marranen sind keine Christen, sondern Juden. Und Juden können nicht der Ketzerei bezichtigt werden. Weder von der Inquisition noch von einem weltlichen Gericht.«
»Eure Argumente sind so verworren wie ein Wollknäuel, mit dem eine Katze spielt«, erklärte Carafa. »Seit König Manuels Zeiten hat kein Jude, der nicht getauft wurde, Wohnrecht in Portugal. Folglich kann kein Mensch, der aus diesem Land stammt, Jude sein. Nein!«, fuhr er mit erhobener Stimme fort, als José protestieren wollte. »Die Wahrheit lässt sich weder verbiegen noch verdrehen. Die Marranen sind getaufte Christen! Und wenn getaufte Christen jüdischen Glaubensriten frönen, sind sie Ketzer und gehören verbrannt! Ad maiorem dei gloriam!«
José biss sich auf die Lippen. Was er auch sagte, jedes Wort drehte der Papst ihm mit dominikanischer Schläue im Mund um und verwandelte seine Argumente ins Gegenteil.
Doch was zum Teufel konnte er tun, wenn weder Geld noch gute Worte halfen? José fiel nur noch eine Möglichkeit ein: Dem Papst stand das Wasser bis zum Hals. Im Norden machten die Protestanten ihm die Hölle heiß, im Osten rückten die Türken schon auf Wien vor. Vor allem aber bestritten immer mehr Fürsten in der Nachbarschaft die Vorherrschaft des Vatikans in Italien und zogen gegen den Kirchenstaat zu Felde, an vorderster Front der Herzog von Ferrara. Ließ sich aus dieser Not des Papstes eine Tugend für die jüdische Sache machen? José wollte es zumindest probieren.
»Darf ich Eurer Heiligkeit einen Vorschlag unterbreiten?«
Der Papst bedeutete ihm mit der Hand, zu sprechen.
»Würdet Ihr in Ancona Milde walten lassen und den Marranen

wieder die alten Schutzrechte gewähren, wenn die Firma Mendes sich im Gegenzug verpflichtet, Eure Truppen gegen den Herzog von Ferrara auszurüsten?«

Eine lange Weile passierte nichts. Mit unbewegter, steinerner Miene erwiderte der Papst Josés Blick, vollkommen ausdruckslos. Hatte er den Vorschlag etwa nicht verstanden?

»Was seid Ihr nur für ein Mensch?«, flüsterte er schließlich, so leise, dass José die Worte kaum verstand. »Ein Jude, der sich als Christ ausgibt, um Christen, die sich hinter einem falschen Judentum verstecken, der gerechten Strafe zu entziehen ...«

Plötzlich belebte sich sein Gesicht, das erstarrte Faltenmeer begann zu zucken, die Augen weiteten sich, die Wangen bebten, der runzlig zerrissene Mund brach auf: ein Krater, ein brodelnder Vulkan, der Feuer und Lava spie.

»Judas!«, schrie er und schnellte von seinem Thron hoch. »Wollt Ihr den Fürsten verraten, der Eurer Herrin Unterschlupf gab?« Voller Verachtung spuckte er vor José aus. »Wache! Jagt diesen Mann aus meinem Haus! Ich will ihn nie wiedersehen!«

11

Der Schlag gegen die Conversos in Ancona war ein Erdbeben, dessen Wellen sich über den ganzen Kontinent ausbreiteten und sämtliche Seestädte rund um das Mittelmeer erfassten. Es dauerte nur wenige Wochen, bis die Folgen auch in Konstantinopel zu spüren waren. Fast der gesamte Handel mit Europa, der über den Hafen an der adriatischen Küste abgewickelt wurde, kam am Bosporus zum Erliegen. Dutzende jüdischer Firmen gingen bankrott, in den Speichern und Kontoren trat eine gespenstische Stille ein, und auch die Geschäfte der Firma Mendes erloschen so plötzlich und unvermittelt, als hätte irgendwo am anderen Ende der Welt jemand eine Kerze ausgeblasen.

Konnte es einen deutlicheren Beweis dafür geben, wie notwendig das Volk der Juden ein eigenes Land brauchte?

Die Stunde der Wahrheit war gekommen: Tiberias oder Reynas Lebensglück – eine dritte Möglichkeit gab es nicht. Gracia konnte die Entscheidung nicht länger hinauszögern. Auch wenn es ihr das Herz brach, sie musste ihrer Tochter endlich reinen Wein einschenken. Oder sie würde an ihrer eigenen Lüge ersticken.

Es war ein regnerischer Nachmittag, die dunklen Wolken hingen so tief über dem Meer, dass sie die grauen Wasserfluten zu berühren schienen, als Gracia in das Nähzimmer trat, wo Reyna im Schein einer Öllampe über einer Stickerei saß.

»Woran arbeitest du?«, fragte sie.

»An der Bettdecke. Für meine Aussteuer.«

»Sehr schön«, sagte Gracia, ohne hinzusehen.

»Warum bist du nicht im Kontor?«, wollte Reyna wissen, weiter über ihre Arbeit gebeugt. »Habt ihr dort gar nichts mehr zu tun?«

»Ich … ich muss dich um etwas bitten.«

»Soll ich mich um das Abendessen kümmern?«, fragte Reyna. Sie machte noch ein paar Stiche, bevor sie aufschaute. Als sie das Gesicht ihrer Mutter sah, zuckte sie zusammen, als hätte sie sich mit der Nadel in den Finger gestochen. »Um Himmels willen! Was hast du? Ist etwas passiert?«

»Ich weiß nicht, wie ich es dir sagen soll, selten ist mir etwas so schwergefallen. Ich habe immer wieder gehofft, irgendeine Lösung zu finden. Aber es gibt keinen Ausweg.«

»Dann spann mich nicht auf die Folter! Sag, was es ist! Oder willst du mir Angst machen?«

Gracia zögerte noch einen Moment. Dann nahm sie ihren ganzen Mut zusammen und sagte: »Du musst José aufgeben. Ihr beide könnt nicht heiraten.«

»Nein!«, rief Reyna. »Nicht schon wieder!« Sie stand auf und warf ihre Stickerei auf einen Nähtisch. »Was hast du dir diesmal ausgedacht? Muss José vielleicht erst Moslem werden, bevor er mit mir unter die Chuppa darf?«

Gracia schüttelte den Kopf. »Der Sultan will, dass du den Sohn des Großwesirs heiratest.«
Reyna fiel aus allen Wolken. »Bist du wahnsinnig geworden?«
»Meine Einwilligung in die Hochzeit war die Voraussetzung dafür, dass Süleyman uns unter seinen Schutz genommen hat.«
»*War* die Voraussetzung? Soll das heißen, ihr seid euch schon einig?«
Gracia wusste nicht, wie sie den Blick ihrer Tochter aushalten sollte. »Ich musste das Eheversprechen Süleymans Gesandten geben – schon in Venedig. Damit sie uns ausreisen lassen, anstatt mich zu verbrennen.«
Reyna wurde blass. »Jetzt begreife ich … Darum die Vorwände und Ausreden …« Eine Weile starrte sie auf die Stickerei, die zerknüllt und verrutscht auf dem Nähtisch lag. »Aber warum jetzt?«, fragte sie schließlich. »Jetzt sind wir doch in Sicherheit! Jetzt kann uns doch nichts mehr passieren!«
»Bitte glaub mir, ich habe alles versucht. Und wenn sich noch irgendwas daran ändern ließe …« Statt den Satz zu Ende zu sprechen, griff sie nach Reynas Hand. »Ich weiß, das ist kein Trost für dich, aber wenn du José aufgibst und den Sohn des Wesirs heiratest, gibt der Sultan unserem Volk ein eigenes Land. Tiberias.«
Reyna riss sich von ihr los. »Du willst mich für ein Stück Land verschachern?«
»Es ist das Land, wo dein Vater begraben werden wollte, das Gelobte Land … Erinnerst du dich nicht? Das Land, wo es nach Datteln und Pinien und Orangen duftet …«
»Und ob ich mich erinnere! Jeden Abend hast du mir davon erzählt. Ein Märchen vor dem Einschlafen! Ein Hirngespinst! Das Gerede irgendeines verrückten Propheten!«
»Nein«, sagte Gracia. »Das ist kein Märchen und auch kein Hirngespinst. Die Prophezeiung kann sich erfüllen, noch in diesem Jahr. Der Sultan hat uns Tiberias versprochen. Wir können dort leben wie ein ganz normales Volk, nach eigenem Recht und Ge-

setz.« Sie unterbrach sich und sah ihre Tochter an. »Reyna, bitte! Wir brauchen dieses Land. Du weißt doch, was in Ancona passiert. Sie rauben uns aus! Sie sperren uns ein! Sie foltern uns! Sie schlachten uns ab! Sie verbrennen uns bei lebendigem Leib! Als wären wir keine Menschen, sondern Vieh, mit dem sie machen können, was sie wollen. Und das wird niemals aufhören! Niemals! Solange wir kein eigenes Land besitzen.«

»Weißt du eigentlich, was du von mir verlangst?«, fragte Reyna. »Ich liebe José, mehr als mein eigenes Leben. Aber das ist dir egal. Hauptsache, du kannst deinen Willen durchsetzen. Genauso wie damals bei ...« Statt den Satz zu Ende zu sprechen, kehrte sie ihrer Mutter den Rücken zu und trat ans Fenster.

»Wie bei wem?«

»Wie bei Brianda ...«, sagte Reyna leise. »Manchmal denke ich, ich wäre besser in Venedig geblieben.«

Gracia musste schlucken. Es war, als müsste sie alles noch einmal erleben. So wie Reyna jetzt hatte damals Brianda am Fenster ihres Palasts gestanden, in Venedig. Gracia hatte ihre Schwester gesehen, für einen letzten, kurzen Moment, als sie mit der Gondel an dem Palazzo vorüberglitt. Brianda hatte aus dem Fenster ihres Bilderkabinetts auf den Kanal hinabgeblickt. Unendlich einsam und verloren hatte sie gewirkt, wie eine verlassene Sünderin, die Gott in ein kaltes, leeres Paradies eingesperrt hatte, hinter eine unsichtbare Wand aus Glas. Der Anblick hatte Gracia so weh getan, dass sie kein zweites Mal zu ihrer Schwester hatte hinaufschauen können.

Würde sie jetzt auch noch ihre Tochter verlieren?

»Ich weiß, wie dir zumute ist«, sagte sie leise. »Du bist jung, und du bist verliebt ...« Sie suchte nach irgendeinem Wort, mit dem sie Reynas Schmerz lindern könnte. Aber es fiel ihr nichts ein. »Glaub mir«, sagte sie nur, »wenn man so alt ist wie ich, dann weiß man es besser. Dann weiß man, dass Liebe nicht das Einzige ist, worauf es ankommt im Leben.«

»Das sagst du und behauptest, mich zu verstehen?« Reyna blick-

te sie über die Schulter an, nichts als Verachtung in ihren hellblauen Augen. »Was weißt du schon von Liebe? Du hast ja gar keine Ahnung, was Liebe ist! Du hast ja immer nur dich selbst im Kopf. Dich und deine Geschäfte. – La Senhora!«
Wie eine Ohrfeige traf Gracia der Titel, mit dem die Juden sie verehrten. Am liebsten hätte sie Reyna an den Schultern gepackt und geschüttelt. Doch was würde das nützen? Gracia wusste ja, welche Verwüstungen die Liebe in der Seele einer Frau anrichten konnte, wusste es aus eigener, bitterer Erfahrung, auch wenn Reyna ihr das nicht glaubte. Kein Leid konnte größer sein … Aber hatte Reyna deshalb recht? Es gab noch anderes Leid auf der Welt, schlimmeres Leid als enttäuschte Liebe, Leid, das Tausenden und Abertausenden von Menschen zugefügt wurde, immer wieder, Tag für Tag, überall auf der Erde …
»Bitte, Reyna! Ich beschwöre dich! Wer ein Leben rettet, der rettet die ganze Welt … Wenn du auf die Heirat mit José verzichtest, kannst du damit unzähligen Menschen helfen.«
Reyna schaute wieder zum Fenster hinaus. »Es ist immer dasselbe«, sagte sie leise. »Erst kommen die anderen, dann kommen wir. Genauso wie bei Brianda. Die hast du auch um ihr Erbe gebracht, für dein verdammes Gelobtes Land.«
»Ich verbiete dir, so zu reden! Oder willst du dich versündigen?«, rief Gracia. »Und was Brianda angeht – wir hatten uns fast wieder versöhnt, und wenn du dich nicht zwischen uns gedrängt hättest, dann wäre sie jetzt hier, zusammen mit uns … «
Gracia unterbrach sich, in der Hoffnung, dass Reyna zurücknehmen würde, was sie gesagt hatte. Doch ihre Tochter schaute nur stumm in den Regen hinaus.
»Bitte, Reyna, nimm doch Vernunft an.«
Wieder keine Antwort. Nur die Decke glitt mit leisem Rascheln vom Nähtisch. Gracia war froh, etwas tun zu können, und hob sie vom Boden auf. Glatt und kühl war der Stoff in ihrer Hand, den Reyna zugeschnitten und gesäumt und mit kunstvoller Stickerei verziert hatte, damit er später mal ihr Ehebett verschönern

sollte. Unentschlossen betrachtete Gracia das Muster. Wie viel Mühe hatte ihre Tochter aufgewandt, wie viel Liebe, Stich für Stich ... An allen vier Ecken der Decke hatte sie einen kleinen Davidstern in die Seide gestickt.
»Hast du dich eigentlich je gefragt«, fragte Gracia, »wie viele Menschen für dich gestorben sind?«
Reyna warf ihr einen verständnislosen Blick zu. »Wovon redest du?«
»Von Antwerpen. Dutzende von Menschen sind damals ermordet worden. Deinetwegen«, fügte sie hinzu. »Auch dein Onkel Diogo.«
»Das wagst du mir zu sagen?«, rief Reyna. »Diogo war doch dein ...«
»Was war Diogo?«, fiel Gracia ihr entsetzt ins Wort.
Eine Weile schauten sie sich wortlos an. Gracia wurde gleichzeitig heiß und kalt, während sie den Stoff in ihrer Hand zerknüllte. Hatte ihre Tochter die Wahrheit erfahren?
Doch dann schüttelte Reyna den Kopf. »Ach, nichts«, sagte sie nur und wandte sich ab.
Gracia fiel ein Stein vom Herzen und dankte dem Herrn. »Ich kann ja verstehen, dass die Wahrheit dir weh tut«, sagte sie. »Aber die Wahrheit ist und bleibt trotzdem die Wahrheit. Unsere Glaubensbrüder in Antwerpen mussten sterben, weil du unbedingt diesen Aragon heiraten wolltest. Weil du verliebt warst.« Sie legte die Decke zurück auf den Tisch. »Sag selbst – hast du wirklich das Recht, zu behaupten, dass nur die Liebe zählt? Ausgerechnet du?«
Reyna gab keine Antwort.
»Siehst du? Da musst du schweigen.« Sie machte einen Schritt auf ihre Tochter zu und hob die Hand, um sie zu berühren, doch sie wagte es nicht. Stattdessen sagte sie: »Wenn du es wiedergutmachen willst, Reyna, dann ist jetzt der Augenblick gekommen, in dem du deine Schulden zurückzahlen kannst.«
Endlich drehte Reyna sich wieder herum. Ihre Augen waren vol-

ler Tränen. »Würde auch nur ein Einziger von den Toten wieder lebendig, wenn ich auf José verzichte?« Bevor ihre Mutter eine Antwort geben konnte, schüttelte sie wieder den Kopf. »Außerdem«, fügte sie hinzu, »damals, in Antwerpen, das war doch gar nicht ich, die das ganze Unglück heraufbeschworen hat. Das bist doch du gewesen! *Du* hast die Heirat mit Aragon verhindert. Die Entführung, die Flucht – alles war *dein* Plan!«

»Willst du mir jetzt vorwerfen, dass ich dich vor dem Ungeheuer bewahrt habe?«, fragte Gracia. »Du warst doch ganz verrückt nach ihm! Was sollte ich denn tun? Sollte ich dich einem Judenmörder in die Ehe geben? Dann hätte ich dich ja gleich mit dem Teufel verheiraten können!«

»Aber einen Muslim, den darf ich jetzt heiraten, ja?«, rief Reyna. »Weil dir der in den Kram passt! Hast du keine Angst, dass dein Gott dich dafür mit der Hölle bestraft?«

»Deine Frage zeigt nur, wie kindisch du bist«, sagte Gracia. »Ich habe die Zusicherung des Sultans, dass du deinen Glauben behalten darfst, auch nach der Hochzeit.«

»Das hast du ja großartig hingekriegt!«, schnaubte Reyna. »Gratuliere!« Ihre Augen verengten sich zu zwei Schlitzen, aus denen der Hass hervorsprühte wie Funken. »Aber weißt du was?«, zischte sie. »Ich will deinen verdammten Drecksglauben gar nicht! Du kannst ihn für dich behalten! Ich will José, meinen Mann!«

Gracia zuckte bei jedem Wort zusammen. War das wirklich Reyna, ihre Tochter, die so fürchterliche Dinge sagte? Sie bekam eine Gänsehaut, und während sie am ganzen Leib zu zittern begann, schloss sie kurz die Augen. Sie wusste: Ein Mittel gab es noch, um Reyna zur Vernunft zu bringen. Sie hatte gehofft, es nicht anwenden zu müssen, aber jetzt blieb ihr nichts anderes übrig.

»Woher nimmst du überhaupt die Sicherheit, dass José dich liebt?«, fragte sie, so kühl sie konnte.

»Was für eine Frage!«, erwiderte Reyna. »Weshalb würde er mich wohl sonst heiraten wollen?«

»Vielleicht ist er ja auf dein Geld aus? Der arme Verwandte, der die reiche Cousine heiraten will?«
Reyna schnappte nach Luft. »Wie kannst du so etwas Gemeines behaupten?«
Gracia hielt dem Blick ihrer Tochter stand. »Wenn du es genau wissen willst: José hat ein Kind, eine Tochter, mit einer armenischen Tänzerin. Sie heißt Ban Nur und lebt im Harem des Sultans. Ich habe sie selbst gesehen.«
Gracia wusste, wie sehr ihre Worte Reyna verletzen mussten. Aber so bitter die Medizin auch war: Ihre Wirkung verfehlte sie nicht. Gracia kannte ihre Tochter zu gut, um die Zweifel in ihrem Gesicht zu erkennen. Obwohl Reyna sich alle Mühe gab, sie zu verbergen.
»Das ist eine Lüge«, flüsterte sie. »Das glaube ich nicht! Niemals! Das sagst du nur, um mir weh zu tun.«
Gracia zuckte die Schultern. »Wenn du mir nicht glauben willst – frag José! Dann wirst du schon sehen.«

12

José schloss die Augen und nahm den Knebel zwischen die Zähne.
»Jetzt tut's weh«, sagte der Bader. »Am besten, Ihr denkt an etwas Schönes!«
José versuchte, sich Reynas Gesicht vorzustellen, doch es gelang ihm nicht. Tausend Blitze zuckten durch seinen Schädel, wie ein Gewitter in pechschwarzer Nacht, während der Bader ihm das Knie in den Rücken stemmte und den Verband straff zog. Schon zum zweiten Mal wiederholte er die höllische Prozedur, um den Rippen Halt zu geben, die die Schweizergardisten ihm beim Rauswurf aus dem Papstpalast gebrochen hatten. Beim ersten Mal waren die Knochen schief zusammengewachsen, so dass der Bader sie noch einmal hatte brechen müssen, weil sie ihm sonst vielleicht die Lunge aufgerissen hätten. Um nicht laut aufzu-

schreien, biss José auf den Knebel. Der verfluchte Bader musste ja bei einem Hufschmied gelernt haben! Während seine Zähne sich in das Beißholz eingruben, perlte ihm vor Schmerz der Schweiß von der Stirn. Noch einmal ein Knirschen und Knacken, dann war es vorbei.

»Werde ich die Kutschfahrt überleben?«, fragte er, als er wieder sprechen konnte.

»Wenn Ihr eine Flasche Branntwein dabeihabt.«

Als der Bader seine Tasche packte, quälte José sich in die Höhe. Am nächsten Morgen wollte er nach Ostia fahren, zum römischen Meerhafen, der ein paar Meilen vor der Stadt lag, an der Mündung des Tiber. Dort, so war es ausgemacht, würde ihn die Esmeralda an Bord nehmen, sobald sie aus Marseille zurückkäme, wo Kapitän Dom Felipe inzwischen fünfhundert Fass Bordeaux-Wein besorgt hatte. Dreißig Fässer waren für Prinz Selim bestimmt, als Versöhnungsgeschenk. Nachdem der Papst José zum Teufel gejagt hatte, würde nur noch der Sultan helfen können. Süleyman sollte Carafa zum Einlenken in Ancona zwingen, doch um das zu erreichen, brauchte José die Unterstützung von dessen Lieblingssohn. Die Aussicht, Gracia mit leeren Händen unter die Augen zu treten, war alles andere als verlockend. Sie hatte so hohe Erwartungen in seine Reise gesetzt. Umso größer würde ihre Enttäuschung sein.

»Was bin ich dir schuldig?«, fragte er den Bader.

»Nicht mehr, als Euch meine Dienste wert sind.«

José warf ihm ein paar Münzen zu. Da klopfte es an der Tür.

»Herein!«

In der Tür stand der Wirt, ein Zwerg mit einer vor Dreck starren Schürze. In der Hand hielt er zwei Briefe. »Die sind eben für Euch gekommen. Mit der Thurn-und-Taxis-Post.«

José erkannte sofort die Schrift. Der eine Brief war von Gracia, der andere von Reyna. Plötzlich waren alle Schmerzen wie weggeblasen. Kaum war er wieder mit dem Bader allein, nahm er das Kuvert mit Reynas Schrift und faltete den Bogen auseinander.

Der Brief bestand nur aus zwei Sätzen: »Hast Du eine Tochter von einer armenischen Haremsfrau? Sag mir die Wahrheit!«
»Schlechte Nachrichten?«, fragte der Bader.
José spürte, wie ihm das Blut aus den Adern wich. Die Bombe war geplatzt, jemand hatte sein Geheimnis verraten …
Ohne dem Bader Antwort zu geben, lief er zur Tür. »Die Rechnung! Und einen Wagen! Sofort!«, schrie er dem Wirt nach.
Er hatte nur noch einen Gedanken: Er musste zurück zu Reyna, egal wie – je schneller, desto besser! Er suchte seine Kleider zusammen, die in der Kammer verstreut lagen, und stopfte sie in seinen Mantelsack. Noch heute würde er nach Ostia fahren. Und sollte die Esmeralda aus Marseille noch nicht zurück sein, würde er irgendein anderes Schiff nehmen – Hauptsache, es liefe in Richtung Osten aus!
»Wollt Ihr den zweiten Brief nicht lesen?«, fragte der Bader.
»Welchen zweiten Brief? Ach ja, natürlich …«
Während er Reynas Gesicht vor sich sah – die Augen voller Kummer und Schmerz, die Wangen von Tränen überströmt –, öffnete er den Brief ihrer Mutter. Schon beim ersten Satz wurde ihm schwindlig. Gracia teilte ihm mit, dass Reyna den Sohn des Großwesirs heiraten würde, zur Festigung der Freundschaft zwischen dem Haus Mendes und dem Osmanischen Reich …
Plötzlich spürte José wieder jede einzelne Rippe im Leib.
»Drückt Euch der Verband?«, fragte der Bader. »Soll ich ihn noch einmal neu anlegen?«
José schüttelte den Kopf. Er kannte den Sohn des Wesirs, Omar war sein Name – ein blendend aussehender, überaus geistreicher junger Mann, dem man eine große Zukunft voraussagte und der zu allem Überfluss auch noch zehn Jahre jünger war als er selbst. Die Vorstellung, dass Reyna diesen Glücksfall der Schöpfung heiraten würde, machte José fast wahnsinnig vor Eifersucht. Was könnte er tun, um Gracia von dem Irrsinn abzubringen? Ausgerechnet jetzt, da er wie ein Idiot nach Konstantinopel zurückkehrte, als elender Versager, der Schandfleck der Familie … Tau-

send Fragen stürzten gleichzeitig auf ihn ein, tausend Fragen und keine einzige Antwort ... Sollte er noch einmal versuchen, eine Audienz im Vatikan zu bekommen? Nein, der Papst würde eher einen Muselmanen heiligsprechen, als ihn ein zweites Mal empfangen ... Sollte er Selim eine Sklavin für seinen Harem mitbringen? Auf Kreta gab es einen Sklavenmarkt mit jeder Menge hübscher Weiber! Doch wenn Gracia mit dem Sultan einig war, was nutzte dann eine kleine Haremsdame? So wenig wie die dreißig Fass Bordeaux im Bauch der Esmeralda ...
José fiel nur eine Möglichkeit ein, die Katastrophe abzuwenden. Nur wenn es ihm gelänge, eine Lösung für Ancona zu finden, würde Gracia bereit sein, ihr Wort zu brechen, das sie dem Sultan gegeben hatte.
Er griff zu seinem Mantelsack und begann darin zu wühlen.
»Kann ich Euch behilflich sein?«, fragte der Bader.
José gab keine Antwort. Wo war die verfluchte Karte von Italien? Als er sie endlich fand, breitete er sie auf dem Tisch aus. Er brauchte Ersatz für Ancona. Herzog Ercole wäre ein geeigneter Verbündeter, er führte immer wieder Krieg gegen den Papst, aber Ferrara kam nicht in Frage, die Stadt hatte keinen Seehafen. José fuhr mit dem Finger die adriatische Küste entlang. Schließlich fiel sein Blick auf einen Namen: Pesaro.
»Habt Ihr gefunden, was Ihr sucht?«
»Vielleicht ...«
War das die Lösung? Herzog Guidobaldo hatte erst vor kurzem seine Hauptstadt vom Landesinnern ans Meer verlegt, von Urbino nach Pesaro, um den Häfen von Venedig und Ancona Konkurrenz zu machen – er würde für den Vorschlag auf jeden Fall ein offenes Ohr haben. Doch während José die Karte zusammenfaltete, sank seine Zuversicht schon wieder dahin. Nein, er konnte nicht in Italien bleiben. Wenn er in Italien bliebe, würde Reyna zu Hause vor Ungewissheit sterben.
Ein lautes Gurren riss ihn aus seinen Gedanken. Die Brieftaube! War das die Lösung? Doch als José den Vogel sah, der ihn mit

dummen Augen durch die Stäbe seines Käfigs anglotzte, verflog seine Hoffnung so schnell, wie sie gekommen war. Nein, eine so wichtige Botschaft konnte er dem blöden Vieh unmöglich anvertrauen.

»Wirt!«, rief er. »Verflucht noch mal! Wo bleibst du?«

Im nächsten Moment erschien der Zwerg in der Tür. »Meine Frau rechnet noch Euer Essen zusammen.«

»Scheiß auf die Rechnung! Besorg mir einen Kurier! Den schnellsten und zuverlässigsten Mann, den du kennst! Und schaff mir ein Pferd herbei! Gesattelt und gezäumt!«

»Ich dachte, Ihr wollt einen Wagen?«

»Hast du keine Ohren?« José versetzte dem Kleinen einen Tritt, so dass der auf allen vieren zurück in den Flur stolperte. »Los! Beeil dich!«

Bevor er sich auf den Weg machen konnte, musste er noch zwei Briefe schreiben. Auf dem Tisch waren Tinte und Papier. Entschlossen griff er zur Feder. Für die Nachricht an Reyna brauchte er nur wenige Zeilen. Aber sie waren ihm wichtiger als sein eigenes Leben.

Mein geliebter Engel, bitte warte auf mich, ich flehe Dich an! Ich werde Dir alles erklären … Nur tu nichts, bevor ich wieder bei Dir bin … Denk an unsere Kinder, denk an unser Haus … Ich liebe Dich, mit jeder Faser meines Herzens …

José

Erst als er Sand auf die Tinte streute, merkte er, dass der Bader immer noch in der Kammer stand.

»Was meinst du?«, fragte er. »Wie weit kann ich es im Sattel schaffen?«

Der Bader musterte ihn mit emporgezogenen Brauen. »Mit oder ohne Branntwein?«

»Mit!«

»Dann bis ans Ende der Welt.«

13

Reyna raffte ihre Röcke und kletterte durch die Luke auf den Dachboden. Ein leises Gurren empfing sie in dem staubig stickigen Halbdunkel. Gab es endlich eine Nachricht von José? Doch als sie den Schlag öffnete, den er in der Gaube eingerichtet hatte, flatterte ihr wieder nur der Täuberich entgegen, der mit einer Seidenschnur an dem Gebälk festgebunden war, damit er nicht durch die offene Klappe fortfliegen könnte. José hatte vor seiner Abreise extra ein Taubenpaar gekauft. Weil eine Taube, auf die zu Hause ein Täuberich wartete, angeblich viel schneller den Weg zurück zu ihrem Heimatschlag fände als ein einzelner Vogel.

»Du kannst ja nichts dafür«, sagte Reyna und streute dem Tier ein paar Körner hin. »Du bist ja genauso verzweifelt wie ich.«

Schon fünf Wochen waren vergangen, seit sie José ihren Brief geschickt hatte. Tag für Tag schaute sie in dem Taubenschlag nach, morgens, mittags und abends, und manchmal sogar in der Nacht – doch jedes Mal gurrte sie nur der einsame Täuberich an. Wie konnte das sein? Selbst die Taube, die der Stammesvater Noah bei der Sintflut übers Meer geschickt hatte, war irgendwann zur Arche zurückgekehrt … Nein, wenn keine Antwort von José kam, konnte das nur eines bedeuten: Er hatte sie tatsächlich verraten, sie und ihre Liebe.

Bei dem Gedanken kamen Reyna die Tränen. Manchmal nachts, wenn sie schlaflos in ihrem Bett lag, sah sie José vor sich, wie er eine fremde Frau in seinen Armen hielt, eine halbnackte Tänzerin, die sich lachend mit ihrem Schlangenleib in seiner Umarmung wand und ihm gleichzeitig die roten Lippen zum Kuss hinstreckte. Die Vorstellung zerriss ihr das Herz, und um nicht verrückt zu werden, beschimpfte sie ihn im Geiste, verfluchte seinen Verrat, und wenn die Wut sie packte und sie damit den Schmerz für einen Augenblick überwand, war sie fast bereit, dem Drängen ihrer Mutter nachzugeben und den Sohn des Großwesirs zu heiraten.

Doch dann fiel ihr die erste Nacht wieder ein, die sie mit José verbracht hatte, vor dem Feuer eines Kamins, in einer kleinen, einsamen Herberge in Flandern, und sie hatte nur noch Angst – Angst um ihren Geliebten. Vielleicht war ja alles ganz anders. Vielleicht war José auf der Reise etwas zugestoßen. Vielleicht hatte der Papst ihn einsperren lassen. Vielleicht saß er schon irgendwo in einem römischen Verlies. Vielleicht war er überhaupt nicht mehr am Leben – ihre Mutter hatte ja auch noch keine Nachricht von ihm ... Sie sah seine Augen, wie er sie beim Abschied in dem Zypressenhain angeschaut hatte, hoch über dem Bosporus, hörte seine Stimme. »Denk an unsere Kinder, denk an unser Haus ...« Durch die Gaube konnte Reyna den grünen Holzpalast sehen, den er ihr gezeigt hatte. Nur einen Steinwurf vom Galata-Turm entfernt, glänzte die goldene Kuppel in der Abendsonne. Der Anblick brannte in ihrem Herzen wie Salz in einer Wunde. Würde sie dieses Haus je betreten?

»Das Essen ist aufgetragen!« Von unten rief die Köchin nach ihr. Reyna wischte sich die Tränen ab. Dann zwängte sie sich zurück durch die Luke und verließ den Dachboden.

Ihre Mutter saß bereits am Tisch, in der Hand hielt sie einen Brief. »José hat geschrieben«, sagte sie.

»José?« Reyna musste sich am Türpfosten festhalten, so schwindlig wurde ihr auf einmal. »Gott sei Dank«, flüsterte sie. »Er lebt ...«

»Der Papst hat die Verhandlungen abgebrochen«, sagte Gracia. »Aber José gibt nicht auf. Er hat eine großartige Idee, wie er die Edomiter mit ihren eigenen Waffen schlagen kann. Er will den Papst erpressen, zusammen mit dem Herzog von Pesaro. Ich muss sofort alle Gemeindeältesten zusammenrufen, auch aus Edirne und Bursa und Saloniki. Das können wir nur zusammen entscheiden.«

Reyna hörte gar nicht hin. José hat geschrieben ... Immer wieder summten diese drei Worte durch ihren Kopf. Diese drei kleinen Worte, die alles entschieden.

»Und für mich?«, fragte sie, als sie sich wieder gefasst hatte. »Ist für mich nichts dabei?«
Erst jetzt schaute ihre Mutter zu ihr auf. »Was hast du gesagt?«
Reyna wagte es kaum, die Frage zu wiederholen. »Hat ... hat José mir denn keinen Brief geschickt?«
Gracia zögerte einen Augenblick, dann schüttelte sie den Kopf. »Leider nein, für dich ist nichts dabei. Nur schöne Grüße.«
»Aber da ist doch noch ein zweiter Bogen!«
»Meinst du den?«, fragte ihre Mutter und hielt ein Blatt in die Höhe. »Darauf hat er nur seine Idee erläutert, damit ich sie der Gemeinde besser erklären kann. Das wird dich kaum interessieren.« Bevor Reyna danach greifen konnte, ließ sie das Papier in ihrem Ärmel verschwinden und stand auf. »Du musst heute Abend allein essen, ich muss dringend zu Rabbi Soncino.«

14

Die neue Synagoge in Stambul platzte fast aus den Nähten, als Amatus Lusitanus das Gebäude betrat. Dicht an dicht drängten sich die Gläubigen vor dem Thoraschrein, als fielen Pessach, Purim und Jom Kippur auf einen einzigen Tag. Nur mit Mühe fand Amatus noch einen freien Platz. Heute versammelten sich die Juden zum ersten Mal in ihrer neuen Synagoge, doch sie waren nicht zum Gebet zusammengekommen, sondern zu einer Beratung, die über die Zukunft ihres Volkes entscheiden würde. Die Stifterin der Synagoge, Gracia Mendes, hatte die Rabbiner und Ältesten der wichtigsten jüdischen Gemeinden des ganzen Osmanischen Reiches hierhergebeten, aus Konstantinopel und Edirne, aus Bursa und Saloniki, um gemeinsam mit ihnen zu entscheiden, wie sie auf die Verfolgung ihrer Glaubensbrüder in Ancona reagieren wollten.
Unter dem Gewölbe schwirrte es von spanischen und portugiesi-

schen, französischen und deutschen, polnischen und ukrainischen Lauten.
Doch plötzlich verebbte das Stimmengewirr, und während alle die Hälse reckten, um besser sehen zu können, trat Gracia, angetan mit einem grünen Samtumhang und einer hohen weißen Haube auf dem Kopf, vor den Thoraschrein.
Einmal mehr musste Amatus Lusitanus staunen, welche Wirkung allein ihr Erscheinen auf ihre Glaubensbrüder ausübte. Seit Königin Esther hatte das Volk der Juden keine Frau mehr so verehrt wie sie. Doch war das ein Wunder? Er selbst konnte die Augen ja auch nicht von ihr lassen, als sie mit einem Kopfnicken Rabbi Soncino grüßte und dann weiter zur Kanzel schritt. Nein, er bereute nicht, dass er ihretwegen darauf verzichtet hatte, eine andere Frau zu heiraten. Auch wenn sie seine Liebe nie erwidert hatte, war er immer noch genauso fasziniert von ihr wie vor zehn Jahren in Antwerpen.
Während die letzten Gespräche verstummten, stieg Gracia die Treppe zur Kanzel hinauf. Gespannt verfolgte Amatus Lusitanus jede ihrer Bewegungen. Würde es ihr gelingen, die Gemeinde für ihren Plan zu gewinnen? Er wusste ungefähr, was sie sagen würde, und hoffte inständig, dass sie es schaffte, die Versammlung zu überzeugen. Josés Idee war genial, und wenn sein Plan aufginge, würde der Krieg gegen die Juden in Italien vielleicht bald schon ein Ende haben.
Es war jetzt sehr still in dem Gotteshaus, nur noch hier und da hörte man ein einzelnes Hüsteln oder das Knarren einer hölzernen Bodendiele.
»Dürfen wir tatenlos zusehen«, fragte Gracia in die Stille hinein, »wie unsere Glaubensbrüder in Ancona ihres Eigentums beraubt und die Synagogen niedergerissen werden?«
»Nein, Senhora! Nein!«, erwiderte die Gemeinde.
»Dürfen wir zusehen, wie sie schuldlos von ihren Frauen und Kindern getrennt und eingesperrt werden?«
»Nein, Senhora! Nein!«

»Dürfen wir zusehen, wie sie in den Kerkern der Edomiter gefoltert und auf dem Scheiterhaufen verbrannt werden?«

»Nein, Senhora! Nein!«

Gracia hob die Arme, bis wieder Ruhe einkehrte. »Ihr habt recht – das dürfen wir nicht! Viel zu oft haben wir in der Vergangenheit zugesehen, wie unserem Volk Unrecht geschah. Wir wurden aus Spanien und Portugal vertrieben, und wir haben geschwiegen. Wir wurden in den Niederlanden unterdrückt und verfolgt, und wir haben geschwiegen. Wir wurden in Venedig gedemütigt und ins Ghetto verbannt, und wir haben geschwiegen. Doch jetzt ist es genug! Es ist Zeit, dass wir uns zur Wehr setzen! Nicht nur mit Tränen und Gebeten, sondern mit Taten!«

»Ja, wir wollen uns wehren!«, rief ein Rabbiner aus Bursa. »Aber wie, Senhora? Was können wir tun?«

»Die Christen nennen uns Gottesmörder, um uns im Namen ihres dreifaltigen Gottes zu vernichten«, erwiderte Gracia. »Doch wir können den Papst in die Knie zwingen, indem wir die Edomiter mit ihren eigenen Waffen schlagen. Wenn sie uns in Ancona die Inquisition auf den Hals hetzen, damit wir in der Stadt keinen Handel mehr treiben können, dann müssen wir selbst den Hafen dort ächten, bis auch ihr eigener Handel in Ancona erliegt.«

»Aber was wird dann aus unseren Geschäften?«, wollte ein Vertreter aus Edirne wissen. »Ohne einen Hafen in Europa gehen wir selbst bankrott!«

»Ich möchte euch unseren Glaubensbruder Jehuda Faraj vorstellen«, sagte Gracia und zeigte auf einen Mann mit einem schwarzen Barett, den Amatus Lusitanus noch nie gesehen hatte. »Er ist der Sendbote des Herzogs von Pesaro und berechtigt, in seinem Namen zu sprechen.« Sie forderte ihn mit einer Handbewegung auf, vor den Thoraschrein zu treten. »Redet zu uns, Jehuda Faraj. Was lässt der Herzog uns ausrichten?«

Der Fremde stieg auf ein Podest, damit jeder ihn sehen konnte, und wartete, bis aller Augen auf ihn gerichtet waren. Amatus

Lusitanus runzelte die Brauen. Warum hatte Gracia ihm nicht von diesem Mann erzählt? War seine Botschaft so wichtig, dass sie seine Teilnahme an der Versammlung glaubte verheimlichen zu müssen?
»Herzog Guidobaldo grüßt die Juden des Osmanischen Reiches und versichert sie seiner Freundschaft«, sagte Jehuda Faraj. »Der Fürst ist entsetzt über die Greuel in Ancona. Er verurteilt sie als schlimmes Unrecht, das dem Volk Israel widerfahren ist, und bietet seine Hilfe an. Um Ersatz für den Hafen von Ancona zu schaffen, ist er bereit, den Hafen von Pesaro zu öffnen, und gibt allen jüdischen und marranischen Kaufleuten die Erlaubnis, dort frei und uneingeschränkt Handel zu treiben.«
Ein ungläubiges Raunen erhob sich in der Synagoge. Die Gemeindevertreter sahen von einem zum anderen, Verblüffung und Freude in den Gesichtern. Während das Raunen sich allmählich wieder legte, meldete sich der Rabbiner der italienischen Synagoge zu Wort.
»Die Botschaft erfüllt uns mit großer Hoffnung«, sagte er. »Aber dürfen wir ihr Glauben schenken? Herzog Guidobaldo ist Generalhauptmann der päpstlichen Armee! Wenn wir uns unter seinen Schutz begeben, laufen wir Gefahr, dass er uns irgendwann an Rom ausliefert. Warum sollte er anders handeln als die anderen christlichen Fürsten in der Vergangenheit? Sie haben uns alle verraten, wenn es zu ihrem Vorteil war! Auch der Herzog von Ferrara!«
»Das stimmt!«, rief ein Rabbiner aus Saloniki. »Warum sollen wir dem Herzog von Pesaro vertrauen? Schließlich ist er ein Christ!«
»Ja, ein Edomiter!«
»Ein Feind!«
Jehuda Faraj hob seine Hand und wartete, bis die Zwischenrufe aufhörten. »Es gibt einen einfachen Grund, Guidobaldos Worten Glauben zu schenken«, erklärte er dann. »Der Herzog von Pesaro verfolgt an der adriatischen Küste die gleichen Interessen wie

wir. Sein Ziel ist es, Venedig und Ancona als Handelsplatz zu verdrängen. Dafür verzichtet er auf sein päpstliches Kapitanat.«
»Was ist der Preis?«, fragte ein Greis mit deutschem Akzent.
»Zum Ausgleich für den Verlust seiner römischen Pfründe verlangt Guidobaldo die Zusage, dass alle Geschäfte, die bislang über den Hafen von Ancona liefen, in Zukunft über seinen Hafen abgewickelt werden.«
»An wen richtet sich seine Forderung?«
»An alle jüdischen und marranischen Kaufleute, die sich im Osmanischen Reich angesiedelt haben. Dabei verlangt Guidobaldo namentlich die Zusage der Handelsplätze Konstantinopel, Bursa, Saloniki und Edirne.«
»Und was passiert, wenn Juden oder Marranen aus diesen Städten weiter Geschäfte mit Ancona machen?«
»Ja, was passiert dann?«, wollte ein Vertreter der spanischen Synagoge wissen. »Gilt dann Guidobaldos Versprechen trotzdem weiter? Oder zieht er dann sein Wort zurück, um seinen Hafen wieder zu sperren und uns zu verraten?«
Plötzlich riefen alle durcheinander, in einem Dutzend verschiedener Sprachen. Konnte man Guidobaldo trauen oder nicht? Die Frage spaltete die Versammlung in zwei Parteien, die miteinander in heftigen Streit gerieten. Jeder redete auf jeden ein, weil jeder glaubte, es besser zu wissen. Ein paar Gemeindeälteste versuchten, die Gemüter zu beschwichtigen, doch niemand achtete auf sie. Man zitierte die Thora und den Talmud, die Mischna und die Halacha, um sich die Worte der heiligen Schriften wie Prügel gegenseitig um die Ohren zu hauen, fuchtelte erregt mit den Händen und packte einander am Kragen. Bald herrschte in der Synagoge ein Lärm wie auf einem Wochenmarkt.
Auf dem Höhepunkt des Tumults ergriff Gracia wieder das Wort. »Wollt ihr unseren Feinden helfen oder dem Volk Israel?«, fragte sie in den Lärm hinein. Und obwohl sie ihre Stimme kaum erhoben hatte, flogen alle Köpfe zu ihr herum. »Wenn wir uns untereinander streiten, helfen wir nur den Edomitern! Statt uns zu

streiten, müssen wir unseren Feinden geschlossen entgegentreten!«
»Was schlagt Ihr vor, Senhora? Sagt uns Eure Meinung!«
»Tun wir, was der Herzog von Pesaro verlangt!«, erwiderte sie. »Wir können den Krieg nur gewinnen, wenn wir uns einig sind! Alle Söhne und Töchter des Volkes Israel müssen sich füreinander verbürgen! Keiner darf ausscheren! Doch glaubt mir: Wenn wir zusammenhalten und den Hafen von Ancona ächten, mit der ganzen Macht unserer Handelshäuser, gemeinsam und ohne Ausnahme, muss der Papst nachgeben und die Schutzrechte erneuern, die sein Vorgänger uns gegeben hat.« Gracia ließ ihren Blick über die Köpfe ihrer Zuhörer schweifen und hielt einen Moment inne, ehe sie rief: »Rache für das vergossene Blut unserer Brüder und Schwestern! Wer dafür ist, hebe die Hand!«
Zehn, zwanzig, dreißig Hände gingen in die Höhe. Die meisten Befürworter waren aus Konstantinopel. Die Mitglieder der anderen Gemeinden hingegen zögerten noch und schauten sich unschlüssig um. Vor allem die Vertreter aus Saloniki und Edirne machten keinen Hehl aus ihrem Widerwillen gegen Gracias Plan. Amatus Lusitanus blickte in banger Erwartung zu Rabbi Soncino, der sich während des ganzen Streits kein einziges Mal zu Wort gemeldet hatte. Alles kam jetzt auf ihn an. Er war unter all den Schriftgelehrten und Würdenträgern, die in dem Gotteshaus versammelt waren, der angesehenste Mann, seine Stimme zählte mehr als jede andere. Wie würde er entscheiden?
»Rache für das vergossene Blut unserer Brüder und Schwestern!«, rief Rabbi Soncino und hob seine Hand.
Es war, als hätte er ein Zauberwort gesprochen, und seine Stimme war noch nicht verhallt, da flogen Dutzende von Händen in die Höhe. Gleich darauf war die Synagoge ein Wald erhobener Arme. Amatus Lusitanus atmete auf. Gracia hatte es geschafft, sie hatte die Versammlung überzeugt. Er bedauerte nur, dass José nicht da war, um den Triumph zu erleben. Schließlich stammte der Plan ja von ihm.

»La Senhora!«, skandierten die Juden im Chor. »La Senhora!« Um ihren Beifall zu bestärken, stampften einige mit den Füßen, und bald erbebte die Synagoge vom donnernden Rufen und Lärmen der Gemeinde wie beim Purim-Fest.

Amatus Lusitanus lief ein Schauer über den Rücken.

War Gracia Mendes wirklich eine zweite Esther? Die neue Königin des Volkes Israel? Ausersehen von Gott dem Herrn, die Juden ins Gelobte Land zu führen?

15

»Was wollt Ihr in Ancona?«, fragte der Soldat, der das Stadttor bewachte.

José zögert einen Augenblick. Sollte er sich zu erkennen geben? Nein, das war zu gefährlich, nach allem, was ihm in Pesaro zu Ohren gekommen war.

»Ich bin Arzt«, behauptete er vorsichtshalber. »Man hat mich zu einem Kranken gerufen.«

»Das kann jeder behaupten. Euren Pass!«

Widerwillig fasste José in seine Tasche. »Kannst du überhaupt lesen?«, fragte er und reichte dem Wachtposten seine Papiere.

Ohne sich einschüchtern zu lassen, blätterte der Soldat in den Dokumenten. »José Nasi – aha! Christ oder Jude?«

»Heilige Muttergottes, was soll die dämliche Frage?«, erwiderte José. »Christ natürlich!«

»Na schön, wartet hier. Aber rührt Euch nicht vom Fleck!«

Während José zusah, wie der Soldat mit dem Pass im Schilderhäuschen verschwand, gurrte die Brieftaube in ihrem Käfig, den er hinter dem Sattel befestigt hatte, zusammen mit dem Mantelsack. Vielleicht würde er das dumme Vieh doch noch brauchen? Kein Mensch wusste, wo er sich aufhielt, weder Reyna noch Gracia. Als er nach Pesaro aufgebrochen war, um Herzog Guidobaldo um Asyl für die Juden von Ancona zu bitten, hatte er nicht im Traum daran gedacht, in die verfluchte Hafenstadt weiterzureiten, wo kein Jude seines Lebens sicher war. Er hatte Reyna sogar ausdrücklich versprochen, nicht dorthin zu fahren. Aber er hatte keine andere Wahl gehabt. Herzog Guidobaldo hatte sein Angebot, den kleinen Hafen von Pesaro zu erweitern, damit auch große Schiffe wie die Gloria oder Esmeralda dort ankern könnten, an eine Bedingung geknüpft: Die Kosten für die Bauarbeiten müssten die Conversos tragen. Doch woher sollte José das Geld nehmen? Bis Dona Gracia es aus Konstantinopel schickte, konnte eine Ewigkeit vergehen. Also war er von Pesaro weiter nach Ancona geritten, um sich hier mit Duarte Gomes zu treffen und von dem Besitz der Firma zu retten, was noch zu retten war. Er hoffte nur, dass diese Entscheidung kein Fehler war.

Nach einer Weile, die José wie eine Ewigkeit erschien, kehrte der Wachsoldat aus dem Schilderhäuschen zurück, um ihm seinen Pass wieder auszuhändigen.

»Alles in Ordnung. Der Leutnant hat Eure Papiere geprüft. Ihr könnt passieren!«

»Na, endlich!«

José wartete, bis das Tor geöffnet wurde, dann gab er seinem Wallach die Sporen. Noch immer spürte er bei jeder Bewegung des Pferdes sämtliche Rippen im Leib, doch irgendwie hatte er sich an die dauernden Schmerzen gewöhnt. Er biss die Zähne aufeinander und schaute sich um. Den Anblick der Stadt hatte er sich schlimmer vorgestellt. Bei einigen Häusern waren zwar die Fenster eingeschlagen, ein paar Gebäude waren abgebrannt, wahrscheinlich die Synagogen, doch sonst schien alles friedlich. Hausfrauen erledigten ihre Einkäufe, wie überall auf der Welt, und aus den Werkstätten drangen die vertrauten Geräusche der Handwerker auf die Straße, obwohl die Abendsonne schon lange Schatten warf. José fasste die Zügel nach. Vielleicht waren die Berichte der Flüchtlinge von den Greueln in der Stadt ja übertrieben? Rom und der verfluchte Papst waren weit. Außerdem war Ancona eine Handelsstadt, wo Kaufleute statt Glaubensfanatiker den Ton angaben.

Er trabte gerade um eine Straßenecke, als plötzlich sein Pferd scheute. Ein Mann, der es sehr eilig hatte, rannte ihm über den Weg. Aus Angst, unter die Hufe des Wallachs zu geraten, machte er jedoch mitten auf der Straße kehrt – und lief zwei Soldaten in die Arme, die ihn offenbar verfolgten. Der Wallach bockte, bei jedem Sprung schrie José auf vor Schmerz, er konnte sich kaum noch im Sattel halten. Während er versuchte, sein Pferd zu zügeln, sah er aus den Augenwinkeln, wie die Soldaten am Straßenrand den Mann zu Boden prügelten. Er trug einen gelben Hut. Also doch!

Als sein Wallach sich endlich beruhigt hatte, tastete José nach seinen Rippen. Es schien alles in Ordnung zu sein. Die Soldaten fesselten den Juden und verschwanden mit ihm in einer Seitengasse. José trabte wieder an. Die Straße führte zur Hafenmole, wo über ein Dutzend Schiffe angelegt hatten. Rund um den Platz, in dessen Mitte sich ein Triumphbogen erhob, waren Dutzende von Häusern zerstört, Speichergebäude und Handelskontore. Unter dem Triumphbogen parierte José sein Pferd. Der Wallach blähte schnaubend die Nüstern und wehrte sich gegen den Zügel. Brandgeruch lag in der Luft. José drehte sich im Sattel um. Über dem Glockenturm einer Kirche kräuselte sich eine Rauchfahne. Sollte er lieber kehrtmachen? Nein, wenn er sich je wieder in Konstantinopel blicken lassen wollte, brauchte er irgendeinen Erfolg. Reyna zuliebe.

»Kennst du das Kontor der Firma Mendes?«, fragte er eine Dienstmagd, die mit einem Einkaufskorb am Arm an ihm vorüberkam.

»Da«, zeigte das Mädchen auf die andere Seite des Platzes, »das große Gebäude, gleich neben der Präfektur.«

Das Haus stand zum Glück noch – nicht mal die Fensterscheiben waren beschädigt. Erleichtert stieg José aus dem Sattel und band sein Pferd an einer Tränke fest. Krumm vor Schmerzen über-

querte er den Platz und humpelte die Treppe hinauf, die zum Kontor der Firma Mendes führte.
Die Tür war nur angelehnt.
»Hallo! Ist hier jemand?«
In der Eingangshalle sah es aus wie nach einem Einbruch. Tische und Stühle waren umgeworfen, Truhen und Schränke aufgebrochen, und der Inhalt mehrerer Schubladen war auf dem Boden verstreut, zusammen mit zerfledderten Handelsbüchern und Frachtpapieren.
José wollte gerade die Treppe hinaufgehen, um in den oberen Räumen nachzuschauen, da stockte ihm der Atem. Unter der Treppe lag ein Mann, das Gesicht in einem Kissen vergraben. José beugte sich über ihn und rüttelte an seiner Schulter. Der Mann rührte sich nicht. Als er ihn mit beiden Händen links und rechts am Wams packte, reichten seine Kräfte kaum aus, um den schweren Leib herumzuwuchten. Leblos rollte der Kopf auf die Seite.
»Gütiger Himmel ...«
José erkannte das pockennarbige Gesicht sofort: Duarte Gomes ... An seinem Kinn klebte verkrustetes Blut, in der Brust stak ein Messer. Entsetzt stieß José den Leichnam von sich. Keine Minute länger würde er in dieser Stadt bleiben!
»Welch hoher Besuch«, sagte plötzlich eine Stimme in seinem Rücken. »Dann stimmt es also doch? Man hat mir Eure Ankunft soeben gemeldet.«
José fuhr herum. In der Tür stand ein Offizier der päpstlichen Armee, in goldbehangener Uniform und schwarzen Strümpfen.
»Senhor ... Aragon?«
Der Spanier kam lächelnd auf ihn zu. »Wie schön, Euch wiederzusehen, Dom José. Ich hoffe, Ihr hattet eine gute Reise.«

16

»Hast du schon gesehen?«, fragte Gracia. »Omar Bey hat dir einen goldenen Armreif geschickt!«
Reyna schaute kaum hin. Jeden Tag ließ der Sohn des Großwesirs ihr Geschenke bringen.
»Und ein Diadem. Aber – was ist das?« So vorsichtig, als hielte sie einen Schatz in Händen, öffnete Gracia den Deckel einer buntlackierten Schachtel. »Konfekt!«, rief sie und lachte. »Wie reizend! Das hat er bestimmt selbst ausgesucht!« Sie nahm ein dick mit Puderzucker bestäubtes Stück aus der Schachtel und reichte es Reyna. »Komm, probier mal!«
»Du kannst es gerne essen, wenn du Lust hast. Von mir aus die ganze Packung.«
Gracia steckte sich das Stück Konfekt in den Mund. »Hm, köstlich. Lokum, mit Pistazien. Möchtest du nicht doch vielleicht ...?«
Reyna schüttelte den Kopf.
»Na, dann vielleicht später.« Ihre Mutter verschloss die Schachtel und legte sie zurück zu den anderen Geschenken. »Omar Bey war heute schon wieder bei mir im Kontor. Stell dir nur vor! Der Sohn des Großwesirs – wie ein Bittsteller! Er möchte dich so gerne kennenlernen.«
»Ich ihn aber nicht«, erwiderte Reyna. »Bitte, Mutter, begreif doch – ich will ihn nicht heiraten!«
Gracia tauchte ihre zuckrigen Finger in die Waschschüssel, die auf einer Truhe neben dem Esstisch stand. »Ich weiß, was in dir vorgeht«, sagte sie. »Aber ich glaube, es wäre besser, du würdest dir José aus dem Kopf schlagen.«
»Besser für wen?«, fragte Reyna. »Für dich oder für mich?«
»Ich mache mir Sorgen um dich. Du bist doch kaum noch wiederzuerkennen. Du lachst nicht mehr, du redest nicht mehr, du gehst nicht mehr aus dem Haus. Wie eine Schlafwandlerin schleichst du herum!«
»Ist das ein Wunder?«

»Nein, natürlich nicht. Aber wäre es nicht besser, du würdest den Tatsachen endlich ins Auge sehen? Du hast José zur Rede gestellt, aber bis heute hat er dir nicht geantwortet.«
Während Gracia sich weiter die Hände wusch, schaute sie über die Schulter zu ihrer Tochter.
Reyna wich ihrem Blick aus. Ihre Mutter hatte ja recht. Immer wieder war sie auf den Dachboden geklettert, Woche für Woche, Tag für Tag. Unzählige Stunden hatte sie dort oben verbracht und sehnsüchtig in den Himmel gestarrt wie einst Noah über das Meer, in der Hoffnung, eine Taube am Horizont zu entdecken … Doch keine Nachricht von José. Immer nur der einsam gurrende Täuberich.
»Siehst du?« Gracia nahm eine Bürste, und während sie anfing, damit ihre Hände zu bearbeiten, sagte sie: »Omar würde dir die Welt zu Füßen legen. Er ist nicht nur reich, sondern auch gebildet. Fast so gebildet wie ein Jude. Angeblich spricht er fünf Sprachen.« Sie schaute auf ihre Hände, war aber noch nicht zufrieden. »Du würdest uns allen einen großen Gefallen tun«, erklärte sie und tauchte die Bürste erneut ins Wasser.
»Herrgott, Mutter! Musst du dir unbedingt die Hände waschen, wenn du mit mir sprichst?«
»Das Lokum klebt so an den Fingern, das Zuckerzeug geht irgendwie nicht ab.«
»Das bildest du dir doch nur ein! Deine Hände sind ja schon ganz rot von der Schrubberei.«
»Lenk nicht vom Thema ab!«, sagte Gracia und traktierte ihre Finger, als würde Pech daran kleben. »Du kannst die Entscheidung nicht ewig vor dir herschieben. Auch der Sultan will wissen, wann die Hochzeit stattfindet.« Sie nahm den Krug und goss sich noch einmal Wasser über die Hände. »Reyna, bitte. Wir brauchen Süleymans Unterstützung, jetzt mehr denn je. Du weißt doch, was in Italien los ist. Was muss denn noch alles passieren, damit du begreifst, wie viel von deiner Entscheidung abhängt? Nicht nur für dich, für uns alle!« Sie stellte den Krug

wieder hin und griff zum Handtuch. »Sag mal, willst du ihn dir nicht wenigstens mal anschauen?«
Während Gracia sich die Hände abtrocknete, starrte Reyna auf die Geschenke. Noch nie in ihrem Leben war sie so ratlos gewesen. Was sollte sie tun? Sie liebte José ja noch immer – so sehr, dass sie nachts kein Auge zutun konnte. Immerfort musste sie an ihn denken und sah sein Gesicht vor sich. Aber er hatte sie betrogen und ihre Liebe verraten. Würde sie ihm das je verzeihen können? Und selbst wenn sie es könnte – was war mit den Toten von Antwerpen? Dutzende von Menschen, die ihretwegen gestorben waren, auch ihr Onkel Diogo … Seit ihre Mutter davon gesprochen hatte, lastete die Erinnerung daran auf ihrer Seele. War es nicht ihre Pflicht, diese Schuld zu begleichen?
»Wenn du unbedingt willst, kannst du Omar Bey ja mal einladen«, sagte sie schließlich.
»Ach, Reyna …« Gracia ließ das Handtuch fallen und nahm sie in den Arm. »Du wirst sehen, er ist ein wunderbarer Mann. Wirklich!«
Als sie sich aus der Umarmung lösten, stand Judith im Raum, die neue Dienstmagd.
»Ein Brief aus Italien«, sagte sie. »Der Bootsmaat der Fortuna hat ihn eben gebracht.«
»Aus Italien? Gib her!« Reyna riss ihr das Kuvert aus der Hand. Doch als sie die Schrift sah, erkannte sie, dass er nicht von José stammte. Außerdem war er an ihre Mutter adressiert. Enttäuscht reichte sie den Brief weiter. »Für dich.«
Statt ihn zu nehmen, warf Gracia nur einen Blick darauf. »Oh, von Herzog Guidobaldo? Bitte, mach du ihn für mich auf. Meine Hände kleben noch immer.«
Widerwillig öffnete Reyna den Umschlag. Was ging sie der Herzog von Pesaro an? Nichts konnte ihr gleichgültiger sein. Aber sie hatte noch keine zwei Zeilen gelesen, da zitterten ihre Hände so sehr, dass die Buchstaben vor ihren Augen zu tanzen schienen.
»Was ist?«, fragte ihre Mutter. »Du bist ja kreidebleich!«

»Der Herzog schreibt, José ist nach Ancona gefahren.« Reyna ließ den Brief sinken. Ihr Mund war plötzlich so trocken, dass sie kaum sprechen konnte. »Sie … sie haben ihn verhaftet …«

»Wer ist *sie*? Die Inquisition?«

Reyna nickte. »Ja, Cornelius Scheppering hat ihn angeklagt, wegen Juderei. Ihm … ihm wird der Prozess gemacht.«

»Was?!«

Gracia nahm den Brief, um selbst zu lesen. Reyna spürte, wie ihre Knie einknickten.

»Wie konnte er das nur tun?«, flüsterte sie und griff nach einem Stuhl. »Er hatte mir doch versprochen, dass er niemals nach Ancona …« Bevor sie den Satz zu Ende sprechen konnte, sank sie in Ohnmacht.

17

Cornelius Scheppering erhob seine Stimme. »Ich fordere Euch auf, Euch zu bekennen: Seid Ihr Christ oder Jude?«

»Jude«, erklärte José. »Ihr habt also kein Recht, mich anzuklagen. Die Inquisition darf nur rechtmäßig getaufte Christen wegen ihres Glaubens belangen.«

»Haltet Euer freches Maul!«, entgegnete der Dominikaner. »Meint Ihr, auf diese Weise könntet Ihr Euch der Gerechtigkeit entziehen? Bei Eurer Ankunft in Ancona habt Ihr Euch selbst als Christ ausgewiesen. Der Wachsoldat kann das bezeugen.«

»Damals musste ich lügen. Als Jude hätte man mich nicht in die Stadt gelassen. Doch das ändert nichts an meinem Glauben.«

»Dann behauptet Ihr also weiter, Jude zu sein?«

»Allerdings. Und ich verlange, dass Ihr mich freilasst.«

Gefesselt und mit Eisenketten an den Beinen, als wäre er ein Mörder oder Kirchenschänder, stand José vor seinem Richter, der zugleich sein Ankläger war. Der Prozess fand im Freien statt, unter dem Triumphbogen am Hafen, zur öffentlichen Abschreckung aller, die im Glauben schwankten. Hunderte von Gaffern drängten sich um das Podium und verrenkten sich die Hälse nach ihm, als wäre er ein Tanzbär auf einem Jahrmarkt. Doch José nahm die vielen Augenpaare, die auf ihn gerichtet waren, kaum wahr. Wenn es ihm nicht gelang, als Jude anerkannt zu werden, war er verloren … Auf dem Podium, gleich neben dem Richtertisch, befand sich eine Folterbank, vor der ein halbnackter Scharfrichter mit einer schwarzen Kapuze über dem Kopf nur auf einen Befehl von Cornelius Scheppering wartete, um seines Amtes zu walten. Kaum einen Steinwurf davon entfernt lagen die Schiffe am Kai. Fröhlich knatterten ihre Wimpel im Wind. Würde José je wieder eines dieser Schiffe betreten, um hinauszufahren aufs Meer?

»Lügner!«, schnarrte Cornelius Scheppering. »Ihr seid kein Jude, sondern Christ! Das Zeugnis des Wachsoldaten würde genügen, um Euch zu überführen. Doch Ihr sollt einen ordentlichen Prozess bekommen, wie Recht und Gesetz es verlangen. Ich werde vor Gott und der Welt beweisen, dass Ihr die Unwahrheit sagt.«

Der Scharfrichter beugte sich über die Feueresse und nahm eine glühende Zange von den Kohlen. José spürte, wie ihm der Schweiß ausbrach, doch er versuchte, sich seine Angst nicht anmerken zu lassen.

»Droht Ihr mir mit der Folter?«, rief er. »Nur zu! Die Wahrheit bleibt immer die Wahrheit!«

Cornelius Scheppering schüttelte voller Verachtung den Kopf. »Ich bin Seelsorger, kein Feldscher. Die Folter des Leibes wird nicht nötig sein. Wir haben andere Mittel, um Euch die Zunge zu lösen.«

Er hob die Hand. Gleich darauf stieg Oberst Aragon in seiner goldbehangenen Uniform die Stufen zum Podium herauf, um dem Dominikaner ein Schriftstück auszuhändigen.

»Erkennt Ihr das wieder?«, fragte Cornelius Scheppering und fuchtelte mit dem Dokument in der Luft. »Es trägt Eure Unterschrift.«

Mit klirrenden Ketten trat José vor den Richtertisch. Ein Blick genügte, um ihm das Blut in den Adern erstarren zu lassen. Das Dokument, das Cornelius Scheppering ihm unter die Nase hielt, war seine eigene Heiratsurkunde. Darin bestätigte Amiel Oberlin, Pfarrer von Schiltigheim bei Straßburg, dass er, José Nasi, und Reyna Mendes nach dem Ritus der katholischen Kirche getraut hatte.
»Wollt Ihr Eure Behauptung, Jude zu sein, immer noch aufrechterhalten?«
José fiel keine Antwort ein. Er spürte nur, wie sich eine unsichtbare Hand um seine Kehle legte. Auf dem Platz war es so still, dass man das Plätschern der Wellen hörte, die leise gegen die Schiffsplanken schlugen.
»Euer Schweigen ist beredter als ein Geständnis.« Cornelius Scheppering nickte. »Ja, Ihr seid ein getaufter Christ. Doch die Wohltat der Taufe, die Gott Euch in seiner Gnade zuteilwerden ließ, um Eure Seele von der Erbsünde zu erlösen, hat Euch nicht daran gehindert, weiter dem jüdischen Götzendienst zu frönen.«
Während Cornelius Scheppering mit angewidertem Gesicht sein Beweisstück zu den Akten legte, wurden im Publikum Rufe laut.
»Auf den Scheiterhaufen mit ihm!«
»Ja, verbrennt den Juden!«
José lief es kalt über den Rücken. Immer mehr Zuschauer fielen in die Rufe ein, mit geballten Fäusten schrien sie ihre Forderungen heraus, Hunderte von Menschen, die seinen Tod verlangten.
»Damit habt Ihr wohl nicht gerechnet?«, fragte Aragon.
Mit einem höhnischen Grinsen verließ der Spanier den Zeugenstand. José musste sich beherrschen, um ihm nicht an die Gurgel zu springen.
»Ruhe! Oder ich lasse den Platz räumen!«
Cornelius Scheppering hob die Arme und wartete, bis der Lärm sich gelegt hatte. Dann richtete er seine quellklaren Augen wieder auf José.

»Ihr ekelt mich an«, sagte er. »Ihr wechselt Euer Glaubensbekenntnis, wie es Euch gerade vorteilhaft erscheint. Einmal lebt Ihr als Jude, dann wieder behauptet Ihr, ein Christ zu sein. Pfui Teufel! Doch jetzt ist Euer Spiel aus. Es bedarf nur noch eines Beweises, und Ihr seid der Ketzerei überführt.«

Der Dominikaner war nur ein alter, schmächtiger Mann, den José mit bloßen Händen hätte umbringen können. Doch noch nie hatte jemand ihm solche Angst eingeflößt wie dieser syphilitische Haufen Dreck. An der Schläfe des Mönchs war eine Pustel aufgeplatzt, Eiter quoll aus der Schwäre. Sollte diese Höllenfratze das letzte menschliche Antlitz sein, das er auf Erden zu sehen bekam? Er hatte nur zwei Möglichkeiten: Entweder er sagte die Wahrheit und bekannte sich zu seinem Judentum; in dem Fall war seine Hinrichtung sicher, und er würde als Märtyrer sterben. Oder aber er legte ein Geständnis ab, bereute und schwor, in Zukunft die Gesetze des christlichen Glaubens zu befolgen; dann würde er vielleicht mit dem Leben davonkommen, als Sträfling auf einer Galeere oder auf einer Gefängnisinsel.

José entschied sich für einen dritten Weg.

»Ich bin ein Untertan Sultan Süleymans und stehe unter seinem kaiserlichen Schutz«, erklärte er. »Der Herrscher des Osmanischen Reiches wird nicht dulden, dass mir auch nur ein Haar gekrümmt wird. Ich vertrete hier die Firma Mendes!«

»Judenbengel!«, heulte Cornelius Scheppering auf. »Das wagst du, mir ins Gesicht zu sagen? Du ... du ... du ....« Vor Zorn geriet er ins Stammeln, sein Gesicht zuckte. Doch dieser Zustand währte nur eine kurze Weile, dann fand er seine Sprache wieder. »Glaubt ja nicht, dass Ihr die Inquisition einschüchtern könnt! Ihr befindet Euch auf päpstlichem Gebiet! Hier gilt allein das Wort des dreifaltigen Gottes!« Er schlug mit der flachen Hand auf den Tisch. »Sagt endlich die Wahrheit! Seid Ihr ein getaufter Christ? Ja oder nein?«

»Die Taufe erfolgte unter Zwang«, erwiderte José. »Sie hat keinerlei Gültigkeit. Ich warne Euch: Wenn Sultan Süleyman erfährt, was Ihr hier mit seinen Untertanen treibt, wird er dem Papst den Krieg …«

»Taufe ist Taufe!«, fiel der Dominikaner ihm ins Wort. »Egal, was der Sultan sagt oder tut – und wenn er der ganzen Welt den Krieg erklärt. Außerdem habt Ihr als Christ geheiratet. Freiwillig – die Urkunde trägt Eure Unterschrift! Darum frage ich Euch, José Nasi, um Eures ewigen Seelenheils willen: Habt Ihr Euch als getaufter Christ zum jüdischen Gott bekannt?«

»Wo immer ich als Christ gelebt habe, habe ich meine Christenpflichten erfüllt.«

»Ihr lebt in Konstantinopel! Unter der Herrschaft des Judenschmeichlers Süleyman! Ihr seid zum Mosesglauben zurückgekehrt!«

»Warum sollte ich das tun?«, rief José. »Ich glaube an den Gott der Juden so wenig wie an den Gott der Muslime!«

Ein empörtes Raunen ging durch die Menge.

»Wollt Ihr damit sagen, Ihr glaubt an gar keinen Gott?« Cornelius Scheppering knirschte mit den Zähnen. »Allein dafür habt Ihr den Tod verdient. Aber ich habe Euch einen ordentlichen Prozess versprochen, und diesen Prozess sollt Ihr bekommen.« Er hob seine Hand und winkte den Folterknecht zu sich. »Jeder Jude trägt an seinem Körper ein Zeichen, das ihn mit seinem Götzen verbindet, ein untrügliches Bekenntnis seines Glaubens. – Zieht ihm die Hosen aus!«

Ein lautes Johlen erhob sich über dem Platz. Der Scharfrichter legte seine Zange auf die Feueresse zurück. Mit breiten Beinen kam er auf José zu, über dem Gesicht die schwarze Kapuze, in die nur zwei Augenschlitze geschnitten waren. Als er Josés Gürtel öffnete, wurde der Beifall zum Orkan. Das Volk schrie und tobte vor Begeisterung. José schloss die Augen. Beschneidet euch für den Herrn und entfernt die Vorhaut eures Herzens … Das ist mein Bund zwischen mir und euch samt deinen Nachkommen …

»Näher!«, verlangte Cornelius Scheppering. »Damit ich besser sehen kann.«

Der Henker stieß José vor den Richtertisch. Dann riss er ihm die Hose herunter. Eine grobe, rauhe Hand machte sich an seinem Gemächt zu schaffen.
»Die Narbe ist noch frisch«, stellte Cornelius Scheppering fest. »Die Beschneidung fand also erst *nach* der katholischen Trauung statt, Zweifel sind ausgeschlossen. – Sagt, José Nasi, wollt Ihr immer noch leugnen, dass Ihr als getaufter Christ zum Judenglauben zurückgekehrt seid?«

18

»Gelobt seiest du, Ewiger, unser Gott, König der Welt, der ein Richter der Wahrheit ist.«
Wie das Gebot es verlangte, sprach Gracia den Segensspruch, um Gott auch für den Empfang einer schlechten Nachricht zu danken. Gleich nachdem Reyna in Ohnmacht gefallen war, hatte sie Amatus Lusitanus holen lassen. Der Arzt hatte sie aus dem Zimmer geschickt – er wollte Reyna ohne ihre Mutter untersuchen, um sich ungestört, nur im Beisein der Zofe, ein Bild von ihrem Zustand zu machen. Während er nun mit Reyna beschäftigt war, versuchte Gracia, sich im Gebet zu beruhigen. Doch es gelang ihr nicht, ihre Gedanken auf Gott zu richten – ihre Lippen formten die Silben, aber ihr Herz war nicht dabei. Der Grund war das Lokum, von dem sie probiert hatte. Obwohl sie sich schon ein Dutzend Mal gewaschen hatte, klebten ihre Finger immer noch von dem elenden Zuckerzeug. Noch einmal bearbeitete sie ihre Hände mit der Bürste. Erst als Amatus Lusitanus aus Reynas Zimmer zurückkehrte, trocknete sie sich die Hände ab.
»Wie geht es ihr?«, fragte sie.
»Nur ein kleiner Schwächeanfall«, antwortete er. »Ich habe ihr Chinawurzel zur Kräftigung gegeben.«
»Dann muss ich mir also keine Sorgen machen?«

»Reyna ist jung, sie wird sich schnell erholen. Morgen ist sie schon wieder auf den Beinen. – Sorgen«, fügte er dann mit ernster Miene hinzu, »macht mir allerdings etwas anderes.«
Gracia ahnte, worauf er anspielte. »Hat sie Euch gesagt, was passiert ist?«
Amatus Lusitanus nickte. »Sie hat Angst um Dom José. Das ist ihr Leiden.«
»Reyna muss keine Angst haben«, sagte Gracia und legte das Handtuch beiseite. »Dom José kann nichts passieren. Er ist ein Untertan des Sultans. Der Papst weiß, dass er einen Krieg heraufbeschwört, wenn er ihn anrührt.«
»Der Papst vielleicht«, erwiderte Amatus Lusitanus. »Aber auch die Dominikaner?«
Gracia kratzte sich die Hände. »Cornelius Scheppering hatte in Venedig schon einen Scheiterhaufen für mich errichtet. Doch nicht mal dieser Teufel hat es gewagt, mir etwas anzutun. Sie haben Reyna und mich ziehen lassen, ohne uns ein Haar zu krümmen.«
»Ich hoffe, Ihr habt recht. Aber«, Amatus Lusitanus zögerte einen Augenblick, »was wird sein, wenn Dom José zurückkommt? Dürfen die zwei dann endlich heiraten?«
»Wollt Ihr mich quälen?« Gracia stieß einen tiefen Seufzer aus. »Ihr wisst doch selbst, was auf dem Spiel steht«, sagte sie dann. »Der Preis wäre zu hoch.«
Wieder hatte sie das Bedürfnis, sich die Hände zu waschen, doch obwohl es wie ein Zwang über sie kam, unterdrückte sie die Anwandlung. Statt zum Wasserkrug zu greifen, wandte sie sich ab und schaute zum Fenster hinaus auf die Meerenge, wo zwischen den Landzungen so viele Schiffe kreuzten, dass sie sich gegenseitig den Wind aus den Segeln nahmen. Am anderen Ufer, im Hafen von Stambul, lag die Fortuna vor Anker. Eine Familie mit einem halben Dutzend Kindern und ebenso vielen Alten ging gerade von Bord. Der Anblick war Balsam für Gracias geschundene Seele. Wieder war es gelungen, Menschen zu retten.

»Ihr habt es ihnen versprochen«, sagte Amatus Lusitanus in die Stille hinein.
»Ja, das habe ich«, wiederholte Gracia. »Aber soll ich dafür Tiberias opfern? Fast täglich kommen neue Flüchtlinge hier an, verfolgte Glaubensbrüder aus der ganzen Welt. Für diese Menschen sind wir die einzige Hoffnung. Wir müssen ihnen eine neue Heimat geben.«
»Ich weiß, Senhora. Aber dürft Ihr dafür Reynas Liebe opfern? Soll sie den Preis zahlen?«
»Bitte nennt mich nicht Senhora. Wir kennen uns doch schon so lange. Ihr seid mein Freund.«
»Dann frage ich Euch ein zweites Mal, Dona Gracia, und diesmal mit Eurem Namen: Soll Reyna den Preis zahlen?«
Gracia wusste nicht, was sie antworten sollte. Die Flüchtlingsfamilie war jetzt an Land. Der Vater schien seinen Kindern irgendetwas erklären zu wollen. Genauso beladen wie die Alten, scharten die Kinder sich um ihn und blickten ängstlich in die Richtung der Stadt, auf die er mit dem Finger zeigte. Offenbar gab es niemanden, der auf die Familie wartete.
Amatus Lusitanus räusperte sich. »Ja, wir kennen uns schon seit vielen Jahren, und ich habe nie einen Hehl daraus gemacht, wie viel mir Eure Freundschaft bedeutet. Doch jetzt – jetzt macht Ihr mir Angst.«
Gracia drehte sich um. »Was sagt Ihr da?«
»Ja«, bestätigte er, »Angst. Ihr fangt an, unseren Feinden zu gleichen. Ihr seid genauso unbeugsam wie sie. – Kennt Ihr Epikur?«, fragte er, bevor sie etwas entgegnen konnte.
»Nein, wer ist das?«
»Ein griechischer Philosoph. Er hat einmal gesagt: Wer Angst verbreitet, trägt Angst in sich.«
»Was hat das mit mir zu tun?« Gracia versuchte zu lachen, aber es gelang ihr nicht. »Wenn ich Angst hätte, wie Euer Epikur behauptet, hätte ich meinem Glauben längst abgeschworen und wäre in Lissabon geblieben.«

Amatus Lusitanus nickte. »Ja, Ihr seid eine mutige Frau«, sagte er, »die mutigste Frau, die ich kenne. Trotzdem habt Ihr Angst. Nicht vor Euren Feinden oder irgendeiner äußeren Gefahr. Ihr habt Angst vor Euch selbst. Vor Eurem Herzen. Vor Eurer Liebe.«

»Was fällt Euch ein, so mit mir zu sprechen? Dazu habt Ihr kein Recht!«

»Ich habe kein Recht zu *schweigen*«, sagte er. »Seit dem Tod Eures Mannes habt Ihr die Liebe aus Eurem Herzen verbannt. Und jetzt fordert Ihr denselben Verzicht von Eurer Tochter.«

Gracia kehrte ihm den Rücken zu. »Ihr wisst ja nicht, wovon Ihr redet«, sagte sie.

Während draußen am Hafen die Familie in irgendeiner Gasse von Stambul verschwand, spürte Gracia, wie ihr die Tränen kamen. Liebe – sie konnte das Wort nicht mehr hören. Aus Liebe zu ihrem Glauben hatte sie sich an Francisco versündigt. Aus Liebe zu ihrem Mann war sie Cornelius Scheppering zu Willen gewesen. Aus Liebe zu Reyna hatte sie sich an Diogos Tod und dem Tod zahlloser Juden schuldig gemacht …

»Menschen sind nicht auf der Welt, um zu lieben«, flüsterte sie.

»›Die Liebe ist langmütig‹«, erwiderte Amatus Lusitanus. »›Und wenn ich meine ganze Habe verschenkte, und wenn ich meinen Leib dem Feuer übergäbe, hätte ich aber die Liebe nicht, so nützte es mir nichts!‹«

»Ihr haltet mir das Evangelium vor?«, fragte Gracia empört. »Diese Lehre gehört nicht zu unserem Glauben! Sie gehört zum Glauben der Edomiter!«

»Ihr wisst, dass ich nicht nur unsere heiligen Schriften lese. Auch die Bücher der Christen enthalten manche Wahrheit.«

»Aber die Christen halten sich ja selbst nicht daran! Sie predigen Liebe und säen Hass und Tod!«

»Wird eine Wahrheit zur Lüge, nur weil ein Lügner sie missbraucht?« Amatus Lusitanus schüttelte den Kopf. »Nein, Dona Gracia, Glaube ist nicht nur Liebe zu Gott, sondern auch Liebe zu

den Menschen. Wenn diese Liebe fehlt, wird Glaube zu blindem Eifer. Und der ist oft schlimmer und gefährlicher als Unglaube.«
»Wie könnt Ihr als Jude so sprechen?«, fragte Gracia. »›Auge um Auge, Zahn um Zahn‹ … So steht es in der Thora.«
»In der Thora steht auch: ›Du sollst deinen Nächsten lieben wie dich selbst.‹ Levitikus Kapitel 19, Vers 18. Begreift doch, Dona Gracia, wenn Ihr das Leben und das Glück Eurer Tochter opfert, um Herrschaft über ein Stück Land zu bekommen, handelt Ihr nicht anders als die, die uns verfolgen. Auch sie stellen ihren Gott und ihren Glauben über das Leben und das Glück der Menschen.«
»Das alles sind wunderschöne Worte«, erwiderte Gracia. »Und die Welt wäre sicher besser, wenn jeder so handeln würde, wie Ihr es Euch wünscht. Aber …«
»Aber was?«, fragte er.
»Gott hat mir genügend Zeichen gesandt, um zu wissen, dass ich nicht länger den Weg der Liebe wählen darf.« Bitter wie Galle kamen ihr die Worte über die Lippen. Aber es waren die einzigen, mit denen sie Antwort geben konnte, ohne ihr Gewissen zu betrügen.
»Bitte, Dona Gracia, im Namen Eurer Tochter! Ihr müsst einen Ausweg finden! Lasst Reyna nicht dafür büßen, was andere an unserem Volk verbrochen haben.«
Während er sprach, berührte Amatus Lusitanus sie am Arm. Unwillkürlich drehte sie sich zu ihm herum. An seiner Schläfe blühte das Feuermal. Wie wäre ihr Leben wohl verlaufen, wenn dieser Mann sich ihr erklärt hätte, damals in Antwerpen? Vielleicht hätte sie leben dürfen wie alle anderen Frauen ihres Standes auch, umhegt und umsorgt, vielleicht wäre sie sogar noch einmal glücklich geworden. Aber er hatte geschwiegen.
»Ich flehe Euch an«, sagte er und nahm ihre Hand. »Hört nicht auf Euren Verstand. Hört auf Euer Herz.«
»Woher wollt Ihr wissen, was mein Herz will?«, flüsterte sie.
Er erwiderte ihren Blick. »Ich sehe es an Euren Augen, Gracia. Sie sind voller Tränen.«

Sie zögerte einen Augenblick, es tat so gut, seine Hand zu spüren, und sie wünschte sich, er würde sie nie wieder loslassen. Doch plötzlich hatte sie wieder das Gefühl, ihre Finger würden kleben, und sie zog sie schnell zurück.

»Nein«, sagte sie. »Tiberias ist wichtiger. Wichtiger als alles andere.«

»Auch als Reyna?«, fragte Amatus Lusitanus.

Gracia nickte. »Wir müssen alle Opfer bringen«, sagte sie und wischte sich die Tränen ab. »Geht jetzt, bitte. Ich ... ich möchte allein sein.«

19

Von Kopf bis Fuß wie eine Türkin in Schleier gehüllt, eilte Reyna durch das lärmende Gassenlabyrinth von Stambul zum Hafen. Lag die Fortuna noch am Kai? Oder hatte der Segler schon abgelegt? Sie wusste nur, dass der Viermaster noch heute nach Italien auslaufen würde. Ein Muezzin rief zum Gebet, und Hunderte von Gläubigen ließen ihre Arbeit liegen und liefen zu den Moscheen. Gegen den Strom von Menschen, der ihr plötzlich entgegenquoll, kam Reyna kaum einen Schritt voran. Der Verzweiflung nahe und ohne sich um die wütenden Blicke und Rufe der Passanten zu kümmern, bahnte sie sich einen Weg durch das Gewühl, stieß jeden beiseite, der ihr in die Quere kam. Sie durfte die Fortuna nicht verpassen! Sie hatte ihre Mutter angefleht, den Sultan um Hilfe zu bitten. Süleyman sollte José unter seinen Schutz nehmen, so wie er sie beide unter seinen Schutz genommen hatte, damals in Venedig. Doch ihre Mutter hatte sich geweigert, aus Angst, Tiberias zu gefährden. Jetzt war die Fortuna ihre ganze Hoffnung!

Außer Atem bog sie um die letzte Hausecke, die sie von der Mole trennte. Als sie den Hafen vor sich sah, fiel ihr ein Stein vom Herzen. Die Fortuna lag noch am Kai!

Ein Matrose führte Reyna zur Kapitänskajüte. Dom Pedro, der noch junge Kapitän in frisch gewaschener Uniform, stand bei offenem Fenster über den Kartentisch gebeugt, um den Kurs für die Fahrt abzustecken.

»Womit kann ich Euch helfen?«, fragte er, als Reyna den Schleier lüftete und er sie erkannte.

»Ihr müsst für mich eine Botschaft ausrichten. In Italien.«

»Gewiss, zu Euren Diensten. Wie ist der Name?«

»Brianda Mendes, meine Tante.«

Dom Pedro runzelte verwundert die Brauen. »Bitte verzeiht mir, aber Dona Brianda lebt in Venedig, und die Fortuna läuft nach Pesaro aus.«

»Ich weiß«, erwiderte Reyna. »Doch ich habe die Seekarte studiert. Ihr würdet höchstens zwei Tage brauchen, wenn Ihr von Pesaro nach Venedig weitersegelt.«

»Ist das ein Auftrag Eurer Mutter?«, wollte Dom Pedro wissen.

Reyna schüttelte den Kopf.

»Ich bedauere.« Der Gesichtsausdruck des Kapitäns wurde ebenso förmlich wie sein Ton. »In dem Fall muss ich Eure Bitte leider abschlagen. Im Adriatischen Meer wimmelt es von Piraten. Erst vor einem Monat wurde im Golf von Venedig ein Sechsmaster der Affaitati-Brüder mit tausend Sack Pfeffer an Bord gekapert. Wenn Dona Gracia erfährt, dass ich ihr Schiff eigenmächtig und ohne Order einer solchen Gefahr aussetze …«

»Sie wird es erst erfahren, wenn Ihr zurück seid«, fiel Reyna ihm ins Wort. »Und wenn Ihr die Fahrt mit einem Geschäft verbindet, wird sie Euch nicht böse sein – im Gegenteil! Kauft Glaswaren in Venedig oder Parmakäse, damit hat meine Mutter immer gute Geschäfte gemacht.« Reyna zögerte einen Moment und sah dem Kapitän ins Gesicht. »Bitte, Dom Pedro«, sagte sie. »Ihr müsst es tun. Wenn nicht für mich, dann für Dom José.«

»Dom José?«

Reyna nickte. »Ja. Sein Leben hängt davon ab. Und … und meines auch.«

Der Kapitän wandte sich ab. Mit den Händen auf dem Rücken schaute er durch das offene Kajütenfenster zum Hafen hinaus. Reyna glaubte fast zu hören, wie es in seinem Kopf arbeitete. Seit dem Augenblick, als sie von Josés Festnahme in Ancona erfahren hatte, war alles anders. Ihre Zweifel an seiner Liebe, ihr Schmerz und ihre Enttäuschung, die armenische Tänzerin und das Kind – alles das zählte nicht mehr. Sie liebte José, würde ihn immer lieben, ihn und keinen anderen Mann! Daran konnte nichts auf der Welt etwas ändern, weder sein Liebesverrat noch ihre Mutter und erst recht nicht Tiberias oder die Toten von Antwerpen …

Nach endlos langen Minuten drehte der Kapitän sich wieder zu ihr um. »Also gut, was soll ich Dona Brianda ausrichten?«

»Tausend Dank, Dom Pedro!« Reyna drückte ihm mit beiden Händen die Hand. »Sagt meiner Tante, Tristan da Costa soll nach Ancona fahren, um Dom José freizukaufen. Er soll den Dominikanern geben, was sie wollen – Hauptsache, sie lassen Dom José am Leben.«

»Meint Ihr, Dona Brianda ist dazu bereit?«, fragte der Kapitän.

Reyna wusste nicht, was sie antworten sollte. Vielleicht würde Brianda nicht einmal den Brief öffnen, wenn sie ihre Schrift erkannte. Schließlich hatte sie mit ihrem Auftritt in Venedig verhindert, dass ihre Tante mit nach Konstantinopel gekommen war. Und das, obwohl Brianda vielleicht sogar die Wahrheit gesagt hatte, damals in ihrem Palast …

»Sie und Eure Mutter haben sich im Streit getrennt«, sagte Dom Pedro, „und Ancona ist für einen jüdischen Kaufmann gefährlicher als ein Meer voller Piraten.«

»Ich weiß«, sagte Reyna. »Aber Dona Brianda ist die Einzige, an die ich mich wenden kann. Ich habe keine andere Möglichkeit.« Sie holte eine Pergamentrolle unter ihrem Gewand hervor und reichte sie dem Kapitän. »Gebt Dona Brianda diesen Brief. Da steht alles drin. Wenn sie erfährt, was passiert ist, wird sie Dom José helfen. Hoffentlich.«

20

Plop, plop, plop … Wie viele Male hatte José dieses Geräusch schon gehört? Hunderttausend Mal? Eine Million Mal? Anfangs hatte er mitgezählt. Irgendetwas musste er ja tun, um die Zeit in seinem Verlies totzuschlagen, die Zeit und die Angst. Plop, plop, plop … Inzwischen wusste er genau, wann der nächste Wassertropfen sich von der nassen Felsendecke lösen würde, hörte das Geräusch bereits im Voraus, spürte es mit all seinen Sinnen, mit der Haut, in den Haar- und den Fingerspitzen, unmittelbar bevor der Tropfen wirklich in die Pfütze fiel, die sich in einer Mulde am Boden gebildet hatte. Plop, plop, plop …

Siebenundvierzig Tage waren vergangen, seit Cornelius Schepping ihn der Juderei überführt und zum Tod verurteilt hatte. Siebenundvierzig Tage des Wartens und der Angst. Plop, plop, plop … Manchmal, wenn er draußen auf dem Gang Schritte hörte, wünschte er sich fast, es wäre der Henker. Warum machte man nicht endlich Schluss mit dieser Tortur? Wollte man ihn noch schwerer bestrafen als mit dem Tod? Plop, plop, plop …

Ungefähr drei Dutzend Marranen waren in den Gewölbekammern eingesperrt, doch kein anderer Gefangener war schon so lange in Haft wie José. Die anderen Angeklagten hatte man nach ihrem Urteil entweder auf Schiffe gebracht, um sie aus Ancona wegzubringen, oder innerhalb weniger Tage hingerichtet. Nachts, wenn die Wächter schliefen, konnten die Gefangenen durch die Gitterstäbe leise miteinander reden. Flüsternd tauschten sie die Gerüchte aus, die ihnen zu Ohren gekommen waren, Nachrichten aus der Stadt. Dreißig Marranen, die ihrem Glauben abgeschworen hatten und zu dreißig Jahren Galeerendienst verurteilt worden waren, hatten es angeblich geschafft, ihre Wächter zu überwinden und in ihren Bußgewändern an Land zu fliehen. Doch sie waren offenbar die Einzigen, die mit dem Leben davongekommen waren. Mehr als zwei Dutzend Conversos waren schon auf dem Campo della Mostra hingerichtet worden. Man

hatte sie zuerst erdrosselt und dann verbrannt. Ein Verurteilter hatte sich in seiner Zelle erhängt, ein anderer war in die Flammen gesprungen, bevor man ihn erwürgen konnte, mit dem Schma Jisrael auf den Lippen. Fast alle Opfer waren Kaufleute. Es hieß, ihr Vermögen belaufe sich auf über dreihunderttausend Dukaten – Gelder, die sich nun ihre Mörder in die Taschen steckten. Plop, plop, plop … Bei der Vorstellung packte José solcher Zorn, dass er sich mit der Faust gegen die Stirn schlug. Die Besitztümer der Firma Mendes in Ancona waren mindestens hunderttausend Dukaten wert. Musste er nun dafür sterben? Ohne dass er Reyna wiedersehen würde? Ohne dass er sie um Verzeihung bitten könnte? Plop, plop, plop … An Flucht war nicht zu denken, das Verlies befand sich in einem Felsgewölbe, und das kleine Fenster, das ins Freie führte, war mit Gitterstäben gesichert, genauso wie seine Zellentür. Wenn er wenigstens Reyna eine Nachricht schicken könnte. Damit sie wüsste, wie sehr er sie liebte und dass ihr seine letzten Gedanken galten … Plop, plop, plop …
Plötzlich wurden auf dem Zellengang Stimmen laut.
»Was hat das Flattertier hier zu suchen?«
»Ein Gnadengeschenk für unseren Freund. Ein Symbol des Heiligen Geistes. Vielleicht kommt der ja doch noch über ihn.«
»Wollt Ihr Gott lästern? Euer sogenannter Freund gehört endlich hingerichtet! Damit er in der Hölle für seine Sünden büßen kann.«
José erkannte die Stimmen sofort: Cornelius Scheppering und Aragon. Sprachen die zwei über ihn?
»Wenn es nach mir persönlich ginge«, sagte Aragon, »würde der Mistkerl noch heute auf dem Scheiterhaufen brennen. Ihr wisst ja, was er mir angetan hat. Aber wir müssen vorsichtig sein. Die christlichen Kaufleute von Ancona laufen Sturm, auch ihre Geschäfte leiden unter unseren Maßnahmen. Außerdem brauchen wir das Einverständnis des Kaisers. Sonst riskieren wir schlimmste diplomatische Verwicklungen. Der Sultan wird nicht tatenlos zusehen, wenn wir seine beste Melkkuh schlachten.«

»Der Mann ist überführt und verurteilt! Ich lasse nicht zu, dass er seiner Strafe entgeht! Und wenn ich deshalb nach Rom fahren muss! Der Heilige Vater wird dafür sorgen, dass endlich Schluss gemacht wird mit der elenden Kompromisswirtschaft!«
Die Stimmen wurden immer leiser, bis sie kaum noch zu hören waren. Dann verstummte das Gespräch. José lauschte in den Gang hinaus. Waren die beiden fort?
Schritte näherten sich, ein Schlüssel rasselte im Schloss.
José wich von der Tür zurück. Im nächsten Moment ging die Tür auf, und Aragon betrat die Zelle. Als José ihn sah, traute er seinen Augen nicht. Der Spanier trug einen Vogelkäfig in der Hand. Darin hockte Josés Taube und schlug aufgeregt mit den Flügeln. Das Türchen war zugesperrt, davor hing ein goldenes, kunstvolles Schloss.
»Ihr habt das arme Tier an Eurem Sattel vergessen«, sagte Aragon. »Wie kann man nur so hartherzig sein? Eine Sünde wider den Heiligen Geist. Oder«, fügte er mit falschem Lächeln hinzu, »vielleicht eine Sünde wider die Liebe? Wenn ich mich nicht erbarmt und das arme Tier aufgepäppelt hätte – es wäre elendiglich krepiert. Ich habe es vorsichtshalber eingeschlossen, damit es Euch nicht davonflattert.«
José war so überrascht, dass er kaum einen Ton hervorbrachte.
»Was … was soll ich damit?«, fragte er wie ein Idiot.
»Ich dachte, Ihr wollt vielleicht ein Briefchen an Eure Verlobte schreiben?«, erwiderte der Spanier. »Wenn Ihr Euch artig betragt, gebe ich Euch möglicherweise den Schlüssel, damit Ihr Euren Liebesboten auf die Reise schicken könnt.«

21

Ein lauer Wind wehte durch das Fenster in den Audienzsaal des Tokapi-Serails, wo Reyna mit klopfendem Herzen darauf wartete, beim Sohn des Sultans vorgelassen zu werden. Endlich kehrte der schwarze Eunuch, der sie hierhergeleitet hatte, wieder zu ihr zurück. Ohne sie anzuschauen, legte er die Hände vor der Brust übereinander und verbeugte sich.

»Prinz Selim ist bereit, Euch zu empfangen.«

Reyna prüfte noch einmal den Knoten ihres Schleiers und folgte dann dem Eunuchen hinaus in den Palastgarten. Prinz Selim war ihre letzte Hoffnung. Wochen waren vergangen, ohne irgendein Lebenszeichen von José. Und dann, vor drei Tagen, war im Hafen von Konstantinopel ein Segler aus Italien eingetroffen mit der Nachricht, dass Piraten die Fortuna gekapert hätten, irgendwo zwischen Venedig und Pesaro. Ihre Mutter hatte getobt. Was hatte die Fortuna im Golf von Venedig zu suchen? Die Firma hatte ein Vermögen verloren! Niemand wusste, ob der Überfall auf dem Hin- oder Rückweg von Pesaro passiert war. Reyna hatte also keine Ahnung, ob Dom Pedro schon bei Brianda gewesen war oder nicht. In ihrer Verzweiflung war ihr nur noch ein Mann eingefallen, der ihr helfen konnte: Prinz Selim, Josés Freund. Amatus Lusitanus hatte ihr die Audienz verschafft, ohne Wissen ihrer Mutter, und sich bereit erklärt, sie zu begleiten. Doch Selim hatte darauf bestanden, Reyna allein zu empfangen. Allein oder gar nicht, das war seine Bedingung gewesen. Amatus Lusitanus hatte Reyna beschworen, gut auf sich aufzupassen.

»Hier entlang!«

Der Eunuch führte sie in einen kleinen Pavillon, in dessen kühlem, schattigem Innern es nach Rosenwasser duftete. Das war das Einzige, was ihr auffiel – in ihrer Aufregung war sie außerstande, irgendetwas sonst wahrzunehmen. Sie sah nur, dass sich plötzlich vor ihr eine Tür öffnete, und wie Amatus Lusitanus ihr geraten hatte, warf sie sich zu Boden.

»Bitte lasst das, das ist mir peinlich«, sagte eine hohe, sanfte Männerstimme.

Reyna verstand genügend Osmanisch, um aufzustehen. Mit gesenktem Kopf nahm sie auf einem Polster Platz, das der Eunuch ihr anwies. Vorsichtig, um gegen keine Vorschrift zu verstoßen, hob sie den Blick. Als sie den Prinzen sah, wuchs ihre Zuversicht. Mit seinem weichen Gesicht wirkte der Sohn des Sultans nicht so, als müsste man Angst vor ihm haben – im Gegenteil, er schien selbst unsicher zu sein. In kleinen, nervösen Schlucken trank er Wein, obwohl sein muslimischer Glaube ihm das verbot. Ein gutes Zeichen!

»Was führt Euch zu mir?«, fragte er und zwirbelte das eine Ende seines dünnen Barts.

»Ich bin gekommen, um Euch um Hilfe zu bitten«, erwiderte Reyna. »Euer Freund, Dom José Nasi …«

»Ich bin im Bilde«, fiel Selim ihr ins Wort. »Man hat ihn in Ancona verhaftet.«

»Bitte helft ihm, mein Prinz. Damit kein Unglück geschieht! Er ist auf Eure Freundschaft angewiesen.«

Noch während sie sprach, verhärtete sich Selims Gesicht.

»Yusuf Bey ist nicht mein Freund«, erklärte er. »Er hat mich verraten. Sein Unglück ist die gerechte Strafe.«

»Er ist in den Händen Eurer Feinde. Die Inquisition kennt keine Gnade. Wenn Ihr nicht handelt, wird er sterben!«

»Was in Ancona geschieht, steht nicht in meiner Macht. Allahs Wille geschehe!«

»Nicht in Eurer Macht?«, fragte Reyna. »Ihr könnt das Unglück verhindern! Ihr müsst nur mit Eurem Vater sprechen. Der Sultan ist der mächtigste Herrscher der Welt, noch mächtiger als der Papst und der Kaiser!«

Selim nahm einen Schluck von seinem Wein. Während er sich den Mund abwischte, schaute er nachdenklich in sein Glas.

»Kennt Ihr den ›Mädchenturm‹?«, fragte er schließlich.

»Auf der kleinen Insel vor Üsküdar?«

Selim nickte. »Der Turm wurde für eine Prinzessin erbaut, vor vielen hundert Jahren«, sagte er, den Blick weiter in sein Glas gerichtet. »Ein Hellseher hatte vorausgesagt, dass sie durch einen Schlangenbiss sterben werde, und um dieses Schicksal von ihr abzuwenden, ließ ihr Vater sie in dem Turm einschließen. Doch vergebens – die Schlange fand trotzdem zu ihr. Sie kroch aus einem Korb mit Feigen, den ihr Vater ihr geschickt hatte, um ihr eine Freude zu machen.« Selim blickte von seinem Glas auf. »Begreift Ihr den Sinn der Geschichte? – Was geschehen soll, wird geschehen. Niemand kann seinem Kismet entkommen.«

Reyna spürte einen Kloß im Hals. »Dann ... dann wollt Ihr also nichts für Dom José tun?«

Der Prinz wich ihrem Blick aus.

»Ich weiß«, fuhr sie verzweifelt fort, »Dom José hat Euren Wunsch und Befehl missachtet, als er Euch in Ungarn verließ. Doch wenn Ihr darin einen Verrat seht, so erfolgte er nicht aus mangelnder Freundschaft, sondern aus Liebe.«

»Ihr meint – aus Liebe zu Euch?«

»Ja«, bestätigte Reyna. »Es war meine Schuld. Dom José hat Euch verlassen, um mich zu sehen. Um mich zu heiraten.«

Selim winkte den Eunuchen herbei, damit er ihm Wein nachschenke. Wieder trank er und schaute in sein Glas, so tief in Gedanken, als wäre sonst niemand im Raum. War die Audienz schon beendet? Reyna spürte Panik. Was konnte sie sagen, was konnte sie tun, um das Unglück abzuwenden? Fieberhaft dachte sie nach, aber es fiel ihr nichts ein. Alles, was sie vorbringen konnte, hatte sie vorgebracht. Sie hatte kein Geld, keine Waren, kein Geschäft – nichts, was sie einem Prinzen hätte anbieten können.

Als Selim sie endlich wieder anschaute, schien er beinahe überrascht, sie immer noch vor sich zu sehen. Ja, die Audienz war vorüber. Reyna musste sich verabschieden. Doch statt sie fortzuschicken, fragte Selim sie mit leiser Stimme: »Und Ihr? Liebt Ihr Yusuf Bey ebenso sehr, wie er Euch zu lieben scheint?«

»Mehr als mein Leben«, sagte Reyna.

»Obwohl Ihr Omar heiraten sollt, den Sohn des Großwesirs? Die Zierde Konstantinopels und Freude Allahs?«
Reyna hielt seinem prüfenden Blick stand. »Es gibt für mich nur einen Mann, mein Prinz.«
»Das behaupten alle Frauen«, erwiderte Selim mit einem spöttischen Lächeln. »Aber – ist es auch wahr?« Er hob die Augenbraue und nickte ihr zu. »Nun gut. Wenn es Euch gelingt, mir Eure Liebe zu beweisen, werde ich Yusuf Bey helfen.«
»Wirklich?« Reyna musste sich in ihrer Freude beherrschen, nicht wieder auf die Knie zu fallen. »Ich weiß nicht, wie ich Euch danken soll. Was … was soll ich tun?«
Der Prinz schaute zur Decke, als würde er träumen. »Yusuf Bey hat oft von Eurem Gesicht gesprochen«, sagte er, »von tausend kleinen Sonnen, die darin aufgehen, wenn Ihr lacht.« Er richtete seine Augen auf sie. »Zum Beweis Eurer Liebe verlange ich ein Geschenk von Euch. Ein Geschenk, das eine Frau nur einem einzigen Mann machen kann, und das nur ein einziges Mal in ihrem Leben.«
Reyna erschrak. Meinte der Prinz wirklich, was sie glaubte, zu verstehen? Ein Blick in sein Gesicht genügte, um ihr die Antwort zu geben. Nein, es war kein Zweifel möglich. Sie selbst war der Preis für seine Hilfe.
»Seid Ihr dazu bereit?«, fragte er, als würde er ihre Gedanken erraten.
Reyna schloss die Augen. Der Kloß in ihrem Hals war groß wie eine Faust, und ihr Magen zog sich zusammen, als hätte sie eine verdorbene Speise gegessen. Wenn sie tat, was Selim von ihr verlangte – wie sollte sie dann José je wieder ins Gesicht schauen können? Er würde sie hassen, sie verabscheuen, sie nie wieder ansehen oder berühren, wenn er davon erführe. Aber was sonst konnte sie tun? Es war die einzige Möglichkeit, ihm zu helfen. Was immer in den nächsten Minuten passieren würde, es spielte keine Rolle. Hauptsache, José blieb am Leben … Ohne die Augen zu öffnen, nickte sie mit dem Kopf.

Der Prinz klatschte in die Hände.
Zwei schwarze Sklavinnen kamen herein, und bevor Reyna wusste, was mit ihr geschah, wurde sie in einen Nebenraum geführt. Während sich alles um sie her zu drehen schien, fingen die Frauen an, sie auszuziehen, erst ihr Tuch, dann ihren Überwurf, ihre Röcke und schließlich ihr Hemd. Als hätte sie keinen eigenen Willen mehr, ließ Reyna alles mit sich geschehen. Sie versuchte, an gar nichts zu denken – nichts zu denken und nichts zu empfinden.
Was jetzt geschah, geschah für José. Für ihn ganz allein.
Als sie nackt war, legten die Sklavinnen sie auf einen mit Seide bespannten Diwan. Reyna spürte den kühlen, glatten Stoff auf ihrer Haut, doch gleichzeitig war es, als würde nicht sie hier liegen, sondern eine andere Frau. Leise flüsterten die Sklavinnen miteinander, in einer Sprache, die Reyna nicht verstand. Mit Schwämmen wuschen sie ihr Haar und ihre Haut und rieben ihren Körper mit duftenden Salben und Ölen ein: Ihre Hände und ihre Füße, ihre Arme und ihre Beine, ihre Hüften, ihre Schenkel und ihre Brüste – auch die geheimste Stelle ihres Körpers ließen sie nicht aus. Ein Schauer, der sie selbst entsetzte, fuhr Reyna den Rücken entlang, als ein Finger zwischen ihre Schenkel glitt. Die Sklavinnen blickten sich kurz an und kicherten.
Während Reyna vor Scham rot anlief, bedeuteten die zwei Frauen ihr mit Gesten, wieder aufzustehen. Der Eunuch kam herein, mit einem Stapel bunter Tücher auf dem Arm. Mit raschen, tausendmal geübten Griffen verknoteten die Sklavinnen die Tücher an Reynas Leib. Die hauchzarten Gazestoffe gaben von ihrem Körper mehr preis, als sie verbargen.
Als die Sklavinnen ihr goldene Reife über die Arme streiften und ihr ein diamantenübersätes Diadem aufsetzten, um daran den Gesichtsschleier zu befestigen, überkam Reyna eine Trauer, die dunkler war als die dunkelste Nacht. So oft hatte sie davon geträumt, wie sie am Tag ihrer Hochzeit den Brautschmuck anle-

gen würde. Um sich schön zu machen für José, voller Erwartung und Freude …

Der Eunuch stellte ihr ein Paar perlenbesetzte Pantoffeln vor die Füße. Ohne zu wissen, was sie tat, schlüpfte Reyna hinein. Hände griffen ihre Arme, ein sanfter, aber bestimmter Druck, und plötzlich stand sie wieder vor dem Prinzen, der mit untergeschlagenen Beinen auf dem Boden hockte. Lautlose Schritte, die sich entfernten, eine Tür, die wie von einem Lufthauch geschlossen wurde – dann war sie mit dem fremden Mann allein.

»Wie schön du bist«, flüsterte Selim.

Trotz der Schleier hatte Reyna sich noch nie in ihrem Leben so nackt gefühlt, so bloß und wehrlos und ausgesetzt. Es war, als würde der Prinz sie mit seinen Blicken berühren, ihren ganzen Leib, überall. Erst jetzt wurde sie gewahr, dass jemand ein Lager auf dem Boden bereitet hatte, aus Polstern und Seidendecken. Plötzlich begann sie am ganzen Körper zu zittern. In ihrer Angst fiel ihr nur eine Ausflucht ein. Sollte sie sagen, dass sie blute? Aber nein, das durfte sie nicht. Der Prinz würde sie fortschicken, und José würde sterben.

»Zeig mir dein Gesicht«, sagte Selim mit rauher Stimme.

Reyna löste den Schleier.

Selims Augen wurden groß und größer. »Wirklich«, flüsterte er. »Tausend kleine Sonnen.« Mit vor Erregung zitternder Hand trank er einen Schluck von seinem Wein. »Bist du wirklich bereit?«

»Ja«, sagte Reyna und versuchte, den Kloß in ihrem Hals hinunterzuwürgen.

Plötzlich begann Selims Gesicht zu zucken, und seine Hand zitterte so stark, dass der Wein überschwappte und er sein Glas nicht länger festhalten konnte. Als er es abstellte, kippte das Glas um, und der Wein ergoss sich über das Lager.

»Habe ich … etwas falsch gemacht?«, fragte Reyna.

Selim schüttelte den Kopf. »Wie ich Yusuf Bey beneide«, sagte er so leise, dass sie ihn kaum verstand. »Unzählige Frauen waren mir zu Willen, so viele, dass ich ihre Zahl nicht weiß. Doch keine hat mich so sehr geliebt wie Ihr meinen Freund.« Tränen quollen aus seinen Augen und rannen an seinen weißlichen Wangen herunter. »Geht«, sagte er mit erstickter Stimme und wandte sein Gesicht von ihr ab. »Geht rasch, bevor ich es mir anders überlege.«

22

Mit welken Lippen, doch heißem Herzen, murmelte Cornelius Scheppering das Ave-Maria, als die Schweizergardisten beiseitetraten, um vor ihm die Flügeltür zu öffnen, die zu den privaten Gemächern des Heiligen Vaters führte. Während die Perlen des Rosenkranzes durch seine alten Finger glitten, dankte er der Jungfrau für die Veränderungen, die er an diesem Ort erblicken durfte. Was für eine Lasterhöhle war der Papstpalast gewesen, als er mit seinem Ordensmeister Gian Pietro Carafa zum ersten Mal den Vatikan besucht hatte, vor über einem Vierteljahrhundert, um den Judenknecht Paul III., der auf dem Papstthron saß, zur Einsetzung der Inquisition in Portugal zu bewegen. Grell geschminkte Huren, mit Gold und Edelsteinen behangen, hatten die Gänge und Flure bevölkert, und der scheinheilige Pontifex hatte sich gewunden wie eine Schlange. Doch nun, da Carafa als Paul IV. selbst den Heiligen Stuhl bestiegen hatte, um die Frevler aus dem Haus des Herrn zu vertreiben wie einst Jesus die Händler aus dem Haus seines Vaters, war hier ausgemistet worden, und ernste Heiligkeit war wieder eingekehrt in die Wohnung von Gottes wahrem Stellvertreter, die nunmehr nichts als Zucht und Glaubensstrenge atmete.

»Welches Glück, dich wiederzusehen«, sagte Carafa, als Cornelius Scheppering vor ihm niederkniete, um den Fischerring zu küssen. »Ich hoffe, der Anlass, der unseren treuesten und liebsten Soldaten zu uns führt, ist ebenso erfreulich wie sein Anblick.«

»Ihr wisst, Heiliger Vater, dass José Nasi uns ins Netz gegangen ist?«, erwiderte Cornelius Scheppering und nahm Platz auf dem hölzernen Lehnstuhl, den ein Diener für ihn herbeirückte.

»Gewiss.« Carafa nickte, und seine Stirn umwölkte sich. »Ein heikler Fall, der viel Fingerspitzengefühl erfordert.«

»Heikel? Fingerspitzengefühl?«, wiederholte Cornelius Scheppering. »Kein Fall könnte klarer sein! José Nasi ist getaufter Christ und der Juderei überführt. Ich selbst habe den Beweis erbracht. Wir dürfen ihn nicht länger der himmlischen Gerechtigkeit vorenthalten.«

Der Papst wich seinem Blick aus. »Wir müssen Vorsicht walten lassen, mein Sohn. Der Krieg gegen Ferrara kann jederzeit wieder aufflammen. Fürst Ercole hat erst unlängst ...«

»Verzeiht, Heiliger Vater«, fiel Cornelius Scheppering ihm ins Wort, »aber es geht um das Erbe Jesu Christi, des gekreuzigten Heilands, der für uns sein Blut vergossen hat! Nur wenn wir José Nasi hinrichten, können wir dem Judenspuk ein Ende machen! Jedes Schiff seiner verfluchten Sippe, das Europa verlässt, hat Hunderte Marranen an Bord, die sich mit ihrem Gold bei den Muselmanen Zuflucht vor ihrer verdienten Strafe erkaufen. Wenn wir der Teufelin Gracia Mendes nicht selbst habhaft werden können, müssen wir sie an ihren Gliedern treffen! Ihr Neffe ist ihr Arm, ihre rechte und ihre linke Hand. Ohne ihn ist ihre Macht dahin.«

»Was schlägst du vor?«

»Wir müssen das Urteil exekutieren! Auf der Stelle! Oder wir versündigen uns vor Gott! Und statt in Ancona nachzugeben, sollten wir all unsere Kräfte daransetzen, den Ausweichhafen der Marranen in Pesaro zu schwächen. Die Voraussetzungen dafür sind günstig. Herzog Guidobaldos Sohn ist ganz und gar nicht begeistert von der Judenliebe seines Vaters.«

»Du sprichst mir aus dem Herzen«, sagte Carafa mit einem Seufzer. »Aber wozu mein Herz mich drängt, das verweigert mir das Amt. Ich bin nicht mehr derselbe, der ich einmal war. Ich bin nun Paul IV., und mit meinem alten Namen habe ich zugleich mein altes Leben abgestreift. Anders als deinem Ordensmeister, den du aus früheren Zeiten kennst, anders auch als dem Kardinal, der ich vor kurzem noch war, sind deinem Papst die Hände gebunden.«

»Wie kann das sein, Heiliger Vater? Jetzt, da Ihr unser aller Hirte seid, kann nur noch Gott Euch Befehle erteilen.«

»Ich wünschte, es wäre so. Doch seit ich auf diesem Thron sitze, muss ich Rücksichten nehmen. In Ancona kommt es bereits zu Aufständen, das weißt du besser als wir. Christliche Kaufleute fordern uns zum Einlenken auf. Durch die Ächtung des Hafens, die von den Juden in Konstantinopel und Saloniki und weiß der Himmel wo noch beschlossen wurde, droht der gesamte Handel zu erliegen. Wenn wir José Nasi hinrichten, wird es Tumulte geben. Kein europäisches Handelsschiff wird dann den Hafen von Ancona mehr ansteuern. Die Menschen werden in Armut und Hunger versinken.«

Cornelius Scheppering verschlug es die Sprache. Wo war der glaubensfeste Gottesknecht geblieben, der ihm stets so unerschrocken auf dem Weg des Heils vorausgegangen war? Ein halbes Menschenleben lang war Gian Pietro Carafa ihm eine Burg des Glaubens gewesen, ein Fels in der Brandung der Zeit, ein Leuchtturm, der ihm Kurs und Richtung gab. Und nun, da er von Gott ausersehen war, die Christenheit zu führen, da der Heilige Geist selbst durch ihn sprechen sollte, da redete er solch gotteslästerliches Zeug? Obwohl es eine Sünde der Superbia war, eine Sünde wider den Heiligen Geist, entschloss sich Cornelius Scheppering, dem Papst zu widersprechen.

»Sollen wir darum vor dem Götzen Mammon niederknien?«, fragte er. »Nein, Heiliger Vater, das kann unmöglich Euer Wille sein! Wenn Gott uns Armut auferlegt, um unseren Glauben zu retten, wollen wir ihm fröhlich danken und ihn für seine Gnade preisen. Denn so spricht der Herr: Es ist leichter, dass ein Kamel durch ein Nadelöhr gehe, als dass ein Reicher ins Reich Gottes komme.«

»Willst du uns das Evangelium beibringen?«, herrschte Carafa ihn an. »Was weißt denn du, Mönchlein, welchen Anfechtungen wir auf diesem unheiligen Stuhl ausgesetzt sind? Süleyman hat uns seinen Gesandten geschickt. Erst gestern hat er vor mir gestanden, hier in diesem Raum. Der Sultan verlangt die sofortige Freilassung aller türkischen Untertanen in Ancona, vor allem die Freilassung von José Nasi. Angeblich hat Süleyman durch unsere Maßnahmen vierhunderttausend Dukaten an Zolleinnahmen und Steuern verloren. Nur wenn wir nachgeben, will er die Christen in seinem Reich weiter ihren Glauben ausüben lassen. Wir brauchen einen Kompromiss!«

»Einen Kompromiss?«, fragte Cornelius Scheppering. »Einen Kompromiss in Glaubensdingen?«

Außer sich vor Empörung sprang er auf. Hatte der Prunk dieses Palastes Carafa verwirrt? Früher hatte er seinem Herrgott in einer Mönchszelle gedient, deren einzige Zierde ein hölzernes Kruzifix gewesen war; jetzt war er von Gold und Marmor umgeben, und an den Wänden hingen Karten von allen vier Teilen der Welt. Cornelius Scheppering war so erregt, dass er kaum einen Satz zu formen vermochte.

»Bi-bi-bi... bitte, Heiliger Vater«, presste er zwischen den Lippen hervor, »lasst ... lasst mich nach Konstantinopel fahren! Ich werde mit Süleyman reden! Und die Jüdin Gracia Mendes zum ... zum Teufel jagen!«

»Du willst mit Süleyman verhandeln?«, erwiderte Carafa. »Wie stellst du dir das vor? Dein Gesicht ist eine eiternde Schwäre! Du stammelst wie ein Besessener! Du stinkst nach Kot und Urin! Der Sultan wird dich in den Bosporus werfen! Wir brauchen einen Diplomaten, einen Mann, dem auch der Kaiser vertraut!«

Cornelius Scheppering knirschte mit den Zähnen. Wie oft hatte er in dieses Gesicht geschaut, in diese schwarzen, von der Glut des Glaubens beseelten Augen ... Welche Wohltat, welche Labsal war der Anblick seiner Seele stets gewesen. Doch jetzt? Carafa war gekleidet wie eine Dirne; anstelle der Leinenkutte trug er einen Hermelin über den Schultern und an den Füßen rote Pantoffeln. Plötzlich packte Cornelius Scheppering ein Schwindel, als wäre die Erde, auf der er stand, keine Scheibe, sondern ein Ball, der um sich selbst kreiste, in rasender Geschwindigkeit. Mit beiden Händen griff er nach dem Kreuz auf seiner Brust – der einzige Halt, der ihm noch blieb. Was war das für ein Gaukelspiel der Sinne? Als hätten sich oben und unten, rechts und links verkehrt, erschien ihm auf einmal der Mann, der auf dem Stuhl Petri saß, als ein Popanz des Antichristen. Was niemand sah, was niemand ahnte, was niemand nur zu denken wagte – Cornelius Scheppering begriff es in diesem Augenblick. Vor ihm saß der Teufel, mit der Mitra des Heiligen Vaters auf dem Kopf, und starrte ihn aus glühenden Kohleaugen an.

»Vade retro, satana!«, rief er und stürzte sich, das Kreuz voraus, auf den Höllenfürsten.

»Bist du von Sinnen?«, jaulte der Satan auf.

Cornelius Scheppering hatte den Thron noch nicht erreicht, da fielen ihm zwei Diener in die Arme. Ein Schlag gegen seine Schläfe, ein Blitz, als wäre ein Vorhang zerrissen – dann war es vorbei. Alle Kräfte, die er eben noch gespürt hatte, um den Teufel niederzuringen, wichen aus seinem Leib.

Im selben Moment wurde er gewahr, was er getan hatte. Er hatte den Papst töten wollen, den Stellvertreter Gottes auf Erden.

Hilflos wie ein Kind brach er in Tränen aus und sank dem Pontifex zu Füßen. »Verzeiht«, schluchzte er und umklammerte die roten Pantoffeln seines Glaubensmeisters, »bitte, bitte, verzeiht …«

»In deo te absolvo.« So behutsam, als habe er Angst, ihn zu verletzen, schob der Papst ihn mit seinem Fuß zurück. »Steh auf«, sagte er wie ein Vater, der bereit ist, seinen verlorenen Sohn wieder in sein Haus aufzunehmen. »Ich habe dir bereits vergeben. Doch bete – bete! Zur Buße lege ich dir hundert Ave-Maria auf.«

23

Gracia Mendes hatte etwas vollbracht, was in der Geschichte ihres Volkes seit Urväter Zeiten niemand mehr vollbracht hatte, kein Mann und keine Frau: Sie hatte ihr Volk in der Not geeint. Mit der Ächtung des Hafens von Ancona setzten sich die Juden endlich gegen ihre Peiniger zur Wehr, nicht mit Gebeten, Wehklagen oder Fasten, sondern mit Taten. Es war wie ein Wunder! Zahllose Firmen der Edomiter, die mit dem Orient Handel trieben, gingen in Ancona bankrott; umgekehrt stiegen die Preise für Waren aus dem Morgenland in schwindelnde Höhen, so dass die Zolleinnahmen des Papstes, jahrelang ein sprudelnder Quell, in nur wenigen Monaten versiegten wie ein Rinnsal in der Wüste.

Doch noch ehe der Winter kam, taten sich Risse in der Front der jüdischen Gegenwehr auf. Wie wucherndes Unkraut, das auch die stärkste Mauer zum Einsturz bringen kann, wenn es sich in die Fugen frisst, breiteten sich Zwist und Uneinigkeit im Haus des Volkes Israel aus. Während in Ancona immer mehr Marranen auf dem Scheiterhaufen der Inquisition brannten, betrieben viele ihrer nicht getauften Glaubensbrüder unverdrossen ihre Geschäfte weiter. Wenn der Seehafen noch länger geächtet werde, schrieb ihr geistlicher Führer Rabbi Moses Bassola an alle Gemeinden, die sich der Blockade angeschlossen hatten, dann würden auch die jüdischen Kaufleute von Ancona zugrunde gerichtet.

Als hätten sie nur auf ein solches Signal gewartet, erlaubten die Rabbiner von Bursa und Edirne daraufhin den Mitgliedern ihrer Synagogen, Schiffe nach Ancona zu schicken, um den Handel wiederaufzunehmen. Bald wurden auch in Konstantinopel Stimmen laut, die gegen die Blockade murrten, und es dauerte nicht lange, da waren die Juden, die noch vor wenigen Monaten mit einer einzigen Stimme gesprochen hatten, um den Hafen des Papstes in Bann und Acht zu tun, in zwei Lager gespalten, die sich gegenseitig des Verrats bezichtigten. Um zu verhindern, dass

die Reihen des Widerstands auseinanderbrachen, bat Gracia deshalb zum zweiten Mal die Vertreter der wichtigsten jüdischen Gemeinden in die Hauptstadt des Osmanischen Reiches.
»Es geht um Leben und Tod«, rief sie der Versammlung in der Synagoge zu. »Der Papst führt einen Kreuzzug gegen uns, wie seine Vorgänger gegen die Muslime! Er will uns vernichten! Wir dürfen deshalb nicht aufhören, ihn zu bekämpfen! Auge um Auge!«
»Zahn um Zahn!«, erwiderte die Gemeinde im Chor.
»Bekämpfen wir den Papst dort, wo wir ihn am empfindlichsten treffen: beim Geld!«
»Ja, Senhora! Nieder mit den Edomitern! Nieder mit der Inquisition!«
»Kämpfen wir so lange, bis der Papst in die Knie sinkt!«
»Ja, Senhora! Rache für das Blut unserer Glaubensbrüder!«
»Auge um Auge!«, wiederholte Gracia.
»Zahn um Zahn!«
Geduldig wartete sie ab, dass die Beifallsbekundungen verstummten. Zum Glück waren die meisten Zuhörer auf ihrer Seite! Doch als sie mit ihrer Rede fortfahren wollte, erhob sich ein alter Mann mit weißem, wallendem Bart von seinem Platz: der Rabbiner von Bursa.
»Einspruch!«, sagte er und blickte mit seinen klugen alten Augen einmal in die Runde. »Dürfen wir die Stadt Ancona strafen, wenn wir damit unsere eigenen Leute ruinieren? Unsere Glaubensbrüder dort verlangen, dass wir wieder Handel mit ihrem Hafen treiben. Was gibt uns das Recht, ihnen diesen Wunsch zu verweigern? Der Bann schadet ihnen dort mehr als den Christen. Außerdem ist dieser Papst ein Eiferer, er ist nicht mit Geld zu kaufen. Das schreibt auch Rabbi Bassola in seiner Responsa, und er muss es wissen. Er hat sein halbes Leben in Rom verbracht.«
»Die Responsa haben die ungetauften Juden von Ancona in Auftrag gegeben und bezahlt«, rief der Gemeindeälteste der spani-

schen Synagoge. »Damit sie wieder Geschäfte machen können. Ihnen sind die Geschäfte wichtiger als ihr Glaube!«

»Wer behauptet das? Rabbi Bassola ist ein untadeliger Mann, der seinen Glaubensmut schon viele Male bewiesen hat. Er hat geholfen, Hunderte unserer Brüder und Schwestern vor der Inquisition zu retten. Darum fordere ich euch auf: Macht Schluss mit der Blockade!«

Er hatte noch nicht ausgesprochen, da brach ein Tohuwabohu aus. Dutzende von Männern meldeten sich gleichzeitig zu Wort, in allen möglichen Sprachen. Gracia spürte, wie die Stimmung schwankte. Würde die Mehrheit zu ihr stehen? Ein Portugiese stieg auf die Treppe der Kanzel, um sich Gehör zu verschaffen.

»Ich verstehe Eure Einwände«, sagte er. »Aber was ist mit den getauften Conversos, die in Ancona gefangen sind? Die Edomiter werden sie weiter abschlachten, weil sie nach der Taufe an ihrem Glauben festgehalten haben. Sie sind Juden wie wir! Wollen wir zusehen, wie sie sterben? Während wir mit ihren Mördern Geschäfte machen?«

Der Rabbiner aus Bursa wollte etwas erwidern, doch Giacobbe Nasone, ein Kaufmann neapolitanischer Herkunft, kam ihm zuvor.

»Die Conversos, die in Italien geblieben sind, sind an ihrem Schicksal selbst schuld«, erklärte er. »Warum sind sie nicht ausgewandert wie wir? Nach Konstantinopel oder Saloniki oder Jerusalem, wo ihnen niemand etwas tut? Aus einem einzigen Grund: weil sie nicht bereit waren, für ihren Glauben ihre Heimat und ihren Besitz aufzugeben! Nun gut, sie haben sich so entschieden. Doch sollen jetzt diejenigen für ihre Untreue büßen, die ihrem Glauben treu geblieben sind? Wenn wir den Bann aufrechterhalten, gefährden wir nicht nur unsere Geschäfte, sondern auch das Leben aller rechtgläubigen Juden in Ancona, vielleicht sogar in ganz Italien. An ihnen wird der Papst sich rächen, wenn seine Untertanen verhungern!«

Ein Beifall, noch stärker als nach Gracias Rede, brandete auf.

»Richtig!«
»Das dürfen wir nicht zulassen!«
»Schluss mit der Blockade!«
Nasone hob die Arme. »Außerdem«, fuhr er fort, als der Lärm sich legte, »man hat uns Ersatz für den Hafen von Ancona versprochen. Doch der Hafen von Pesaro ist viel zu klein. Kein Sechsmaster kann dort ankern, das Becken ist nicht tief genug. Wir schlagen in Pesaro nicht mal ein Drittel der Waren um, die wir früher in Ancona umgesetzt haben.«
»Wir sind bei Herzog Guidobaldo im Wort!«, rief jemand dazwischen. »Er hat für uns mit dem Papst gebrochen. Außerdem hat er sich verpflichtet, den Hafen auszubauen.«
»Ja, auf unsere Kosten«, erwiderte Nasone. »Doch können wir ihm deshalb trauen? Er ist ein Edomiter, ein Christ – er hasst uns nicht weniger als der Papst! Wenn irgendetwas in Pesaro passiert, wenn ein Erdbeben ausbricht oder eine Seuche, dann geht es uns dort genauso an den Kragen wie in Ancona. Ich habe mit eigenen Augen gesehen, wie Guidobaldos Sohn vor zwei Jahren in die Synagoge von Pesaro eingebrochen ist, zusammen mit betrunkenen Soldaten. Sie haben die Thora aus unserem Gotteshaus geraubt und mit den Schriftrollen ein Schwein eingewickelt und das quiekende Vieh damit durch die ganze Stadt getrieben, bis zum Palast des Herzogs!« Die wütenden Proteste wurden lauter. »Nein!«, rief Nasone. »Pesaro ist keine Lösung! Pesaro ist genauso gefährlich wie Ancona! Darum stimme ich dem Rabbiner von Bursa zu: Beenden wir die Blockade! Wer dafür ist, hebe seine Hand!«
Dutzende von Armen gingen in die Höhe. Gracia sah es mit Entsetzen. Was konnte sie nur tun, um die Katastrophe zu verhindern?
»Halt!« Sie hatte so laut in die Menge gerufen, dass unverzüglich Stille eintrat. »Wir dürfen nicht abstimmen, ohne zuvor einen Mann anzuhören, der uns an Weisheit allen überlegen ist.« Sie drehte sich zum Thoraschrein herum. »Was ist Eure Mei-

nung, Rabbi Soncino? Dürfen wir das Leben unserer Glaubensbrüder gegeneinander aufwiegen?«

Die Männer, die schon für das Ende der Blockade gestimmt hatten, ließen ihre Arme sinken. Alle schauten auf Rabbi Soncino. Sein Wort hatte bei der ersten Versammlung den Ausschlag gegeben. Für welche Partei würde er sich jetzt entscheiden?

»Ihr wollt meine Meinung hören, Senhora?«, fragte er. »Sie ist so unbedeutend wie ein Tropfen Wasser im Ozean. Was zählt, ist allein das Gesetz. Und in seinem Licht betrachtet, kann es nur eine Antwort geben.« Er richtete den Blick fest auf Gracia, und mit erhobener Stimme fuhr er fort: »Kein Jude, ob gegen seinen Willen getauft oder nicht, hat das Recht, Schutz für sich und sein Eigentum auf Kosten seiner Glaubensbrüder zu verlangen. So steht es im Talmud geschrieben. Die Conversos, die in Italien verfolgt werden, ob in Pesaro oder in Ancona, hatten die Möglichkeit, Zuflucht im Osmanischen Reich zu suchen, wo niemand sie in der Ausübung ihres Glaubens behindert hätte. Doch sie haben sich dafür entschieden, in der Glaubensfremde zu bleiben, um dort Geld und Gold anzuhäufen. Sie sind der Grund für unseren Streit, durch ihre Entscheidung, durch ihre Habgier und ihr Klammern am Besitz haben sie Zwietracht im Volk Israel gesät.«

Nachdem der Rabbiner gesprochen hatte, war es so leise, dass man das Gurren der Tauben auf dem Dach hören konnte.

»Was wollt Ihr damit sagen?«, fragte Gracia in die Stille hinein.

Mit ernstem Gesicht erwiderte Soncino ihren Blick. »So leid es mir tut, Senhora – nach jüdischem Recht muss ich gegen die Blockade stimmen. Kein Jude, ob in Konstantinopel oder in Saloniki, in Edirne oder in Bursa, soll für einen Juden leiden, der freiwillig in der Diaspora geblieben ist.«

Gracia spürte, wie ihr das Blut aus den Adern wich. Rabbi Soncino, ihr Vertrauter und Gefährte so vieler Jahre, sprach sich gegen sie aus? Sie wusste, mit der Abstimmung der Versammlung würde sich ihr ganzes Leben entscheiden. Der Auftrag, den Gott ihr gegeben hatte, ihre Mission, Tiberias, alles, was sie besaß, hatte sie dafür in die Waagschale geworfen, ihr Geld und ihr Leben – sogar bei ihrer Tochter hatte sie sich verhasst gemacht, um den Willen des Herrn zu erfüllen. In ihrer Verzweiflung schloss sie die Augen. Warum war Amatus Lusitanus jetzt nicht bei ihr? Er hätte sie unterstützt, er hätte für sie Partei ergriffen. Doch ihr Freund war an den Hof des Sultans gerufen worden. Süleyman der Prächtige war an Durchfall erkrankt.

»Möchtet Ihr noch etwas vorbringen, Senhora?«, fragte Giacobbe Nasone. »Oder sollen wir abstimmen?«

Gracia suchte nach Worten. Sie hatte nicht die leiseste Ahnung, was sie sagen sollte. Doch sie musste etwas erwidern, irgendetwas. Die Fortsetzung der Blockade war das Ziel ihrer Führerschaft. Wenn Gott sie als neue Esther eingesetzt hatte, die ihre Glaubensbrüder aus der Knechtschaft führen sollte, durfte sie jetzt nicht schweigen. Wenn sie schwieg, war alles verloren, wofür sie gekämpft hatte, ihr Leben lang.

Obwohl sie am liebsten fortgelaufen wäre, straffte sie sich und wandte sich noch einmal der Gemeinde zu. »Der Papst ist fast besiegt«, sagte sie. »Glaubt mir, meine Brüder, wir sind ganz nah am Ziel. Wenn wir jetzt aufgeben, offenbaren wir vor Gott und der Welt unsere Ohnmacht, und die Edomiter werden ihre Verbrechen an uns nur noch hemmungsloser fortsetzen. Sie werden uns achten, verjagen, ermorden – bis in alle Ewigkeit! Und das Volk Israel wird nur noch ein Schatten sein! Deshalb widerspreche ich Rabbi Soncino, zum allerersten Mal, und bitte jeden von euch, für die Fortsetzung der Blockade zu stimmen! – Auge um Auge …«

Wieder verstummte sie mitten im Satz, doch diesmal blieb das Echo aus. Gracia biss sich auf die Lippen. Wo war der Funke geblieben, mit dem sie früher ihre Begeisterung auf ihre Glaubensbrüder übertragen hatte? Das heilige Feuer – ihre Botschaft? Sie wusste, sie hatte mit ihrer Rede niemanden überzeugt, nicht einmal sich selbst. Jeder Blick, jedes Gesicht bestätigte ihre Niederlage. Wohin sie sah, schlug ihr Ablehnung entgegen, bestenfalls Gleichgültigkeit. Was kümmerte ihre Zuhörer das Volk der Juden und seine Zukunft, wenn es um das eigene Wohl und die eigenen Geschäfte ging?

»Ihr habt leicht reden, Senhora«, erwiderte ein Portugiese. »Ihr wollt Ancona aufgeben, um in Pesaro Eure Schäfchen ins Trockene zu bringen. Herzog Guidobaldo wird Euch und Eure Firma schützen, egal, was passiert, genauso wie Herzog Ercole Euch in Ferrara unter seine Fittiche genommen hat, als er nach dem Erdbeben alle Juden aus Ferrara rauswerfen ließ – alle Juden außer Euch. Ich bin nur ein einfacher Schuster, aber ich hatte damals in Ferrara eine schöne Werkstatt. Ich habe alles verloren.«

Beifälliges Raunen füllte die Synagoge. Gracia starrte den Mann ungläubig an. Mit schiefem Grinsen, doch ohne rot zu werden, erwiderte er ihren Blick. Hatte sie den Mistkerl überhaupt schon mal gesehen? Tausenden von Menschen hatte sie zur Flucht verholfen, und das war nun der Dank. Sie warfen ihr vor, noch zu leben – das war ihre Schuld … Plötzlich packte sie solche Wut, dass sie die Hände in ihre Röcke krallte, um nicht laut loszuschreien. Für dieses Gesindel hatte sie sich aufgeopfert? Warum hatte sie das Pack nicht einfach verrecken lassen?

»Wenn Ihr glaubt, ich würde Ancona leichten Herzens aufgeben, irrt Ihr«, sagte sie mit bebender Stimme. »Durch die Blockade hat meine Firma in Ancona über hunderttausend Dukaten verloren. Doch was viel mehr wiegt«, fügte sie nach einer Pause hinzu, »mein Agent und Neffe, Dom José Nasi, ist dort in Haft. Als Gefangener der Inquisition …«

Das Grinsen im Gesicht des Schusters erlosch, noch bevor sie zu Ende geredet hatte, und mit rotem Kopf schaute er zu Boden. Auch die anderen wichen Gracias Blicken aus. Eine peinliche Stille entstand.

»Ich möchte einen Kompromiss vorschlagen.« Rabbi Soncino war es, der das Schweigen brach. »Vielleicht hat die Senhora recht, vielleicht sind wir kurz vor dem Ziel. Überlassen wir also

Gott die Entscheidung! Setzen wir die Blockade bis zum nächsten Pessachfest fort und sehen dann weiter. In der Zwischenzeit schicken wir einen Boten nach Italien, um Rat bei den dortigen Rabbinern einzuholen. – Wer ist dafür, den Vorschlag anzunehmen?« Er selbst hob als Erster die Hand.

Viele folgten seinem Beispiel, zuerst die Vertreter der portugiesischen und spanischen Synagogen, dann die Rabbiner von Bursa und Edirne, schließlich auch Giacobbe Nasone und mit ihm die übrigen Italiener. Gracia sah es voller Verwirrung. War das ein Sieg oder eine Niederlage? Sie wusste es nicht. Sie wusste nur, dass sie die Kontrolle verloren hatte. Alles war anders gekommen als geplant. Zögernd hob sie die Hand, um für den Vorschlag zu stimmen.

Da ging die Tür auf. Sämtliche Köpfe drehten sich um.

»Reyna?«, fragte Gracia verblüfft. »Was willst du denn hier?«

Ihre Tochter war so außer Atem, dass sie kaum sprechen konnte. »Aragon ist in Konstantinopel!«, keuchte sie.

»Aragon? Der Kommissar des Kaisers?«

»Ein Bote aus dem Kontor hat es eben gemeldet! Er ist im Auftrag des Papstes da. Er lässt fragen, wann du ihn empfängst.«

24

War es möglich, dass die Vorsehung Cornelius Scheppering zum Märtyrer bestimmt hatte? Auch der erste Blutzeuge Christi, der heilige Stephanus, war im Kampf gegen die Juden gefallen; sie hatten ihn zu Tode gesteinigt, bevor er ins Paradies einging. Das Martyrium hingegen, zu dem der dreifaltige Gott Cornelius Scheppering ausersehen hatte, um seinen Glauben zu prüfen, war das Reisen. Wie schlimm die Leiden des heiligen Stephanus im Steinhagel seiner Peiniger gewesen sein mochten – sie konnten kaum heftiger gewesen sein als die Schmerzen, die der Do-

minikaner nun in seinem vom Rumpeln und Rattern des Wagens geschundenen Leib verspürte, als er nach endlos langer Fahrt zurück aus Rom wieder in Ancona eintraf.
Gestützt auf die Schulter eines Novizen namens Sylvester, kletterte er aus dem Wagen. Nein, er war zu alt für solche Expeditionen, zu alt und zu gebrechlich. Nach der Audienz beim Papst hatte er wochenlang darniedergelegen, ans Bett gefesselt von einem Fieber. Er hatte nicht mehr gewusst, ob er noch auf Erden weilte oder seine arme Seele im Fegefeuer schmorte, bevor er die Reise überhaupt hatte antreten können. Doch von Genesung konnte keine Rede sein. Der Zusammenbruch im Angesicht des Heiligen Vaters hatte ihn derart geschwächt, dass er unterwegs immer wieder für Tage hatte Rast machen müssen, um neue Kräfte zu sammeln. Voller Wehmut erinnerte er sich früherer Zeiten. Da war er nur so über Land geflogen, in drei Wochen von Antwerpen nach Rom, und ein Chorgebet im Kreis seiner Brüder hatte genügt, um ihn zu erquicken. Doch jetzt?
Brandgeruch lag in der Luft. Wie den Odem Gottes sog Cornelius Scheppering ihn ein. Der süße, wohlvertraute Duft war Arznei für seine Seele. Das Werk der Gerechtigkeit, mit dem die Inquisition die Freveltaten der Mosessöhne sühnte, ging Gott zum Danke weiter. Nur der schlimmste Ketzer von allen, ihr Anführer und Verderber, der Neffe der Teufelin, José Nasi, wurde verschont …
In der römischen Ordensburg der Dominikaner, wo Cornelius Scheppering sein Krankenlager aufgeschlagen hatte, war ihm zu Ohren gekommen, dass der Papst seinen Widersacher, den Spanier Aragon, bereits nach Konstantinopel geschickt hatte, um dort mit der Jüdin einen Kompromiss auszuhandeln. Doch der Papst hatte seine Rechnung ohne den treuesten Diener des Glaubens gemacht. Was immer die Pläne waren, die da am Bosporus geschmiedet wurden – er, Cornelius Scheppering, würde sie vereiteln! So wahr Gott ihm helfe!
Ungeachtet seiner Schwäche, ungeachtet auch der Schmerzen,

suchte er darum sogleich den Ort von José Nasis Gefangenschaft auf. Die Verliese des Glaubensgerichts befanden sich unterhalb der Kathedrale von San Ciriaco, und um zu den Zellen zu gelangen, musste man die Krypta durchqueren. Cornelius Scheppering war kaum imstande, die Felsenstufen hinabzusteigen. Dem immer öfter auftretenden Versagen seiner Zunge sowie der Taubheit seiner Finger hatte sich in jüngster Zeit eine merkwürdige Beschwernis beim Gehen hinzugesellt, eine Schwächung der jedem Kind zu Gebote stehenden Fähigkeit, die eigenen Glieder zu steuern. Diese Irritation nahm bisweilen so aberwitzige Formen an, dass er nicht mehr wusste, wie er die Füße setzen sollte, und mehrere Anläufe benötigte, um auch nur einen Schritt zu tun. Allein der Glaube an seine Mission gab ihm die Kraft, die Behinderungen seines Leibes zu überwinden. Er war das Werkzeug Gottes, und er würde seine Aufgabe erfüllen, bevor Aragon aus Konstantinopel zurückkehrte oder ihn aus Rom Befehle ereilten, die seiner Mission im Wege standen. Ja, er war entschlossen, alle Anordnungen zu treffen, die zur Hinrichtung José Nasis vonnöten waren, gleichgültig, ob der Papst mit der Teufelin in Verhandlungen trat oder nicht. Wer weiß, vielleicht war ja der eine Augenblick, in dem ihm die Fratze Satans unter der Mitra des Heiligen Vaters entgegengegrinst hatte, kein Augenblick der Verwirrung gewesen, sondern ein Augenblick der Klarheit.

»Wo wollt Ihr hin?«

Ein Wachsoldat verwehrte Cornelius Scheppering den Eingang zum Verlies.

»Weißt du nicht, wer ich bin? Ich bin der Inquisitor dieser Stadt. Führ mich sofort zu dem Gefangenen José Nasi. Ich will mich vergewissern, dass er sich in unserem Gewahrsam befindet. Das Urteil wird morgen vollstreckt.«

»Ich weiß sehr wohl, wer Ihr seid, Ehrwürdiger Vater. Aber Oberst Aragon hat mir strikten Befehl gegeben, Euch unter keinen Umständen zu diesem Gefangenen zu lassen. Oberst Aragon sagt …«

»Du wagst es, mir zu widersprechen?«, fiel Cornelius Scheppering ihm ins Wort. »Tritt beiseite, Kerl, auf der Stelle, oder … oder aber … oder ich … ich-ich … ich-ich …«

Die Erregung übermannte ihn, und sein Leib geriet in Aufruhr. Ein Knattern und Brausen jagte durch seine Eingeweide, um sich afterwärts in einem Höllenfurz zu entladen. Seine Blase leerte sich, zusammen mit seinem Gedärm, und während die Ausscheidungen an seinen Beinen herunterrannen, knickten ihm die Knie ein. Im selben Moment sank Cornelius Scheppering zu Boden. Sinnlose Laute brabbelnd lag er da in seinen Exkrementen.

Hatte er den Kampf verloren? Hatte die Geißel Gottes ihn endgültig niedergestreckt? Noch bevor sein Werk vollendet war?

Mit letzter Kraft tastete er nach seinem Rosenkranz. Nein, er war nicht allein. Und obwohl seine Lippen sich weigerten, die tröstenden Worte zu sprechen, konnte er sie doch immer noch denken.

Gegrüßet seiest du, Maria, voll der Gnade, der Herr ist mit dir …

25

»Ich bin gekommen, um Euch ein Angebot zu machen«, erklärte Aragon. »Im Namen Seiner Heiligkeit des Papstes sowie mit dem Einverständnis des Kaisers.«

»Nehmt Platz.«

Gracia war von der Synagoge direkt in ihr Kontor geeilt, wo Aragon auf sie wartete. Wie lange hatte sie diesen Menschen nicht mehr gesehen? Zehn, fünfzehn Jahre? Ihre letzte Begegnung war in Brüssel gewesen, im Palast der Regentin, nach Reynas Entführung. Der Spanier hatte gekocht vor Wut. Während er sich auf den Stuhl setzte, den ein Kontorist herbeirückte, verzog er sein Gesicht zu einem falschen Lächeln. Doch der hochmütige Ausdruck seiner Augen hatte sich so wenig verändert wie seine auffällige Kleidung.

»Schade, dass ich Eure Tochter nicht begrüßen kann«, sagte er.

»Ich hätte ihr gern meine Ehrerbietung ausgedrückt. Wenn ich recht unterrichtet bin, habe ich die Freude unseres heutigen Wiedersehens wohl ihr zu verdanken.«

»Ich verstehe kein Wort«, sagte Gracia.

»Ihr braucht Euch nicht zu verstellen«, erwiderte Aragon mit einem Augenzwinkern. »Ich weiß Bescheid. Eure Tochter hat auf den Sohn des Sultans großen Eindruck gemacht. Wer hätte gedacht, dass Süleyman dem Papst wegen eines verliebten Mädchens einen Brief schreibt? Der scharfe Ton hat beim Heiligen Vater allerdings für einigen Verdruss gesorgt.« Der Spanier unterbrach seine Rede und schaute Gracia verwundert an. »Habe ich mich am Ende etwa verplappert? Mir scheint, Ihr seid tatsächlich nicht im Bilde?« Die Überraschung in seinem Gesicht wich einem breiten Grinsen. »Aber das ist doch kein Grund zur Aufregung«, erklärte er. »Der Apfel fällt nicht weit vom Stamm, Eure Tochter hat offenbar viel von Euch geerbt. Und dass Reyna auf einen jungen Mann Eindruck zu machen versteht – wer sollte das besser nachempfinden als ich?«

Gracia war so verwirrt, dass sie nicht wusste, was sie antworten sollte. War wirklich möglich, was der Spanier da behauptete? Dass ihre Tochter ohne ihr Wissen den Sohn des Sultans aufgesucht hatte? Wenn ja, dann brauchte sie nicht lange zu überlegen, aus welchem Grund Reyna das getan hatte.

»Nun?«, fragte Aragon.

Gracia wandte sich wieder dem Spanier zu, der sie immer noch mit seinem Grinsen anschaute.

»Ihr wolltet mir einen Vorschlag machen«, sagte sie so kühl wie möglich.

Aragon strich sich über den Spitzbart. »Der Papst ist der leidigen Angelegenheit überdrüssig. Die Kräftemesserei schadet nur beiden Parteien. Niemand hat einen Vorteil, wenn der Handel in Ancona darniederliegt. Wir sollten wieder Vernunft walten lassen.«

»Kommen wir zum Geschäft!«

»Oh, ich vergaß«, erwiderte Aragon mit seinem falschen Lächeln. »Ihr seid nicht nur eine fürsorgende Mutter, sondern auch eine Kauffrau.« Plötzlich wurde seine Miene ernst. »Seine Heiligkeit der Papst macht Euch folgendes Angebot: Ihr beendet die Blockade von Ancona, dafür kommt Euer Agent Dom José Nasi frei.«

»Wie bitte?«

»Ja, Ihr habt richtig gehört. Die Freiheit Eures Neffen gegen die Aufhebung des Banns.«

Der Vorschlag erfolgte so überraschend, dass Gracia sich beherrschen musste, um nicht vor Freude aufzuspringen. Hatte der Herr ihre Gebete erhört? Hatte sie den Papst tatsächlich in die Knie gezwungen? Zwar war der Sieg noch nicht in ihrer Hand, doch er war zum Greifen nahe. Wenn der Papst zu einem solchen Schritt bereit war, gestand er damit seine Niederlage ein.

»Euer Angebot reicht nicht aus«, erklärte sie. »Ich verlange die Freilassung aller Conversos von Ancona. Und die Wiedereinführung der Schutzrechte, die frühere Päpste meinen Glaubensbrüdern gegeben haben. Erst dann heben wir die Blockade auf.«

»Ihr überschätzt Eure Macht«, sagte Aragon, doch das Lächeln war von seinen Lippen verschwunden.

»Davon kann keine Rede sein«, erwiderte Gracia. »Wie Ihr wisst, wird der Hafen von Pesaro ausgebaut. Unsere Kaufleute sind nicht länger auf Ancona angewiesen, wohl aber Ancona auf unsere Kaufleute. Ohne unsere Handelsfirmen geht die Stadt zugrunde.«

»Dass ich nicht lache! Der Hafen von Pesaro ist ein Tümpel, und es ist nur eine Frage der Zeit, dass Guidobaldo Euch das Asyl kündigt. Er ist jetzt schon wütend, dass jüdische Schiffe aus Saloniki und Edirne wieder den Hafen von Ancona anlaufen.« Seine Augen verengten sich zu zwei Schlitzen. »Nein, ich lehne Eure Forderung ab. Freiheit nur für Dom José, oder der Krieg geht weiter. Ich bin nicht befugt, Euch weitere Zugeständnisse zu machen.«

Gracias Hochgefühl verflog so schnell, wie es entstanden war.

Der Spanier meinte, was er sagte. Sie versuchte darum einen anderen Weg.

»Wer garantiert mir, dass Dom José überhaupt noch lebt?«

»Die Frage hatte ich erwartet«, sagte Aragon, »schließlich kenne ich Euch lange genug.« Er zog einen Brief aus der Tasche und reichte ihn ihr. »Ist Euch die Schrift vertraut?«

Gracia nahm den Brief und faltete ihn auseinander. Ja, das war Josés Schrift. Eilig überflog sie die Zeilen. Ihr Neffe beschrieb darin die Lage der Juden in Ancona, nannte die Namen der Marranen, die mit ihm im Gefängnis saßen, sowie die der Verurteilten, die bereits hingerichtet worden waren – ja, er erwähnte sogar, dass der Hafen von Pesaro bald auf Kosten der Juden ausgebaut werden sollte. Davon konnte er erst vor wenigen Wochen erfahren haben. Kein Zweifel, José lebte.

»Dass Euer Agent sich überhaupt noch zu Wort melden kann, ist keine Selbstverständlichkeit«, sagte Aragon. »Wenn es nach unserem Freund Cornelius Scheppering gegangen wäre, wäre er längst tot. Er hat Dom José selbst verurteilt, mit dem albernsten Beweis der Welt! Ein Stückchen Haut – ich brauche wohl nicht deutlicher zu werden. Aber ich habe den Herrn Inquisitor in die Schranken gewiesen und meine Hand über Euren Neffen gehalten.«

Gracia blickte prüfend in sein Gesicht. Aragon war der unangenehmste Mensch, den sie kannte, ihr wurde übel, wenn sie ihn nur sah, aber im Gegensatz zu Cornelius Scheppering war er kein Fanatiker. Auch wenn er José noch so sehr hasste – wenn es ihm zum Vorteil gereichte, würde er selbst dem Rabbiner von Jerusalem das Leben retten. Ja, sie glaubte ihm. Doch wenn der Spanier José tatsächlich geholfen hatte – was hatte ihn dann dazu bewegt? Gracia fiel nur eine Möglichkeit ein. Der Papst wagte es nicht, Hand an ihn zu legen. Weil José ein Untertan des Sultans war.

»Tut mir leid«, sagte sie. »Aber meine Glaubensbrüder haben beschlossen, die Blockade fortzusetzen. Der Beschluss der Gemeinde gilt. Mir sind die Hände gebunden.«

Aragon hob die Brauen. »Wollt Ihr wirklich Euren Neffen opfern, Dona Gracia? Den Bräutigam Eurer Tochter?« Wie ein Teufel lächelte er sie an. »Redet Euch nicht auf fremde Beschlüsse heraus, das ist Euer nicht würdig und entspricht nicht Eurer Art. Ihr seid die Herrin des jüdischen Volkes – la Senhora! Ihr allein entscheidet!«

26

»Wie kannst du es wagen, mir so in den Rücken zu fallen? Eine Audienz bei Süleymans Sohn! Ohne mich zu fragen!«
»Wenn ich dich gefragt hätte, hättest du es mir doch nur verboten!«
»Allerdings! Mein Gott, was hast du dir dabei gedacht? Jetzt weiß der Sultan, dass du dich weigerst, Omar zu heiraten. Eine Katastrophe! Hast du dich auch nur eine Sekunde gefragt, was du damit anrichtest? Der Tiberias-Vertrag ist noch nicht unterschrieben.«
»Ich wollte nur José helfen. Ist das ein Verbrechen?«
»Statt José hast du unseren Feinden geholfen. Aragon hat mich die ganze Zeit angegrinst, am liebsten hätte ich ihm eine runtergehauen. Deinetwegen weiß er, dass wir erpressbar sind! Und nicht nur er, sondern auch der Papst! Etwas Dümmeres hättest du gar nicht anstellen können!« Gracia hielt in ihrem Redeschwall inne und schaute ihre Tochter mit gerunzelter Stirn an. »Sag mal, damals, im Golf von Venedig, das Verschwinden der Fortuna – hast du damit etwa auch zu tun?«
Reyna brauchte gar nicht zu antworten. Ihre Mutter begriff auch so, dass sie richtig geraten hatte, als sie in das schuldbewusste Gesicht ihres Kindes blickte.
»Bist du wahnsinnig? Willst du uns alle zugrunde richten?«
»Was blieb mir anderes übrig?«, protestierte Reyna. »Ich wollte deine Schwester um Hilfe bitten.«

»Brianda? Ich dachte, du wolltest nie mehr etwas mit ihr …«

»Tristan da Costa sollte nach Ancona fahren. Du hast dich ja geweigert, etwas für José zu tun. Ich wusste nicht mehr, was ich sonst machen sollte.«

Gracia ballte die Fäuste. »Wir haben ein Schiff verloren durch deine Schuld, mitsamt der Ladung. Dreißigtausend Dukaten! Weißt du, wie viele Menschenleben man mit so viel Geld retten kann?«

»Begreif doch, Mutter! Ich liebe José, und ich werde Omar niemals heiraten. Bitte, ich flehe dich an! Nimm Aragons Angebot endlich an, damit José freikommt.«

Ihre Mutter schüttelte den Kopf. »Nein«, erklärte sie. »Das kann ich nicht.«

»Natürlich kannst du! Du bist die Senhora! Du weißt, dass du allein entscheidest, was passiert!«

»La Senhora, la Senhora«, schnaubte Gracia. »Ich kann das Wort nicht mehr hören! Jeder glaubt, ich könnte tun und lassen, was ich will. Aber das ist nicht wahr! Ich habe heute alles in die Waagschale geworfen, damit die Gemeinde die Fortsetzung der Blockade beschließt. Obwohl die meisten dagegen waren! Rabbi Soncino hat einen Kompromiss vorgeschlagen, nachdem er selbst schon für die Aufhebung gestimmt hatte. Ich kann jetzt unmöglich zurück. – Nein!«, schnitt sie Reyna das Wort ab, als diese etwas einwenden wollte. »Soll ich Hunderte unserer Glaubensbrüder sterben lassen, um deinen Verlobten zu retten? Wenn ich das tue, werden sie sagen, dass es mir nicht um das Wohl meines Volkes geht, sondern nur um das Wohl meiner Familie! Wie stehe ich dann da? Kein Mensch wird mir mehr vertrauen!«

Sie machte auf dem Absatz kehrt und begann, durch die Eingangshalle ihres Palastes zu wandern.

»Immer hast du eine Ausrede«, sagte Reyna bitter. »Immer findest du irgendeinen Grund, warum du recht hast. Dabei hältst du dich noch nicht mal an deine eigenen Worte.«

»Ich weiß nicht, wovon du redest.«

»Wer ein Leben rettet, der rettet die ganze Welt ... Das hast du mir eingebleut, seit ich ein Kind bin.«

»Das hat gar nichts damit zu tun!«

»Und ob das was damit zu tun hat! Oder ist Josés Leben weniger wert als das der anderen? Wildfremde Menschen – ja, die hast du gerettet, zu Hunderten und zu Tausenden, für die war dir kein Preis zu hoch. Aber José? Wenn ich mir vorstelle, dass er vielleicht gar nicht mehr ...« Sie brachte den Satz nicht über die Lippen. Allein die Vorstellung, was passiert sein könnte, machte sie wahnsinnig vor Angst. »Wenn ich wenigstens eine Nachricht von ihm hätte, einen Brief, irgendein Lebenszeichen.«

Sie konnte nicht mehr weitersprechen. Zu stark waren ihre Gefühle – Ohnmacht und Trauer und Wut, alle zur gleichen Zeit. Gegen ihren Willen schossen ihr Tränen in die Augen. Sie wollte nicht weinen, wollte nicht, dass ihre Mutter ihre Schwäche sah. Doch sie konnte die Tränen nicht unterdrücken. Verzweifelt schlug sie die Hände vors Gesicht.

Eine Weile hörte sie nur ihr eigenes Schluchzen und die Schritte ihrer Mutter, die in der Halle auf und ab ging.

Eine Hand berührte sie an der Schulter.

»Hör auf zu weinen.« Reyna nahm die Hände vom Gesicht. Ihre Mutter reichte ihr einen Brief. »Das hat Aragon mir gegeben. Als Beweis, dass José lebt.«

»Ein Brief? Von José?«

Reyna riss ihrer Mutter das Pergament aus der Hand. Obwohl die Buchstaben vor ihren tränennassen Augen verschwammen, erkannte sie die Schrift. Es war, als würde sie José selbst sehen, irgendwo in weiter, weiter Ferne, auf der anderen Seite eines Flusses, hob er mit einem Lächeln den Arm, um ihr zuzuwinken.

»Gott sei Dank«, flüsterte sie und küsste den Brief.

»Wie du siehst, musst du dir keine Sorgen machen«, sagte ihre Mutter. »Aber hör auf, immer nur an ihn zu denken. Das ist er nicht wert. Er hat dich verraten! Mit einer Tänzerin! Er hat ihr ein Kind gemacht! Hast du das vergessen?«

Reyna hörte gar nicht, was sie sagte. »Warum hast du mir den Brief erst jetzt gegeben?«, fragte sie. »Du wusstest doch, dass ich vor Angst fast gestorben bin. Seit Monaten hatte ich keine Nachricht mehr von ihm.« Während sie sprach, kam ihr auf einmal ein Verdacht. »Oder … oder hast du … hast du etwa schon früher Nachricht von ihm bekommen?«
»Was soll die dumme Frage?«, erwiderte Gracia. »Glaubst du etwa, dass ich dir Post unterschlage?« Bevor Reyna antworten konnte, wechselte sie das Thema. »Bitte, versuch doch nur einmal, auch mich zu verstehen. Nachgeben hilft keinem weiter. Wir dürfen uns nicht erpressen lassen. Wir haben den Papst schon fast in die Knie gezwungen. Aber wenn wir jetzt einknicken, war alles vergebens. Jetzt und für alle Zeit! Dann haben wir nie wieder die Möglichkeit, uns zu wehren. Dann wird uns nie wieder jemand glauben, dass wir es ernst meinen.«
»Das ist keine Antwort auf meine Frage, Mutter.«
Gracia wich ihrem Blick aus. »Wir dürfen jetzt nicht aufgeben. Wir sind so nah am Ziel! Wenn wir siegen, bekommen wir eigenes Land. Zum ersten Mal seit unserer Vertreibung! Tiberias! Wir kehren nach Palästina zurück! Ins Gelobte Land! Wir gründen einen eigenen Staat! Mit einer eigenen Regierung! Einen Zufluchtsort für alle Juden der Welt!«
Reyna schüttelte ungläubig den Kopf. »Es ist immer dasselbe«, sagte sie. »Immer müssen alle nach deiner Pfeife tanzen. Egal, was passiert, und wenn du dafür über Leichen gehen musst. Genauso wie damals in Antwerpen.«
»Antwerpen?«, fragte Gracia gereizt. »Wie kommst du jetzt auf Antwerpen?«
»Als ob du das nicht selbst wüsstest«, erwiderte Reyna. »Nur weil du deinen Willen durchsetzen wolltest, musste Dom Diogo sterben, zusammen mit all den anderen … Weil du dir etwas in den Kopf gesetzt hattest, weil du nicht nachgeben wolltest …«
»Du undankbares Stück!«, schrie Gracia. »Warum ist Diogo denn gestorben? Doch nur deinetwegen! Ganz allein deinetwegen!«

Das Gesicht von Wut verzerrt, nahm sie eine Vase und warf sie gegen die Wand. Reyna war entsetzt. War diese Furie ihre Mutter? Plötzlich stieg eine Frage in ihr auf, die seit einer Ewigkeit in ihr drängte, und schneller, als sie denken konnte, sprach sie sie aus.

»War Dom Diogo dein Geliebter?«

Gracia erstarrte. »Was sagst du da?«

»Ob Dom Diogo dein Geliebter war? Hast du mit ihm geschlafen? Brianda hat gesagt, dass du und Dom Diogo …«

Bevor sie den Satz beendet hatte, schlug ihre Mutter sie ins Gesicht.

»Dann ist es also wahr …« Reyna rieb ihre brennende Wange. »Ich hatte es nicht glauben wollen, all die Jahre lang, und mir eingeredet, dass Brianda gelogen hat. Aber jetzt … O Gott!«

Während Reynas Worte in der Stille verklangen, schauten Mutter und Tochter sich an, die Blicke ineinander verkrallt. Gracia war ganz bleich, ihr Mund nur noch ein zitternder Strich. Sie wollte etwas sagen, öffnete die Lippen. Doch statt zu reden, wandte sie sich ab.

Sie trat an einen Schrank und holte aus einer Schublade einen zusammengefalteten Brief.

»Für dich!«, sagte sie und warf ihn ihrer Tochter vor die Füße. »Damit du endlich deinen Frieden hast!«

Reyna bückte sich und faltete den Bogen auseinander.

> Mein geliebter Engel, bitte warte auf mich, ich flehe Dich an! Ich werde Dir alles erklären … Nur tu nichts, bevor ich wieder bei Dir bin … Denk an unsere Kinder, denk an unser Haus … Ich liebe Dich, mit jeder Faser meines Herzens …
>
> José

Reyna schloss die Augen. Ihre Wut, ihre Trauer, das Entsetzen über ihre Mutter – all das war verflogen. Nicht mal den Schmerz auf ihrer Wange spürte sie. Es gab nur noch Josés Worte. Mein

geliebter Engel … Ich liebe Dich, mit jeder Faser meines Herzens … Sie sah sein Gesicht, hörte seine Stimme, fühlte seinen Atem auf ihrer Haut. Denk an unsere Kinder, denk an unser Haus … Mein Gott, wie liebte sie diesen Mann! Noch nie hatte sie es so deutlich gespürt, noch nie so sicher gewusst wie in diesem Augenblick.
Auf einmal zitterte sie so sehr, dass sie den Brief aus der Hand legen musste.
»Also doch«, flüsterte sie. »Ich habe es gewusst.«
Ganz langsam, als hätte sie Angst, aus ihrem Traum zu erwachen, schlug sie die Augen auf.
Ihre Mutter stand vor ihr, kalt und gefasst und unnahbar wie eine Statue. Diese Selbstzucht war noch schlimmer als zuvor ihre Wut. Sofort spürte Reyna wieder den brennenden Schmerz in ihrem Gesicht.
»Wie lange hast du den Brief schon?«, fragte sie.
»José hat ihn aus Pesaro geschickt. Zusammen mit seinem Vorschlag, Ancona zu ächten.«
Reyna nickte. Ja, sie erinnerte sich. Sie war auf dem Dachboden gewesen, bei dem einsam gurrenden Täuberich, um nach einer Botschaft zu schauen. Als sie in das Speisezimmer gekommen war, hatte die Köchin gerade das Essen aufgetragen, und ihre Mutter stand am Fenster, mit einem Brief in der Hand. José hat geschrieben … Es waren zwei Bögen gewesen, doch als Reyna gefragt hatte, ob das zweite Blatt für sie sei, hatte ihre Mutter behauptet, es enthalte nur Erläuterungen zu Josés Vorschlag.
»Es war meine Pflicht, dir den Brief vorzuenthalten«, sagte Gracia. »Es stand zu viel auf dem Spiel. Du hättest sonst alles verdorben. Tiberias, die Blockade … Ich kann dir nicht vertrauen. Dein Verrat ist der beste Beweis.«
»Was bist du nur für ein Mensch?«, fragte Reyna mit tonloser Stimme.
»Meinst du, das hätte ich freiwillig getan?«, erwiderte ihre Mutter. »José hätte an meiner Stelle genauso gehandelt wie ich, die

Blockade war doch seine Idee! Mir blieb nichts anderes übrig. Oder sollte ich Tiberias opfern? Nur damit du deinen Willen bekommst und den Mann heiraten kannst, den du dir in den Kopf gesetzt hast?«

»Ja, Tiberias«, wiederholte Reyna. »Hauptsache Tiberias! Immer wieder dein verfluchtes Tiberias!«

»Halt sofort deinen Mund!«, rief Gracia. »Oder …«

»Oder was?«, fragte Reyna mit fester Stimme. »Fast könnte man glauben, du willst gar nicht, dass José noch lebt. Er ist dir nur im Weg bei deinem Tiberias. Ja, gib es doch zu! Insgeheim hoffst du, dass er tot ist. Wenn er tot ist, werden sie dir eine Krone aufsetzen. Dann bist du endgültig ihre Königin! Eine Märtyrerin, die ihren Neffen geopfert hat! So wie du deinen Geliebten geopfert hast! Für das Gelobte Land!«

Gracia hob ein zweites Mal die Hand und holte aus. Doch dann, mitten in der Bewegung, ließ sie ihre Hand wieder sinken.

»Du weißt in deiner kindischen Verliebtheit ja gar nicht mehr, was du redest«, sagte sie und nahm erneut ihre Wanderung durch die Halle auf. »José kann nichts passieren. Er ist ein Untertan des Sultans. Wenn sie ihn wirklich umbringen wollten, hätten sie das schon längst getan.« Sie warf Reyna einen verächtlichen Blick zu. »Bist du wirklich zu dumm, um das zu begreifen? Es gibt Dinge, die wichtiger sind als dein bisschen Glück. Wenn ich jetzt die Blockade aufhebe, werde ich es nie wieder schaffen, unsere Leute zu einen. Das weiß nicht nur Aragon, das weiß auch der Papst, darauf spekulieren sie doch nur mit ihrem Angebot. Und was Dom Diogo betrifft … Herrje, meine Hände kleben, als hätte ich Pech angefasst!«

Sie trat an die Truhe mit der Waschschüssel und goss sich Wasser über die Hände. Dann nahm sie eine Bürste und fing an, ihre Finger zu reinigen. Fassungslos sah Reyna ihr zu. Hatte ihre Mutter den Verstand verloren? Gracia bearbeitete ihre Hände mit einer Gründlichkeit, als hätte sie alles andere vergessen: José, den Brief, ihren Streit, Dom Diogo, Brianda – als gäbe es auf der

Welt nur noch diese zwei Hände, die sie waschen musste, diese zwei Hände und sonst gar nichts.
Reyna hielt es nicht länger aus. »Ich frage dich zum letzten Mal«, sagte sie und trat vor ihre Mutter. »Wirst du José helfen? Ja oder nein?«
Gracia schaute sie gar nicht an. Den Kopf über die Waschschüssel gebeugt, fuhr sie fort, wie eine Irre die Hände zu scheuern und zu bürsten, als wollte sie sie häuten.
»Hab keine Angst«, sagte sie. »Niemand wird es wagen, José ein Haar zu krümmen. Wir müssen nur die Nerven behalten, wir sind fast am Ziel. Glaub mir, José *kann* gar nichts passieren – außer, wir machen jetzt einen Fehler. Nur wenn wir nachgeben und ihr Angebot annehmen, ist er in Gefahr. Dann haben wir nichts mehr in der Hand, womit wir Druck auf sie ausüben können. Und wenn wir Tiberias erst haben und José wieder da ist, dann dürft ihr von mir aus heiraten, ich halte Omar und den Sultan irgendwie hin. Du musst nur ein bisschen Vertrauen haben, Vertrauen und Geduld, dann …«
»Zum letzten Mal, Mutter!«, fiel Reyna ihr ins Wort. »Ja oder nein?«
Sie hatte so scharf gesprochen, dass Gracia ihre Hände endlich in Ruhe ließ und von der Schüssel aufsah. Gott sei Dank, sie hatte noch Ohren und konnte hören! Doch als Reyna ihr Gesicht sah, lief es ihr kalt den Rücken herunter. Ihre Mutter starrte an ihr vorbei, als stünde ein Gespenst im Raum.
»Entschuldigt die Störung, Dona Gracia«, sagte eine Männerstimme. »Ich habe mehrmals geklopft. Aber als niemand aufmachte, war ich so frei. Das Tor war nur angelehnt.«
Reyna drehte sich um. Im Eingang stand Dom Felipe, der Kapitän der Esmeralda, den Dreispitz unter dem Arm.
»Wie ich mich freue, Euch zu sehen«, rief Gracia, plötzlich wie verwandelt. Der gequälte Ausdruck ihres Gesichts war verschwunden, und während sie sich die Hände an ihrem Kleid abtrocknete, schenkte sie dem Kapitän ihr strahlendstes Lächeln.

»Ich hatte Euch frühestens in zwei Tagen erwartet. Offenbar hattet Ihr eine gute Fahrt?«
»Ja«, sagte Dom Felipe. »Wir hatten die ganze Zeit ordentlichen Wind von achtern, und es gab nirgendwo Piraten. Aber …« Er drehte den Hut in der Hand und senkte den Blick. »Ich … ich habe schlechte Nachricht für Euch. Dona Brianda …«
»Was ist mit meiner Schwester?«, fragte Gracia erschrocken. »Ist sie etwa mit Euch gekommen?«
Dom Felipe schüttelte den Kopf. »Dona Brianda ist tot.«
»Nein!«, rief Reyna.
»Doch«, sagte der Kapitän. »Sie ist an einem Fieber gestorben.«
Reyna war wie betäubt. Ihre Mutter schien ebenso fassungslos wie sie.
»Meine Schwester – tot?«, flüsterte sie.
Sie krampfte ihre Hände in die Falten ihres Kleides und blickte den Kapitän mit leeren Augen an. Ihr Mund ging auf und zu, doch kein Wort kam über ihre Lippen. Eine ganze Weile stand sie wie versteinert da, den Blick in ein unbestimmtes Nichts verloren.
»Diese Verbrecher!«, schrie sie plötzlich mit vor Wut funkelnden Augen. »Sie haben sie umgebracht! Sie haben sie auf dem Gewissen! Sie ganz allein!«
Während ihre Mutter so plötzlich verstummte, wie sie vorher ihre Fassung verloren hatte, von einem Moment zum anderen, und in eine leblose Starre fiel, sah Reyna ihre Tante vor sich, damals bei der Abreise aus Venedig. Am Fenster ihres Bilderkabinetts hatte sie gestanden, als sie mit der Gondel an Briandas Palazzo vorübergeglitten waren. Wie oft hatte Reyna seitdem an sie gedacht. Sie selber hatte verhindert, dass ihre Tante mit nach Konstantinopel gekommen war, ihretwegen war ihre Tante in Venedig zurückgeblieben. Wäre sie ohne sie noch am Leben?
»Brianda …«, flüsterte sie.
Während die Tränen aus ihren Augen rannen, versuchte sie zu begreifen, was nicht zu begreifen war.

»Warum? … Wozu …?«
Plötzlich fiel es Reyna wie Schuppen von den Augen, ganz von allein nahm der Gedanke in ihr Gestalt an. Sie hatte Dom Pedro nach Venedig geschickt, ohne dass sie von ihrer Tante eine Nachricht bekommen hatte. War das jetzt die Antwort, auf die sie so lange gewartet hatte?
Mit einer Zuversicht, die ihr selbst ein Rätsel war, trat sie auf ihre Mutter zu.
»Vielleicht ist das ein Zeichen«, sagte sie.
»Was redest du da?«, fragte Gracia.
»Ja«, sagte Reyna und griff nach ihrem Arm. »Begreifst du nicht? Brianda hat Dom Felipe zu dir geschickt. Sie will, dass du José hilfst! An ihrer Stelle! Damit du wiedergutmachen kannst, was du an ihr verbrochen hast!«
Es war, als hätte sie eine Schlafwandlerin geweckt, so plötzlich wachte ihre Mutter aus ihrer Erstarrung auf. Ihr Körper straffte sich, ihr Gesicht war wieder wach und klar.
»Ich soll José helfen?«, fragte sie und machte sich von Reyna frei. »An Briandas Stelle? Um mein Volk zu verraten? Nein, nein und nochmals nein!, erklärte sie. »Die Blockade bleibt! Das ist mein letztes Wort!«

27

Woran war der Sultan erkrankt? Amatus Lusitanus hatte die vergangene Nacht sowie den ganzen letzten Tag an Süleymans Krankenbett verbracht. Nun, am Abend, da sich die Symptome deutlich besserten, war er nach Hause gekommen, um in den medizinischen Schriften seiner Bibliothek nach möglichen Ursachen zu forschen. Wahrscheinlich rührte der Durchfall des Herrschers von der Einnahme verdorbener Speisen her; die Darmentleerungen waren normal gefärbt und wiesen den spezifischen

Kotgeruch auf. Amatus hatte weder den bei einer Ruhrerkrankung typischen Fäulnisgestank feststellen können, noch hatte er Blut im Stuhl des Sultans entdeckt, das auf ein inneres Leiden hätte schließen lassen. Nur der Schleim, mit dem die Ausscheidungen vermischt gewesen waren, bereitete ihm Sorgen. Er trat an sein Regal und holte ein großformatiges, in Leder gebundenes Buch heraus. Um sicherzugehen, dass Süleyman nicht an der Schwindsucht litt, an der in Konstantinopel jährlich Hunderte von Menschen starben, wollte er bei Galen nachschlagen.

Mit beiden Armen wuchtete er den schweren Folianten auf sein Pult und begann zu lesen. Obwohl er sich redlich Mühe gab, sich auf den Text zu konzentrieren, fiel es ihm schwer, die Gedanken beisammenzuhalten. Immer wieder musste er an die Versammlung denken, die heute in der neuen Synagoge stattgefunden hatte – ohne ihn. Fast war er Süleyman dankbar, dass er ihn durch seine Erkrankung der Teilnahme enthoben hatte. Wie immer er sich bei der Abstimmung entschieden hätte, er hätte entweder gegen sein Herz entscheiden müssen oder gegen seinen Verstand.

Dona Gracia war gewillt, die Fortsetzung der Blockade durchzusetzen, mit allen Mitteln – koste es, was es wolle. Aber wie viele andere Juden auch fürchtete Amatus Lusitanus, dass sich dadurch die Fronten nur weiter verhärten würden. Auge um Auge, Zahn um Zahn … Der neue Papst war ein Eiferer und genauso unbeugsam wie Gracia Mendes. Der Krieg der beiden würde zahllose Menschen in Mitleidenschaft ziehen, die nichts mit diesem Krieg zu tun hatten. Doch hätte Amatus darum gegen Gracia stimmen sollen? Zu einer solchen Entscheidung wäre er ebenso wenig fähig gewesen wie zu einer Entscheidung gegen seinen Verstand. Mit einem Seufzer blätterte er eine Seite in dem Buch zurück, um eine Passage zum zweiten Mal zu lesen, die er vorher nur mit den Augen erfasst hatte. War Gracia Mendes überhaupt noch dieselbe Frau, in die er sich vor einem halben Menschenleben verliebt hatte? Amatus Lusitanus wusste es nicht. Manch-

mal fühlte er sich wie ein Mann, der einer Frau die Treue hielt, die schon längst gestorben war.
Es klopfte an der Tür.
»Herein.« Amatus schaute von seinem Folianten auf. »Reyna?« Überrascht verließ er das Pult, um Gracias Tochter zu begrüßen. »Was gibt es? Habt Ihr gute Nachrichten? Wie hat die Versammlung entschieden?«
»Meine Mutter hat ihren Willen bekommen«, erwiderte Reyna. »Die Blockade wird fortgesetzt.«
Amatus Lusitanus holte tief Luft. »Nein«, sagte er, »das ist keine gute Nachricht. Ich hatte gehofft, Eure Mutter würde sich besinnen.« Er bot Reyna einen Stuhl an, doch sie blieb stehen. Erst jetzt fiel ihm auf, dass ihre Augen ganz rot waren. »Und was ist mit Dom José?«, fragte er.
»Ich brauche Eure Hilfe«, sagte sie. »Könnt Ihr mir Geld leihen?«
»Ihr braucht Geld? Von mir?« Amatus musste beinahe lachen. »Eure Mutter ist eine der reichsten Frauen der Welt.«
»Ich hasse meine Mutter! Ich kann nicht mehr mit ihr unter einem Dach leben.«
»Was wollt Ihr damit sagen?«
»Ich habe sie verlassen und werde nach Italien fahren. Mit dem nächsten Schiff, das ausläuft.«
»Um Himmels willen! Was ist denn vorgefallen?«
»Ich habe meine Mutter angefleht, Dom José zu helfen. Aber sie weigert sich. Es war, als hätte ich mit einer Wand geredet. Tiberias, Tiberias – das war das Einzige, was sie gesagt hat.«
»Und darum wollt Ihr nach Italien?« Amatus Lusitanus begriff. »Ich nehme an, dann ist Ancona Euer Ziel? Um Dom José zu suchen?«
Reyna nickte.
»Aber wie stellt Ihr Euch das vor? Ihr könnt nicht dorthin reisen! Unmöglich! Ihr seid eine Frau! Das ist viel zu gefährlich!«
»Ich hatte gehofft, Dona Brianda würde uns helfen. Ich hatte ihr

einen Brief geschrieben. Um sie zu bitten, dass Tristan da Costa nach Ancona fährt und Dom José freikauft. Aber meine Tante hat den Brief nie bekommen. Sie ist an einem Fieber gestorben.«

»Das ist ja entsetzlich!«, rief Amatus Lusitanus. »Ich kann Euch gar nicht sagen, wie leid mir das tut.« Er nahm Reynas Hand, um ihr sein Mitgefühl auszudrücken. »Trotzdem. Ihr könnt deshalb nicht einfach auf ein Schiff steigen und nach Italien …«

»Und ob ich das kann«, fiel Reyna ihm ins Wort. »Lieber sterbe ich mit meinem Verlobten, als länger im Haus meiner Mutter zu leben.«

»Ich verstehe Eure Gefühle«, sagte Amatus, »aber Ihr seid jetzt viel zu aufgeregt, um eine vernünftige Entscheidung zu treffen. Deshalb bitte ich Euch nur um eines: Lauft nicht einfach davon! Ihr könnt die Nacht im Haus meiner Köchin verbringen. Ich mache mich gleich auf den Weg und rede mit Eurer Mutter. Ich bin sicher, dass wir eine Lösung finden.«

»Die Mühe könnt Ihr Euch sparen.« Reyna entzog ihm ihre Hand. »Ich habe alles versucht, aber sie hat das letzte Wort gesprochen. Ihr wisst, was das heißt – Ihr kennt sie genauso gut wie ich. Es gibt für sie kein Zurück mehr. Eher würde sie sich umbringen, als ihren Entschluss vor der Versammlung zu widerrufen.«

Amatus Lusitanus nickte. Ja, Reyna hatte recht. Wenn Gracia Mendes sich entschieden hatte, konnte nichts auf der Welt sie mehr von ihrer Entscheidung abbringen. Ratlos starrte er auf die Bücher an der Wand. Sie enthielten Rezepte gegen so viele Übel der Welt, gegen fast alle Arten von Krankheiten und Gebrechen, die die Menschheit kannte. Doch noch nie waren sie ihm so nutzlos erschienen wie in diesem Augenblick. Was sollte er tun? Wie konnte er Reyna helfen, ohne dass die einzige Frau, die er je geliebt hatte, ihn für einen Verräter hielt? Er gab sich einen Ruck und blickte Reyna in die Augen.

»Ich lasse nicht zu, dass Ihr Euch in solche Gefahr begebt«, erklärte er.

Reyna schluckte, ihr Gesicht war eine einzige Enttäuschung. »Ihr wollt mir also kein Geld leihen?«, fragte sie.
Amatus Lusitanus schüttelte den Kopf. »Ich komme mit Euch nach Ancona. Ich habe einen Freund in der Stadt, Fernando Moro. Vielleicht kann er uns helfen.«
Für einen Moment war sie sprachlos. »Das wollt Ihr wirklich tun?«, rief sie dann. »Meine Mutter wird Euch dafür hassen!«
»Nur die Frau, die heute Gracia Mendes heißt«, sagte Amatus Lusitanus. »Die Frau, die Eure Mutter in Wahrheit ist, wird mich verstehen. Eines Tages zumindest«, fügte er mit einem Seufzer hinzu.

28

Plop, plop, plop ... Die letzten Strahlen der Abendsonne schienen durch das Gitterfinster und tauchten Josés Zelle in ein unwirklich goldenes Licht.
So regelmäßig, als würde ein Uhrwerk den Takt bestimmen, lösten sich die Wassertropfen von der ewig nassen Felsendecke, um in der Pfütze am Boden aufzuschlagen.
Inzwischen hatte José sich so sehr an das monotone Geräusch gewöhnt, dass er es kaum noch bemerkte. Statt die fallenden Tropfen zu zählen, nahm er das Schreibzeug, mit dem sein Wärter ihn versorgt hatte, und hockte sich auf den glatten, eckigen Felsbrocken, der wie ein Würfel aus dem gestampften Lehmboden ragte. Er wollte Reyna einen Brief schreiben. Um sich von ihr zu verabschieden.

Du brauchst nicht traurig zu sein, mein Engel, ich bin es auch nicht. Meinen Körper haben sie zwar in Ketten gelegt, aber in meinen Gedanken bin ich frei und kann mein Gefängnis verlassen, wann immer ich will. Wenn ich es nicht mehr aushalte, stelle ich mir einfach Dein Gesicht vor und zähle Deine Sommersprossen. Es sind genau siebenhundertvierundachtzig – zähl ruhig nach. Ich küsse jede einzelne, wieder und wieder. Dann fühle ich mich ganz leicht und bin glücklich. Ich liebe Dich, Reyna, und ich bin bei Dir, wo immer Du auch bist …

Müde rieb José sich die Augen. Was hatte es für einen Sinn, solche Briefe zu schreiben? Seine Worte würden ja doch nie zu Reyna gelangen, um sie zu trösten. Mit zufriedenem Gurren pickte die Taube die Reste von dem verschimmelten Brot auf, das José ihr in den Käfig geworfen hatte. Die Vorstellung, dass nur jemand den verfluchten Käfig öffnen müsste, damit der blöde Vogel seinen Brief zu Reyna bringen würde, machte ihn fast wahnsinnig. Ein Schlüssel rasselte im Schloss. José zuckte zusammen. War es so weit? Als die Tür aufging und Aragon in die Zelle trat, hatte er plötzlich solche Angst, dass er kaum seine Blase unter Kontrolle halten konnte. Rasch erhob er sich, um nicht zu dem Spanier aufschauen zu müssen. Lieber würde er sich vierteilen lassen, als Aragon Gelegenheit zu geben, auf ihn herabzuschauen und seine Überlegenheit zu genießen.
»Was wollt Ihr von mir?«, fragte er schroff. »Ich habe Euch nicht gerufen.«
»Ich komme gerade aus Konstantinopel«, erwiderte Aragon. »Von Dona Gracia. Ich habe mit ihr verhandelt – Euretwegen. Da betrachte ich es als meine Pflicht, Euch davon zu berichten, bevor ich weiter nach Rom reise, wo der Papst schon begierig auf meine Nachrichten wartet. Aber wenn Ihr nicht interessiert seid«, fügte er mit einem Schulterzucken hinzu, »will ich Euch nicht weiter belästigen.«
»Ihr habt mit Dona Gracia gesprochen?«, fragte José, beinahe gegen seinen Willen.
»Ich habe ihr angeboten, Euch freizulassen, wenn sie dafür die Blockade unseres Hafens aufgibt.« Aragon zog ein Gesicht, als

hätte er Zahnschmerzen. »Glaubt mir, ich habe getan, was ich konnte. Aber an Eurer Herrin ist ein Dominikaner verlorengegangen, so unbeirrbar ist sie in ihrem Glauben.«

José musste sich beherrschen, um seine Enttäuschung zu verbergen. »Habt Ihr eine Botschaft für mich mitgebracht?«

»Ihr meint, von Eurer Verlobten?«, fragte Aragon. »Wie gerne hätte ich Euch diese Freude gemacht – doch leider habe ich Fräulein Reyna gar nicht zu Gesicht bekommen. Ich habe nur mit ihrer Mutter gesprochen. Um ehrlich zu sein«, fügte er mit falschem Bedauern hinzu, »ich hatte nicht den günstigsten Eindruck von Dona Gracia. Sie scheint an Eurem Fortleben so wenig interessiert wie unser wackerer Bruder Cornelius.«

José fühlte sich wie eine Maus, mit der eine Katze spielt, bevor sie ihrem Opfer den Garaus macht, aus reiner Lust am Quälen.

»Wenn Ihr mich töten wollt, habe ich nur eine Bitte«, sagte er. »Zögert die Hinrichtung nicht länger hinaus als nötig.«

»Wie könnt Ihr nur so schlecht von mir denken?«, erwiderte Aragon. »Auch wenn wir nicht immer Freunde waren, habe ich mich doch redlich bemüht, meine Hand über Euch zu halten, trotz allem, was uns trennt. Aber jetzt, fürchte ich, kann ich nicht viel mehr für Euch tun, als Euer Leid abzukürzen. Eine seltsame Fügung der Dinge. Dank Dona Gracias Hartherzigkeit hat Bruder Cornelius wohl bald freie Hand, mit Euch nach seinem Willen zu verfahren. Der Gute ist im Moment zwar etwas angegriffen – in seiner Jugend scheint er ein ausschweifendes Leben geführt zu haben –, und vermutlich wünscht er sich nichts mehr, als von seinem Herrgott heimgeholt zu werden, doch die Aussicht, Euch hinzurichten, wird ihn sicher noch einmal beleben.«

Aragon unterbrach sich. Er hatte den Brief entdeckt, den José auf dem Felswürfel abgelegt hatte. »Ah, Ihr habt meinen Rat befolgt und Euer Herz ausgeschüttet? Bravo!« Schneller, als José in seinen Ketten reagieren konnte, nahm er den Bogen Papier und begann zu lesen.

»Siebenhundertvierundachtzig Sommersprossen?«, fragte er mit einem Grinsen. »Ich dachte, es wären nur siebenhundertdreiundzwanzig gewesen. So viel hatte ich nämlich damals gezählt.«
»Gebt mir den Brief! Das geht Euch nichts an!«
»Aber warum denn? Schämt Ihr Euch etwa Eurer Liebe? Auch wenn ich es nicht gerne sage – ich bin geradezu gerührt. So viel Poesie hätte ich Euch gar nicht zugetraut.«
Statt zu antworten, rasselte José mit seinen Ketten. Doch sosehr er an den eisernen Fesseln zerrte, er rührte sich kaum vom Fleck. Nur eine Armlänge entfernt, grinste Aragon ihn an. Er dachte gar nicht daran, ihm den Brief zurückzugeben.
»Es muss fürchterlich sein«, sagte er, »wenn man in seiner Bewegungsfreiheit dermaßen eingeschränkt ist. Dabei wäret Ihr mir zehnmal überlegen, so groß und stark wie Ihr seid. Selbst jetzt könntet Ihr mich überwältigen. Ich müsste nur einen Moment unachtsam sein, und ich wette, Ihr würdet mir ohne Zögern die Kette um den Hals legen und mich erdrosseln. Aber ich bin nicht unachtsam, ich passe auf und halte Abstand.« Ohne José aus den Augen zu lassen, faltete er den Brief zusammen. Dann holte er einen Schlüssel aus seiner Tasche und schloss damit den Taubenkäfig auf. »Ach ja, das Leben ist furchtbar ungerecht. Doch da ich Euer Freund bin, will ich für ein bisschen mehr Gerechtigkeit sorgen.« Er steckte den Brief in einen kleinen Köcher und befestigte diesen an der Taube. »Jetzt brauchen wir das kluge Tierchen nur noch fliegen zu lassen, und in ein paar Tagen bekommt Reyna Post von Euch.«
»Was … was soll das?« Vor ohnmächtiger Wut konnte José kaum sprechen.
»Ich möchte nur dafür sorgen, dass Ihr schönere Träume habt.« Sorgfältig verschloss Aragon den Käfig und prüfte mit einem kurzen, festen Ruck, ob das Schloss auch eingerastet war.
»Du gottverdammtes Schwein …«
»Was sagt Ihr da?« Aragon fuhr herum und warf den Schlüssel durch das Gitterfenster hinaus ins Freie.

Sprachlos blickte José dem Schlüssel hinterher.
»Seht Ihr, was Ihr angerichtet habt?«, fragte Aragon, der sich an seinem Anblick weidete. »Jetzt wird Eure Verlobte wohl doch keine Post bekommen. Nur weil Ihr mich so erschreckt habt. – Ach, Dom José«, seufzte er dann und schüttelte den Kopf. »Ich verstehe Eure Sehnsucht nur zu gut. Reyna ist für die Liebe ja wirklich wie geschaffen. Mein Gott, mir laufen heute noch Schauer über den Rücken.«
»Haltet Euer verfluchtes Maul!« José riss seinen Arm in die Höhe, doch die Kette hielt ihn zurück. »Ihr habt kein Recht, über meine Verlobte zu reden!«
»Nein?«, fragte Aragon mit gespielter Verwunderung und machte noch einen kleinen Schritt auf ihn zu. »Da bin ich aber ausnahmsweise anderer Ansicht. Ich kenne Reyna so gut wie Ihr – wenn nicht vielleicht sogar besser. Heilige Dreifaltigkeit, wie verliebt das Kind in mich war. Wenn ich mich an ihre Küsse erinnere … Ich werde heute noch ganz rot. Ich glaube, noch nie im Leben hat eine Frau mich so leidenschaftlich geküsst wie sie. Eine Zunge, flink wie eine Schlange.«
»Ihr sollt das Maul halten – oder …«
»Oder was?«, erwiderte Aragon mit einem höhnischen Blick. Während José halb rasend vor Ohnmacht überlegte, wie er den verfluchten Spanier zum Schweigen bringen könnte, fuhr der seelenruhig in seiner Rede fort: »Habe ich Euch eigentlich schon gesagt, wo Eure Verlobte mich überall berührt hat?« Er fasste sich an den Hosenlatz und rieb sich das Gemächt. »Ja, Ihr versteht ganz recht – hier hat sie mich auch berührt. Ganz fest hat sie mit ihrer kleinen Hand zugedrückt, obwohl ihre Fingerchen kaum ausreichten. Aaah, es war wie im Paradies, ich hörte schon die Englein singen.« Während er seine Hand in den Schlitz steckte, trat er noch einen Schritt näher heran. »Ja, genau so hat sie es auch gemacht. Sie hat meinen Schwanz in ihr süßes Patschehändchen genommen, und glaubt mir, es hat ihr solche Lust bereitet, dass sie laut gestöhnt hat. So ein kleines geiles Luder.«

Während sein Hosenlatz sich wölbte, schloss er die Augen, um die Erinnerung zu genießen.
Dieser eine Augenblick genügte.
Ohne zu wissen, was er tat, nahm José den Käfig, hob ihn in die Höhe und zertrümmerte ihn auf Aragons Schädel.
Einen Wimpernschlag lang sah der Spanier ihn mit offenen Augen an, dann verlor sich sein Blick im Nirgendwo, und taumelnd sank er zu Boden.
Da geschah das Wunder.
Aus dem zerbrochenen Käfig flatterte die Taube auf. Aufgeregt mit den Flügeln schlagend, flog sie einmal gegen die Felsendecke, einmal gegen die Wand – dann hatte sie das Zellenfenster entdeckt und entkam durch das Gitter ins Freie.

29

»Lieber will ich mit José sterben als länger mit Dir unter einem Dach leben …«
Gracia zerknüllte Reynas Brief und warf ihn in den Kamin. Wieder und wieder hatte sie die eine Zeile gelesen, mit der ihre Tochter sie verraten hatte, bevor sie nach Italien aufgebrochen war, zusammen mit Amatus Lusitanus. Wie konnte Reyna es wagen, sie zu verlassen? Der Verrat traf sie mit solcher Wucht, als hätte sie vom Tod ihrer Tochter erfahren.
»Ihr müsst den Sultan um Hilfe bitten«, sagte Rabbi Soncino. »Süleyman wird dem Papst mit Krieg drohen – Dom José ist einer der bedeutendsten Untertanen des Osmanischen Reiches.«
»Das weiß der Papst auch so«, erwiderte Gracia. »Es wäre ein Fehler, den Sultan in die Sache hineinzuziehen. Wenn wir das tun, setzen wir Tiberias aufs Spiel.«
»Ihr redet von Tiberias, obwohl Eure Tochter Euch verlassen hat?«

Gracia gab keine Antwort. Gleich nachdem sie Reynas Brief gelesen hatte, schickte sie nach Rabbi Soncino, um sich mit ihm zu beraten. Inzwischen war es längst dunkel, doch sie konnten keine Lösung finden. Gracia wusste nicht, ob sie schon einmal so wütend und gleichzeitig so erschöpft und traurig gewesen war.
»Wenn Ihr den Sultan nicht um Hilfe bittet«, sagte der Rabbiner, »bleibt nur eine Möglichkeit.«
»Welche?«, fragte Gracia mit einem Anflug von Hoffnung. »Soll ich nach Ancona fahren? Die Gloria ist gestern aus Marseille eingetroffen. Ich habe Anweisung gegeben, sie sofort klarzumachen.«
Ihr Freund schüttelte den Kopf. »Reyna ist mit einer Karavelle geflohen«, sagte er. »Die Gloria ist viel zu langsam, um sie einzuholen. Und sobald Reyna in Italien ist, ist es zu spät. Ihr dürft in Ancona nicht an Land. Wenn Ihr Cornelius Scheppering in die Hände fallt, wird er Euch auf der Stelle umbringen. Nein«, sagte er, als sie etwas einwenden wollte, »schickt einen Kurier zum Papst. Geht auf sein Angebot ein. Ihr müsst die Blockade beenden, damit Dom José freikommt. Sofort! Das ist die einzige Lösung.«
»Ihr wollt, dass ich aufgebe?«, fragte Gracia. »So kurz vor dem Ziel? Unmöglich! Unsere Glaubensbrüder werden sagen, dass ich für das Leben meines Neffen die Interessen unseres Volkes opfere.«
»Niemand wird das behaupten«, erwiderte Rabbi Soncino. »Wir werden den Kampf sowieso verlieren. Der Papst hat bereits seine Truppen gegen Pesaro mobilisiert, Herzog Guidobaldo wird nicht mehr lange Widerstand leisten. Angeblich hat er sich schon bereit erklärt, alle Juden aus Pesaro zu verjagen. Ohne seinen Hafen stehen wir die Blockade nicht durch.«
»Wollt Ihr damit sagen, dass alles umsonst war?«
Diesmal war es Rabbi Soncino, der schwieg. Gracia wandte sich ab und trat ans Fenster.
»Ihr habt mich einmal die neue Esther genannt«, sagte sie. »Wisst Ihr eigentlich, welche Bürde Ihr mir damit auferlegt habt?«

»Ich weiß, wie sehr Ihr leidet«, antwortete der Rabbiner leise. »Ihr habt so viele Menschen verloren. Dom Francisco, Dom Diogo, Dona Brianda. Und jetzt vielleicht Reyna. Ihr müsst alles tun, um Eure Tochter zu behalten. Sie ist der einzige Mensch, der Euch geblieben ist.«

Während im Kamin das Feuer knackte, schaute Gracia in die Nacht hinaus. Wo würde Reyna jetzt sein? Draußen war es so dunkel, dass man die Schiffe kaum noch erkennen konnte. Nur hin und wieder brach die Wolkendecke auf, und der Halbmond warf für ein paar Augenblicke sein fahles Licht auf die schwarzen Fluten des Bosporus. Gracia fühlte sich in ihrem Innern so kalt und leer, dass sie nicht einmal mehr Tränen hatte. Nur eine Frage kreiste immer wieder durch ihren Kopf. Warum hatte Gott zugelassen, dass Reyna sie verließ? Wollte er ihr noch eine Prüfung auferlegen? Die letzte und schwerste Prüfung, die es überhaupt gab?

»Ich habe keine Tochter mehr«, flüsterte sie.

»Was sagt Ihr da?«, fragte Rabbi Soncino.

Gracia drehte sich um. »Mein Entschluss steht fest«, erklärte sie. »Der Boykott wird fortgesetzt. Ich habe dafür gekämpft, mit allen Mitteln, die mir zu Gebote standen, und die Gemeinde hat es so beschlossen. Ein Zurück gibt es nicht mehr.«

»Auch auf die Gefahr, dass sie Dom José verbrennen?«

Gracia sah das Entsetzen in seinem Gesicht, doch sie hielt seinem Blick stand. »Soll das Leben eines einzelnen Menschen über das Schicksal unseres ganzen Volkes entscheiden?«, erwiderte sie. »Selbst Jesus, der sanftmütige Sohn des Christengottes, hat von seinen Jüngern verlangt, dass sie ihre Familien verlassen, um ihm zu folgen.«

»Und was ist mit Reyna?«, fragte Rabbi Soncino. »Sie ist Eure Tochter!«

»Habt Ihr mich nicht verstanden?«, rief Gracia. »Ich habe keine Tochter mehr! Sie hat es selbst so entschieden. Lieber will sie sterben als unter meinem Dach leben! Das sind ihre eigenen Worte!«

Auch Rabbi Soncino erhob jetzt seine Stimme. »Wenn Ihr weder für Eure Tochter noch für Euren Neffen nachgeben wollt, dann tut es für all die anderen unserer Glaubensbrüder in Italien! Der Herr hat sie Euch anvertraut. Sie sind Eure Schutzbefohlenen.«

»Alles, was ich tue, tue ich ausschließlich und allein für mein Volk.«

»Und die Juden in Pesaro? Was ist mit ihnen? Wenn Herzog Guidobaldo ihnen das Asyl entzieht, wird es ein neues Blutbad geben! Ein Gemetzel! Wie damals in Ferrara!«

»Wie klein ist Euer Glaube, Rabbi Soncino! Gott ist bei uns, habt Vertrauen! Er wird jeden schützen, der seine Hilfe verdient.«

»Es ist genug, Dona Gracia! Ich beschwöre Euch!«

»Genug?« Sie schüttelte den Kopf. »Genug ist es erst, wenn wir die Edomiter besiegt haben. Auge um Auge, Zahn um Zahn.« Sie trat zurück ans Fenster. »Esther hat auch nicht davor zurückgescheut, Blut für unser Volk zu vergießen. Tausende sind damals gestorben.«

»Wollt Ihr damit den Tod weiterer Menschen rechtfertigen?«, fragte Rabbi Soncino.

»Gott allein wird entscheiden«, erwiderte sie. »Er hat mir diese Prüfung auferlegt.«

Während sie beide schwiegen, flog draußen ein großer Nachtvogel am Fenster vorbei. Mit schweren, lautlosen Schwingen verschwand er in der Finsternis.

»Ihr seid also nicht bereit, nachzugeben?«, fragte Rabbi Soncino.

»Auf gar keinen Fall.«

»Dann muss ich Euch die Gefolgschaft kündigen. Ich kann die Blockade nicht länger unterstützen.«

»Soll das heißen – Ihr lasst mich im Stich?«, fragte Gracia.

»Ihr wollt unser Volk gegen die ganze Welt verteidigen. Aber Ihr habt deshalb nicht das Recht, die Gesetze unseres Glaubens zu übertreten.«

Wütend fuhr sie zu ihm herum. »Und Ihr habt kein Recht, so mit mir zu reden! Auch wenn Ihr mein Freund seid!«

»Ich spreche nicht als Euer Freund, sondern als Euer Rabbiner«, entgegnete er. »Solange ich zurückdenken kann, habt Ihr Euch über das Gesetz erhoben und Euch Rechte angemaßt, die niemandem zustehen. Vor Eurer Hochzeit habt Ihr die Gemeindefrauen belogen, Ihr habt das Tauchbad genommen, obwohl die zweimal sieben Tage noch nicht vorbei waren, und Ihr habt als Nidda Eurem Mann beigewohnt. Bis heute habt Ihr Euch nicht verändert. Immer wollt Ihr Gott beweisen, dass Euer Glaube größer ist als der Glaube aller anderen Menschen, auch wenn Ihr selbst dafür sündigen müsst.«

»Wie könnt Ihr es wagen?«, schnaubte Gracia. »Ausgerechnet Ihr, Rabbi Soncino! Ihr selbst habt mich auf den Weg gebracht, den Ihr heute verdammt. Ich wollte das Erbe, das Gott mir aufgebürdet hat, ablehnen, als Dom Diogo starb. Brianda sollte alles haben, das wisst Ihr so gut wie ich, aber Ihr habt mich gezwungen, das Testament anzunehmen. Weil es der Wille Gottes sei – habt Ihr damals gesagt. Habt Ihr das vergessen? Ich sollte das Werk fortsetzen, das Dom Diogo und mein Mann begonnen hatten.«

Rabbi Soncino strich sich über den Bart. »Vielleicht habe ich mich damals geirrt.«

»Nein, das habt Ihr nicht! Es war Gottes Entschluss, dass ich Eurem Rat gefolgt bin. Wir haben Tausenden von Menschen das Leben gerettet! Soll das ein Irrtum gewesen sein?« Sie blickte ihn an in der Hoffnung, dass er irgendetwas sagte. Doch sein Mund blieb stumm. »Begreift Ihr denn nicht?«, rief sie. »Ihr dürft mir Eure Gefolgschaft nicht verweigern! Wenn Ihr das tut, versündigt Ihr Euch an unserem Volk.«

Er schüttelte den Kopf. »Ich kann es nicht länger vor meinem Gewissen verantworten, Euch zu folgen. Nicht vor meinem Gewissen und erst recht nicht vor Gott.«

»Dann lasst Ihr mich also wirklich im Stich?« Gracia hatte plötzlich das Gefühl, als wäre es um sie herum so leer und kalt wie in ihrem Innern. Doch sie war nicht bereit, auch noch diesen Verrat

hinzunehmen. »Ich warne Euch, Rabbi Soncino! Auch meine Freundschaft hat Grenzen. Und erst recht meine Geduld.«
»Was wollt Ihr damit sagen?«
Sie kniff die Augen zusammen, um ihn zu fixieren. »Ich habe die neue Synagoge bauen lassen. Ich speise täglich hundert Menschen an meinem Tisch. Ich habe Häuser für die Armen unserer Gemeinde eingerichtet. Alles mit meinem Geld. Aber glaubt ja nicht, dass …«
»Dass was?« Rabbi Soncino starrte sie mit offenem Mund an. »Wollt Ihr mich erpressen? Mit der Not unserer Brüder?« Abermals schüttelte er den Kopf. »Der Herr stehe Euch bei!«
»Was bildet Ihr Euch ein?«, schrie Gracia. »Glaubt Ihr, Ihr könnt über mich richten?«
Sie wollte, dass er den Kopf senkte, wollte ihn mit ihrem Blick dazu zwingen. Doch er hielt ihrem Blick stand.
»Ja, es war ein Fehler, Euch diesen Weg zu weisen«, sagte er. »Gott möge mir verzeihen! Ihr habt über Euren Glaubenseifer Euren Glauben verloren. Und vielleicht sogar Gott selbst.«
»Ich verbiete Euch, weiter so mit mir zu reden.«
»Wollt Ihr mir befehlen zu schweigen? So wie Ihr Eurem Herzen zu schweigen befohlen habt?«
»Was zum Teufel geht Euch mein Herz an?«
»Seit Monaten habe ich Euch nicht mehr beten sehen.«
»Ich halte alle Gebete ein! Gott ist mein Zeuge!«
»Vielleicht. Aber Eure Gebete sind nur noch leere Worte, kein Gottesdienst des Herzens, wie Gott es von uns verlangt. Weil Ihr nicht mehr an ihn glaubt. Ihr glaubt nur noch an Euch selbst. Als wäret Ihr selbst Gott, zu dem Ihr betet.«
»Schweigt endlich still!«
»Warum? Weil Ihr die Wahrheit nicht ertragt?«
»Ihr sollt schweigen, habe ich gesagt! Oder …«
»Oder was?«
Gracia verstummte. Plötzlich wurden ihre Knie ganz weich, und eine Schwäche überkam sie wie eine warme, sanfte Woge.

Warum hörte sie nicht einfach auf zu kämpfen? Vielleicht war Rabbi Soncino ja im Recht? Vielleicht war sie wirklich gescheitert?

Ihr Blick fiel auf den zusammengeknüllten Brief im Kamin. »Lieber will ich mit José sterben als länger mit Dir unter einem Dach leben …« Die Flammen hatten das Papier noch nicht erreicht. Bevor sie wusste, was sie tat, stieß Gracia den Brief mit der Schuhspitze ins Feuer.

Nein, sie würde nicht aufgeben! Niemals! Gott hatte sie auserwählt!

»Bitte verlasst mein Haus.«

Sie kehrte dem Rabbiner den Rücken zu und trat an die Truhe mit der Waschschüssel. Gott sei Dank war sie bis zum Rand mit frischem Wasser gefüllt.

»Ihr sollt mein Haus verlassen«, wiederholte sie, während sie ihre Hände in die Schüssel tauchte.

»Glaubt Ihr, dass Ihr Euch mit Wasser reinwaschen könnt?«

»Raus – habe ich gesagt!«

Einen Augenblick zögerte der Rabbiner noch, dann endlich gehorchte er. Aus den Augenwinkeln sah Gracia, wie er zur Tür ging. Doch er hatte den Raum noch nicht verlassen, da drehte er sich noch einmal zu ihr herum.

»Denn deinetwillen erleide ich Schmach«, sagte er, »und Schande bedeckt mein Gesicht. – Kennt Ihr diese Worte, Senhora?«

Natürlich kannte Gracia sie, der Vers war aus dem neunundsechzigsten Psalm. Sie hatte ihn oft genug aufgesagt, schließlich stammte er von König David, ihrem eigenen Urahn. Doch statt sich beirren zu lassen, scheuerte sie weiter stumm ihre Hände, und als hätte sie die Ohren mit Wachs versiegelt, prallten die Worte an ihr ab, mit denen Rabbi Soncino den Vers zu Ende zitierte.

»Entfremdet bin ich den eigenen Brüdern, den Söhnen meiner Mutter wurde ich fremd. Denn der Eifer für dein Haus hat mich verzehrt.«

Wieder tauchte Gracia die Bürste ins Wasser. Es tat so gut, sich die Hände zu waschen, auch wenn die Haut wie Feuer brannte und bereits blutete.
Eine Weile stand Rabbi Soncino noch da, stumm wie ein Fisch, und schaute ihr zu.
Ob er sie wohl um ihren Glauben beneidete?
Ohne einen Gruß machte er kehrt und verschwand hinaus auf den Flur.
Knarrend schloss sich hinter ihm die Tür.
Gracia hörte es wie aus weiter Ferne.

30

Brandgeruch hing in der Luft, als Reyna und Amatus Lusitanus in Ancona von Bord der Clementia gingen, einer Karavelle der Affaitati-Brüder, die sie in nur zwei Wochen von Konstantinopel an die Adriatische Küste gebracht hatte. Es war eine ruhige Reise gewesen, ohne Stürme oder Überfälle, und obwohl sie an Bord, wo sie sich als Vater und Tochter ausgewiesen hatten, die als brave Christen nach Rom pilgern wollten, alle Annehmlichkeiten genossen hatten, über die das Schiff verfügte, war Reyna froh, endlich wieder festen Boden unter die Füße zu bekommen. Sie hatte während der ganzen Fahrt unter Seekrankheit gelitten und sich fast jedes Mal übergeben müssen, wenn sie in der Kajüte des Kapitäns eine Mahlzeit zu sich genommen hatte.
Sie hatte den Landungssteg noch nicht verlassen, da erblickte sie ein Dutzend aneinandergeketteter Männer. Das mussten Marranen sein, die ihrem Glauben abgeschworen hatten. Mit kahlrasierten Köpfen, an Armen und Füßen in Eisen geschmiedet, schleppten sie sich in ihren Bußgewändern über die Mole, angetrieben von Soldaten, die sie mit Peitschenhieben in die Richtung einer Galeere dirigierten.

»Lasst Euch nichts anmerken«, presste Amatus Lusitanus zwischen den Lippen hervor. »Vergesst nicht – wir sind Christen!«
Reyna versuchte zu lächeln, doch als sie in die Gasse abbogen, die von der Mole zur Stadt führte, erstarrte ihr Lächeln zur Grimasse. Vor dem Eingang einer Apotheke hatte sich eine johlende Menge versammelt. Häscher der Inquisition zerrten den Besitzer ins Freie und gossen einen Kübel Jauche über ihn aus. Der Pöbel klatschte Beifall und verlangte seine Geißelung. Während der Apotheker das Hemd auszog, gingen plötzlich alle Köpfe in die Höhe. Auf dem Balkon erschien eine junge Frau, mit aufgelöstem Haar und zerrissener Bluse, auf der ein gelber Fleck prangte, das Gesicht voller Angst wie ein gehetztes Tier.
»Nein!«, schrie der Apotheker so laut, dass für einen Augenblick alles verstummte.
Sein Schrei war noch nicht verhallt, da tauchte im Rücken der Frau ein Soldat auf. An den Haaren riss er sie zu sich herum und presste seine Lippen auf ihren Mund. Mit Händen und Füßen setzte sie sich zur Wehr. Plötzlich heulte der Soldat auf und ließ die Frau los. Während er sich taumelnd zwischen die Beine fasste, stieß sie ihn mit beiden Händen von sich und machte kehrt, um zurück ins Haus zu fliehen. Aber ein zweiter Soldat versperrte ihr den Weg. Mit einem Grinsen leckte er sich die Lippen.
Das blanke Entsetzen im Gesicht, starrte die Frau ihn an. Ein kurzes Zögern – dann schwang sie sich über das Geländer des Balkons und stürzte sich in die Tiefe.
Mit dumpfem Knall schlug sie auf dem Pflaster auf, nur wenige Schritte von ihrem Mann entfernt. Der Pöbel brach in Jubel aus, wie nach einem Kunststück im Zirkus, während die Frau mit verdrehten Gliedern und zuckendem Leib auf dem Boden lag.
»Wir müssen ihr helfen«, sagte Reyna. »Sie lebt noch! Los! Worauf wartet Ihr?«
»Seid Ihr von Sinnen! Hier entlang!«
Reyna rührte sich nicht vom Fleck. Amatus packte sie und zog sie mit sich fort. Wie betäubt folgte sie ihm. Amatus kannte sich

aus in der Stadt – als er dem Ruf des Sultans nach Konstantinopel gefolgt war, hatte er seine Reise in Ancona unterbrochen, um hier für einige Zeit als Arzt zu praktizieren. Mit eiligen Schritten führte er Reyna in eine breite Gasse, wo sich ein Geschäft an das andere reihte, unterbrochen nur von ein paar Synagogen. In der Ferne, am Ende der Straße, öffnete sich vor einer Kathedrale ein Platz, auf dem ein Scheiterhaufen brannte. Haushoch schlugen die Flammen in den Himmel empor.
Vor einer schwarzen, verriegelten Pforte blieb Amatus Lusitanus stehen. »Hier ist es«, sagte er und klopfte an das Tor.
Verwundert schaute Reyna an der Mauer hoch und sah einen Glockenturm. »Ein Kloster?«, fragte sie. »Ich dachte, wir wollten Euren Freund …«
»Fernando Moro ist Jesuit«, erwiderte Amatus Lusitanus, und mit gesenkter Stimme fügte er hinzu: »Er ist Jude wie wir. Aber man muss mit den Wölfen heulen. Die Mönchskutte ist die beste Tarnung. Die Jesuiten haben einen eigenen Kopf, sie sind ein junger Orden. Sie können die fanatischen Dominikaner nicht ausstehen. Darum nehmen sie's mit unsereinem nicht so genau.«
Quietschend ging das Tor auf, und ein alter Kustos, dessen Gesicht nur aus braunen Runzeln bestand, erschien in der Öffnung und musterte sie von Kopf bis Fuß.
»Was wünscht Ihr?«, nuschelte er mit seinem zahnlosen Mund.
»Wir möchten Bruder Fernando sprechen. Wir sind Verwandte.«
»Verwandte? Soso. Ich glaube, die Patres sind gerade in einer Disputation. Ich schaue mal in der Bibliothek nach.«
»Lasst Euch nur Zeit. Wir warten.«
Ohne das Tor zu schließen, wandte der Kustos sich ab und verschwand mit schlurfenden Schritten.
»Ihr seid mit Fernando Moro verwandt?«, fragte Reyna.
»Eine verschlüsselte Botschaft«, entgegnete Amatus Lusitanus. »Damit mein Freund weiß, dass Glaubensbrüder auf ihn warten.« Er nickte ihr zu, um sie aufzumuntern, doch drückte sein Gesicht so wenig Zuversicht aus, dass Reyna nur noch schmerzlicher

spürte, in welcher Lage sie sich befanden. Weder sie noch Amatus Lusitanus hatte einen Plan – nur die vage Hoffnung, mit Fernando Moros Hilfe José irgendwo in dieser Stadt zu finden. Was dann geschehen würde, stand in den Sternen. Sie wussten ja nicht einmal, ob José überhaupt noch lebte.

Zum Glück blieb Reyna keine Zeit für ihre Angst. Rasche Schritte näherten sich, und gleich darauf tauchte im Türspalt ein Mönch auf, der ungefähr so alt war wie ihr Begleiter. Als er Amatus sah, begann sein Gesicht zu strahlen, als habe jemand darin ein Licht angezündet.

»Amatus Lusitanus?«, rief er. »Bist du es wirklich?«

»Fernando Moro!« Die beiden Männer umarmten sich. »Du hast mich gleich wiedererkannt? Nach so vielen Jahren?«

»Na, hör mal – ein solches Feuermal gibt es kein zweites Mal! Aber du bist nicht allein?«, fügte er mit einem Blick auf Reyna hinzu. »Deine Tochter?« Noch bevor Amatus antworten konnte, wurde Fernandos Gesicht ernst. »Seid ihr etwa freiwillig in diese Hölle gekommen?«, flüsterte er. »Dann müsst ihr gute Gründe haben.«

»Wir brauchen deine Hilfe«, erwiderte Amatus, ebenso leise. »Können wir irgendwo ungestört reden?«

Fernando Moro schaute sich um. »Kommt mit«, sagte er dann und winkte den beiden.

31

Ich habe keine Tochter mehr ... Ich habe keine Tochter mehr ...

Nach dem Bruch mit Rabbi Soncino hatte Gracia kein Auge zugetan. Wie im Fieber hatte sie sich die ganze Nacht in ihrem Bett hin- und hergeworfen, und wollte der Schlaf sie von ihren Qualen erlösen, nahmen ihre Ängste im Traum nur umso schlimmere Gestalt an. Reyna, die einsam und verloren auf einem Floß über den Ozean trieb ... Reyna, die von Häschern der Inquisition überwältigt wurde ... Reyna, die an den Händen gefesselt vor Cornelius Scheppering trat ...

Immer wieder war Gracia aus dem Schlaf aufgeschreckt, schweißgebadet und am ganzen Körper zitternd. Um den Alpträumen zu entfliehen, war sie mitten in der Nacht ins Bad gegangen und hatte sich am ganzen Leib mit kaltem Wasser gewaschen, wieder und wieder, Stunde um Stunde. Doch vergebens. Die Schreckensbilder ihrer Seele hatten sich so wenig verflüchtigt wie der Angstschweiß auf ihrer Haut.

Warum hatte Gott ihr diese fürchterliche Prüfung auferlegt?

Im Morgengrauen, der neue Tag war noch nicht angebrochen, hatte sie es nicht mehr ausgehalten. Rabbi Soncino hatte recht: Sie musste den Sultan um Hilfe bitten. Doch wie konnte sie das tun, ohne ihre Mission zu verraten?

Sie trat an ihr Pult und schrieb Süleyman einen Brief. Ohne den Namen ihrer Tochter oder ihres Neffen zu erwähnen, bat sie darin den Herrscher der Osmanen, sich beim Papst für ihre Glaubensbrüder von Ancona einzusetzen. Der Sultan solle freies Geleit für alle Untertanen seines Reiches verlangen, die in der italienischen Hafenstadt bedroht waren, und im Fall der Missachtung dem Vatikan mit Vergeltung drohen.

Nur drei Tage später erhielt sie Antwort. Doch nicht von Süleyman selbst, sondern von seiner Favoritin. Roxelane rief sie zu sich in den Palast. Gracia schöpfte Hoffnung. Gab es vielleicht doch eine Lösung? Eine Lösung, die sie vor Gott und vor ihrem Volk verantworten konnte, ohne das Leben ihrer Tochter zu zerstören?

»Selâmün aleyküm.«

»Ve aleyküm selâm.«

Roxelane empfing sie im Divan Salonu, dem vom Turm der Gerechtigkeit bekrönten Pavillon im zweiten Hof des Topkapi-Serails, wo sich sonst die Wesire des Obersten Rates trafen, um über wichtige Regierungsfragen zu entscheiden.

»Ihr habt den Herrscher um Beistand gebeten?«, eröffnete die Favoritin mit Hilfe ihres kastrierten Dragomans das Gespräch.
»Die Lage in Ancona spitzt sich immer mehr zu«, erwiderte Gracia. »Der Papst lässt Scharen jüdischer Kaufleute verhaften. Er stiehlt ihren Besitz und trachtet nach ihrem Leben. Hunderte wurden bereits inhaftiert und gefoltert, und viele Dutzende wurden verbrannt.«
»Wir haben davon gehört und bedauern die Vorfälle sehr. Sie sind ein Verbrechen an Eurem Volk.«
»Nicht nur an meinem Volk – auch am Herrscher des Osmanischen Reiches. Unter den Verfolgungen in Ancona leiden nicht nur meine Glaubensbrüder, sondern auch die Einnahmen des Sultans. Der ganze Handel liegt darnieder.«
»Was kümmert es den Löwen, wenn sich ein Floh in sein Fell setzt?«, fragte Roxelane. »Der Sultan ist auf die Einkünfte aus dem Handel mit Ancona nicht angewiesen.«
Gracia zögerte einen Moment. Außer der Favoritin und ihr sowie dem Dragoman war nur ein Mohr zu ihrer Bedienung im Raum. Doch über Roxelanes Platz, hoch oben in der gekachelten Wand, war ein Gitter eingelassen, hinter dem Gracia einen Schatten zu erkennen glaubte. War es möglich, dass jemand, der unerkannt bleiben wollte, die Unterredung belauschte? Der Pavillon grenzte unmittelbar an den Harem.
»Die Tötung von Süleymans jüdischen Untertanen«, sagte sie, halb an die Favoritin, halb an den Schatten hinter dem Gitter gerichtet, »ist eine Beleidigung des mächtigsten Herrschers der Welt. Der Sultan darf sich eine solche Demütigung nicht gefallen lassen.«
»Muss der Löwe jedes Mal brüllen, wenn der Floh ihn beißt?«, entgegnete Roxelane. »Nein. So leicht der Sultan den Papst auch in die Schranken weisen könnte – Seine Ewige Majestät hat wenig Neigung, für fremde Belange einen Krieg heraufzubeschwören.«
»Süleyman hat meinen Glaubensbrüdern Schutz versprochen, als er mich einlud, mein Handelshaus in der Hauptstadt seines

Reiches anzusiedeln. Ich habe seinem Wort vertraut.« Gracia machte eine Pause. Dann fuhr sie mit fester Stimme fort: »Wenn Süleyman meinen Glaubensbrüdern diesen Schutz verweigert, muss ich in Erwägung ziehen, mich unter den Schutz eines anderen Herrschers zu begeben und mit der Firma Mendes auszuwandern.«

Roxelane runzelte die Stirn. »Wollt Ihr dem Sultan drohen?«

Obwohl es nach dem Zeremoniell verboten war, erwiderte Gracia den Blick der Favoritin. Während die zwei Frauen sich anschauten, ohne ein Wort zu sagen, raschelte irgendwo Seide.

Gracia blickte in die Höhe.

Hinter dem Gitter ertönte eine leise Männerstimme. Gracia erkannte sie sofort und warf sich zu Boden.

»Ewige Majestät will wissen, von welchen Untertanen Ihr redet«, übersetzte der Dragoman. »Nennt die Namen der Menschen, deren Schicksal Euch so sehr am Herzen liegt, dass Ihr dafür Euer Leben riskiert.«

Nur zögernd richtete Gracia sich wieder auf. Süleyman forderte von ihr jene Erklärung, die sie unter allen Umständen vermeiden wollte. Wenn sie zugab, wem ihre Bitte galt, würde sie alles verlieren. Doch durfte sie es wagen, die Auskunft zu verweigern?

Schneller, als ihr Verstand entscheiden konnte, öffnete sich ihr Mund.

»Ich rede von meiner Tochter«, sagte sie. »Und von Dom José, meinem Schwiegersohn.«

Die letzten beiden Worte waren ohne ihren Willen über ihre Lippen gekommen, und sie hatte sie kaum ausgesprochen, da wurde sie sich ihres Fehlers bewusst. War sie wahnsinnig geworden? So heftig, dass sie blutete, biss sie sich auf die Lippe.

»Ihr nennt Yusuf Bey Euren Schwiegersohn?«, fragte der Sultan. »Damit kündigt Ihr unseren Vertrag. Ihr hattet Eure Tochter dem Sohn meines Großwesirs versprochen.«

»Ich habe alles getan, um meine Tochter zur Vernunft zu bringen«, sagte Gracia. »Aber – sie … sie liebt Dom José.«

»Vertrag ist Vertrag!« Die Stimme des Sultans wurde lauter. »Habt Ihr das Beispiel Eures Stammesvaters vergessen? Abraham war bereit, das Leben seines Sohnes hinzugeben, um dem Gott Eures Volkes zu gehorchen. Und Ihr seid nicht einmal bereit, für Euer Volk die Liebe Eurer Tochter zu opfern? Obwohl die Juden Euch wie eine Königin verehren?«
Süß schmeckte das Blut auf Gracias Lippen. Was hatte sie getan? Hatte sie die Prüfung, die Gott ihr auferlegt hatte, nur angenommen, um nun so kläglich zu scheitern? Sie wusste, keines Menschen Leben oder Glück durfte über das Schicksal des Volkes Israel entscheiden – nicht mal das Glück oder das Leben ihrer Tochter. Während sie auf den Boden starrte und überlegte, was sie vorbringen könnte, um ihren Fehler wiedergutzumachen, hörte sie, wie Roxelane in osmanischer Sprache auf den Herrscher einredete.
Obwohl sie kein einziges Wort verstand, hielt Gracia den Atem an. Aus den Augenwinkeln beobachtete sie die Favoritin. Sprach Roxelane für sie oder gegen sie?
So leise, dass die Stimmen kaum zu unterscheiden waren, ging die Rede hin und her.
Es dauerte eine Ewigkeit, bis der Dragoman sich wieder an Gracia wandte.
»Ihr habt eine mächtige Fürsprecherin gefunden«, übersetzte er die Worte des Sultans. »Die Favoritin bittet uns, Euch zu helfen. Vorausgesetzt, Ihr beendet die Blockade in Ancona.«
Gracia musste sich auf dem Boden abstützen, so schwindlig wurde ihr, als sie die Worte hörte. Hatte Gott sich ihrer erbarmt, um ihr die Prüfung abzunehmen?
»Ich werde sofort eine Versammlung einberufen«, erklärte sie, »um meinen Glaubensbrüdern die Nachricht zu verkünden. Sobald das Morden in Ancona aufhört, werden unsere Schiffe wieder den Hafen anlaufen.«
»Wir schicken noch heute einen Kurier zum Papst. Eure Tochter und Euer Neffe sollen leben.«

»Ich danke Euch, Ewige Majestät! Eure Güte ist größer als der Erdkreis. Gott möge Euch immerfort segnen!«
Während Gracia sich verbeugte, hörte sie, wie Süleyman noch etwas sagte.
»Unsere Hilfe ist allerdings an eine Bedingung geknüpft«, übersetzte der Dragoman.
»Welche?« Angespannt spähte Gracia in die Höhe.
»Dass Ihr auf Tiberias verzichtet.«
Gracia wurde für einen Moment schwarz vor Augen. Es war, als würde die Hand, die sie gerade noch fest und sicher geleitet hatte, sie in einen Abgrund stoßen.
»Bitte, Ewige Majestät! Ich flehe Euch an! Erspart mir diese Bedingung!« Verzweifelt schaute sie zu dem Gitter, hinter dem sie den Schatten des Sultans ahnte. »Tiberias ist meine Mission, mein Lebenswerk! Alles, wofür ich seit Jahren gekämpft habe.«
Wieder ein leises Flüstern. Dann räusperte sich der Dragoman, um seinem Herrscher noch einmal seine Stimme zu leihen.
»Warum sollen wir uns an eine Zusage halten«, wollte Süleyman wissen, »wenn Ihr die Voraussetzung dieser Zusage selbst gekündigt habt?«
Gracia blieb die Antwort schuldig. Weil es auf diese Frage keine Antwort gab.
»Alles im Leben hat seinen Preis«, flüsterte der Sultan. Dann wurde seine Stimme hart. »Entweder Tiberias oder Hilfe für Eure Tochter und Yusuf Bey. Eines von beidem – Ihr habt die Wahl!«

32

Siebentausendvierhundertachtundfünfzig, siebentausendvierhundertneunundfünfzig, siebentausendvierhundertundsechzig ... Plop, plop, plop ... Wie in den ersten Tagen seiner Haft hockte José auf dem Felsblock in seinem Verlies und zählte die Wassertropfen, die in unerträglicher Gleichförmigkeit von der Decke zu Boden fielen. Plop, plop, plop … Er hatte den Glauben an seine Befreiung verloren. Zu oft hatte er sich falschen Hoffnungen hingegeben, wie die anderen Häftlinge auch, und jedes Mal waren ihre Hoffnungen zerplatzt wie die Wassertropfen beim Aufprall in der Pfütze. Plop, plop, plop … Einmal hatte es geheißen, die christlichen Kaufleute von Ancona würden beim Papst in Rom um ihre Freilassung bitten und wären sogar bereit, eine große Summe Geld zu bezahlen, um ihrer Forderung Gehör zu verschaffen. Dann wollte jemand wissen, eine Schar bewaffneter Juden wäre in der Stadt, die einen Angriff plane, um das Gefängnis zu stürmen und die Gefangenen zu befreien. Sogar von einem unterirdischen Tunnel, der angeblich zur Stadt hinausführte, war die Rede gewesen. Doch der Ausbruch der Galeerenhäftlinge war die einzige Ausnahme geblieben, durch den ein paar ihrer Glaubensbrüder mit dem Leben davongekommen waren. Alles andere waren nur Gerüchte: Wunschträume der Häftlinge, die sich des Nachts gegenseitig Mut zusprachen, um bei Tage nicht an der Hoffnungslosigkeit zugrunde zu gehen, noch bevor die Dominikaner mit ihren Schergen kamen, um sie auf den Richtplatz zu führen. Plop, plop, plop …

José versuchte zu beten, aber er konnte es nicht. Die Worte des Schma Jisrael zerfielen ihm auf den Lippen wie modrige Pilze. Welcher Teufel hatte ihn geritten, sich beschneiden zu lassen? Hätte er noch das Stückchen Haut an seinem Glied – niemals hätte man ihn der Juderei überführt. Verzweifelt zerrte er an seiner Kette. Er hatte nie wirklich an Gott geglaubt. Jetzt hatte Gott keinen Grund, ihm beizustehen.

Siebentausendvierhundertdreiundachtzig, siebentausendvierhundertvierundachtzig, siebentausendvierhundertfünfundachtzig … Während er wieder Zuflucht zum Stumpfsinn der Zahlen nahm, starrte er auf die zerbrochenen Gitterstäbe des Vogelkäfigs. Ob die Taube wohl in Konstantinopel angekommen war? Die Vorstellung, Reyna würde vielleicht in diesem Augenblick seinen

Brief lesen und wüsste, dass ihr seine letzten Gedanken galten, gab ihm Kraft. Kraft zum Sterben.
José wollte gerade wieder von vorn anfangen zu zählen, da ertönte draußen plötzlich ein Lärm, als würde eine Horde Barbaren einfallen. Schwere Stiefelschritte eilten über den Gang, Schlüssel rasselten, Türen wurden geschlagen, während Dutzende von Stimmen durcheinanderschrien.
Ein lauter Knall – und seine Zellentür flog auf.
José wusste nicht, wie ihm geschah. Träumte er oder passierte wirklich, was er zu sehen glaubte? Dutzende von Gefangenen hasteten an seiner offenen Tür vorbei, manche noch mit Ketten an den Gliedern, und drängten in Richtung der Treppe, die hinauf zum Ausgang führte. Ein Soldat stand mit gezücktem Degen auf der untersten Stufe und versuchte die Fliehenden aufzuhalten. Doch bevor der erste Flüchtling die Treppe erreichte, krachte ein Schuss, und leblos sank der Uniformierte zu Boden.
Lauter Jubel erscholl. »Gott sei gepriesen!«
Beim Anblick des Toten erwachte José aus seiner Erstarrung. Während die Flüchtlinge über die Leiche hinwegstampften, ohne auf den Toten zu achten, versuchte er die Kette, die ihn zurückhielt, aus der Verankerung zu reißen. Doch die eiserne Fessel saß so fest in der Felswand, dass er sich nur die Hände und Gelenke blutig scheuerte.
»Hilfe! Ich brauche Hilfe!«
Wie ein Verrückter zog und zerrte er und schrie sich gleichzeitig die Seele aus dem Leib. Aber kein Mensch kümmerte sich um ihn. Jeder hatte es eilig, jeder dachte nur an sich und suchte das Weite, um so rasch wie möglich zu entkommen.
»Dom José Nasi?«
Als er seinen Namen hörte, fuhr José herum. In der Tür stand ein Jesuit – in der einen Hand eine Pistole und in der anderen ein Schlüsselbund.
José brachte keinen Ton hervor. Wie ein Idiot nickte er nur mit dem Kopf.

»Gott sei es gedankt!«

Der Mönch drückte ihm die Pistole in die Hand und steckte einen Schlüssel in das Schloss, mit dem die Eisenkette an seinem Fuß befestigt war.

»Verdammt!« Der Schlüssel passte nicht.

»Wer seid Ihr?«, fragte José.

»Später!«, zischte der Mönch. »Wir haben jetzt keine Zeit! Sie können jeden Moment kommen!«

Während er den nächsten Schlüssel probierte, starrte José auf die rauchende Mündung der Pistole. Wer war dieser Mensch? Warum wollte er ihn befreien? Als würde er seine Gedanken erraten, hob der Mönch kurz den Blick.

»Eure Verlobte hat mich geschickt«, sagte er, während er abermals einen Schlüssel in das Schloss steckte.

»Reyna?«, fragte José ungläubig. »Reyna Mendes?«

Im selben Moment schnappte das Schloss auf.

»Ja! Herrgott noch mal!«, fluchte der Mönch. »Worauf wartet Ihr noch? Los, vorwärts! Nichts wie weg!«

33

»Gegrüßet seiest du, Maria, voll der Gnade, der Herr ist mit dir.«

Aufrecht, ohne sich mit Armen oder Ellbogen aufzustützen, kniete Cornelius Scheppering vor dem Altar seiner Ordenskirche Santa Maria della Misericordia und betete zur Heiligen Jungfrau. Obwohl er vor Schwäche schwankte und das Bildnis der Sternenbekrönten vor seinen kranken Augen im Kerzenlicht verschwamm, wurde er nicht müde in seinem heiligen Flehen zur Gottesgebärerin, die, selbst im Mutterleib von der Erbsünde befreit, bei Gott bereits vollendet war, so wie alle Menschen dermaleinst vollendet werden sollten. Als Mutter der Gläubigen, war sie den Weg zur Vollkommenheit vorausgegangen, um zur Rechten ihres Sohnes zu sitzen, Mutter der Kirche und der göttlichen Gnade, des guten Rates und der Barmherzigkeit. Sie flehte Cornelius Scheppering um Hilfe an auf seinem Weg zum Heil, damit sie ihm Kraft gebe, das Werk zu vollenden, das Gott ihm aufgetragen hatte. Als Knecht Gottes wollte er sich endlich und für immerdar aus der Knechtschaft seines Leibes befreien, aus dem faulig stinkenden Gefängnis seiner Seele, das ihn wieder und wieder gehindert hatte, den Willen des Herrn zu tun, nämlich die Geringen, Machtlosen und Hungernden aufzurichten, die Mächtigen, Reichen und Hochmütigen aber von ihren Thronen zu stürzen und der ewigen Verdammnis anheimzugeben.

»Du bist gebenedeit unter den Weibern, und gebenedeit ist die Frucht deines Leibes, Jesus.«

Während seine welken Lippen die köstlich süßen Worte sprachen, schmerzte sein Leib bei jeder Bewegung, als läge er auf der Streckbank, um schon vor dem Tod für seine Verfehlungen zu büßen. Seine Sinne verfinsterten sich, und schwarze Nacht umfing ihn, wie vor Jahren im Urwald, an den Ufern des Amazonas. Wieder hörte er das Zischeln der Schlange im Unterholz, das Flügelschlagen dunkler, riesiger Himmelsvögel, die Buschtrommeln der Wilden und in der Ferne die Todesschreie seiner Glaubensbrüder, die mit dem Namen des Herrn auf den Lippen starben. Obwohl ihm die Lider schwerer waren als Blei, hob Cornelius Scheppering die Augen, um die Finsternis zu durchdringen und das Licht der Jungfrau zu schauen, der Königin aller Apostel und Märtyrer und Heiligen. Wie ein Verdurstender in der Wüste nach Wasser, lechzte er nach ihrem Anblick, sehnte er ihre Gegenwart herbei, mit der ganzen Inbrunst seiner Seele. Und endlich, endlich sah er sie. In zärtlicher Liebe lächelte sie ihm in der Finsternis zu, die unbefleckte Mutter des Erlösers, die Gnadenvermittlerin und lobwürdige Trösterin aller Betrübten. Doch während ihre Lippen sich zum Kuss formten, verwandelte sich ihr strahlendes Antlitz in eine scheußlich verzerrte Fratze, und

Cornelius Scheppering sah in die Augen seiner Widersacherin, in die Augen der Teufelin, in die Augen von Gracia Mendes. Wie ein glühender Speer traf ihn ihr Blick, um mit sengendem Strahl in sein Herz einzudringen. Hatte sie den Sieg bereits errungen? Entsetzt schloss er die Augen. Nie, niemals durfte er diesem Blick Einlass in seine Seele gewähren. Sonst wäre es um ihn für immer geschehen.

»Heilige Maria, Mutter Gottes, bitte für uns Sünder. Jetzt und in der Stunde unseres Todes.«

Jemand berührte seine Schulter. Cornelius Scheppering zuckte zusammen. War der Engel des Todes gekommen, um ihn zu holen? Doch als er sich umdrehte, stand vor ihm kein Bote aus dem Jenseits, sondern Sylvester, der Novize seiner Glaubensbruderschaft. Der junge Mönch war ganz außer Atem.

»Verzeiht, ehrwürdiger Vater, wenn ich Euch im Gebet störe. Aber es ist etwas Schreckliches passiert. Sie sind in das Verlies eingedrungen.«

»Wer? Von welchem Verlies redest du? Vom Verlies der Marranen?«

Bevor Bruder Sylvester etwas erwidern konnte, wusste Cornelius Scheppering Bescheid. Das Gesicht des Novizen war Antwort genug.

»Was ist mit meinem Gefangenen? Was ist mit José Nasi?«

»Ich … ich weiß es nicht, ehrwürdiger Vater.«

Cornelius Scheppering schlug das Kreuzzeichen, und allen Schmerzen zum Trotz stemmte er sich in die Höhe.

»Komm! Wir dürfen keine Minute verlieren.«

Auf den Arm des Novizen gestützt, eilte er zum Ausgang. Während er die Hand in das Weihwasser tauchte, öffnete Sylvester das Tor.

»O mein Gott …«

Auf der Piazza sah es aus, als hätte die Hölle ihre Pforten geöffnet. Im Widerschein lichterloh brennender Barrikadenfeuer kämpften Hunderte von Menschen gegeneinander, ein flammen-

des Inferno und Tohuwabohu, ein rötlich zuckender Hexensabbat, in dem die Mächte des Himmels den Kräften des Satans gegenüberstanden.
»Und ich sah ein Weib sitzen auf einem scharlachfarbenen Tier«, flüsterte Cornelius Scheppering, »das hatte sieben Häupter und zehn Hörner. Und das Weib war bekleidet mit Purpur und Scharlach und übergoldet mit Gold und edlen Steinen und Perlen und hatte einen goldenen Becher in der Hand. Und das Weib war trunken von dem Blut der Heiligen und von dem Blut der Zeugen Jesu.«
»Ist dies das Endgericht?«, fragte Bruder Sylvester, die Zähne klappernd vor Angst.
»Ja«, nickte Cornelius Scheppering. »Das ist die letzte Schlacht.« Entschlossen trat er aus dem Dunkel des Gotteshauses ins Freie, und während er den Arm des Novizen drückte, schwanden die Schmerzen aus seinem Leib, und er wurde von Kräften beseelt, die er für immer verloren geglaubt hatte, als würden die Lebensgeister des jungen Mannes an seiner Seite in ihn strömen, in seinen welken, müden Leib, um ihn für den letzten Kampf zu rüsten.
»Weh, weh, Hure Babylon, die du bekleidet warst mit Purpur und Scharlach und übergoldet mit Gold und Edelgestein und Perlen. In einer Stunde ist verwüstet solcher Reichtum!«

34

In dem Stollen war es so finster, dass man kaum die Hand vor Augen sah. Immer wieder geriet José in dem niedrigen Gewölbe ins Stolpern und schlug mit Kopf und Schultern gegen die Decke, während er in geduckter Haltung versuchte, Fernando Moro zu folgen, der mit einem Windlicht in der Hand vorausging. Der Kerzenschein reichte gerade für den nächsten Schritt. Doch eine

Fackel wäre zu gefährlich gewesen. Der helle Flammenschein hätte sie am Ausgang verraten.
»Wir sind jetzt unter der Stadtmauer«, flüsterte der falsche Mönch.
José kannte seinen Führer noch nicht mal eine Stunde, aber es gab keinen Menschen auf der Welt, dem er sein Leben lieber anvertraut hätte als diesem Juden im Jesuitenhabit. Fernando Moro hatte ihm versprochen, ihn zu Reyna zu bringen, und hatte ihn an den brennenden Barrikaden vorbei in sein Kloster geführt, um von dort aus auf unterirdischem Weg die letzte Etappe in Angriff zu nehmen, durch einen Stollen, den die Jesuiten zu ihrer eigenen Sicherheit gebaut hatten. War dies der Tunnel, von dem José während seiner Gefangenschaft gehört hatte? Die Jesuiten, die ständig im Streit mit den papsthörigen Dominikanern lagen, brauchten für den Fall, dass ihr Orden in Bedrängnis geriete, einen Fluchtweg, um aus der Stadt zu gelangen. Der Prior hatte Fernando Moro mit unverhohlener Genugtuung den Schlüssel zur Benutzung des Stollens gegeben, auf dass Gottes Wille geschehe. Im Gegensatz zu den Dominikanern waren die Jesuiten der Überzeugung, dass die Marranen, denen man das Sakrament der Taufe gegen ihren Willen aufgezwungen hatte, nicht als Christen gelten konnten – und somit ihre Verurteilung wegen Ketzerei vor Gott dem höchsten Richter null und nichtig war.
»Gleich haben wir's geschafft!«
Der Stollen mündete in eine Gewölbetreppe, und nach wenigen Stufen gelangten sie an eine eiserne Tür. Fernando Moro steckte den Schlüssel ins Schloss. Dann blies er sein Windlicht aus. Knarrend öffnete sich die Tür. Der Ausgang wurde von einem Gebüsch verdeckt, doch durch die Blätter und Zweige sah José die Sichel des Mondes. Vorsichtig trat er ins Freie. Vom Meer wehte ein kühler Nachtwind herbei.
»Vorwärts! Wir müssen uns beeilen!«
José heftete sich an die Fersen seines Führers, der einem Tram-

pelpfad durch das Dickicht folgte. Von der Stadt her war immer noch vereinzelter Schlachtenlärm zu hören, und hier und da glühten vom Widerschein der Flammen rote Flecken am Himmel auf. Fernando Moro hatte José erklärt, was für einem Aufstand er seine Befreiung verdankte. Die christlichen Kaufleute hatten sich mit ihren jüdischen Konkurrenten verbündet, um dem Treiben der Inquisition ein Ende zu machen. Das Morden schadete dem Ansehen der Stadt so sehr, dass immer mehr Firmen den Hafen von Ancona mieden. Sogar das Schiff, das auf offener See vor Anker lag, um José nach Konstantinopel zurückzubringen, hatte ein christlicher Kaufmann bereitgestellt, genauso wie das Ruderboot, mit dem er an Bord des Seglers gelangen sollte und das in einer Bucht auf ihn wartete.
»Da ist es! Aber Vorsicht! Immer im Schatten bleiben!«
José kniff die Augen zusammen, um besser zu sehen. Tatsächlich! Am Strand, nur einen Steinwurf entfernt, lag ein Ruderboot, um das herum sich vier oder fünf vermummte Gestalten duckten.
Ein Ast, auf den er trat, brach mit lautem Knacken, und eine der Gestalten drehte sich um.
»José!«
Als er die Stimme hörte, war alle Vorsicht vergessen. Ohne sich um die Deckung zu kümmern, stieß er Fernando Moro beiseite und lief zum Strand,.
»Reyna!«
Im nächsten Moment hielt er seine Verlobte im Arm.
»Dem Himmel sei Dank!«
Im Mondlicht sah er ihr Gesicht. Und ihre Liebe.
»Du lebst, mein Geliebter, du lebst!«, flüsterte sie. »Du lebst, du lebst, du lebst!«
Immer wieder sagte sie die zwei Worte, als müsste sie sich überzeugen, dass sie nicht träumte. Während er ihre Küsse erwiderte, schmeckte er das Salz ihrer Tränen auf seinen Lippen, spürte er ihren Atem auf seiner Haut.

»Los! Ins Boot!«, rief Fernando Moro. »Sie kommen!«
Lautes Hufgetrappel ertönte. Gleich darauf erblickte José sie – Soldaten der päpstlichen Truppen. Vier Reiter von links, vier Reiter von rechts, galoppierten sie auf sie zu, um sie in die Zange zu nehmen.
»Hierher!«, rief jemand. »Beeilt euch!«
José fuhr herum. Unter einer Kapuze erkannte er das Gesicht von Amatus Lusitanus.
»Vorwärts! Vorwärts!«
Der Arzt stand bis zu den Knien im Wasser und winkte mit beiden Armen. Das Boot schaukelte schon in der Brandung. Zwei Ruderer saßen an den Riemen und warteten mit hochgestellten Ruderblättern, dass sie endlich kämen. José nahm Reynas Hand und zog sie mit sich.
»Los! So schnell du kannst!«
Sie hatten den Strand noch nicht erreicht, da krachte ein Schuss. Reyna strauchelte und sank zu Boden.
»Nein!« José warf sich über sie, um sie mit seinem Körper zu schützen. »Reyna! Mein Täubchen! Mein Engel!«
»Es … es ist nichts«, stammelte sie. »Ich bin nur gestolpert!« Während sie sich wieder aufrichtete, wurden ihre Augen weit vor Angst. »Da! Sieh nur!«
José blickte in die Richtung, in die sie zeigte. Die ersten Soldaten waren von ihren Pferden gesprungen und stürmten mit gezogenen Säbeln auf sie zu. Einer lag reglos am Boden.
»Ihr müsst ins Boot!«, rief Fernando Moro und lud seine Pistole nach. »Ich halte sie auf!«
José schaute einmal nach rechts, einmal nach links. Wie sollte ein Mann allein die heranstürmenden Soldaten aufhalten? Fernando Moro konnte nur in einer Richtung das Boot absichern, auf der anderen Seite hatten die Soldaten freie Bahn.
José brauchte keine Sekunde, um zu wissen, was er zu tun hatte. »Lauf vor!«, rief er Reyna zu, während er dem toten Soldaten den Säbel aus der Hand riss.

»Und du?«
»Ich komme nach!«
Obwohl José ahnte, dass dies die letzten Worte waren, die er je zu ihr sagen würde, log er sie an. Reyna konnte nur fliehen, wenn er zurückblieb und seine Seite verteidigte, bis ihr Boot außer Gefahr war. Wenn er versuchte, mit ihr zu fliehen, würden sie beide sterben.
Reyna stand da und starrte ihn an, ohne sich zu rühren.
»Los!«, schrie er. »Worauf wartest du?«
Ohne zu überlegen, was er tat, versetzte er ihr einen so heftigen Stoß, dass sie Amatus Lusitanus in die Arme taumelte.

35

Wie die dienenden Engel, die dem Propheten Ezechiel im Traum erschienen waren, schloss Gracia Beine und Füße fest zusammen, als wären diese ein Bein und ein Fuß, bevor sie mit dem Achtzehngebet begann. Wenn man vor Gott stand, war es verboten, sich nach rechts oder links zu wenden oder seine Gedanken wandern zu lassen. Sie hob die Hände und beugte ihr Haupt, um den ersten Segensspruch zu sprechen.
»Gelobt seiest du, Ewiger, unser Gott und Gott unserer Väter, Gott Abrahams, Gott Isaaks und Gott Jakobs, großer, starker und furchtbarer Gott, der du beglückende Wohltaten erweisest und Eigner des Alls bist, der du der Frömmigkeit der Väter gedenkst und einen Erlöser bringst ihren Kindeskindern um deines Namens willen in Liebe. König, Helfer, Retter und Schild! Gelobt seiest du, Ewiger, Schild Abrahams!«
Nachdem sie Gott gelobt hatte, wie das Gesetz es vor jedem Bittgebet verlangte, trat sie drei Schritte vor, um Gott ihr Herz zu öffnen. Als Moses auf den Berg Sinai gestiegen war, hatte er drei Hindernisse zwischen sich und Gott überwinden müssen: Fins-

ternis, Wolke und Nebel – dieselben Hindernisse, die Gracia nun als Trübung ihrer Seele verspürte und die sie mit den drei symbolischen Schritten zu überwinden hoffte.

»Du begnadest den Menschen mit Erkenntnis und lehrst den Menschen Einsicht, begnade uns von dir mit Erkenntnis, Einsicht und Verstand. Gelobt seiest du, Ewiger, der du mit Erkenntnis begnadest!«

Würde der König und Herr ihr die Kraft geben, der fürchterlichen Versuchung zu widerstehen, der sie bei Tag und bei Nacht ausgesetzt war? Der Versuchung, die Liebe zu Gott für die Liebe zu einer Tochter zu opfern, die nicht mehr ihre Tochter war? Nur mit seiner allmächtigen Hilfe konnte sie die Prüfung bestehen, die er ihr auferlegt hatte.

»Führe uns zurück, unser Vater, zu deiner Lehre, und bringe uns, unser König, deinem Dienst nahe und lass uns in vollkommener Rückkehr zu dir zurückkehren. Gelobt seiest du, Ewiger, der du an der Rückkehr Wohlgefallen hast!«

Ohne Gedanken, den Blick allein zu Gott gerichtet, sollte der Mensch zum Gebet schreiten, und nur wenn es ihm im Herzen wahrhaft nach dem Gebet verlangte, in dringlicher und inständiger Inbrunst, durfte er auf Erfüllung hoffen. Aber wie sollte Gracia auf das hoffen, worum sie Gott bat?

»Schaue auf unser Elend, führe unseren Streit und erlöse uns rasch um deines Namens willen, denn du bist ein starker Erlöser. Gelobt seiest du, Ewiger, der du Israel erlösest!«

Sie hatte den Sultan um Bedenkzeit gebeten, doch alles in ihr schrie danach, Süleymans Forderung zu erfüllen. Ein Wort von ihr würde genügen. Noch am selben Tag würde ein Kurier nach Rom aufbrechen, um dem Papst mit Krieg zu drohen, und Reyna und José wären gerettet. Wie sollte sie diese Prüfung bestehen? Noch drei Tage galt die vereinbarte Frist, erst dann war die Gefahr gebannt, dass sie ihrer Schwäche erlag und statt Gottes heiligem Willen dem Bedürfnis ihres Herzens folgte.

»Bringe uns unsere Richter wieder wie früher und unsere Ratgeber wie ehedem, entferne uns von Seufzen und Klage, regiere über uns, Ewiger, allein in Gnade und Erbarmen, und rechtfertige uns im Gericht. Gelobt seiest du, Ewiger, König …«

In ihrer Verzweiflung vermehrte Gracia die Anstrengungen des Gebets. Immer weiter beugte sie die Knie vor, immer straffer richtete sie ihren Oberkörper auf, ohne Rücksicht auf die Schmerzen, die sie sich dadurch bereitete. Keine Vorschrift ließ sie aus, jeden Segensspruch wiederholte sie, wie das Gesetz es verlangte, doch während sie den Herrn um Hilfe anflehte, spürte sie, wie sinnlos ihre Anstrengungen waren. Es war, als hätte sie die Sprache verlernt, in der man zu Haschem spricht. Und sie wusste auch den Grund: Ihr Herz war nicht bei dem Gebet, nur leere Worte strömten über ihre Lippen – leere Worte, die den Herrn nicht erreichten.

Hatte sie durch ihren Glauben Gott verloren?

Sie hatte die Andacht noch nicht beendet, da ging die Tür auf, und Judith, ihre Magd, trat herein.

»Weißt du nicht, dass man niemanden im Gebet stören darf?«, herrschte Gracia sie an.

»Verzeiht, Senhora, aber ich wusste nicht, dass Ihr gerade …«

Judith wollte sich entfernen, doch Gracia hielt sie zurück.

»Wenn du schon da bist – was willst du?«

Judith hob einen gefiederten Balg in die Höhe: »Das habe ich auf dem Dachboden gefunden.«

»Eine tote Taube?«, rief Gracia. »Und dafür störst du mich im Gebet und versündigst dich?«

»Es … es war nicht nur die Taube«, stammelte Judith und reichte ihr einen kleinen Köcher, in dem ein zusammengerolltes Blatt Papier steckte. »Das war an der Taube befestigt. Ich … ich dachte, es wäre meine Pflicht. Weil … Eure Tochter ist immer auf den Dachboden gestiegen, um nach den Tauben zu schauen. Und vielleicht will die Senhora deshalb wissen …« Mitten im Satz verstummte sie, hochrot im Gesicht und die Augen auf ihre Fußspitzen gerichtet.

Gracia verstand kein einziges Wort. Was redete Judith da für einen Unsinn?
»Gib schon her!«
Sie rieb sich die Hände am Kleid ab und nahm den Köcher. Als sie das Papier auseinanderfaltete, erkannte sie sofort die Schrift.
Ein Brief? Von José?
Mit angehaltenem Atem las Gracia die Zeilen. Sie waren an Reyna gerichtet.

> Du brauchst nicht traurig zu sein, mein Engel, ich bin es auch nicht. Meinen Körper haben sie zwar in Ketten gelegt, aber in meinen Gedanken bin ich frei und kann mein Gefängnis verlassen, wann immer ich will. Wenn ich es nicht mehr aushalte, stelle ich mir einfach Dein Gesicht vor und zähle Deine Sommersprossen. Es sind genau siebenhundertvierundachtzig – zähl ruhig nach. Ich küsse jede einzelne, wieder und wieder. Dann fühle ich mich ganz leicht und bin glücklich. Ich liebe Dich, Reyna, und ich bin bei Dir, wo immer Du auch bist …

»Was ist, Senhora?«, fragte Judith. »Habe ich etwas falsch gemacht?«
Gracia antwortete nicht. Wie betäubt starrte sie auf den Brief in ihrer Hand, und während sie noch einmal Josés Zeilen las, füllten ihre Augen sich mit Tränen, und die Buchstaben auf dem Papier verschwammen.
»Wo hast du die Taube gefunden?«, flüsterte sie.
»Auf dem Dachboden, Senhora«, erwiderte Judith. »Da lag noch eine Taube. Die war auch tot. Aber an der war nichts festgemacht, nur ein Stück Schnur. Jemand hat sie an einen Balken gebunden, damit sie nicht wegfliegen kann, durch die Luke im Dach … Ich hab mir wirklich nichts Böses dabei gedacht, Senhora. Ich wollte nur nichts falsch machen. Ich weiß ja auch nicht, was das alles bedeutet …«

»Aber ich, Judith, ich weiß es …«

Gracia schloss die Augen. Während ihre Magd weitere Entschuldigungen stammelte, sah sie das Gesicht ihrer Mutter, hörte ihre Stimme, vor vielen, vielen Jahren, am Vorabend ihrer Volljährigkeit, wie sie ihr von dem Praça do Rossio erzählt hatte, von der Zwangstaufe der zwanzigtausend und der Weissagung des Propheten – jene heiligen, unheilvollen Worte, die sie seitdem nie mehr hatte vergessen können und die ihr Leitstern gewesen waren, ein Leben lang: »Sehet die Tauben am Himmel! Sie werden euch den Weg weisen, den Weg ins Gelobte Land …«

36

Gottes Mühlen mahlen langsam, aber sicher …

Auf dem Campo della Mostra, dem größten und bedeutendsten Platz von Ancona, war, im Schatten der Kathedrale San Ciriaco und in unmittelbarer Nachbarschaft zu einem brennenden Scheiterhaufen, ein prachtvolles Podium aufgeschlagen, das bekrönt war von einem rotsamtenen Baldachin sowie einem goldenen Kreuz. Hunderte Schaulustiger strömten bei herrlichem Herbstwetter auf die Piazza und umringten das Blutgerüst, in hochgestimmter Erwartung einer Hinrichtung, die das Lebenswerk eines treuen Gottesknechtes und unermüdlichen Arbeiters im Weinberg des Herrn vollenden sollte. Cornelius Scheppering war sein Name. Links und rechts flankiert von Brüdern der dominikanischen Ordensgemeinschaft, thronte er als greise Majestät auf dem Podium, und während seine Arme auf den gepolsterten Lehnen des Richterstuhls ruhten, ließ er seine altersschwachen Augen über den von Menschen schwarzen Platz schweifen. Wie viele Jahre hatte er dafür gekämpft, diesen Tag zu erleben, wie viele Mühen und Leiden hatte er auf sich genommen, um dieses Fest zu feiern. Doch nun war es vollbracht. Obwohl er selbst nur noch ein stinkender Haufen fleischlicher Verwesung war, hatte er dem dreifaltigen Gott und der heiligen katholischen Kirche zum Sieg über Unglauben, Frevel und Ketzertum verholfen und jenen Eid erfüllt, den er der Jungfrau und Gottesmutter vor Jahren geschworen hatte.

»Wir wollen beginnen«, sagte er zu dem Novizen an seiner Seite. »Der Angeklagte soll erscheinen.«

Zwei Henker mit Kapuzen über den Köpfen holten José Nasi von dem Schinderkarren und führten ihn vor das Podium, wo der Jubel des Volkes ihn empfing. Cornelius Scheppering fixierte ihn mit seinem Blick. Der einst so freche Jude war an Händen und Füßen gefesselt, und das Büßerhemd mit dem Kreuz des Heilands bedeckte seinen Leib, während hinter ihm bereits der Scheiterhaufen brannte. Doch war dieser Mann wirklich besiegt und gebrochen? Die Narben in seinem Gesicht zeugten von dem Versuch, der Inquisition zu entfliehen, und schwach und bleich wie er war, konnte er sich nur schwankend auf den Beinen halten. Im Kampf gegen die Soldaten des Papstes hatte er so viel Blut verloren, dass der Tod dem Glaubensgericht beinahe zuvorgekommen wäre, und es hatte größter ärztlicher Kunst bedurft, um den Sünder wieder so weit herzustellen, dass er imstande war, die Strafe zu empfangen. Umso größer war nun der Triumph. Ja, der Wurm war im Staube zertreten! Die Jungfrau und Allerbarmerein, die Königin der Heiligen und Trösterin der Betrübten, die unbefleckte Mutter und geheimnisvolle Rose hatte Cornelius Scheppering erhört! So tief seine welken Lungen es vermochten, sog er den Duft des Feuers ein, den Duft der himmlischen Gerechtigkeit. Nein, er hatte nicht umsonst gelebt, nicht umsonst die Nachfolge Christi angetreten, nicht umsonst das Kreuz auf sich genommen und sein Dasein in die Knechtschaft Gottes gestellt. Dieser Triumph war aller Leiden und Mühen wert, die er erduldet und erlitten hatte, viel hundert- und tausendfach.

»Löst ihm die Fesseln!«

Während die Henker José Nasi losbanden, stemmte Cornelius Scheppering sich auf die Armlehnen seines Stuhles, und nur mit Mühe konnte er den Schmerzensseufzer unterdrücken, der seiner Brust bei der geringen Bewegung entwich. Noch in derselben Nacht, da sein Delinquent verhaftet und dingfest gemacht wurde, war auch er zusammengebrochen, so vollkommen und vollständig, dass er viele Wochen sich nicht von seinem Krankenlager hatte erheben können, und während sein Leib wie ein verendendes Tier sich gewunden und um jeden Atemzug mit dem Tod gerungen hatte, war sein Geist in finsterste Nacht gesunken. So groß war seine Verwirrung gewesen, dass sein Körper ihm fast völlig den Dienst verweigert hatte. Kaum war er noch imstande gewesen, die lieben Worte des Ave-Maria mit seinem Mund zu formen. Nur lallend und brabbelnd wie ein Kind hatte er den Preisgesang auf die Gottesgebärerin über die Lippen gebracht. Doch selbst in dieser Zeit der finstersten Finsternis war sein Glaube ungebeugt geblieben. Die Gefangennahme José Nasis war seine Arznei gewesen. Er hatte Gracia Mendes jenen Vasallen entwunden, ohne den ihr Reich nunmehr zum Untergang verdammt war wie einst die Hure Babylon. Dieser Sieg hatte Cornelius Scheppering die Kraft gegeben, sich ein letztes Mal zu erheben, um den Prozess gegen die Buhle des Teufels zu Ende zu führen und ihrer Brut den Garaus zu machen, ein für alle Mal ... Diesen letzten Dienst auf Erden war er seinem Herrgott noch schuldig – sobald er diesen Dienst vollbracht hatte, durfte er getrost sterben.
»Wir sind nun so weit«, flüsterte Sylvester ihm ins Ohr. »Wenn Ihr das Urteil verlesen wollt?«
Voller Genugtuung ergriff Cornelius Scheppering das Pergament, auf dem Gottes Urteil von seiner Hand geschrieben stand. Nach dem Aufstand in der Stadt, der von den päpstlichen Garden schließlich auf seinen Befehl niedergeschlagen wurde, hatte niemand mehr gewagt, sich seinem Willen zu widersetzen. Souverän ist, wer über den Ausnahmezustand entscheidet! Die Ord-

nung war in Ancona wiederhergestellt, die Kräfte des Himmels hatten über Satan und die Mächte der Unterwelt gesiegt, so wie der Gottesfunke des Heiligen Geistes in Cornelius Scheppering selbst über das Gefängnis des Leibes triumphiert hatte. Nicht mal sein spanischer Widersacher Aragon, der immer noch beim Papst in Rom zu weilen schien, um gegen ihn und die Sache Gottes zu hetzen, hatte sich blicken lassen, um ihm die Hoheit in der Hafenstadt streitig zu machen.

»Im Namen des dreifaltigen Gottes!«

Der Dominikaner hob die Hand. Ein Trommler rührte sein Instrument, um für Ruhe zu sorgen. Während der Lärm auf dem Platz verstummte und alles gebannt zum Podium blickte, erhob Cornelius Scheppering sich mit Sylvesters Hilfe von seinem Stuhl, wie die Weihe und Würde des Augenblicks es verlangten. Hoch schlugen die Flammen des Feuers in den blauen Herbsthimmel, begierig, das Reinigungswerk zu beginnen. Mit einem stummen Stoßgebet dankte der Mönch seinem Gott. Für den Fall, dass ihm die heilige Mission misslungen und er daran gescheitert wäre, das Böse vom Antlitz der Welt zu tilgen, indem er Gracia Mendes vernichtete und ihr Reich für immer zerschlug, hatte er der Jungfrau geschworen, sich selbst zu richten und sich zu entleiben, auf dass Gott ihn nicht mehr begnadigen konnte. Lieber wollte er als Selbstmörder im ewigen Feuer der Hölle brennen, als zum himmlischen Vater einzugehen, ohne seinen Eid erfüllt und die Verfehlung seiner Jugend wiedergutgemacht zu haben. War dieser Kelch an ihm vorübergegangen? Blieb ihm die Verdammnis erspart? Cornelius Scheppering würde guten Mutes vor den Obersten Richter treten. Auch wenn er auf seinem langen, langen Weg hienieden gesündigt hatte, war das Tor zum Paradies ihm nach diesem Tag nicht länger verschlossen. Er hoffte nur, dass weder sein Augenlicht noch seine Zunge ihn im Stich lassen würden, wenn er das Urteil verkündete, mit dem er sich sein Anrecht auf das himmlische Gottesreich erwarb.

»Bist du bereit, den Schuldspruch zu hören?«

Obwohl sein Gesicht so weiß war wie eine Wand, erwiderte der Angeklagte trotzig den Blick seines Richters.
»Was Ihr als Schuld bezeichnet, ist nur ein Stückchen Haut! Ist Euer Gott so armselig, dass es ihm darauf ankommt?«
»Schweig still, verfluchter Jude«, herrschte Cornelius Scheppering ihn an, und nur mit Mühe bezähmte er sich, ihn nicht sogleich in die Flammen zu werfen. »Ich gebe dir ein letztes Mal Gelegenheit, deine Sünden zu bereuen und von deinem Götzen abzulassen, bevor es keine Umkehr mehr gibt. Willst du widerrufen und dich zum dreifaltigen Gott bekennen?«
»Wozu – wenn Ihr mich doch verbrennen werdet?«
»Um deine unsterbliche Seele vor der ewigen Verdammnis zu retten!«
Statt einer Antwort spuckte der Jude ihm ins Gesicht.
»Unseliger!«
Cornelius Scheppering hob die Hand, um ihn zu züchtigen. Während seine Blicke sich in ihn bohrten wie zwei Schwerter, herrschte auf dem Platz eine solche Stille, dass er nur das leise Rasseln seines eigenen Atems hörte. Das ganze Glaubensvolk starrte auf das Podium, wo Gut und Böse einander gegenüberstanden.
Mein ist die Rache, spricht der Herr …
Der Dominikaner ließ die Hand sinken. Nein, er war nicht der Herr, er war nur ein Knecht, der den Willen des Herrn zu erfüllen trachtete. Statt den Verurteilten für seinen neuerlichen Frevel zu strafen, wischte er sich den Speichel aus dem Gesicht und sagte mit bebender Stimme:
»Noch einmal, José Nasi: Willst du widerrufen und dich zum dreifaltigen Gott bekennen? Dann sprich mir folgende Worte nach …«
Er machte eine Pause, um Atem zu schöpfen. Doch bevor er die Reueformel sagen konnte, hörte er die Stimme einer Frau, so laut und schrill, dass die gespannte Stille in der herbstlichen Himmelsbläue zerbarst wie eine kristallene Schale.
»José!«

Alle Köpfe flogen herum. Cornelius Scheppering beschattete mit der Hand die Stirn, um gegen die tiefstehende Sonne sehen zu können. Doch seine müden Augen vermochten nicht zu erkennen, wer den Namen des Delinquenten gerufen hatte. Die Soldaten vor dem Podium hoben drohend ihre Lanzen. Die Gläubigen auf der Piazza duckten sich und verstummten.

»Zum letzten Mal: Willst du widerrufen und dich zum dreifaltigen Gott bekennen?«, wiederholte Cornelius Scheppering und richtete erneut den Blick auf José Nasi. »Dann sprich die folgenden Worte …«

Als er das Gesicht des Delinquenten sah, erstarben die Worte auf seinen Lippen.

Was hatte das zu bedeuten?

Vor ihm stand ein todgeweihter Mann, ein überführter Ketzer und Gottesverleugner, der noch in dieser Stunde, sobald das Urteil verlesen war, den Flammen übergeben würde. Doch das Gesicht dieses Mannes erfüllte ein Leuchten, und seine Augen strahlten, als sei ihm die Heilige Jungfrau und Muttergottes erschienen.

37

Es war ein Blick wie ein Kuss. Doch er währte nur einen Wimpernschlag.

Kaum hatte Reyna ihren Verlobten entdeckt, schob sich das wogende Menschenmeer wieder zwischen José und sie, und sie verloren sich aus den Augen.

»Im Namen des dreifaltigen Gottes!«

Sie stellte sich auf die Zehenspitzen und stützte sich auf die Schulter von Amatus Lusitanus, um etwas zu sehen. Doch sie konnte auf dem Podium nur vage die Gestalt eines Dominikaners entdecken, die ab und zu zwischen den zahllosen Köpfen erschien, um sofort wieder vor ihrem Blick zu verschwinden.

»… hat das Gericht den Fall geprüft und ist zu folgendem Urteil gelangt …«
In abgerissenen Fetzen wehten die Sätze über den Platz, die Josés Ende und Tod besiegelten. Plötzlich erkannte Reyna den Mönch. Er war derselbe verfluchte Dominikaner, der ihre Familie seit einem halben Menschenleben verfolgte wie der Teufel die Seele: Cornelius Scheppering. Während er mit brüchiger Stimme das Urteil verkündete, versuchte sie sich mit Gewalt einen Weg durch die Menge zu bahnen, in Richtung der Empore, zu deren Füßen sie ihren Verlobten entdeckt hatte.
»… ist folglich erwiesen, dass der Angeklagte sich der Ketzerei schuldig gemacht hat, indem er als getaufter Christ jüdischen Glaubensübungen frönte …«
Wie lange würde José noch leben? Wie viele Minuten, wie viele Atemzüge, wie viele Herzschläge? Verzweifelt stieß Reyna jeden beiseite, der ihr im Weg stand, ohne auf Amatus Lusitanus zu achten, der vergeblich versuchte, ihr in dem Gewühl zu folgen. Als sie in der Nacht am Strand gesehen hatte, wie José unter dem Säbel eines Soldaten niedergesunken war, hatte sie sich geweigert, das rettende Schiff zu besteigen. Durch den Stollen der Jesuiten war sie mit Amatus Lusitanus wieder in die Stadt zurückgekehrt. Verkleidet als Christen, die eine Wallfahrt machten, hatten sie alles versucht, um José zu retten. Vergeblich. Nach dem Aufstand hatten die Dominikaner das Verlies in eine Festung verwandelt, und die Kaufleute, die den Aufstand angezettelt hatten, waren aus Ancona geflohen, um nicht selbst hingerichtet zu werden. Das Einzige, was Reyna noch für ihren Geliebten tun konnte, war, jetzt hier zu sein, hier auf diesem Platz. Auch wenn es ihr das Herz zerreißen würde, seinen Tod mit anzusehen – sie wollte bei ihm sein in dieser Stunde, die seine letzte sein würde, ihm zur Seite, solange sein Herz noch schlug und sein Atem nicht erloschen war.
»… darum übergeben wir dich nun den Flammen … Im Namen des Vaters und des Sohnes und des Heiligen Geistes …«

Das Blut gefror Reyna in den Adern. Wo war José? Wenigstens einmal sein Gesicht noch sehen – nur ein einziges Mal! Ohne nach links oder rechts zu schauen, drängte sie voran. Sie musste weiter! Zu José! Zu ihrem Geliebten! Aber je näher sie dem Scheiterhaufen kam, desto schwieriger wurde das Durchkommen. Rings um das Podium waren Jahrmarktsbuden aufgeschlagen, mit Naschwerk und Rosenkränzen und Heiligenbildern, wo nach der Hinrichtung Schausteller ihre Kunststücke aufführen würden, bevor das Volk auseinanderlief. Hier standen die Gaffer so dicht zusammen, dass man kein Blatt zwischen sie schieben konnte.

»... Bindet ihn auf die Leiter! ...«

Plötzlich tat sich vor Reyna eine Lücke auf. Zwischen zwei Jahrmarktbuden holte ein Bärenführer sein Tier aus dem Käfig, um als Erster am Platz zu sein, wenn das Hauptspektakel vorüber wäre. Ängstlich traten die Menschen beiseite. Da sah sie ihn! José lag auf einer Leiter im Staub, nur einen Steinwurf entfernt, zu Füßen des Podiums, zwei Kapuzenmänner beugten sich über ihn und banden ihn mit Stricken an den Sprossen fest. Reyna war ihm so nah, dass sie sein Gesicht ganz genau erkennen konnte: die blassen, blutleeren Wangen, die kaum vernarbten Verletzungen, die großen Ohren, die sie früher so schrecklich gefunden hatte – sogar seinen verkrüppelten Finger sah sie.

»José! Hier! Hier bin ich!«

Ein Leuchten ging über sein Gesicht. Ja, er hatte sie gehört! Er suchte sie mit den Augen, versuchte, den Kopf in ihre Richtung zu wenden. Doch er schaffte es nicht, konnte sich nicht mehr rühren. Seine Blicke irrten umher, als wäre er in der Wüste verloren oder würde in der weiten Leere des Ozeans ertrinken.

»... Richtet die Leiter auf! ...«

Ein erwartungsvolles Stöhnen ging durch die Menge. Die Kapuzenmänner packten die Leiter und stemmten sie samt José in die Höhe. Wie der Gekreuzigte hing er an den Sprossen des schwankenden Gerüsts und blickte mit vor Angst geweiteten Augen auf das Feuer zu seinen Füßen. Unter dem johlenden Beifall des Volkes bewegten die Henker die Leiter in weiten Schwüngen hin und her, bei jedem Überholen ein wenig näher an den Scheiterhaufen heran.

»Nein!«

Reyna schrie, so laut sie konnte. Aber niemand hörte sie. Die Zuschauer stampften vor Begeisterung mit den Füßen. Ohne sich vor dem Bären zu fürchten, der mit breiten Beinen auf der Stelle tanzte, als würde auch er sich an dem Spektakel freuen, stürzte Reyna in die Richtung des Scheiterhaufens. Jemand hielt sie am Arm fest. Als sie sich umdrehte, sah sie Amatus Lusitanus, der sie in der Menge wiedergefunden hatte.

»Bleibt hier! Ihr dürft Euch nicht zeigen! Man wird Euch mit ihm verbrennen!«

Ohne Antwort zu geben, riss Reyna sich von ihm los. Und wenn sie mit ihm sterben würde – sie musste José sehen! Wieder griff Amatus nach ihr, doch sie stieß ihn von sich, so heftig, dass er zurücktaumelte.

»José! Hier! Sieh her! Hier bin ich!«

An dem Bären vorbei stolperte sie weiter. Sie hatte nur noch einen Gedanken. Sie musste zu ihm, zu ihrem Liebsten! Für einen letzten, allerletzten Blick!

»Hier! José! Hier bin ich! Hier!«

Endlich, endlich hörte er sie, und ihre Blicke trafen sich. Auf einmal schien die Zeit stillzustehen. Alles Gejohle verstummte, die Gaffer um sie herum traten zurück und verschwanden, als hätte es sie nie gegeben, so wenig wie die Schausteller und die Jahrmarktbuden, das Podium und den Dominikaner. Es gab nur noch sie beide, José und sie.

»Mein Geliebter …«

»Mein Täubchen … Mein Engel …«

Obwohl sie nicht hören konnte, was er sagte, verstand sie jedes Wort. Es war eine Sprache, die nur Gott und sie beide kannten. Während sich seine Lippen stumm bewegten, sprachen seine

Augen direkt zu ihrem Herzen, und ihre Blicke verschmolzen zu einem Augenblick der Ewigkeit.
Plötzlich war Reyna ganz ruhig, alle Angst fiel von ihr ab.
Noch nie war sie José so nahe gewesen. Nie würde eine Frau ihrem Mann näher sein.
»Ich bin bei dir …«, flüsterte sie, »für immer bei dir …«

38

»Das Donnerkraut«, verlangte Cornelius Scheppering.
Bruder Sylvester schaute seinen Oberen verwundert an. »Wollt Ihr Gnade vor Recht ergehen lassen, Ehrwürdiger Vater?«
Cornelius Scheppering nickte. »Die Seele des Sünders wird ewiglich im Höllenfeuer büßen. Da dürfen wir seinen Leib getrost schonen, ohne der Gerechtigkeit Abbruch zu tun.«
Widerwillig reichte der Novize ihm den Schießpulverbeutel. Auch wenn ein Angeklagter zum Feuertod verurteilt war, musste er nicht durch die Flammen sterben – es reichte, wenn seine sterblichen Überreste auf dem Scheiterhaufen verbrannten. Die Prozessordnung der heiligen Inquisition sah deshalb die Möglichkeit vor, den Delinquenten bereits vor dem Verbrennen zu töten, indem der Henker ihn erwürgte, bevor sein Körper Feuer fing. Oder aber indem man ihm ein Säckchen mit Donnerkraut, auch Schießpulver genannt, um den Hals hing, das unfehlbar explodierte, sobald die Flammen daran rührten.
»Hat José Nasi solche Gnade verdient?«, fragte Sylvester.
»Gott ist die Liebe«, erwiderte Cornelius Scheppering. »Wahre Barmherzigkeit fragt weder nach Recht noch Gesetz.«
Mit welker Greisenhand umschloss er den Beutel, der mit einem einzigen Knall ein Menschenleben auslöschen konnte. Welch sinnreiche Erfindung im Dienste der Humanitas! Die Zufügung körperlicher Qualen, die viele seiner Glaubensbrüder als Voraus-

setzung für das Heil erachteten, war in Cornelius Schepperings Augen seit jeher eine gröbliche Missachtung und Beleidigung des Göttlichen im Menschen. Vielleicht aus diesem Grund hatte sein zartes Gemüt den Anblick fremder Schmerzen nie ertragen, ohne selbst peinlichste Qualen mitzuleiden. Auf jeden Fall war er der festen Überzeugung, dass jedwede Form von Folter stets eine größere Strafe für den Richter sei als für den Verurteilten selbst.

»Kommen wir zum Ende!«

Cornelius Scheppering trat an den Rand der Empore, um den Kapuzenmännern das Zeichen zu geben. Gleich darauf schwenkte die Leiter mit dem Delinquenten in die Richtung des Podiums. Endlich war es so weit, das Werk, für das Gott der Herr ihn in Fleisch gekleidet und auf Erden gesandt hatte, gelangte zu seinem allerletzten Akt! Mit einer Hand am Geländer, beugte er sich vor, um José Nasi das Schießpulver um den Hals zu hängen. Wusste dieser, welche Gnade ihm zuteil wurde? Ohne ihn anzuschauen, wandte der Jude den Kopf zur Seite, in die Richtung einer Frau, die Cornelius Scheppering seltsam vertraut vorkam, obwohl er sich nicht erinnern konnte, sie je gesehen zu haben. Dabei war das Gesicht des Ketzers von so schmerzensseliger Liebe erfüllt, dass Cornelius Schepperings altes Herz sich für einen Moment vor Mitgefühl zusammenzog. So musste der Heiland am Kreuz die Muttergottes angeschaut haben, bevor er sein Leben ausgehaucht hatte.

Da gellte ein Ruf über den Platz, der Cornelius Scheppering zusammenfahren ließ.

»Halt!«

Ein Reiter in einer goldbehangenen Uniform, der einen schweißnassen Rappen durch die Menge trieb, näherte sich aus der Richtung der Kathedrale. Cornelius Scheppering erkannte ihn schon von weitem: Aragon. Während die Menschen kreischend auseinanderliefen, um nicht unter die Hufe des Tieres zu geraten, sprengte er auf das Podium zu, wie ein Reiter der Apokalypse.

»Order aus Rom!«, rief er. »Vom Papst! Lasst José Nasi frei!« Immer größer wurde er auf seinem Rappen und bedeckte mit seinem schwarzen Tier das Sonnenlicht. Mit beiden Händen klammerte Cornelius Scheppering sich an das Geländer.

»Zu spät!«, rief er Aragon entgegen. »Die Hinrichtung hat schon begonnen!«

»Untersteht Euch! Der Sultan hat dem Heiligen Vater den Krieg erklärt, wenn José Nasi auch nur ein Haar gekrümmt wird!« Obwohl sein Pferd vor dem Feuer scheute und sich wiehernd aufbäumte, trieb der Spanier den Rappen noch dichter an den Scheiterhaufen heran, um sich zwischen den Verurteilten und die Flammen zu bringen. Ohne Warnung zog er sein Schwert und richtete die Klinge auf Cornelius Scheppering. »Im Namen Seiner Heiligkeit! Gebt diesen Mann frei!«

Cornelius Scheppering wich keinen Schritt zurück. »Niemand hat mir etwas zu befehlen! Weder Ihr noch der Papst! Gott allein ist mein Herr!«

Er spürte die Hitze des brennenden Scheiterhaufens, sah die lodernden Flammen. Plötzlich war ihm, als stiege aus dem Tanz der Feuerzungen die weiße Mitra des Papstes auf.

»Vade retro, Satana!«

Mit höhnischer Fratze grinste Aragon ihn an.

»Zum letzten Mal – gebt diesen Mann frei!«

Cornelius Scheppering ließ sich nicht beirren. Beseelt von seinem Glaubensmut, stieß er mit bloßen Händen die Klinge beiseite und eilte die Treppe der Empore hinab.

»Im Namen des dreifaltigen Gottes«, befahl er den Kapuzenmännern. »Übergebt diesen Sünder den Flammen!«

Die Henker rührten sich nicht.

Cornelius Scheppering wandte sich an die Soldaten, die vor dem Podium postiert waren, und wiederholte seinen Befehl. Doch auch die Soldaten zögerten, ihm zu gehorchen. Unsicher schauten sie zwischen Aragon und Cornelius Scheppering hin und her.

»Alles hört auf mein Kommando!«, rief der Spanier. »Jeder bleibt

an seinem Platz!« Noch während er sprach, sprang er von seinem Rappen und warf die Zügel einem Soldaten zu.
»Ins Feuer mit dem Sünder!«, schrie Cornelius Scheppering.
Er stürzte sich auf die Leiter, ungeachtet des Pulverbeutels in seiner Hand, um José Nasi eigenhändig in die Flammen zu werfen. Doch bevor er das Gerüst erreichte, traf ihn ein Schlag an der Schläfe. Während der Dominikaner gegen die Empore taumelte, nahm Aragon sein Schwert und zerteilte die Fesseln, mit denen der Verurteilte festgebunden war.
»Verrat! Das ist Verrat!«
Mit letzter Kraft stieß Cornelius Scheppering die Worte hervor, doch er brachte nur ein Winseln zustande. Ohnmächtig mit den Zähnen knirschend, sah er, wie José Nasi, der Neffe und Gefolgsmann seiner Widersacherin, der Helfershelfer des Bösen, vor seinen Augen freigelassen wurde, befreit von Oberst Aragon, dem Befehlshaber der päpstlichen Truppen. Wer hatte dem Spanier diese Macht übertragen? Darauf konnte es nur eine Antwort geben: Gracia Mendes, die Buhle des Teufels!
Gegrüßet seiest du, Maria, voll der Gnade …
Während Cornelius Scheppering die Worte flüsterte, die seine letzte Zuflucht waren, kam eine Frau aus der Menge gestürzt, direkt auf José Nasi zu, der sich mit Aragons Hilfe von seinen Fesseln löste. Dieselbe Frau, die mit dem Juden jenen schmerzensseligen Liebesblick getauscht hatte.
»José!«
»Reyna!«
Vor dem brennenden Scheiterhaufen sah der Dominikaner ihr süßes Gesicht, ihre verklärte Gestalt. Im selben Moment begann er am ganzen Leib zu zittern, und seine Zähne schlugen aufeinander. Wurde ihm noch einmal jene Gnade zuteil, die ihn zum ersten Mal in seiner Jugend zuteilgeworden war, um ihn auf den Weg des Heils zu führen? Wie Schuppen fiel es ihm von den Augen, und in einem überhellen Aufleuchten der Erkenntnis begriff er, woher das Gefühl der Vertrautheit rührte, das ihn beim

Anblick dieser Frau ergriffen hatte, die Rührung, in der sich sein Herz vor Mitleid zusammenzog. Hatte die Jungfrau sein Flehen erhört? War sie gekommen, um ihn und sein Werk zu retten?
Du bist gebenedeit unter den Weibern, und gebenedeit ist die Frucht deines Leibes, Jesus …
Ja, es war ihr Gesicht, das Gesicht der Jungfrau, der Muttergottes und Allerbarmerin, der Rose und Königin. Während ihre Gegenwart sich über ihn ausgoss und ihn überflutete wie das Himmelslicht der göttlichen Gnade, sank Cornelius Scheppering auf die Knie.
Heilige Maria, Muttergottes, bitte für uns Sünder, jetzt und in der Stunde unseres Todes …
Mit gefalteten Händen hob er den Blick, um der Unbefleckten ins Angesicht zu schauen. Doch als er den Kopf zu ihr wandte, bot sich ihm ein Bild solchen Grauens, dass sich ihm die Haare im Nacken sträubten. Die Zunge verdorrte in seinem Mund, und seine Worte waren nur noch ein Stammeln, so widerwärtig, so abscheulich, so über alle Maßen ekelerregend war der Anblick. Die dornengekrönte und lobwürdige Jungfrau, die Mutter des guten Rates und der Barmherzigkeit, die Ursache aller Freuden und ewigen Herrlichkeit – sie versank im Kuss mit dem Juden.
»Seid Ihr von Sinnen?«, rief Aragon und trat auf ihn zu.
Cornelius Scheppering rührte sich nicht. Wie gelähmt starrte er auf das, was nicht in Worte zu fassen war, und auch als zwei Soldaten ihn ergriffen, um ihn vom Boden aufzuheben, ließ er es ohne Widerstand geschehen, als habe er keinen eigenen Willen mehr.
»Bringt ihn fort!«
Es war wie eine Erlösung. Folgsam wie ein Kind fügte Cornelius Scheppering sich den Soldaten, dankbar, dass sie ihn von seinen Qualen befreiten.
War es endlich vorbei?
Als er sich abwandte, hörte er ein Lachen, wie nur der Teufel lachen konnte. Obwohl er wusste, dass es ein Fehler war, dass der

große Versucher ihn nur versuchen wollte, drehte er sich noch einmal um.
In diesem Moment wünschte er sich, er wäre nie geboren worden, und verfluchte das Augenlicht, dass der Schöpfer ihm gegeben hatte. Denn dem Juden, der die Heilige Jungfrau und Muttergottes in seinen Armen hielt, wuchsen zwei Hörner aus dem Schädel, und unter seinem Büßergewand ragte ein schwarz behaarter Pferdefuß hervor, während seine Lippen mit denen der Allerbarmerin verschmolzen.
Cornelius Scheppering schloss die Augen. Was war der Judaskuss gegen diesen Verrat? Himmel und Hölle hatten sich vereint, um ihn zu besiegen.
»Misericordia!«, rief er und riss sich von seinen Häschern los.
Das Kreuz mit beiden Händen an die Brust gepresst, zusammen mit dem Pulverbeutel, stolperte er zu dem Scheiterhaufen und warf sich in die Flammen.
Ein Knall so laut wie ein Donnerschlag – dann war Cornelius Scheppering von aller Erdenpein erlöst.

39

Leises Plätschern erfüllte das Gewölbe, als Gracia im Schein einer Fackel die steile, enge Wendeltreppe hinabstieg, die auf siebenundsiebzig steinernen Stufen vom Eingang der Mikwa hinunter zur Grotte führte. Sie hatte gewartet, bis sie allein war, um sich mit einem Tauchbad auf die Rückkehr ihrer Tochter vorzubereiten. Es konnte nur noch wenige Tage dauern, bis Reyna in Konstantinopel eintraf, zusammen mit José und Amatus Lusitanus. Ein griechischer Kaufmann, der mit José in Ragusa über eine Schiffsladung Weizen verhandelt hatte, war am Morgen im Kontor erschienen, um ihre Ankunft anzukündigen. Ihre Fahrt hatte sich nur deshalb verzögert, weil Amatus Lusitanus in Ragusa noch einen Handelsagenten der Firma Mendes von einem Fieber kurieren musste, bevor sie die Reise antreten konnten.

Schwarz glänzte das Wasser im unruhigen Lichterschein, als Gracia die Grotte betrat. Im Halbrund einer Nische, die in das Gemäuer eingelassen war, legte sie ihre Kleider ab. Erst als sie vollkommen nackt war, trat sie an den Rand des Beckens. In dem dunklen Wasserloch spiegelte sich schimmernd ihr Leib. Schon vor vielen Jahren war ihre letzte Blutung versiegt, und einen Mann hatte sie nicht mehr berührt, seit Diogo Mendes in Antwerpen ermordet worden war. Doch durch nichts konnte ein Mensch, der sich verunreinigt fühlte, sich besser reinigen und erneuern als durch die Rückkehr zum Ursprung, zu einer Quelle von lebendem, fließendem Wasser.

Hatte sie Gottes Willen entsprochen, als sie sich an den Sultan gewandt hatte, um seine Hilfe zu erbitten? Oder war sie mit diesem Bittgang an der großen, letzten Prüfung gescheitert, die Gott ihr auferlegt hatte?

Fröstelnd tauchte sie einen Fuß ins Wasser. Gänsehaut überkam sie, und die Spitzen ihrer Brüste verhärteten sich. Als würde sie in ein Grab hinabsteigen, so hatte sie sich gefühlt, als sie zum ersten Mal das Tauchbad genommen hatte, am Vorabend ihrer Hochzeit. Bei der Erinnerung spürte sie, wie ihre Hände klebten, als hafte ihnen ein unsichtbarer Makel an, und obwohl sie sich zu Hause wieder und wieder gewaschen hatte, bevor sie hierhergekommen war, fühlte sie sich schmutzig am ganzen Leib. Vorsichtig, um nicht auszurutschen, ging sie die Stufen hinunter, bis das schwarze Wasser ihre Hüfte umspülte. Damals, bei ihrem ersten Tauchbad, hatte alles begonnen. Sie hatte Rabbi Soncino und die Gemeindefrauen belogen und vor der Zeit das Bad genommen, weil sie Francisco Mendes, ihren Bräutigam, für einen Verräter gehalten hatte und Gott mit ihrer Sünde beweisen wollte, wie groß ihr Glaube war.

»Ich gieße reines Wasser über euch aus, dann werdet ihr rein«, flüsterte sie die Worte Ezechiels, während sie die Hände in das

Becken tauchte und sich Arme und Körper benetzte. »Ich reinige euch von aller Unreinigkeit und von allen euren Götzen.«
Gracia hatte die unterste Stufe der Treppe erreicht. Kalt und glatt fühlte sich der Boden unter ihren Fußsohlen an. Was hatte sie getan? Stets hatte sie den Willen des Königs und Herrn erfüllen wollen, damals wie heute – in der unverbrüchlichen Gewissheit, dass er sie leite. War das ihr Fehler gewesen? Die Vermessenheit zu glauben, dass Gott sie auserwählt hatte, ihr Volk in das Gelobte Land zu führen? Der Sieg war so nahe gewesen, die Erfüllung ihrer Mission: Tiberias – ein eigenes Land der Juden, der wahren Kinder Gottes, wo sie und ihre Glaubensbrüder leben konnten, wie der Prophet es einst geweissagt hatte. Doch mit ihrer Entscheidung, den Sultan um Hilfe zu bitten, damit Reyna und José lebten, hatte sie Tiberias verloren. Indem sie ihre Tochter zurückgewann, hatte sie ihre Mission verraten.
Würde Gott, würde das Volk Israel ihr diese Schuld je verzeihen?
Zulauf und Ablauf der Grotte waren unter der schwarzen Oberfläche des Beckens verborgen, nur das leise Plätschern zeugte von der steten Bewegung des Wassers. Gracia ging in die Hocke, wie die Vorschrift es verlangte. Jahre und Jahrzehnte war sie sich Gottes Führung sicher gewesen. Jetzt hatte sie jede Sicherheit verloren. Sie wusste nicht mehr, was der Wille des Herrn und Königs war, noch kannte sie seinen Weg.
Was für eine Taube war sie? Eine weiße, eine schwarze oder eine grüne?
Sie schloss die Augen und holte Luft. Dann tauchte sie in das Becken ein, so tief, bis das Wasser alle Teile ihres Körpers umhüllte, ihre Brüste, ihre Schultern, ihren Hals sowie ihr Gesicht, und schließlich über ihrem Scheitel zusammenschlug.

Epilog

Sabbat

Tiberias,
1557

1

Der ganze Körper musste vollständig im Bad untergetaucht sein. Kein Stückchen Haut, nicht mal ein einziges Haar durfte aus dem Wasser ragen, in dem die Nidda sich reinwusch, von der Unreinheit ihres Blutes.

»Gelobt seiest du, Ewiger, König der Welt, der du uns geheiligt hast durch deine Gebote und uns befohlen, das Tauchbad zu nehmen.«

Wie Gott sie erschaffen hatte, tauchte Reyna aus dem dunklen Becken auf. Während sie noch im Wasser stand, legte sie beide Hände unter ihr Herz und richtete den Blick gegen die Gewölbedecke, um den Segensspruch zu sagen. Voller Bewunderung schaute Gracia sie an. Wie schön ihre Tochter war – wie Perlmutt schimmerte ihr nackter Leib im Fackelschein der Grotte. Es war Reynas erster Besuch der Mikwa, am Vorabend ihrer Hochzeit. Am nächsten Tag würde sie unter die Chuppa treten, um mit José den Bund der Ehe zu schließen. Hier, in der Synagoge von Tiberias.

»Jetzt bist du koscher.«

Gracia selbst hatte Reyna geholfen, sich auf die erste Vereinigung mit ihrem Bräutigam vorzubereiten, wie das Gesetz es verlangte. Jeden Abend hatte ihre Tochter sich vor Sonnenuntergang mit warmem Wasser gewaschen, sieben Tage lang, und mit Baumwolle geprüft, ob noch Spuren von Blut an ihr waren. Sie hatte weiße Wäsche getragen und ihr Bettlaken gewechselt. Heute, am siebten Tag nach Beendigung ihrer Regel, hatte sie jeden Schmuck abgelegt, die Fingernägel gereinigt und die Zähne geputzt, damit sie vom Kopf bis zu den Zehenspitzen vollkommen sauber wäre. Dann hatte sie mit ihrer Mutter die Mikwa aufgesucht, um hier die eigentliche, die rituelle Reinigung vorzunehmen, die nicht nur den sichtbaren Schmutz von ihrem Körper entfernen sollte, sondern auch jenen unsichtbaren Makel, der ihrer Seele anhaften mochte.

Gracia wusste, diese Reinheit ließe sich nirgendwo sonst herstellen, gleichgültig, wie viel Wasser man verwendete. Sie selbst hatte sich wieder und wieder gewaschen, um das unsaubere, klebrige Gefühl loszuwerden, das sie so lange geplagt hatte. Doch nichts hatte geholfen.

Auf einem Teller am Beckenrand lag ein Kuchen bereit, den Gracia gebacken hatte. Der Kuchen war kreisrund: Symbol der Vollkommenheit und Fruchtbarkeit.

»Pru u'rwu!«, rief sie und brach das Gebäck über dem Kopf ihrer Tochter. »Seid fruchtbar und vermehret euch!«

Ein Hauch von Heiligkeit und Würde umgab Reyna, als sie das Becken verließ und durch die Grotte schritt, ohne sich ihrer Blöße zu schämen.

Gracia konnte es immer noch nicht glauben. Morgen würde ihre Tochter zur Frau – durch den Mann, für den sie ihr Leben gewagt hatte, um das Leben mit ihm zu teilen. Könnte es ein deutlicheres Zeichen geben? Während sie sich abtrocknete und ihre Kleider anzog, fühlte auch Gracia sich von dem Bad gereinigt. Das zwanghafte Bedürfnis, sich zu waschen, hatte sich fast vollständig verloren, und eine ruhige Gewissheit erfüllte sie, nach der sie sich so viele Jahre vergeblich gesehnt hatte. Wenn Gott je zu ihr gesprochen hatte, dann durch Reyna, ihre Tochter. Durch Reynas Geburt hatte er ihr die erste große Sünde ihres Lebens verziehen, die Lüge in ihrer Hochzeitsnacht. Durch Reynas Gebet in der Kathedrale von Lissabon hatte er sie davor bewahrt, von ihrem Glauben abzufallen. Durch Reynas Bekenntnis zu José hatte er sie aus der Verhärtung ihres Herzens gelöst, mit der sie den Krieg gegen den Papst geführt hatte, ohne Rücksicht auf die Menschenopfer, die dieser Krieg forderte.

Rabbi Soncino hatte schon früher versucht, ihr die Zeichen zu deuten, die Gott ihr durch Reyna sandte. Doch erst jetzt, als alte Frau, war sie bereit, die Botschaft in sich aufzunehmen.

Als Gracia fertig bekleidet war und ihren Schmuck wieder anlegen wollte, zögerte sie. Nachdenklich betrachtete sie die Kette in ihrer Hand. Der Anhänger war aus Elfenbein und zeigte eine bekrönte Frau. Diogo hatte ihr den Schmuck zur Hochzeit geschenkt. Wie stolz war sie gewesen, als sie geglaubt hatte, die Frau auf dem Bildnis zu erkennen! Seitdem hatte sie das Medaillon fast täglich getragen.
War jetzt der Augenblick gekommen, den Schmuck weiterzugeben?
Reyna schloss gerade den letzten Knopf ihrer Bluse, als Gracia zu ihr trat.
»Du heiratest zwar erst morgen«, sagte sie, »aber ich möchte dir jetzt schon etwas schenken.«
Reyna schaute erst den Schmuck, dann ihre Mutter an. »Aber das ist doch dein Medaillon! Das Esther-Amulett!«
Gracia schüttelte den Kopf. »Niemand weiß, wer die Frau darauf wirklich ist.« Sie legte Reyna die Kette um den Hals und berührte mit den Händen ihr Gesicht. »Ab heute sollst du das Medaillon tragen«, sagte sie und küsste ihre Tochter auf die Stirn. »Es gehört jetzt dir.«

2

Hochzeit! Hochzeit im Gelobten Land!
Gracia war aufgeregt wie am Tag ihrer eigenen Trauung, doch diesmal vor Freude, als sie Reyna im hellen Mittagssonnenschein durch die Reihen der Festtagsgäste zur Chuppa führte, dem weißen Baldachin, in dessen Schatten José auf seine Braut wartete.
Obwohl es gegen die Vorschrift verstieß, hatten sie sich entschlossen, die Hochzeit an einem Freitag zu feiern. In ihrer portugiesischen Heimat war es Brauch gewesen, am Vortag des Sabbats zu heiraten, um den Beginn der Ehe durch den nahenden

Ruhetag zu weihen, und diesen Brauch wollten sie in der neuen Heimat weiterführen.
Ja, Gracia war mit ihrer Tochter in Tiberias angekommen, im Gelobten Land, wie es der Prophet auf der Praça do Rossio vorausgesagt hatte, zusammen mit Hunderten jüdischer Glaubensbrüder. Prinz Selim, Sultan Süleymans Sohn und Thronfolger des Osmanischen Reiches, hatte José nach Beendigung der Blockade von Ancona die Hoheitsrechte über die uralte Wüstenstadt sowie sieben umliegende Dörfer übertragen, als Geschenk zur Vermählung seines Freundes mit Reyna Mendes.
»Pru u'rwu!«, riefen die Hochzeitsgäste und bewarfen die Braut mit Weizen. »Seid fruchtbar und vermehret euch!«
Unter den Augen der jüdischen Gemeinde von Tiberias, die sich im Hof der Synagoge fast vollständig versammelt hatte, führte Gracia ihre Tochter siebenmal um die Chuppa herum, einmal für jeden Tag der Schöpfung. Sicher knurrte Reyna genauso der Magen wie damals ihr selbst. Wie jede jüdische Braut hatte ihre Tochter seit dem Morgen gefastet, um sich auch an dem schönsten Freudentag ihres Lebens an die Zerstörung des Tempels zu erinnern, die vor fünfzehnhundert Jahren stattgefunden hatte, hier in Palästina, hier in diesem Land, wohin das Volk Israel nun endlich wieder zurückkehren konnte, nachdem es in alle Winde zerstreut worden war.
Während Reyna an die Seite ihres Bräutigams trat, dachte Gracia an Francisco, ihren Mann. Wie stolz würde er sein, wenn er diesen Tag zusammen mit ihr erleben könnte. Reyna und José hatten vollbracht, was Gracia in all den Jahren des Kampfes nicht gelungen war. Sie hatten in friedlicher Weise das Land ihrer Väter erobert. War das vielleicht der Grund, warum die Menschen in ihren Kindern und Kindeskindern weiterlebten? Damit sich in ihnen und durch sie erfüllte, was einem selbst versagt geblieben war?
»Hare, at mekudeschet li betabaat so, kedat Mosche wejisrael. – Mit diesem Ring bist du mir angeheiligt nach den Gesetzen von Moses und Israel.«

Mit leuchtenden Augen erwiderte Reyna den Blick ihres Bräutigams, als José ihr den Ring an den Zeigefinger steckte. Was für ein Unterschied zu Gracias Trauung! Wie eine Besitznahme hatte sie die Ringübergabe empfunden, genauso wie die Bedeckung ihres Gesichts mit dem Schleier. Wie ein Stück Vieh, das auf dem Markt verkauft werden sollte, war sie sich damals vorgekommen.

»Siehe, meine Freundin, du bist schön! Siehe, schön bist du!«

Gracia lief ein Schauer über den Rücken, als sie die Worte hörte. Rabbi Soncino hatte sie auch bei ihrer Hochzeit gesprochen, um Francisco und sie über den Sinn ihrer Vereinigung zu belehren.

»Wer keine Frau genommen hat, der ist nur eine Hälfte. Wenn sich aber Mann und Frau verbinden, dann werden sie ein Leib und eine Seele. Da wird der Mensch eins, vollkommen und ohne Makel, gleich Gott. Und Gott ruht in ihrer Verbindung, weil Mann und Frau in ihr sind wie ER.«

Während Rabbi Soncino die Hochzeitspredigt hielt, erinnerte Gracia sich voller Wehmut daran, wie dumm und vermessen sie gewesen war! Kaum eines Blickes hatte sie Francisco bei der Trauung gewürdigt, und die Vorstellung, in der Nacht das Bett mit ihm zu teilen, hatte ihr Tränen der Wut in die Augen getrieben. Siehe, meine Freundin, du bist schön! Siehe, schön bist du! … Die Worte Salomos hallten in ihr nach wie das ferne Echo ihres Glücks. Welche Liebe war daraus erwachsen: In Reyna hatte sie Gestalt angenommen, der Tochter, die ihr zum zweiten Mal geschenkt worden war. Mit dem Myrtenkranz auf dem Schleier sah sie aus wie eine Königin.

Nach der Predigt trat Rabbi Soncino mit einem Kelch vor die Brautleute, um den Wein zu segnen.

»Gesegnet seiest du, Herr unser Gott, König der Welt, der du die Frucht des Weinstocks erschaffen hast.«

Die zwei tranken so tiefe Züge, dass ihnen der Wein von den Lippen troff. Bei jedem Schluck hob und senkte sich das Medaillon auf Reynas Brust. Lieber will ich mit José sterben, als länger mit dir unter einem Dach leben … Gracia nickte. So viele Hürden hatten Reyna und José überwinden müssen, um diesen Tag feiern zu können, doch ihre Liebe war stärker gewesen als jedes Hindernis, das sich ihnen in den Weg gestellt hatte. Sie waren jetzt schon eins, ein Leib und eine Seele, vollkommen und ohne Makel.

»Gesegnet seiest du, Herr, unser Gott, König der Welt, der Wonne und Freude erschuf, Jubel und Gesang, Freude und Frohlocken.«

Als José das Glas absetzte, richteten sich alle Blicke der Festgesellschaft auf ihn. Jetzt war der Moment gekommen, da der Bräutigam den Kelch gegen die Wand werfen musste. Traf er den Davidstern, der in die Mauer eingelassen war, und das Glas zerbrach, so würden auf der Ehe viele Jahre Glück und Segen ruhen. Wenn aber nicht … Vor Anspannung hielt Gracia den Atem an.

José trank den letzten Schluck und sprach die vorgeschriebenen Worte: »Wenn ich dich je vergesse, Jerusalem, dann soll mir die rechte Hand verdorren.«

»Masel tov!«, rief die Gemeinde. »Glück und Segen!«

Als José den Kelch hob, schloss Gracia die Augen. Mit lautem Knall traf das Glas auf die Wand. Doch erst als der Applaus der Gäste losbrach, hob Gracia wieder den Blick.

Roter Wein rann an dem Davidstern herab, und auf dem Boden lagen tausend Scherben.

3

Leise wehte die Musik über das Land, Klänge von Pfeifen, Zimbeln und Trommeln, die sich in der Weite der Wüste verloren, zusammen mit dem Abendwind.

Während die übrigen Hochzeitsgäste noch mit dem Brautpaar feierten, hatte Gracia das Fest ihrer Tochter verlassen, um diesen Tag in Gedanken mit ihrem Mann zu beschließen. Sie hatte noch den Anfang des Mitzwa-Tanzes abgewartet und war dann aufgebrochen, um Franciscos Grab aufzusuchen, das auf einer Anhöhe über dem Jehoschafat-Tal lag, im Schatten eines Olivenhains. Ja, sie hatte ihr Versprechen erfüllt und Franciscos Leichnam aus Portugal nach Palästina gebracht, um ihn hier zu begraben, in heiligem Boden, wo seit biblischen Zeiten die Töchter und Söhne Moses' beigesetzt wurden. In dieser Erde die ewige Ruhe zu finden, Seite an Seite mit seinen Vätern, war Franciscos letzter Wunsch gewesen, zur Tilgung seiner Schuld – der Schuld, ein Leben lang in der Glaubensfremde gelebt zu haben, fern der Heimat seines Volkes Israel.

Gracia strich eine Strähne, die sich aus ihrem Haar gelöst hatte, mit der Hand zurück unter das Tuch, das ihren Kopf bedeckte. Und ihre Schuld? Würde die je vor Gott getilgt werden?

Fröstelnd schlug sie ihren Schal um die Schulter und schaute über das Tal.

Dies war das Land, aus dem ihre Vorfahren stammten, seit König Davids Zeiten. Längst war die Sonne über dem See Genezareth untergegangen, dort, wo der Jordan in die riesige Wasserfläche mündete. Wie ein grauer, fahler Krake kroch nun die Dämmerung vom See ans Ufer und breitete sich zwischen den Hügeln aus, um die ganze Ebene in Besitz zu nehmen. Noch war alles wüstes Land, so weit das Auge reichte, und die Stadt, in der einst die größten jüdischen Gelehrten gelebt hatten, ein einziges Trümmerfeld. Doch die wenigen, weitverstreuten Hütten und Häuser waren wieder von einer Mauer umgeben. Die Siedler hatten sie bei ihrer Ankunft errichtet, um sich gegen die Nomaden zu schützen, die in der Wüste lebten. Fast täglich kamen weitere jüdische Einwanderer an, aus Portugal, aus Spanien, aus Italien – aus allen Ländern der Welt, auf der Flucht vor ihren Verfolgern, um sich hier anzusiedeln und im Schweiße ihres Angesichts den Boden urbar zu machen. Schon gab es erste Felder, die Früchte trugen, Pinienbäume, Dattelpalmen und Orangenhaine wuchsen am Ufer des Flusses, der das Tal in zwei Hälften

schied. Überall begann es in der Ödnis zu sprießen und zu blühen. Irgendwann würde das wüste Land ein neuer Garten Eden sein, in dem die Zeit des Messias anbrach.
Ein Gurren weckte Gracia aus ihren Gedanken. Als sie in die Höhe schaute, sah sie über sich einen Schwarm Tauben. Von welcher Farbe war ihr Gefieder? Gracia konnte es nicht erkennen. In der Dämmerung des Abends sahen sie alle grau aus.
»Seid Ihr endlich angekommen?«
Als Gracia die vertraute Stimme hörte, drehte sie sich um. Vor ihr stand Amatus Lusitanus.
»Ich weiß es nicht. Vielleicht«, sagte sie. »Dass ich hier bin, habe ich Reyna zu verdanken. Ohne sie wäre ich nirgendwo angekommen.«
Amatus Lusitanus nickte. Er wusste, was sie meinte. Reyna hatte José gedrängt, das Recht über dieses Land von Selim zu erbitten, als Hochzeitsgeschenk des Prinzen, damit Gracias Mission sich erfülle.
»Ich danke Euch«, sagte sie.
Amatus runzelte die Brauen. »Ihr dankt mir?«, fragte er. »Wofür?«
»Dass Ihr Reyna begleitet habt, als sie mich verließ, um bei José zu sein.«
Mit einem Lächeln erwiderte Amatus ihren Blick. »Die Liebe ist stärker als der Hass«, sagte er. »Vielleicht sogar stärker als der Glaube.«
Gracia sah ihrem Freund ins Gesicht. Ahnte er die fürchterliche Wahrheit, die sie so lange vor sich selbst verborgen hatte? Sie hatte für ihren Glauben alles geopfert, was sie auf Erden liebte. Doch je mehr sie die Liebe in ihrer Seele unterdrückt hatte, um dem Gesetz des Glaubens zu gehorchen, umso mehr hatte sie sich von Gott entfernt und Gott sich von ihr.
»Mein größter Fehler war vielleicht«, flüsterte sie, »dass ich der Liebe nie vertraut habe. Ich hatte Angst, ihr zu folgen. Jetzt bin ich eine alte Frau, jetzt bleibt mir nur noch der Tod.«

Amatus Lusitanus schüttelte den Kopf. »Kein Herz ist zu alt, um zu lieben«, sagte er und reichte ihr die Hand. »Vielleicht kann man den Fehler noch beheben?«

Unsicher hob sie den Arm. »Meint Ihr?«

Amatus Lusitanus nickte. »Reyna hat Euch verziehen – ich denke, jetzt könnt Ihr Euch auch verzeihen.« Behutsam nahm er ihre Hand. »Aber schaut nur, der Sabbat beginnt.«

Während Gracia ihm zögernd ihre Hand überließ, schaute sie in den dämmrigen Himmel. Drei Sterne waren aufgegangen, blass blinkten sie am Firmament. Der Gott geweihte Tag war angebrochen, der heilige Tag, an dem die Herzen der Menschen in der Segensfülle des Herrn zur Ruhe gelangten.

In der Dämmerung traten die Gläubigen aus ihren Hütten und Häusern, um sich am Ufer des Flusses zu waschen. Überall im Tal sah man die Kerzen und Lichter, die sie bereits vor Sonnenuntergang in ihren Wohnungen angezündet hatten, und während die Musik der Hochzeitsgesellschaft verstummte, ertönten aus der Synagoge die ersten Gesänge des Chasans, um Gott zu preisen. Ein leiser Wind strich über das Land und wehte den Duft des Paradieses herbei, den Duft von Datteln, Pinien und Orangen. Gracias Augen füllten sich mit Tränen. Alles schien sich zu erfüllen, wie der Prophet es vorausgesagt hatte, auf dem Praça do Rossio in Lissabon, vor vielen, vielen Jahren. Und während ihre Glaubensbrüder in die Synagoge strebten, um miteinander den Sabbat zu feiern, war es, als würden die Fluten des Flusses stillestehen.

Amatus Lusitanus drückte Gracias Hand. »Das alles haben sie Euch zu verdanken«, sagte er. »Auch wenn Ihr selbst nie Frieden gefunden habt, konntet Ihr den Menschen Frieden geben.«

Gracia erwiderte den Druck seiner Hand. Ganz sauber und rein fühlte sich ihre Haut an, zum ersten Mal seit langer, langer Zeit. »Warum hast du mir nie gesagt, was du für mich empfindest?«, fragte sie leise.

»Ihr sagt *du* zu mir?«, fragte er und zuckte mit einem verlegenen

Lächeln die Schultern. »Ich hatte Angst, dass du mich zurückweisen würdest«, sagte er dann. »Das Feuermal auf meiner Stirn.«
»Deswegen hast du dich geschämt?«
Gracia schaute ihn zärtlich lächelnd an. Obwohl es schon dunkel war, sah sie, dass er ganz rot im Gesicht war. Ohne zu überlegen, ob es richtig war oder falsch, ob es Gottes Wille war oder einfach nur ihr eigener Wunsch, küsste sie ihn auf die Wange.
»Wollen wir noch einmal von vorn anfangen?«
Er erwiderte nichts, doch seine Augen sagten mehr als alle Worte.
»Ach, Amatus.«
Voller Liebe küsste Gracia ihn auf den Mund. Und das Versprechen, das sie ihm mit diesem Kuss gab, war ihr so heilig wie das Gesetz ihres Glaubens.
Als ihre Lippen sich voneinander lösten, wandte sie sich wieder zum Tal und hob ihre Hände, um sich für den Segen zu öffnen. Und während ihre Lippen leise, fast lautlos, die alten, vertrauten Worte flüsterten, betete sie mit der ganzen Inbrunst ihres Herzens, hielt sie Zwiesprache mit ihrem Gott, den sie endlich wiedergefunden hatte.

In der Dunkelheit des Tals aber, im Schatten eines uralten Christenklosters, das sich einen Steinwurf vor den Toren der jüdischen Siedlung erhob, beugte sich zur selben Zeit, unsichtbar für Gracias Augen, ein Franziskanerpater zu einem jungen Beduinen herab, um ihn an eine Verheißung zu erinnern, die unter seinen muslimischen Glaubensbrüdern seit Generationen überliefert war, eine Verheißung, die für einen Muslim bedrohlicher war als jede Dürre oder Plage, bedrohlicher als jeder Krieg: dass nämlich die Lehre des Propheten Mohammed, zusammen mit dem Glauben an Allah, für immer untergehen werde, wenn es dem Volk der Juden gelänge, die Stadt Tiberias in der Wüste Palästinas neu zu errichten.

Und während aus den Häusern der Kinder Israels die Sabbatgebete zum Himmel aufstiegen wie die Rauchsäulen gottgefälliger Opfergaben, entzündete der Beduine mit Hilfe des Franziskaners eine Fackel, um Feuer gegen die Mauer der Siedlung zu schleudern – im Namen Allahs und des dreifaltigen Gottes …

Dichtung und Wahrheit

Gracia Mendes, geborene Nasi, mit christlichem Namen Beatrice de Luna, ist nicht nur eine überragende Gestalt der jüdischen Geschichte, sondern zweifellos auch eine der größten und bedeutendsten Frauen, die in Europa jemals gelebt haben. Dennoch ist sie nahezu unbekannt. Zwar taucht ihr Name im Laufe der Jahrhunderte immer wieder in der Literatur auf, aber selbst in Israel, so hat mir meine dortige Übersetzerin versichert, kennt man sie fast nur noch als Namenspatronin von Straßen und Plätzen.

Also ein Traum für einen Romanautor?

Ja – und ein Alptraum zugleich. Noch nie habe ich mit einer historischen Figur so gerungen wie mit dieser, und mehrere Male war ich kurz davor, die Arbeit an dem Stoff aufzugeben. Zwei Aspekte machen das Schicksal dieser Frau für einen Roman höchst problematisch. Zum einen die Höhenlage. Schon in jungen Jahren verwitwet, führte Gracia Mendes ein international verzweigtes Handelshaus, das ähnlich groß und mächtig war wie das der Fugger. Als eine der reichsten Frauen der Welt hat sie Königen und Päpsten die Stirn geboten. Gerade diese Höhenlage aber macht es schwer, sie heutigen Lesern als Identifikationsfigur zu vermitteln. Zum anderen trägt ihre Lebensgeschichte teilweise Züge einer Heiligenlegende. Doch kein Charakter eignet sich für einen Roman weniger als der eines Protagonisten, der stets das Gute will und stets das Gute auch noch schafft.

Um Gracia Mendes »romantauglich« zu machen, habe ich deshalb versucht, ihrer äußeren Lebensgeschichte ein inneres menschliches Drama einzuweben, das uns auch heute noch berührt und betrifft, ohne die »wirkliche« Gracia Mendes dadurch zu denunzieren. Den Schlüssel dazu fand ich in ihrer Geschichte selbst. Was mich vom ersten Augenblick, da ich von der historischen Figur Kenntnis nahm, am Schicksal meiner Heldin faszinierte, war die Bedeutung des Glaubens, die an allen Wendepunkten ihres Lebens zutage tritt. Gracia Mendes war eine Frau, die auf ihrer Lebensreise vom westlichsten Zipfel Europas, Lissabon, bis ans östlichste Ende des Kontinents, Konstantinopel, in den Konflikt der drei großen Weltreligionen geriet: In einer Zeit, in der die Reformation die katholische Christenheit in ihrem Innern spaltete, rettet eine zwangsgetaufte Jüdin Tausende ihrer Glaubensgenossen vor dem Tod, indem sie ihnen zur Flucht vor der christlichen Inquisition verhilft, um mit Unterstützung eines muslimischen Herrschers den uralten Traum des Volkes Israel vom gelobten Land zu verwirklichen – in Palästina, wo bis heute Juden und Muslime und Christen sich die Rechte um ein Stück Land streitig machen, in dem alle drei Religionsgemeinschaften ihre Glaubenswurzeln verorten.

Mir ist keine andere Geschichte bekannt, die so eindrucksvoll darüber Aufschluss gibt, wie nahe Fluch und Segen des Glaubens beieinanderliegen. Vom Glaubenseifer zum Glaubensfanatismus ist es in Gracia Mendes' Leben stets nur ein Schritt. Aus der Kraft ihres Glaubens hat sie die großartigsten Leistungen vollbracht – und aus der Kraft desselben Glaubens zugleich fürchterliche Schuld auf sich geladen. Im Gefühl der Erwähltheit verlor auch sie Maß und Selbstbegrenzung, als wäre ihr Glaube an Gott mächtiger als Gott selbst – um zugleich in vollkommener Selbstaufgabe ihr Leben in den Dienst einer Mission zu stellen, mit der sie ihr Volk aus Verfolgung und Unterdrückung zu führen hoffte.

Diese Gratwanderung wollte ich mit meiner Deutung der Geschichte nachvollziehen. Folgende historische Ereignisse, die im Roman zur Sprache kommen, gelten in der Forschung als gesichert:

1483: Geburt von Francisco Mendes.
1485: Geburt von Diogo Mendes.
1492: Vertreibung der Juden aus Spanien; Aufnahme in Portugal.
1496: Heirat des portugiesischen Königs Manuel und der spanischen Infantin Isabella; Beginn des Antisemitismus in Portugal.
1497: Zwangskonversion und Massentaufe von zwanzigtausend Juden auf der Plaça do Rossio in Lissabon.
1510: Geburt und Taufe von Beatrice de Luna alias Gracia Nasi.
1512: »Dekret der Milde«: König Manuel garantiert den Marranen zwanzig Jahre Straffreiheit in Glaubensdingen; Diogo Mendes gründet eine Handelsniederlassung in Antwerpen; erste Fluchthilfe-Aktivitäten der Firma Mendes; Geburt von Brianda Nasi.
1515: Erste Versuche, die Inquisition nach spanischem Vorbild in Portugal einzuführen.
1524: Geburt von José (Joseph) Nasi.
1524/25: Der Fall Nuñes: ein marranischer Spitzel im Dienst der Judenverfolgung.
1525: Hochzeit von König João III. und Katharina von Spanien; Verschärfung des antijüdischen Klimas in Portugal; Francisco Mendes als Finanzier und Vertrauter des Königs; Bemühungen der Conversos unter Führung des Hauses Mendes, die Inquisition durch Geldzahlungen aufzuhalten; der Heilskünder David Reubeni auf der Plaça do Rossio: Verheißung des Messias und Aufruf zur Rettung des heiligen Lands.
1528: Heirat von Gracia Nasi und Francisco Mendes in zweifacher Trauung: Eheschließung nach jüdischem und christlichen Ritus; die Frauen von Badajoz: Massaker an der spanisch-portugiesischen Grenze.
1529: Das Haus Mendes finanziert via portugiesischem König

den Krieg Kaiser Karls V. gegen die Türken; vermehrte Fluchthilfe-Aktivitäten der Mendes-Brüder.

1530: Geburt von Reyna Mendes. Einsetzung von Cornelius de Schepperus zur Verfolgung jüdischer Flüchtlinge in Europa.

1531: Erdbeben in Lissabon als »Gotteszeichen«: zunehmender Antisemitismus und Inquisitionsgefahr in Portugal; Einarbeitung von Gracia Mendes in die Firmengeschäfte; 11. Dezember: Francisco Mendes erwirkt für Gracia und sich diplomatische Immunität; 17. Dezember: Papst-Bulle zur Einsetzung der Inquisition in Portugal.

1532: Diogo Mendes knüpft Freundschaft mit dem marranischen Arzt Amatus Lusitanus; die Türken vor Wien; doppeltes Spiel der Firma Mendes: Kooperation mit Papst und Kaiser zur Finanzierung des Türkenkriegs und Verkauf von Kanonen an die Osmanen; das Haus Mendes unter Fluchthilfe-Verdacht; Juni: Ausreiseverbot und Warenausfuhrverbot für Conversos aus Portugal; Einführung der Todesstrafe für Schiffskapitäne und Schiffseigner auf Fluchthilfe; erste große Flüchtlingswellen und Hinrichtungen; Juli: Diogo Mendes wird in Antwerpen als Häretiker, Spion des Sultans und Fluchthelfer verhaftet; Proteste von Händlern und Politikern; drohende Geschäftsverluste für das Haus Mendes: Franciscos Bemühungen beim portugiesischen König um Diogos Freilassung: Druck mit Finanzierung des Türkenkriegs; Streitfrage im Vatikan: Glaubensstatus der zwangsgetauften Marranen und Zuständigkeit der Inquisition; August: Brief des portugiesischen Königs an Kaiser Karl V. zugunsten Diogo Mendes; September: Diogos Freilassung als Geschäft zwischen Kaiser Karl, König João und dem Haus Mendes.

1534: Auswanderungspläne von Francisco und Gracia Mendes wegen drohender Inquisition; Francisco erkrankt: noch auf dem Sterbebett Bemühungen zur Abwehr der Inquisition; Tod von Francisco Mendes; sein letzter Wunsch: Beisetzung seiner sterblichen Hülle im gelobten Land.

1535: Franciscos Testament als Gracias Erbe und Bürde; Klärung des Besitzstands: Reyna als Faustpfand des Königs auf Gracias Besitz; gemeinsame Fluchtvorbereitungen mit Diogo; Scheingründe für Gracias Ausreise und Gefahr des Verrats.

1536: Sieg Karls V. gegen die Türken bei Tunis; Belohnung seines Sieges für die Christenheit: Einführung der Inquisition in Portugal; Bestätigung der Papst-Bulle; geistige Erpressung: reuiges Bekenntnis zum christlichen Glauben als Überlebensnotwendigkeit; Schonfrist zur Entscheidung; Gracias Dilemma: Rettung vor der Inquisition durch neue Ehe oder Flucht aus Portugal.

1537: Gracias Aufbruch via London nach Antwerpen mit Tochter Reyna, Schwester Brianda, Bruder Aries und Neffen José und Samuel Nasi; Ankunft von Gracia und ihren Angehörigen als Neu-Christen in Antwerpen; Gracias Einarbeitung ins Geschäft als neue Teilhaberin der Firma; Doppelleben: Conversos auch in den Niederlanden unter Beobachtung; allgemeine Erwartung: Heirat von Gracia und Diogo; zwei Jahre Schwebezustand: Gracia, Diogo und Brianda in einem Haushalt.

1538: Februar: päpstliche Privilegien der Familie Mendes zur privaten Glaubensausübung; herzogliche Avancen: Werbung unter Conversos zur Abwanderung nach Ferrara; Gracias Bruder Aries de Luna als Vorhut in Ferrara.

1539: Frühjahr: Heirat von Brianda und Diogo Mendes; Auszug von Gracia aus dem gemeinsamen Haus; Berufung von Amatus Lusitanus als Professor nach Ferrara.

1540: Fluchtwellen aus Portugal in Folge der Inquisition; Ankunft immer größerer Flüchtlingsscharen in Antwerpen; Druck des Kaisers auf den Magistrat von Antwerpen zur

Beschneidung der Rechte der Conversos; Hilfsfonds der Conversos für Attentatspläne auf kaiserlichen Converso-Kommissar Aragon; Gracias Bitte an Diogo, das Einflussgebiet Spaniens für immer zu verlassen; Geburt von La Chica, Tochter von Diogo und Brianda: Taufe der Tochter und gleichzeitig Auswanderungspläne; José Nasis erste Dienstreise nach Lyon; José auf der Universität Löwen: Freundschaft mit Thronfolger Maximilian.

1541: Geldgier des Kaisers und Judenhass der Regentin: Verschärfung der Lage für Conversos in Antwerpen.

1542: José macht Examen an der Universität Löwen; José Kavalleriehauptmann im kaiserlichen Heer; Einführung der Inquisition in vielen Ländern Italiens.

1543: Liste der Inquisitionsopfer von Lissabon: einhundertfünfzig Tote; Diogo stirbt: pro-jüdische Glaubensentscheidung auf dem Sterbebett; Eröffnung von Diogos Testament: Gracia statt Brianda als Haupterbin und Vormund ihrer Schwester und Nichte; Gracia Chefin des Hauses Mendes; das Erbe als moralische Verpflichtung: Gracias humanitärer Auftrag; das Erbe als Mühlrad: Gracia kann Antwerpen nicht verlassen; José als Gracias neuer Partner; posthume Anklageerhebung gegen Diogo zur Konfiszierung seines Erbes; Kompromiss zur Rettung des Erbes als Gracias erste Bewährung: Generalpardon des Kaisers für die Familie Mendes; Gracias Entrée am Hof der Regentin; Vorsorge trotz Generalpardon: Gracia besorgt Geleitbrief für den Kirchenstaat.

1544: Kaiserliche Heiratspläne: Reyna soll Don Francisco d'Aragon heiraten, Karls Generalkommissar zur Converso-Überwachung; Aragons Angebot an den Kaiser: bei Schließung der Ehe zweihunderttausend Dukaten zinsfrei; Gracias Widerwille gegen den Vorschlag; Komplikation: Aufnahme von Flüchtlingen in Gracias Haus; Ehewerben der Regentin bei Gracia; Gracias Hemmnis: die

Schulden des Kaisers aus dem Türkenkrieg, die bei Flucht aus Antwerpen verloren wären; Verschlechterung der Lage der Conversos in Antwerpen; Gracias Konflikt: das Wohl ihrer Tochter gegen das Wohl der jüdischen Gemeinde in Antwerpen; Gracias Ablehnung der Ehe.

1545: Finanz- und Börsenkrise in Antwerpen; Fluchtvorbereitungen; Preis der Flucht: Verzicht auf Geldschuld des Kaisers; Gracias finales Fluchtziel: Konstantinopel via Venedig; Konstantinopel als Streitpunkt zwischen Gracia und Brianda; Krankheit als Vorwand: Gracias Flucht via Aachen nach Venedig; Josés Vorbereitung und Durchführung der Flucht: das Haus Mendes entzieht sich dem Zugriff der spanischen Krone; kaiserliche Wut: Anklage gegen Gracia, Beschlagnahme ihres Hauses, Steckbrief für ganz Europa; Gracia und Brianda auf der Flucht; Aragons Rache mit Hilfe von Cornelius de Schepperus: Verfolgung und Ermordung von Flüchtlingen.

1545: Gracias Ankunft mit Tochter und Schwester als Scheinchristen in Venedig; April: Gracias Antrag beim Papst auf Exhumierung von Franciscos Gebeinen und deren Verbringung nach Venedig; Frühjahr: José kehrt zurück nach Antwerpen zur Verteidigung des Familienvermögens; Tristan da Costa: der Sachwalter und neue Mann in Briandas Leben; abermals Zankapfel Konstantinopel: Vorbereitungen zur Weiterreise ins Osmanische Reich; Folge: Ausbruch des Erbschaftsstreits zwischen Gracia und Brianda; Josés Verhandlungsgeschick beim Kaiser: Aufhebung der Klage gegen Geld und Kredit; Karl schlägt José zum Ritter; Wut und Widerstand der Regentin Maria gegen Kompromiss zwischen ihrem kaiserlichen Bruder und dem Haus Mendes.

1547: Frühjahr: Einführung der Inquisition in Venedig; September: Mendes gegen Mendes: Eröffnung des Gerichtsverfahrens zum Erbschaftsstreit der Schwestern; der

Verrat: Brianda denunziert Gracia als heimliche Jüdin; Briandas Ziel: Übernahme des gesamten Familienvermögens; Gracia wird unter Arrest gestellt, ihr Vermögen eingefroren; Reyna und La Chica kommen ins Kloster; erstes Urteil vor dem Ausländergericht zugunsten von Brianda.

1548: Gracias Reaktion: Einschaltung des Sultans als Schutzherrn; das Interesse des Sultans an Gracia: Geld und Handel; Ankunft des türkischen Gesandten: Erklärung Gracias zur Untertanin und Schutzbefohlenen des Sultans; Gracia wird aus dem Arrest entlassen; Gracias Konflikt: Freiheit oder Rettung des Vermögens; Vorbereitungen zur Flucht nach Ferrara; Asylverhandlungen mit dem Herzog von Ferrara; Dezember: zweites Urteil im Fall Brianda gegen Gracia zugunsten von Brianda; Gracia flieht mit Reyna nach Ferrara.

1549: Ancona: Niederlassung erster Conversos, darunter Gracias Agent Duarte Gomes, in Italiens letztem Hafen ohne Inquisition; Ankunft von Gracia und ihren Angehörigen in Ferrara; Wiedersehen mit Amatus Lusitanus; Gracias grundsätzliches Reise-Hemmnis: keine Ausreise aus Europa ohne Klärung der Vermögensverhältnisse; 10. Januar: Gracias Antrag bei Herzog Ercole, die Familiengeschäfte im Sinne von Diogos Testament fortzuführen; 28. Januar: Bestätigung von Diogos Testament durch Herzog Ercole; Freude für Reyna: José zwischenzeitlich in Ferrara; Brianda beantragt gleichfalls Visum für Ferrara, um dort den Prozess gegen Gracia endgültig zu gewinnen; Sommer: Ankunft Briandas und Tristan da Costas in Ferrara; Briandas Einzug in Gracias Palast; Ausbruch der Pest in Ferrara als Gotteszeichen: Vertreibung der Juden aus dem Herzogtum; jüdische Deutung des Pogroms durch Samuel Usque: Strafe Gottes für ein Leben in der Glaubensfremde; Gracia und Brianda bleiben von der

Vertreibung verschont; Gegenattacke: Gracia beschuldigt Brianda und Tristan da Costa, die Pest zu verbreiten; José zurück nach Antwerpen, um Ausreisegenehmigung für alle Conversos zu erlangen; Josés Festnahme und Freilassung durch den Kaiser.

1550: Ende der Pest in Ferrara; allgemeines freies Geleit für Conversos durch Herzog Ercole, einschließlich des Rechts auf freie Glaubensausübung; Gracia als Förderin der Literatur: Abraham Usques Ferrara-Bibel und Samuel Usques »Consolationes«; Gracias Bedeutung in Samuel Usques Heilsgeschichte: von Gott gesandt wie Esther; Besorgung eines Geleitbriefs nach Konstantinopel: Türkei als einziger Ort der Freiheit; Briandas Werben um Herzog Ercole: Antrag auf Wiedereinsetzung in ihre Rechte; Ferrareser Kompromiss: Führung der Familiengeschäfte bei Gracia / Vormundschaft über La Chica bei Brianda / Hinterlegung von hunderttausend Dukaten durch Gracia bei der Zecca von Venedig / freie Ortswahl für Brianda; Einspruch gegen das Urteil vom Zehnerrat aus Venedig.

1551: Wolken am italienischen Himmel: Aufstieg Carafas zum Kardinal, Erstarken der Inquisition; Anforderung eines Geleitschutzes vom Sultan zur Ausreise nach Konstantinopel mit Brianda; Gracias Verbindung zum Sultanshof über Süleymans jüdischen Leibarzt Hamon; Gracia und Brianda wieder in Venedig zur Wiederaufnahme ihres Prozesses: Schwesternstreit als Religionsstreit zwischen Jüdin und Christin; Gütersicherung: Gracia unter Hausarrest bis Ende des Verfahrens; große Politik: Gefahr der Ausweitung des Schwesternkriegs zum internationalen Konflikt durch Kriegsdrohung des Sultans zum Schutz seiner Untertanin Gracia Mendes; Bestätigung der Ferarra-Vereinbarung in Venedig: freies Geleit für Gracia und Brianda.

1552: Mögliche Auswanderungziele: Jerusalem, Konstantinopel, Saloniki; Gracias Entscheidung für den Standort Konstantinopel: Glaubensfreiheit und Geschäftsvorteile; endgültiges Urteil im Erbschaftsstreit: Trennung der Schwestern und Hinterlegung einer ersten Anzahlung für Brianda und La Chica; Deadline für die volle Summe von hunderttausend Dukaten: März 1553; Reisevorbereitungen: Übertragung des Vermögens an Handelsagenten der Firma; Geleitschutz für die Reise; Papst Julius III. garantiert Conversos Schutzrechte in Ancona; gemischte Gefühle: Gracias und Reynas Aufbruch nach Konstantinopel ohne José; Abschied von der alten Welt: Aufbruch ins Morgenland über Ancona und die Via Egnatia.

1553: Gracias Einzug in Konstantinopel wie ein Staatsempfang; ihr neuer Name in der jüdischen Gemeinde: La Senhora; Lohn der Angst: erstmals offenes Bekenntnis zum Judentum; Gracias Stellung unter den Juden in Konstantinopel: prima inter pares; unerfülltes Gelübde: Überführung von Franciscos sterblicher Hülle; Aufnahme der Geschäfte in der neuen Heimat: Profitmaximierung und Fluchthilfe; Briandas Hoffnung in Venedig: Hinterlegung der hunderttausend Dukaten bis März durch Gracia; Briandas Ziel: Verheiratung ihrer Tochter La Chica mit italienischem Aristokraten; Scheinentführung von La Chica durch José zur Vermeidung der 100 000-Dukaten-Zahlung; Flucht nach Ravenna: Scheinhochzeit von José und La Chica; Wut in Venedig: Steckbrief und Todesdrohungen für José; Josés und La Chicas Festnahme in Faenza; Freilassung und Trennung des Paares in Ravenna; Josés Flucht via Ancona nach Konstantinopel mit Gracias Hilfe, doch ohne La Chica; La Chica zurück zu ihrer Mutter Brianda; Venedig: Josés Verurteilung zum Tode in Abwesenheit und Verbannung auf Lebenszeit; Tristan da Costa wird Briandas Geliebter; La Chicas Widerwille gegen den

Geliebten ihrer Mutter: Gefährdung ihrer Existenz und ihrer Pläne durch sein Bekenntnis zum Judentum; La Chicas Wunsch, ins Kloster zu gehen; Gracias Widerstand gegen die italienischen Ehepläne; Gracias Maßnahme zur Rettung des Familienvermögens: Antrag auf Klärung des Erbes durch Rabbiner in Konstantinopel; Weiterführung und Ausbau der Geschäfte: Nutzung der Handelsbeziehungen für Fluchthilfe.

1554: Josés Ankunft in Konstantinopel und jüdisches Glaubensbekenntnis: Josés überfällige Beschneidung; falsches Eheversprechen zur Festigung der Freundschaft zwischen dem Haus Mendes und dem Osmanischen Reich: Reyna soll den Sohn von Süleymans Leibarzt Hamon heiraten; religiöse Gründe gegen Reynas Ehe mit Hamons Sohn; Heirat von José und Reyna nach jüdischem Ritus; Josés Verbindung zum Sultan: Freundschaft mit Selim / illegitime Tochter Ban Nur im Harem; neue Geschäftsfelder der Firma Mendes: Steuerpacht; Ankunft von Samuel Usque in Konstantinopel: Vorhut für das Tiberias-Projekt; Erfüllung von Gracias Gelübde: Überführung von Franciscos sterblicher Hülle ins gelobte Land und dortige Beisetzung; Gracias Stiftung einer Synagoge und Akademie in Konstantinopel; Synagogenstreit in der jüdischen Gemeinde: der Erbschaftskrieg der Schwestern spaltet das Rabbinat von Konstantinopel; José in Tiberias: Unterstützung jüdischer Siedler.

1555: Thronbesteigung Giovanni Pietro Carafas als Papst Paul IV.: Intensivierung von Gegenreformation und Judenverfolgung; Auswirkungen des Papstwechsels in Venedig: Inquisitionsgefahr für Brianda und La Chica; Gracias Problem mit La Chicas Heiratsplänen: Verlust des Familienvermögens; Gracias zweite Attacke gegen Ehepläne: Anzeige in Venedig wegen Judaisierens ihrer Schwester Brianda vor der Inquisition; Grund der Anklage: Briandas jüdischer Sachwalter Tristan da Costa; Briandas Gegenattacke: Anzeige Tristan da Costas gegen Gracias Agenten Duarte Gomes; Briandas Bekenntnis zu Tristan da Costa: Hinterlegung einer Kaution bis Prozessbeginn; Gracia und der Rabbi: Soncinos Entscheidung des Erbstreits im Einklang mit Ferrara-Urteil; erste Maßnahmen gegen Conversos in Ancona durch Pauls Gesandten: Brianda vor Gericht: Deutung von Gracias Anzeige gegen Tristan da Costa als Versuch ihrer Schwester, sie und ihre Tochter ins Land der Ungläubigen zu zwingen; Ancona: Beschlagnahme von Converso-Besitz; Papst Pauls moralischer Rigorismus: keine Kompromisse mit Juden und Marranen; Mutter-Tochter-Konflikt vor Gericht: La Chicas Abneigung gegen Tristan da Costa; Geld oder Glaube: Briandas und La Chicas Bekenntnis zum Judentum zur Rettung ihres Vermögen; Folge der Säuberungsaktion in Ancona: Wirtschaftskrise in den Kirchenstaaten; Ausbruch von Gefangenen in Ancona: Flucht nach Pesaro; erste Nachrichten aus Ancona in Konstantinopel: Gracia bittet Sultan um Hilfe für ihre Glaubensbrüder; Gesandter des Sultans in Ancona: Forderung nach Freilassung aller türkischer Untertanen; Angst ums Geschäft: Petition der christlichen Kaufleute in Ancona an den Papst zur Einstellung der Judenverfolgung; Urteil in Venedig: Verbannung für Tristan da Costa / Freispruch für Gomes; Konsequenzen des Prozesses für Brianda und La Chica: Anspruch auf Mitgift und freies Geleit / Scheitern der Heiratspläne; Brianda und La Chica ziehen nach Ferrara.

1556: Neubeginn von Brianda und La Chica in Ferrara; ihr Ziel: endgültige Assimilierung; Gracias Bemühen, ihre Verwandten nachzuholen; Ancona: Rache des Papstes an den zurückgebliebenen Inhaftierten: Folter und peinliche Befragung; der Konflikt der Opfer: Glauben leugnen oder bekennen; juristische Spitzfindigkeiten und Hinrichtungen; jüdische Alternativen in Ancona: Pseudogeständnisse, Galeere und Flucht; erneute Intervention des Sultans zugunsten des Hauses Mendes: Androhung von Strafmaßnahmen bis hin zum Krieg; Reaktion des Papstes: Einlenken bei türkischen Untertanen einschließlich Gracias Agenten bei gleichzeitiger Verschärfung der Maßnahmen gegen die übrigen Conversos in Ancona; Sommer: öffentliche Converso-Verbrennungen zur Abschreckung; Boykott-Idee: Druck auf Ancona / Pesaro als Alternative; der Konflikt des Herzogs von Pesaro: gute Geschäfte oder Wohlwollen des Papstes; wichtigste Boykott-Voraussetzung: Geschlossenheit; Pro und Contra des Boykotts: Ancona versus Pesaro; Juli: Krisensitzung bei Gracia; Befristung des Boykotts auf acht Monate bis zum Pessachfest 1557; Juli: Brianda stirbt in Ferrara; La Chica als Erbin von riesigen Schulden; August: Boykott-Wirkung in Ancona: Bittbrief der Kaufmannschaft an den Papst zur Beilegung des Konflikts; Konstantinopel: Nachricht von Briandas Tod / Gracias Brief an Herzog von Ferrara, um Vormundschaft über La Chica zu erlangen; Eigeninteresse vor Gemeininteresse: Risse in der Boykottfront; jüdische Boykottgegner in Ancona; Brief des Herzogs von Ferrara an Gracia: Vormundschaft für La Chica, wenn Kredit für Finanzierung seines Kriegs gegen Papst.

1557: Beratung der Rabbiner in Konstantinopel: Uneinigkeit über die Fortsetzung des Boykotts; Gracias Anmaßung und Eigeninteresse in der Boykott-Frage; Gracias Vereinbarung mit Ferrara: La Chica als Faustpfand für die Unterstützung des Herzogs im Ancona-Konflikt / Gracias Verfügungsgewalt über La Chica; wachsender Widerstand gegen Gracias Blockade unter den jüdischen Gemeinden weltweit; Gracia droht Boykottgegnern mit Entzug ihrer finanziellen Unterstützung; Ferrara: Ankunft Samuels bei La Chica; Hochzeit nach jüdischem Ritus von La Chica und Samuel Nasi; Gracias Hochzeitsgeschenk: die Medaille als christlich-jüdische Symbiose; zurück gewonnenes Vermögen: Samuel als La Chicas Vermögensverwalter; Rabbi Soncino als Gracias Widersacher in der Boykott-Frage: Religion versus Wirtschaftspolitik; das Ende des Boykotts: Verbannung von Amatus aus Pesaro / Verschleppung von Flüchtlingen in Ancona; die Bedeutung der Niederlage: Gracias Vision von Tiberias.

1558: Rache des Papstes an Juden in den Kirchenstaaten; Februar: Herzog von Pesaro beschließt Vertreibung der Conversos; März: freies Geleit für Samuel und La Chica zur Ausreise ins Osmanische Reich; Zusammenführung der noch lebenden Mitglieder der Familie sowie des Familienvermögens in Konstantinopel.

1559: Tod Pauls IV.; Unterstützung für Tiberias: Josés Freundschaft zu Prinz Selim.

1560: Gracias erstes konkretes Interesse an Tiberias; das neue Israel: religiöse Mission als Big Business; Hochmut zum Guten: Tiberias als Krönung von Gracias Lebenswerk; das Interesse des Sultans an Tiberias: Einkünfte durch Verpachtung der Steuern; die Juden von Cori: Rekrutierung für das gelobte Land; neuer Konflikt: jüdische Landnahme in Palästina und arabischer Widerstand.

1562: Gracias Gesundheit ist angeschlagen.

1563: Josés Beitrag für Tiberias: Eintreibung französischer Schulden zur Finanzierung des Projekts; der Dank des Prinzen: Josés Unterstützung durch Selim.

1565: Erwerb der Siedlungsrechte vom Sultan in Tiberias durch das Haus Mendes; Bestimmung des Orts: Schutzhafen für europäische Conversos; Arbeit im gelobten Land: die Wüste als Garten Eden.

1566: Sultan Süleyman stirbt; José alias Joseph Nasi wird Herzog von Naxos.

1569: Gracia Mendes stirbt, vermutlich in Konstantinopel; Trauer in der ganzen jüdischen Welt; mysthische Verklärung: Gracia als Gottgesandte, die direkt nach dem Tod in den Himmel aufgestiegen ist.

Bis heute ist ungeklärt, ob Gracia Mendes selber je nach Tiberias gelangt ist. Ihr Neffe und Schwiegersohn José hat das Siedlungsprojekt zunächst stark gefördert und einen Aufruf an das Judentum in aller Welt erlassen, um den von der christlichen Liebe gequälten und verfolgten Glaubensbrüdern in Tiberias Zuflucht und Asyl zu bieten. Doch nach seiner Erhebung zum Herzog von Naxos verfolgte er andere Pläne, die seine ganze Tatkraft erforderten, sodass nach dem Tod von Gracia Mendes die jüdische Siedlung sich selbst überlassen blieb und das Lebenswerk der neuen Esther buchstäblich im Sande verlief.

Danke

Wohl weist das Judentum den Menschen auf seine eigene Kraft hin und verpflichtet ihn, für sich selbst zu sorgen; wer aber von einem anderen eine Wohltat empfängt, ist auch zu dankbarer Anerkennung verpflichtet.« Dieser Verpflichtung, die Rabbiner Julius Lewkowitz mit Verweis auf die Bibel und den Talmud begründet, komme ich mit Freuden nach, um mich bei all denen zu bedanken, die zur Entstehung dieses Romans beigetragen haben. Dies sind insbesondere:

Roman Hocke: Zweimal hat er den Stoff in Grund und Boden kritisiert, doch ohne an mir oder der Geschichte auch nur eine Sekunde zu (ver)zweifeln. Wen Gott liebt, den straft er!

Ingrid Grimm: Einmal hat sie Klartext reden müssen. Und zum Glück hat sie es getan! Ansonsten hat sie das Manuskript und den Autor so behutsam bearbeitet, dass dieser sich stets einbilden durfte, ihre Verbesserungen wären von ihm.

Doru Dorofteí, Sophie Hoffmann, Heinrich Kohring: Sie haben mir die faszinierende Welt des jüdischen Glaubens erschlossen. Und mich – hoffentlich – vor den gröbsten Fehlern in der Darstellung dieser Glaubenswelt bewahrt.

Bernadette Schoog: An ihr ist eine Lektorin verlorengegangen. Selten hat mir jemand so klug und einfühlsam auf die Sprünge geholfen.

Andrea Hocke: Als ihr Mann plötzlich krank wurde, musste sie in die Bresche springen. Sie tat es mit Bravour. Durch ihr aktives Zuhören nahm die Geschichte erstmals Form und Gestalt an.

Dr. Max Gross, Prof. Dr. Maria Moog-Grünewald, Prof. Dr. Matthias Morgenstern: Sie gaben mir wertvolle Lektürehinweise.

Sibylle Dietzel: Auch als es verteufelt knapp wurde, bewahrte sie in der Herstellung Ruhe und Übersicht. Dass sie mich überhaupt noch grüßt, ist ein Zeichen ihrer Größe.

Bert Rex: Ohne es zu ahnen, hat er mir geholfen, im entscheidenden Moment nicht aufzugeben. Eben ein Zauberer. Simsalabim.

Stephan Triller: Er hat immer die Nerven behalten, wenn ich sie verlor. Und war als Freund zur Stelle, wenn es auf Freundschaft ankam.

Serpil Prange: Mit einem einzigen Satz hat sie ein Viertel des Buchs gerettet. Weil sie immer alles so klar sieht.

Euch allen danke ich von Herzen. Ihr habt dafür gesorgt, dass aus einer Geschichte ein Buch wurde. Dieses lege ich nun in die Hände meines Verlegers Hans-Peter Übleis und seiner Mitarbeiterinnen und Mitarbeiter, damit es den Weg zu den Lesern finde.